MIS «PRIMOS»

El suceso más importante de la historia

J. J. Benítez

Planeta

MIS «PRIMOS»

El suceso más importante de la historia

J. J. Benítez

Obra editada en colaboración con Editorial Planeta – España

Bajo el sello editorial PLANETA M.R.
Avenida Presidente Masarik núm. 111,
Piso 2, Polanco V Sección, Miguel Hidalgo
C.P. 11560, Ciudad de México
www.planetadelibros.com.mx

Primera edición impresa en España: octubre de 2021
ISBN: 978-84-08-24697-8

Primera edición impresa en México: octubre de 2021
ISBN: 978-607-07-8068-4

Impreso en los talleres de Litográfica Ingramex, S.A. de C.V.
Centeno núm. 162-1, colonia Granjas Esmeralda, Ciudad de México
Impreso en México –*Printed in Mexico*

A mis nietos: Frasquito, Mao, Lilit, John John, Maya,
Casillas, el Vikingo, el Guapo, *Kiara,*
Noa, Helena, Indar y Vera
(que no necesitan este libro)

Todas nuestras certidumbres comienzan por ser hipótesis.

Charles Fort

Lo que no ha sido demostrado puede llegar a ser verdad.

Jessup

Condenar sin investigar es ignorancia.

Emerson

Esto que os cuento sucede en todo el mundo y desde siempre.

J. J. Benítez

Frente a este libro caben las siguientes actitudes: sonrisa cínica, aplausos, o confirmación de lo intuido.

J. J. Benítez

Entre el cielo y la tierra hay muchas más cosas de las que puede soñar nuestra filosofía, Horacio.

W. Shakespeare

Leed, no para refutar, ni para creer, sino para pensar y considerar.

Francis Bacon

El tiempo descubre la verdad.

Séneca

LIBRO SEGUNDO

1

Tras demostrar que el fenómeno ovni es real[1] y que somos visitados por cientos (quizá miles) de civilizaciones «no humanas», la siguiente pregunta es obligada:

¿DESDE CUÁNDO ESTÁN AQUÍ?

En mis archivos duermen miles de casos sobre lo que denomino «ovnis en la antigüedad». He seleccionado algunos que —entiendo— responden a la pregunta anterior.

Empezaré por uno sorprendente, cuyo origen se pierde en la noche de los tiempos. Según los expertos, la pintura en cuestión habría que datarla entre 5.000 y 7.000 años, aunque no están seguros. En otras palabras: en una época en la que nadie se preocupaba del fenómeno de los «no identificados». ¿O sí?

Veamos.

1. Ver *Sólo para tus ojos* (2016).

PEÑARROYA

En 2008, tras la publicación de *El hombre que susurraba a los «ummitas»*, recibí una carta de José Manuel Frías, un joven e inquieto investigador de misterios. En ella decía, entre otras cosas:

> ... Ante todo quisiera presentarme. Soy José Manuel Frías, y me dedico al periodismo de investigación desde hace poco más de una década... Aunque, cuando comencé en el periodismo de investigación me dediqué, sobre todo, al campo de los fenómenos extraños y las casas encantadas, desde hace cuatro años, y por motivos totalmente casuales o causales, me he ido tropezando con el fenómeno ovni, y todo lo que el mismo engloba. Por ello, de pasar a desdeñar el fenómeno, me he convertido en otro enamorado de los «no identificados». El apasionamiento ha sido paulatino, sobre todo a raíz de una intensa ruta que durante cuatro años me llevó a recorrer los más recónditos pueblos de la geografía andaluza. Mi interés pasaba simplemente por hacerme eco de las tradiciones populares enigmáticas, la mayor parte de ellas relacionadas con añejos fenómenos religiosos. Y ahí llegó la sorpresa. Después de varios años de andanzas, estoy plenamente convencido de la relación directa que existe entre los presuntos seres de otros mundos y las miles de apariciones y prodigios relacionados desde hace siglos con vírgenes y santos... Pero sería muy largo de contar todas las curiosidades que me han llevado a creer que, en el pasado, sobre todo entre los siglos XV y XIX, una inteligencia desconocida y ajena al mundo ha manejado al ser humano (de forma benéfica) a través de apariciones marianas y otros prodigios... Pues bien, casualmente por la fecha en que leía con gusto su último trabajo —*El hombre que susurraba a los «ummitas»*— me encontraba trabajando en la investigación de avistamientos ovni clásicos en las afueras de Córdoba (España)... Y como es mi costumbre visité una cueva donde había pinturas rupestres... No esperaba encontrar nada impactante, pero algo me decía que el alto

nivel de avistamientos ovnis en la zona tal vez fuera más antiguo de lo que sospechaba. Y de pronto me encuentro (le adjunto la imagen) con algo que me dejó de piedra. En una de las paredes del refugio veo una pintura rupestre en la que se aprecian cinco individuos danzando y adorando algo que se eleva sobre sus cabezas. Y ese objeto en el aire es... ¡el símbolo de «UMMO»! Antes de llegar a conclusiones precipitadas quise cerciorarme de la antigüedad de la pintura, y para ello me puse en contacto con uno de los más destacados arqueólogos andaluces, quien me confirmó que la pintura estaba catalogada y que se remontaba a la época del Calcolítico (hace unos 5.000 años)... Dado que había leído su libro sobre «Ummo», en el que da una antigüedad mucho mayor de la que se le conoce al fenómeno «ummita», a través de la simbología de los dogon, quería hacerle saber de este descubrimiento, que si es como parece, situaría a «Ummo» en el 3000 antes de Cristo, en una zona, además, de frecuentes avistamientos ovni...

El símbolo «ummita» sobre «danzantes». (Foto: Blanca.)

Naturalmente me puse en movimiento.

Y visité la cueva.

Se encuentra en las cercanías de Peñarroya, en la provincia de Córdoba (España). Coordenadas: 38° 19' 10" N y 1° 36' 00" W.

En aquella primera oportunidad me acompañó José Manuel Frías.

La cueva, protegida por una reja importante, se encuentra en la ladera este de un peñasco de 775 metros de altitud. Lo denominan «el Peñón». El abrigo (llamado Carmelo) fue descubierto oficialmente a finales de julio de 1965 por Carmen Ruiz, Carmelo Ruiz, Manuel Sierra y Javier Ruiz. El grupo principal del panel fue descubierto por Javier Ruiz. La pintura era conocida entre los habitantes de la región desde hacía siglos.

Quedé sorprendido.

La pintura se encuentra en buenas condiciones, debido, probablemente, a las características geológicas del abrigo que no permiten la formación de películas de caliza sobre el referido panel.

Y durante un tiempo, como tengo por costumbre, me dediqué a observar aquel pequeño gran tesoro.

¿Qué fue lo que vi?

El símbolo «ummita» en lo alto, tal y como había descrito el amigo Frías. La famosa «H», que aparece en varios de mis libros, se presenta nítida. Por debajo se distinguen varios hombres, algunos con los brazos en alto y otros a la carrera (aparentemente).

No tuve la menor duda. El artista quiso representar una escena... importante. Un disco con la «H» en la panza sobrevoló el lugar o el poblado en el que se encontraban los nativos. Fue un acontecimiento... El suceso —si es que fue así— se ha repetido en todo el mundo y en numerosas ocasiones. Invito al lector a que consulte *Sólo para tus ojos* y *El hombre que susurraba a los «ummitas».*

Después me dediqué a las mediciones de la pintura y las fotografías.

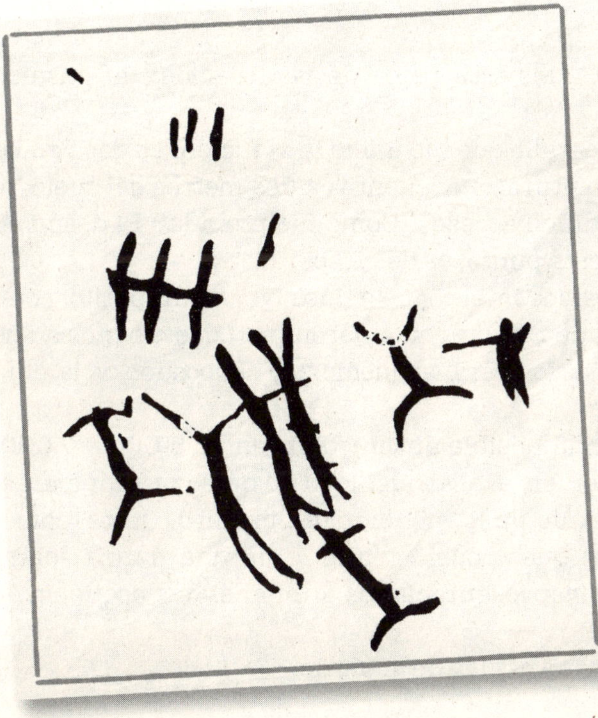

Calco de la pintura de Peñarroya. (Gentileza de Santiago Valiente, Javier Ruiz y Francisco Giles.)

Interpretación artística de la pintura de Peñarroya. Cuaderno de campo de J. J. Benítez.

Curiosamente, los tres palos de la «H» miden lo mismo: 18 centímetros.

Y hubo otro detalle que me llamó la atención. La roca en la que aparece la pintura se encuentra a dos metros del suelo, y en un lugar de difícil acceso. ¿Cómo fue pintada? El desnivel del terreno, en este punto, es del 40 por ciento.

En días sucesivos interrogué a José Ignacio Expósito, concejal de Cultura de Peñarroya, a Jerónimo López, historiador local, y a Juan Carlos Vera, arqueólogo y conocedor de la pintura en cuestión.

Confirmaron la posible antigüedad (entre 5.000 y 7.000 años). Prudentemente, el arqueólogo no quiso pronunciarse sobre el significado de la mencionada pintura. Otros, como Moure, afirman que «podría tratarse de una danza solar, con las clásicas representaciones animalísticas esquemáticas».

Por supuesto, no estuve de acuerdo.

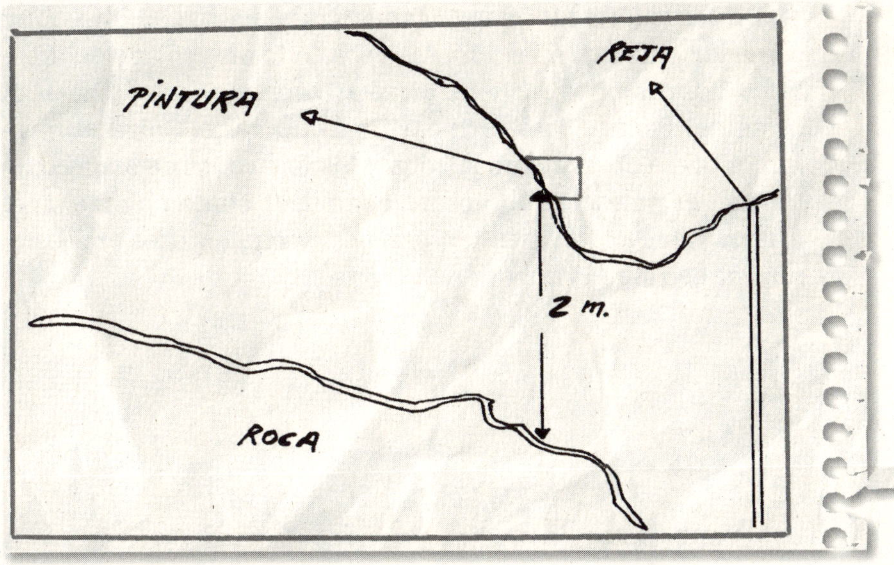

¿Cómo la pintaron? Cuaderno de campo de J. J. Benítez.

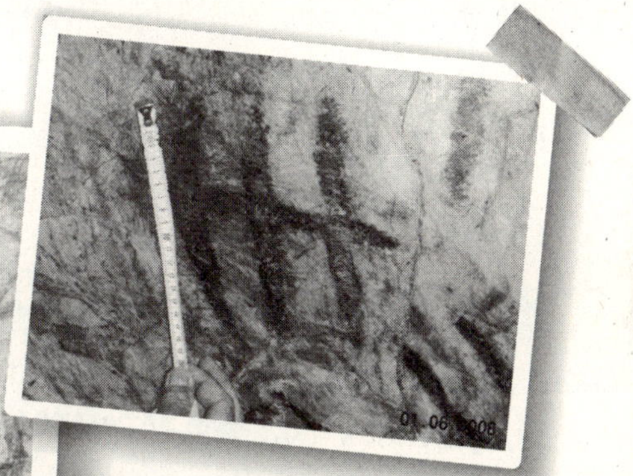

Medición de la «H». (Foto: Blanca.)

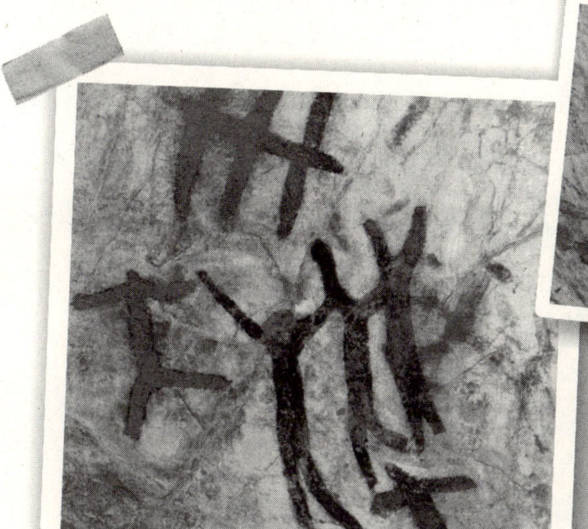

La pintura rupestre de Peñarroya, retocada para su mejor comprensión. (Gentileza de José Manuel Frías.)

En las sucesivas indagaciones pude averiguar que, muy cerca del cerro en cuestión, fue detectado un poblado del Neolítico. Los restos se encuentran relativamente cerca, y hacia el oeste del Peñón. Esto ratificaría mi hipótesis. Quizá la nave «ummita» se presentó en la zona y los lugareños dejaron constancia del suceso en la pintura que puede contemplarse en el referido abrigo. Naturalmente, el acontecimiento les impresionó. Por eso lo pintaron.

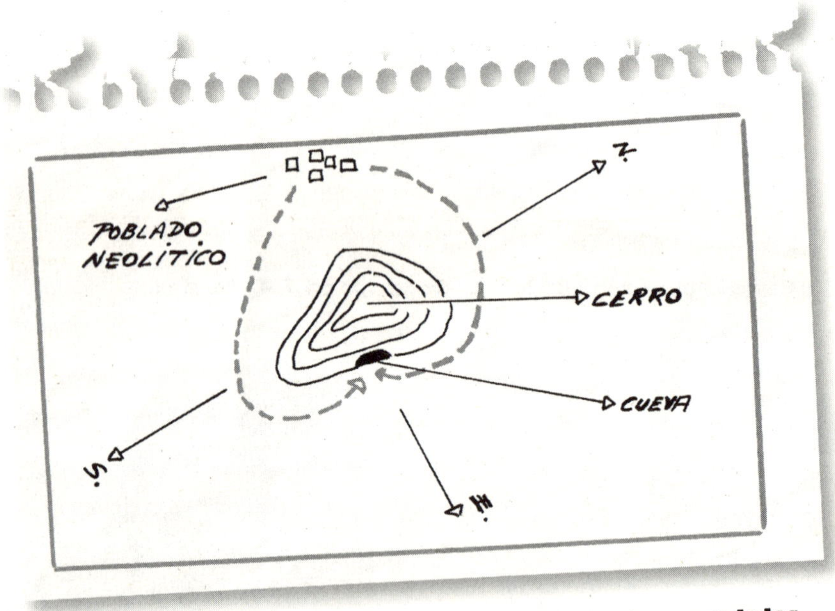

Recorrido de los habitantes del poblado neolítico a la cueva de las pinturas. Cuaderno de campo de J. J. Benítez.

José Manuel Frías (izquierda) con Juanjo Benítez. Al fondo, la pintura de Peñarroya. (Foto: Blanca.)

Ovni con la «H» de «Ummo», fotografiado el 1 de junio de 1967 sobre San José de Valderas (Madrid). (Archivo de J. J. Benítez.)

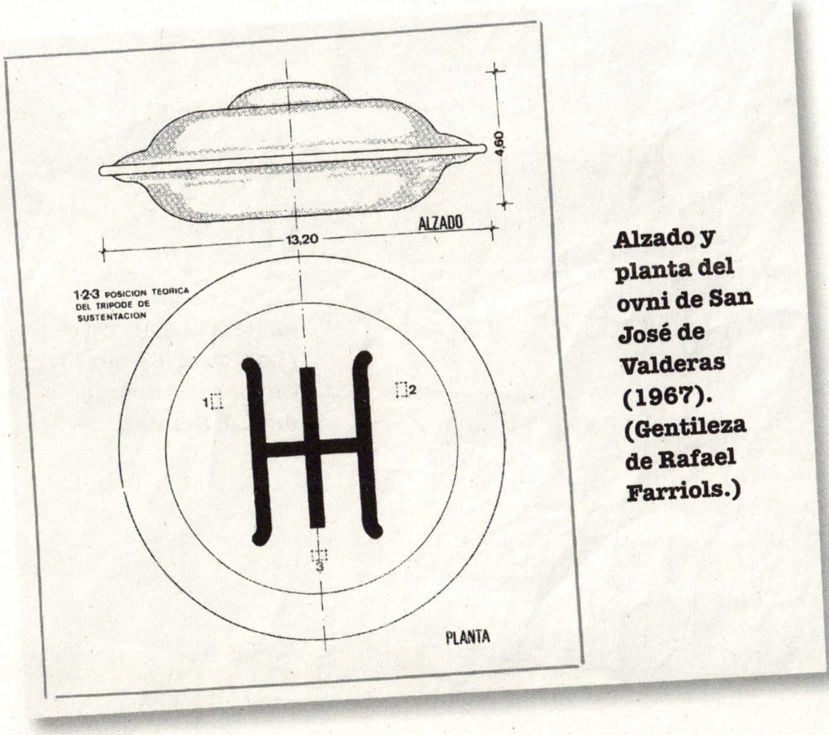

Alzado y planta del ovni de San José de Valderas (1967). (Gentileza de Rafael Farriols.)

SOLANA DE CABAÑAS

La pintura de Peñarroya me recordó un grabado del siglo XIII antes de Cristo. Se trata de una estela, en piedra, de la Edad del Hierro (inicial), según los arqueólogos; es decir, hace 3.300 años, aproximadamente.

La he contemplado muchas veces. Actualmente se encuentra en la sala VI del Museo Nacional de Arqueología, en Madrid. Fue encontrada en Solana de Cabañas, en Logrosán (Cáceres, España).

En la estela aparece de nuevo la célebre «H» de «Ummo». Para los arqueólogos —cómo no— sólo se trata del adorno en el escudo de un guerrero. Así han denominado el grabado: «estela de guerrero». De la imagen esférica que aparece sobre el «guerrero» no dicen ni pío...

Respecto a los grabados de la parte inferior, los arqueólogos aseguran que se trata de un «perro» (!).

Sin comentarios.

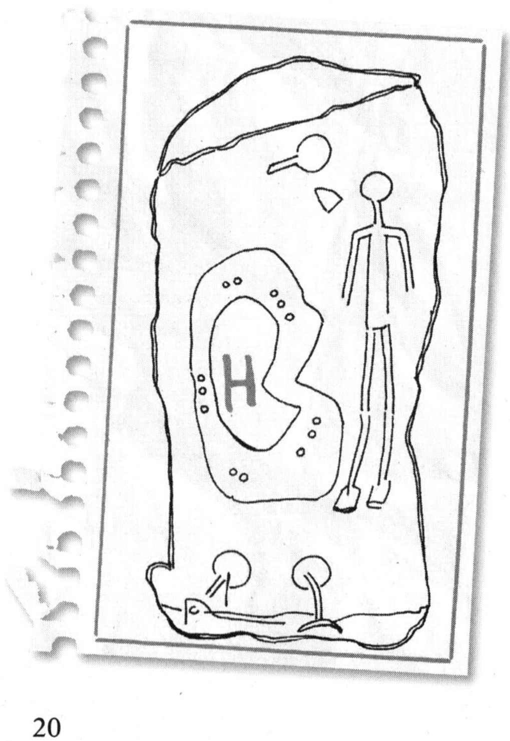

«Estela de guerrero» (Logrosán, Cáceres). Cuaderno de campo de J. J. Benítez.

REPÚBLICA DOMINICANA

Merced al esfuerzo de Leonte Objío y de Sebastián Robiou, veteranos investigadores del fenómeno ovni en el Caribe, me fue dado contemplar decenas de pinturas rupestres y grabados en la fascinante República Dominicana. Me he paseado por casi todas sus cuevas y abrigos rocosos. Y lo que he hallado me ha dejado perplejo.

Veamos algunos ejemplos que hablan por sí solos:

Cuevas del Pomier

Detecté media docena de petroglifos a cuál más inquietante. Todos son anteriores a Colón.

Uno de los grabados representa a un ser con escafandra.

Me limité a contemplarlo y dibujarlo, con especial emoción.

¿Qué fue lo que vieron aquellas gentes?

Cuevas del Pommier. Edad desconocida.
Cuaderno de campo de J. J. Benítez.

Cueva de las Maravillas

Entre otras imágenes aparece la de un objeto lenticular con ventanillas y antenas. Algo muy frecuente en el fenómeno de los «no identificados». En la parte inferior, el artista trazó ocho líneas que pueden representar «luz» o «movimiento».

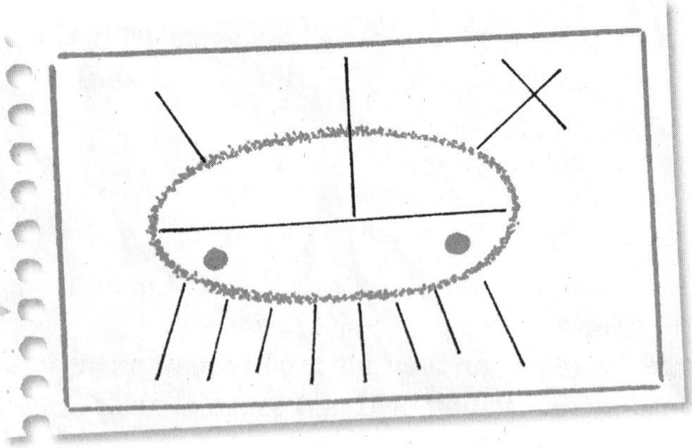

Cueva de las Maravillas, en Samaná. Edad desconocida. Cuaderno de campo de J. J. Benítez.

Cuevas de Azua y Sajona

Quedé nuevamente maravillado. Los artistas habían grabado extraños objetos, igualmente luminosos. Me recordaron otras pinturas rupestres, a miles de kilómetros, en Argelia. El lector sacará sus propias conclusiones...

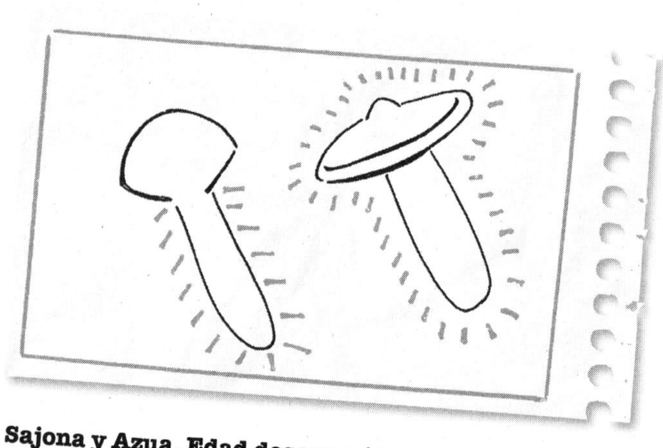

Sajona y Azua. Edad desconocida. Cuaderno de campo de J. J. Benítez.

Cueva de Yabonal

La imagen del petroglifo no puede ser más clara. Alguien grabó un objeto con forma de media naranja, y provisto de patas o tren de aterrizaje. El grabado puede tener varios miles de años de antigüedad. Es obvio que alguien vio una nave con esa forma, probablemente posada en tierra, y la inmortalizó en la piedra. Esta clase de ovni es frecuentísimo en todo el planeta.

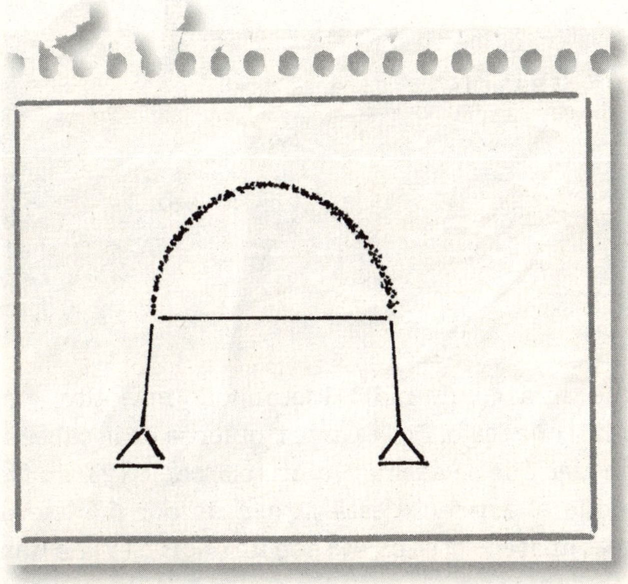

Yabonal. Cuaderno de campo de J. J. Benítez.

ALPES FRANCESES

El 22 de junio de 2003, en una visita al Museo del Hombre, en París, fui a tropezar con la réplica de un grabado en la roca que me dejó nuevamente pensativo. El original se encuentra en los Alpes franceses, en el Parque Nacional de Mercatour (cerca de la frontera con Italia). En él se observa un objeto desconocido: a los pies se ve una escalera. Junto a la escalera aparece un individuo con los brazos en alto (aparentemente en señal de saludo). Algo más a la izquierda, en la gran roca, se

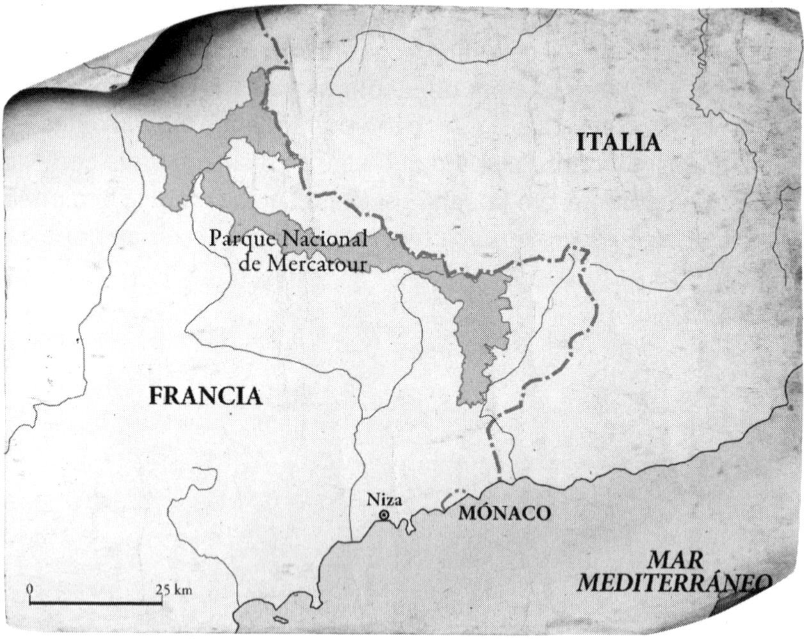

distingue un segundo individuo, mucho más alto, y cubierto con un extraño traje. En la parte izquierda de la cabeza ha sido grabado algo que se asemeja a un telescopio (?). Es fácil comprobar que el artefacto está integrado por dos piezas. Algo más atrás aparece otro objeto con un chorro (?) de humo o luz en la parte inferior.

Para los arqueólogos, el «hombre del telescopio» (por llamarlo de alguna manera) es el «jefe de la tribu». Los brazos en cruz —dicen— indicarían el norte y el sur. Por su parte, la escalera existente bajo el primer objeto sólo sería la representación de los campos, «destinados a ser fecundados por el dios de la lluvia» (en este caso el dios dispensador de la lluvia sería el «jefe de la tribu»).

La interpretación, como casi siempre, chirría...

La antigüedad del grabado se remonta al periodo Calcolítico (2.500 años a. de C.). Posiblemente mucho más.

Diez años más tarde, Nathalie Antognelli y Antonio Villanueva me proporcionaban nueva información sobre los grabados de los Alpes franceses. Quedé desconcertado. Las rocas grabadas son 3.639 y el número de grabados supera los 32.000. Para verlos, uno a uno, necesitaría un año, como poco. Y en ello estoy...

¿Qué fue lo que vieron los habitantes de la bella región de Mercatour hace casi 5.000 años? En aquel tiempo, como es sabido, no existía el telescopio. El primero y rudimentario fue inventado por Galileo en 1609.

Para mí está claro: en esa zona, en aquel tiempo, varias naves fueron vistas por los nativos, y descendieron a tierra. Los hombres del Calcolítico, como ha pasado muchas veces, quedaron deslumbrados. Probablemente los tomaron por dioses y sus imágenes, y las de los objetos, quedaron grabadas en las rocas, en señal de veneración.

Por supuesto, la arqueología oficial no acepta esta proposición.

Alpes franceses (4.500 años de antigüedad).

Hombre saludando junto a la escalera de la nave. Cuaderno de campo de J. J. Benítez.

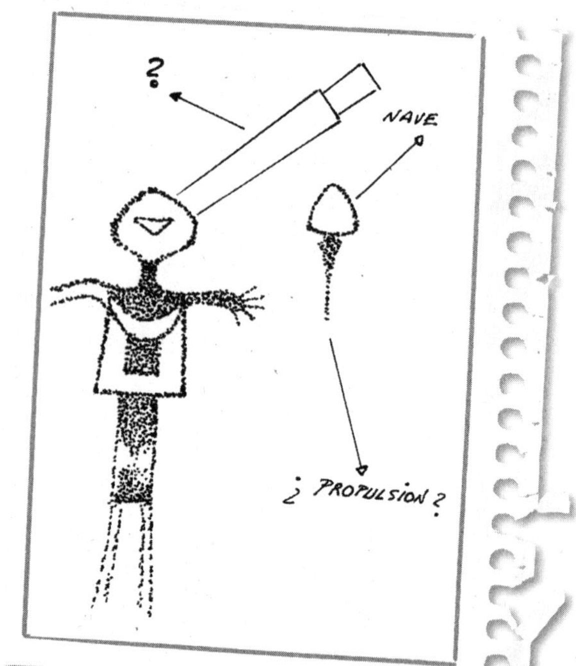

El «hombre del telescopio». Cuaderno de campo de J. J. Benítez.

CANCÚN

El museo de la ciudad de Cancún, en el Yucatán (México), conserva algunas piezas muy sugerentes para los estudiosos o seguidores de los ovnis en la Antigüedad.

La pista me la proporcionó Eduardo G. Fuentes.

Dos de estas piezas, sobre todo, me parecieron reveladoras.

Se trata de grabados en sendos «ladrillos» de arcilla cocida. Fueron encontrados en el yacimiento arqueológico de Comalcalco, en el estado mexicano de Tabasco.[1] En muchos de estos

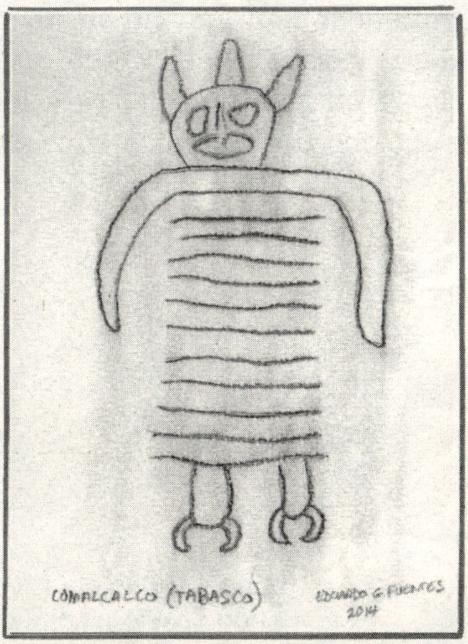

Hombre con garras (Cancún). (Dibujo de Eduardo G. Fuentes).

1. Comalcalco es una de las áreas más bajas de América Central. Se encuentra a dos metros por encima del nivel del mar y a 20 millas de la costa del golfo de México. En su etapa preclásica, el lugar fue levantado por una civilización perteneciente al grupo olmeca. Entre los años 700 al 900 (después de Cristo) se convirtió en un puerto importante. Durante ese periodo se cocieron los miles de «ladrillos» con los que se levantaron los edificios. El arqueólogo Neil Steede estudió más de 6.000 «ladrillos». De estos, 3.671 presentaban inscripciones; otros 2.129 contenían escritura maya y 499 habían sido grabados con «marcas» desconocidas.

«ladrillos» aparecen marcas o inscripciones, cuyo significado se desconoce, y que guardan gran similitud con otras de origen romano. Es más: yo diría que se trata de inscripciones más antiguas que las romanas; estaríamos, en mi opinión, ante una escritura bereber, procedente del Sahara. Pero, ¿qué relación tenía Yucatán con el norte de África antes del descubrimiento de América? Oficialmente ninguna.

Pero vayamos a los grabados.

En el primero se ve una extraña criatura, con rasgos animalescos, y vestido con un extraño traje. Los pies son garras y las manos presentan cuatro dedos. Y recordé, de inmediato, algunos de los «hombres voladores» que mostré en el primer libro (*Sólo para tus ojos*, 2016).

El segundo «ladrillo» contiene la figura de un objeto circular, provisto de una escalera. Parece evidente que estamos ante un nuevo «objeto volante no identificado». Para los arqueólogos sólo se trata de una choza, construida en lo alto de un árbol...

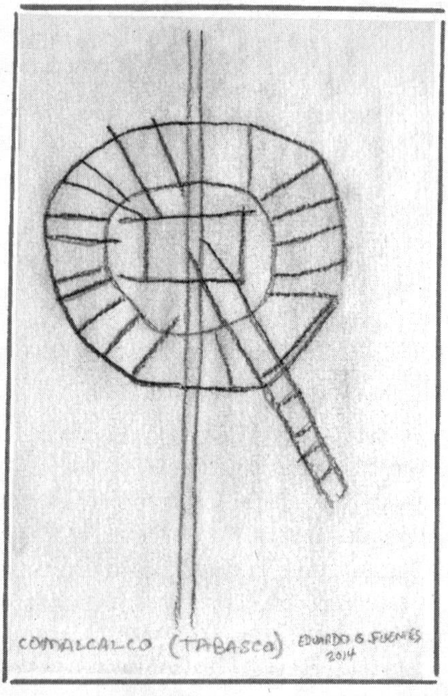

Museo de Cancún (700 a 900 d. de C.). (Dibujo de Eduardo G. Fuentes.)

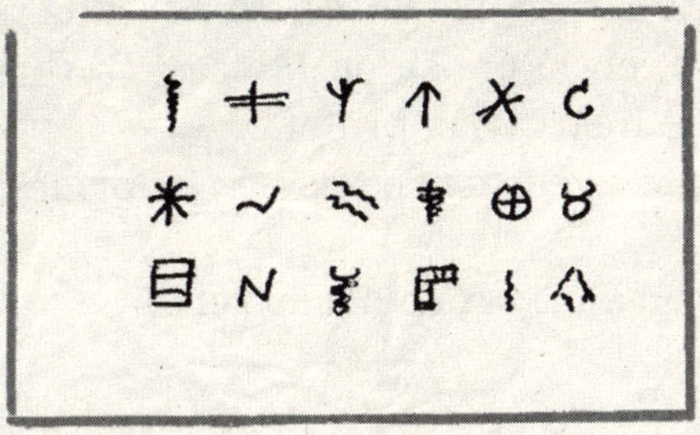

Inscripciones encontradas en Comalcalco.

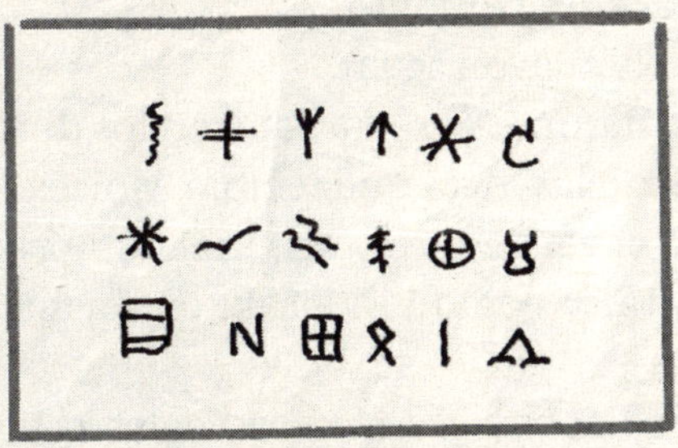

Inscripciones romanas y bereber, idénticas a las halladas en los «ladrillos» de Comalcalco. (Gentileza de Eduardo G. Fuentes.)

PETRA

En una de mis visitas a la ciudad de Petra, en Jordania, descubrí al dios Dushara.

Me llamó la atención desde el primer instante. Es un dios cuadrado, en piedra; en ocasiones aparece provisto de dos ojos.

Consulté a los arqueólogos y me dieron la siguiente explicación: «Dushara (en griego, *Dusares*) fue un dios masculino. Lo simbolizaron en forma abstracta (generalmente como un cubo) y siempre en piedra. El culto a Dushara tuvo un carácter aristocrático, con ceremonias reservadas a la realeza y a los altos dignatarios. Con la romanización, Dushara se transformó en Dioniso».

La verdad es que no quedé muy satisfecho. Aquella forma cuadrada (con ojos) tenía que guardar una explicación más convincente. Y me propuse interrogar a los beduinos.

No me equivoqué (la intuición nunca traiciona).

La versión fue muy diferente.

«Dushara –dijeron– era la casa de Dios *(Beth-El)* en la tierra... Hace mucho tiempo, en la época de Moisés, Dushara bajó sobre el monte Sinaí e instruyó al profeta...».

Quedé perplejo. E intenté averiguar cómo era la forma de *Beth-El* o Dushara.

Los beduinos lo dibujaron en la arena del desierto.

¡Era un cubo, con patas!

No podía creerlo.

E insistí e insistí, hasta el aburrimiento.

Los beduinos siempre lo dibujaron igual.

«Era la casa de Dios –repitieron–. En ella viajaban los dioses. En ella vivían... De ella salieron las leyes que recibió Moisés...».

Desde entonces, *Beth-El*, el verdadero y original nombre de Dushara, fue representado tal y como lo vieron: en forma de cubo, y con ojos (ventanillas).

La llegada de estas naves sobre el Sinaí se registró hace 3.300 años, aproximadamente.

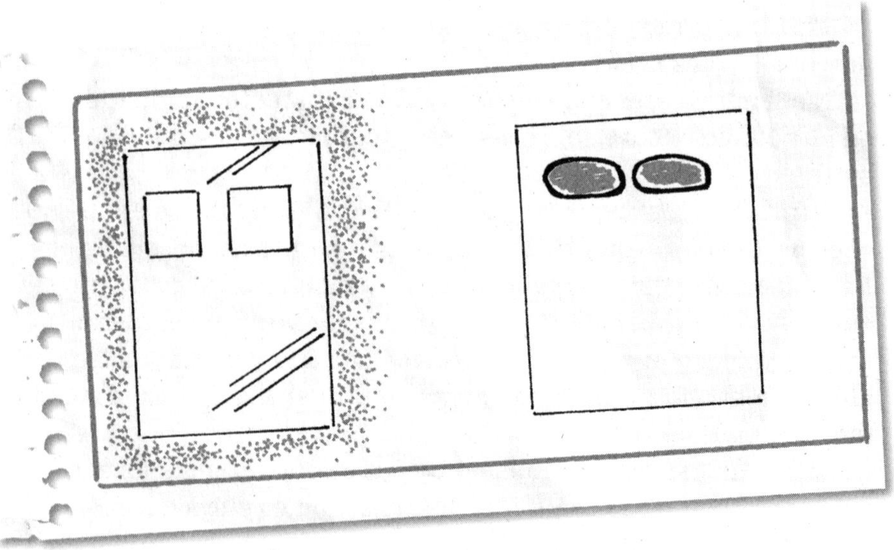

Dushara, en Petra. Cuaderno de campo de J. J. Benítez.

AMMĀN

El 13 de octubre de 1997 recibí otra sorpresa.

Me hallaba en Ammān, capital de Jordania. Y dediqué unas horas a la visita del museo arqueológico. Lo hice con calma, disfrutando de cada pieza.

Y, de pronto, llegué frente a una gran urna de cristal. En ella se exhiben varias estatuas, descubiertas en 1983 en Ain Ghazal.

Al contemplarlas, las alertas interiores saltaron en bloque.

Se trataba de supuestas representaciones humanas —así figura en la placa explicativa—, fabricadas con yeso, y pertenecientes al periodo Neolítico (temprano) (entre 8.000 y 6.000 años antes de Cristo).

Dos de ellas —las más espectaculares— habían sido bautizadas como *Uriah* y *Zeina*.

Los rasgos me dejaron perplejo.

Las cabezas presentaban unos ojos enormes y saltones, con sendos cercos negros. La nariz era todavía más singular: prácticamente aplastada. Carecían de labios y las pequeñas y puntiagudas orejas se alineaban con los ojos. Nada de aquello parecía humano.

El cuello era largo y estrecho (totalmente desproporcionado). La longitud era de 30 centímetros.

Los brazos eran igualmente raros: muy cortos y con manos provistas de cuatro dedos largos, sin pulgares.

Las caderas son muy anchas.

En ambas piernas aparecen líneas rojas. Nadie entiende por qué.

El traje me recordó los buzos de los pilotos, aunque más hinchado.

Y una duda se posó en mi mente: ¿Fueron los seres de Ain Ghazal los que tripulaban la «casa de Dios»? ¿Fueron estas criaturas las que se pusieron en contacto con Moisés? Sé que las esculturas en yeso se remontan a 8.000 o 10.000 años y que Dushara es más reciente: alrededor de 3.300 años. Pero no he podido evitar la referida asociación. Y la duda sigue ahí...

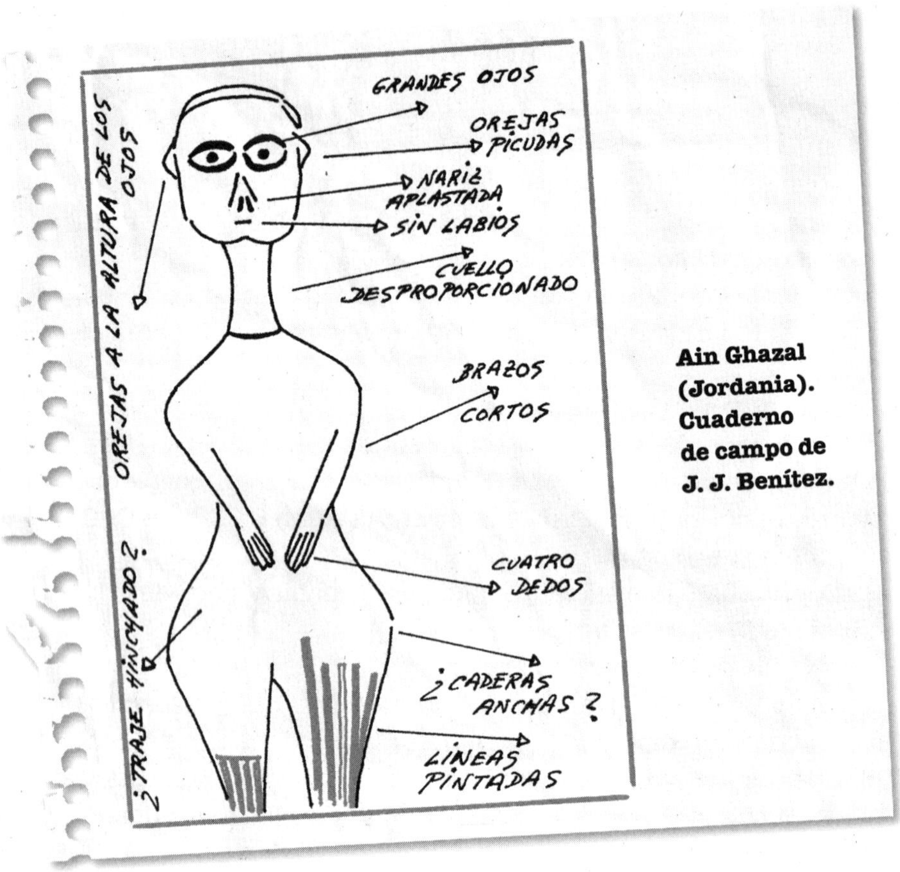

Ain Ghazal (Jordania). Cuaderno de campo de J. J. Benítez.

Por supuesto, si esto fuera cierto (está por ver), la imagen de Yavé debería ser modificada.

Como decía el Maestro, quien tenga oídos que oiga...

Continué buscando información sobre las misteriosas figuras de Ain Ghazal y terminé sumergido en las apasionantes tablillas de barro de los babilonios.

En 1847, durante una serie de excavaciones en Nínive, salió a la luz parte de la legendaria biblioteca del rey Asurbanipal. Varias de las tablillas contenían un relato que dejó perplejos a los arqueólogos.

Dice así: «... El rey Etan, que vivió hace 5.000 años, y fue llamado *el rey bueno*, fue admitido como huésped de honor en una nave voladora con forma de escudo... La nave giraba sobre sí

Dushara («la casa de Dios»). Cuaderno de campo de J. J. Benítez.

misma en mitad de una vorágine de fuego... De la nave descendieron unos hombres altos y rubios, con ojos de gato, de cutis oscuro y vestidos totalmente de blanco... Eran hermosos como los dioses... Y los dioses invitaron al rey Etan a dar un paseo en la nave voladora... Pero los consejeros del rey no lo permitieron... El rey, sin embargo, aceptó... En medio de un torbellino de llamas y de humo, el rey subió tan alto que la Tierra, con sus mares, islas y continentes, le parecieron una hogaza en una canasta... Y la nave se perdió de vista... Después de una ausencia de dos semanas, cuando ya estaban preparando una sucesión al trono, creyendo que los dioses se lo habían llevado con ellos, la nave voladora se presentó sobre la ciudad y tocó tierra, rodeada por un anillo de fuego... Abatido el fuego, el rey Etan descendió con algunos de los hombres rubios, los cuales permanecieron con él, como sus invitados, durante varios días...».

¿Fueron los seres de Ain Ghazal quienes se llevaron al rey Etan?

DJERAT

Aquella visita al *wadi* Djerat, en el desierto argelino, fue especialmente fructífera.[1]

Ocurrió en noviembre de 2007.

Sabía que el *wadi* (cauce seco) reúne cientos de grabados y pinturas rupestres. Antigüedad: entre 5.000 y 10.000 años. Y me lancé a una exhaustiva inspección de sus 30 kilómetros.

Durante una de las exploraciones del Tassili N'Ajjer,[2] también en Argelia, los guías me hablaron, y encendidamente, sobre el *wadi* Djerat. Tenía que examinar sus pinturas.

Se quedaron cortos.

En realidad, el *wadi* es otra «capilla Sixtina» de la Edad de Piedra. Conté más de 4.000 pinturas.[3]

Pues bien, una de esas pinturas y un grabado en piedra me impresionaron especialmente.

La primera se encuentra en Aba-N-Tenouart (26° 20´ 19" N y 8° 38´ 1" E).

No podía creerlo.

Ante mí apareció una pintura roja no muy grande (27 centímetros de altura). En ella se distingue la figura de un hombre alto y delgado, unido a una esfera por una especie de cordón umbilical. La esfera, también en rojo, aparece provista de infinidad de «pinchos» (conté quince). A la izquierda se observa una escalera, con cuatro travesaños, que no conduce a ninguna parte. La escalera mide 10 centímetros.

Según los guías, la datación podría establecerse en unos 2.500 años antes de Cristo, pero no es seguro. Puede que sea más antigua.

Pregunté el significado de la pintura en cuestión, pero no supieron darme razón. Era incomprensible para ellos.

1. Amplia información en *Pactos y señales* (2015).

2. Amplia información en *Planeta encantado*: «Tassili» y «Astronautas en la Edad de Piedra» (2004).

3. Algún día debería contar, con detalle, aquella fascinante aventura...

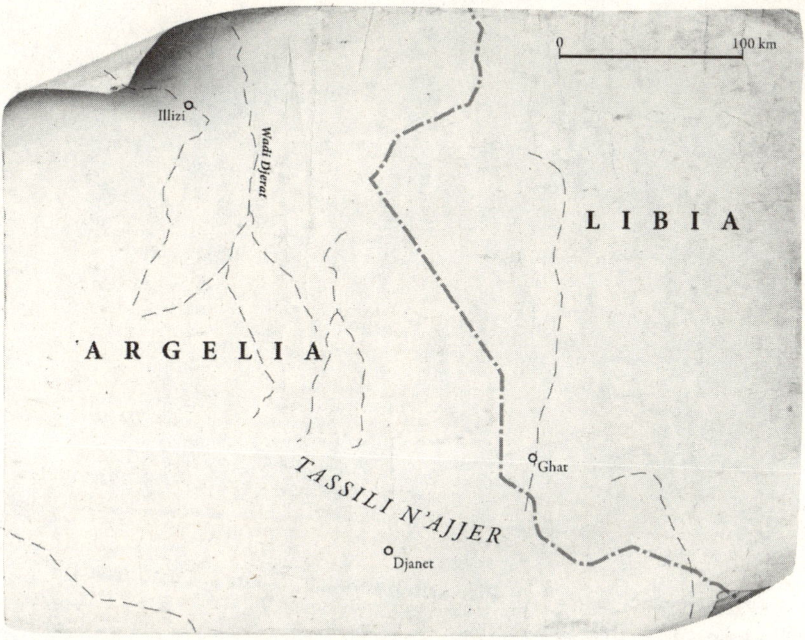

Mi hijo Iván, que me acompañaba, lo tuvo claro desde el primer momento: «Se trata de un ser, amarrado a una nave».

Estuve de acuerdo. En realidad, a la vista de dicha pintura, sobran las palabras. Un ser (obviamente no humano) se presentó ante los habitantes del *wadi*. Y lo hizo como aparece en la escena: atado al objeto.

Respecto a la escalera, no fui capaz de explicar su presencia.

En definitiva, hace 4.500 años (o más), una nave «no humana» descendió en el *wadi* Djerat, y uno de sus tripulantes se dejó ver. Se hallaba amarrado al objeto (es de suponer que por seguridad). Y los naturales, impresionados, lo pintaron en uno de los abrigos rocosos.

Y fue Iván quien apuntó algo interesante: aquella escena era parecida a la que denominamos «el rapto», en plena meseta del Tassili N'Ajjer.[1]

Más al sur, en las coordenadas 26° 13' 56" N y 8 °37' 21" E, fuimos a encontrar otra de las «perlas» del *wadi*: lo llamé «el

1. Amplia información en *Planeta encantado:* «Astronautas en la Edad de Piedra» (2004).

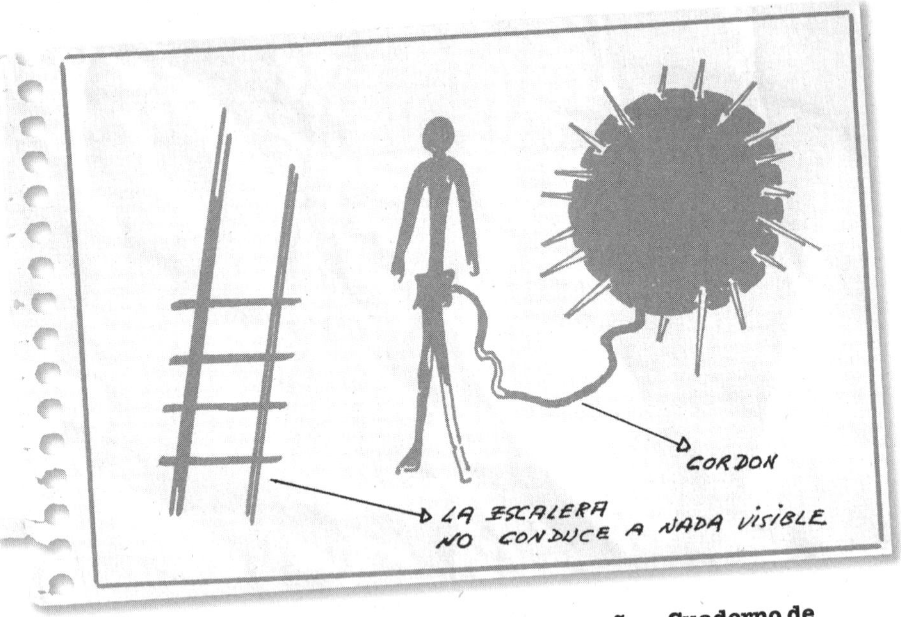

Wadi Djerat (Argelia). Pintado hace 4.500 años. Cuaderno de campo de J. J. Benítez.

El rapto. Una escena elocuente. (Dibujo de Francesc Masip.)

cara de rata». Se trata de una roca, en tierra, en la que aparece un enorme grabado, de 2,80 metros de longitud. Fue trazado con la técnica del punteado. Antigüedad aproximada: 10.000 años.

Lo examiné cuidadosamente.

No había duda. Me hallaba ante una criatura con cabeza de rata o de perro. En la cintura presenta una especie de cinturón o lazo (?). Las orejas son enormes.

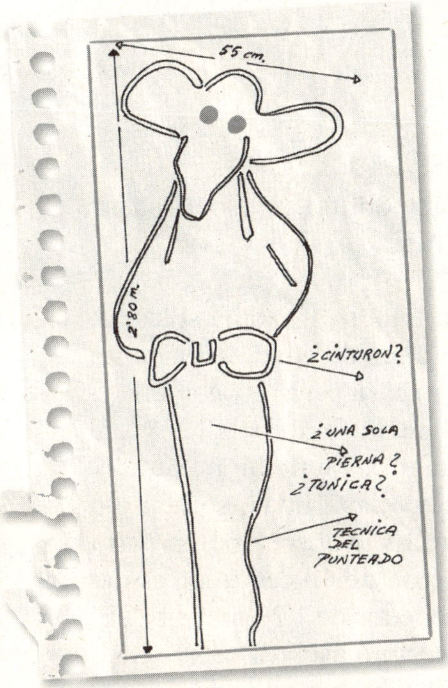

***Wadi* Djerat (Argelia). Grabado hace 10.000 años. Cuaderno de campo de J. J. Benítez.**

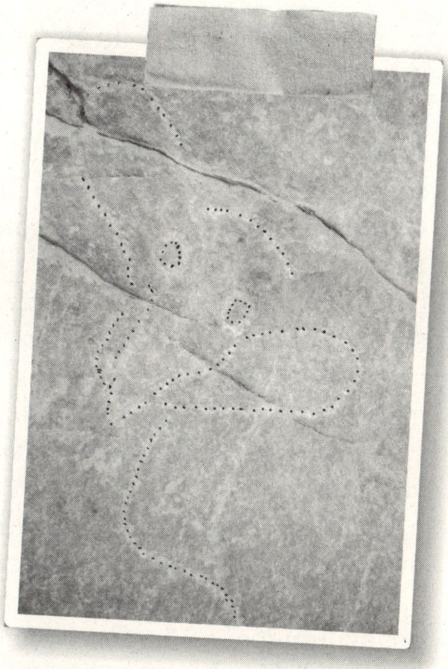

«Cara de rata», en el *wadi* Djerat (Argelia) (punteado para su mejor comprensión). (Foto: Iván Benítez.)

Cuando consulté a los arqueólogos, el veredicto fue unánime: «figura antropomorfa con máscara».

Dudé.

En el siglo veinte, aunque parezca increíble, decenas de testigos afirman haber visto tripulantes de ovnis con características similares a las de aquel grabado, perdido en la nada. A saber: seres con cabezas de perro, de chacal, de rata, de halcón...

Y, para no agotar al lector, me he limitado a seleccionar uno de los casos.

GALLIO

Información facilitada por Antonio Chiumiento, del Centro Nacional de Investigación Ovni de Turín.

... Aprovechando que el día, aunque frío, estaba soleado, Angelo D'Ambros, de sesenta y un años de edad, y residente en Gallio (Vicenza, Italia), salió de su casa para recoger leña... Eran las 11:45 de la mañana del 24 de noviembre de 1978... Y se dirigió a una zona llamada Gastagh... En un momento determinado, al volverse para colocar unas ramas, contempló algo que le dejó perplejo: dos criaturas le observaban a corta distancia... Flotaban en el aire, a cosa de 40 centímetros del suelo... Uno de los seres medía alrededor de 1,20 metros... El otro era más bajo... Angelo los describió así: «Eran muy delgados, con una piel amarillenta... Estaba tan estirada que podían verse las venas de las manos y de la cabeza... Las cabezas eran grandes y alargadas, como peras invertidas... Eran calvas, con enormes orejas puntiagudas... Los ojos eran enormes, blancos, hundidos y sin párpados... La nariz casi les llegaba al labio inferior... Las bocas mostraban en los extremos dos "colmillos" (?) largos y puntiagudos... Llevaban un traje oscuro, desde el cuello hasta un poco más abajo de las rodillas... Les cubría también los brazos, hasta las muñecas... Las manos y los pies eran extraordinariamente largos y desproporcionados con el resto del cuerpo... Vi unas uñas larguísimas». En un primer momento —según el testigo— las criaturas se hallaban juntas... Después, la más baja empezó a moverse, colocándose a derecha e izquierda de Angelo... Y lo hacía con rápidos saltos, pero sin mover los pies, como si se deslizase por una superficie invisible... Las grandes orejas rozaban con las ramas de los árboles... Angelo, aterrorizado, gritó solicitando auxilio... Pero nadie le oía... Y sacando fuerzas de donde no las había se atrevió a interrogar a las criaturas... Preguntó quiénes eran y qué deseaban... De la criatura más pequeña salieron unos sonidos incomprensibles... El ser más alto seguía quieto, a cosa de un metro del testigo... Y, de pronto, trató de apoderarse del machete de Angelo... «Lo agarró por la punta (que no tiene filo) y quiso quitármelo, pero no lo permití... La criatura, entonces, lo agarró algo más abajo y tiró del cuchillo... Y sentí un calambrazo... Y la criatura siguió tirando del machete... Yo agarré una rama e intenté golpearlo... Pero la criatura, al comprender mis intenciones, soltó el arma y huyó... La otra le siguió»... El testigo recuperó el ánimo y persiguió a los seres... Al llegar a un claro se detu-

vo... En tierra vio un extraño aparato, alargado... Tenía cuatro patas... En lo alto del disco distinguió una cúpula... Era un objeto metálico, con la mitad superior de color rojo y la inferior de color azul... En el centro aparecía una línea blanca... Tendría unos 4 metros de diámetro por 2 de altura... Entonces vio una de aquellas extrañas manos que, desde dentro, cerraba una especie de trampilla situada en la cúpula... Segundos después, el objeto se elevó en silencio y desapareció a gran velocidad por detrás de unas higueras... Al día siguiente, Angelo y su yerno acudieron al lugar y descubrieron una zona de 3,5 metros de diámetro con la hierba negra y aplastada... También encontraron dos huellas, en forma de «U», de unos 20 centímetros de largo y 3 de profundidad... La hoja del machete de Angelo quedó con un color rojo oscuro... Lamentablemente no fue analizada.

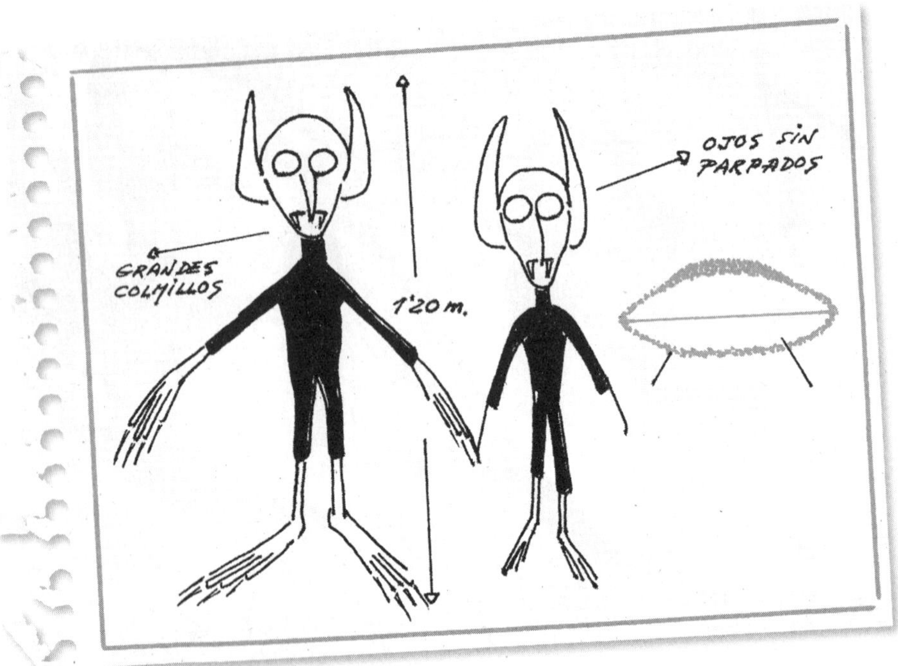

Seres con cabeza de rata o de chacal (Gallio, Italia), 1978. Cuaderno de campo de J. J. Benítez.

Ese mismo 24 de noviembre de 1978, otros testigos, en la zona, observaron objetos volantes no identificados. Los describieron como círculos rojos con un halo blanco. Se movían en total silencio.

MESSAK

Investigué mucho en el Sahara.

En los desiertos de Libia, Túnez, Argelia, Níger, Marruecos y Egipto disfruté con cientos de pinturas rupestres y otros tantos grabados en las rocas. Todos son antiquísimos (entre 4.000 y 12.000 años). Allí descubrí criaturas «oficialmente imposibles»: hombres con cola, con cabeza de insecto, con cabeza de halcón, de rata, de perro...

¿Se trataba de fantasías de los hombres de la Edad de Piedra o se limitaron a pintar y grabar lo que vieron?

A la vista de las imágenes, el lector sacará sus propias conclusiones.

Veamos algunos ejemplos:

En los desiertos del Messak, en Libia, abundan los *théranthropos*. Así los llaman los arqueólogos. Se trata de graba-

Seres con cabeza de perro en el Messak (Libia). Doce mil años de antigüedad. Cuaderno de campo de J. J. Benítez.

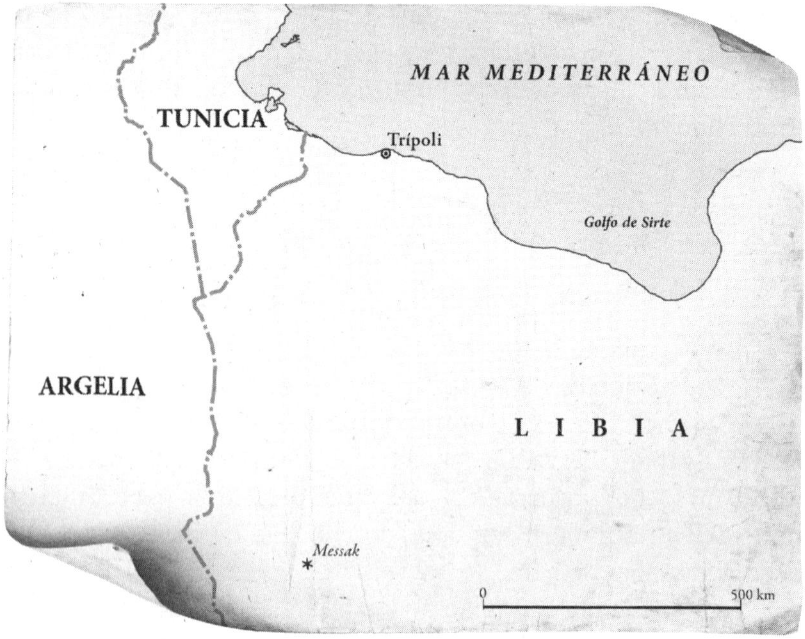

dos milenarios en los que aparecen seres corpulentos, todos ellos con cabezas de perro o de chacal. Las orejas son enormes. Van armados de mazas y se dedican a la caza de elefantes y rinocerontes. Los del *wadi* Alamas son espectaculares.

Imrâwen (Messak). Cabeza de perro cargando un rinoceronte. Grabado en roca. Doce mil años de antigüedad. Cuaderno de campo de J. J. Benítez.

Grabado en el desierto del Messak. Hombres con cabeza de asno. (Foto: Iván Benítez.)

Hombre con cola y cabeza de perro en el *wadi* Tidûwa (Libia). (Foto: Iván Benítez).

En los desiertos de Argelia (especialmente en el Tassili N'Ajjer y en el Djerat), los grabados y pinturas rupestres «imposibles» se cuentan por miles.

Algunos —como los aquí presentes— son espectaculares:

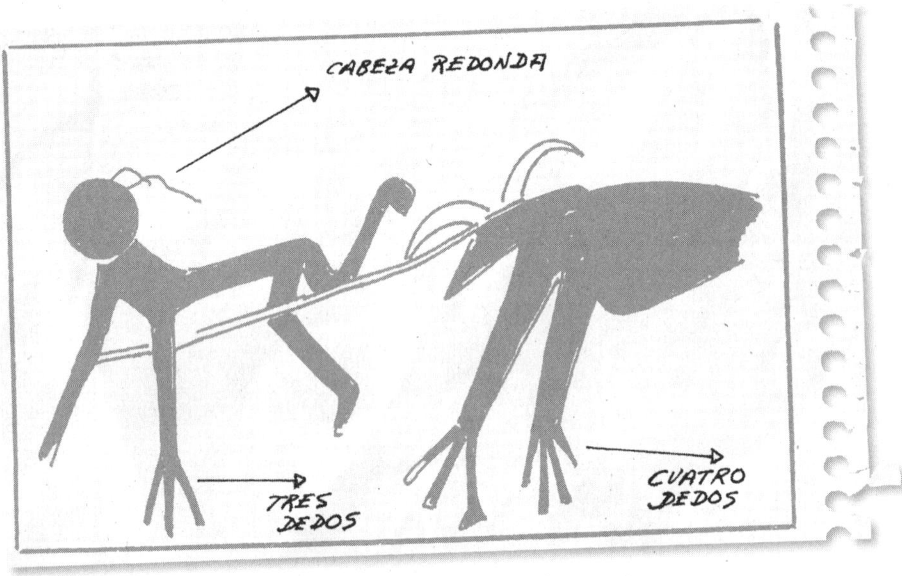

Tin-Tazarift (Tassili N'Ajjer). Cuaderno de campo de J. J. Benítez.

Sefar. Nadie ha logrado identificar a estos seres. Cuaderno de campo de J. J. Benítez.

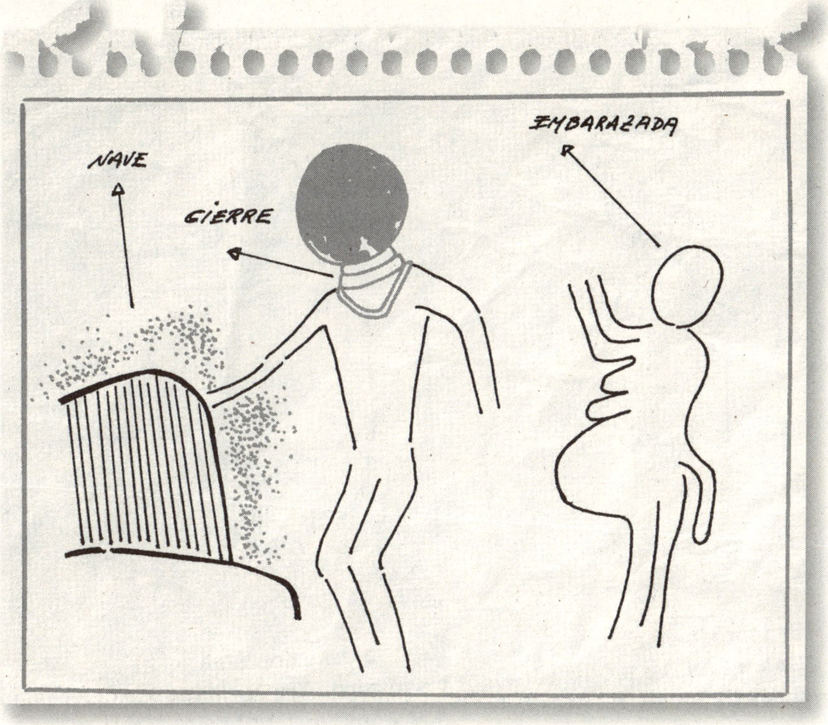

Desierto del Sefar (Argelia). En mi opinión, una de las pinturas más fascinantes. Un astronauta abre una especie de trampilla (de la nave). La mujer, embarazada, lo despide. Cuaderno de campo de J. J. Benítez.

Tassili N'Ajjer (Argelia). Hipopótamo con cabeza de felino. Cuaderno de campo de J. J. Benítez.

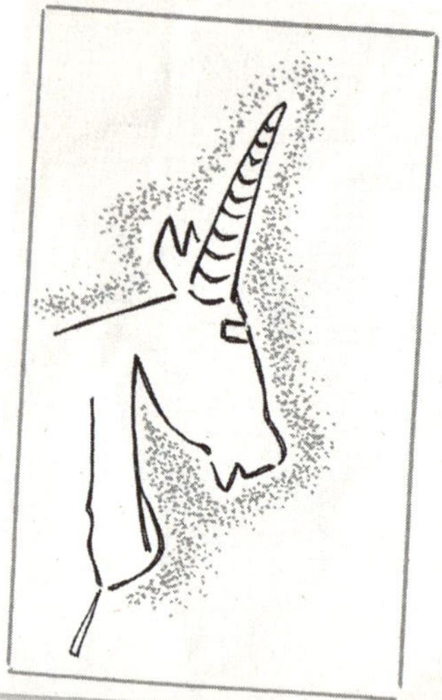

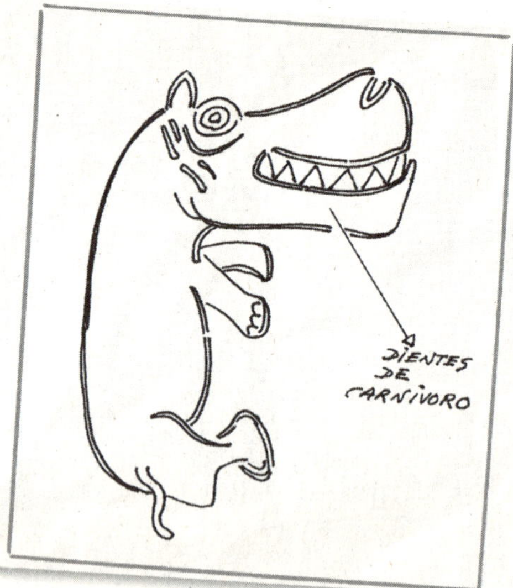

Unicornio en el Sefar. Entre 5.000 y 9.000 años de antigüedad. Cuaderno de campo de J. J. Benítez.

Hipopótamo con dientes de carnívoro. Tim-Kamani, Libia. Antigüedad: 12.000 años. Cuaderno de campo de J. J. Benítez.

Grabados en el Messak (12.000 años de antigüedad). Vaca con dos cuerpos y una sola cabeza y vaca con cuatro cuernos. Resulta evidente que alguien pudo manipular, genéticamente, a los animales. Pero, ¿sólo a los animales? Cuaderno de campo de J. J. Benítez.

Hombres con cola: abundantísimos en todo el Sahara. Cuaderno de campo de J. J. Benítez.

VAR

Lo sé. Algunos, al contemplar las pinturas y grabados del Sahara, sonreirán maliciosamente. «Fantasías», dirán.

Yo no estoy tan seguro.

En el siglo veinte, los investigadores del fenómeno ovni rescataron casos de tripulantes con el aspecto que ofrecen las referidas pinturas rupestres de la Edad de Piedra.

Veamos algunos ejemplos:

Lyonel Trigano llevó a cabo la siguiente investigación en la región francesa de Var:

... El señor «S» es un hombre de negocios... Una noche de noviembre de 1962 circulaba en su automóvil por una carretera secundaria de Var... Era una noche oscura... Llovía a cántaros... «Al salir de una curva —contaba el testigo—, a cosa de 80 o 100 metros, observé un grupo de figuras... Estaban agrupadas en medio de la carretera... Reduje la velocidad y vi cómo el grupo se dividía en dos... Tenía la ventanilla bajada y saqué la cabeza, intrigado... Entonces los vi con claridad... Eran unos seres muy raros, con las cabezas como los pájaros... Estaban cubiertos de plumaje... Y se encaminaron hacia el coche... Un grupo por cada lado... Me entró miedo y subí la ventanilla... Después aceleré a tope y me alejé del lugar... Pero, a cosa de 150 metros, paré... Y vi a las criaturas... Se dirigían, volando, hacia un objeto de color azul oscuro que flotaba sobre el campo... Era como dos platos encarados... Y al llegar al objeto, los "pájaros" fueron literalmente absorbidos hacia la "panza" del aparato... Y desaparecieron en el interior... Oí un sonido y la nave partió a gran velocidad».

Var (Francia), 1962. Cuaderno de campo de J. J. Benítez.

TRÉNAL

Camus Gilbert, electricista, no olvidará jamás aquella noche del 5 de marzo de 1971.

El investigador Tyrode llevó a cabo los primeros interrogatorios (siempre los más interesantes).

He aquí una síntesis del caso:

... Camus vive en Gevingey, en la región francesa del Jura... La noche del 5 de marzo se dirigía de Gevingey a Savigny... Nada más cruzar la aldea de Trénal, el testigo distinguió un fuerte resplandor a lo lejos... Pensó que se trataba del alumbrado público de Condamine, una población cercana... Pero se dio cuenta de que la luz no se hallaba al frente, sino a la derecha de la carretera... Camus prosiguió la marcha, muy atento al citado resplandor... Y pronto comprobó que no se trataba de una fuente luminosa, sino de seis u ocho... Estaban sobre un prado, al borde de la ruta... Eran unos rectángulos de color azul... Contó ocho... Era una luz fluorescente... Y por encima de los rectángulos percibió una cúpula de aspecto metálico... Brillaba tenuemente a la luz de la luna... El objeto tenía la forma de una media naranja... El testigo calculó la altura en unos 8 metros, con un diámetro de 15... Y, al poco, recibió una desagradable sorpresa... Muy cerca de la cuneta observó tres seres que parecían esperarle... «Estaban a cuatro patas —manifestó Camus—. Entonces descubrí que en el prado existente cerca de la carretera había otro grupo de seres idénticos... Eran veinte... Algunos estaban de pie y otros caminaban a cuatro patas, como buscando algo... Los tres seres más cercanos tenían la piel oscura, casi negra... Las cabezas eran como las de las hormigas»... El coche pasó ante las criaturas, pero ninguna hizo nada... Todo era silencio... «Y al dejar atrás al grupo —prosiguió el testigo—, el coche resultó inundado por una gran luz... Al mirar por el espejo retrovisor tuve la sensación de que me disparaban... En esos instantes, el miedo se esfumó y experimenté algo insólito: fue como si el tiempo se hubiera detenido... El coche parecía que fuera solo... Yo no podía dirigirlo... La velocidad había disminuido a 20 kilómetros por hora... Instantes después observé que el capó del coche se había vuelto fluorescente... Pero aquella anomalía desapareció segundos más tarde»... Y, lentamente, Camus Gilbert fue recuperándose... Al llegar a su casa observó que la camisa presentaba unas extrañas manchas... Tenían forma de rectángulo y estaban repartidas por el costado izquierdo... Sumó ocho... Eran de un amarillo dorado muy brillante, como fosforescentes... Tras lavar la prenda desaparecieron... Tres días después surgieron otras manchas (idénticas a los rectángulos), pero en el pantalón... Camus tuvo que lavarlo tres o cuatro veces, hasta que desaparecieron... También el coche se vio afectado... A los tres días del incidente con los seres con cabeza de insectos, en la chapa se presentaron unas extrañas manchas verdes, muy visibles en los trapos... El señor Camus reconoció que sus fuertes dolores de cabeza (muy frecuentes) desapare-

Trénal (Francia), 1971. Cuaderno de campo de J. J. Benítez.

Pintura rupestre en In-Aouarhat (Argelia). Representa a un extraño ser con cabeza de insecto. (Foto: Iván Benítez.)

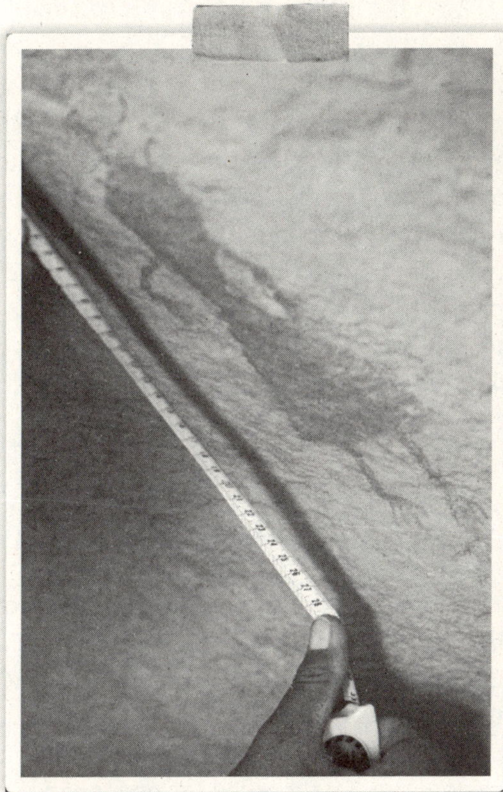

Seres con cabeza de insecto en la meseta del Tassili N'Ajjer (Argelia). Coordenadas: 24° 28' 14" N y 9° 43' 19" E. Antigüedad: 5.000 a 9.000 años. Cuaderno de campo de J. J. Benítez.

cieron a raíz del encuentro con los seres... Seis meses después del suceso, Camus no había vuelto a tener migrañas... Sencillamente, desaparecieron... A la mañana siguiente del encuentro, el testigo y su hijo acudieron al lugar del avistamiento y hallaron una enorme huella, de 10 metros de diámetro... Se trataba de un semicírculo de unos 3 centímetros de profundidad... En las proximidades se podían ver huellas de pasos... Parecían zapatos sin tacón... La longitud era asombrosa: 40 centímetros.

RAUMA

Juhani Kyröläinen y Pekka Teerikorpi eran astrónomos de las universidades de Helsinki y de Turku, respectivamente. Eran aficionados al tema ovni. En 1980 publicaron un libro en finlandés: *Ufojen arvoibus* («El enigma de los ovnis»). Pues bien, a raíz de la aparición de dicho libro, recibieron numerosas cartas. Los fineses les contaron un buen número de experiencias ovni. Una de ellas fue especialmente singular. He aquí el relato de Juhani y Pekka:

... Recibimos una carta de un hombre al que llamaremos Allan... Describía un incidente que tuvo lugar en junio de 1979... Él y su esposa —Maila— vieron una nave, a plena luz del día, y a cosa de 60 metros de distancia... Allan es inválido: le amputaron una pierna... Al ver el objeto pidió a Maila que se acercara... Y así lo hizo... Cuando estaba a corta distancia, el aparato salió volando y desapareció... En septiembre de ese año (1979) hicimos una visita al lugar de los hechos... Allan, de cincuenta y ocho años, era panadero de profesión... El matrimonio vive en una pequeña casa de madera, a las afueras de Rauma, una población situada en la costa del golfo de Botnia (Finlandia)... La zona es tranquila... El día 19 de junio de 1979 fue caluroso... A las doce y media del mediodía, Allan y Maila se encontraban sentados en el salón de su casa, con la ventana abierta... La mujer vio algo sobre una roca cercana y se lo comentó a su esposo... La roca se encuentra a 60 metros de distancia... Allan se asomó a la ventana y vio un objeto muy raro... La parte superior era curva, y de color plata... La inferior era plana y azul oscura... Un rayo azul salía de la base y barría los alrededores con un movimiento ondulante... Al cabo de un minuto desapareció... Allan, entonces, pidió a Maila que se acercara... Y la mujer obedeció, aproximándose a la nave con precaución... Llegó al objeto y estuvo tan cerca que hubiera podido tocarlo... De hecho lo intentó... Se trataba de un aparato, posado en la roca merced a cuatro patas... La parte superior era transparente... Dentro de la cúpula, Maila observó a dos criaturas pequeñas, sentadas en unos asientos en miniatura... Uno de los seres sostenía en la mano un aparato... Las criaturas tenían picos curvos, como los halcones... La piel estaba llena de manchas de color marrón... Los ojos eran grandes y saltones... La barbilla era larga y las orejas parecían hojas de árbol... Portaban en las cabezas sendos cascos, con antenas... Brillaban... En el centro del casco se distinguía una raya amarilla... La parte superior del traje era negro, así como los largos guantes... En la parte frontal del objeto distinguió palancas e indicadores, como en los aviones... Algunos «relojes» eran redondos, con marcas... Cuando Maila estaba a punto de tocar la nave, la criatura más próxima volvió la cabeza y le hizo una indicación con la mano, para que no toca-

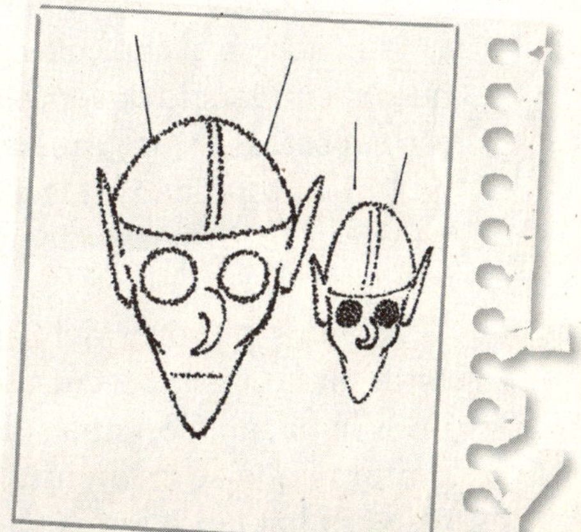

Rauma (Finlandia), 1979. De nuevo los seres con cabeza de halcón. Cuaderno de campo de J. J. Benítez.

ra el aparato... En ese momento, la mujer sintió «electricidad en los ojos»... Y perdió la vista, momentáneamente... Se quedó allí, frotándose los ojos, mientras el objeto despegaba en medio de un silbido... Los ojos de la mujer permanecieron irritados durante horas... Maila regresó a la casa muy alterada... Y contó a su marido lo que había visto en el interior del aparato... Allan no alcanzó a ver a las criaturas con cabeza de halcón... El encuentro se prolongó durante diez minutos, aproximadamente... Nada en la casa sufrió alteraciones...

Los investigadores regresaron un año más tarde y la versión de los testigos fue idéntica.

Estos casos, y las pinturas y grabados hallados en los desiertos, con antigüedades superiores a los cinco mil años, me llevaron, casi de la mano, a una conclusión inevitable: la mitología egipcia tuvo una base real. Horus, el dios con cabeza de halcón, pudo ser visto por los antiguos egipcios, y venerado como «Hr» (verdadero nombre de Horus) «Hr» o «hrw» significa «aquel que vuela alto en el cielo». Al igual que en los encuentros registrados en el siglo veinte, los antiguos egipcios pudieron contemplar a estas criaturas dentro o cerca de sus naves; de ahí que lo llamaran «Hr». Y lo mismo pudo suceder con Anubis, el dios con cabeza de chacal o de perro. Después, con el paso del tiempo, la fantástica realidad terminó deformándose. Y la ortodoxia consideró a estos personajes como seres mitológicos. Grave error.

Sí, deberíamos escribir de nuevo la historia...

Y concluyo el capítulo con otra arriesgada hipótesis, ya expuesta en *Planeta encantado:* «Tassili» (2004): quizá las pinturas rupestres, y los grabados en las rocas, no sean obra humana (en su totalidad). Me explico. Y lo haré con las acertadas palabras de Francesc Masip, un destacado dibujante español:

«... Los pintores del Tassili no tenían todos ni el mismo estilo ni la misma escuela ni el mismo talento. Mientras que unos lo hacían con una sola mancha, como la mayoría de las pinturas que se encuentra en los asentamientos con cuevas, otros lo hacían como si fuera una viñeta actual de cómic...

Anubis (izquierda): dios egipcio con cabeza de perro. Horus: dios con cabeza de halcón. Cuaderno de campo de J. J. Benítez.

Estos artistas fueron enseñados (¿por quién?)... Era tal la observación de lo que iban a pintar que, además de los detalles, pintaban bien la perspectiva y esto cuenta muchísimo... Lo que más le cuesta a un principiante es dibujar la perspectiva de la base de un vaso, un jarro o una fuente, y esto me ha ocurrido a mí y a muchos de los compañeros artistas».

En otras palabras: alguien enseñó a los habitantes del Tassili N'Ajjer a pintar o, muy probablemente, muchas de las pinturas fueron obra de los seres que pilotaban aquellas naves.

Si esto fue así, la intencionalidad pudo ser doble. En primer lugar (y más importante) para dejar testimonio de su paso por aquellas zonas, y en esas épocas. En este aspecto los «detalles» (amén de la perspectiva) me parecen especialmente significativos. Los hombres de la Edad de Piedra no podían comprender el significado del cierre de una escafandra o el porqué de un casco. Y mucho menos el sentido de un traje hinchado. Y, sin embargo, lo pintaron con exquisita perfección.

La segunda posibilidad (nada desdeñable) me lleva a pensar en simples gamberros del espacio. De la misma manera que hoy se graba un nombre en un árbol, aquellos «turistas» cósmicos se entretuvieron en pintarse y grabarse a sí mismos. Y lo hicieron por todo el mundo.

Pero la intuición me dice que debo inclinarme, sobre todo, por la primera probabilidad. Ellos deseaban dejar constancia de su presencia en la Tierra y la mejor forma fue pintando sus naves o pintándose a sí mismos.

Sea como fuere, lo interesante es que nos visitan desde la noche de los tiempos.

Y un último «detalle» (para la reflexión): ¿sabía el hombre de hace 5.000 y 9.000 años que la caseína era un integrante de las pinturas utilizadas en el Sahara? Es obvio que no lo sabía. Y es evidente que no sabía extraerla de la leche. Para eso hubiera necesitado de una tecnología que no estaba a su alcance. Y, sin embargo, como digo, la caseína se presenta como un aglutinante en las pinturas del Tassili. Otro «detalle», en fin, que hace pensar en «pintores no humanos»...

ROCHESTER

También en América encontré decenas y decenas de pinturas y grabados milenarios en los que extraños seres se presentan a la vista de los habitantes del lugar.

Las imágenes seleccionadas (hay miles de pinturas y petroglifos) hablan por sí solas.

Veamos:

En el estado de Utah, en Estados Unidos, disfruté con pinturas que me recordaron las del desierto del Sahara, en África. Antigüedad: anteriores al descubrimiento oficial de América (1492). Las del asentamiento de Thomson me dejaron perplejo.

En ellas aparecen seres de gran altura, provistos de antenas y con ojos desproporcionados. Algunos se encuentran enfundados en trajes hinchados y en enormes cascos. A su alrededor se observan círculos y discos en movimiento.

También recorrí el asentamiento de los «fantasmas», en Canyonlands. Los «fantasmas» —así los llamaron los habitantes de la zona— son seres de 3 y 4 metros, pintados en los abrigos

Utah (USA). Seres con antenas. Cuaderno de campo de J. J. Benítez.

J. J. Benítez en Utah. (Foto: Blanca.)

Utah (USA), «Los fantasmas». (Foto: Blanca.)

rocosos junto a otras entidades de largas túnicas rojas. Destacan por sus enormes ojos y sus «escafandras». Antigüedad: entre 1.000 años antes de Cristo y 1.300 después de Cristo.

Rochester (Utah). Cuaderno de campo de J. J. Benítez.

Pasé horas al pie de los «fantasmas», tratando de esclarecer el misterio. No lo conseguí. Lo único que llegó a mi mente fue un pensamiento reiterativo: «Orión... Seres de Orión».

Pero lo achaqué a las altas temperaturas (más de 45 grados en aquel mes de julio de 2005).

En los asentamientos de Rochester, también en Utah, fui a tropezar con un grabado en la roca que me pareció especialmente intrigante. En el cuaderno de campo escribí: «¿Vieron a "alguien" que subía o bajaba en el aire? ¿Imaginaron que lo hacía por una cuerda? ¿Había tal cuerda? ¿Pudo ser una línea blanca como una estela? ¿Qué significan las pequeñas esferas en diferentes tramos de la "cuerda"?».

Los arqueólogos no saben, no contestan...

BOCANEGRA

En julio de 2004 visité algunos de los petroglifos de Nuevo México, en USA. Quedé igualmente sorprendido.

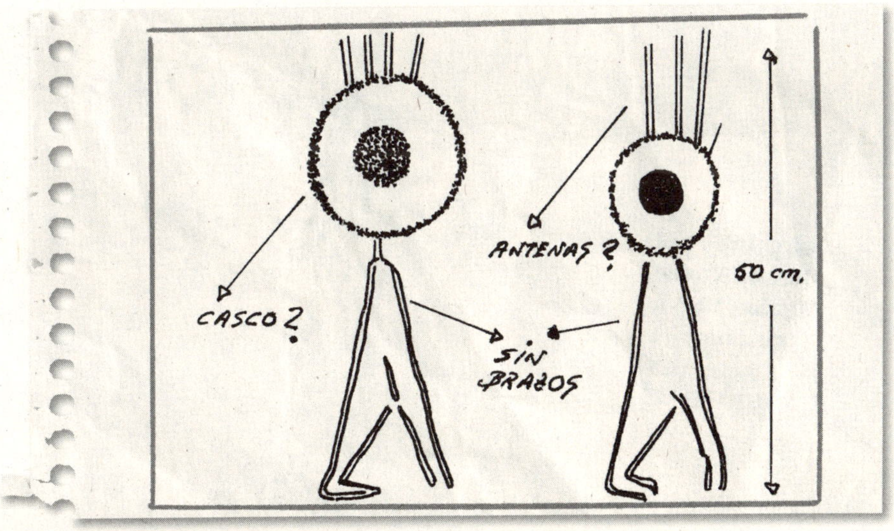

Bocanegra (Nuevo México, USA). Cuaderno de campo de J. J. Benítez.

Dos de ellos me llamaron la atención poderosamente. Se encuentran en Bocanegra. Antigüedad: 1.000 años antes de Cristo, aunque los arqueólogos no han logrado determinar la fecha con exactitud. Podría ser mucho más antiguo.

Se trata de dos figuras de 50 centímetros de altura. Parecen caminar una detrás de la otra. Ambas portan grandes cascos o escafandras, con cuatro «antenas» (?) cada una. Carecen de brazos o los llevan muy pegados al cuerpo.

CHACO

Otro extraño petroglifo (grabado en piedra) se encuentra en el Chaco, muy cerca del llamado «cementerio de Wetherill», también en Nuevo México.

Para mi sorpresa, el conjunto fue grabado en lo alto de una roca, a 10 metros del suelo.

Se trata de un gigantesco ser que parece flotar sobre un grupo de indígenas (siete en total). Todos contemplan al ser «volador». Alrededor de la criatura (provista de cuatro dedos

Petroglifo en el Chaco (Nuevo México, USA). Cuaderno de campo de J. J. Benítez.

en cada mano) se observa un círculo del que parte una larga cola o estela (?).

Para los naturales del lugar —según rezan las leyendas—, el ser que flota sobre los indígenas sería un dios benefactor, «al que acompaña el sol» (!).

Obviamente, para que los habitantes del Chaco hubieran podido grabar dicho petroglifo habrían necesitado del auxilio de andamios colgantes o de varias escaleras de más de diez metros de altura. A no ser, claro está, que el «artista» o los «artistas» no hayan sido los indígenas...

ANUBIS

El 26 de julio de 2004 tuve la fortuna de conversar con Gloria Farley en su domicilio, en Heavener (Oklahoma, USA). Gloria fue una gran antropóloga, de mente abierta y espíritu generoso. Ella me puso tras la pista del misterio de la cueva de Anubis, en el referido estado norteamericano de Oklahoma.

Cuando contemplé el grabado existente en dicha cueva quedé desconcertado.

Nadie conoce su antigüedad.

El petroglifo muestra una criatura enfundada en un extraño traje y con los brazos levantados. Se halla subida en una no menos singular «caja» (?). En una de las caras de la base aparece una especie de «P».

De la cabeza del ser salen rayos o resplandores.

El «uniforme» presenta un rectángulo en el lado derecho del tórax, a manera de «emblema». Parece que calza botas. Las manos disponen de cuatro dedos.

¿Se trata de un astronauta con un sistema de propulsión a los pies?

Nadie tiene una explicación convincente.

El «astronauta» de Anubis (Oklahoma, USA). Antigüedad desconocida. Cuaderno de campo de J. J. Benítez.

ANTOFAGASTA DE LA SIERRA

Luis Emilio Velázquez visitó la zona y me facilitó la información. En su viaje por Antofagasta de la Sierra, en la puna de Atacama (Catamarca, Argentina) fue a descubrir dos grabados en la piedra que, efectivamente, hacen pensar...

En uno de ellos aparece un individuo de baja estatura con una especie de bandera (?) en la mano izquierda. Carece de nariz y boca.

El grabado podría tener 5.000 años de antigüedad, aunque nadie lo sabe con certeza.

En el segundo se ve a otro ser (también sin nariz ni boca) y enfundado en un extraño «traje» (cabeza incluida). Los ojos de ambos son achinados.

Según Luis Velázquez, esa zona está sembrada de petroglifos. Los hay a cientos...

Antofagasta de la Sierra (Argentina). Cuaderno de campo de J. J. Benítez.

Salta a la vista que alguien «no humano» descendió en aquellos remotos parajes y se mostró a los naturales de la zona, incluyendo una bandera (!).

¡Oh, no! Los extraterrestres también tienen banderas...

TORO MUERTO

Los grabados de Toro Muerto, en Perú, son, sin duda, excepcionales. Conté casi cincuenta representaciones «singulares».

He seleccionado una que, en cierta manera, me recuerda la pintura «ummita» de Peñarroya (Córdoba, España), a la que he dedicado un espacio en páginas anteriores.

En dicha representación aparece una nave, provista de antenas y de una rampa o quizá un tren de aterrizaje. Del objeto sale un ser que flota en el aire. Presenta un casco o escafandra. Alrededor se ven unos hombres (y posiblemente un pájaro) con los brazos abiertos. Es quizá un recibimiento o una forma de admiración de la criatura que vuela.

Antigüedad: entre 700 y 1.500 años.

Toro Muerto (Perú). Cuaderno de campo de J. J. Benítez.

EL CASAR

En el Museo Provincial de Cáceres (España) pude contemplar una estela, en piedra, que me dejó pensativo. Es granito gris. Fue hallada en la población de El Casar (Cáceres). Se desconoce su antigüedad. En ella ha sido representada una figura con rasgos impropios del ser humano. A saber: cabeza semicircular con ojos orientales; carece de nariz y de orejas; boca con una breve sonrisa; cuello largo y desproporcionado; hombros levantados; brazos pegados al cuerpo (si es que los tiene); piernas fuertes y «botas». La altura de la criatura es de 1,12 metros.

Con el paso del tiempo, alguien grabó en el cuerpo una serie de letras (posiblemente latín).

TEZIRZEK

La región de Tezirzek, en Níger, es rica en petroglifos.

Una de las secuencias, en dos grandes rocas, me dejó perplejo.

El Casar (Extremadura, España). Cuaderno de campo de J. J. Benítez.

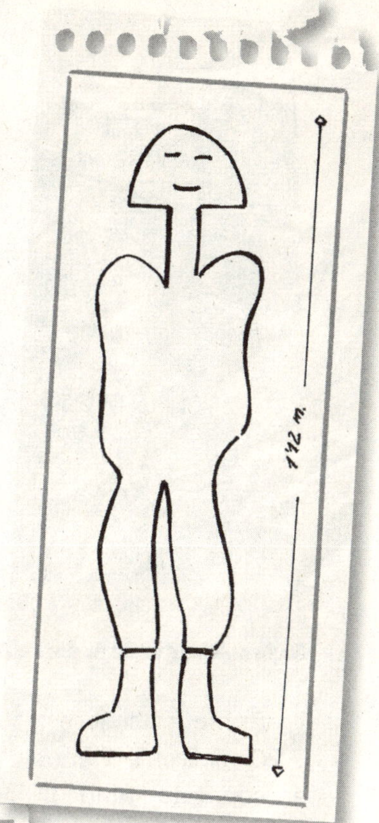

El investigador Pedro M. Fernández junto a la estela de El Casar. (Gentileza de Pedro M. Fernández.)

Níger. Antigüedad: entre 3.000 y 5.000 años. (Foto: Blanca.)

Sumé seis seres, todos de baja estatura (alrededor de 1,20 metros). Tienen los brazos levantados (aparentemente en señal de saludo). Presentan cabezas redondas (quizá con cascos) y caderas especialmente anchas.

Las figuras no guardan relación con otros grabados en los que han sido representados hombres y mujeres del lugar.

Sospechoso...

Tezirzek (Níger). Cuaderno de campo de J. J. Benítez.

Junto a los grabados aparece escritura bereber. (Foto: Blanca.)

KIMBERLEY

No he visitado Australia (todavía), pero he estudiado a fondo muchas de sus pinturas rupestres. La labor de los investigadores locales ha sido minuciosa y exhaustiva. En ellos me baso a la hora de las interpretaciones.

Me centraré en las pinturas que los naturales australianos llaman *wandjinas*. Fueron descubiertas oficialmente en 1838, en Kimberley, al noroeste del continente.

Las pinturas se cuentan por centenares. En todas ellas aparecen seres de gran estatura (hasta 6 metros), con rostros blancos (siempre sin boca). Según los indígenas, los *wandjinas* no son sus remotos antepasados, sino criaturas procedentes del «mundo espiritual». Hace miles de años se presentaron en la Tierra y enseñaron al hombre el arte de la agricultura, de la ganadería, de los metales y de las hierbas mágicas, entre otras cosas. Su símbolo era la serpiente emplumada.

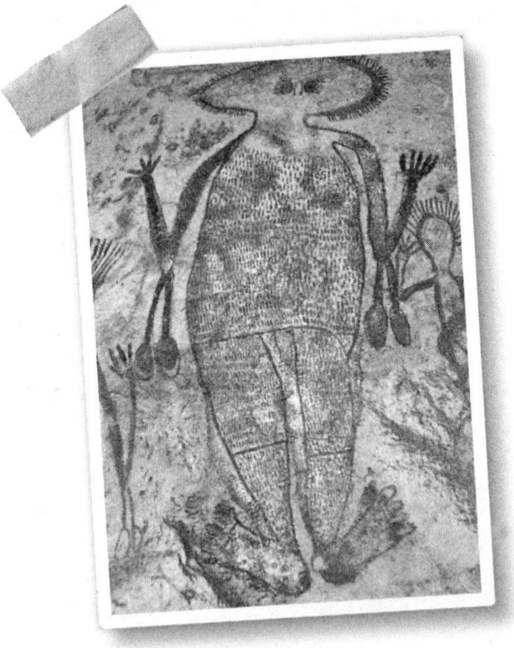

Kimberley (Australia). Seres de grandes cráneos y extraños ropajes.

Las pinturas disponen de manos con tres y siete dedos.

Merced a la presencia de un avispero fosilizado sobre una de las pinturas se logró establecer la antigüedad aproximada de dicha pintura: 17.000 años (probablemente mucho más).

***Wandjina.* Seres de siete dedos en cada mano, siempre sin boca.**

«Tiempo de los sueños»: época en la que aparecieron los wandjinas. Eran gigantes de cinco y seis metros. Trajeron la cultura y la prosperidad a Australia.

Según los naturales, los *wandjinas* no fueron pintados por seres humanos, fueron obra de los propios *wandjinas*, que se autorretrataron en las paredes de las cuevas antes de regresar a su mundo. Estas afirmaciones de los aborígenes australianos ratificarían mi hipótesis sobre la autoría de otras pinturas en el resto del mundo.

OREIBI

En el año 2000 traté de conversar con los indios hopi, en el poblado de Oreibi, en Arizona (USA). Intenté averiguar si era cierto que sus antepasados habían sido trasladados —por el aire— desde unas lejanas tierras, en el océano Pacífico, al continente americano. Eso reza la leyenda. No lo conseguí. Exigían dinero para hablar. Y renuncié. Nunca compro información.

No importaba. Josef F. Blumrich, ingeniero de la NASA, había tenido la oportunidad de conversar con Oso Blanco, uno de los jefes de los hopi. Y Blumrich hizo pública la historia. He aquí una síntesis:

... Oso Blanco me ha contado los recuerdos ancestrales de su pueblo... Y me dijo: «Si de una calabaza cortas la parte inferior, obtendrás una corteza; lo mismo debe hacerse con la parte superior. Si luego se superponen ambas partes se obtiene un cuerpo en forma de lenteja. Éste es el aspecto de un escudo volador»... De acuerdo con la tradición hopi, la historia de la humanidad está dividida en periodos que ellos denominan «mundos»... Estos «mundos» están separados entre sí por terribles catástrofes naturales... El primer «mundo» —dicen los hopi— sucumbió por el fuego... El segundo por el hielo y el tercero por el agua... Hoy vivimos en el cuarto «mundo»... En total, la humanidad deberá vivir siete «mundos»... La memoria de los hopi se remonta al tercer «mundo»... Su nombre era *Kasskara*... Se trataba de un gran continente situado en el actual océano Pacífico... Pero *Kasskara* no era la única tierra habitada... Existía también el «país del Este»... Los hombres del Este eran belicosos... Y

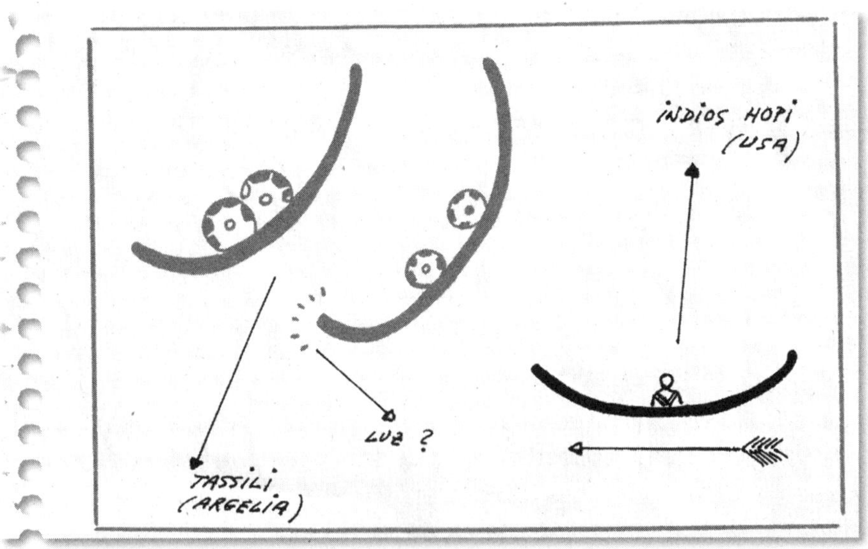

La representación de los *katchinas* por parte de los hopi (derecha) me recordó las pinturas rupestres del Tassili N'Ajjer, en el sur de Argelia. En ambos aparecen «escudos voladores» con seres en su interior. La flecha (bajo el escudo) significa para los hopi «velocidad». Cuaderno de campo de J. J. Benítez.

trataron de conquistar la tierra de los hopi... Entonces surgieron los *katchinas* («venerables sabios»)... Y protegieron a los hopi... Los *katchinas* eran hombres (no dioses) de gran inteligencia y antigüedad... Eran capaces de volar por el aire en «escudos» de fuego... Y lo hacían a grandes velocidades... Y los hopi fueron trasladados a otra tierra... Algunos, los exploradores, fueron llevados por el aire en los escudos voladores... Otros lo hicieron por mar hasta la actual América del Sur... La nueva tierra fue llamada *Tautoma* («tocada por el rayo»)... Y levantaron una ciudad con la ayuda de los *katchinas*... Esa ciudad fue Tiahuanaco, junto al lago Titicaca, en la frontera de Perú con Bolivia... Pero un gran terremoto destruyó la ciudad y los hopi, siempre con el auxilio de los *katchinas*, emigraron en diferentes direcciones... Algunos terminaron en Oreibi, su actual emplazamiento... Y allí honran a los *katchinas* con toda suerte de danzas y rituales... Según los hopi, los seres del espacio abandonaron la Tierra hace siglos.

EGIPTO

Entre los meses de febrero y marzo del año 1487 antes de Cristo, varios discos voladores hicieron acto de presencia en Egipto. El suceso es recogido en el llamado «papiro de Tulli». Alberto Tulli fue director del museo egipcio del Vaticano. El hermano de Tulli, monseñor Gustavo, permitió al egiptólogo Boris de Rachewiltz que tradujera dicho papiro. El avistamiento ovni se registró en tiempos del faraón Tutmosis III (1501-1447 a. de C.). He aquí una síntesis del relato:

... En el tercer mes del invierno del año 22, a la hora sexta, los escribas de la Casa de la Vida vieron un círculo de fuego que venía del cielo... Aunque no tenía cabeza, el aliento de su boca tenía un olor nauseabundo... Medía 1 pértiga de largo (unos 50 metros) y una de ancho, y no tenía voz... Los escribas estaban aterrorizados y confundidos... Y se tumbaron sobre sus vientres... Informaron al faraón... Su majestad ordenó...[1] ha sido examinado... está meditando sobre lo sucedido y lo que está registrado en el papiro de la Casa de la Vida... Ahora, después de algunos días, estas cosas (los círculos de fuego) se hicieron más numerosos en los cielos... Brillaban más que el sol y se extendían más allá de los límites de los cuatro puntos de los cielos... La posición de estos círculos de fuego en el cielo era poderosa... El ejército del faraón los observó junto a él... Fue después de la cena... Estos círculos de fuego entonces ascendieron más hacia el sur... Luego los peces y las aves caían

Traducción literal del papiro de Tulli (del egipcio al español). Se trata del documento escrito más antiguo sobre ovnis. (Gentileza de Roberto Pinotti.)

1. Parte del texto del papiro se ha perdido.

Ovni sobre Egipto en la XVIII dinastía (1487 a. de C.). Cuaderno de campo de J. J. Benítez.

del cielo... Una maravilla que no se había visto desde la fundación de esta tierra (Egipto)... Y el faraón hizo que se quemara incienso para traer la paz a la tierra... Y lo que sucedió fue ordenado por el faraón que se escribiera en los anales de la Casa de la Vida... para que se recordase siempre.

Al comprobar el contenido del papiro de Tulli, el príncipe Rachewiltz dio cuenta del hallazgo a la revista norteamericana *Doubt*, órgano de la sociedad Charles Fort. Ello permitió que llegara al gran público.

LÁRNACA

Fue Marifé Urzainqui quien me puso tras la pista de una asombrosa pintura. Se encuentra en Chipre, en la ciudad de Lárnaca. Concretamente en el museo Pierides (vitrina número 12, vasija 2).

Cuando la contemplé sonreí para mis adentros. En la placa explicativa, los arqueólogos la despachan con un simple «figura sentada en un trono».

Antigüedad: entre el año 750 y 480 a. de C.

Lárnaca (Chipre), 750-480 a. de C. (Foto: Blanca.)

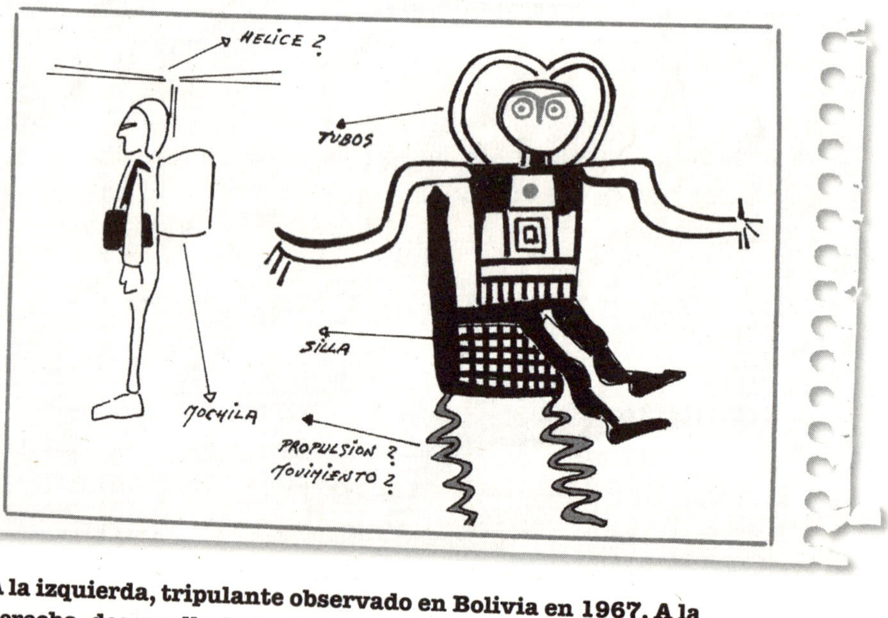

A la izquierda, tripulante observado en Bolivia en 1967. A la derecha, desarrollo de la pintura de Chipre. Cuaderno de campo de J. J. Benítez.

J. J. Benítez en el Museo Pierides. (Foto: Blanca.)

En la pintura (llevada a cabo en una vasija de barro de 25 centímetros de altura) se ve a un ser enfundado en una escafandra. Del casco parten dos tubos. El individuo se halla sentado en una extraña silla. De dicho «trono» parten dos «rayos» (?) (no sabemos si representan luz o movimiento). El traje de la criatura parece repleto de instrumentos.

¿Se trata de un astronauta con un equipo autopropulsado?

En este caso, nuevamente, sobran las palabras. Debe ser el lector quien examine la pintura y saque conclusiones...

Hombre de gran altura junto a disco. Museo arqueológico de Nicosia (Chipre). Cuaderno de campo de J. J. Benítez.

La pintura de Chipre me recordó, de inmediato, el caso de Valentina Flores, en Bolivia. La campesina se enfrentó en 1967 a un pequeño ser que volaba en una especie de silla.[1]

Días después, en el museo arqueológico de Nicosia, volví a encontrar una familiar escena: un ser de gran altura junto a un disco en pleno vuelo. Se trataba de un altorrelieve en una vasija de arcilla. Antigüedad (según los arqueólogos): 2.500 a 1.900 años antes de Cristo.

KEBAR

Corría el año 592 antes de Cristo cuando aquel sacerdote judío de treinta años vio abrirse los cielos.

Primero fue un viento huracanado. Después llegó una gran nube, con fuego y resplandores...

Y en el centro de la nube vio cuatro figuras con formas humanas. Cada una tenía cuatro alas. Sus piernas eran rectas y las plantas de los pies eran como pezuñas de buey. Y relucían como el bronce bruñido...

Sus alas estaban desplegadas hacia lo alto. Otras dos les cubrían el cuerpo.

El sacerdote quedó en estado de *shock*. Y necesitó siete días para recuperarse.

Probablemente fue abducido. «Mi corazón —proclamó el sacerdote— iba lleno de amargura y de ardor».

Esto sucedió a orillas del río Kebar, cerca de la actual ciudad de Tel Aviv (Israel). Y allí fue devuelto.

Meses después, el sacerdote experimentó un segundo encuentro con los extraños seres.

Y al año se registró una tercera experiencia, también con la misma nave. El sacerdote, entonces, fue llevado a contemplar un singular templo.

1. Amplia información en *El hombre que susurraba a los «ummitas»* (2007).

Veinte años después, el sacerdote judío fue abducido nuevamente y trasladado a un gran complejo de edificios. Y los recorrió en la compañía de un «comandante».

El sacerdote se llamaba Ezequiel.[1]

1. El capítulo primero de Ezequiel dice así: «El año treinta, el día cinco del cuarto mes, encontrándome yo entre los deportados, a orillas del río Kebar, se abrió el cielo y contemplé visiones divinas. El día cinco del mes —era el año quinto de la deportación del rey Joaquín— la palabra de Yavé fue dirigida al sacerdote Ezequiel, hijo de Buzí, en el país de los caldeos, a orillas del río Kebar, y allí fue sobre él la mano de Yavé.

»Yo miré: vi un viento huracanado que venía del norte, una gran nube con fuego fulgurante y resplandores en torno, y en el medio como fulgor del electro, en medio del fuego. Había en el centro como una forma de cuatro seres cuyo aspecto era el siguiente: tenían forma humana. Tenían cada uno cuatro caras, y cuatro alas cada uno. Sus piernas eran rectas y la planta de sus pies era como la planta de la pezuña del buey, y relucían como el fulgor del bronce bruñido. Bajo sus alas había unas manos humanas vueltas hacia las cuatro direcciones, lo mismo que sus caras y sus alas, las de los cuatro. Sus alas estaban unidas una con otra: al andar no se volvían; cada uno marchaba de frente. En cuanto a la forma de sus caras, era una cara de hombre, y los cuatro tenían cara de león a la derecha, los cuatro tenían cara de toro a la izquierda, y los cuatro tenían cara de águila. Sus alas estaban desplegadas hacia lo alto; cada uno tenía dos alas que se tocaban entre sí y otras dos que le cubrían el cuerpo; y cada uno marchaba de frente: donde el espíritu les hacía ir, allí iban, y no se volvían en su marcha.

»Entre los seres había algo como brasas incandescentes, con aspecto de antorchas, que se movían entre los seres; el fuego despedía un resplandor, y del fuego salían rayos. Y los seres iban y venían con el aspecto del relámpago.

»Miré entonces a los seres y vi que había una rueda en el suelo, al lado de los seres de cuatro caras. El aspecto de las ruedas y su estructura era como el destello de crisólito. Tenían las cuatro la misma forma y parecían dispuestas como si una rueda estuviese dentro de la otra. En su marcha avanzaban en las cuatro direcciones; no se volvían en su marcha. Su circunferencia tenía gran altura, era imponente, y la circunferencia de las cuatro estaba llena de destellos todo alrededor. Donde el espíritu les hacía ir, allí iban, y las ruedas se elevaban juntamente con ellos, porque el espíritu del ser estaba en las ruedas. Cuando avanzaban ellos, avanzaban ellas, y cuando ellos se elevaban del suelo, las ruedas se elevaban juntamente con ellos, porque el espíritu del ser estaba en las rue-

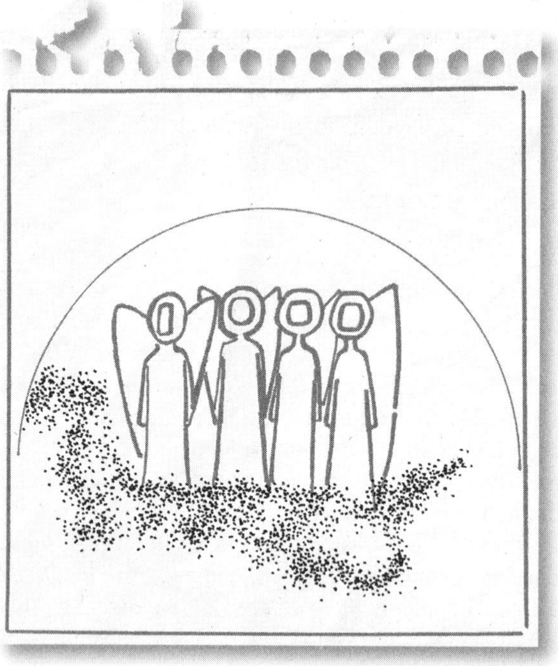

El profeta Ezequiel, lógicamente, no supo que se hallaba ante seres tecnológicamente más adelantados. Y los identificó con Yavé y sus ángeles. Hoy sabemos que seres similares se han manifestado en nuestros días y en muchas partes del planeta. Cuaderno de campo de J. J. Benítez.

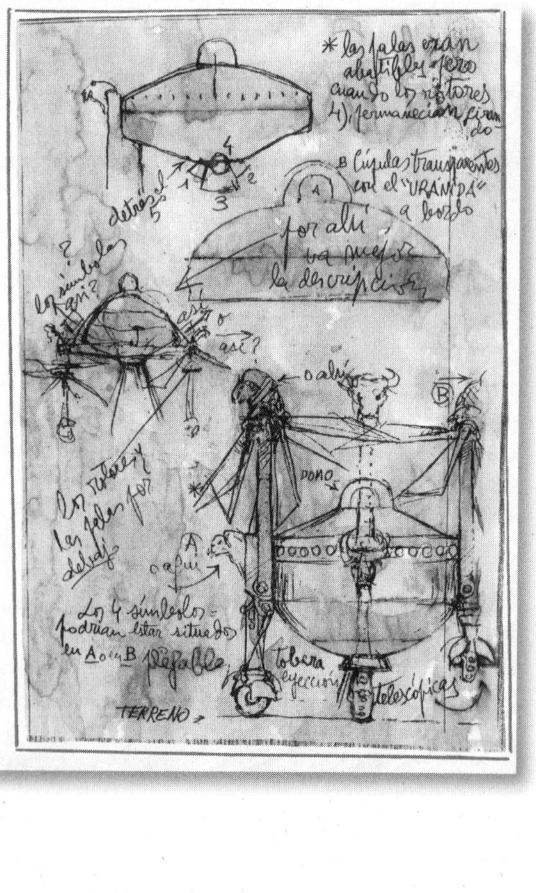

Interpretación de la nave de Ezequiel, según el genial Fernando Calderón. (Gentileza de Fernando Calderón.)

Difícilmente podemos encontrar una descripción tan precisa de la llegada de una nave, de la propia nave, y de sus tripulantes. Lo he dicho muchas veces: la Biblia, además de ser un naufragio, es uno de los mejores libros de ovnis del mundo.

Y esto sucedía en el año 592 antes de Cristo...

CNOSOS

Leí en su momento la curiosa historia del filósofo Epiménides. El cretense vivía en Cnosos. Fue un gran impulsor del orfismo. Era vegetariano, vestía siempre de blanco, y creía en la inmortalidad del alma. La muerte, para él, significaba la liberación final.

Y cuenta la leyenda que un día salió de su casa, a la búsqueda de una oveja extraviada. Pero Epiménides regresó sin oveja... ¡y cincuenta años después!

El filósofo y poeta griego no supo explicar qué le había sucedido.

Epiménides murió centenario. Entre sus obras me llamó la atención un poema titulado «La generación de las couretes y de las corybantes». El hombre se hallaba muy bien enterado sobre los supuestos «conductores de los discos voladores». De hecho, sus paisanos lo bautizaron con el nombre de *Courete*.

La verdad es que no di mucho crédito al relato de Epiménides hasta que conocí el de Virila. La historia de este santo, recopilada por Tomás Moral, me dejó perplejo.

He aquí una síntesis:

---

das. Sobre las cabezas del ser había una forma de bóveda resplandeciente como el cristal, extendida por encima de sus cabezas, y bajo la bóveda sus alas estaban rectas, una paralela a la otra; cada uno tenía dos que le cubrían el cuerpo.

»Y oí el ruido de sus alas como un ruido de muchas aguas, como la voz de Sadday...».

... San Virila vivió en la primera mitad del siglo x. La redacción del prodigio, con localización en el monasterio de Leyre, en Navarra (España), la debemos al padre Arbiol, que incluye el relato en *Desengaños místicos a almas detenidas o desengañadas en el camino de la perfección...* Eran los primeros días del siglo x —cuenta uno de los historiadores de la abadía—. Un viejo abad regía los destinos de Leyre. Don Virila. Un alma sencilla, sin complicaciones. Solamente una duda atormentaba su espíritu. Él no podía comprender el misterio de la eternidad... Una mañana de primavera, después de maitines, salió al bosque a meditar. Caminaba despacio, pensando en la eternidad... De pronto, entre las encinas, escuchó los trinos melodiosos de un ruiseñor... Y quedó ensimismado... El ruiseñor saltaba de rama en rama y el abad le siguió, hipnotizado... Y llegó hasta lo más profundo del bosque... Allí, junto a una fuente, Virila se sintió fatigado... Y cayó en un profundo sueño... Al despertar todo parecía cambiado... Virila regresó al

Epiménides.

San Virila (Monasterio de Leyre, Navarra). (Foto: Blanca.)

monasterio de Leyre y quedó sorprendido: la pequeña iglesia se había convertido en un gran templo... Llamó al portalón, pero el padre portero no era el que Virila conocía... Virila no comprendía lo que estaba pasando... Finalmente, en mitad de un gran revuelo, los frailes se percataron del milagro: aquel viejo abad había desaparecido ¡300 años antes!

Pero la de Virila no fue la única historia que investigué. Después llegó la de don Ero.

Los hechos se registraron en Armenteira, monasterio cisterciense en la provincia de Pontevedra (España). *El libro foral en orden 13* del monasterio, escrito en 1624 por fray Basilio Duarte, prior y archivero, cuenta lo siguiente al respecto:

«Don Ero, señor de Armenteira, donde tenía su palacio, y muy principal caballero de alto linaje, después de estudiar artes liberales, seguir la carrera de las armas y casarse con una señora de su condición, se separó del mundo para vivir en una ermita del monte Castrove... Más tarde pidió a San Bernardo monjes de su orden para hacer fundación, siéndole concedidos cuatro cuando los de Claraval vinieron a Galicia... En 1150 fuera don Ero nombrado abad, levantando la bella iglesia de Nuestra Señora, que hoy perdura, y gozando de su cargo hasta 1176 en que, un buen día, saliendo a dar un paseo al caer de la tarde y sentado al pie de un árbol oyó cantar tan suavemente un pájaro que quedó dormido el cuerpo mientras el alma gozaba los deleites de la gloria... Buscáronle los monjes por los alrededores, pusiéronse en oración e hicieron rogativas... Don Ero no apareció... Hasta que en 1376, despertando de su sueño, retornó al monasterio. Era abad entonces don fray Alonso y quiso dejarle de nuevo su cargo, mas don Ero no lo quiso aceptar... No se sabe cuándo murió ni dónde está su enterramiento... El calendario cisterciense lo celebra como santo el 30 de agosto».

Ahora no dudo de la veracidad de estas transportaciones. Y me referiré a ellas con más detalle en un próximo capítulo. La saga de los «arrebatados», como en el caso de Elías, me fascina...

MENFIS

Heródoto, el célebre historiador griego, vivió entre los años 484 y 420 antes de Cristo. Pues bien, en su memorable viaje por Egipto, Heródoto cuenta algo que al investigador del fenómeno ovni le resulta familiar.

En su libro *Visita a Egipto* dice haber visto extrañas bolas de fuego sobre la ciudad de Menfis.

«La gente –escribe Heródoto– observaba el fenómeno con asombro... Nadie sabía qué significaban aquellas bolas de fuego... Volaron por encima de los edificios y, al cabo de un rato, desaparecieron... Las bolas eran enormes y se desplazaban en el cielo en total silencio... Contamos hasta veinte».

TIRO

«Ellos» también han intervenido en la historia. ¡Y de qué manera!

Ejemplo: ciudad de Tiro, en el actual Líbano. Época: año 332 antes de Cristo. Alejandro Magno, en su lucha contra los persas, pone sitio a la fortificada ciudad de Tiro. Se trata, en realidad, de una isla con murallas de 20 y 30 metros de altura. Los habitantes de Tiro son fuertes y hábiles y desbaratan los sucesivos ataques de Alejandro. El asedio, a pesar de contar con las máquinas de guerra ideadas por Diades de Pela, se prolonga casi siete meses. No hay forma de tomar la ciudad.

Finalmente, según se cita en *Historia de Alejandro el Grande*, de Droysen, ocurrió algo insólito, que dio la victoria a los macedonios y a sus aliados, los griegos.

«La fortaleza no se rendía –cuenta Johann Droysen–. Sus muros tenían 20 metros de altura... Eran sólidos y resultaba imposible dañarlos... Los habitantes de Tiro disponían de los mejores técnicos y constructores de máquinas de guerra de la

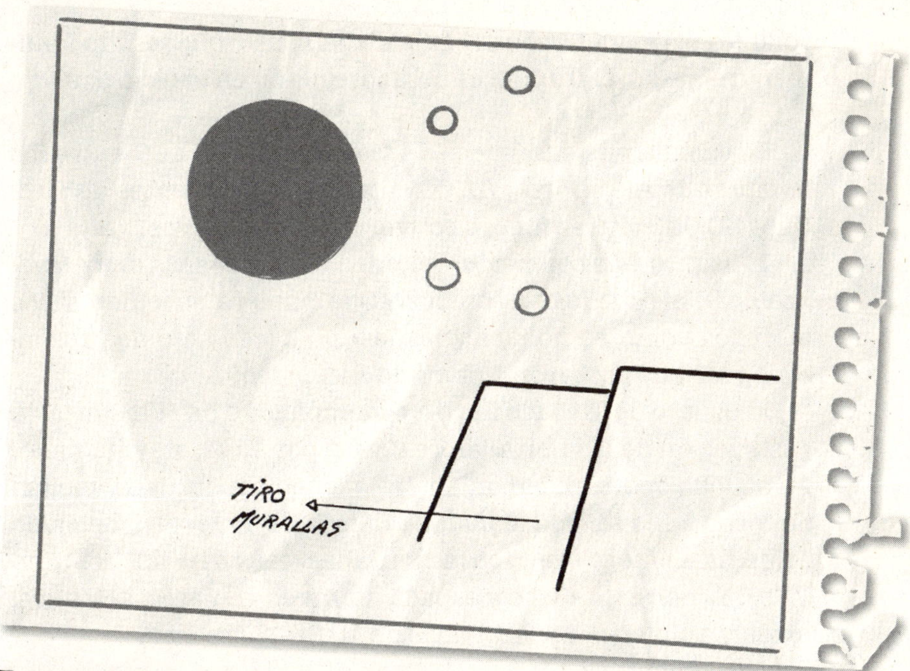

Escudos volantes sobre Tiro (año 332 a. de C.). Cuaderno de campo de J. J. Benítez.

época e interceptaban en el aire las flechas incendiarias y los proyectiles lanzados por las catapultas... Un día, de repente, aparecieron sobre el campamento macedonio de Alejandro el Magno unos escudos voladores, como les llamaban... Volaban en formación de triángulo, con uno enorme a la cabeza... Los otros eran más pequeños (como de la mitad del tamaño)... En total eran cinco... El desconocido cronista narra que volaron en círculo, lentamente, sobre la ciudad de Tiro, mientras miles de guerreros de ambas partes los observaban atónitos... De repente, del escudo más grande salió un relámpago que dio contra los muros de Tiro, derrumbándolos... Siguieron lanzando "luces" y los muros y las torres se disolvieron, como si fueran de barro...[1] Y dejaron libre el camino a los atacantes que entraron, en oleadas, por los agujeros de las murallas... Los escudos

1. La descripción es similar a la relatada por Fernando Arquíbola, en Belén (Argentina), en 1958. Amplia información en *Sólo para tus ojos* (2016).

volantes permanecieron sobre la ciudad hasta que resultó totalmente arrasada... Entonces desaparecieron en el cielo azul».[1]

Se calcula que el número de víctimas fue de 400 entre los hombres de Alejandro y 8.000 entre los combatientes de Tiro. Unos 30.000 civiles fueron convertidos en esclavos.

El asunto —de ser cierto— plantea una duda más que grave: ¿somos libres, como creemos? ¿Qué hubiera sucedido si los «escudos volantes no identificados» no hacen acto de presencia? ¿Por qué actuaron a favor de Alejandro?

El suceso de Tiro me llevó a otro momento de la historia: la destrucción de las murallas de Jericó por Yavé, el «yihadista». En aquella oportunidad, mientras el pueblo judío daba vueltas en torno a la referida ciudad, la «gloria de Yavé» (en forma de columna de fuego) derribó las murallas (más o menos como en Tiro). Y fueron pasados a espada hombres, mujeres, ancianos, niños y animales. En total, más de 10.000 personas.

Sin comentarios...

ROMA

Leer a Cicerón, a Plinio o a Tito Livio es una delicia. Pero, además, puedes llevarte una sorpresa...

Es lo que me sucedió al consultar *De Divinatione*, de Cicerón (106 al 43 a. de C.). De pronto me vi ante el siguiente párrafo: «... Muchas son las luces que nuestro Senado pidió a los decentinos consultar a los oráculos cuando aparecieron tres lunas, y unas llamas de fuego fueron observadas en el cielo, cuando la nube misma pareció estallar y se observaron extraños globos en el cielo».

En la historia de Dion Casio se repite casi lo mismo: «En Ariminium una luz brillante como el día iluminó la noche y

2. Droysen, J. G. *Alejandro Magno*. México: Fondo de cultura económica, 1988.

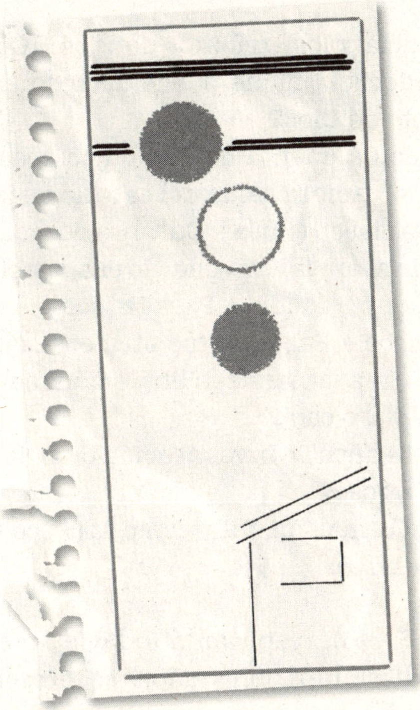

Tres lunas sobre Roma (siglo primero antes de Cristo). Cuaderno de campo de J. J. Benítez.

en numerosas regiones del Lacio tres lunas aparecieron durante la noche».

Plinio, ya en el siglo I, comenta un fenómeno idéntico en su *Historia Natural:* «... Tres lunas aparecieron al mismo tiempo bajo el consulado de Gneo Domicio y Cayo Fannio».

Tito Livio, por su parte, dice lo siguiente: «... En la provincia de Amiterno se vieron en numerosos lugares unos seres parecidos a hombres, vestidos de blanco, de muy lejana procedencia. El globo del sol se hizo más pequeño... En Palestrina centelleaban luces en el cielo».

DAMASCO

Nunca creí en la teología (por sentido común). Dice la Real Academia de la Lengua que «teología» es la disciplina que estudia la esencia, la existencia y los atributos de Dios. ¿Cómo es posible semejante majadería si nadie puede aproximarse, ni remotamente, al concepto de Dios?

Esta disquisición viene a cuenta de Pablo (no creo en la santidad de nadie) y de su famosa caída del caballo en las cercanías de la ciudad de Damasco (Siria). Durante dos mil años, los teólogos han discutido sobre la «luz» que vio el apóstol de los gentiles y que terminó convirtiéndole. Para la teología, en general, esa «luz» que derribó a Pablo no fue otra cosa que una «iluminación espiritual»: una «catarsis» o liberación mental.

No estoy de acuerdo, claro está.

Para mí, después de 44 años de investigación ovni, lo que le sucedió a Pablito fue otra cosa.

Veamos primero la información, tal y como aparece en Hechos de los Apóstoles (9:1-10):

«Entretanto Saulo (Pablo), respirando todavía amenazas y muertes contra los discípulos del Señor, se presentó al Sumo Sacerdote, y le pidió cartas para las sinagogas de Damasco, para que si encontraba algunos seguidores del Camino, hombres o mujeres, los pudiera llevar atados a Jerusalén.

»Sucedió que, yendo de camino, cuando estaba cerca de Damasco, de repente le rodeó una luz venida del cielo, cayó en tierra y oyó una voz que le decía: "Saulo, Saulo, ¿por qué me persigues?" Él respondió: "¿Quién eres, Señor?". Y él: "Yo soy Jesús, a quien tú persigues... Pero levántate, entra en la ciudad y se te dirá lo que debes hacer". Los hombres que iban con él se habían detenido mudos de espanto; oían la voz, pero no veían a nadie. Saulo se levantó del suelo, y, aunque tenía los ojos abiertos, no veía nada. Le llevaron de la mano y le hicieron entrar en Damasco. Pasó tres días sin ver, sin comer y sin beber...».

No hace falta ser muy despierto para entender que la «luz» en cuestión pudo ser una nave, tal y como hemos observado en cientos de casos de encuentros. Ocho siglos más tarde, a Carlomagno le sucedió algo parecido.

Y tampoco creo que el Maestro viajara en el interior de esa «luz», aunque Pablito asegura que escuchó su voz.

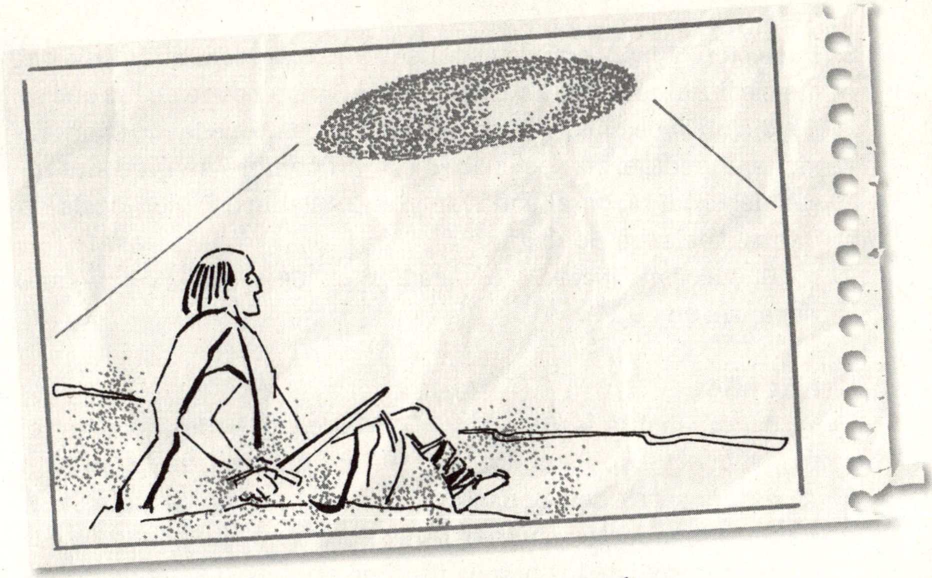

Damasco. Año 35. Cuaderno de campo de J. J. Benítez.

Conclusión: otras humanidades (quizá millones) están al servicio de la divinidad y cumplen su «trabajo» a la perfección.

En este caso –porque así convenía–, una nave «venida del cielo» se interpuso en el camino del perseguidor y lo deslumbró, arrojándolo al suelo. Los hombres que acompañaban a Saulo también lo vieron y quedaron mudos de espanto. Una reacción típica entre los testigos de ovnis.

El caso se registró en el 35 de nuestra era. Jesús de Nazaret había muerto cinco años atrás.

LONDRES

El siglo séptimo se distinguió por infinidad de casos ovni. He seleccionado algunos:

Año 600

Pedro, abad del monasterio de San Agustín, cerca de Canterbury (Inglaterra) fue enviado a Gaul. Allí pereció, ahogado.

Pues bien, durante varias noches, una luz potentísima bajó del cielo e iluminó la sepultura de Pedro. Era un cono de luz que se perdía en la oscuridad. Las gentes del lugar quedaron sobrecogidas. Y dedujeron que el abad era un hombre de Dios. Entonces desenterraron el cadáver y lo trasladaron a la iglesia de Santa María, en Boulogne.

El caso me recordó lo sucedido en La Bisbal (Tarragona, España), en 1954.[1]

Año 634

Según cuenta la *Historia Eclesiástica* de Beda (libro tercero), el cuerpo de Osvaldo, rey de Northumbria, se hallaba en un carro, cerca del monasterio de Bardney, en Lincolnshire. Había sido muerto en una batalla. Pues bien, durante toda esa noche, un rayo de luz blanca iluminó el carro. La luz llegó desde el cielo. Era como un cilindro. Miles de personas lo vieron.

Año 664

Beda, el Venerable, cuenta lo siguiente en la mencionada *Historia eclesiástica del pueblo de los anglos:* «Una noche, mientras algunos monjes estaban orando en el cementerio anexo al monasterio de Barking, al lado del Támesis, una gran luz, como una gran sábana, descendió y todos sintieron tan gran terror que en su consternación dejaron de cantar. Pero esa luz resplandeciente, que parecía sobrepasar al sol del mediodía, pronto se alejó de este recinto, y se fue hacia el lado sur del monasterio, o sea, al lado oeste del oratorio, y continuó brillando durante algún tiempo y cubriendo aquella parte, y todos vieron esto. Esta luz era tan fuerte que uno de los hermanos más viejos, que en ese momento estaba en el oratorio, con otros hermanos más jóvenes que él, contó en la mañana que los rayos que penetraban por las hendiduras de las puertas y de las ventanas parecían superar al mismo brillo de la luz del día».

Beda, conviene recordarlo, fue el padre de la historia inglesa. Además de *Historia Eclesiástica* (de Inglaterra), escribió la

1. Amplia información en *Sólo para tus ojos* (2016).

célebre *De Natura Rerum* (una enciclopedia de todo lo conocido en esos momentos). Beda se arriesgó a publicar que «la Tierra era redonda» (en contra de la propia Iglesia).

La descripción de la «luz» por parte del sabio benedictino se repite, a cientos, en el siglo veinte: «una luz más brillante que la del sol, que convertía la noche en día». Una luz, por supuesto, procedente de una nave...

Y la presencia de la «gran sábana», en palabras de Beda, me recordó un pasaje de Hechos de los Apóstoles (10:9-17), en el que Pedro cuenta una visión: «... Y los envió a Joppe. Al día siguiente, mientras ellos iban de camino, y se acercaban a la ciudad, subió Pedro al terrado, sobre la hora sexta, para hacer oración. Sintió hambre y quiso comer. Mientras se lo preparaban le sobrevino un éxtasis, y vio los cielos abiertos y que bajaba hacia la tierra una cosa así como un gran lienzo, atado por las cuatro puntas. Dentro de él había toda suerte de cuadrúpedos, reptiles de la tierra y aves del cielo. Y una voz le dijo: "Levántate, Pedro, sacrifica y come". Pedro contestó: "De ninguna manera, Señor; jamás he comido nada profano e impuro". La voz le dijo por segunda vez: "Lo que

Visión de Pedro en Joppe. Cuaderno de campo de J. J. Benítez.

Dios ha purificado no lo llames tú profano". Esto se repitió tres veces, e inmediatamente la cosa aquella fue elevada hacia el cielo».

Parece probable que el bueno de Pedro asistió a la aparición en el cielo (doce del mediodía) de algo que —hoy— podríamos asociar a una gigantesca pantalla de cine. Y en ella vio animales...

Seguramente, la visión abarcó mucho más, pero el cronista no lo menciona.

Año 690

Dos sacerdotes ingleses fueron asesinados por los paganos en Sajonia. Beda cuenta (libro quinto de *Historia Eclesiástica*) que los cuerpos fueron arrojados al Rin. Entonces, un gigantesco rayo de luz surgió de los cielos, acompañando los cuerpos mientras flotaban en el río. Pipino, duque de los Francos, a la vista del prodigio, hizo enterrar a los sacerdotes en la iglesia de San Cuniberto. Y lo hizo con grandes honores.

SIGIBURG

En el año 776, mientras Carlomagno trataba de consolidar su gran sueño: la creación de un imperio (lo que más tarde serían Francia, Alemania, Italia y Austria), sucedió algo insólito que, en buena medida, me recordó la destrucción de Jericó y de las murallas de Tiro por parte de misteriosos objetos volantes no identificados. Lo narra un anónimo monje francés en *Annales Laurissenses* y también Abbot Einhard, biógrafo de Carlomagno, en los llamados *Annales Eginhardi.* He aquí una síntesis:

«... Entonces nuestro señor Carlos, el Rey, fue a Italia a asaltar las tierras que rodean Foruli. Y Hrodgaudus resultó muerto... Y nuestro rey (Carlomagno) celebró la Pascua con los ciudadanos de Tarvisium... Entonces llegó un mensajero anunciando que los sajones se habían rebelado, masacrando a sus rehenes, rompiendo los votos sagrados... Habían pacificado el castillo de Aeresburg... Avanzando desde allí pensaban hacer lo mismo en Sigiburg... Los franceses, con la ayuda de Dios, les vencieron. Pero para pacificar la fortaleza, los sajones no pudieron destruirlos, como habían hecho con los otros, así que comenzaron a preparar sus fuerzas y catapultas... Cuando los sajones vieron que las cosas no iban bien comenzaron a construir un andamiaje para atacar el castillo... Pero la voluntad y la bondad de Dios son grandes, y el mismo día en que prepararon el ataque contra los cristianos, la gloria de Dios se manifestó sobre la iglesia de la fortaleza... Los que observaban, muchos de los cuales aún viven, dicen que vieron algo similar a dos grandes escudos rojizos que se movían sobre la iglesia... Y cuando los paganos que estaban fuera lo vieron se llenaron de confusión y, aterrorizados, huyeron de allí... La multitud se volvió loca de pánico, matándose unos a otros... Nadie podía explicar cómo la bondad de Dios había ayudado a los cristianos... Los cristianos se sintieron reconfortados y oraron al Señor que había enviado su poder sobre ellos».

El cronista eligió bien las palabras. A la hora de describir los «escudos» no utilizó el término *clipeus* (pequeño escudo de forma oval) sino *scutum* (gran escudo rectangular utilizado por la infantería pesada).

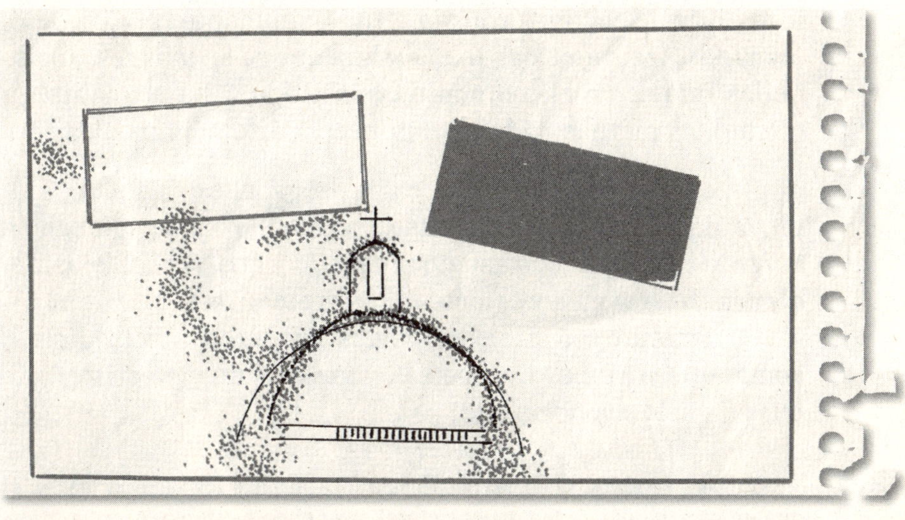

Sigiburg, año 776. Cuaderno de campo de J. J. Benítez.

Y el cronista añade: «... De los escudos partían grandes llamaradas, que destruyeron las murallas».

Lo dicho: repetición de lo acontecido en las murallas de Jericó y en la ciudad fenicia de Tiro.

Y no puedo evitar la gran pregunta: ¿por qué esas naves se posicionaron del lado de Carlomagno?

Los sajones también tenían sus razones...

Años después —en el 810—, el gran Carlomagno recibiría otra sorpresa (no tan agradable).

Así lo cuenta el referido secretario y biógrafo, Einhard, en el capítulo 32 de *Vita Caroli Magni*:

«... Carlomagno fue víctima de un accidente significativo en el curso de su última expedición a Sajonia contra el rey de los daneses Godofredo... Un día en que había dejado el campo y se había puesto en camino antes de levantarse el sol, vio de repente una antorcha cegadora descender de un cielo sereno y atravesar el aire de derecha a izquierda... Y mientras se preguntaba qué presagiaba aquel fenómeno, el caballo que montaba bajó bruscamente la cabeza y cayó, precipitándole a tierra con tal violencia que la hebilla de su manto se rompió y le fue arrancada la funda de la espada... Cuando sus servidores, testigos del accidente, se precipitaron para levantarle, le encontraron sin armas, sin manto, y se recogió, al menos a seis metros, una jabalina que se le había escapado de las manos en el momento de la caída... La armadura le quemó las piernas y, desde entonces, Carlomagno cojeaba».

El incidente me recordó la caída del caballo de Pablito (Saulo), aunque no se sabe qué interpretación le dio Carlomagno a la «gran antorcha» que asustó al caballo y que, probablemente, arrastró sus armas y calentó (?) la armadura.[1]

Obviamente, si el objeto volaba de derecha a izquierda, como refiere Einhard, no podía tratarse de un meteorito, dado que su vuelo era horizontal.

1. Remito al lector al caso de Trasmoz, en Zaragoza (España), en el que un ovni se «llevó» las cruces metálicas del cementerio. Amplia información en *Sólo para tus ojos* (2016).

Carlomagno murió el año 814; es decir, cuatro años después del incidente con la «antorcha cegadora». ¿Tuvo algo que ver la proximidad del objeto con la causa de la muerte del emperador? He sabido de casos en los que el testigo ha fallecido al poco de registrarse el encuentro con las naves o con sus tripulantes. La mayor parte de esas muertes fue provocada por radiación. ¿Fue el caso de Carlomagno? ¿Por qué su armadura se calentó al paso de la «antorcha»?

LYON

La actividad ovni fue tan intensa durante el reinado de Carlomagno que el emperador se vio en la necesidad de proclamar una serie de edictos *(Capitulares)* en los que condenaba a los llamados «tiranos del aire». Corría el año 789.

¿Y quiénes eran los «tiranos del aire»?

En las *Capitulares del Emperador* se especifica que son todos aquellos que «turban los aires, excitan tempestades, echan maleficios o hacen morir los frutos de la tierra».

En esa época era habitual ver «navíos» en los cielos, tripulados por seres de apariencia humana «pero que tenían más de diablos que de personas». Eran seres de gran altura, y otros pequeños como niños, que raptaban a la gente y la trasladaban a una región llamada Magonia. Muchos de los que regresaban contaban maravillas sobre ese mundo.

Pero las cosas se fueron enredando...

«Estos seres —decían— se llevaban el ganado y se compinchaban con los *tempestarios* para hacerse con los frutos de la tierra». Los *tempestarios* eran brujos y hechiceros que tenían la capacidad de provocar las tormentas y el granizo. Eso decían. Pues bien, según el pueblo, los «tiranos del aire» se beneficiaban de la acción de los *tempestarios*. Estos provocaban el granizo, por ejemplo, y los «tiranos» compraban el fruto dañado, justamente a los *tempestarios*, y los introducían en sus «navíos volantes».

Eran seres que hablaban una lengua desconocida y que portaban mapas extraños. Sus naves —aseguraban— dejaban un olor a azufre...

Es por ello que Carlomagno proclamó los edictos contra los habitantes de Magonia. Y los condenó a la tortura y a la muerte, aunque no se tiene noticia de que fueran capturados.

Y se dice que los «tiranos del aire» (también llamados *aéreos*), inquietos ante el terror que provocaba el paso de sus naves, optaron por secuestrar a las gentes con el fin de llevarles a Magonia y demostrar que eran pacíficos. Después devolvían a los testigos a sus aldeas y contaban lo que habían visto.

Uno de estos sucesos fue relatado por el obispo de Lyon, Agobardo, de nacionalidad española, aunque residente en Francia desde los tres años.

La pericia y paciencia del investigador Jacques Vallée permitió desempolvar un interesante manuscrito del siglo IX en el que se confirman estas noticias. Se trata de un libro titulado *Sobre el granizo y el trueno*, del referido Agobardo. En él se lee:

«... Pero hemos visto y oído a muchos hombres sumidos en tan gran estupidez, hundidos en tan profunda locura, hasta el punto de creer que existe cierta región, llamada por ellos Magonia, en la que los barcos navegan por las nubes, a fin de llevar a esa región los frutos de la tierra destruidos por el granizo y las tempestades; los marineros ofrecen recompensas a los brujos de la tempestad para recibir a cambio trigo y otros productos. Entre aquellos cuya ceguera y locura eran tan grandes que les hacían creer posibles tales cosas, había unos que exhibían en cierto concurso a cuatro personas atadas... tres hombres y una mujer que aseguraban haber caído de una de estas naves; después de mantenerlos unos días en cautividad, los condujeron a presencia de la multitud, como hemos dicho, para ser lapidados en nuestra presencia. Pero la verdad prevaleció» (capítulo once).

El rey Luis, el Magnánimo, aportó nuevos detalles en las *Capitulares del Emperador* sobre el suceso protagonizado por el bueno de Agobardo (que hoy disfrutaría con los «vampiros» del tema ovni).[1]

1. Llamo «vampiros» a los ufólogos de salón (que sólo investigan en

Lyon (siglo IX). Cuaderno de campo de J. J. Benítez.

«... Un día, entre otros casos, ocurrió en Lyon que tres hombres y una mujer fueron vistos descender de estas naves aéreas. Toda la ciudad se congregó a su alrededor, gritando que eran magos enviados por Grimaldo, duque de Benevento, que era enemigo de Carlomagno, para que destruyese las cosechas de Francia. Fue en vano que los cuatro inocentes tratasen de justificarse, diciendo que también ellos eran campesinos, y que habían sido arrebatados poco tiempo antes por unos hombres milagrosos que les habían mostrado incontables maravillas, y que tan sólo deseaban relatar lo que habían visto. El enfurecido populacho no hizo caso de sus declaraciones, y se disponía a arrojarlos a la hoguera cuando el muy digno Agobardo, obispo de Lyon, que por haber sido monje en aquella ciudad gozaba en ella de una autoridad considerable, acudió corriendo al oír la algarabía, y después de escu-

Internet) y a los escépticos recalcitrantes que no admiten la realidad extraterrestre bajo ningún concepto.

char las acusaciones de las gentes y la defensa de los acusados, dictaminó solemnemente que ambas eran falsas. Que no era cierto que estos hombres habían caído del cielo, y que lo que decían haber visto era imposible.

»El pueblo creyó más las palabras de su buen pastor Agobardo que el testimonio de sus propios ojos, depuso de su enojo, liberó a los cuatro embajadores de los silfos, y acogió con pasmo el libro que escribió Agobardo para confirmar el juicio que había pronunciado. Así fue invalidado el testimonio de estos cuatro testigos».

Como investigador me estremezco: ¿cuántos secuestros de franceses se produjeron en ese tiempo por parte de los «tiranos del aire»? Nunca lo sabremos...

HITACHI

Norihiro Saito es una gran autoridad en crónicas antiguas del Japón. En él he bebido a la hora de relatar los siguientes sucesos ovni:

Año 950 de nuestra era

En el libro *La crónica del templo de Hioseji* se dice:

«... El comandante del puesto de guardia izquierdo, según sus propias palabras, observó dos objetos brillantes en el cielo... Marchaba el uno hacia el otro... Intercambiaron fuego entre sí... Dijo que los objetos se acercaron uno al otro, lentamente al principio... Y al mediar entre ellos una distancia de unos doce metros, se detuvieron en el aire y dejaron escapar unos objetos más pequeños, como estrellas, que salvaron el espacio entre ambos vehículos... Luego, los dos objetos mayores partieron desplazándose a extraordinaria velocidad... Después del suceso, el cielo se nubló con un humo espeso... Se notificó que muchos granjeros de la zona fueron también testigos del fenómeno».

¿Se trataba de naves enemigas? ¿Fueron *foo fighters* (cazas de fuego) los que escaparon de los objetos más grandes?

En otras crónicas de la literatura feudal japonesa aparece la figura misteriosa de *Utsuro Banjín*. La traducción apunta a «navío del espacio» *(Utsuro)* y «mujer salvaje» *(Banjín)*. En aquel tiempo, todos los extranjeros eran considerados *banjín*. Así se los llamaba: «gente primitiva o bárbara».

El resumen de estos incidentes —según Saito— aparece en dos relatos que fueron publicados en la era Edo (hace mil años, aproximadamente). Ambas crónicas pertenecen a los tomos uno y dos del *Zuihitsu Taisei* y se publicaron con los dibujos originales (hechos por los testigos). Una de las observaciones ovni correspondió a un samurái llamado Etchunokami Ogasawara. Este alto dignatario aseguraba que distinguió algo así como un «tazón» volador, a lo lejos, frente a la playa Harayadori, en la provincia de Hitachi, al norte de Japón. Vio el objeto amerizar lejos de la orilla y ordenó a los pescadores del lugar que zarparan en sus embarcaciones para recoger el objeto... Cuando los pescadores lograron, al fin, llevar el extraño aparato a tierra midieron la longitud: tres *ken* (5,5 metros). La parte superior estaba hecha de ventanas de cristales corredizos con marcos resinosos y la parte inferior estaba reforzada con tirante de metal... Cuando los pescadores miraron por la cúpula transparente se llevaron una gran sorpresa al ver a una «mujer en el interior de la nave»... La ropa de la mujer era extraña, hecha de un material que nunca habían visto... La prenda tenía cosidas en el frente unas cuentas azules de un raro brillo, y la tela era de color verde brillante... El cabello de la mujer parecía artificial y era blanco... Sus rasgos faciales eran difíciles de describir... La mujer se levantó y salió de la nave llevando consigo una caja negra y larga... La caja era rectangular, como de dos *shaku* (60 centímetros) de longitud y emitía un peculiar sonido, como de tintineo de cristal... La mujer habló, pero nadie pudo entenderla... Entonces señaló hacia el interior de la nave (que estaba cubierta de letras o caracteres, a cuál más raro)... Los pescadores se impresionaron cuando vieron el interior del aparato y corrieron asustados a la aldea para pedir

***Utsuro Banjín.* Japón (hace mil años). Cuaderno de campo de J. J. Benítez.**

ayuda a su alcalde... Éste reunió un gran contingente de soldados, pero, para cuando fueron a investigar, la nave y la misteriosa mujer habían desaparecido.

Norihiro cuenta que, meses más tarde, se registraron otros sucesos parecidos, pero a cientos de kilómetros del primero, también en Japón. Los testigos vieron una nave en la playa y, junto al aparato, una extraña mujer, otra *banjín*. Esta portaba también una larga caja «zumbante». Incapaces de entender su lengua, los testigos, aterrorizados, terminaron huyendo.

Según declararon los testigos, ambas mujeres «salvajes» presentaban rasgos orientales (perfectamente identificables con los japoneses). Ello nos lleva a otra reflexión interesante: si las *banjín* tenían rasgos nipones, ¿cuál es el auténtico origen de la nación del sol naciente? ¿Proceden del espacio? Entiendo que los ojos rasgados obedecen a una razón importante entre los esquimales (proteger la vista ante la fuerte radiación producida por la nieve), pero no es el caso de Japón o de China...

Misterio.

Mujer *banjín*, tal y como se ve en las crónicas feudales japonesas. Argi Sancho llevó a cabo la traducción de los caracteres. En la parte superior se lee: «Portaba un objeto muy querido del que no se despegaba ni un solo momento. Tampoco se lo dejaba ver ni tocar a nadie». A la altura del brazo dice: «La caja era rectangular y medía unos 60 centímetros». En la parte derecha (texto cortado) se dice: «Su vestido era de color verde jade (o azulado)». (Gentileza de Norihiro Saito.)

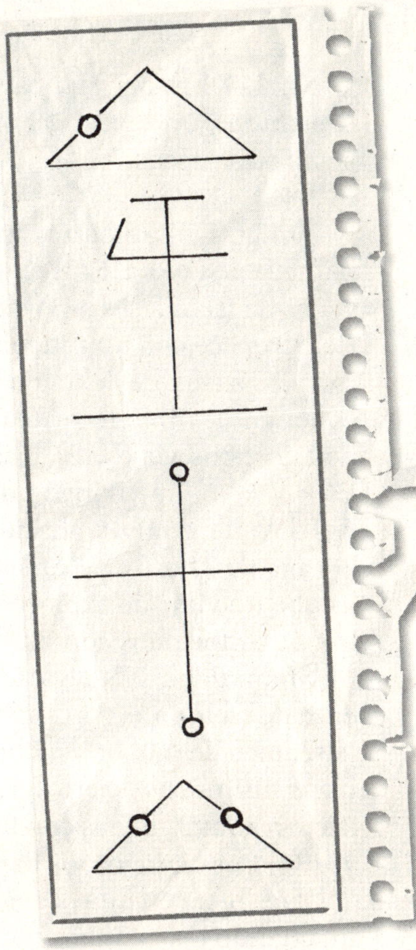

Signos que aparecen junto a los ideogramas japoneses en los que se narra la presencia de una banjín y de un aparato volador en las playas de Japón hace mil años. Nadie conoce su significado. Cuaderno de campo de J. J. Benítez.

LABRADOR

En 1972 recibí una carta de Gordon Creighton *(el Flaco Creighton)*, un investigador inglés infatigable. En ella decía, entre otras cosas:

Amigo J. J.: mientras investigaba recientemente en la biblioteca de la Real Sociedad Geográfica de Londres sobre los viajes de islandeses y noruegos y sus asentamientos en América, tropecé con un artículo que podría interesarte. La colección de sagas de Islandia, conocida como *flateyarbok* (hay copia en la Biblioteca Real de Copenhague), contiene algunos de estos viajes. El más conocido, como sabes, es el de Erik *el Rojo*, un vikingo que navegó y exploró algunas regiones del nuevo mundo hacia el año 1000... Menos conocida es la saga de Thorfinn Karlsefni, un islandés que en 1010 llevó a cabo un viaje de exploración desde Islandia a las costas de lo que conocemos como Groenlandia, Baffinland, Labrador, Newfoundland y Nueva Inglaterra... Los escandinavos desembarcaron en estas zonas y allí establecieron sus granjas; hablamos de muchos siglos antes de la llegada de Colón (que fue el último, por cierto). Estas sagas contienen relatos sobre las constantes luchas con los nativos de Groenlandia, Canadá y USA. Los vikingos los llamaban *skraelings* o bárbaros.

Pues bien, en una ocasión, en la saga de Thorfinn Karlsefni, cuando los vikingos navegaban por la costa de Labrador, tropezaron con «algo» diferente: ... Vieron una criatura que brillaba en un claro... Y le gritaron... Cuando «aquello» se movió vieron que era un ser con una sola pierna (unípedo)... Y el ser descendió hacia ellos... Estaba al timón Thorvald Eriksson... Y el unípedo lanzó una flecha a Thorvald...[1] Y le alcanzó en los genitales... El timonel se arrancó la flecha y exclamó: «Hay grasa en mis entrañas»... Poco después murió a consecuencia de las heridas... Los otros corrieron tras el ser pero, finalmente, el unípedo saltó en una laguna y

1. Creighton duda que se tratara de una flecha (N. del A.)

desapareció... Regresaron navegando hacia el norte, pensando que habían llegado a la tierra de los hombres de una sola pierna y que no estaban dispuestos a perder más hombres.

Este extraño pasaje –prosigue Creighton– ha sido calificado por los geógrafos y expertos de Escandinavia como un relato mitológico que fue insertado en la crónica por error del escribiente.

Gordon no estaba de acuerdo con la opinión de los geógrafos, y yo tampoco. Y explicaré por qué.

En 2005, en uno de mis viajes de exploración a las pinturas rupestres de Utah, en USA, descubrí una serie de imágenes que me recordaron el relato de los vikingos: seres de una sola pierna (ignoro si criaturas vivas o robots) con una antigüedad superior a los 1.200 años. Los primeros los encontré en el asentamiento Thomson y los restantes en Moonflower, a escasa distancia de Moab.

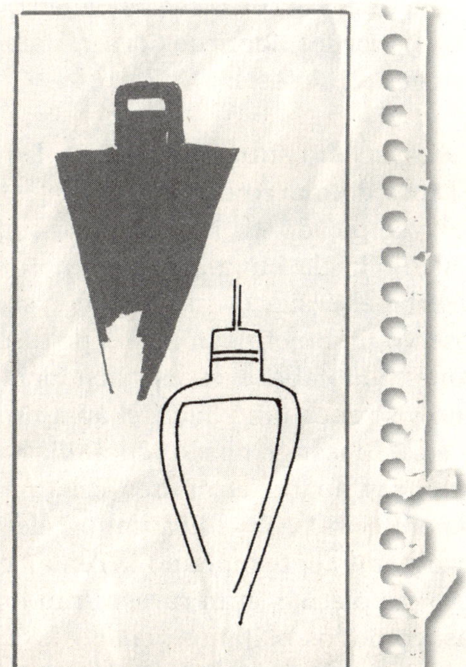

Utah (USA). Hombres de una sola pierna. Cuaderno de campo de J. J. Benítez.

Según los arqueólogos se trata de «visiones religiosas de los indios». Y ya lo creo...

En este caso, los unípedos pintados por los indígenas presentan escafandras y antenas. Y me pregunto: si dichas pinturas rupestres fueron realizadas como consecuencia de la ingestión de alguna droga, ¿qué pintan los cascos y las antenas en tales visiones? Que yo sepa, los pieles rojas no tenían conocimiento de dichos elementos hace 1.200 años. Sólo los Dioses pueden imaginar lo que no existe.

Pero la cosa no quedó ahí. Y se lo recordé a Gordon: en 1949 y 1977, otros testigos vieron también seres con una sola pierna. Y ninguno conocía el relato de los vikingos...

Veamos.

LOMO DE BALLENA

Supe del caso de Lomo de Ballena, a 6 millas al sur de Lima (Perú), por los libros de Coral y James Lorenzen. Ésta fue la historia, en síntesis:

... Sucedió entre las cuatro y las cinco de la madrugada del mes de marzo de 1949... El testigo, al que llamaremos CAV, empleado en una compañía petrolífera, conducía su vehículo hacia Lima... A la izquierda estaba el océano y a la derecha el desierto... De repente, sobre las dunas, el testigo observó un objeto con forma de disco... Era metálico y brillante... Flotaba a escasa distancia del suelo... Detuvo el auto y se encaminó hacia el aparato... Era totalmente silencioso... El testigo no vio ventanillas, ni motores, ni puertas... Entonces aparecieron tres criaturas... «Parecían momias —manifestó CAV—. Eran altos, de casi dos metros, con el perfil totalmente humano... Tenían cabezas, brazos y torsos, pero las piernas eran raras. Eran dos piernas, sí, pero unidas, como los plátanos gemelos... Y terminaban en un solo pie... No vi orejas, ni ojos ni nariz... En el centro de la "cara"

(?), donde deberían haber estado los ojos, observé una sustancia gelatinosa con una especie de burbuja... Era algo transparente... La burbuja se movía»... Ninguno de los tres seres llevaba ropa... Aparecían cubiertos con una extraña «piel», tipo toalla... Sus cuerpos (los tocó varias veces) eran duros y viscosos... Le dio la impresión de que no tenían huesos... Los seres (el testigo no sabe si se trataba de robots) le hablaron en inglés... La «voz» parecía mecánica y no procedía de la cabeza... No parecían saber dónde estaban y preguntaron a CAV si aquello era América del Norte... Cuando el joven les dijo que era América del Sur, la voz cambió al español, y lo hizo de forma inmediata... Ni el inglés ni el español tenían acento... Parecían de laboratorio... Las criaturas preguntaron si podía llevarlas ante su «jefe»... Él explicó que su «jefe» era el presidente de la República de Perú, y que no sería fácil llevarlos a él... Dijeron que venían de un planeta que está en la órbita de una estrella (no recuerda el nombre de la estrella) y que lo sabían todo sobre los humanos (curioso: pero no sabían que estaban en América del Sur)... Y afirmaron que habían observado a la raza humana desde hacía mucho y que estaban preocupados con la carrera de las armas atómicas (nada nuevo en los «contactados»)... Y le explicaron que se hallaban tan adelantados, respecto al hombre, que «ya no tenían sexo»... Dijeron que eran inmortales y que se reproducían por simple división... Entre las muchas cosas insólitas que escuchó CAV estaba el sistema de alimentación: aseguraron que podían transmitir alimento líquido, de uno a otro, por simple contacto, hombro con hombro... CAV no entendió... Finalmente, el testigo fue invitado a entrar en la nave... Allí vio que las paredes eran transparentes y que la nave carecía de controles y sistemas...

No dudo que el encuentro fuera real. Lo que me parece inverosímil es el «cuento» que soltaron los unípedos... ¿Otra vez puro teatro?

PACIENCIA

El caso de Paciencia, a 45 kilómetros de Río de Janeiro, en Brasil, fue investigado por Irene Granchi. Ella me pasó la información.

He aquí una síntesis:

... El suceso ocurrió en octubre de 1977... El testigo —António de la Rubia— se levantó hacia las dos de la madrugada para acudir a su trabajo como conductor de bus... Salió de su domicilio a las 2:20... En ese momento se detuvo su reloj... Y cuando caminaba cerca de su casa, en un campo, vio un objeto posado en el suelo... Podía medir unos 70 metros de diámetro... Era de color gris y tenía forma de sombrero... Cuando el testigo comprendió de qué se trataba dio la vuelta e intentó huir... Pero no llegó muy lejos en su carrera... De pronto, una luz potentísima iluminó la zona «como si fuera de día»... Y quedó paralizado... En esos momentos vio tres seres cerca de él... «Eran como robots —aseguró—. Medían 1,40 metros de altura, con antenas en las cabezas... Éstas tenían forma de balón de rugby, con una banda horizontal en el centro... Parecían pequeños espejos azules... Los cuerpos eran robustos, con troncos anchos... Los brazos eran apéndices, parecidos a las trompas de los elefantes... Las puntas se estrechaban hasta formar un único dedo... Pero lo más asombroso es que los cuerpos terminaban en una sola pierna... Las patas aparecían rematadas por una suerte de plataformas circulares»... António comparó estas patas con las banquetas que se usan en los barcos... Los cuerpos parecían de aluminio... El testigo trató de huir, pero se dio cuenta de que estaba «aprisionado» en una «burbuja invisible»... Y las criaturas siguieron flotando a su alrededor... Una de ellas sostenía algo que parecía una jeringuilla... Entonces, la criatura apuntó con la jeringuilla hacia António y éste perdió el sentido... Cuando lo recuperó se encontraba en el interior del ovni... No sabe cómo entró en él... Allí vio otras entidades iguales a las primeras, todas unípedas... Y De la Rubia fue

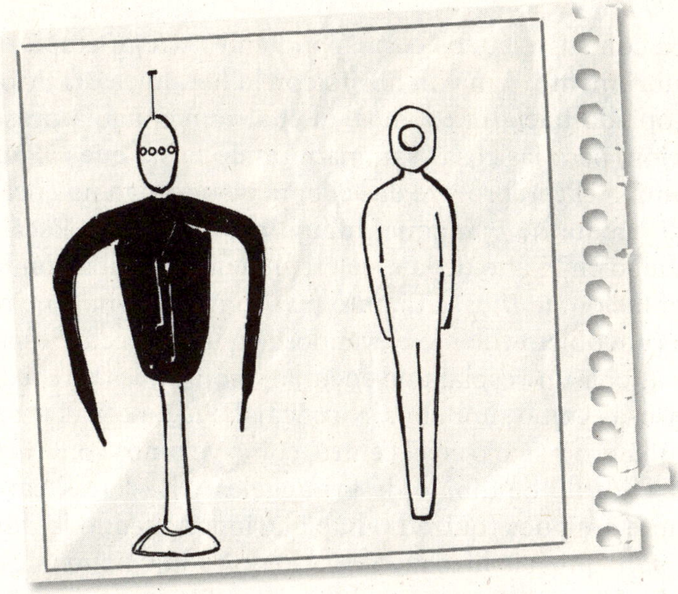

A la derecha, criatura observada en Perú en 1949. A la izquierda, unípedo visto en Brasil en 1977. Cuaderno de campo de J. J. Benítez.

sometido a diferentes análisis de tipo médico (el caso es mucho más extenso).

MONTSANT

En septiembre de 2004 recibí una carta de Francesc Masip. Procedía de la comarca del Priorato, en Tarragona (España). Decía, entre otras cosas:

Tengo sesenta y dos años... Fui agricultor 25 y después tuve la suerte de entrar en el fabuloso mundo del cómic de dibujante... Desde el año 1965 hasta el 2000 ejercí esta profesión trabajando para muchas naciones del mundo, Inglaterra, Suecia, Australia, Francia, Italia, España, USA y un largo etc. También hice muchas ilustraciones de portadas de novelas y libros... Un día me encargaron un mapa de nuestra comarca con sus escudos correspondientes y aquí empieza mi descubrimiento: tenía un librito con la heráldica del Priorato fotocopiado hacía unos años, al cual nunca había prestado atención, pero las cosas van madurando hasta que «alguien» te ilumina el cerebro y te das cuenta de que algo no encaja... Me di cuenta de que aquel dibujo del escudo de Escaladei tenía algo en lo alto de la escalera que no encajaba con la representación de Dios... Cuanto más lo miraba más me parecía ver un objeto volante elevándose en un perfecto despegue vertical con un resplandor encima y con nubes alrededor y una «rosa» como símbolo... No encajaba nada con el triángulo equilátero y su ojo en el centro, como veíamos con frecuencia... El estilo de dibujo de los ángeles y las letras parecen bastante antiguos (quizá no había aviones cuando lo dibujaron), pero quien lo hizo algo vio y lo reprodujo fielmente para que alguien se diera cuenta algún día... Pienso que a usted le interesará tener archivado este documento, puesto que este acontecimiento, según el pastor que habló con los enviados del rey Alfonso de Cataluña y Aragón, lo había observado alguna vez...

Escudo de la cartuja de Escaladei (Escalera de Dios), fundada por el rey Alfonso II el Casto en las tierras del Priorato (Tarragona, España) en el siglo XII. La cartuja fue abandonada en 1835, tras la desamortización de Mendizábal.

Según Masip, el triángulo podría corresponder a una nave en pleno despegue. En el centro aparece una misteriosa «rosa». El objeto presenta gran resplandor a su alrededor. Los diez trazos inferiores pueden representar las toberas y los chorros de fuego. [Ilustración obtenida del libro *Historia de la Cartoixa de Scala Dei,* de Ezequiel Gort, publicado por la Fundación de Historia y Arte Roger de Belfort (1991).]

Al principio me hice un lío. ¿De dónde procedía el triángulo y la escalera? ¿Qué era Escaladei? Me sonaba a título de una cartuja... ¿Qué sucedió con el pastor y los enviados del rey Alfonso II?

Fue Masip quien me aclaró el asunto.

Escaladei fue una cartuja, en efecto. Se empezó a edificar en 1163. El citado triángulo, con la escalera, era el símbolo de aquella comunidad religiosa. Y la leyenda dice: ... Cuentan que el rey Alfonso II de Aragón, alias *el Casto*, cuando tuvo noticia de la orden de la cartuja y de las virtudes de sus monjes, deseó fervientemente que los cartujos se instalaran en Cataluña... Y lo primero que hizo fue escoger un lugar donde situar el primer monasterio de esta orden en su reino... Y a fin de encontrar el lugar más idóneo, el rey envió a dos caballeros para que recorriesen Cataluña con la misión concreta de localizar aquel paraje ideal... Los dos caballeros recorrieron el país de un extremo a otro, registrándolo palmo a palmo... Y así llegaron a Montsant, y una vez allí bajaron a un valle, al mismo pie de aquella montaña... Era un lugar luminoso y discreto, dotado de una singular belleza... Allí los dos caballeros encontraron un pastor con su rebaño, cosa que aprovecharon para pedirle información sobre aquel bonito lugar donde se encontraban. El pastor les contestó a todo lo que fue interrogado, y aún añadió un detalle que maravilló a los oyentes... Allí, en medio del valle, había un gran pino —que el pastor señaló con su bastón— que sobresalía a los demás y donde él había visto cómo aparecía una escalera por la cual subían y bajaban los ángeles... Después de esto, los caballeros ya no tenían ninguna duda de que habían encontrado el lugar ideal para el establecimiento de los cartujos y así lo hicieron saber al rey, que seguidamente ofreció aquel

Avistamiento del pastor al pie del Montsant (Montesanto) en el siglo XII. El suceso de la escalera o «columna» de luz por la que suben y bajan los tripulantes de las naves se ha repetido a lo largo de la historia (Ilustración de F. Masip.)

territorio a la orden... Los cartujos empezaron allí su monasterio, alrededor del árbol que permitía esta comunicación con el cielo... El rey Alfonso también hizo construir un templo, dedicado a Santa María, en el lugar preciso donde había el pino, aunque hay otra versión de los hechos que afirma que el pino estaba en el lugar donde después construyeron el sagrario.

La cartuja de Escaladei fue la más importante de España. Llegó a albergar 30 monjes y 40 legos.[1]

El avistamiento del pastor me llevó de la mano a un texto del Antiguo Testamento. En el Génesis (28:10-14) se dice textualmente:

> «Jacob salió de Beršeba y fue a Jarán. Llegando a cierto lugar, se dispuso a hacer noche allí, porque ya se había puesto el sol. Tomó una de las piedras del lugar, se la puso por cabezal, y acostose en aquel lugar. Y tuvo un sueño; soñó con una escalera apoyada en tierra, y cuya cima tocaba los cielos, y he aquí que los ángeles de Dios subían y bajaban por ella. Y vio que Yavé estaba sobre ella, y que le dijo: "Yo soy Javé, el Dios de tu padre Abraham y el Dios de Isaac. La tierra en que estás acostado te la doy para ti y tu descendencia"».[2]

Es lógico pensar que los monjes conocieran el texto bíblico de Jacob pero, ¿por qué se salieron de la ortodoxia a la hora de diseñar el emblema de la cartuja? Lo normal es que hubieran dibujado el triángulo con el clásico ojo divino en el centro de la figura. Se me ocurre una respuesta: porque el testimonio del pastor les impresionó (lástima no conocer más detalles del suceso). Lo cierto es que, en lugar del ojo de Dios, situaron una rosa.

En la historia de la ufología hay cientos de casos de naves triangulares de las que parten escaleras o conos de luz por los que suben y bajan tripulantes de diferentes características. Naves, como la de Escaladei, que emiten gran luminosidad.

En cuanto al misterio de la rosa, en el centro del triángulo, no sé qué pensar...

1. Información obtenida de Ezequiel Gort (*Historia de la Cartoixa de Scala Dei*).

2. Curioso. Esa tierra era de los antepasados del pueblo palestino...

Hay quien dice que la rosa simboliza el corazón (más exactamente la conciencia). ¿Y qué es la conciencia? Para mí, el recuerdo de Dios. ¿Asociaron la nave triangular con la divinidad? Es muy posible.

Para otros, como los alquimistas, la rosa blanca está ligada al fin de la pequeña obra; la roja es la culminación de la gran obra. Si la rosa es azul simboliza lo imposible; es decir, lo más bello (lo único verdaderamente hermoso). Desconozco el color de la rosa que los cartujos representaron en el centro de la nave triangular.

Hay quien asocia la rosa con el Grial. Más exactamente con el alma. Y la describen como una copa de color naranja. ¿Se refiere a ello la rosa de Escaladei? ¿Consideraron la nave triangular como el contenedor de la esencia divina? Si fue así, los cartujos no iban desencaminados.

CLOERA

Cuando supe de la insólita historia del ancla, en Irlanda, me puse a indagar. Y me encontré con, al menos, tres versiones, correspondientes a otras tantas épocas.

La más antigua se remontaba al año 212. Nennio, un cronista que vivió en esos años, se refería a «naves del diablo» que sobrevolaban la región de Meath.

Algo parecido hallé en un manuscrito llamado *Mirabilia*, citado por Kuno Meyer, experto en el mundo celta. El suceso se produjo en el año 956. Dice así: «... Y se vio un barco que navegaba por el aire... Uno de la tripulación lanzó un arpón para atrapar a un salmón, pero el arpón cayó sobre una multitud... Luego salió un hombre del barco para jalar el arpón que una persona de la multitud había atrapado... El hombre del barco dijo: "¡Me estoy ahogando!"... A lo que Congolash respondió: "¡Déjenlo ir!"... Y el hombre se alejó de ellos (de la multitud) como si nadase en el aire».

La tercera versión me pareció la más precisa. Procede de 1214. Fue escrita por Gervasio de Tilbury, que sirvió al emperador Otto IV, y para el que escribió *Otia Imperialia* (libro primero). En el capítulo trece leí con no poca sorpresa: «... Algunos dicen que la Tierra está en el centro, en medio de una circunferencia con cada una de sus partes equidistantes de los extremos, bordeada de mares y rodeada tal y como se indica en el texto del tercer día: "El Señor reunió las aguas bajo los cielos en un único lugar y apareció así la tierra firme"... En nuestros días ha habido una demostración de los mares que se hallan por encima de nosotros, una nueva revelación llegada de lo alto, sumamente asombrosa... Fue exactamente en la celebración de una festividad de Gran Bretaña, en el poblado de Cloera... Un domingo, mientras la gente estaba en misa, en la iglesia de san Kinarus, escucharon un fuerte sonido... La multitud salió al pórtico y vio niebla y el cielo oscuro... Apareció entonces el ancla de una nave que, después de haber girado siete veces sobre la iglesia, quedó enganchada en un montón de piedras, con la soga recta y suspendida en el aire... En lo alto había un navío con personas a bordo... La gente se puso a gritar y, mientras algunos comentaban lo que veían, la cuerda comenzó a moverse como si alguien estuviera tirando e intentando liberar el ancla... Pese a todos los esfuerzos, el ancla no se movió y entonces se oyó una voz en el aire denso, semejante al grito de nuestros marineros cuando levan el ancla... Luego un hombre saltó de la popa del navío para soltar el ancla... Parecía flotar en el aire... La gente corrió hacia él y quiso capturarlo, pero el obispo lo prohibió, pues aquel hombre podía morir... El hombre, en libertad, se apresuró a volver a la nave, donde el resto de la tripulación cortó la maroma y el barco se alejó en el cielo hasta perderse de vista... Como recuerdo de este suceso, después de mucho considerarlo, se fundió el ancla para hacer una reja de hierro que sirvió de puerta de la basílica...».

Intenté viajar a Cloera para averiguar si existe la referida reja, e intentar un análisis del «hierro», pero no pude dar con el poblado. Quizá otros investigadores tengan más fortuna que yo.

Cloera (1214). Cuaderno de campo de J. J. Benítez.

El suceso —de ser cierto— plantea de nuevo la vieja cuestión: ¿la pérdida del ancla fue algo premeditado por los tripulantes del «navío volador»? ¿Fue un simple accidente? La intuición me dice que estaríamos ante otra escenificación...

JAPÓN

El siglo XIII fue especialmente «caliente» en lo que al fenómeno ovni se refiere.

He seleccionado algunos casos que no ofrecen duda.

Veamos.

En los años 1235, y también en 1244, en Japón fueron vistos numerosos objetos volantes no identificados.

En ambos fue testigo de excepción el general Fujiwara no Yoritsune, al servicio del emperador Go-Horikawa. Yoritsune fue un *shōgun* de gran prestigio.

Durante la noche del 24 de septiembre del citado 1235, el general y su ejército se hallaban acampados (no se cita el lugar). Y, de pronto, los centinelas dieron la voz de alerta. Unas extrañas luces aparecieron en el cielo. Primero fueron observadas hacia el suroeste. Allí permanecieron durante horas. Según los testigos, corrían de un lado a otro, se balanceaban, trazaban círculos y se desplazaban en ángulo recto. Fueron contadas más de cincuenta luces. El silencio era total.

El avistamiento, que se prolongó hasta el amanecer, impactó tanto al general que ordenó abrir una investigación. Fue, sin duda, la primera en la historia. Y los militares que participaron en dicha investigación llegaron a la siguiente y estrambótica explicación: «El asunto era totalmente natural... Se debía al viento, que hacía balancear las estrellas».

Ocho siglos más tarde, la Fuerza Aérea Española desclasificó parte del archivo ovni y los militares explicaron los casos con majaderías del mismo corte. Nada ha cambiado en 757 años...

En 1244, otras luces se presentaron ante el general Yoritsune. Tras el incidente, el militar se afeitó la cabeza y se hizo monje budista.

La información me fue facilitada por Jacques Vallée.

PARÍS

El 24 de julio de 1239 —según aparece en la *Crónica Mayor*, de Mateo—, durante la vigilia de San Jaime, cuando se ponía el sol, apareció sobre el cielo de París una gigantesca estrella, de gran brillo... Se levantó por el sur y se asemejaba a una enorme antorcha... Por los costados desprendía haces de luz de gran potencia, que iluminaban la ciudad como si fuera de día... Giró sobre la ciudad a una velocidad lenta, como si supiera cuál era su rumbo... Al llegar al cenit desapareció de la vista de los miles de ciudadanos... En su lugar quedó humo y chispas.

ALBANO

En la *Historia de los Ingleses*, de Henry de Huntingdon, leí el siguiente caso: «... Durante el día de la Circuncisión del Señor del año 1254, a medianoche, con el aire claro y un cielo despejado, apareció de pronto en el firmamento una gran nave voladora de elegante forma y perfectamente equipada... El color era brillantísimo... Algunos monjes del monasterio de San Albano confirmaron la presencia del navío milagroso y aseguraron haberlo visto durante horas... "Parecía pintado en el cielo"... Después desapareció».

CRACOVIA

Martín Cromer escribe en su *Historia de Polonia*: «El 6 de diciembre del año 1269, durante el crepúsculo, una extraña luz en forma de cruz iluminó la ciudad de Cracovia durante horas... Fue vista por miles de personas... Algunos pensaron que anunciaba el fin del mundo... En esos días, otras cruces luminosas fueron observadas en el resto de Polonia».

TATSUNOKUCHI

El 12 de septiembre de 1271, cuando el sacerdote Nichiren estaba a punto de ser ejecutado en la ciudad de Tatsunokuchi, en la región de Kamamura, en Japón, un objeto silencioso y redondo, de gran brillo, se presentó sobre el patíbulo... Y en el lugar se hizo de día... Los asistentes huyeron, aterrorizados... La ejecución fue suspendida.

YORKSHIRE

En 1953 fue encontrado un manuscrito en la abadía de Ampleforth, en Inglaterra. El autor podría ser William de Newburgh, aunque no es seguro. El documento –incompleto– narra un singular suceso, ocurrido en 1290 en la abadía de Byland, en Yorkshire. Dice textualmente: «... Tomad los carneros de Wilfredo y hacedlos tostar para la fiesta de San Simón y Judas... Cuando el abad Enrique se disponía a la bendición, Juan, uno de los hermanos, vino para anunciar que un gran prodigio se manifestaba en el exterior... Entonces todos salieron y he aquí que una gran cosa plateada y redonda volaba lentamente por encima de ellos... El abad Enrique exclamaba que Wilfredo estaba adulterado y como consecuencia él era impío de... El prodigio se registró al mediodía y aterrorizó por igual al abad y a la comunidad cisterciense».

Ovni redondo y plateado a plena luz del día sobre la abadía de Byland, en Inglaterra (1290). Cuaderno de campo de J. J. Benítez.

FOSSANUOVA

Pablo Naranjo Ciudad, de Madrid, me facilitó una información que desconocía. Su carta decía así:

Muy señor mío: Como asiduo lector de sus obras, he pensado que le interesará conocer el fragmento que le transcribo en folio aparte, del libro *Santo Tomás de Aquino*, de João Ameal, de la Academia Portuguesa de la Historia, publicado en España por Ediciones y Publicaciones Españolas y cuya segunda edición era de 1945.

Todo el libro es interesante, pues ya el nacimiento de Santo Tomás fue precedido por una anunciación por un ermitaño; de niño salió indemne de un rayo que cayó en la torre del castillo en que se encontraba, y resulta interesante, especialmente, atisbar qué pudo ver Santo Tomás, mientras celebraba misa, para que abandonase la *Suma Teológica*, que dejó sin terminar, porque era paja lo que había escrito en relación con lo que se le había dado a conocer, cuya grandeza nunca había podido imaginar...

Tomás de Aquino murió el 7 de marzo de 1274 en Fossanova (Italia).

He aquí lo que me adjuntaba Pablo Naranjo:

Página 133.

«En el instante en que expira Santo Tomás está orando en la iglesia uno de los monjes del monasterio... Después de algún tiempo queda como adormecido y comienza a soñar algo muy extraño... Le parece ver una estrella grandísima que baja del cielo sobre el monasterio y lo envuelve con su luz... De pronto, otras dos estrellas bajan también, se juntan a la primera, y las tres reunidas ascienden hasta perderse más arriba de los luceros... Despierta, y se entera de que acaba de morir el Doctor Angélico precisamente en los momentos que él estaba soñando aquellas extrañas cosas... "Sí, nos ha dejado —dice—; yo he visto su alma subir al cielo acompañada por dos ángeles". ¿Diremos que se trata de una simple e ingenua alegoría medieval? Permítasenos citar aquí un documento que lleva fecha de 24 de abril de 1673, y que está firmado por 45 individuos, los principales de la italiana villa de Belcastro, los cuales testifican la repetición de un hecho sobrenatural que allí se ha observado durante varios años consecutivos... Los firmantes dicen que hay en Belcastro una antigua tradición que va pasando de padres a hijos, según la cual todos los años, desde la muerte de Santo Tomás, aparece sobre el castillo de la ciudad una gran estrella entre las primeras vísperas y las segundas de dicho Santo... El documento continúa textualmente: "Afirmamos que aún hoy somos testigos de igual prodigio. Todos los años, al llegar la fiesta del glorioso Santo Tomás de Aquino, entre las primeras y las segundas vísperas, aparece en el cielo una estrella, exactamente encima del castillo. Es luminosa y muy bella, como son las que se ven en noches despejadas. El sol no la ofusca con su luz; a pesar de los resplandores del día, la estrella sigue mostrando

Un brillante objeto descendió sobre el castillo en el que agonizaba Tomás de Aquino. Otros dos, más pequeños, aparecieron detrás. Reunidos los tres se elevaron y desaparecieron en el cielo. Era la noche del 7 de marzo de 1274. Cuaderno de campo de J. J. Benítez.

su claridad particular y su belleza. Cualquier persona que tenga curiosidad puede contemplarla en dicho día, advirtiendo que sólo desde la circunferencia de la ciudad es visible, y no desde otra parte"».

(Este documento, sacado del *Codex Calbertinus*, y publicado por Ucelli en 1873 en su folleto *Due Documenti Inediti*, lo tradujo al francés el P. Pègues y lo publica en el volumen *Saint Thomas d'Aquin*, página 361.)

En relación con el primer suceso —la visión del monje— entiendo que debo hacer una precisión. No está claro si fue un sueño o lo vivió en la realidad. En el relato se dice «que queda como adormecido». En los casos de encuentros con ovnis, esta situación de pérdida de conciencia es frecuentísima. Y segundo asunto, quizá más importante: no estoy de acuerdo con la versión del monje. No creo que la estrella de mayor tamaño fuera el alma de Tomás de Aquino. En todo caso podía tratarse

Tomás de Aquino.

de los responsables de la recogida de su alma, que no es lo mismo. Creo haberlo dicho en *Sólo para tus ojos* (2016): sospecho que algunas de esas naves tienen la misión de recoger las almas de los que mueren. En mi libro *Estoy bien* (2014) se estudian casos parecidos al de 1274.

MANRESA

Los trasvases de agua siempre provocan problemas...

Eso sucedió en Manresa (Barcelona, España) en el siglo XIV.

Pero empecemos por el principio.

En esa época, los campesinos manresanos sufrían una importante sequía. Y decidieron construir un canal que trasvasara el agua desde el río Llobregat hasta sus tierras. El rey Pedro III les dio su bendición y se dispusieron a llevar a cabo la necesaria obra. Pero surgió un problema: el obispo de Vic se negó al trasvase. El canal cruzaba por sus tierras...

Y, ¡oh cielos!, el representante de la iglesia prohibió la obra y, no contento con ello, proclamó la excomunión de los *consellers* que habían intervenido, la de los obreros que trabajaban en el trasvase, y la de la totalidad de los ciudadanos de Manresa.

El obispo de Vic, Galceran Sacosta, era tozudo y el rifirrafe se prolongó durante siete años.

Pero el 21 de febrero de 1345 sucedió algo que le hizo cambiar de opinión...

Los manresanos, hartos del obispo, decidieron reanudar las obras del trasvase, «pasase lo que pasase». Pero los cielos, como digo, vinieron en su ayuda.

En las paredes de la iglesia parroquial de la Madre de Dios del Carmen, en Manresa, se puede leer lo que sucedió. Dice así:

«La Divinidad Una y Trina fue mostrada magníficamente en el pueblo de Manresa el 21 de febrero, cuando una luz procedente de la montaña de Montserrat, ofuscando la claridad del sol, penetró en esta iglesia brillando como una sola luz en la piedra angular del templo, en la capilla que por aviso celestial estaba dedicada a la augustísima Trinidad... La llama ascendió hasta la bóveda, desde donde, desglosándose en tres formas lumínicas, fueron a posarse dos de ellas sobre los altares de la Santa Cruz y de San Salvador, para volverse a unir en sólo una y desaparecer por el rosetón de la fachada principal... La campana, muda durante siete años, empezó a repicar por sí sola... Todo el pueblo, guiado por la luz, a la hora tercia, sube al Puig del Carmen, ve, se admira y se alegra, y con los cánticos de la orden de los Padres Carmelitas...».

En otras palabras: a plena luz del día, una bola de luz (probablemente un *foo fighter*) entra en la iglesia, se divide en tres, evoluciona por el interior del templo, se reúnen de nuevo en una sola luz, y traspasa el rosetón de la fachada, alejándose hacia el Puig del Carmen. Y el pueblo la sigue...

El obispo de Vic, como toda Manresa, consideró el prodigio una señal de los cielos, a favor de la construcción del trasvase. Y Galceran Sacosta dio su brazo a torcer, retirando la excomunión. Al poco murió (quizá del susto). Le sucedió Miguel de Ricomà, que firmó las actas para el desarrollo del trasvase.

Desde entonces, el 21 de febrero es fiesta en Manresa: la fiesta de la *llum* (luz).

BARCELONA

Algo parecido sucedió en Barcelona (España) en 1461. En aquel año se celebraba en la catedral de la ciudad condal el funeral por la muerte del príncipe de Viana.

Pues bien, según cuentan las crónicas, «al ir a tocar las campanas para anunciar la llegada al templo de la madrastra del príncipe, Juana Enríquez, una bola de fuego recorrió todas las cuerdas del campanario, quemándolas. Se dispuso de inmediato otras cuerdas, pero el prodigio se repitió... Entonces se desistió de tocar las campanas... Juana Enríquez no era digna de la salutación de las campanas de nuestra catedral, ya que se la consideraba autora de la muerte de su hijastro, el príncipe que deseaban los catalanes fuera el heredero de la Corona».

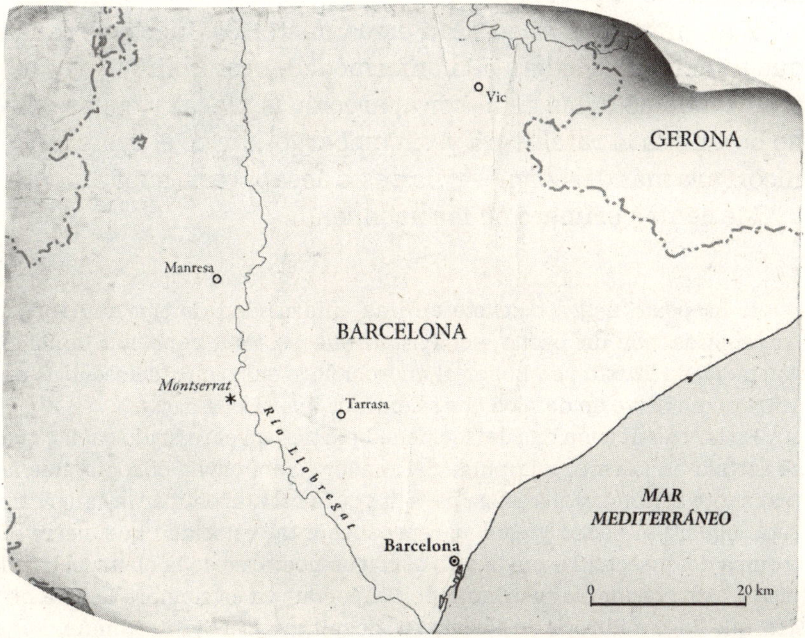

EUROPA

Me hallaba estudiando el papado de Inocencio IV cuando, de pronto, al leer los lamentables sucesos de la llamada «peste negra», una idea llegó a mi mente.

No podía creerlo...

Y profundicé cuanto pude en el asunto.

La peste negra ha sido una de las grandes desgracias de Europa (en toda su historia conocida). Según algunos autores, el número de víctimas superó los cien millones. Otros, más cautos, aseguran que, entre 1347 y 1453, la epidemia terminó con la tercera parte de la población europea; es decir, entre 35 y 40 millones de personas.[1] En España, los muertos superaron los 230.000. Sevilla y Valencia, por ejemplo, quedaron prácticamente despobladas.

Pues bien, como digo, al repasar las crónicas de la época, observé algo que, en un primer momento, rechacé de plano. Pero se repetía y se repetía...

En todos esos textos se hablaba de unas neblinas previas a la llegada de la peste negra.

Y al enigma se añadieron otros misterios: luces extrañas que también precedían a la enfermedad, brotes en lugares secos (donde no debía de haber aparecido la plaga) y zonas donde no existía la rata negra y, sin embargo, surgió el brote bubónico. Para más desconcierto, la peste desaparecía súbitamente.

Me centré primero en las neblinas.

1. La peste negra consiste en una enfermedad de tipo infeccioso, transmitida por un bacilo –el *Pasteurella pestis*–, conocido también como «bacilo *Yersin*», en honor al microbiólogo suizo que lo descubrió en 1894 en un brote epidémico que se extendió por Hong Kong.

En la transmisión de la enfermedad participan el referido bacilo, que se instala en la rata, y la pulga del roedor *(Xenopsylla cheopis)* que la transmite al hombre. La pulga parásita de la rata, al chupar la sangre de ésta, ingiere el bacilo y éste se reproduce a tal velocidad que cierra la trompa del insecto. La pulga sólo consigue liberarse de la obstrucción si pica a otro roedor o al ser humano. La portadora es siempre la rata negra, que llegó a Europa en el siglo XIV, desplazando a la rata común.

Los autores de la época se referían a ellas como «nieblas espesas, súbitas, y de un olor repugnante». Surgían en tiempo cálido y «se arrastraban por la tierra como una serpiente». En ocasiones eran de color verde o azulado.

Inmediatamente, cuando la niebla pasaba por un pueblo, la peste negra hacía su aparición, provocando grandes mortandades.

También leí que tales nieblas aparecían precedidas por luces o éstas se mantenían en el interior de la nube, desplazándose a la misma velocidad que la niebla.

Curiosamente, la plaga bubónica[1] no ha sido la única enfermedad infecciosa que se ha transmitido en la presencia de extrañas nieblas. Con el cólera ha sucedido lo mismo. En 1854, cuando apareció en el *Britania* (barco de Su Majestad británica), los oficiales y la tripulación aseguraron que, «inmediatamente antes de la epidemia vieron salir del mar una extraña niebla. Y pasó sobre el barco. Nada más alejarse se declaró el primer caso».

¿Luces antes de las nieblas y en mitad de las neblinas?

Aquello me hizo sospechar...

Entre 1298 y 1314 (poco antes de la gran epidemia de 1348) fueron vistos sobre Europa siete grandes objetos volantes no identificados. Los testimonios de pequeños objetos sobre ciudades y aldeas se cuentan por centenares. En 1347, una «columna de fuego» se mantuvo durante horas sobre el palacio del papa, en Avignon (Francia). Bolas de fuego fueron observadas también en París. En 1479, un «cometa» con forma de viga, con la punta afilada, fue visto sobre Arabia. La relación de casos de avistamientos es interminable...

Pero las sorpresas continuaron...

En muchos de los lugares en los que se dieron los brotes bubónicos, las gentes decían haber visto —previamente a la

1. Se supone que la peste negra fue provocada por dos clases de bacilos. La bubónica fue la más común. Esta enfermedad se caracteriza por la hinchazón de los nódulos linfáticos (a dicha hinchazón la llamaron «bubas»). Éstas son acompañadas por vómitos, fiebre y la muerte. La segunda forma es la neumónica (muy contagiosa). Se caracteriza por temblores y vómitos de sangre.

peste— hombres extraños, vestidos de negro, con largas guadañas. Las cabezas eran pequeñas —decían— y emitían sonidos agudos. Los individuos barrían las calles o golpeaban las puertas de las casas con largas «escobas» o «palos metálicos». Acto seguido, los habitantes del lugar caían enfermos.[1]

Los ejemplos de «hombres siniestros» (previos a los brotes de peste) se cuentan a decenas en la literatura de la época. Mencionaré uno:

«... En el año de Cristo de 1571 fueron vistos en Cremnitz, en los pueblos montañosos de Hungría en la tarde del Día de la Ascensión para gran perturbación de todos, apareciendo de repente en la Schuelesberg, tantos jinetes negros que la opinión general fue de que los turcos estaban llevando a cabo una incursión, pero desaparecieron rápidamente otra vez, y de inmediato estalló una furiosa plaga por los roedores».

Quedé espantado. El miedo de aquellas gentes fue tal que buscaban cualquier forma de conjurar la epidemia. Y llegaron, incluso, a acusar a los judíos. «Ellos —decían— envenenan los pozos». Entre 1348 y 1349, en Alemania —según la *Enciclopedia Collier*— fueron destruidas decenas de aldeas en las que habitaban los judíos. Los asesinatos se contaron por cientos de miles.

Si hemos de dar crédito a estas informaciones, la conclusión es terrorífica: parte de esa plaga (no sé si la totalidad) pudo ser provocada por los tripulantes de las naves que aparecían en el interior de las neblinas. Aquéllas y los extraños hombres de negro se ocuparon de sembrar los bacilos, tal y como hace el hombre moderno en la guerra biológica. USA y Rusia disponen en la actualidad de grandes reservas de peste bubónica, a utilizar en armas químicas. Las nieblas artificiales son de especial utilidad para la propagación de los bacilos.

Naturalmente, no creo que los singulares «hombres de negro», que fueron vistos antes de las epidemias, portaran guadañas. Podían ser dispositivos para sembrar los bacilos.

1. A partir de estos informes surgió la imagen de la muerte con una guadaña.

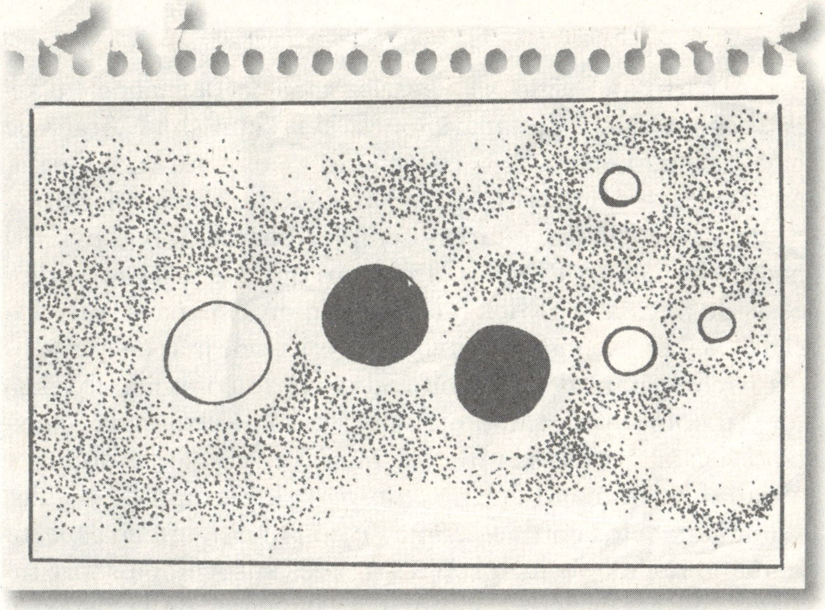

Luces en la niebla (1348). Cuaderno de campo de J. J. Benítez.

Y surge la gran pregunta: ¿por qué?

Si esto fue así, ¿por qué los tripulantes de esas naves provocaron el exterminio de millones de personas? ¿Contemplaban ya el problema de una superpoblación? ¿Se trató de un experimento, como tantos?

JAÉN

Siempre he sostenido que las apariciones marianas (todas) tienen un origen ovni. A «alguien» le interesa elevar el fervor popular y se presenta ante los testigos «como un ángel o una mujer radiantes». Y transmite un mensaje, casi siempre de tipo catastrófico.

La aparición —en su totalidad—, desde mi punto de vista, es una manipulación absoluta.

El caso de la Virgen de la Capilla, en 1430, en Jaén (España), es otro ejemplo tan esclarecedor como estrambótico.

He elegido un texto del sabio Darnaude para referirme a él.

He aquí una síntesis:

«A partir del siglo XII –escribe Ignacio Darnaude Rojas-Marcos–, incontables apariciones de la Santísima Virgen se han sucedido en el viejo continente y en la América hispana... Las actuaciones de María han dado lugar a un sinnúmero de advocaciones, cultos y templos conmemorativos... El padre Hernández Parrales, archivero que fue de la Archidiócesis de Sevilla, certifica que tan sólo en España y entre los siglos XI y XV se conservan datos históricos de más de quinientos hechos marianos, escenificados por lo común entre pastores u hombres de campo... Se aprecian determinadas constantes en la táctica operativa de María: en comarcas pobres y alejadas de la mano de Dios, un reducido grupo de zagales semianalfabetos entra en contacto con una figura de aspecto humano dotada de luz propia y a veces suspendida sobre un árbol, que les ordena conminar a las gentes de la región a practicar la oración, reformar sus costumbres y edificar una ermita... Más tarde sobrevienen prodigios y curaciones que atraen ingentes multitudes, y se establece una devoción en toda regla que pervive durante siglos... Si analizamos su distribución estadística, geográfica y cronológica, se extrae la sólida conclusión de que los hitos marianos están programados y obedecen a un propósito inteligente, que bien podría ser la difusión de vastos movimientos de piedad popular, meta que, desde luego, han alcanzado plenamente... Se conocen asimismo otras modalidades de actuaciones de la Madre de Dios, como su manifestación ante eficientes mujeres a las que estimula para la fundación de órdenes religiosas e instituciones de caridad, el encuentro milagroso de antiguas imágenes escondidas mucho tiempo atrás, y la activa toma de partido de María en multitud de confrontaciones bélicas... Por su parte, el mariólogo Domingo Manfredi Cano calcula que en la península Ibérica se han registrado 21.000 intervenciones sobrenaturales... Tan abrumadora avalancha de visualizaciones de la Virgen, que muestran características similares y pautas repetitivas, a lo largo de 800 años y en los más dispares rincones geográficos, ámbitos culturales, etnias e idiosincrasias individuales, pone de manifiesto que estas visiones religiosas no obedecen, en términos generales, a alucinaciones ni al psiquismo subjetivo de los protagonistas, sino que se trata de eventos reales, cuidadosamente planeados por alguna causa intencional externa a los videntes... Su parafísico *modus operandi* delata por otra parte el claro origen extradimensional de esta fenomenología... Desconocemos casi por completo, por la inexistencia de una investigación seria al respecto, la verdadera identidad y los designios ocultos de los agentes del vasto montaje aparicionista... Estamos, al parecer, ante un fenómeno histriónico, diseñado para producir un fuerte impacto emocional en determinadas subculturas dogmáticas, caracterizadas por su primitivo nivel sociocultural y el vivir inmerso en la fe católica... Los clásicos descensos de Nuestra Señora parecieran dramas paranormales representados en orden a elevar sobre un crudo materialismo la conducta y espiritualizar las actitudes de la grey cristiana... Tales espectáculos de féminas luminosas han intensificado más de lo que se cree las vivencias metafísicas de grandes muchedumbres... Es bien sabido que el genuino mensaje evangélico quedó empañado sin remisión por el compromiso mundanal del Vaticano y la corrupción clerical que dio paso a la Reforma... ¿Hubieran permanecido los templos abarrotados de feligreses durante la Edad Media y el Renacimiento, a no ser por la adrenalina celeste insuflada por María?... No cabe duda de que los personajes resplandecientes y sus admoniciones a todos ("Orad", "Os tengo en mi corazón", "No pequéis, o sobrevendrá un terrible castigo") han alimentado siglo tras siglo la antorcha del sentimiento eclesial, al igual que las fuentes milagrosas, curaciones espontáneas, peregrinaciones a basílicas sagradas y cultos especializados (el santo rosario, triduos, novenas, jubileos, "misiones", escapularios del Carmen, las tres avemarías, primeros viernes de mes, el Sagrado Corazón, etc.). A lo que hay que añadir la insospechada influencia del aparato mariano en la historia política y militar de Occidente, a la vista del sorprendente catálogo de batallas cruciales ganadas (y perdidas por el otro bando) gracias al súbito avivamiento de la moral combativa, inyectada en un momento oportuno de la estrategia militar por la refulgente presencia de María... (A tales efectos,

España sería hoy día un país árabe, a no ser por este constante apoyo logístico desde los cielos a los caudillos de la Cruz, que invirtió el rumbo de la Reconquista)... De entre las decenas de miles de veces que se ha teatralizado el despliegue mariano, sobresale el episodio de "La Capilla", portentosa intervención y paradigma de los más prodigiosos efectos visuales y auditivos entre las efemérides mariológicas...».

Veamos.

«... El sábado 10 de junio de 1430, de once a doce de la noche y en la villa andaluza de Jaén, fue orquestada una de las representaciones preternaturales más impresionantes de la historia de la humanidad... Una variopinta milicia angélica de entre 400 y 1.000 figuras antropomórficas resultó materializada avanzando con bella parsimonia por el arrabal de San Ildefonso, fue de la primera cerca o línea de murallas de la ciudad, desde las Canterías, calle Maestra arriba hasta alcanzar el cementerio, para concluir el itinerario en un descampado sito en la trasera de la parroquia de San Ildefonso... El extraño desfile se desplazaba encabezado por un puñado de mozalbetes envueltos en indumentarias lechosas, que acarreaban cruces idénticas a las que solían pasear por las calles las iglesias de Jaén en los fastos litúrgicos... A continuación una veintena de clérigos caminaba en doble fila dedicados a rezar en alta voz, en una jerigonza ininteligible para los jienenses... Detrás de los "sacerdotes", no se sabe bien si por su pie o levitada por alguna suerte de trono o plataforma ambulante, se movía una impresionante matrona que superaba en un codo (medio metro) la estatura de sus acompañantes, a la que curiosamente los lugareños en ningún momento identificaron como la Virgen, denominándola simplemente "la dueña", en la creencia de que tenían delante a una noble de alta alcurnia, tal vez por la desmesurada pléyade de "servidores" que la rodeaban y su ostensible preeminencia y liderazgo con respecto a ellos... La gran dama, cuyo rostro era un facsímil de la sagrada imagen de Nuestra Señora que se venera en una hornacina del templo local de San Ildefonso, iba escoltada a un lado por una monja, y al otro por un fraile que mantenía un libro abierto ante sus ojos como para que lo leyera, personaje este de extraordinario parecido con la estatua de san Ildefonso exhibida en un pedestal de la misma iglesia... La majestuosa "ama" aparecía ataviada con ropajes de nívea blancura, rematados por un esplendente manto de iridiscentes tonalidades, y su larga falda arrastrada tras ella... La mujer portaba en los brazos un infante de pocos meses, y la faz de ambos emitía vivísima refulgencia, a tal punto que enceguecía y dañaba la vista, iluminando a su paso, como a pleno día, las calzadas, casas y tejados del largo desierto recorrido... Más al fondo se distinguía un tropel de supuestos varones y hembras, que en número de trescientos o más copaban la calle vestidos con ropas blanquecinas... La cola de la comitiva consistía en una *troupe* con más de cien individuos ataviados asimismo de blanco. Estos "soldados" se dedicaban a entrechocar sus lanzas unas con otras, originando con tan extemporáneo pasatiempo de mosqueteros una ensordecedora algarabía... El surrealista despliegue culminaba con una baraúnda de perros, cuyos ladridos podían escucharse en todo Jaén... Cuando tan abigarrada horda de corporeizaciones arribó a un altozano enclavado en los aledaños de la capilla de San Ildefonso, con cabida para ochocientas almas y que se llenó a tope con los visitantes, la sobrecogedora "dueña" tomó asiento en un relumbrante trono plateado habilitado al efecto para ella. Frente a un ostentoso altar —"alto como una lanza"— autoiluminado revestido de ornamentos nacarados y carmesíes, al tiempo que la plétora de acólitos se arrellanaba a su alrededor entonando cánticos "que no eran de este mundo"... Hacia el filo de la medianoche o algo más tarde parece ser que todo este complejo y polifacético 'santo regimiento', proyectado en meras imágenes sensibles, se desvaneció en el aire, desapareciendo tan inexplicablemente como había aparecido... Al día siguiente se rebuscó en el mariano teatro de operaciones, sin encontrar huella alguna ni restos sobre el terreno... Poco antes del inolvidable evento, en los días 7 y 8 de junio, uno de los testigos percibió una misteriosa voz que le vaticinaba: "No duermas, y verás mucho bien"... La masiva exhibición mariana fue meticulosamente investigada y sometida a rigurosas comprobaciones... De entre los paisanos que gozaron del privilegio de contemplar la fabulosa procesión, cuatro se avinieron a los pocos días a prestar solemne declaración bajo juramento ante la autoridad eclesiástica y en presencia de testigos oculares, y su deposición fue autentificada en protocolo notarial... Con conmovedora sinceridad, que se transparenta por la naturalidad de sus relatos a los escribanos, los cuatro informantes, iletrados y de humilde condición, dieron fe de cómo los había desvelado una fenomenal escandalera, al tiempo que veían una fortísima claridad que se filtraba por puertas y ventanas... Al asomarse extrañados por tan temprano amanecer divisaron estupefactos a la fémina luminiscente con el niño en su regazo, y a su numerosísimo séquito extraterreno... La proyección sensorial de las "huestes sagradas" del año 1430 dio lugar al célebre culto de "Nuestra Señora de la Capilla",

Jaén (España), 1430. Cuaderno de campo de J. J. Benítez.

patrona de Jaén e imagen coronada en 1930, veneración que ha perdurado en la capital andaluza a lo largo de seis centurias, generando intensas oleadas de fervor popular... Un santuario fue edificado en el escenario del descenso, y las crónicas dan cuenta de los milagros realizados posteriormente por "la Descendida", así como la ayuda que ésta prestó a las falanges cristianas en sus escaramuzas contra los moros del reino de Granada».

Lo dicho: sería necesario reescribir la historia...

GUANAHANÍ

Fue al leer el diario de navegación de Cristóbal Colón cuando caí en la cuenta.

¿Fue *Rodrigo de Triana* quien vio tierra americana por primera vez o fue Colón? Según el almirante fue él quien vio tierra por primera vez. La vieja polémica parece hoy suficientemente aclarada —a favor de Juan Rodríguez Bermejo, el popular *Rodrigo de Triana*— gracias a los estudios realizados por mi buen amigo Manuel Audije Maldonado, oficial que fue de la Armada Española.

Pero vayamos a lo que interesa: ¿qué fue lo que vio Colón en la noche del 11 de octubre de 1492, cuatro horas antes del gran descubrimiento (oficial)?

En el citado diario del almirante, con fecha 11 de octubre (jueves) de 1492, puede leerse: «... A las 10 de la noche se vio tierra... Era como una candelita de cera que se alzaba y se levantaba... Colón la vio, y después de verlo él la vio su repostero Pedro Gutiérrez... Intentó Colón mostrársela a Rodrigo Sánchez de Segovia, veedor del Rey y de la Reina, pero éste no consiguió verla».

En un relato apócrifo recogido por Oviedo en su *Historia de Indias* se transcribe igualmente un diálogo que tuvo lugar alrededor de las diez de la noche de ese once de octubre, víspera del descubrimiento. Dice así: «... Un marinero de los que iban en la capitana, natural de Lepe, dijo "¡Lumbre!, ¡Tierra!". E luego un criado de Colón, llamado Salcedo, replicó diciendo: "Eso ya lo ha dicho el almirante, mi Señor"... Y Colón dijo: "Rato ya que yo lo he dicho y he visto aquella lumbre que está en la tierra"».

El caso es que esta «noticia» le valió al almirante la bonita suma de 10.000 maravedíes como pensión anual, recompensa establecida por los Reyes Católicos para el primer hombre que avistara tierra al otro lado de la mar océano. Colón, como es sabido, y aportando testigos, terminó por arrebatar el honor, el dinero y hasta el jubón de seda que él mismo había prometido de su bolsillo para ese primer miembro de las tripulaciones que viera tierra.

Sin embargo, Colón no mintió. No hay razón para pensar que el almirante o su repostero o cualquier otro tripulante de la *Santa María* no vieran realmente esa extraña «candela» en la noche del 11 de octubre. De igual manera —y según los cálculos de Manuel Audije—, nadie en la carabela de Colón podía alcanzar a ver tierra a esa hora de la noche.

Veamos por qué.

Volviendo al diario de navegación de aquel 11 de octubre, entre otras vicisitudes se cuentan las siguientes:

«... Después del sol puesto, navegó a su primer camino, al oeste; andarían 12 millas cada hora, y hasta dos horas después de medianoche andarían 90 millas, que son 22 leguas y media... Y porque la carabela *Pinta* era más velera e iba delante del almirante, halló tierra y hizo señales que el almirante había mandado. Esta tierra vido primero un marinero que se decía *Rodrigo de Triana*; puesto que el almirante, a las diez de la noche estando en el castillo de popa vio lumbre; aunque fue cosa tan cerrada que no quiso afirmar que fuese tierra; pero llamó a Pedro Gutiérrez, repostero del Rey, e díjole que parecía lumbre; que mirase él, y así lo hizo y vídola; díjolo también a Rodrigo Sánchez de Segovia, que el Rey y la Reina enviaban como veedor, el cual no vio nada porque no estaba en el lugar donde la pudiese ver... Después que el almirante lo dijo se vio una vez o dos, y era como una candelilla de cera

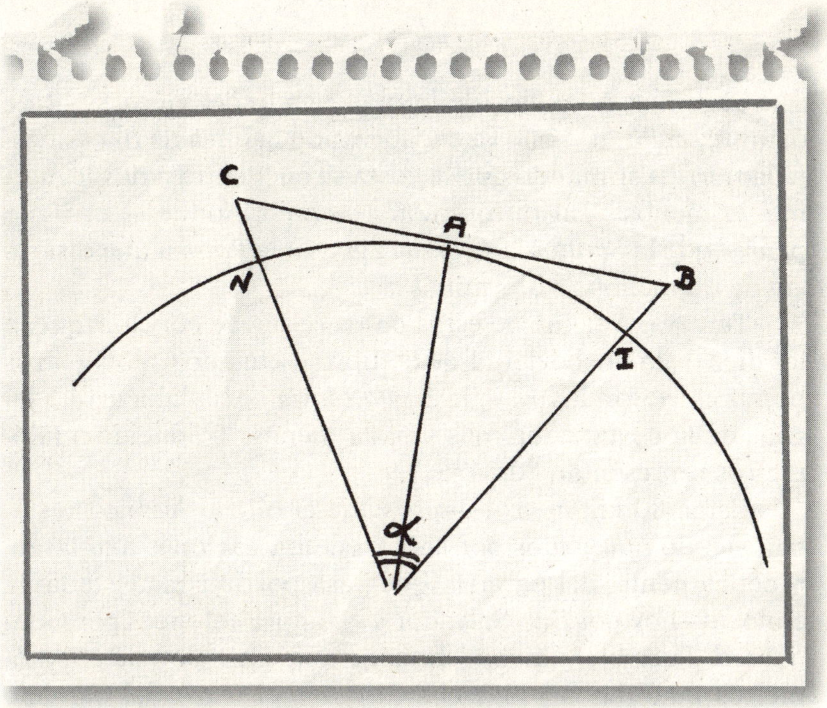

Cálculos de Manuel Audije. «N»: punto ocupado por la nao Santa María a las 22 horas del jueves, 11 de octubre de 1492. «I»: situación de la isla de Guanahaní. «NC»: 8 metros (altura del observador desde la nao). «NI»: arco de longitud (80 km) que separa a la nao de la isla en el momento que se efectúa la observación. «B»: «luz» observada desde la nao. α: ángulo correspondiente al arco «NI» trazado sobre el paralelo 24° N. Cuaderno de campo de J. J. Benítez.

que se alzaba y levantaba, la cual a pocos pareciera ser indicio de tierra. Pero el almirante tuvo por cierto estar junto a la tierra».

Con esta información, el oficial de la Armada Española, Manuel Audije, estableció las siguientes premisas:

«Primera: Desde las diez de la noche del jueves, 11 de octubre (1492), a las dos de la madrugada del viernes, las tres embarcaciones navegaron a razón de 12 millas a la hora, aproximadamente. Es decir, en esas cuatro horas hicieron 48 millas italianas (una legua equivale a cuatro de estas millas).

»Segunda: A las dos de la madrugada del viernes, 12 de octubre, la *Pinta* —que va encabezando la línea de fila— avista la tierra, estimando que la costa se encuentra a dos leguas, más o menos. "En mi opinión —explica Audije—, es lícito pensar que la *Santa María* sigue aguas a la *Pinta* a una distancia de no menos de dos millas".

»Tercera: A la luz de estos datos se puede concluir que, a las diez de la noche del 11 de octubre —cuando Colón y otros hombres vieron la luz—, la *Santa María* se hallaba a 14,5 leguas de la costa, nada más y nada menos. Traducido a kilómetros representan 80,5475...

»Estos 80 kilómetros —prosigue el oficial Audije— estaban siendo navegados por las tres embarcaciones a lo largo, prácticamente, del paralelo que pasa por la isla avistada: la conocida hoy por San Salvador y en aquel entonces por Guanahaní. Pues bien, dicha isla tiene una extensión de 15 kilómetros cuadrados y por ella discurre el trazo del paralelo 24° N.

»Los tres barcos del almirante acceden a la isla navegando con rumbo oeste, lo que nos autoriza a pensar que los cálculos van a tener un error despreciable al suponer que lo hacen exactamente sobre el citado paralelo. Basta un sencillo cálculo matemático para conocer la longitud del círculo por el que navegan y el radio del paralelo 24° N: 5.823.8493 kilómetros. Tracemos a continuación el círculo de 24° N y, sobre él, dos puntos que representen a la isla de Guanahaní y la nao *Santa María*, distanciados un arco cuya longitud vamos a convenir en 80 kilómetros. Para intentar lograr una aproximación lo más exacta posible a los resultados que se pretenden —prosigue el informe de Manuel Audije— consideraremos los datos que sobre las naos de tonelaje medio han llegado hasta nuestros días. Supongamos —como dice el diario de navegación— que la observación de la luz se hizo desde el castillo de popa, cuyo puntal puede estimarse en 8 metros. Considerando que el calado medio de las naos oscilaba alrededor de 2,5 metros y tomando como valor la estatura del almirante, 1,80 metros, podremos aceptar que la observación se hacía desde un punto situado a 7,30 me-

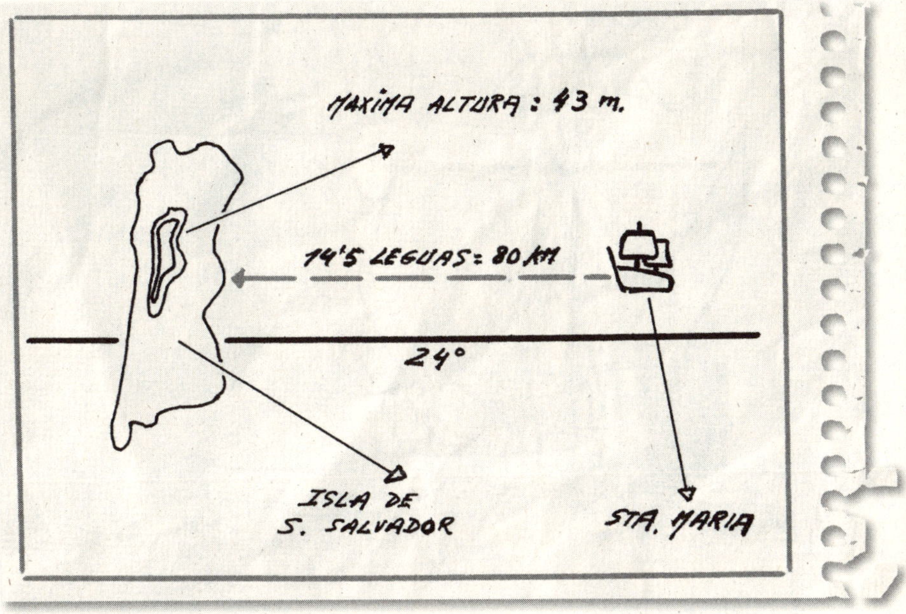

Situación de la *Santa María* cuando vieron la «luz». Cuaderno de campo de J. J. Benítez.

tros sobre el nivel del mar (8 metros para redondear la cifra).

»Con esta base de partida, lo que sigue es de Perogrullo. Porque, ¿qué puede verse desde cualquier punto de observación? Evidentemente, todo objeto que, como mínimo, tenga altura suficiente para interceptar el ángulo focal, de acuerdo con la dirección en que éste aparece dirigido. Así, si desde un punto elevado se efectuara una exploración visual de un horizonte marino, con seguridad quedará detectado todo objeto que o bien se encuentre entre el observador y el horizonte, tenga altura suficiente para interceptar la prolongación de la tangente visual detrás del punto de tangencia definido por el propio horizonte.

»A partir de aquí —resume el oficial de la Armada— son suficientes varias y sencillas operaciones matemáticas para estimar que la altura mínima necesaria a que debía hallarse la "luz" o "candela" avistada por Colón y sus hombres a las diez de la noche del 11 de octubre de 1492 era de 425 metros».

«Alguien» seguía los pasos del almirante... Cuaderno de campo de J. J. Benítez.

Si consideramos que la isla de Guanahaní tiene colinas, pero que la más alta sólo alcanza los 43 metros sobre el nivel del mar, ¿a qué conclusión puede llegarse respecto a tan misteriosa «luz»?

La información del capitán de submarinos es tan exhaustiva como demoledora. Lo que vieron Colón y sus hombres no fue una candela, en tierra, como pensaron, sino «algo» que volaba, ¡y a 425 metros de altura!

La conclusión es lógica: «alguien» seguía los pasos de Colón, y lo hacía desde el aire.

Mis «primos», sí...

ALEMANIA

El siglo XVI fue otra época intensa desde el punto de vista ufológico.

He seleccionado un libro delicioso para dar cuenta de algunos de los casos más notables.

En 1982, el Ayuntamiento de Almonacid de Zorita, en Guadalajara (España), rescató del olvido, y publicó, un libro titulado *Relación de casos notables*, escrito por Matías Escudero de Cobeña, alcalde que fue de Almonacid en el referido siglo XVI.

Gracias a la curiosidad y buen hacer de don Matías hemos podido saber lo que vieron los habitantes de aquella región, y de otras partes del mundo, y que, en su mayoría, incluido el autor, consideraron «fenómenos divinos».

Matías, como es lógico, no estaba al corriente de los «no identificados» (nadie lo estaba en aquel tiempo) y explicó los avistamientos como «cometas».

El lector juzgará...

Veamos.

«En el año 1500 –escribe Matías Escudero de Cobeña–, pocos días después del nacimiento del príncipe Carlos, sucedió que en Alemania se vieron encima de muchas gentes, sobre sus vestiduras, unas cruces coloradas y otras negras... Lo

Alemania (1500). Cientos o miles de cruces rojas y negras sobre las gentes. Cuaderno de campo de J. J. Benítez.

cual puso grande admiración en las gentes sin saber nadie el misterio, pero luego se ha hecho juicio que había de haber alguna peste, como la hubo, y fue muy grande en toda Alemania, y aún en otras partes se abundó el Señor, que todas sus cosas las hace como Él es servidor de las ordenar. Puse esto por cosa amaravillosa y milagrosa que se vio».

Lástima: Matías no entra en detalles. ¿Esas cruces caían del cielo? ¿Se deshacían al contacto con las ropas? ¿Eran frías o calientes? ¿Vieron los objetos desde los que caían a tierra?

En otros libros de la época —como la *Crónica de Dortmünder*, la de *Duisbürguer* y la *Crónica de Prodigios y Portentos* de Lycosthenes— se habla también de las misteriosas cruces rojas y negras, de apenas unos centímetros de longitud. ¿Provocaron la peste negra?

YUCATÁN

Y me aparto, momentáneamente, del libro de Matías Escudero.

Según el cuaderno de bitácora del conquistador español Juan Grijalva, cuando se aproximaba a las costas de Yucatán, en México, él y toda su tripulación observaron algo espectacular...

Juan Díez, capellán del navío, que se ocupaba del diario de a bordo, escribió en 1518: «… La noche del mismo día fuimos testigos de un milagro extraordinario: una especie de estrella se presentó en el extremo de los mástiles de nuestro buque después de la puesta de sol… Luego se alejó lanzando un fuego continuo y acabó por detenerse encima de una aldea y de allí salió un luminoso rayo de luz que fue visible por más de tres horas… Antes de partir hacia tierra, la “estrella” dio varias vueltas sobre la embarcación y en absoluto silencio… Al alejarse dejaba una estela de luz».

ZOPEDA

Según el cronista Jobus Fincelius, en 1554, en la localidad de Zopeda, en Holanda, tuvo lugar un acontecimiento que dejó perplejos a muchos... El sol salió rojo y sobre él se veía una hermosa «casa» ardiente... La «casa» estaba sostenida sobre enormes pilares, como los de Hércules, y con los mismos colores del arco iris... Las bases de los pilares parecían tocar la superficie de la tierra... Al día siguiente, el sol salió sin cambiar de color, pero un tanto pálido... Como el día anterior, la «casa» permaneció brillante y en llamas... Los pilares parecían abarcar al sol por la mitad, pero no se distinguían tan claramente como el primer día.

ALMONACID DE ZORITA

En 1570, según el libro de Matías Escudero, sucedió lo siguiente: «... A quince de agosto, a las ocho horas de la noche se eclipsó la luna, estando el cielo muy claro, sin nubes algunas, y se eclipsó todo de tal manera, que admiró a todos, y estuvo eclipsada toda, hasta un poco después de las diez, que fueron más de dos horas las que estuvo eclipsada... Y fue este eclipse a tiempo que todas las gentes gozaron de lo ver... Y luego, a los diez y ocho del dicho mes, a las nueve horas de la noche, pareció en el cielo un cometa a la parte de cierzo (norte). El cual pareció tan grande y con tanta claridad, que admiró a muchos de estos reinos de España... Y fue este cometa tan espacioso, que duró con su claridad y grandeza, cerca de un cuarto de hora... El cual dicho cometa, parecía echar fuego de sí, y se fue extendiendo hacia la tierra, haciéndose muy larga, y desde entonces a un rato, se fue torciendo y se abrió por medio, al modo de un compás... Y después se fue deshaciendo poco a poco... Fue visto este cometa por todo el reino de España, y ovo muchos juicios sobre ello... Plazca al Señor, sea señal para que su santo nombre y fe católica sea ensalzada».

También en la comarca de Almonacid de Zorita, en 1571, se registró otra singular nevada...

Así lo cuenta don Matías Escudero:

«... Cómo nevó nieve hecha estrellas en esta villa... Entre otras cosas que hago relación en este tratado de casos notables, me pareció dar noticia cómo en esta villa de Almonacid de Zorita, y en los lugares comarcanos nevó a los nueve de enero de 1571, a las dos horas después del mediodía, nevó en esta villa y sus términos, una nieve pequeña y muy menuda, y caía espesa, y caía sin gota de agua... Y toda la nieve caía del cielo hecho toda estrellas con cinco puntas agudas, iguales, y muy parejas, con un punto en medio horadado, al modo de una rodaja de una espuela, desta manera... Y aunque las tomaban en la mano, no se deshacían por un rato... Y todos estábamos mirando la hermosura de esta nieve, y estábamos admirados de ver cómo toda caía ansí, y todas las estrellas parejas, no unas mayores que otras... Y todas serían del tamaño de un cañamón... Y oí decir que la mesma nieve desta manera había caído en los lugares comarcanos. Púselo aquí por parecer tan cosa de admiración. La significación desto sábelo Dios, a quien lo debemos todos remitir».

En 1572, el incansable Matías Escudero escribió en su «diario de campo»:

«... A los ocho de diciembre, después de las nueve horas de la noche, al parecer de muchas personas que lo vieron, pareció que se había abierto el cielo... Y luego echó de sí grandísima claridad... Y salió una cometa tan grande que admiró a todos los que lo vieron... Y duró buen rato su claridad y en deshacerse... Fue vista en todos estos reinos. Y muchos echaron sobre ella muchos juicios, los cuales los hombres debemos de dejar a Dios que El sabe porque se hacen las cosas... No de menos admiración y juicios fue una estrella que pareció en el cielo, este mes de diciembre, a los nueve, y duró todo el mes de enero siguiente... La cual estre-

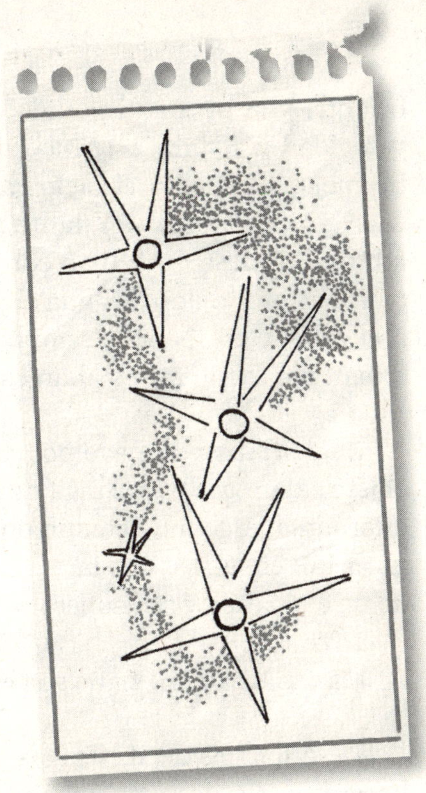

Almonacid de Zorita (1571). Nieve pareja, de cinco puntas, con un agujero en el centro. Cuaderno de campo de J. J. Benítez.

lla, pareció a la parte del norte... La cual era muy mayor que las otras estrellas, antes, si algo corría, era al contrario de cómo las otras corrían, lo cual ponía a todos esto admiración...».

Aunque don Matías, como he referido, clasificó todos los fenómenos celestes extraños como «cometas», resulta evidente que ningún cometa se comporta como dibuja el alcalde de Almonacid de Zorita.

1573.

«... Y así sucedió que a los veinte e dos de octubre, a las ocho horas de la noche, o poco después, dio un gran trueno, que duró buen rato, a maravilla, que admiró y espantó a muchas gentes... Y luego vieron muchas gentes, a la parte del oriente, cómo salió un lucero muy grande y resplandeciente, y casi tan grande como la luna cuando está llena... Echó el lucero de sí tres estrellas, que todas tres corrieron la una a oriente, y la otra a el poniente, y la otra al norte, con gran velocidad... Estaba este lucero al modo de una lumbre muy bermeja, y estando el cielo raso, sin nublo alguno, parecía caer gotas de agua... Y tanto, que toda la gente de mi casa admirados desto, miraban con lumbre el patio para ver si era cierto estar mojado de agua el patio, y era ello así... Y salimos a la calle, y estaba lo mesmo... Y todos lo vieron los que andaban por la villa, y estaban espantados...».

En definitiva: la nave nodriza se sitúa sobre la zona y del objeto salen tres naves más pequeñas, que se dirigen a puntos diferentes. Algo muy común en la fenomenología ovni. Lo que no es tan común es que la nave provoque una lluvia (en mitad de un cielo raso y sin nubes).

1578.

Matías Escudero sigue sus relatos:

«... A los seis de abril, a las nueve horas y media, que sería hora y media después del anochecido, estando el cielo muy raso y el tiempo muy sosegado, a la parte del norte apareció un cometa tan grande y espantoso y con tanta claridad, que toda la tierra puso más clara que la luna cuando está llena... Y el cielo parecía a todos estar abierto y lleno de fuego... Y los ojos de los hombres no lo podían bien mirar, por la mucha claridad que de sí echaba... Duró esta gran claridad y al parecer estar el cielo abierto, como dos credos que un hombre dijese uno tras otro... Y luego se hizo al modo de una culebra, como de fuego, muy larga, dando extrañas y diversas vueltas, que admiraba a los hombres que la veían... Y el rastro que dejó hasta consumirse quedó muy ancho, y como ceniciento... Estas señales que el cielo nos demuestra, parece que son señales que Dios nos demuestra de amenaza, para que nosotros nos enmendemos de las ofensas que contra Dios hacemos. Dios Nuestro Señor sea servido de tenernos de su mano a todos».

¡Bendita inocencia la de don Matías...!

MAGALLANES

Dejemos por un momento los avistamientos contenidos en *Relación de casos notables* y acudamos al sur de Chile.

El 14 de febrero de 1580, Pedro Sarmiento de Gamboa capitaneaba un navío enviado por el virrey del Perú a la zona más austral de Chile: el estrecho de Magallanes. Y en su diario de navegación (publicado un siglo más tarde como *Relación y derrotero del viaje y descubrimiento del estrecho de Magallanes*), Gamboa escribe algo insólito (para la época): «Esta noche, a una hora de la noche, a la banda cuarta del sudeste al sur, vimos salir del mar una cosa redonda, bermeja como fuego, como una adarga, que iba subiendo por el cielo o viento... Sobre un monte alto se prolongó y estando como una lanza alta sobre el monte, se hizo media luna entre bermeja y blanca».

Sarmiento y la tripulación quedaron perplejos. El objeto era ovalado y rojo y, presumiblemente, aunque no lo indica, silencioso. Salió de la mar y fue a colocarse sobre la costa. Y allí cambió de forma, terminando por convertirse en una media luna.

En otras palabras: un avistamiento típico (en el siglo XX).

DE NUEVO ALMONACID

Y acudo otra vez al cronista y alcalde de Almonacid de Zorita. El caso descrito en 1584 no tiene desperdicio.

Veamos:

«... El verano y otoño del año 1584 –escribe don Matías– fueron en extremo muy grandes los calores, y así los ríos con la sequedad y calor del tiempo, eran muy pobres las aguas... Y en ese tiempo sucedió a los cuatro de septiembre, a las nueve horas de la noche, salió un cometa a la parte do sale el sol, el cual fue grande al parecer de los hombres... Pasado un rato después de lo dicho, salió por aquella parte dicha otro cometa tan grande y espantoso, que pareció abierto el cielo... Y paró toda la tierra muy clara, y con su resplandor privaba a los ojos de los hombres la vista... Y se hizo este fuego muy largo y espacioso... Y después se paró retortijado (formando ondas o bucles), y con rastro de fuego... Y después se vino a hacer como nubecilla blanca, en la forma que estaba de fuego... Duraría esto como medio cuarto de hora... Y después de pasado lo dicho, tornó en el mismo lugar a salir otro cometa como el primero... Espantó este prodigio a muchos hombres... Sea Dios servido que su significación no redunde en daño de la Cristiandad, ni de los católicos».

Si no he contado mal fueron tres los «cometas» que se presentaron esa noche. Que yo sepa, no existe acontecimiento astronómico similar al narrado por el bueno de don Matías. ¿Qué fue lo que vieron? Probablemente tres naves de grandes dimensiones; una de ellas iluminó la tierra con gran fuerza.

Y un último caso referido por Matías Escudero, aunque su libro reúne decenas de avistamientos. Me refiero a lo sucedido en 1592. Dice así el capítulo 923 del citado *Relación de casos notables*:

«... Así que sucedió que a los doce del mes de septiembre, que fue sábado, a las ocho horas y un cuarto después de anochecido, a la parte del norte, estando el cielo muy estrellado y el tiempo muy sereno, y era el primer cuarto de la luna, según los que lo vieron, dijeron que les pareció haberse abierto al cielo... Y salió dél un ímpetu muy espantoso, al modo de fuego... Y luego se fue parando como un cuajarón de sangre muy espeso, y por las orillas dél parecían al modo de rayos de fuego... Y se paró tan grande al parecer de los hombres, como una legua de la tierra... Y fue desta manera andando poco a poco, como una nube cuando va con velocidad del aire, a la parte del septentrión (norte), hasta que las gentes la perdieron de vista... Salieron de esta villa de Almonascid muchas gentes fuera de la villa a ver la espantosa maravilla del cielo, y por do esta exhalación estaba no se podía por allí ver el cielo ni las estrellas...».

De acuerdo a los cálculos de los testigos, el «ímpetu muy espantoso» (de color de fuego) podía tener una legua de longitud (alrededor de 4 kilómetros, en el caso de la legua de posta).

NAGASAKI

El cristianismo se extendió por Japón a partir de 1549. Al principio no hubo problemas graves con los autóctonos. Pero en 1597 se registraron incidentes que llevaron a los misioneros a la muerte. Uno de estos sucesos —narrado por el investigador Yusuke Matsumura— me dejó perplejo.

He aquí, en síntesis, lo ocurrido el 5 de febrero del citado año de 1597:

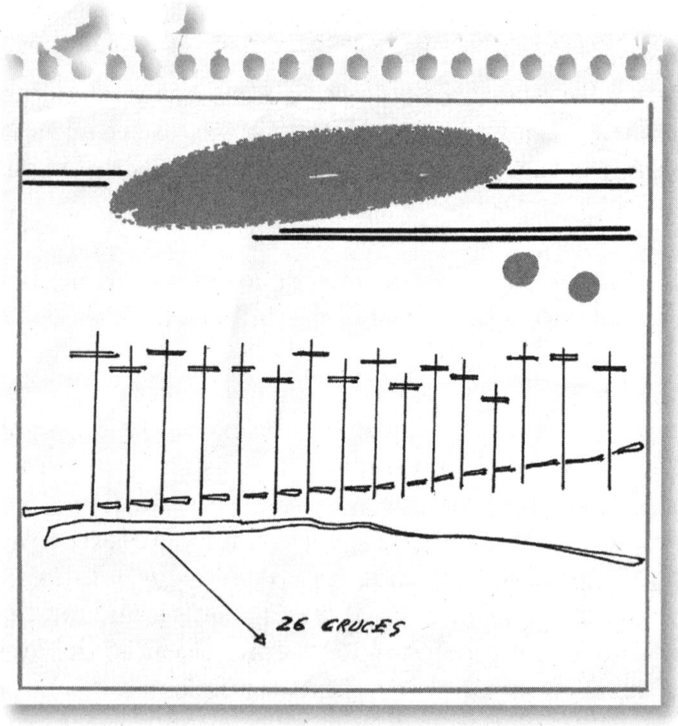

Nagasaki (Japón), 1597. Cuaderno de campo de J. J. Benítez.

«... El gran señor Hideyoshi, tras la conquista de Kyushu, proclamó la prohibición del cristianismo y exigió la entrega de la ciudad de Nagasaki por parte de la iglesia católica... Y un total de 26 misioneros cristianos fueron apresados y trasladados a una colina que dominaba la ciudad de Nagasaki... Entre éstos se encontraba el español Pedro Bautista y el japonés Irmão Paulo Miki... A todos ellos les rajaron las orejas y les cortaron las narices... En la colina habían sido plantadas 26 cruces a intervalos de cuatro o cinco pasos... Los mártires fueron despojados de sus vestiduras y atados con cadenas... Y les obligaron a volver los rostros hacia Nagasaki... Y el verdugo leyó la sentencia... Eran las cinco de la madrugada... Y en esos instantes apareció en el cielo una "columna de fuego" que fue a situarse sobre las cruces... Y allí permaneció durante horas... A las ocho de la tarde, la columna se dividió en tres... La gente de la ciudad se reunió en la plaza y vio el prodigio... Creyeron que era el fin del mundo».

Según las crónicas del momento, cuando la columna se dividió en tres, una de las luces se dirigió a Nagasaki, deteniéndose sobre la iglesia de la Compañía de Jesús. Después se perdió en el cielo. Otra siguió sobre las cruces en las que colgaban los cadáveres de los misioneros. Y allí permaneció largo tiempo. La tercera voló muy alto, sobre la ciudad, con una luz intensa. Y cuentan que «los alrededores de Nagasaki se iluminaron como si fuera de día».

El verdugo y los soldados reconocieron que «los mártires eran siervos de Dios» y solicitaron el perdón de Dios.

La confusión fue total.

MAR DEL NORTE

Al leer *Theatrum Orbis Terrarum*, del almirante Blaeu, me impresionó uno de los relatos y, sobre todo, la ilustración que acompaña dicho texto.

Visión de las tripulaciones de dos barcos de guerra franceses en el mar del Norte (1660). Cuaderno de campo de J. J. Benítez.

Dice que en mayo de 1660, cuando navegaban por el mar del Norte, dos barcos franceses se vieron sorprendidos por un extrañísimo «fenómeno». Ante las tripulaciones –más de 200 hombres– se presentó un doble círculo, gigantesco, que abarcaba la casi totalidad del cielo... Lo formaban dos discos (el más grande en la zona inferior)... A los lados se veían como líneas curvas de dos colores... El conjunto se movía despacio y en silencio... En el círculo superior distinguieron tres rostros que, a su vez, observaban las embarcaciones... En el inferior destacaba otro rostro, más grande que los anteriores.

El almirante no proporciona más detalles.

Me siento incapaz de encontrar una explicación. ¿Eran naves? ¿Fue la visión de seres de otras dimensiones?

ROBOZERO

En 1973 recibí un interesante informe del investigador francés René Fouéré quien, a su vez, lo había conseguido del soviético Yuri Fomine. El artículo fue publicado en agosto de 1970 en la revista rusa *Znaniya-Sila.*

En síntesis, la información dice así:

«... 1663. Lugar: Robozero (cerca del lago Blanco), a 400 kilómetros de Leningrado... Si los incidentes se hubieran producido en la actualidad –escribe Fomine– los periódicos titularían "milagro en Robozero"... Una bola gigante de fuego fue vista durante más de una hora sobre el lago de Robozero... Varios testigos, al tratar de acercarse, resultaron con quemaduras... Pero la Rusia de aquella época desconocía la prensa... El acontecimiento no vería la luz hasta 40 años después, bajo el reinado de Pedro I... Lo que publicamos a continuación es un extracto del informe llevado a cabo por las autoridades locales y publicado en la colección "Documentos históricos recogidos y ordenados por la Comisión Arqueológica"(informe presentado por el monasterio de San Cirilo):

"A su Señoría el archimandrita Nikita, a su Señoría Venerable Matveli, del sínodo del monasterio de San Cirilo, su siervo, señor Ivachko Rjewskoi se inclina hacia vos y les informa que el colono Levka Fedorov del poblado de Mys me comunica que el día 15 de agosto 171 (se trata del año 7171 desde la creación del mundo: es decir, el año 1663 del calendario actual), sábado, entre las diez y las doce, las gentes de Robozero y de otros lugares oían la misa; en ese momento un fuerte ruido se oyó, y que procedía del cielo... Muchas personas salieron al pórtico de la iglesia, pero él, Levka, ya se hallaba allí pudiendo ver esta manifestación divina aparecida sobre Robozero, de la parte más clara del cielo, y no de una nube... Se trataba de una llama que se dirigía al sur, a lo largo del lago... Sobre el agua esta llama tenía unos 20 *sagenes* (1 *sagen:* 2,31 metros)... y una llama azul se mantenía a su lado, 20 *sagenes* más adelante, dos rayos de fuego, y luego nada más... Una hora después de este fenómeno apareció de nuevo por el mismo sitio de su desaparición en dirección al mediodía-oeste durante media *versta* (1 *versta:* 1.066 metros)

perdiéndose de vista de la misma manera... La tercera aparición fue mucho más impresionante que la primera dada la enorme masa... Su permanencia sobre Robozero pudo ser de una hora y media, aproximadamente... Tan intenso era el fuego que algunas personas que se paseaban en barca por el lago no pudieron acercarse... El lago mide 2 *verstas* de largo (2.132 metros)... Su fondo se iluminó y del centro, que tiene una profundidad de 4 *sagenes* (9,24 metros), huían los peces hacia la ribera... Todos lo vieron y la superficie del agua, como consecuencia de esta llama, quedó cubierta de óxido"».

No hace falta ser muy despierto para deducir que el fenómeno de Robozero no tiene una explicación natural. No hay bólido o meteorito que se pasee sobre un lago durante una hora primero y a lo largo de hora y media en la tercera presencia. Por otro lado, de haberse tratado de un asteroide de 46,20 metros de diámetro, el cráter provocado, y la catástrofe, en la zona, habrían sido importantes. Nada de esto sucedió.

Robozero (Rusia), 1663. Cuaderno de campo de J. J. Benítez.

En mi opinión se trataba de una nave —una más— que hizo acto de presencia en la remota zona de Robozero.

Según Yuri Fomine, autor de la investigación, el cuerpo que se presentó en Robozero podía viajar en esos momentos a una velocidad de 4 a 6 kilómetros por hora (nada, comparada con la de un meteorito en su ingreso en la atmósfera terrestre: alrededor de 40.000 o 50.000 kilómetros a la hora).

El aparato podía pesar entre 130.000 y 250.000 toneladas. El impacto del objeto contra el suelo habría provocado, como digo, una gigantesca destrucción.

SAN PETERSBURGO

Los investigadores Philip Mantle y Paul Stonehill dieron a conocer en 2010 un interesante caso, registrado cerca de San Petersburgo el 2 de abril de 1716. A su vez, ellos lo habían tomado de Kolchin, un excoronel del ejército soviético, que encontró el suceso en los archivos de la Armada Rusa.

Dice así:

... El barón de Bie, embajador holandés en la corte de Pedro el Grande, escribió un informe en el que menciona un avistamiento... A las 21 horas del referido 2 de abril el cielo nocturno estaba despejado y sin nubes... En la parte noreste del cielo apareció una nube densa y oscura... La cúspide de la nube era angulosa, su base ancha, y se desplazaba por el cielo a gran velocidad... Al mismo tiempo, desde el norte, apareció también otra nube parecida a la primera... Se movía hacia el este y se acercaba a la primera nube desde el oeste... Cuando estas supuestas nubes se acercaron apareció entre ellas una especie de columna brillante que permaneció allí durante varios minutos... Después, ambas nubes colisionaron con una fuerza terrible y parecieron destrozarse por el fuerte impacto... Surgieron llamas y humo, atravesados en todas direcciones por rayos de fuego, además de numerosas nubes más pequeñas, que se movían a gran velocidad, tam-

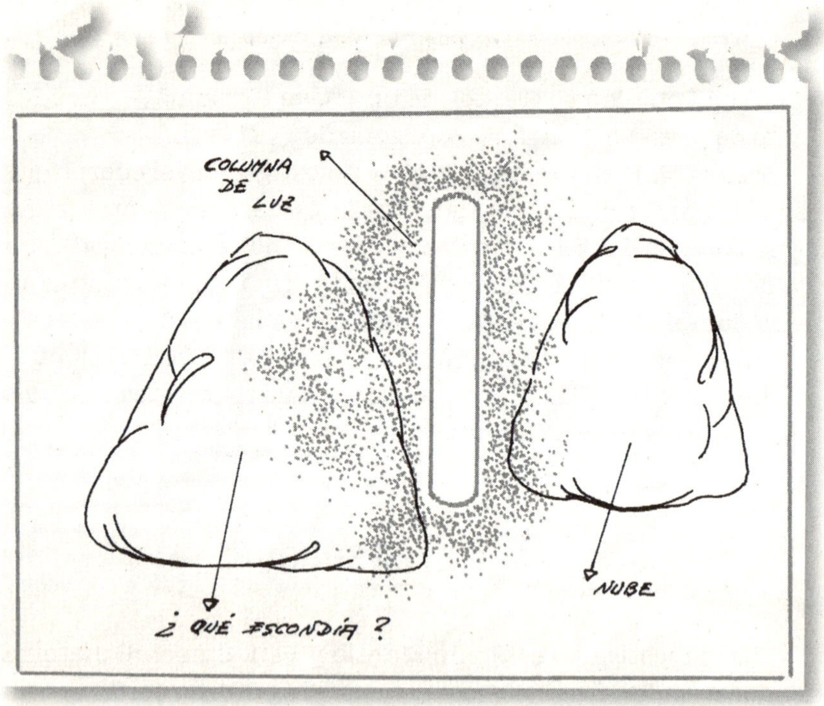

San Petersburgo (1716). Cuaderno de campo de J. J. Benítez.

bién en llamas... Además, en el cielo aparecieron muchas flechas ardientes, que llegaban a los 80 grados sobre el horizonte... El informe menciona también que, en el mismo momento, en el sector noroeste del cielo apareció un brillante cometa gigantesco que se elevó a 12 grados sobre el horizonte... Este fenómeno duró un cuarto de hora.

NAVARRA Y ANDALUCÍA

Carlos Fuentes, de Durango (Vizcaya, España), me puso tras la pista del presente caso. Un objeto extraño fue observado en 1730 en Navarra y Andalucía (España), al parecer de forma simultánea.

El suceso es recogido en el libro de Diego de Torres Villarroel (Asbaje y Ramírez Santillana, Juana Inés de la Cruz: *Carta athenagorica*, Puebla de los Ángeles, 1790). En la página

151, y bajo el título «Juicio, y pronóstico de el globo de luz», puede leerse:

«... Del reyno de Navarra escrive don Carlos Arsiegui, Cura de Equisoayn, que lo observó camino de Monreal, en el monte de Alaiz de dicha villa, con otros amigos y algunos pastores, a los quales a las dos horas después de la prima noche del día nueve de octubre de este año (1730), los asustó una claridad quasi igual a la del Sol... Con una peregrina luz registraban con toda distinción los montes, heredades y pueblos circunvecinos... Dos horas aseguran estos verdaderos observadores que fue la duración de la luz y al fin de ellas descubrieron un nubarrón o globo monstruoso de fuego ácia la parte oriente y este duró una hora señalándose la mayor parte de sus humos al sitio de poniente en el mismo lugar donde se formó el premonterio de fuego aparecieron tres columnas grandes del

JUICIO, Y PRONOSTICO DE EL GLOBO DE LUZ, y tres Columnas de fuego, que aparecieron en el Orizonte de Madrid el dia 2. de Noviembre de 1730.

ES CARTA RESPUESTA DE TORRES A SU AMIGO Don Juan Ventura.

MUI SEÑOR MIO.

QUANDO eſtaba yo ſufriendo las impertinentes congojas de una melancolìa, (hueſped tan pegajoſo, y remolòn, que ni los deſacatos de la Medicina, ni los deſaires de mi genio, han podido deſecharlo de mis hypocondrios) recibì la de V. md. ſeñor Don Juan Ventura, y penſando hallar en las feſtividades de ſu nota, alguna convalecencia de mis manìas, dì de ojos (Dios nos libre) en el horroroſo dibuxo de un peregrino Promontorio de luces,

Inicio del libro de Villarroel, catedrático de Prima Mathematica en la Universidad de Salamanca (Archivo de la Biblioteca Nacional de Madrid).

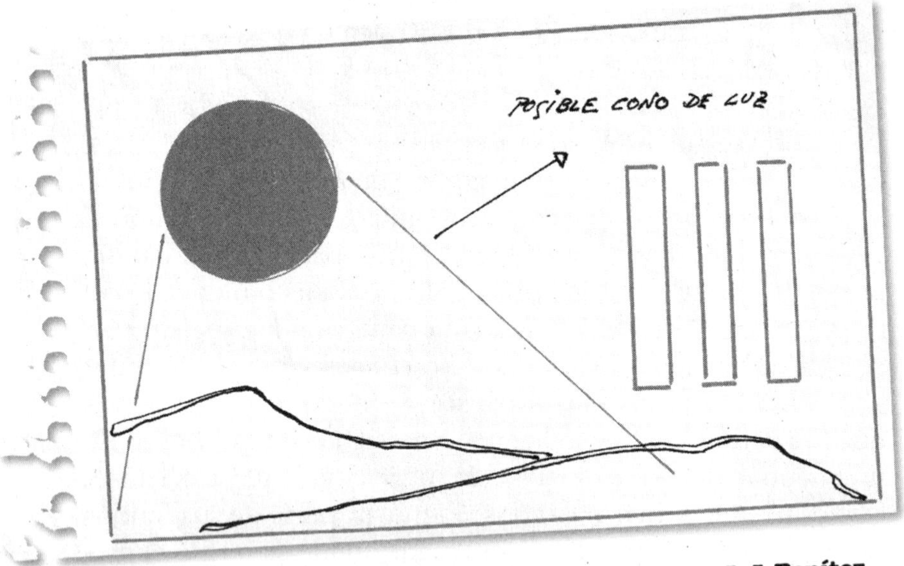

Navarra y Andalucía (1730). Cuaderno de campo de J. J. Benítez.

mismo color y encendimiento que el globo: la columna de medio se desvaneció en el espacio de media hora y las otras duraron hasta las quatro y media de la mañana que salió la Luna... De Andalucía me enviaron dibujadas estas mismas figuras que observó otro curioso a las mismas horas que hemos dicho se apareció en Navarra... Algunas otras personas de verdad me han asegurado que han visto en otras noches varias visiones de fuego... Yo sólo diré a V md lo que he visto y lo que siento de esta nueva aparición...».

Posteriormente, en 1737, volvieron a verse otros singulares globos de fuego (sin columnas) en diferentes regiones de España.

LA CALAHORRA

En 1994 recibí un regalo muy especial. Lo envió Roberto C. García, de Zamora (España).

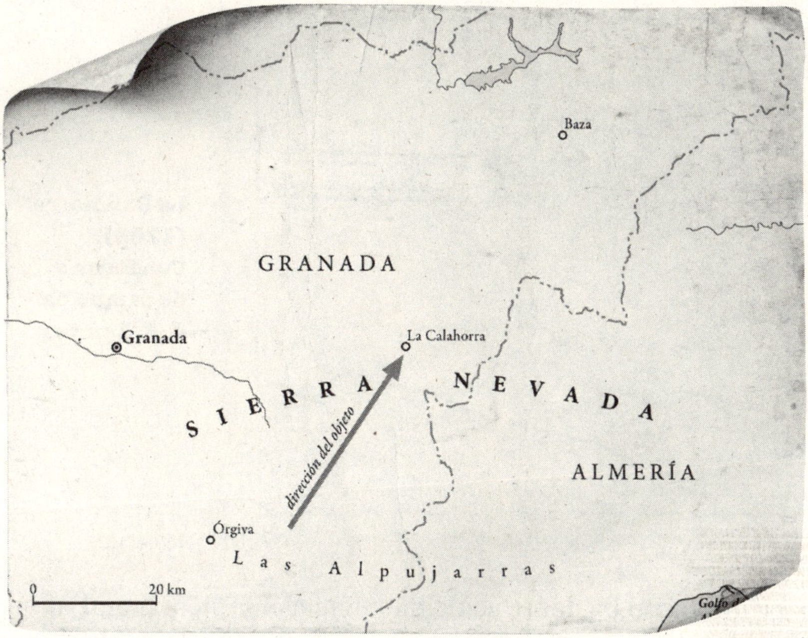

Se trataba de dos copias —certificadas— de un legajo del siglo XVIII. Procedían del Archivo Histórico Nacional (España) (Sección Osuna, legajo 3269, número 14).

Al leer el contenido quedé maravillado.

Dice así:

(Transcripción literal, con ortografía modernizada.)

«… El día 18 de septiembre de 1768, siendo como las seis y tres cuartos de la mañana, estando muy serena y clara, se apareció en el horizonte de la villa de Calaorra[1] del marquesado de Cenete, reino de Granada,[2] un globo tan cristalino como el agua más pura, de figura de una gran botella,[3] con el cuello tan retortoso[4] y dilatado, saliendo por encima de la Sierra Nevada, por la parte meridional de esta villa y llevando

1. Se refiere al pueblo de La Calahorra y no Calahorra, de La Rioja (España).

2. Se refiere a la actual provincia de Granada (España).

3. Con forma de botella.

4. ¿Con el cuello torcido, como el de una retorta?

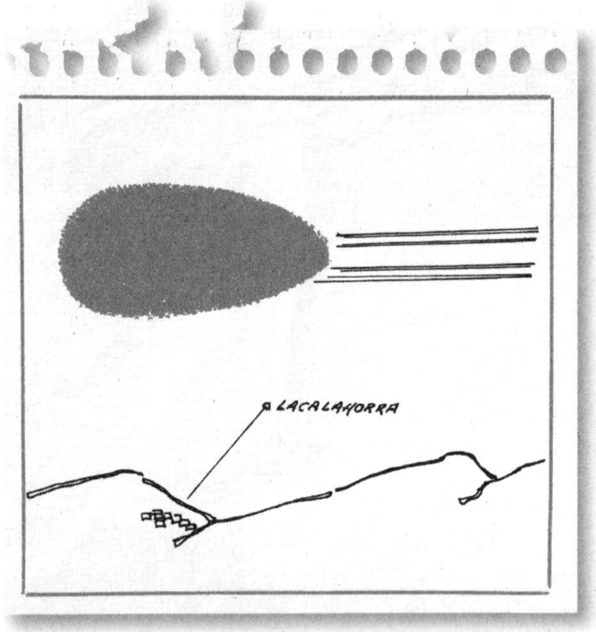

La Calahorra (1768). Cuaderno de campo de J. J. Benítez.

su rumbo con bastante velocidad, hacia el septentrional[1] donde están las sierras de Baza, llevando delante lo grueso este fenómeno[2] y lo delgado detrás, como centelleando, dejando conforme caminaba dos líneas de espeso humo que se conservaron separadas hasta que se deshizo el globo, convirtiéndose en fuego y chispas, a manera de las que arrojan los cohetes que llaman de luces o lágrimas,[3] sobre las sierras de Baza, al parecer de los que lo vieron con más reflexión pasando por encima de esta población. Y a un instante de desecho el globo[4] se sintió un estruendo espantoso a manera de un gran trueno que corrió las propias líneas de humo reduciéndolas a una, desvaneciéndose ésta a poco rato, siendo este ruido tan extraño para la gente que las dejó llena de pavor y pasmo, notando que al pasar por encima de esta villa retemblaron los edificios. Tuvo igual duración el trueno que el fe-

1. Hacia el norte.

2. Aunque llama «globo» al fenómeno, evidentemente no es esférico puesto que hacia su parte anterior dice que es más grueso, y más delgado en su parte posterior; esta parte posterior más delgada es la que, según dice el texto, centellea y deja dos estelas de humo.

3. Se refiere a lo que conocemos hoy como «fuegos artificiales».

4. Tras la desaparición del «globo».

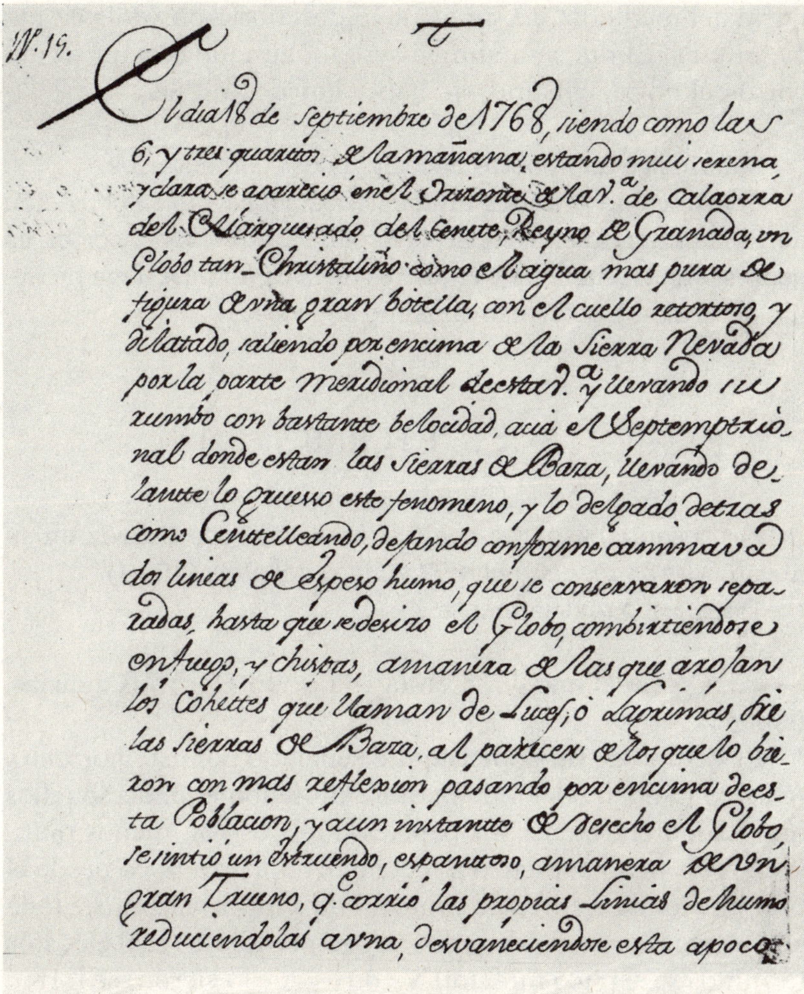

N.º 15.

El dia 18 de septiembre de 1768, siendo como las
6, y tres quartos de la mañana, estando mui serena
y clara se aparecio en el Orizonte de la V.ª de Calaorra
del Marquesado del Zenete, Reyno de Granada, un
Globo tan Christalino como el agua mas pura de
figura de una gran botella, con el cuello retorcido, y
dilatado, saliendo por encima de la Sierra Nevada
por la parte Meridional de esta V.ª y llevando su
rumbo con bastante velocidad, acia el Septemptrio-
nal donde estan las sierras de Baza, llevando de-
lante lo grueso este fenomeno, y lo delgado detras
como Centelleando, dejando conforme caminava de
dos lineas de espeso humo, que se conservaron sepa-
radas, hasta que se deshizo el Globo, combirtiendose
en fuego, y chispas, a manera de las que arrojan
los Cohettes que llaman de Luces; o Lagrimas, sre
las sierras de Baza, al parecer de los que lo bie-
ron con mas reflexion pasando por encima de es-
ta Poblacion, y a un instante de desecho el Globo
se sintio un Estruendo, espantoso, a manera de un
gran Trueno, q. corrio las propias Lineas de humo
reduciendolas a una, desvaneciendose esta a poca

Arranque de la crónica de septiembre de 1768. (Archivo Histórico Nacional. Madrid)

nómeno. Y en todo sería la de seis minutos de corta diferencia.[1] Su elevación parece que fue bastante por las noticias que hay de haberse observado en esta comarca en iguales circunstancias que aquí.[2] Y en la Alpujarra, que está en la

1. Todo el fenómeno se registró en 6 minutos.

2. El objeto fue observado desde Baza, La Calahorra y las Alpujarras. Esto hace suponer que volaba a gran altura. (Notas de Roberto C. García.)

parte del mediodía, se sabe que lo descubrieron venir de hacia el mar. El día se mantuvo sereno, aunque con un viento corto del norte, friísimo, sin haber llovido antes».

El hallazgo de Roberto necesita pocos comentarios.

Una nave de grandes dimensiones sobrevoló la población de La Calahorra, en Granada (España), y fue vista por otras gentes, en otras aldeas y ciudades de la región. La nave procedía de la mar. Y todo esto en pleno siglo XVIII...

EL HIERRO

El presente caso lo recogió el añorado Paco Padrón en su libro *Luces de medianoche. El viajero del alma* (1999).

Transcribo textualmente:

«... Corría el año 1785 en la isla de El Hierro (Canarias, España):

El tiempo de mi gobierno fue señalado por este portento. Acaeció la noche del 4 de octubre un fenómeno, de aquellos que suelen entretener los papeles públicos con menos motivo... A las ocho comenzó a incendiarse poco a poco desde el mar una lomada enfrente e inmediata a mi casa, como si toda ella estuviese regada de pólvora y se prendiese (casi en estos términos se explicó mi familia y otros que lo vieron) se formó una horrible llama que, decían, se dirigió a ellos... Pero a la verdad corrió mucho más allá... A cuyo tiempo sucedió tal claridad que les pareció se abría al cielo dejándose percibir con distinción todos los objetos... Corrió a mi sala un cabo ordenanza muy despavorido, gritando, sin saber lo que se decía, que estaba pronto a morir por la fe de Dios y del Rey... A éstos y a otros semejantes clamores salí de mi cuarto, pero ya no era ocasión de observarlo... De toda la isla se dejó ver su dirección fue de oriente a poniente... Los que se hallaban en la parte del sur y en la Punta de la Dehesa, en donde se desvaneció, me afirmaron que su figura era como una barra, al

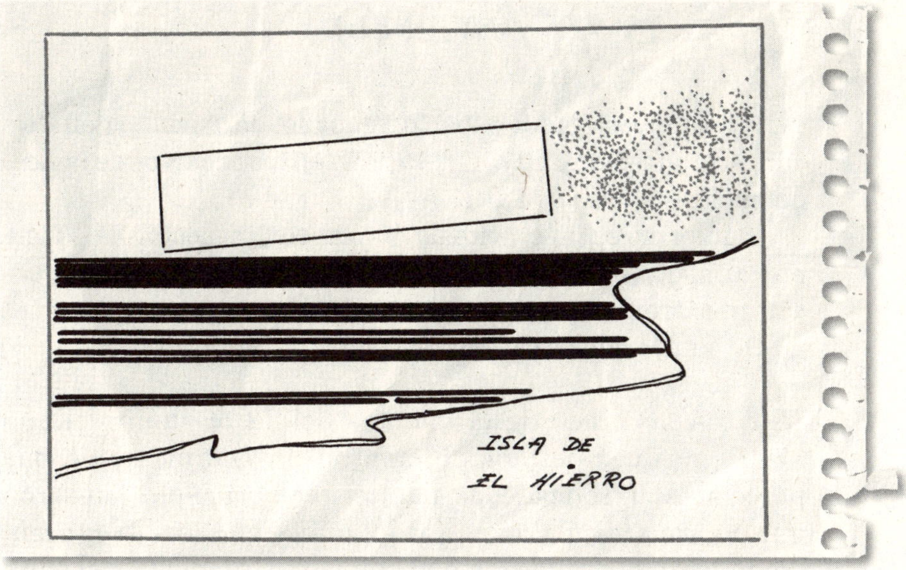

Isla de El Hierro (Canarias), 1785. Cuaderno de campo de J. J. Benítez.

parecer de más de tres varas y como dos o tres pies de ancho, dejando atrás una cola o reguero de chispas, que aumentaba al tiempo de la claridad... Todos los que lo vieron quedaron muy atemorizados... En este año de 1785 se dejó ver otro fenómeno: a las siete de la mañana del 2 de abril, estando el día muy oscuro, aunque despejado de niebla, pasó rápidamente por encima de esta villa, y al parecer muy cerca, un globo de bastante bulto que representaba la figura de una bola negra... Y al tiempo de deshacerse dio un estampido semejante al de una pieza de artillería gruesa, que se oyó en toda la isla dejando un olor muy fuerte de azufre».

(*Diario de viaje a la isla de El Hierro*, de J. A. Urtusáustegui.)

¿Olor a azufre? A la vista de estas naves, y de sus ocupantes, los testigos medievales no dudaron en asociar el olor a azufre que dejaban los objetos con el infierno defendido por la iglesia católica. En consecuencia, naves y tripulantes sólo podían ser el diablo. Así se hizo la historia...

ALENÇON

Fue el investigador Alberto Fenoglio, de Turín, quien descubrió lo sucedido en 1790. Y lo halló en los archivos de la Academia de Ciencias de París.

El informe es un escrito de M. Liabeuf, inspector de policía en París, que fue enviado a la región de Alençon para investigar un extraño suceso.

He aquí lo que se sabe al respecto:

«... A las cinco de la mañana del 12 de junio del año 1790, unos campesinos observaron un enorme globo que parecía estar rodeado de llamas... Al principio pensaron que podría ser un globo de Montgolfier que se había incendiado, pero la gran velocidad con la que se movía y el silbido que emitía los confundieron... El globo disminuyó la ve-

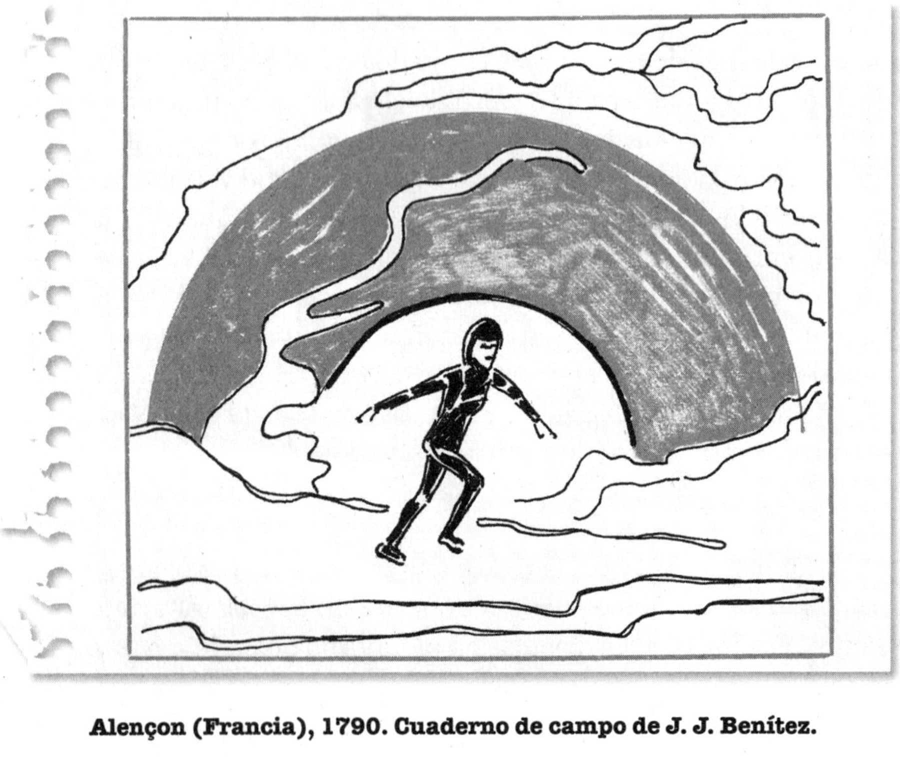

Alençon (Francia), 1790. Cuaderno de campo de J. J. Benítez.

locidad, hizo un movimiento como de balanceo, y luego se dirigió a gran velocidad hacia la cima de una colina, destruyendo la vegetación a su paso... El calor que emanaba el objeto era tal que la hierba y los arbustos se incendiaron... Los campesinos pudieron controlar al fuego —prosigue el informe del inspector Liabeuf— que comenzaba a extenderse por toda la zona... Por la tarde, el globo seguía caliente... Y sucedió algo extraordinario, por no decir increíble... Los testigos de este hecho fueron dos alcaldes, un médico y otras tres autoridades locales que confirman mi informe, sin mencionar a las docenas de campesinos y aldeanos que se hallaban en el lugar... La esfera, que era tan grande como para contener un carruaje, se hallaba intacta después del vuelo... Había despertado tanta curiosidad que la gente corría de todos lados para verla... Luego, de pronto, se abrió una especie de puerta y por ahí salió una persona, como nosotros, pero vestida de una extraña manera, con ropas que se adherían totalmente a su cuerpo... Al ver a la multitud, murmuró algo incomprensible y corrió hacia el bosque... Los campesinos retrocedieron instintivamente, con temor, y esto les salvó... Poco después la esfera explotó en silencio y lo hizo en miles de pedazos que fueron consumidos hasta quedar reducidos a polvo... Se buscó al hombre misterioso por todas partes pero, al parecer, se disolvió en el aire, porque hasta la fecha no se ha podido encontrar ningún rastro... A no ser —dice el policía— que se haya desvanecido de nuestro plano de existencia, para no dejar ninguna huella... ¿Era éste un ser que vino de otro mundo en ese extraño vehículo?... Yo no soy sabio; pero, de pronto, esa idea me vino a la mente».

Y cuenta Fenoglio que la Academia de Ciencias de París recibió el informe policial con escepticismo y con risas. Y negaron la posibilidad de que alguien pudiera llegar desde el espacio. «Todo —dijeron— había sido fruto de la imaginación de los incultos campesinos». Los «sabios» no se dignaron acudir al lugar del suceso, en el que, al parecer, quedó un cráter de considerables dimensiones y por un espacio de varios años. En definitiva, nada nuevo... Los científicos de hoy hubieran reaccionado de la misma manera.

Lo que sí me cautivó fue la sinceridad y la mente abierta del inspector de policía. ¿Cómo pudo imaginar que se trataba de un vehículo de otro mundo? Y lo más difícil: ¿cómo pudo sospechar que se desvaneció de nuestro plano de existencia?

Alguien, sin duda, se lo «susurró» en la mente, como él dice... Pero, entonces, ¿hasta qué punto somos controlados?

LA LUNA

Conozco un buen número de «incidentes» luminosos, registrados por los astrónomos, en la superficie lunar. Los científicos los bautizaron como «fenómenos lunares transitorios» o, lo que es lo mismo, «no sabemos de qué se trata».

Mencionaré algunos:

1725

V. Campini, con un telescopio de 150 palmos, observó desde Roma (monte Palatino) una mancha muy extraña sobre el cráter Platón, en la luna. Se trataba de un rayo de color rojo que cruzó Platón de parte a parte. La observación se registró el 16 de agosto.

1820

El astrónomo François Arago observó extraños objetos durante un eclipse de luna. «Marchaban en formación, manteniendo las distancias, y evolucionando con una precisión militar». (*Anales de química y física*)

1824

Los astrónomos descubrieron un singular cráter en el llamado «mar de la Tranquilidad», en la superficie lunar. Tenía 7 kilómetros de diámetro. Y fue bautizado como Linneo. En el fondo aparecía una «imposible luz blanca». En 1867, el cráter desapareció misteriosamente.

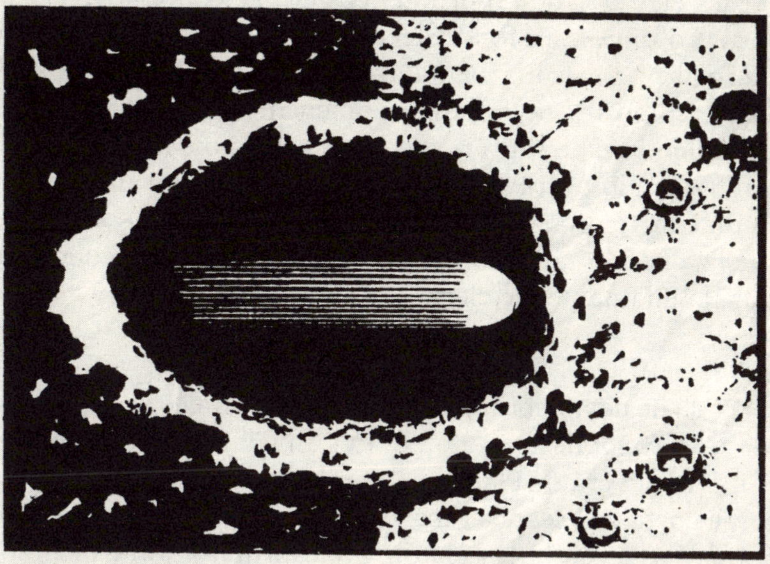

Cráter Platón, en la luna. Archivo de *Contactos extraterrestres.*

1870

El 13 de mayo, varios astrónomos ingleses observaron enigmáticas luces que se movían en el interior del cráter Platón. «Se encendían y se apagaban —dijeron— como si se comunicaran».

1871

El astrónomo W. R. Birt cuenta en los *Reportes de la Asociación Británica* (páginas 60 y 97) la siguiente observación: «... Aunque aquella noche solamente pudimos poner el telescopio a 150 palmos de largo, detectamos sobre la luna, en el cráter llamado Platón, un fenómeno que no se ha observado anteriormente... La luna se encontraba entonces un poco más adelante de su primera cuadratura con el sol, a la que había llegado el día anterior, y el punto llamado Platón se hallaba en la periferia de la iluminación solar, donde se encuentra el límite de la luz y la oscuridad del hemisferio lunar expuesto al sol... Los blancos rayos del sol iluminaban los bordes elevados que rodean el cráter haciéndolo parecer un pozo profundo... El fondo del cráter se encontraba oscuro, la luz solar no lo alcanzaba todavía... Pero un rastro de luz brillante, como un rayo, cruzó por en medio del área oscura extendiéndose en línea recta de un extremo a otro... Pareció como cuando un rayo de sol invernal entra por una rendija en un cuarto oscuro, o como se ven los rayos de sol a la distancia, cuando salen de una nube, o como se ve la cola de un cometa en una noche clara».

1877

El 23 de noviembre, el doctor Klein comunicó al diario francés *L'Astronomie* lo siguiente: «Vi un triángulo luminoso en el fondo del cráter Platón». Esa misma noche, otros observadores norteamericanos reportaron lo mismo: «Misteriosas luces se dirigieron hacia Platón y allí formaron un triángulo».

Sobran los comentarios... Estoy convencido de que «ellos» utilizan la luna como base.

NUBE ROJA

Un día, leyendo *El corazón de todo lo existente*, de Bob Drury y Tom Clavin, descubrí algo que me hizo sonreír. En el libro se narra la vida de Nube Roja, el célebre jefe sioux que luchó contra el poder establecido en USA. Pues bien, según Drury y Clavin, cuando Nube Roja nació (1821), «una estrella roja que pasa haciendo ruido» se paseó a baja altura sobre el campamento indio. La vieron todos los sioux. Dos días después, Camina como piensa dio a luz a Nube Roja. Y todos estuvieron de acuerdo: el niño debía llamarse como la estrella que lo anunció: Nube Roja *(Makhpiya-Luta)*.

Nube Roja.

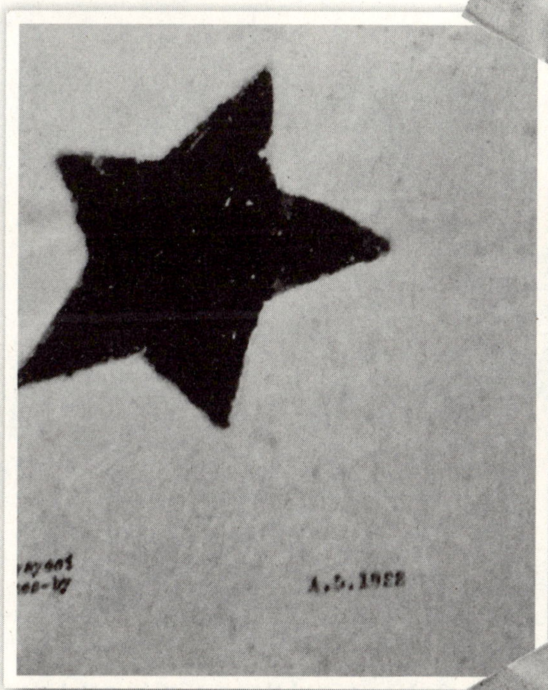

«Estrella que pasa haciendo un ruido» (Gentileza del Museo Americano de Historia Natural.)

COLVILLE

Visitando el Museo de Ontario, en Canadá, quedé perplejo. Uno de los óleos expuestos me pareció desconcertante. Fecha: 1847. Autor: Paul Kane, reconocido pintor de los nativos canadienses y norteamericanos. El cuadro –titulado *Cascadas de Colville*– presenta a un grupo de indígenas pescando cerca de las referidas cascadas. Pues bien, lo que me dejó atónito fue la estela pintada por Kane en mitad del cielo. Al examinarla llegué a la conclusión de que se trataba de la típica estela dejada por un avión. El color, incluso, es diferente al de las nubes. Pero, ¿quién volaba en 1847? Los primeros vuelos humanos los llevaron a cabo los hermanos Wilbur y Orville Wright, en 1903, en Kitty Hawk (Carolina del Norte, USA). El vuelo tuvo una duración de 59 segundos y 266 metros de recorrido. La estela de Kane aparece a varios miles de pies de altura y ¡56 años antes de la hazaña de los hermanos Wright!

Cuadro al óleo de Paul Kane. ¿Quién volaba en 1847? (Foto: Blanca.)

Ampliación del cuadro de Kane. El pintor, obviamente, vio la estela y la pintó. (Foto: Blanca.)

CAMPO DE CRIPTANA

El jueves, 2 de marzo de 1826, el *Diario de Barcelona*, en España, sorprendía a sus lectores con la siguiente información:

«... Campo de Criptana (provincia de La Mancha), 17 de febrero: el 14 del corriente ocurrió en esta villa un fenómeno extraordinario, que ha fijado la atención de sus habitantes, y que quizá podrá ofrecer materia a los hombres ilustrados para hacer investigaciones y adelantamientos en las ciencias naturales... En dicho día, y hora de las 7 y 50 minutos de su mañana, se dejó ver en el aire un globo de fuego de una magnitud extraordinaria, y de forma piramidal, o más bien del todo semejante a una gran tinaja vuelta boca abajo, descendiendo hacia la tierra con movimiento oblicuo y con dirección de occidente a norte; dejaba en su descenso una ráfaga

Campo de Criptana (1826).
Cuaderno de campo
de J. J. Benítez.

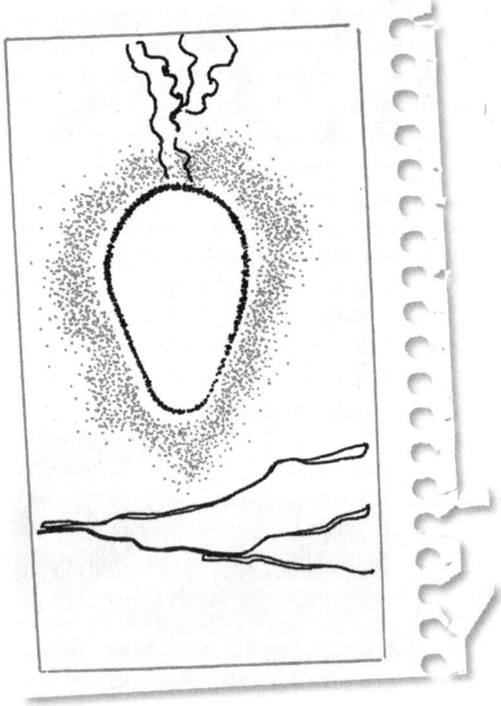

o cola de humo bastante grande, que notaron bien cuantos lo observaron desde el campo... Su luz era tan resplandeciente que deslumbraba a cuantos lo vieron al acercarse a la tierra, como a la altura de 40 varas, por lo que no pudieron ver si llegó a tierra, o se desvaneció en el aire... Pero sí que en su movimiento nada se asemejaba a una exhalación, pues éste era sin comparación más pausado... Y es de notar que a la hora que se vio este fósforo o globo luminoso estaba la atmósfera del todo despejada y el sol muy claro, sin que esto impidiese verlo con tanta claridad que todos creían que cayó muy inmediato al sitio en que se hallaban, pero es indudable que al norte de esta villa, y el camino que va a Quintanar es donde realmente cayó, según informan los que lo observaron más de cerca».

¿Otro ovni en apuros? La nave —de grandes dimensiones— «desapareció» de la vista de los observadores cuando se encontraba a cosa de 60 o 70 metros del suelo. Su descenso

—según el corresponsal— fue pausado, «no como una exhalación». Ello elimina la posibilidad de que se tratase de un asteroide.

MADRID

Casi todo el mundo considera que la palabra «platillo» fue inventada por Kenneth Arnold, cuando vio una formación ovni el 24 de junio de 1947. Pues no...

La primera vez que se usó el término fue en 1863 y lo hizo un periódico español: *La Gaceta* (de Madrid). He aquí lo publicado el 14 de agosto: «... Una especie de platillo luminoso, rojizo, que llevaba encima una cúpula resplandeciente, fue visto anteayer (12 de agosto) por la noche en el horizonte, al lado este del cielo de Madrid... Después de haber estado mu-

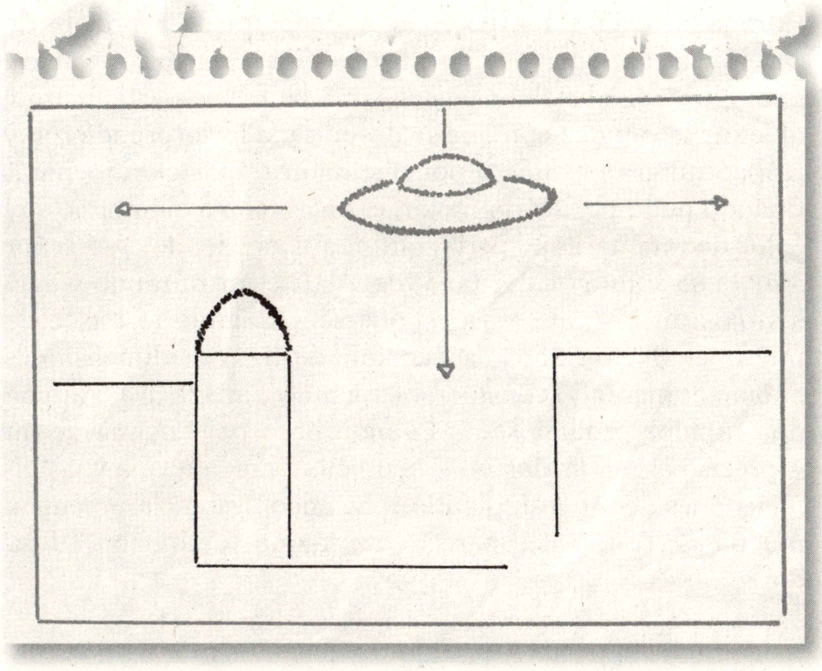

Madrid (1863). El ovni se desplazaba de forma horizontal y también verticalmente. Cuaderno de campo de J. J. Benítez.

cho tiempo inmóvil, la máquina se desplazó con rapidez, en muchas direcciones, horizontal y verticalmente, antes de desaparecer».

Han pasado más de 150 años y, sin embargo, la descripción del ovni y de sus movimientos es impecable. Por supuesto, en aquel tiempo nadie hablaba de «platillos volantes».

DENSON

Años más tarde (enero de 1879), el periódico *Daily News*, de la localidad de Denson, en Ohio (USA), proporcionaba la siguiente noticia:

«... John Martin, un granjero que vive a unas 6 millas al sur de nuestra ciudad, nos informó acerca de la siguiente y extraña historia: el martes en la mañana, mientras andaba de cacería, atrajo su atención un objeto que se encontraba a gran altura en el cielo, hacia el sur... La forma particular del objeto y la rapidez con que se desplazaba lo sorprendieron y realizó un gran esfuerzo por distinguirlo más claramente... Cuando pudo percibirlo mejor, el objeto tenía el tamaño y el color de una naranja, pero continuaba creciendo... Al señor Martin se le fatigó la vista, a fuerza de estar mirando y bajó los ojos un instante para reponerse... Cuando lo buscó de nuevo, el objeto estaba casi encima de él... Sus dimensiones habían aumentado considerablemente y parecía avanzar con una rapidez prodigiosa... "Cuando pasó por encima de mí —precisó el señor Martin—, el objeto tenía la forma y las dimensiones de un gran platillo... Se encontraba claramente a mucha altura... Y desapareció tan rápido como había surgido"».

De nuevo la palabra «platillo», escrita mucho antes de la llamada «era moderna de los ovnis». Exactamente 68 años antes de 1947.

PIEDRAS NEGRAS

José Vasconcelos fue un insigne pensador mexicano. En 1803, cuando contaba once años de edad, vivió un suceso que le marcó de por vida. Lo cuenta en su bello libro *Ulises criollo* (1935).

El hecho tuvo lugar en Piedras Negras, en la frontera de México con USA. El padre de Vasconcelos era oficial de aduanas y en esos momentos se hallaba destinado en la referida ciudad fronteriza.

He aquí lo escrito por Vasconcelos:

«... Regresábamos de un paseo al otro lado (se refiere a territorio norteamericano)... La mañana estaba luminosa y tibia... Leves gasas de niebla borraban el confín, se esparcían por la llanura... Serían las once de la mañana y comenzaba a quemar el sol... Desde el puente (que conducía a

José Vasconcelos.

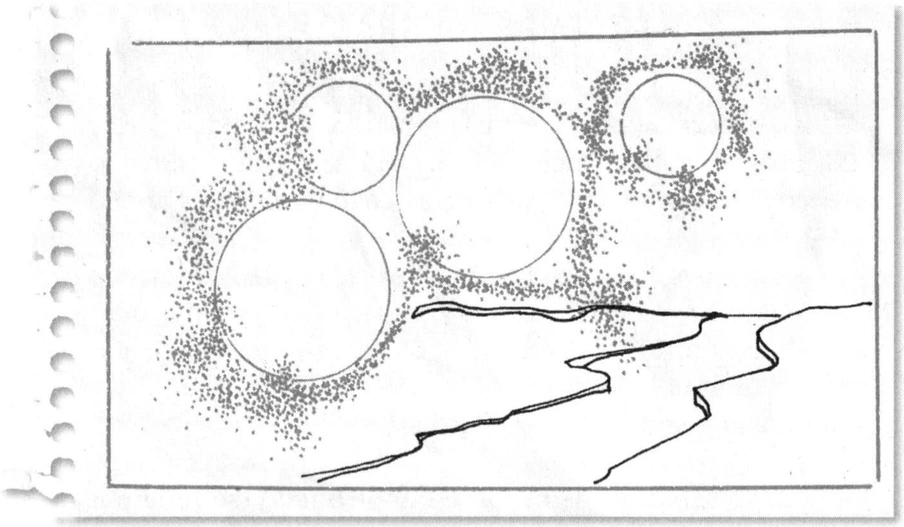

Piedras Negras (México), 1893. Cuaderno de campo de J. J. Benítez.

Estados Unidos) contemplábamos la margen arenosa, manchada de grama y mezquites, cortada de arroyos secos... En suave ondulación bajo el terreno hacia la cuenca del río que corre manso... De pronto, nacidos del seno humoso del ambiente, empezaron a brillar unos puntos de luz que, avanzando, ensanchándose, se tornaba en discos de vivísima coloración bermeja o dorada... Con mi padre y mis hermanos éramos cinco para atestiguar el prodigio... Al principio creíamos que se trataba de manchas producidas por el deslumbramiento de ver el sol... Nos restregábamos los ojos, nos consultábamos y volvíamos a mirar... No cabía duda, los discos giraban, se hacían esferas de luz, se levantaban de la llanura y subían, se acercaban casi hasta el barandal donde nos apoyábamos... Como trompo que zumbara en el aire, las esferas luminosas rasgaban el tenue vapor del ambiente... Hubiérase dicho que la niebla misma se cristalizaba, se acrisolaba para engendrar forma, movimiento y color... Asistíamos al nacimiento de seres de luz... Conmovidos, comentábamos, emitíamos gritos de asombro, gozábamos como quien asiste a una revelación... En tantos años de lecturas diversas no he topado con una explicación del caso, ni siquiera con un relato semejante, y todavía no sé si vimos algo que nace del concierto de las fuerzas físicas o padecimos una alucinación colectiva de las que estudian los psicólogos».

El sabio Vasconcelos no pudo leer nada sobre el particular porque, sencillamente, en 1893 poco o nada se escribía sobre el fenómeno de los «no identificados». Hoy hubiera sabido que la «visión desde el puente internacional» fue una realidad casi común que nada tuvo que ver con una alucinación. Pero eso no importa. Lo que cuenta es su valioso testimonio.

En 1981, otro «sabio» de la Real Academia Española —Torcuato Luca de Tena— comentaba en el diario *ABC* de Sevilla (España) la descripción de Vasconcelos y se reía del asunto con las siguientes palabras: «Esta visión infantil, de la que el escritor pone como testigos a su madre y a sus cuatro hermanas (error), se produjo muchos años antes de que los habitantes de este planeta padecieran la burda psicosis colectiva de creer que estamos siendo visitados y auscultados por naves espaciales extraterrestres...».

Decía mi abuela, la contrabandista, que el problema de los necios es que se reproducen...

CASPE

Al leer la vida del beato Diego José (1743-1801), de Cádiz (España), sacerdote de la orden de los capuchinos de Francisco, quedé nuevamente sorprendido. En la página 30 del libro escrito por Cayetano de Igualada, se dice lo siguiente:

«... Jamás principiaba un sermón (se refiere al beato) sin invocar primero la Santísima Trinidad, alabarla y bendecirla. Las consultas a que respondía, y las cartas que escribía estaban siempre encabezadas con el nombre de este augusto mis-

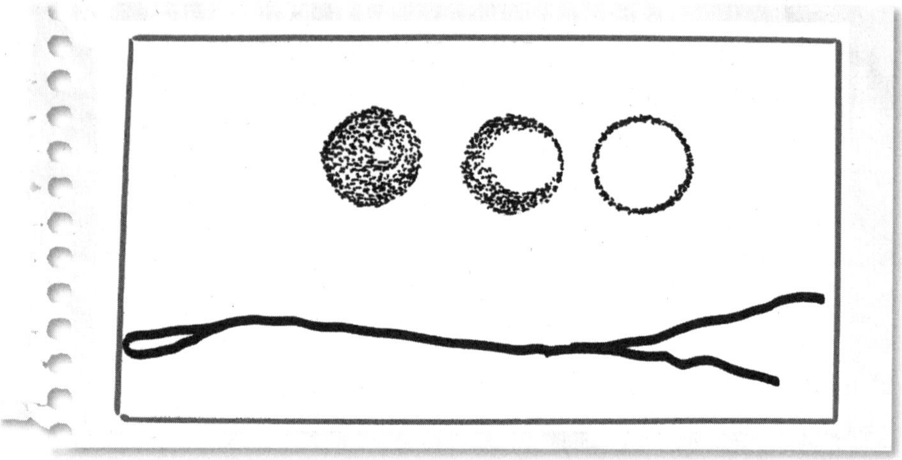

Caspe (siglo XVIII). Cuaderno de campo de J. J. Benítez.

terio, y las alabanzas y bendiciones que le prodigaba... Cuando emprendía un viaje cualquiera rezaba siempre el trisagio de la Santísima Trinidad... En todas partes promovía esta devoción, ora predicando en las iglesias o plazas públicas, ora exhortando a la gente que encontraba en los caminos, o veía trabajar en los campos... Una de las ocasiones más memorables, y que en efecto causa profunda impresión, es el suceso que ocurrió en su viaje de Caspe a Mequinenza en la Corona de Aragón (no se conoce la fecha con exactitud)... Durante el trayecto cantaban él y la muchedumbre que lo acompañaba el trisagio de la Santísima Trinidad con un fervor y entusiasmo extraordinarios... A eso de las diez de la mañana aparecieron tres soles absolutamente iguales en magnitud, belleza y esplendor, fenómeno que duró por espacio de dos horas... Esta aparición fue considerada por la numerosa y devota comitiva que acompañaba a nuestro beato Diego, y por la gente que lo vieron, como un verdadero milagro que Dios obró para manifestar sensiblemente cuánto le agrada la devoción al misterio de la Santísima Trinidad...».

Lástima que Cayetano de Igualada no proporcionase más detalles sobre la aparición de los tres soles. Por supuesto, no creo que la presencia de esas tres naves tuviera nada que ver con la Santísima Trinidad, pero así lo interpretó el beato. Como en el caso de Vasconcelos, la realidad está lejos del pensamiento humano...

LAMY

Pasé ocho meses investigando la vida y milagros de mi maestro, Julio Verne.[1] Recuerdo que hubo algo que me llamó poderosamente la atención. Verne dijo: «He llegado tarde a esas luces (que surcan los cielos de Estados Unidos) y a Jesús de Nazaret».

El escritor francés, fallecido en 1905, se refería a la oleada ovni registrada en USA en los años 1896 y 1897.

Yo sí la estudié a fondo. Y quedé maravillado.

Según el investigador Robert G. Neeley (Jr.), en esos dos años los periódicos norteamericanos publicaron un total de 4.400 avistamientos (!).

Destacaré algunos:

En realidad, la referida oleada empezó mucho antes: en 1880.

El investigador Lucius Farish cuenta así lo ocurrido en la población de Lamy (Nuevo México, USA) el 26 de marzo de dicho año:

«... La siguiente historia apareció en el *Daily New Mexican*, de Santa Fe... Anoche, poco antes de la llegada del tren de Santa Fe, un maquinista y dos o tres amigos paseaban antes de retirarse a descansar cuando se quedaron perplejos al oír unas voces que provenían de arriba... Primero pensaron que era gente que estaba en la montaña cercana, conocida como sierra Colorada, pero al mirar hacia arriba su sorpresa fue aún mayor, cuando vieron un enorme globo que procedía del oeste... A medida que se acercaba rápidamente, las voces se oían mejor, pero eran totalmente ininteligibles...

1. Ver *Yo, Julio Verne* (1988).

Se oían gritos en una lengua desconocida, evidentemente para llamar la atención... La construcción del globo era totalmente diferente a ninguna otra conocida, ya que tenía forma de pez... Y hubo un momento que descendió tanto que se vieron claramente unos adornos que tenía por el exterior... El aparato, bajo el control de los ocupantes, estaba propulsado por algo que parecía un ventilador grande... El grupo se estaba divirtiendo, ya que se oían risas y música... Cuando el globo pasó sobre el Empalme (actual Lamy) dejó caer algunas cosas, pero como había muy poca luz, lo único que hallaron fue una gran flor hecha de papel de seda y que tenía escritos unos caracteres parecidos a los japoneses... Un objeto, que por su forma parecía ser de barro, no se pudo hallar... El globo era enorme y, al parecer, trasladaba a ocho o diez personas... Otra de las facetas peculiares de la máquina aérea era que los ocupantes podían volar a la altura que quisieran... Cuando pasó por el Empalme aceleró y se movió velozmente en dirección este... Posteriormente, la taza lanzada desde el globo anoche fue hallada esta mañana... Tiene forma peculiar, totalmente distinta a las que se usan en este país... Tanto la flor como la taza son conservadas por el maquinista y pueden ser vistas por el que lo desee...».

Y el periódico sigue con el asunto al día siguiente, 27 de marzo:

«... Esta noche (es decir, el mismo 26) un coleccionista de curiosidades pasó por este lugar (el Empalme) y cuando le mostraron la flor y la taza que habían caído del globo que pasó por este lugar anoche, ofreció una suma de dinero por ellos, tan alta, que no se pudo rechazar... Él cree (se refiere al "coleccionista") que el globo procedía de Asia, posiblemente de Jeddo».

La noticia —supongo que cierta— me dejó perplejo por varias razones.

Primera: parece obvio que la nave sobrevoló la estación «para que la vieran».

Segunda: lanzaron los objetos a tierra con el único fin de «dejar constancia de su paso sobre el lugar».

Tercera: al poco (esa misma noche del 26 de marzo), se presentó en el Empalme un individuo (que dijo ser coleccionista) y se llevó la flor y la taza. Demasiado rápido y demasiado sospechoso...

En otras palabras: puro teatro.

Pero entraré de lleno en la célebre oleada ovni de 1896 y 1897.

AUBURN

El 25 de noviembre de 1896, varias personas de la ciudad de Auburn, en California (USA), vieron un objeto brillante con forma de barril. La noticia fue publicada en el *Auburn Placer Herald* el 28 de ese mismo mes de noviembre. También fue recogida por el *San Francisco Call*. Y añadía:

Lodi (California), 1896. Cuaderno de campo de J. J. Benítez.

«... El objeto fue visto a las cuatro de la tarde por John Walsh, Dave Chamberlain y Henri Hart... Cerca de Lodi, en California, el coronel H. G. Shaww y otro amigo iban cabalgando y, de repente, los caballos se detuvieron, resoplando... Entonces vieron a tres seres que parecían humanos... Tenían 2 metros de altura y eran delgados... El coronel trató de hablarles, pero no comprendían... Ellos hablaban entre sí en una lengua monótona y gutural... Los seres estaban muy interesados en observarles, así como a los caballos... Tenían las manos pequeñas y delicadas... Los dedos carecían de uñas... Los pies de los seres eran de un tamaño doble al de los pies humanos normales... Los dedos de los pies eran largos y delgados... El coronel trató de levantar a uno de los seres... Dijo que era muy liviano... "No pesaría ni una onza" (24 gramos), manifestó... El ser se agarró al suelo con los largos dedos de sus pies... No llevaban ropa... Aparecían cubiertos con una sustancia suave y sedosa... No tenían pelo en las cabezas y tampoco en las caras... Las orejas eran muy pequeñas y la nariz parecía de marfil... Los ojos eran grandes y brillantes y las bocas pequeñísimas, sin dientes... Cada uno llevaba, bajo el brazo izquierdo, una especie de bolsa, con una boquilla... De vez en cuando se llevaban la boquilla a la boca y se oía un sonido, como de escape de gas... Cada uno llevaba un objeto del tamaño de un huevo en la mano izquierda... Cuando abrían un poco esa mano, el objeto emitía una luz potente y penetrante... Los seres trataron de levantar en el aire al coronel y al segundo hombre, pero no pudieron... Entonces dirigieron las luces hacia un puente que había sobre el canal Woodbridge y se vio la aeronave... Estaba suspendida en el aire, a 20 pies de altura (6 metros), y medía 150 pies (50 metros) de largo por 20 de ancho... Los dos extremos terminaban en punta, y tenía un timón... Se dirigieron hacia ella, a saltos de 15 pies (5 metros)... Abrieron una puerta y entraron... El coronel lanzó una piedra contra el objeto pero no se escuchó sonido alguno... La nave se elevó rápidamente, con movimientos de expansión y contracción».

OMAHA

El 5 de abril de 1897, a las nueve y media de la noche, numerosos vecinos de Omaha, en Nebraska (USA), vieron un objeto de unos 30 metros de diámetro. Tenía forma elíptica. Por delante, y por la popa, presentaba largas proyecciones, como alas. En la parte delantera se observó una luz, muy potente. En la popa se veía otra luz, roja, pero de menor intensidad. Permaneció quieta unos segundos y después se alejó hacia Manaw a gran velocidad.

LAGO ELMO

El 13 de abril de 1897, a las 23:15 de la noche, Frederick Chamberlain y O. L. Jones se encontraban en las proximidades del lago Elmo, en Minnesota (USA). Y observaron a un hombre que parecía buscar algo. Portaba una linterna. Caminaron hacia él y, tras avanzar unos metros, la luz de la linterna desapareció. Entonces escucharon el crujido de las ramas en un claro. Y surgió un extraño viento, que movió las ramas de los árboles. En esos momentos descubrieron un objeto largo, de color gris. Tenía dos hileras de luces (cuatro luces en parejas). Cada pareja tenía una luz roja y una verde. El objeto se elevó rápidamente, en diagonal, pasó sobre los árboles y desapareció hacia el sur. También vieron otras luces blancas en el objeto. No vieron maquinaria, ni alas, ni ruedas, ni timones, ni tampoco personas. El objeto dejó catorce huellas en el barro. Cada marca tenía 2 pies de largo y 6 de ancho. Descubrieron siete huellas en cada lado. Otros testigos, en la zona, observaron también el paso de la nave.

HILLSBORO

Dos días más tarde (15 de abril), a eso de las nueve de la noche, J. Bounds cabalgaba por las cercanías de Hillsboro, en Texas (USA). Y, de pronto, una luz blanquísima iluminó la zona «como si fuera de día». El caballo, entonces, empezó a temblar como una hoja. La «luz» se colocó sobre Bounds durante unos segundos y después se dirigió hacia el campo. «Era un objeto negro –manifestó el testigo–, con forma de cigarro puro». De pronto se apagó el gran foco y vio una serie de luces a lo largo del borde exterior. El testigo vio cómo la nave volvió a encender el gran faro cuando se hallaba cerca de Aquilla Creek, a varias millas. El objeto aterrizó en una colina, cerca de Aquilla, y allí permaneció un rato. Después la vio elevarse y desaparecer. Cada poco lanzaba el foco hacia tierra.

VANAVARA

En 1993, tras años de estudio e investigación por medio mundo, publiqué un libro titulado *Mis enigmas favoritos*. Allí aparece el misterio de la Tunguska. Refrescaré la memoria del lector con una síntesis de lo que, se supone, pudo suceder en la Siberia rusa:

1908... Lugar: a poco más de cien kilómetros al norte de la ciudad de Vanavara... El 30 de junio de dicho año –hacia las 7 horas y 17 minutos de la mañana– una formidable explosión arrasaba 3.100 kilómetros cuadrados de taiga, carbonizando más de un millar de renos y abatiendo como plumas extensas masas boscosas... Fallecieron alrededor de 3.500 personas... De sur a norte, y a lo largo de más de ochocientos kilómetros, miles de rusos de la región comprendida entre el río Tunguska Inferior y la línea del ferrocarril Transiberiano asistieron, perplejos, al vuelo horizontal de un objeto cilíndrico –blanco azulado y silencioso– que cruzó los cielos a una altura de 5.000 a

7.000 metros y a una velocidad aproximada de 0,7 kilómetros por segundo... Y, de pronto, el «gran tubo», al sobrevolar la ciudad de Keshma, cambió súbitamente de dirección, enfilando hacia el este... Y sobre la región de Preobraznenka, los atónitos colonos lo vieron girar hacia el noroeste... Segundos después, en un apartado paraje situado entre los ríos Chunya y Tunguska Medio se registraba una gran detonación... Según los científicos, el misterioso «objeto volante no identificado» se desintegró en el aire, a unos 3.000 metros del suelo, y con una fuerza equivalente a 40 megatones; es decir, con una potencia diez veces superior a la desarrollada por la bomba atómica lanzada sobre Hiroshima en 1945 por los malditos norteamericanos... Y el cielo —según los tunguskos— se partió en dos... Y un fulgor similar al del sol bañó la inmensa taiga... Acto seguido, una ardiente columna —en forma de «lanza»— se levantó desde el horizonte, alcanzando más de 20 kilómetros de altura (algunos hablan de 80 kilómetros)... Y un huracán de fuego, y una sucesión de truenos y cañonazos barrieron un radio de 800 kilómetros, derribando cuanto halló a su paso: hombres, animales, chozas, bosques, y hasta los raíles del Transiberiano... Y durante muchos minutos, la Tierra tembló en sucesivas oleadas... Y la Tunguska quedó cubierta por una «lluvia negra»... El estallido fue de tal magnitud que los sismógrafos de medio mundo acusaron el impacto... En un primer momento fue asociado a un poderoso terremoto... Y en las noches de ese 30 de junio y del 1 de julio, inmensas «nubes plateadas» cubrieron el norte de Rusia, así como buena parte de Europa... La luz nocturna era tan intensa que, durante dos días, el viejo continente «vivió» un «crepúsculo» interminable... En ciudades como Londres, Viena, Berlín o Copenhague fue posible hacer fotografías durante la noche o leer en el interior de las casas sin ayuda de la iluminación artificial...

¿Qué fue lo que estalló en las proximidades de Vanavara?

En estos cien años las hipótesis han sido múltiples.

Veamos algunas:

• ¿Fue un meteorito? Hasta el momento no ha sido posible encontrar el obligado cráter... Y me pregunto: ¿qué clase de meteorito cambia de dirección, al menos en dos ocasiones?

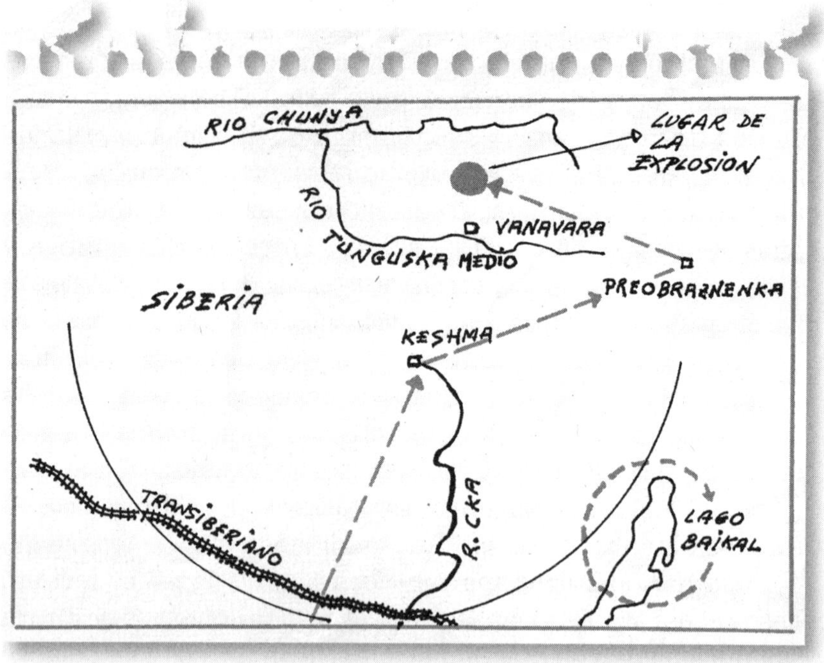

Trayectoria de la nave que estalló en la Tunguska en 1908. Otros testigos vieron un segundo objeto que volaba alrededor del lago Baikal. Cuaderno de campo de J. J. Benítez.

Más aún: no conozco ningún meteorito que tenga forma de «gran cilindro».

• ¿Fue la irrupción de una «gota de antimateria» en la atmósfera terrestre? La idea me parece tan fantástica como la de aquellos que defienden que la explosión en la Tunguska se debió a la colisión con un «agujero negro». De haber sido así, el planeta habría dejado de existir...

• ¿Fueron los restos de un cometa? La hipótesis no se sostiene porque, sencillamente, mucho antes del impacto, los astrónomos lo habrían detectado. Y no fue así. Además, ¿qué cometa desarrolla una velocidad de 0,7 kilómetros por segundo, y en vuelo horizontal? Esos fueron los cálculos del geofísico soviético Zolotov para el objeto que estalló en la Tunguska. Normalmente, la velocidad de ingreso de un cometa en la atmósfera es mucho mayor.

• ¿Fue una nave «no humana»? La teoría fue defendida por Kazantsev en 1945. Después se unieron a ella muchos expertos y científicos, que consideraron la idea como «la menos mala». La explosión —dijeron— recordaba la registrada en Hiroshima en 1945: detonación, gran resplandor, viento huracanado, fuego invisible, onda de choque, etc. Incluso «el bosque de postes de telégrafo», que formaba una especie de anillo en torno al pantano del Sur, en la Tunguska, era similar a los árboles que habían quedado en pie en los alrededores del cuartel general de la Quinta División Japonesa y sobre el que se registró la explosión atómica. A partir de 1958, las nuevas expediciones a la Tunguska comprobaron con asombro cómo los troncos de los árboles habían experimentado un fenómeno similar al detectado en los árboles de Hiroshima. A raíz de la explosión de 1908, los anillos vivos experimentaron un crecimiento muy superior al de épocas anteriores. Si los que precedieron el formidable estallido oscilaban entre 0,4 y 2 milímetros, los aparecidos con posterioridad alcanzaban hasta 5 y 10 milímetros de grosor. En suma: el fenómeno de la Tunguska tuvo mucho que ver con una explosión nuclear. Científicos como Zolotov y Plenajov, en 1959, y Florensky y Nekrasov, en 1961, demostraron que el índice de radioactividad en el epi-

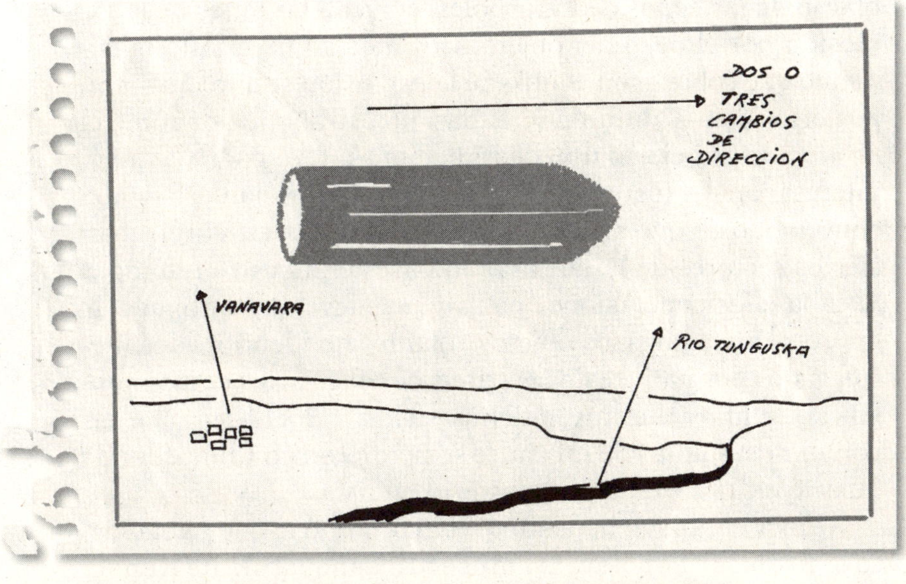

Vanavara (1908). Cuaderno de campo de J. J. Benítez.

centro de la catástrofe era una y media y dos veces superior a lo admitido como «normal». Y en los anillos interiores de plantas y árboles —en aquellos que se formaron en 1908— las pruebas espectográficas denunciaron la existencia de cesio 137 en proporciones sólo explicables ante una deflagración atómica.

Yo me uno a la teoría de Kazantsev: fue una nave no humana la que estalló en las cercanías de Vanavara.

Con el paso de los años, otros investigadores han aportado datos sobre el misterio de la Tunguska. Empezaré por los testimonios de nuevos testigos:

- George St. George, en su libro *Siberia, un mundo nuevo* (1969) dice lo siguiente: «... Yo viví de niño en la taiga... Recuerdo que se habló de este asunto (explosión en la Tunguska) en nuestro hogar, en Chitá (Transbaikalia) hacia 1914... Lo discutieron mi padre y un médico amigo suyo que afirmaba haber estado en la zona de la explosión pocos meses después de que se produjera... El médico tenía en su poder un detallado dibujo donde se apreciaba la trayectoria, en zigzag, del cuerpo desconocido a lo largo de 170 kilómetros... Y hablaron de las copas de los árboles, cercenadas antes de la explosión por el paso del objeto... El médico manifestó igualmente que sobre el epicentro de la explosión se apreció —con posterioridad—, durante semanas, un extraño fulgor como el producido por cierto tipo de radiaciones... Mi padre, a quien interesaban ya los asuntos de los platillos volantes, estaba convencido de que algunos seres de otros planetas utilizaban ciertos sectores de la taiga como bases en nuestro mundo... Sacaba tales conclusiones por algunas leyendas antiguas de los evenkos... Diversos objetos volantes no identificados fueron vistos por nativos de las tribus de Siberia, así como mongoles y chinos durante muchos siglos... Por desgracia, las voluminosas notas de mi padre se perdieron en China, donde falleció en 1928, en un monasterio budista».
- Ilya Potapovich, pastor evenko, contó lo que había visto al profesor Popolev, del museo Krasnoyarsk, de Kansk: «... Esa mañana, tras la gran destrucción, se abrió una sima

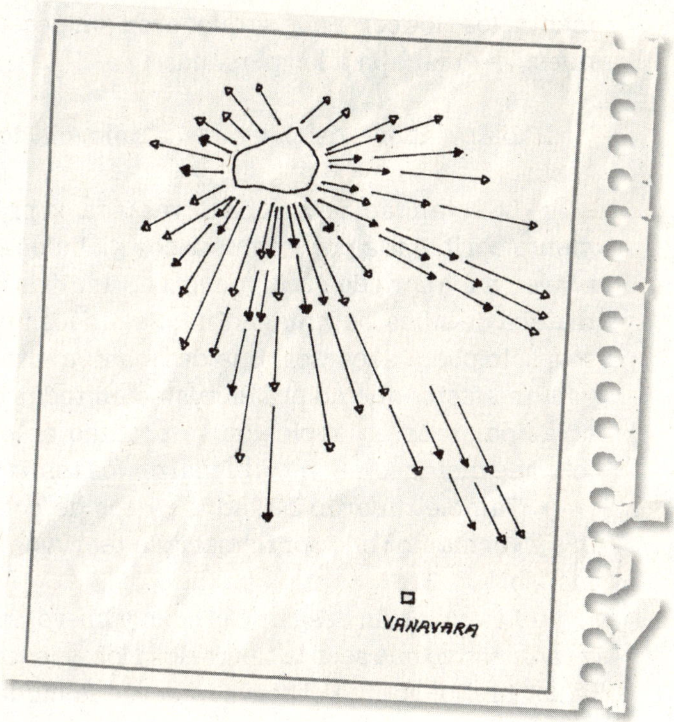

Pantano del Sur. Lugar de la gran explosión en Tunguska. Las flechas señalan las direcciones de los árboles derribados. Cuaderno de campo de J. J. Benítez.

en el bosque... Vimos pasar varios objetos rojos y redondos sobre los árboles».

• Iván V. Kokorin, timonel de una barcaza, navegaba ese 30 de junio de 1908 cerca de Vanavara: «... Hacia el norte —explicó— apareció de la nada una luz azul... Y una bola de fuego del tamaño del sol surcó el cielo... Dejaba tras de sí una amplia estela luminosa... Inmediatamente después se oyó un tremendo ruido... Las personas que trabajaban conmigo en el puente corrieron a refugiarse... La potencia de las explosiones fue tal que los remeros, asustados, se negaron a volver a sus puestos de trabajo».

• Los pasajeros del tren Transiberiano, que en esos momentos viajaban al sur de Vanavara, vieron una masa oval que surcaba el cielo a una velocidad muy baja. Después cambió de dirección. Se trataba de un objeto que volaba hacia el este y que dejó una estela brillante.

• Okhchin, que en esos momentos cazaba en la taiga, describió la explosión como «algo espantoso». A partir de ese momento, los ríos cercanos se quedaron sin peces. «El agua –manifestó– quemaba a las personas».

Hablaré ahora de las nuevas informaciones sobre Tunguska:

- La totalidad de la zona devastada se presentó materialmente acribillada por milimétricos glóbulos esféricos que actuaron a manera de perdigones. Los análisis revelaron que se trataba de silicatos y magnetita. Según los investigadores rusos, sólo podía deberse a una detonación «directiva»; es decir, con un efecto «que no era el mismo en todas direcciones». En otras palabras: la explosión se produjo en el interior de un «envase metálico». Como afirmaron los testigos, un «cilindro».
- También fueron hallados restos de cobalto, níquel, cobre y germanio (ello confirmaría la teoría de una nave no humana).
- La explosión desgarró el cielo y liberó un viento ardiente y radioactivo que secó la tierra, los ríos, y levantó columnas de agua. El «hongo» fue observado desde la ciudad de Kirensk, a 400 kilómetros.
- La detonación pudo escucharse a 80 kilómetros de distancia.
- Los bosques fueron reducidos a ceniza en cuestión de minutos.
- Tras la explosión, todo se oscureció en la zona.
- Según Manotskov, proyectista de aviones, el «cilindro» que estalló en Tunguska viajaba a 2.520 kilómetros por hora; es decir, una velocidad inferior a la desarrollada por un meteorito.
- La onda expansiva fue tan violenta que el Transiberiano, que circulaba a más de 700 kilómetros del lugar de la explosión, fue levantado en el aire y los vagones y la locomotora arrojados a decenas de metros de las vías. Hubo muertos y heridos.
- Las arenas del desierto de Gobi, ubicado a 2.000 kilómetros, resultaron removidas.
- Todos los objetos de metal situados en un radio de 50 kilómetros resultaron derretidos por la ola de fuego.

• Un equipo de investigadores del Instituto de Meteorología Experimental de la URSS descubrió que los minerales hallados en la zona del impacto, en Tunguska, actúan como fertilizantes. Las plantas cultivadas con dicha tierra produjeron una cosecha un 20 por ciento mayor que la obtenida en la parcela de control.

• El objeto se aproximó con un acimut de 115 grados y descendió sobre el horizonte con un ángulo de entrada de 35 grados, aproximadamente.

• Se estima que la masa del objeto era de 100.000 toneladas.

• Las cenizas provocadas por la explosión fueron arrastradas por todo el mundo.

• Los investigadores supieron de cientos de testigos en el lago Baikal. «Un objeto –afirmaron– dio varias vueltas alrededor del lago; después se alejó y se produjo la explosión».

• Tras la explosión se detectaron extrañas mutaciones en el antígeno RH de numerosos pobladores de Tunguska. La zona más afectada fue la aldea de Strelka-Chunya, muy cercana al lugar del siniestro. Algunas especies de insectos sufrieron también malformaciones.

Lo dicho: una nave «no humana» (quizá dos) se desintegró en 1908 en la Tunguska siberiana. No sabemos por qué.

LA RÁBITA

Tres meses después del suceso de Tunguska, en la sierra de Las Alpujarras (Granada), se registraba un avistamiento ovni. Probablemente el primero del que tenemos constancia en el siglo xx en España.

La información me fue proporcionada por Ignacio Darnaude. Dice así:

... En un todavía cálido anochecer del otoño de 1908, la niña Elena Romero, de entre diez y once años de edad, residente en el cortijo «Los Puñaleros», sito a unos 300 metros de La Rábita y a 6 de Albondón, en las estribaciones de Las Alpujarras, salió al exterior del caserío a refrescarse con la brisa... Se encontraba allí, descansando, cuando, de pronto, alzó la cabeza y mirando al cielo acertó a divisar cómo por una colina próxima descendía una cosa redonda, ígnea y resplandeciente... Bajaba a bastante velocidad, justo frente a los edificios de la cortijada... El objeto giraba sobre sí mismo y semejaba la forma de un plato... «Cuando aparecía de perfil —explicó la niña— era plano»... A los pocos minutos, la luz desapareció... «Un momento antes lo vi allí, y un segundo después ya no estaba».

La relación de casos ovni, en la Antigüedad, es interminable... Y concluyo el capítulo con la respuesta a la pregunta inicial:

¿DESDE CUÁNDO ESTÁN AQUÍ?

Si tenemos en cuenta lo expuesto en páginas precedentes..., **DESDE SIEMPRE**.

Es más: en mi opinión, esos seres no humanos podrían ser los «padres» de la especie humana; dicho con todo el respeto a los creyentes...

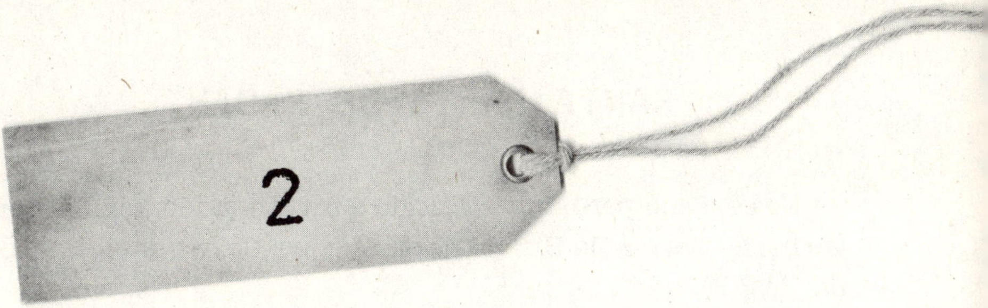

Nunca pensé que llegaría a escribir algo así.

En los primeros años de mis investigaciones ovni, influido quizá por la experiencia con la gente del IPRI,[1] pensé que «ellos», los tripulantes de las naves, eran mis hermanos mayores y los guías de una humanidad perdida. Ahora, 44 años después, ya no estoy tan seguro...

Pero debo ser objetivo. Primero conviene exponer la información. Después, el lector juzgará...

Y paso a la cuarta gran pregunta:

¿SON AGRESIVOS LOS TRIPULANTES DE LOS OVNIS?
¿Debemos temerles? ¿Son pacíficos?

Los casos que pretendo exponer hablan por sí solos.

Veamos.

1. En *Sólo para tus ojos* (2016) aparece parte de mi aventura en Perú, con el IPRI (Instituto Peruano de Relaciones Interplanetarias). Para más información: *Ovnis: S.O.S. a la humanidad* (1975).

SANTA MARÍA DE XADANI

No sé cómo pero, investigando e investigando, terminé en las bellas tierras de Huatulco, en México. Corría el mes de junio de 2009.

Había oído rumores sobre un extraño caso.

Años atrás —según esas noticias— un ser gigantesco aterrizó en la zona de Huatulco. No eran muchos los datos de que disponía. El gigante —me explicaron— atacaba a las personas y al ganado y les extraía la sangre. Y pensé: «un caso más del mal llamado "chupacabras"».

Había investigado muchos de estos sucesos en Europa y América. Las evidencias eran claras: una criatura desconocida atacaba a los animales domésticos (no tanto a los seres humanos) y los dejaba sin una gota de sangre. En Suecia, por ejemplo, un «chupacabras» terminó con la vida de 300 caballos en el transcurso de una noche.

El problema es que no disponía de nombres. La única referencia (medio sólida) era la sierra de Oaxaca.

Y lo dispuse todo para una larga e incierta búsqueda.

Fue así como peiné los pueblos de Piedra de Moros, Pueblo Viejo, Arroyo Xuchil, Los Muelles, Copalita la Hamaca, San Miguel del Puerto, Copalitilla, Finca «La Gloria» y Xadani.

En todos ellos me reuní con los habitantes de mayor edad.

Expuse mi propósito —saber del gigante asesino—, y escuché sus explicaciones: nadie sabía nada.

Y fue al llegar al penúltimo poblado —Finca «La Gloria»— cuando los cielos tuvieron piedad de mí.

Alguien apuntó que había oído hablar del asunto, pero en Santa María de Xadani.

«Fue hace mucho —explicó el anciano—. Yo era un niño...».

Y allí nos desplazamos.

Xadani es una aldea entre montañas.

Y, poco a poco, fui conversando con los mayores del lugar.

La primera que ofreció datos concretos fue Macaria Pinacho Martínez, de noventa y nueve años.

—Yo tenía once —explicó—. Ocurrió en 1921. Un día aparecieron unas vacas muertas. Nadie supo qué había sucedido. Estaban secas...

—¿Qué quiere decir?

—Les habían sacado toda la sangre.

La noticia, en efecto, era cierta. Y la anciana prosiguió:

—La gente de Xadani se alteró mucho. Y organizaron batidas. Pensaron en algún demonio... Ya se habían visto por la zona...

—¿Qué fue lo que vieron por la zona?

—Luces. Bajaban en las cañadas y salían unos demonios.

—¿Cómo eran?

—No sé, yo nunca los vi. Cuando llegaba la noche, mi padre nos encerraba en la choza. Y los hombres del pueblo salían con las escopetas.

—¿Hubo tiros?

—Se oían disparos, pero nunca los capturaron.

—¿Le dijeron cómo eran esos «demonios»?

—Altos y con los ojos rojos, como candela. Podían volar. Entraban y salían de las luces.

—¿Siguieron muriendo vacas?

—Muchas. Y todas sin sangre...

Aquella mujer estaba describiendo lo sucedido en otras regiones del mundo: naves de las que salen criaturas (capaces de volar) y que terminan con la vida de numerosos animales domésticos: caballos, gallinas, perros, cabras, ovejas, vacas... ¿Cómo era posible que coincidiera con los testimonios recogidos en Canadá, Centro América o Alemania? La respuesta era simple: Macaria decía la verdad.

Otros ancianos confirmaron las palabras de Macaria.

Alfonso Fernández Rey, de ciento un años de edad, redondeó la información:

—Entraban y salían de las luces por un tubo...

—¿Un tubo?

—De luz. Y desde allí se dirigían a los corrales.

—¿Desapareció alguna res?

Macaria Pinacho. (Foto: Blanca.)

Alfonso Fernández Rey. (Foto: Blanca.)

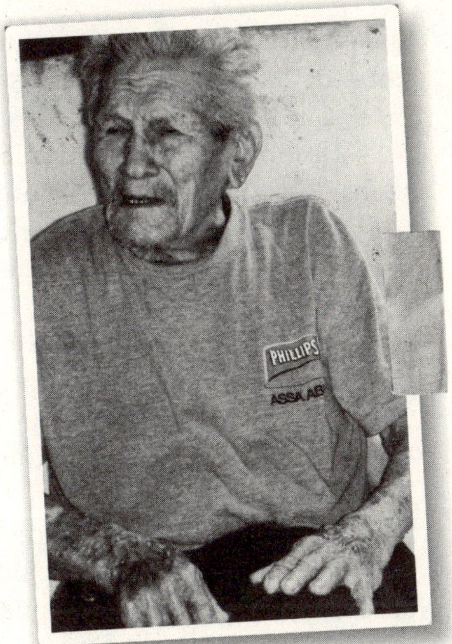

—Sí, unas pocas, pero lo terrible es que otras aparecían muertas, sin sangre. Los cortes en el cuello eran pequeños, como hechos por un médico.

—¿Cuánto duró la pesadilla?

—Días, hasta que llegaron los militares...

—¿Y qué pasó?

—No volvieron a aparecer las luces, ni tampoco los demonios.

—¿Vio usted a los demonios?

—No, pero sé lo que decían mis padres y los otros hombres.

—¿Qué decían?

—Que eran grandes; altos como un armario, y vestidos de negro. Se alumbraban en la oscuridad con unos ojos rojos. Y volaban.

—¿Tenían alas?

—Lo ignoro.

Fernando Gijón Franco tenía un año en 1921. Lo que contó fue lo que le contaron:

—Aparecían mucho en un lugar que llaman «El Encanto». Allí —decían— pasaban cosas raras.

—¿Qué cosas?

—Desaparecían personas. Se acercaban a una fuente y no se las volvía a ver. Ocurrió una vez que una niña del pueblo vio brillar algo en el agua, se acercó, para tomarlo, y estuvo fuera un año. Al cabo de ese tiempo reapareció, y en la misma fuente.

—¿Y qué escuchó decir de los «demonios»?

—Eran asesinos. Mataron muchos animales.

—¿Sólo animales?

—Nunca oí decir que mataran personas.

Parte de nuestro recorrido por la aldea, de 1.500 habitantes, fue bendecido por su alcalde, Amador Zabaleta. Gracias a él se nos abrieron todas las puertas.

Santa María de Xadani (1921). Cuaderno de campo de J. J. Benítez.

Fernando Gijón. (Foto: Blanca.)

Ignacio Zabaleta. (Foto: Blanca.)

Y así interrogamos al resto de los ancianos. Todos coincidieron: «los demonios eran mala gente; causaron la ruina de muchos paisanos».

Ignacio Zabaleta fue el último al que pudimos entrevistar. Tenía entonces noventa años.

—Mi padre me contaba –explicó– que los demonios se metieron una noche en la aldea y rompieron puertas y tejados. Tenían manos con garras y emitían lamentos, como los lobos.

Este primer caso resulta elocuente. «Los tripulantes de las naves trajeron la ruina a la aldea».

GOBI

Hace mucho, el investigador chino Zhang Qio me puso al corriente de otro suceso inquietante. Veamos:

... A finales de 1978, aproximadamente sobre las diez de la noche, la luz del sol ya había desaparecido y entre el cielo

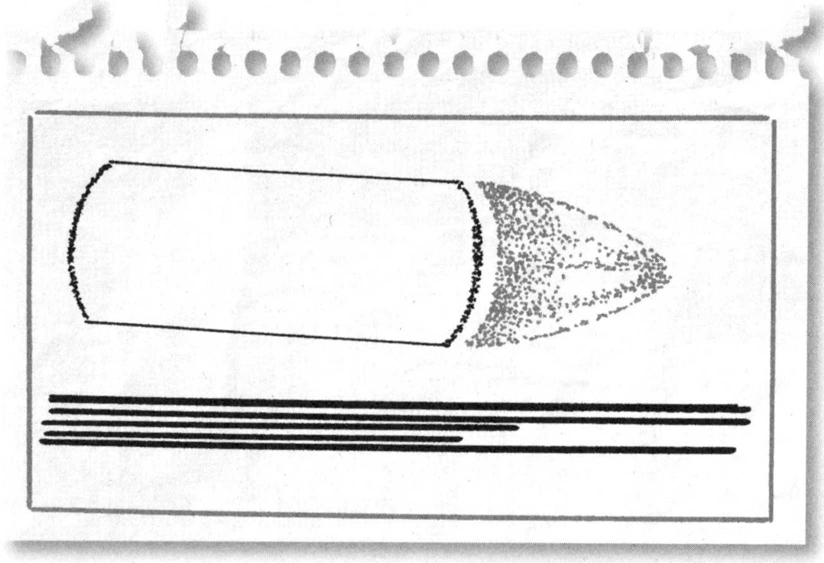

Gobi (1938). Cuaderno de campo de J. J. Benítez.

y la tierra reinaba la oscuridad... Cuatro pastores del Gobi, guiados por Umulema, anciano de sesenta años, cuidaban un rebaño de ovejas y caballos... Encendieron un fuego y se prepararon para asar una pata de cordero... Al cabo de un rato, mientras conversaban, oyeron un fuerte silbido... Miraron al cielo y descubrieron tres discos luminosos... Volaban por encima de sus cabezas... Los caballos y el ganado se mostraban excitados... La parte inferior de cada disco era plana... Cada aparato presentaba una cúpula, «como un sombrero de Panamá»... Los objetos brillaban como el metal... Umulema, el más viejo, dio la orden de apagar la hoguera... Una vez sofocado el fuego, los objetos se movieron y desaparecieron hacia el noreste... Al alejarse, los discos iluminaban el terreno como si fuera de día... Esa noche, los pastores no se atrevieron a encender el fuego de nuevo... Y el viejo Umulema les contó una historia, vivida por él cuarenta años antes, en el otoño de 1938... «Fue una noche como ésta —comentó—, muy oscura... Los pastores habían terminado su trabajo y todos entramos en las tiendas... Entonces, de pronto, se oyeron gritos de socorro... Alguien gritaba "¡Fuego!"... Y todos salimos para ver qué ocurría... Lo que vimos nos dejó atónitos... Un enorme objeto, con forma de tonel, volaba despacio por el cielo... Emitía una luz plateada y, de la parte de atrás, surgía una llama anaranjada... En el campo, dos niños que jugaban fueron alcanzados por la llama y sufrieron graves quemaduras... Todo el campamento se incendió... Los hombres lucharon durante horas para apagar el incendio... Los niños explicaron después que, mientras jugaban, vieron aparecer un disco y que éste se colocó sobre sus cabezas... Aterrados echaron a correr, pero el objeto descendió, arrojando un haz de luz que alcanzó a los pequeños... Después se elevó y desapareció»... Esta escena quedó grabada en la memoria de Umulema... Por eso se apresuró a apagar el fuego cuando vio los tres discos luminosos...

Y pregunto: ¿qué necesidad tenían los alienígenas de quemar a los niños y de incendiar el campamento de los pastores? Según Umulema, los niños se recuperaron, pero...

ARAÇARIGUAMA

Me lo contó primero el investigador Antonio Las Heras. Después, el suceso de Araçariguama me fue ratificado por el infatigable Edison Boaventura Jr., del grupo ufológico de Guarujá, en Brasil. Éste fue su informe:

«... Ocurrió el 5 de marzo de 1946 en la pequeña localidad de Araçariguama (municipio de San Roque), a 60 kilómetros de São Paulo... En aquel tiempo, Araçariguama carecía de electricidad y teléfono... Dos vecinos de la aldea —João Prestes Filho y Salvador dos Santos— decidieron aprovechar el puente de carnaval para pescar a orillas del rio Tietê... Y pasaron un buen día... El cielo estaba limpio y azul... Hasta esos momentos —cuenta Edison—, nadie en el pueblo había oído hablar de ovnis... Fue al año siguiente (1947), con el incidente de Arnold, cuando se pusieron de moda... Pero la gente sí había visto extrañas luces nocturnas, que desaparecían tan misteriosamente como aparecían... Y Salvador y João regresaron a la aldea...

Eran las siete de la tarde... Prestes llegó a su casa, pero la encontró cerrada... Su esposa se había ido a visitar a unos parientes... João, entonces, rodeó la vivienda, con el fin de entrar por una ventana... Y en ello estaba, manipulando la ventana, cuando se vio alcanzado, y "bañado", por un haz de luz blanca... Procedía de algún lugar, en lo alto... João Prestes no vio el origen del rayo... Sólo supo "que venía de arriba"... La luz no emitió sonido alguno... Era tan intensa que João tuvo que protegerse los ojos con el brazo... La presión fue tal que terminó en el suelo... Y el muchacho perdió la conciencia... Entonces, el foco de luz se apagó y João terminó por levantarse... Estaba atontado... No sabía qué había pasado... Desesperado, empezó a correr hacia la casa de su hermana Maria... Y fue socorrido por varios vecinos... Nadie sabía qué estaba pasando... João no presentaba heridas o lesiones externas... Pero su grado de agitación era extremo... Tenía los ojos desorbitados y no dejaba de gritar: "¡Socorro!... ¡Socorro!"... Cuando le preguntaron qué sucedía, João no supo responder... Pero estaba

Araçariguama (Brasil), 1946. Cuaderno de campo de J. J. Benítez.

aterrorizado... No sentía dolor, y eso dejó más preocupados aún a su hermana y al resto... João explicó, al fin, que había sido golpeado por un rayo de luz... La gente siguió preguntando, pero el testigo no sabía nada más... Y fue en esos momentos cuando empezaron a ver algo horroroso... La piel y la carne empezaron a desprenderse del cuerpo de João... Los tejidos caían al suelo... Y vieron los huesos del muchacho... Estaban al aire, pero no había sangre... Y João repetía: "No me duele"... Los testigos quedaron petrificados... No sabían qué hacer... João se fue a su casa y allí preparó compresas, que aplicó a los "boquetes", en la carne... La piel se mantuvo fría e insensible... Por el camino quedaron restos de piel y de carne... Nadie se atrevía a recogerlos... João trató de descansar, pensando en acudir al hospital por la mañana... Pero no logró dormir... Seguía paralizado por el miedo... Y los vecinos fueron testigos del asombroso espectáculo: la piel y la carne de João continuaban cayendo sobre la sábana de la cama, y también sobre el piso de la vivienda... Pero no había ni una gota de sangre... Primero fueron los brazos, después el pecho, después las manos y la cara.. Aracy Gomide, inspector de policía, que acudió a la casa, aseguró que era espantoso: "La nariz y las orejas de João rodaron hasta el suelo"... Aún así continuó lúcido, asegurando que no sentía dolor... ¿Cómo era posible?... Y llegó el momento en el que João no pudo hablar... Era un monstruo... Sólo movía los ojos y la cabeza... Así respondía a las preguntas de sus amigos y familiares... El pueblo se movilizó y, finalmente, encontraron un auto... Y lo trasladaron a la ciudad de Paraíba, envuelto en las sábanas... Pero João no llegó al hospital: murió por el camino... Habían transcurrido seis horas desde que fuera "bañado" por el haz de luz... Se le practicó la autopsia y los médicos determinaron que había muerto de lepra... João fue enterrado en su aldea — Araçariguama— y la gente se negó a mencionar el tétrico asunto... Estaban aterrorizados... Nadie lograba entender lo sucedido...».

(Traducción de Carmen Barreto, *la Mulata.)*

Ningún investigador logró explicar el criminal comportamiento de los responsables del rayo de la muerte...

YELLOWSTONE

Pero también se producen ataques a los ovnis por parte de los humanos.

Meses después del incidente en Araçariguama, la Fuerza Aérea Norteamericana llevó a cabo otra de sus «hazañas».

Así me lo contó uno de mis confidentes:

... El suceso se registró el 7 de julio de 1947 sobre la región de Yellowstone (USA), en las mismas fechas del incidente «Roswell». Un objeto fue detectado en los radares militares... Se hallaba en la zona del Parque Nacional de Yellowstone, al noroeste del estado de Wyoming... En esos momentos, sobre el lugar, volaba un P-38, un bimotor convertido en avión de reconocimiento y al servicio del Cuerpo Militar de Ingenieros... Lo pilotaba el teniente Baird... Y recibió la orden de aproximarse al *target* (eco desconocido)... El P-38 llegó al punto y describió un objeto redondo, «como una ostra aplanada»... Se encontraba a 10.000 metros de altura y volaba a la misma velocidad que el avión: 360 millas por hora... El teniente recibió la orden de disparar y así lo hizo... Un total de sesenta proyectiles hicieron impacto en el objeto y éste se desintegró, entre fuego y humo... Y los tripulantes del avión de reconocimiento lo vieron caer, en llamas, y abierto en dos mitades... En esos instantes, el operador fotográfico del P-38 observó una formación ovni de doce objetos que volaban en formación de «V» bajo la panza del bimotor... Quedaron desconcertados... «Pensamos que íbamos a morir», manifestaron los tripulantes... Pero no... Los ovnis se alejaron... Eran metálicos, como el aluminio, con una cúpula en la parte superior... El ejército se presentó en el parque de Yellowstone, entre la cordillera del Range y Blena, en Montana, pero no hallaron ningún resto de la nave derribada.

Fue, como digo, la primera metedura de pata de los militares norteamericanos en el delicado asunto ovni.

Naturalmente, el suceso fue negado por activa, por pasiva y por perifrástica.

Yellowstone (1947). La tripulación del P-38 (estoy convencido) fue perdonada. Pocos minutos antes ametrallaron y derribaron un objeto con forma de ostra aplanada. Cuaderno de campo de J. J. Benítez.

El incidente de Yellowstone «nunca existió», aseguró la Fuerza Aérea USA.

En este caso —estoy convencido—, «ellos» perdonaron la vida de los tripulantes del P-38...

FORT KNOX

A raíz del incidente en Yellowstone, Estados Unidos se tomó en serio el asunto ovni y puso en marcha una primera comisión de investigación (de régimen interior y secreto): el proyecto «Sign».

Pero la tranquilidad duraría poco...

Seis meses más tarde, el 7 de enero de 1948, numerosos ciudadanos del estado de Kentucky (USA) fueron testigos de las evoluciones de un objeto con forma de cono. Volaba muy bajo, en silencio, y en dirección a la fortaleza de Fort Knox (re-

Gigantesco ovni sobre las reservas de oro de Estados Unidos.

serva de oro de los Estados Unidos). De inmediato se puso en alerta a la base de Godman, muy próxima a Fort Knox.

La referida base aérea mantiene una escuadrilla de cazas en permanente alerta. Dichos interceptores permanecen en vuelo sobre la zona las 24 horas del día.

Pues bien, el entonces coronel Hix, jefe de la base, ordenó a la patrulla que se encontraba en vuelo que «echara un vistazo».

En esos momentos, cuatro Mustang F-51, de la Guardia Nacional, sobrevolaban la zona.

El objeto fue descrito por uno de los pilotos como «una máquina redonda, metálica, y de enorme tamaño». Otro la describió como una «lágrima gigantesca».

El jefe de la patrulla era el capitán Thomas F. Mantell, un veterano piloto, con miles de horas de vuelo.

Y Mantell comunicó a la base: «Vuela a la mitad de mi velocidad y al mismo nivel... Me acercaré para verlo mejor».

La tensión en la base de Godman era enorme.

Mantell volvió a comunicarse con la torre y comentó: «Ahora está subiendo... La velocidad del objeto ha aumentado...

Ahora vuela a 360 millas (580 kilómetros a la hora)... Subiré hasta 20.000 pies (6.000 metros) y si no logro acercarme abandonaré la caza».

Y el contacto se interrumpió.

Eran las 15:15 horas.

Otros afirman que Mantell pronunció unas últimas palabras: «¡Dios mío!... Allí dentro hay hombres». Pero no es seguro o, al menos, no consta en el informe oficial.

Algún tiempo más tarde se encontraron el Mustang F-51 y el cadáver del piloto, decapitado. Los militares rodearon la zona y se llevaron los restos. La familia Mantell no fue autorizada a ver el cuerpo.

Nadie sabe qué sucedió.

¿Fue derribado por la nave a la que perseguía? ¿Perdió Mantell el conocimiento al superar la altitud permitida para ese tipo de avión? ¿Provocó la proximidad del ovni algún tipo de perturbación en el motor o en el instrumental del caza?

Según mis informadores, todos militares, el Mustang aparecía materialmente acribillado por miles de «puntos» inexplicables. Era como si miles de rayos láser lo hubieran envuelto.

El cadáver aparecía igualmente «acribillado».

Capitán Mantell.

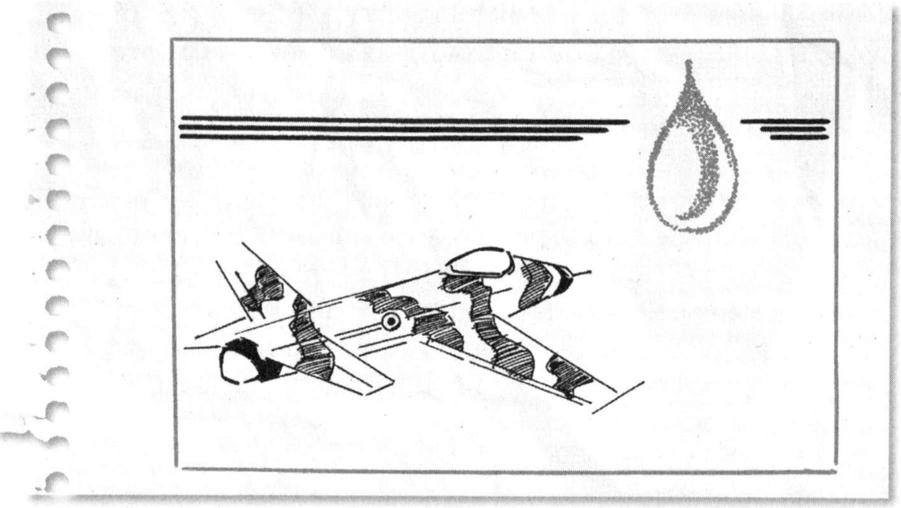

Fort Knox (1948). Cuaderno de campo de J. J. Benítez.

Mi conclusión —según estas informaciones— fue una y clara: Mantell fue derribado, aunque no fue la primera víctima de los ovnis. En 1917, un habitante de Las Hurdes, en España, sufrió graves quemaduras cuando una extraña bola se coló entre las patas de su caballería.[1] Se llamaba Colás y murió a los pocos días.

Los militares norteamericanos «explicaron» la muerte de Mantell diciendo que «había perseguido, inútilmente, al planeta Venus».

MÁLAGA-MELILLA

Aquella noche se presentó una galerna.

Andrés Gómez Serrano tenía dieciocho años de edad. Años después se convertiría en el mejor investigador de ovnis de la región de Algeciras, en Cádiz (España).

Andrés navegaba en el *J. J. Sister*, un vapor que hacía la línea Málaga-Melilla.[2]

1. Amplia información en *La quinta columna* (1990).

2. El viejo *J. J. Sister* tenía 86,35 metros de eslora, con un calado de 5,75. Disponía de dos motores Man que proporcionaban una velocidad

El *J. J. Sister* en 1947. (Foto: Rul-lán, Mallorca.)

Era el mes de junio de 1948.

Así me lo contó:

—Salimos hacia las nueve de la noche. El barco iba lleno, y cargado de botijos. Todo iba bien hasta que, a eso de las dos de la madrugada, entró una galerna espantosa. Lo más extraño es que, minutos antes del temporal, el cielo estaba estrellado. Y nos ordenaron que bajáramos a la bodega. Se habló, incluso, de regresar a Málaga...

—¿Por qué?

—Las olas eran montañas. Barrían la cubierta y hacían cabecear al barco peligrosamente. Nunca había visto algo semejante. Los botijos terminaron rotos.

Y en esas —cuenta Gómez Serrano— sucedió algo asombroso.

—En la mar aparecieron unas luces. Podía haber seis o siete por cada banda. Se movían bajo el agua. Y se acercaron al buque. Entonces se produjo el milagro: el *J. J. Sister* recuperó la horizontalidad. Y navegó sin problemas.

---

de 16 nudos, en régimen normal. Podía transportar 350 pasajeros y 796 metros cúbicos de carga. En 1964 fue desguazado.

—¿Cómo eran las luces?

—Redondas y todas iguales. Podían tener 1,5 o 2 metros de diámetro. Eran blancas, muy brillantes. Se distinguían a la perfección. Llegaban junto al barco y éste se recuperaba. Y desaparecían las olas gigantescas y las simas... Todas las luces se movían al unísono y guardando las mismas distancias entre ellas.

—¿A qué distancia se hallaba una de otra?

—A cosa de 12 o 14 metros.

—¿Y a qué profundidad aparecían?

—Yo diría que a unos 10 metros de la superficie.

Y Andrés prosiguió:

—Aquello duró unas dos horas. Las luces, como te digo, se aproximaban a los costados del barco y todo volvía a la normalidad. Después se alejaban y la galerna nos engullía. Fue terrible. La gente lo pasó muy mal.

—¿Cuántas veces se acercaron al vapor?

—No las conté, pero muchas.

Al día siguiente llegaron a Melilla y comprobaron que un buque de guerra había salido a la búsqueda del *J. J. Sister*. El temporal fue tan fuerte que se perdió el contacto con tierra.

—¿En qué momento se alejaron las luces definitivamente?

—Alrededor de las cuatro de la mañana. Y ocurrió algo asombroso: cuando las luces se perdieron en el horizonte

Andrés Gómez Serrano, cuando era jefe de la Policía Local de Algeciras (Gentileza de Andrés Gómez Serrano.)

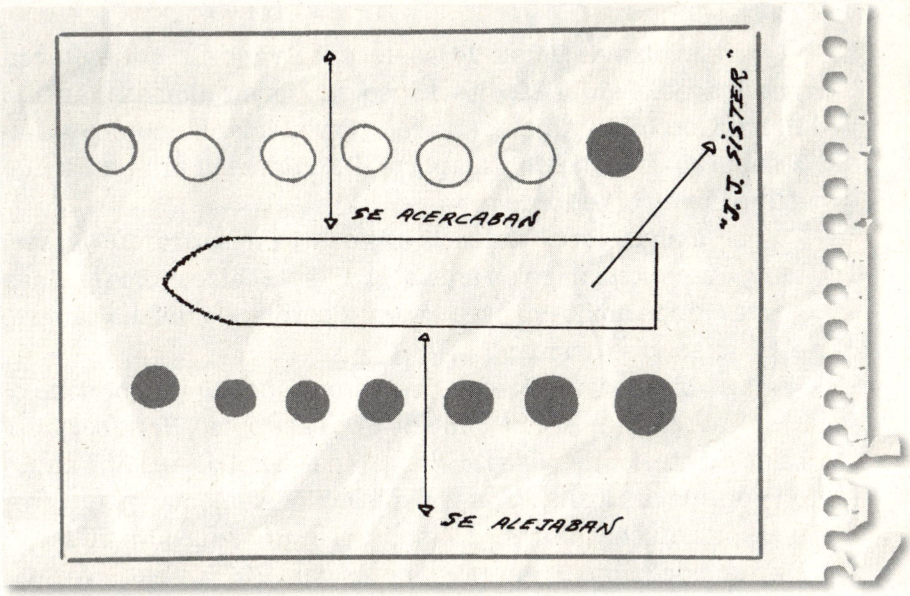

Situación de las «luces» salvadoras junto al *J. J. Sister*. Cuaderno de campo de J. J. Benítez.

—definitivamente—, la galerna desapareció. Y el cielo quedó estrellado.

—¿Cuál es tu opinión sobre el suceso?

—Que «ellos» provocaron la galerna y «ellos» nos auxiliaron. Y, cuando lo estimaron oportuno, hicieron que la tormenta desapareciera.

Comparto la teoría de Andrés Gómez Serrano. No fue la primera ni sería la última vez que estos seres auxilian a los humanos (a su manera).

WASSERBILLIG

A lo largo de estas cuatro décadas de investigación ovni he reunido numerosos casos en los que, de una u otra manera, los tripulantes de las naves han contribuido a la sanación de los humanos. Mostraré varios ejemplos, muy resumidos:

1948

En las mismas fechas de las «luces salvadoras» que evitaron una tragedia en el Mediterráneo, un joven alemán llamado Hans Klotzbach viajaba en tren por Alemania, rumbo a Luxemburgo. Carecía de pasaporte. Su intención era entrar ilegalmente en el referido país.

Por la noche, poco antes de alcanzar la frontera, en Wasserbillig, Hans saltó del tren en marcha. En la caída sufrió heridas graves. Imposibilitado para andar y perdiendo mucha sangre, el muchacho se desmayó.

Pues bien, según Gordon Creighton (que me proporcionó el caso), al recobrar el conocimiento, no sabe cómo, Hans se hallaba en el interior de un ovni. «La cabina —explicó— estaba bañada por una luz azul… Una voz me habló, en alemán, y me proporcionó mucha información sobre el futuro de la humanidad… Dijo que debíamos estar preparados para 2027… Y esa voz me dijo que habían encontrado mi cuerpo junto a la vía del tren… Estaba agonizando… Sintieron compasión y decidieron curarme… Después, tras oír la voz, volví a desmayarme». Cuatro días después, Hans volvió en sí... Se encontraba en un bosque, en Luxemburgo, y a 10 kilómetros del lugar donde se arrojó del tren... Los pantalones presentaban costras de sangre seca, así como en los zapatos, pero las piernas estaban curadas.

ATLANTA

1951

Un hombre al que llamaré Fred era piloto de avionetas.

En julio de 1951, cuando volaba una Piper en los cielos de Atlanta (USA), fue a tropezar (?) con un objeto alargado… «Era una nave de grandes proporciones —manifestó— y de color rojo encendido».

El piloto comprobó que su aparato había quedado dañado y que caía.

«En esos críticos momentos, sin posibilidad de saltar puesto que carecía de paracaídas, sentí una fuerza que me succionaba y me llevaba hacia el ovni. Era una fuerza pegajosa».

Y Fred fue introducido en la nave.

Allí se encontró frente a unos seres pequeños, de un metro escaso de altura, «que parecían espárragos metálicos».

Fred aseguró que los seres le hablaron en inglés y se disculparon por el accidente. «Ha sido culpa nuestra», dijeron.

Acto seguido, el testigo perdió la conciencia. Cuando despertó se hallaba en una pradera, junto a la Piper. El motor de la avioneta se encontraba enterrado a 2 metros de profundidad. Fred no presentaba ningún rasguño.

Fred aseguró que, antes de depositarlo en tierra, los seres le hicieron un examen médico, descubriendo que padecía un cáncer. Y se lo extirparon, «como compensación por el daño sufrido».

En 1969, el testigo falleció como consecuencia de una degeneración del tejido cerebral, provocada, al parecer, por una radiación.

OKLAHOMA

En una zona rural de Oklahoma (USA), Buck Nelson se hallaba sentado en el exterior de su casa. Eran las cuatro de la tarde del 30 de julio de 1954.

De pronto oyó un sonido agudo. Y notó que los animales del rancho estaban inquietos. Entonces levantó la vista y vio un disco de unos 20 metros de diámetro. Se hallaba inmóvil a 30 o 40 metros sobre la casa.

Buck tomó una linterna e hizo señales a la nave. En eso, un rayo de luz, «más caliente y brillante que el sol fue lanzado contra mí». Y la luz derribó al testigo.

«Como sufría de lumbago y neuritis –manifestó Buck– no me atreví a moverme».

Y el testigo permaneció inmóvil hasta que el disco se alejó.

«Cuando me levanté –añadió Buck–, los dolores habían desaparecido. Y hasta hoy...».

DAMON

1965

En la noche del 3 de septiembre, los policías Billy McCoy y Robert Goode, del condado de Brazoria, en Texas (USA), circulaban por la carretera 36, al sur de Damon. Esa tarde, Goode había sido mordido en el dedo índice de la mano izquierda por un pequeño cocodrilo. En esos momentos, el dedo estaba inflamado y sangraba abundantemente.

De repente, pasada la medianoche, apareció un enorme objeto. Mediría 60 metros de diámetro por otros 15 o 20 de ancho. La nave, entonces, lanzó un haz de luz sobre el coche patrulla. Y el rayo incidió en la mano izquierda del policía herido.

«Sentí un fuerte calor –declaró a los investigadores–. Después descubrí que el dolor y la inflamación habían desaparecido por completo. Y dejé de sangrar. Al poco, la herida cicatrizó».

Los policías huyeron del lugar.

ZAHARA DE LOS ATUNES

Curro Iglesias y su tío, Antonio Jiménez, conducían aquella noche una partida de cincuenta vacas. Las llevaban desde la vega de los Patos a la localidad de Zahara de los Atunes, en Cádiz (España). Era el 4 de agosto de 1950.

Cuando supe del caso, Antonio Jiménez ya había muerto.

Pero quedaba el sobrino. Y me reuní con él en enero de 2012.

Ésta fue su historia:

—Íbamos a pie, como siempre –explicó Curro–. El viaje fue largo y pesado, pero sin novedad. Y hacia las diez de la noche, cuando cruzábamos el pradillo de Juana María, muy cerca de Zahara, surgió aquella luz...

–¿Cómo era?

Francisco Iglesias Navarro. (Foto: Manolín.)

—Pequeña, como una bombilla. La vimos en la lejanía, y se fue acercando. Y se colocó sobre las vacas. Los animales, entonces, se asustaron e hicieron un círculo, protegiendo a los terneros.

—¿Y qué hicisteis vosotros?

—Nos quedamos perplejos.

—¿Dónde estabais?

—Antonio a la izquierda de las vacas y yo a la derecha. En esos momentos nos encontrábamos frente a Zahara.

—¿Hacía ruido?

—Nada. E iluminó la zona como si fuera de día.

—¿Qué tamaño podía tener la luz?

—Como una bombilla; quizá 10 o 20 centímetros de diámetro. Era muy poca cosa... Y allí se mantuvo, a 3 o 4 metros sobre nuestras cabezas. Yo diría que nos observaba. Y a los quince minutos, más o menos, se fue y cambió de forma.

—No entiendo...

—Era redonda y después, al alejarse, parecía alargada, como un cigarro puro.

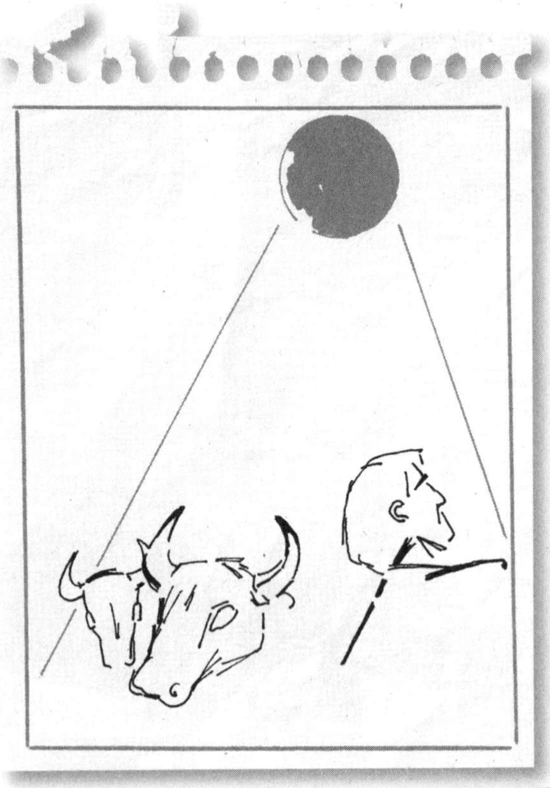

Zahara de los Atunes (1950). Cuaderno de campo de J. J. Benítez.

Antonio Jiménez fue curado por un ovni. Contaba cuarenta y cuatro años de edad. (Foto: gentileza de la familia.)

La iluminación era tal —confirmó Curro— que todo el pradillo y el pueblo quedaron iluminados.

—Salió gente de las casas y vieron la luz —añadió el testigo—. La vieron muchos cristianos…

—¿De qué color era la luz?

—Roja.

—¿Cómo reaccionasteis?

—Mi tío Antonio, que era muy religioso, empezó a gritar: «¡Jesús, Jesús!». Y se agarraba a sí mismo.

—¿Qué pensó?

—Que aquello era cosa de los cielos…

—Y tenía razón.

—Pues sí.

A partir de esos momentos —según Curro y el resto de los familiares— Antonio sufrió un cambio: se hizo más creyente y le desapareció un «empeine» que tenía en la patilla derecha.

—Era como una perra gorda. Y desde ese día desapareció. Y el pelo —en esa zona— se le quedó blanco. Nunca más volvió a salirle.

A juzgar por la información, la bola que curó a Antonio podía ser un *foo fighter* (una sonda no tripulada, utilizada por las naves grandes en infinidad de oportunidades).

Pero hay más casos de curación; muchos más...

ISOLA

Cuando leí el libro *Los humanoides*, algunos de los casos me impresionaron. Uno de ellos —narrado por Gordon Creighton— encaja perfectamente en el capítulo de las agresiones de los tripulantes de los ovnis a los humanos; aunque en dicho suceso hay que añadir otro agravante: el robo.

Veamos:

«… El 14 de noviembre de 1954, en la pequeña aldea de Isola, en la Italia del norte, un campesino vio aterrizar un brillante aparato en forma de cigarro puro… Bajó en las inmediaciones

Isola (Italia), 1954. Le robaron los conejos. Cuaderno de campo de J. J. Benítez.

de su campo... Al poco salieron tres entidades... Eran muy bajitas; de 1 metro escaso de altura, y provistos de escafandras... Sin mediar palabra se acercaron a la zona en la que el dueño de la granja guardaba una docena de conejos... Y hablaron entre ellos, al tiempo que señalaban una de las jaulas... El agricultor no entendió lo que decían... Y, pensando que querían robarle los conejos, entró en la vivienda y se hizo con una escopeta... Después salió de nuevo y encañonó a los intrusos... Y el campesino, sin encomendarse a Dios ni al diablo, disparó... Pero el tiro falló... Y la escopeta se volvió tan pesada que terminó cayendo al suelo... El testigo comprobó, además, que no podía moverse... Oía y veía, pero sus músculos estaban agarrotados... Los seres, entonces, abrieron la jaula y se llevaron a los animales... Después subieron a la nave y se alejaron... El campesino recuperó la movilidad, pero era demasiado tarde... De todas formas recogió el arma y volvió a disparar... Pero el tiro fue inútil... La nave había desaparecido».

En este caso, como vemos, la violencia está presente por ambas partes...

LAS PALMAS

En esta ocasión, el «robo» se registró en las islas Canarias (España). Me lo contó Alexis Cabrera, hijo del testigo. En esas fechas –octubre de 2019–, Juan Cabrera Socorro, padre de Alexis, ya había fallecido.

El suceso —relató Alexis— ocurrió al alba del 5 de mayo de 1953... Lugar: la antigua carretera del sur, en el cruce con Tafira (a la altura de la entrada a Mercalaspalmas)... Mi padre, entonces, contaba diecisiete años... Pues bien, esa madrugada —a eso de las cinco— fueron a vender pescado al referido mercado central... Él y otros pescadores habían permanecido toda la noche en la zona de San Cristóbal pescan-

El ovni se llevó el pescado que cargaban los tres pescadores. Cuaderno de campo de J. J. Benítez.

Juan Cabrera Socorro.
(Gentileza de la familia.)

do... Eran tres hombres... Cada uno cargaba una caja de pescado... En total: unos cien kilos... Y, cuando caminaban cerca de las planadas de Marzagán, mi padre y los otros vieron a lo lejos una luz muy potente... Era un objeto raro, redondo, metálico y silencioso... Y se fue acercando... Se quedaron quietos y observaron... El objeto se situó sobre sus cabezas y la luz se hizo cegadora... Al cabo de unos segundos —o minutos—, el ovni se alejó y desapareció... La sorpresa de los pescadores llegó a continuación, cuando comprobaron que la totalidad del pescado de las tres cajas había desaparecido... No quedaba ni rastro... Por supuesto, nadie les creyó y tuvieron que pagar el pescado entre los tres.

La nave —sencillamente— se llevó los cien kilos de pescado. O sea, los robaron...

CARACAS

Dos semanas más tarde se produjo otra escena de violencia, pero a miles de kilómetros de Italia.

He aquí una síntesis del caso:

... Hacia las dos de la madrugada del 28 de noviembre de 1954, Gustavo González y José Ponce circulaban en camión por uno de los suburbios de la capital de Venezuela... Y, de pronto, encontraron la carretera cortada... Una esfera luminosa impedía el paso... Tenía unos 3 metros de diámetro y flotaba en el aire, a cosa de 2 metros del suelo... González se bajó del camión y se acercó al objeto... Entonces apareció un ser de baja estatura que le proporcionó un empujón... Y lanzó al camionero a 4 metros de distancia... «El tipo —manifestó— tenía una fuerza enorme»... Después pelearon... El ser tenía los ojos rojos, «como candela»... González sacó un cuchillo y le lanzó un golpe... Pero el arma resbaló por el cuerpo, «como si fuera de acero»... Inmediatamente salió un segundo ser, que cegó a González con una luz que salía de un tubo... El segundo camionero —José Ponce— se quedó en la cabina, muerto de miedo... Y vio a otras dos entidades que surgieron de la maleza... «Llevaban tierra y piedras en los brazos. Y corrían»... Los seres eran también de baja estatura... Y con gran agilidad saltaron al interior de la esfera... Vestían unos simples taparrabos... Ponce salió del camión y corrió a la comisaría más cercana... Después llegó su compañero... La policía, al principio, no les dio crédito... Después comprobaron que González presentaba un largo y profundo arañazo en un costado... Los testigos permanecieron en observación médica durante varios días... Uno de los médicos que los asistió confesó que el suceso era cierto «porque él había pasado a esa hora por el lugar y vio la esfera»... El médico fue requerido por la embajada USA en Venezuela para que ampliara detalles.

CARORA

Doce días después, y en la autopista trasandina, también en Venezuela, tuvo lugar otro suceso, muy parecido al anterior.

Era el 10 de diciembre de 1954... En la región de Carora, dos cazadores —Jesús Gómez y Lorenzo Flores— se dedicaban a su deporte favorito... Se encontraban en las proximidades de la autopista, entre Chico y el cerro de las Tres Torres... Entonces, siendo la medianoche, observaron un objeto luminoso de unos 3 metros de diámetro... Estaba inmóvil en la oscuridad y a cosa de 1 metro del suelo... «Era como dos enormes palanganas encaradas», manifestaron... Por la parte inferior emitía llamas... Al aproximarse vieron cómo de la nave bajaban cuatro «hombrecitos», de 1 metro de altura cada uno... Según los cazadores, los seres los atacaron... Se produjo una lucha y Gómez perdió el sentido... Los seres, entonces, tiraron de los pies de Gómez, intentando introducirlo en la nave... Pero Flores actuó rápido y, utilizando la escopeta como un bastón (estaba descargada), soltó un golpe a uno de los hombrecillos, que soltó la presa... Las cuatro criaturas olvidaron a Gómez y se retiraron, a toda prisa, a la nave... El golpe fue tan fuerte que la escopeta se partió... El ser, sin embargo, no pareció sufrir daño alguno... Según los cazadores, las criaturas tenían una fuerza increíble... Gómez y Flores regresaron al pueblo con la ropa desgarrada y los cuerpos llenos de arañazos... La policía y los médicos que los atendieron confirmaron que estaban en estado de *shock*.

Seis días después, el presidente norteamericano Dwight Eisenhower afirmaba en una rueda de prensa «que los platillos volantes no proceden de los espacios interplanetarios y que sólo existen en la imaginación de los observadores».

No se puede ser más falso y más cínico...

Recuerdo al lector que Eisenhower tuvo acceso —desde el primer momento— a la nave estrellada en las cercanías de Roswell (Nuevo México), así como a las criaturas «no humanas» que la pilotaban.[1]

GUANTÁNAMO

Información facilitada por Virgilio Sánchez-Ocejo, residente en Miami.

En el mes de diciembre de 1957, en la provincia de Oriente, en la isla de Cuba, se registró el siguiente suceso ovni: hacia las nueve de la noche, un destacamento de soldados comandados por el capitán Fermín Fernández y los tenientes Pablo Rosa y José Tamargo observaron en el cielo una luz amarilla... El objeto bajó en silencio y aterrizó a corta distancia de los soldados. Sorprendidos y asustados, los militares huyeron... Los tres oficiales permanecieron en su sitio y, formando un semicírculo, abrieron fuego con sus ametralladoras Thompson (ca-

1. Incidente en Roswell: ver *Pactos y Señales* (2015).

libre 45)... Para su sorpresa, las balas no impactaron en la superficie metálica... «El aparato —dijeron— tenía una zona que repelía los proyectiles.» Los cargadores fueron vaciados... Se dispararon del orden de sesenta balas... El ovni, entonces, se iluminó con una luz amarillenta y ascendió —también en silencio— desapareciendo en la oscuridad.

El incidente tuvo lugar cerca de la base de Guantánamo. El objeto tenía forma de disco. Era enorme y brillaba como la plata.

PETRÓPOLIS

En uno de mis viajes a Brasil tuve ocasión de conocer dos nuevos casos de sanación y agresión por parte de los tripulantes de los ovnis.

El primero me lo proporcionó el periodista João Martins, testigo de excepción de la espléndida nave azul que fue vista y fotografiada en 1952 en Barra da Tijuca, cerca de Río de Janeiro.[1] En 1957, João había publicado una serie de reportajes ovni en la revista *O'Cruzeiro*. Pues bien, el 14 de mayo de 1958, el periodista recibió una interesante carta. Decía textualmente:

Estimado señor João Martins:

He leído sus artículos y deseo felicitarle por ellos... Creo en la existencia de los llamados «platillos volantes» porque fui testigo de un suceso vinculado con ellos... No sé si me creerá, pero puedo jurarle que digo la verdad... Soy pobre pero honrada, y no mencionaré los nombres reales... Usted comprenderá por qué... Mi nombre es Anazia Maria (nombre supuesto), tengo treinta y siete años y vivo en Río de Janeiro... Yo trabajé con el señor «X» hasta diciembre de 1957... Él es un hombre rico de esta ciudad, pero perdóneme si no doy su nombre... La hija de este señor tenía cáncer de estó-

1. Amplia información sobre Barra da Tijuca en *Los visitantes* (1982).

mago... Sufría mucho y se me contrató para ama de llaves y para cuidar a la señorita Laiz (nombre supuesto), la enferma... Había sido sometida a todo tipo de tratamientos, pero los médicos dijeron que no había esperanza... En agosto de 1957, el señor llevó a toda su familia a una pequeña granja, cerca de Petrópolis, esperando que la señorita Laiz estuviera allí mejor, ya que el clima era bueno... Pero pasaron los días y todo seguía igual... No podía comer, los dolores eran horribles y se le inyectaba morfina continuamente... La noche de octubre 25, lo recuerdo muy bien, los dolores eran terribles, la inyección no le hizo efecto, y pensamos que moriría... El señor lloraba por las esquinas de la casa, cuando, de repente, una luz iluminó el ala derecha de la casa... Estábamos en la habitación de la señorita Laiz y su ventana daba al lado derecho de la casa... De repente una luz más fuerte se vio en la habitación, como un rayo de un reflector... El señor Julinho, hijo del señor, corrió hacia la ventana y vio un llamado «platillo volante»... No era muy grande... Como no he estudiado no podría decir su largo y ancho... Sé que no era muy grande... La parte superior estaba envuelta en una luz amarillo-rojiza... Y, de repente, se abrió una puerta automática y bajaron dos pequeñas figuras... Caminaron en dirección a la casa, y otra figura se quedó en la puerta del platillo... Se oscureció y dentro, a través de la puerta, se veía una luz verdosa como la de un club nocturno... Los hombres entraron en la casa... Eran pequeños, como de 1,20 metros, más pequeños que el hijo menor del señor, que tenía entonces diez años... Los seres tenían pelo largo, que le caía sobre los hombros... Era rojo-amarillento... Ojos pequeños y rasgados, como los de los chinos, pero de color verde intenso... Llevaban algo en las manos, creo que eran guantes, de tela gruesa blanca... Los trajes eran todos blancos, pero el pecho, la espalda y las muñecas eran como relucientes... No sabría explicarlo... Se acercaron a la cama de Laiz, que se quejaba de dolor, con los ojos muy abiertos y sin saber lo que estaba sucediendo a su alrededor... Nadie hablaba... Nadie se movió... Todos estaban a la expectativa de lo que pudiera suceder... En la habitación estábamos el señor «X», su esposa, el señor Julinho y

João Martins (Gentileza de la familia.)

su esposa, y Otavinho, el hijo del señor «X», de diez años... Los hombres me miraron silenciosamente y se detuvieron junto a la cama de Laiz... Esparcieron las cosas que traían sobre la cama, le hicieron un gesto al señor «X» y uno de ellos colocó su mano en la frente del patrón, quien comenzó a relatar la enfermedad de Laiz, todo por TELEPATÍA... La habitación estaba en silencio... Los hombres comenzaron a iluminar el vientre de la señorita Laiz con una luz blanca azulosa que permitía ver el interior... Todos vimos el interior del vientre de Laiz... Con otro instrumento que hacía un sonido como de algo que se quiebra, señaló hacia el estómago y se vio la úlcera... La operación duró como media hora... La señorita Laiz se durmió y ellos se marcharon... Pero antes de irse le comunicaron al señor «X», telepáticamente, que tenía que administrarle un medicamento durante un mes... Y le dieron una bola hueca que parecía de acero... Dentro había 30 bolitas blancas, que eran unas cápsulas que tenía que tomar... Una al día, y se curaría... La señorita Laiz se curó y el señor «X», según prometió a los individuos, no le dio publicidad al caso... En diciembre (1957), unos días antes de abandonar yo la casa, la señorita Laiz volvió al médico, quien ve-

Petrópolis (Brasil), 1957. Cuaderno de campo de J. J. Benítez.

rificó que ya no tenía cáncer... Salí de la casa, pero prometí mantener el caso en secreto... Sin embargo lo estoy contando y pido que lo mantenga en secreto... Si lo publicara no pasaría nada porque yo jamás le daré los nombres... Sin embargo, yo le juro que todo esto sucedió realmente: la señorita Laiz estaba condenada a morir de cáncer de estómago y fue salvada por un instrumento que parecía una linterna, que emitía unos rayos que eliminaron el cáncer... Y se curó...

No lo ocultaré. El caso de la señorita Laiz ha sido uno de mis grandes fracasos. Cuando tuve conocimiento del asunto (1989) traté de buscar a la familia. Pero habían transcurrido 32 años y todos los movimientos resultaron inútiles.[1] Sencillamente, abandoné (algo que no debe hacer jamás un buen in-

1. En aquel tiempo, Petrópolis contaba con 295.000 habitantes. Río, por su parte, superaba los seis millones. La empresa se me antojó casi imposible. Error...

vestigador ovni). No tengo la certeza, por tanto, de que el caso sea auténtico.

Pero aceptando que lo fuera, y que la señorita Laiz fue sanada, surge una terrible duda: ¿cómo sabían los tripulantes de aquella nave que la muchacha se encontraba enferma? ¿Pasaron por casualidad sobre la finca de Petrópolis y lo vieron? Me cuesta trabajo aceptar esta posibilidad. Pero, entonces... Y la respuesta llegó limpia y rápida: «Estamos controlados desde la cuna».

Prefiero dejarlo ahí. Sencillamente, supera mi corta inteligencia.

ITAIPU

Resulta asombroso, pero así es...

Diez días después de la supuesta curación de la señorita Laiz, el comportamiento de los ocupantes de los ovnis fue radicalmente contrario.

Los investigadores Olavo Fontes y Jules Lemaitre se ocuparon de reunir la información.

He aquí una síntesis de sus pesquisas:

... El 4 de noviembre de 1957, a las dos de la mañana, algo grave tuvo lugar en la fortaleza de Itaipu, en San Vicente (estado de São Paulo, Brasil)... El fuerte pertenecía al ejército... Era una noche tropical, sin luna... Todo se hallaba en silencio... La fortaleza dormía... Dos centinelas se hallaban de vigilancia en la torre del edificio... Realizaban un trabajo rutinario... No había ningún enemigo al que temer... De pronto, una estrella cobró vida sobre el horizonte, en el océano Atlántico... Y la «estrella» empezó a aproximarse a la fortaleza... Pensaron en un avión, pero volaba muy rápido... En cuestión de segundos, el objeto se colocó sobre la torre del fuerte... Y empezó a descender... Emitía una potente luz naranja... Al llegar a 50 o 60 metros de la torre se detuvo... Los centinelas no sabían qué hacer... Estaban desconcertados... Según los testimonios de los soldados, el disco (esa era su forma) tenía más de 30 metros... Era del tamaño de un avión Douglas... Lo rodeaba un esplendor de color naranja... Entonces oyeron un zumbido... El espectáculo se prolongó durante 1 minuto... Al cabo de ese tiempo, una ola de calor los invadió... «Era como una lluvia de fuego —manifestaron los testigos—. Y las ropas se incendiaron»... Uno de los soldados se desmayó... El otro, aterrorizado, empezó a gritar y terminó refugiándose bajo uno de los cañones... La fortaleza despertó, sobresaltada... Todo fue confusión... Nadie sabía lo que pasaba... Entonces, las luces del castillo se apagaron y los sistemas eléctricos quedaron inutilizados (incluso los generadores de petróleo)... Nada funcionaba... Los relojes, que habían sido programados para que sonaran a las cinco de la madrugada, lo hicieron a las 2 y 3 minutos... Y de la confusión, los soldados pasaron al pánico... De pronto, las luces se prendieron y la guarnición se preparó para defenderse de no sabían quién... Algunos tuvieron tiempo de ver una luz naranja que se elevaba hacia el firmamento, y a gran velocidad... Después encontraron al centinela que permanecía des-

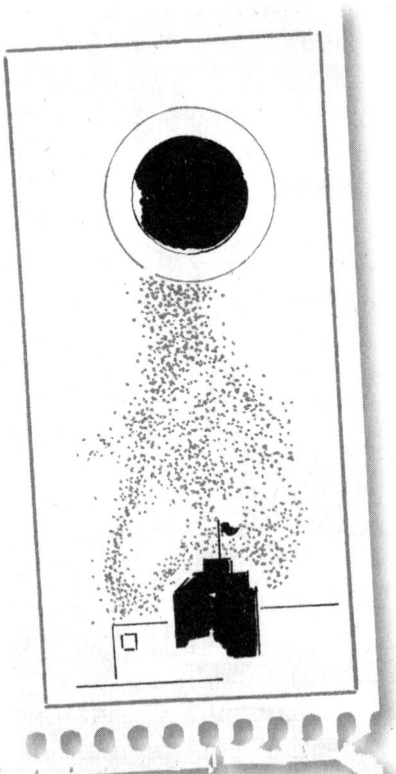

Fuerte de Itaipu (Brasil), 1957. Cuaderno de campo de J. J. Benítez.

mayado... El otro seguía escondido y enloquecido... El médico los exploró y comprobó que presentaban heridas graves... Las quemaduras eran de segundo grado y afectaban a un 10 por ciento del cuerpo... Los soldados estaban bajo los efectos de un *shock* nervioso... La pesadilla había durado 3 minutos... Al día siguiente, el comandante del fuerte prohibió a los soldados que hablaran del incidente (tampoco con las familias)... Y los oficiales de Inteligencia del ejército brasileño se hicieron cargo de la fortaleza... Días después, oficiales USA se presentaron en Itaipu, en compañía de otros militares de la Fuerza Aérea de Brasil... Oficialmente, el suceso ovni nunca existió.

Y surge, de nuevo, la gran pregunta: ¿por qué este comportamiento agresivo por parte de las naves? ¿Qué necesidad había de quemar a los centinelas? ¿O fue un accidente?

MAISÍ

La luz de Yara forma parte de la tradición popular de Cuba. Los hechos arrancan, al parecer, en el año 1511, cuando el cacique llamado Hatuey[1] fue quemado vivo en la región oriental de la isla. Cuenta la tradición que, en el momento de morir, los asistentes vieron una bola de luz que salía del cuerpo del cacique y se elevaba hacia el cielo. Y la luz permaneció en la región, hasta nuestros días. Así nació la leyenda de la luz de Yara.

Según pudo recoger el investigador Sánchez-Ocejo, la luz de Yara (pueblo cercano a Santiago de Cuba) es de pequeño tamaño (como un balón de fútbol) y generalmente de color rojo. Se mueve en tierra y sobre las aguas del mar. Ha sido vista por decenas de testigos. En ocasiones se divide en dos o más

1. Hatuey, procedente de lo que hoy conocemos como República Dominicana, fue un guerrero que se sublevó contra los españoles. Al huir a Cuba fue capturado en la región montañosa de Maisí por Diego Velázquez y quemado vivo. Hatuey se negó a ser bautizado antes de morir «porque podía encontrarse en el cielo con los españoles».

luces y se han dado casos en los que persigue a los caminantes. A veces —según los testigos— llega en mitad de un gran viento. Si se presenta en el mar, los pescadores abandonan la pesca. «Cuando pasa la luz de Yara —dicen— los peces no pican».

Y al llegar los castristas (1959) se registró un hecho sin precedentes. También me lo contó Virgilio Sánchez-Ocejo:

> ... El gobierno comunista de la isla, sabedor de la existencia de la luz de Yara, intentó eliminarla... La luz, como sabes, tiene un importante componente espiritual y religioso para el pueblo cubano... Y no se les ocurrió mejor idea que enviar dos lanchas de combate... Y durante varios días ametrallaron la montaña en la que aparecía... Pero la luz de Yara seguía evolucionando sobre la zona... Entonces acudieron a la dinamita... Y volaron la cima de la montaña... Pero no lograron nada, salvo las burlas del vecindario... Y la luz continúa apareciendo.

La luz de Yara me recordó la de Mafasca, en las Islas Canarias. Investigué el asunto en su día y llegué a la conclusión de que podía tratarse de cazas de fuego o *foo fighters*, de los que ya he hablado.

La leyenda asegura que la luz de Mafasca se presentó a raíz de un incidente protagonizado por un pastor. El hombre andaba guardando su ganado en una zona conocida como cuesta de Pedriales. Allí había una cruz, en memoria de un accidente mortal. Pues bien, el pastor sintió frío y buscó leña para hacer un fuego. Pero, como no encontró suficiente combustible, echó mano de la cruz de madera que recordaba dicho accidente.

Y la lanzó a la hoguera. Entonces —según la leyenda— le entró miedo por lo que había hecho y huyó del lugar. Fue en esos momentos cuando se presentó una luz (no muy grande), que lo persiguió. Y el hombre —dicen— murió del susto. La zona es conocida como Mafasca, en la isla de Fuerteventura.

La luz, según los testimonios que pude recoger, es blanca o roja, y jamás hace daño. Se limita a acompañar a los caminantes o a los vehículos. El tamaño es reducido (entre 30 y 50 centímetros de diámetro).

Posiblemente, como digo, tanto la de Yara como la luz de Mafasca podrían ser sondas (no tripuladas), enviadas por naves de mayor calado.

En el caso de la cubana me invade una duda. Si la leyenda del cacique Hatuey fue cierta, ¿qué fue lo que salió del cuerpo del indígena rebelde? Me inclino a pensar —con todas las reservas— que la luz que vieron los testigos podría ser una manifestación de su alma; mejor dicho, la propia alma de Hatuey. Pero se trata de una simple especulación.

CASTILLEJO DE ROBLEDO

Jesús del Pozo era un niño. Podía tener ocho años. Aquel día de agosto de 1960 acudió con los amigos a las afueras del pueblo de Castillejo de Robledo, en la provincia española de Burgos. Querían jugar. Y se subieron a una pirámide de paja.

—Sucedió como a las seis de la tarde —explicó Jesús—. Éramos cuatro o cinco chavales, pero sólo dos nos subimos a lo alto de la era. Muy cerca había una caseta de piedra en la que guardaban los aperos de labranza. Y, de pronto, los vi... Eran dos hombres, pero de pequeño tamaño. Podían medir 60 o 70 centímetros de altura.

—¿En qué lugar os encontrabais?

—A 3 kilómetros del pueblo.

—¿Y qué sucedió?

—Uno estaba cerca de la pirámide de paja y el otro más atrás, junto a la caseta de piedra. Entonces oímos a uno de los amigos, de los que se habían quedado abajo: «¡Que viene!». El chaval que avisó se refería al dueño de la parcela. No le gustaba que nos subiéramos a la era. Pero yo pensé que hablaba de los dos seres que habían aparecido en esos momentos. Entonces, el ser que estaba más cerca hizo un gesto con la mano. Llevaba algo que parecía una pistola. Y vi un flash. Entonces sentí que algo me rozaba la pierna. No lo pensé: me tiré desde lo alto de la paja y el dueño de la finca me atrapó, y empezó a pegarme.

—Tu amigo, el que estaba en lo alto de la pirámide de paja, ¿también los vio?

—No. Y, mientras aguantaba el chaparrón, pude ver al que disparó (?). Estaba asomado por un lado de la era. Y contemplaba la escena de la paliza. Después dejé de verlo.

Cuando el dueño de la era soltó a Jesús, los seres se habían esfumado.

—Lo comenté con los amigos y revisamos la zona. No hallamos nada raro, pero sí escuchamos un sonido extraño. Fue como si alguien acelerase.

Y a partir de esos momentos, Jesús olvidó el incidente.

—¿Te ocurrió algo en la pierna?

—Sí, me quedó un «hoyo»; más exactamente como una rozadura. Creo que el tipo falló el tiro. Y fue así porque yo estaba en continuo movimiento.

—¿Cómo eran?

Jesús del Pozo, con la imagen del humanoide que le hizo recordar su experiencia. (Foto: J. J. Benítez.)

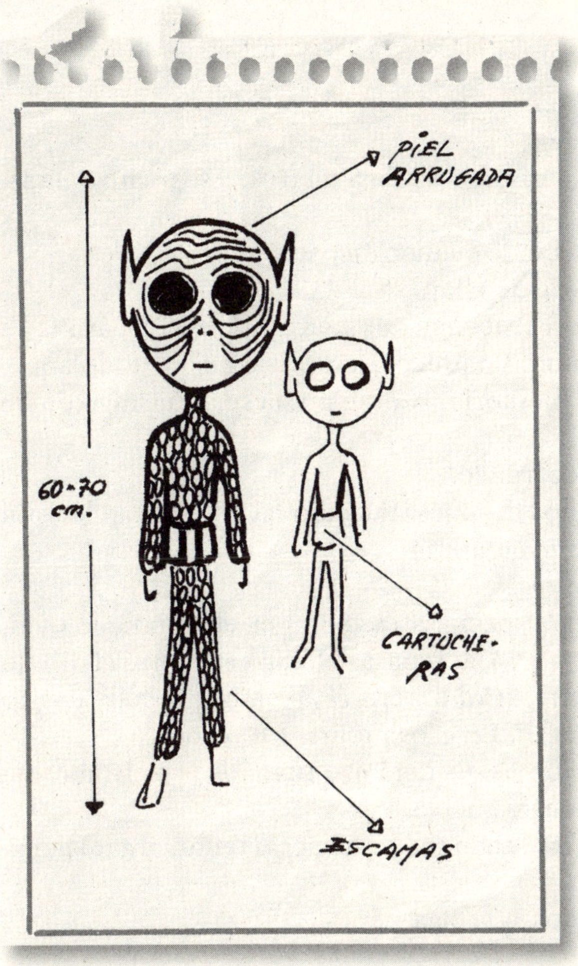

Castillejo de Robledo (1960). Cuaderno de campo de J. J. Benítez.

—Idénticos, pequeñitos, muy delgados, con las cabezas grandes y el cuerpo cubierto de escamas oscuras. Parecían cocodrilos.

—¿Podía ser un traje?

—No lo sé. Las escamas eran grandes. Tenían orejas puntiagudas y la piel del rostro muy arrugada. En la cintura cargaban algo que parecían cartucheras. Los ojos eran enormes y la boca insignificante, como una línea.

—¿Y la nariz?

—Dos orificios, sin más.

—¿A qué distancia estaba el que disparó?

—A 3 metros.

—¿Con qué mano disparó?

—Con la derecha.

—¿Y el otro ser?

—Estaba más atrás, a cosa de 5 metros. Ese no hizo nada. Sólo observaba.

—¿Oíste algún sonido cuando disparó?

—Sí, una especie de «flap».

—¿Tuviste algún problema de salud a raíz del disparo?

—Que yo sepa no. Lo único asombroso es que todo aquello se borró de mi memoria. ¿Cómo podía ser? Fue algo único en mi vida...

—Pero lo has recordado.

—Sí, treinta años después. Sucedió hacia 1990, al leer un libro tuyo: *La quinta columna*.

—¿Qué pasó?

—Yo sentía una especial atracción por el fenómeno ovni, pero no sabía por qué. Y al repasar el libro encontré el dibujo de un extraterrestre. ¡Coño!, era el mismo que había visto desde lo alto de la era. En esos momentos recordé.

La entrevista con Jesús del Pozo tuvo lugar el 12 de septiembre de 1999, en su pueblo.

En otras palabras: todo fue minuciosamente «organizado», por «ellos».

Quien tenga oídos, que oiga.

RYBINSK

Durante años disfruté de la amistad de un militar ruso. Lo llamaré Bondarev. Era teniente coronel de las Fuerzas Aéreas Soviéticas. Le encantaba el tema ovni. De hecho tuvo alguna experiencia...

Pues bien, en cierta ocasión me pasó unos papeles «confidenciales». Bondarev, entonces, era agregado militar en la embajada rusa en Madrid.

En síntesis, los documentos hablaban de lo siguiente:

... De acuerdo con el plan estratégico de defensa de la capital rusa —Moscú—, el gobierno de la URSS emplazó en el verano de 1961 una batería de cohetes en una de las colinas de Rybinsk, a 150 kilómetros al norte de Moscú... A los pocos días de su emplazamiento, la guarnición se vio sorprendida por la presencia de un enorme objeto, con forma de disco, al que acompañaban otros objetos más pequeños... Por triangulación calcularon que la nave medía del orden de 1.500 metros de diámetro... Volaba a 20.000 metros de altura... Los ovnis, en formación, se situaron sobre la batería de cohetes... Uno de los artilleros, atemorizado e incompetente, no esperó las órdenes superiores y optó por disparar cinco cohetes contra el gigantesco aparato... Todos los proyectiles estallaron a 2 kilómetros del ovni... El jefe de batería repitió el ataque, pero el resultado fue el mismo: los cohetes se desintegraron antes de tocar a las naves... Cuando se disponía a efectuar un tercer disparo, los discos más pequeños se lanzaron sobre la colina, paralizando el sistema eléctrico de la base... Minutos más tarde, los ovnis se reintegraron a la formación y se alejaron hacia el sur... El jefe de batería fue fulminantemente cesado...

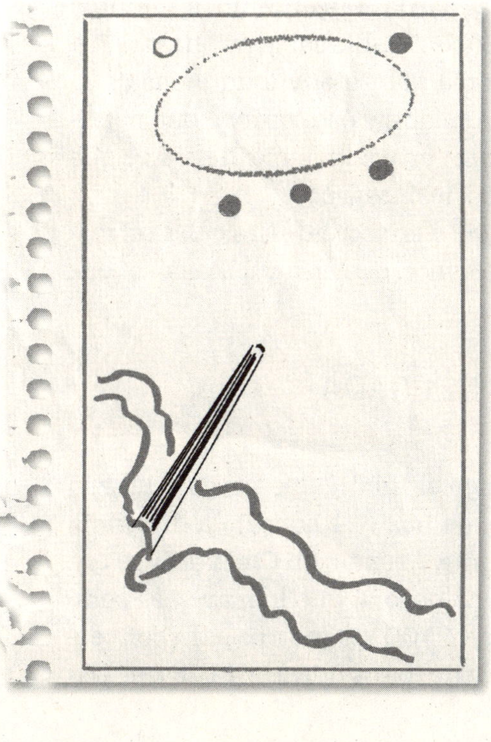

Rybinsk (Rusia), 1961. Cuaderno de campo de J. J. Benítez.

Cuando conversé con Bondarev sobre el caso «Rybinsk» añadió que él había tenido acceso a las fotografías efectuadas por el destacamento en el momento de los disparos. Pero no pudo hacerse con una copia. «Como esas imágenes —confesó el teniente coronel ruso— hay a cientos en el Estado Mayor».

En total fueron disparados doce cohetes. Ninguno se aproximó a la nave portadora o nodriza. «Estallaban en el aire como fuegos artificiales», comentó mi informante.

Desde el incidente de «Rybinsk», los rusos prohibieron a sus militares que disparasen contra los ovnis, salvo expresa autorización.

ATLÁNTICO SUR

Dos años más tarde (1963) se registró otro ataque a un ovni por parte de los humanos. Esta vez tuvo lugar en un punto no determinado del Atlántico sur. Un buque lanzacohetes de la Armada USA se hallaba en el lugar cuando un objeto volante no identificado se aproximó al barco. Durante unos minutos permaneció estático sobre el buque. Nadie sabía qué hacer. Era un disco brillante al sol. El comandante envió un mensaje al servicio de Inteligencia de la Armada y éste ordenó que derribaran el aparato. Fue lanzado un proyectil superficie-aire que impactó en la nave. El objeto se desintegró.

El informe fue clasificado como «alto secreto». Ni siquiera el mayor norteamericano Donald E. Keyhoe, que hizo pública la noticia, tuvo acceso a él.

PUNTA DELGADA

El presente caso lo investigó el infatigable Jorge Eduardo Anfrúns Dumont. Él recorrió, en bus (44 horas), la distancia existente entre Santiago y Punta Arenas, en Chile. Allí se encontraba su testigo, un excarabinero al que llamaré *el Poeta*. Anfrúns era así: podía recorrer 3.700 kilómetros para conversar con una persona y, sobre todo, para mirarle a la cara. Los jóvenes investigadores del fenómeno ovni (si es que quedan) no deben olvidar este último «detalle»: mirar a los ojos al testigo (o supuesto testigo). Es vital.

A lo que iba...

El Poeta contó a mi amigo Anfrúns la siguiente historia:

... Llegué a Punta Arenas hace 26 años... Era carabinero... En 1965 estaba destinado en el retén de Punta Delgada, en la frontera con la Argentina... En aquel entonces, el patrullaje se hacía a caballo y durante cuarenta días... Así recorríamos los alambres y los hitos... Pues bien, un atardecer, antes de armar las carpas con los pincheros, mi compañero, *el Paco* Álvarez, y yo vimos una nave... Al principio no supimos qué era... Parecía una estrella, pero más grande... Y, de repente, en fracciones de segundo, aquello se colocó a 300 metros de nosotros... Era grande... Al día siguiente lo dibujé en la libreta de patrullaje... Parecía un buque... Calculé unos 50 metros de largo... Tenía una serie de luces, con unos colores que no soy capaz de describir... Podría decirte rojo, amarillo, verde, pero no eran rojos, verdes o amarillos... Era otra cosa, nunca vista por mí... Emitía un sonido penetrante, como cuando uno va a activar un taladro... Y ese pitido acabó con la vida de mi caballo... La bestia, de pronto, se abrió de manos y cayó... Se sentó y murió... Yo sé que el caballo murió a causa de aquel maldito pitido... La otra bestia, en cambio, la del *Paco*, siguió viva... Podían ser las diez de la noche... Todavía había luz... La «cosa» llegó a tierra en medio de un fuerte viento, como un huracán... Después, el viento cesó... Yo quería acercarme, pero mi cabo se cagó de miedo, y lo prohibió... Quería ver qué era aquello y tocarlo... No tenía miedo... Con el paso del tiempo, los carabineros nos hacemos a todo, o a casi todo... La situación fue tan terrible que el *Paco* tuvo que acercarse al río para lavar la ropa... El pobre estaba tiritando, con espasmos, y botaba saliva por la boca... Entonces me senté en un tronco y me puse a fumar... Y esperé a que aquello se fuera... No puedo decir cuánto tiempo estuve así... ¿Minutos, horas?... Sé que el tiempo se me hizo muy corto... Y cuando me di cuenta estaba amaneciendo... En-

Punta Delgada (Chile), 1965. Cuaderno de campo de J. J. Benítez.

tonces, la «cosa» se levantó y se fue... Y sentimos cómo succionaba el aire... Después caminé hacia el lugar donde había estado la «cosa» y vi que el pasto, en esa zona, estaba lacio, como mojado con agua caliente... Un árbol había sido cortado, pero de una manera extraña: como si hubieran utilizado un láser... Yo soy carpintero y entiendo de esas cosas... La superficie del árbol aparecía suave como un espejo... Alrededor no había aserrín, nada.

Anfrúns sometió al *Poeta* a un extenso interrogatorio y no halló contradicciones.

El suceso fue anotado en la hoja de patrullaje, pero el cabo la arrancó y la hizo desaparecer. En consecuencia, no ha quedado informe escrito. Los restos del caballo muerto quedaron en el lugar.

Y de nuevo surge la pregunta: ¿qué necesidad había de matar a la caballería?

COJUDO BLANCO

En 1980 me hallaba en la Patagonia argentina, en el Parque Nacional del Bosque Petrificado, relativamente cerca de Punta Delgada. Y allí conocí a un guía que me relató la siguiente y asombrosa experiencia:

... Yo entonces era gaucho... Trabajaba en una hacienda de Tres Cerros... En 1966, en enero, tuvimos que llevar el ganado a los pastos del norte... Y un atardecer acampamos al pie del cerro Cojudo Blanco... Era un día precioso... Até mi caballo a una cabaña y me senté cerca, dispuesto a preparar un mate... Al cabo de unos minutos escuché al animal... Relinchaba con insistencia, y muy asustado... Miré a mi alrededor, pero no observé nada raro... Y pensé que podía tratarse de alguna serpiente... Y decidí cambiarlo de lugar... Pero, cuando había dado dos pasos, la «cabaña» se elevó en silencio, arrastrando a mi caballo... Quedé paralizado del susto... Y la «cabaña» se perdió en el cielo... Y mi caballo con ella... Nunca más volví a verlo.

Quedé tan asombrado que, en un primer momento, me resistí a creer a Leoncio Mendoza. Pregunté en la zona y todos lo consideraron un hombre serio y honorable.

Y durante varios días, mientras explorábamos el lugar a la búsqueda de pinturas rupestres, Leoncio repitió el suceso sin la más mínima variación.

—La cabaña —manifestó— era eso: una cabaña. Yo no vi nada raro. Tampoco me preocupé por entrar o husmear en los alrededores. No había motivo.

—¿Cómo era la cabaña?

—De madera. Parecía vieja. Tenía dos o tres ventanas y creo que una puerta, pero cerradas.

—¿Y el tejado?

—También de troncos.

—¿Sabías de su existencia?

—La verdad es que no reparé en ello. La Patagonia es muy grande...

—¿Había algún tipo de cimentación?
—No, puro pasto.

Obviamente, si las cabañas no vuelan (que yo sepa), «aquello» que se llevó al caballo tenía que ser una nave camuflada. Según el testigo, al ascender, la «cabaña» no hizo ningún ruido, salvo los desesperados relinchos del animal.

Y digo yo: ¿por qué se llevaron la caballería?

CUBA

La presente información llegó por dos canales: los investigadores Virgilio Sánchez-Ocejo, de Miami, y Alfonso Salazar, de México, técnico en Aviación.

Sucedió en marzo de 1967.

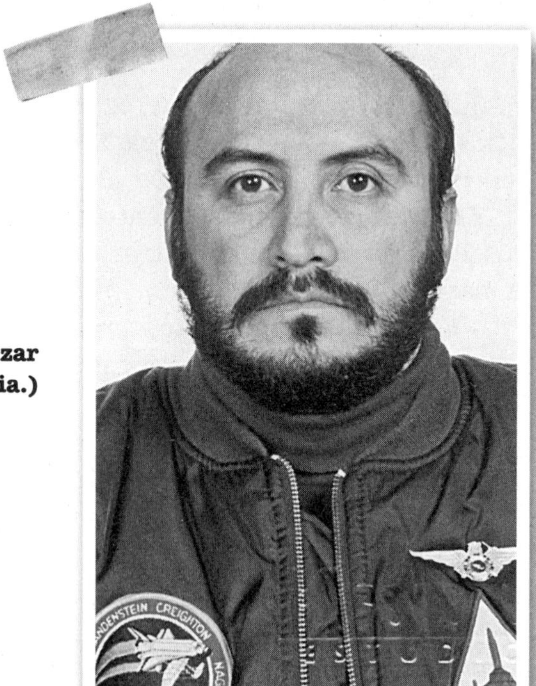

Alfonso Salazar (Gentileza de la familia.)

Cuba (1967). Cuaderno de campo de J. J. Benítez.

... El suceso fue filtrado por un especialista en seguridad, perteneciente al Escuadrón 6947-a de la Fuerza Aérea USA en Florida. La misión de este escuadrón consistía (y posiblemente consiste) en vigilar las comunicaciones de la Fuerza Aérea Cubana... El escuadrón lo formaba en aquel tiempo un centenar de especialistas (muchos de la CIA)... Estaba ubicado en la Estación Naval Aérea de Key West... Algunas de estas unidades eran móviles... Un día de marzo de 1967, los operadores de intercepción de dicho escuadrón oyeron a los controladores cubanos... Hablaban de un *bogey* («duende») que se aproximaba a la isla de Cuba... Y lo hacía por el noreste... El ovni entró en el espacio aéreo cubano a una altura de 33.000 pies (10.000 metros)... Volaba a 660 kilómetros por hora... Dos aviones MiG-21 de la Fuerza Aérea de Cuba salieron a su encuentro... Los cazas fueron guiados hacia el ovni y el líder de vuelo informó «que se trataba de una esfera metálica y brillante, sin marcas o apéndices visibles»... Tras varios intentos de contacto por radio con el intruso (todos inútiles), la defensa cubana ordenó la destrucción del «duende»... Pero los pilotos informaron que los misiles, así como sus radares, se hallaban *colimados* (inutilizados)... Aquel tipo de MiG-21 se hallaba artillado con dos cañones de 30 milímetros y dos proyectiles del tipo AA-2 (Atoll), de fabricación soviética... Poco después, el segundo piloto gritó que el caza del líder se había desintegrado... No observó llamas o humo... El MiG-21 se esfumó... Los radares cubanos informaron entonces que el ovni había ascendido hasta los 98.000 pies (32.000 metros)... Y la nave se dirigió hacia el sur...

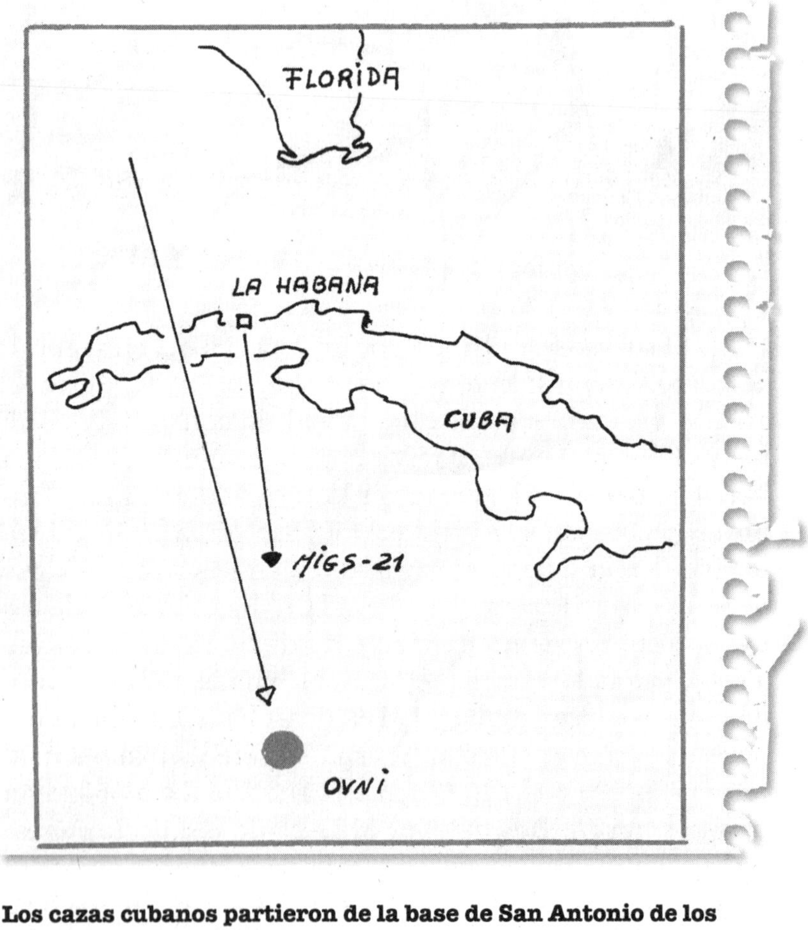

Los cazas cubanos partieron de la base de San Antonio de los Baños. El ovni se alejó hacia Suramérica a una velocidad de 30.000 kilómetros por hora. Cuaderno de campo de J. J. Benítez.

Según Sánchez-Ocejo, un informe de Inteligencia fue enviado desde Florida a la sede de la NSA (Agencia Nacional de Seguridad). En cuestión de horas, el Escuadrón 6947 recibió la orden de enviar todas las cintas y datos disponibles sobre el caso del MiG-21 desaparecido o desintegrado. El asunto fue considerado «sensible» y clasificado como «sólo para tus ojos» (máxima confidencialidad).

Hasta el momento, los esfuerzos de los investigadores (especialmente los cubanos) por esclarecer el incidente han sido inútiles. El segundo piloto está igualmente «desaparecido».

Y una pregunta me ronda desde que supe del caso: ¿murió el piloto del MiG-21 o fue secuestrado, junto al caza?

Una conversación con el otro aviador sería interesantísima...

ZARAGOZA

En los años ochenta recibí una información parecida a la anterior. Me fue proporcionada por Sebastián Gálvez, sacerdote: «un piloto militar español —aseguró— había sido derribado sobre Zaragoza cuando perseguía a un objeto volante no identificado».

Sebastián no tenía más pistas.

Y me aconsejó que buscara a otro sacerdote: Alfredo Gil Muro. Este segundo religioso, al parecer, recibió la información de un testigo fiable.

Eso hice. Me puse a la búsqueda.

Y tras algunos esfuerzos lo localicé en Zaragoza capital (España).

La entrevista se llevó a cabo en mayo de 2015.

Éstas fueron sus palabras:

—Yo era párroco de la iglesia de San Lino, en Zaragoza. Pudo ser entre 1961 y 1965. Un día celebramos un bautizo. Yo me encontraba en la sacristía. Y, de pronto, entró el padre del niño. Era un señor elegante. Nos pusimos a hablar de ba-

Don Alfredo Gil Muro. (Foto: Blanca.)

nalidades y salió el tema ovni. Le dije que no creía en eso y el hombre, muy serio, me contó lo siguiente: «Lo que le voy a relatar le sucedió a un piloto militar, amigo mío... Un día salió de la base de Zaragoza y vio un ovni... Y comentó a la torre: "Estoy viendo un ovni. Voy a disparar". Fue lo último que dijo. No lo encontraron... Ni a él ni al avión».

—¿Le pareció una persona sensata?

—Totalmente. Y aquello me impresionó.

—¿Recuerda su nombre?

El sacerdote, que en 2015 contaba ochenta y siete años de edad, no supo responder.

—¿Existe alguna pista que me pueda llevar a esa persona?

Alfredo Gil negó con la cabeza. Después recordó algo:

—Vivía en la calle García Lorca, en Zaragoza...

El dato era importante.

Y me dediqué al rastreo de los libros de bautizos de la referida parroquia de San Lino. Había que consultar cuatro o cinco años...

Pero mi gozo terminó en un pozo.

En los libros no figura el domicilio del bautizado.

Estaba como al principio.

Me dirigí a los militares y pregunté. Nadie sabía nada (como siempre) o nadie quiso responsabilizarse del asunto (como casi siempre).

Y ahí sigo, buscando al «hombre elegante»...

FALCON LAKE

El encuentro de Stephen Michalak con aquella nave le costaría caro...

La información procede del investigador Chris Rutkowski.

... El 19 de mayo de 1967, Michalak, de cincuenta y dos años, obrero industrial en Winnipeg (Canadá) y geólogo aficionado, decidió viajar a Falcon Lake... Deseaba explorar la zona y buscar minerales... Y en la madrugada del 20 dejó el hotel y se dirigió al campo... A las nueve de la mañana había encontrado una veta de cuarzo cerca de un río... Y allí trabajó hasta las doce... A eso de las 12:15, en un cielo azul, escuchó los chillidos de una banda de ánsares... Parecían asustados... Fue entonces, al levantar la vista, cuando vio dos objetos extraños... Eran rojos y se acercaban... Tenían forma de puro, con una protuberancia en la parte superior... Uno de los objetos descendió y tomó tierra a 50 metros del asombrado testigo... El otro sobrevoló unos árboles cercanos y terminó por elevarse, ocultándose en una nube... Michalak, perplejo, se concentró en el examen del ovni que se hallaba posado sobre una gran roca... «El objeto —explicó a la policía y a los investigadores— cambiaba de color; pasaba del rojo al gris y de éste al gris plateado... Parecía un metal fundido que se enfriaba rápidamente»... En un primer momento, el testigo, que no creía en ovnis, pensó que podía tratarse de un aparato de prueba de los Estados Unidos... La nave era circular... Tenía 10 metros de diámetro... En la parte superior se veía algo parecido a una cabina, como un cono truncado... El cono rodeaba una cúpula central... La base de la cúpula aparecía estriada, con rayas de 25 centímetros de lon-

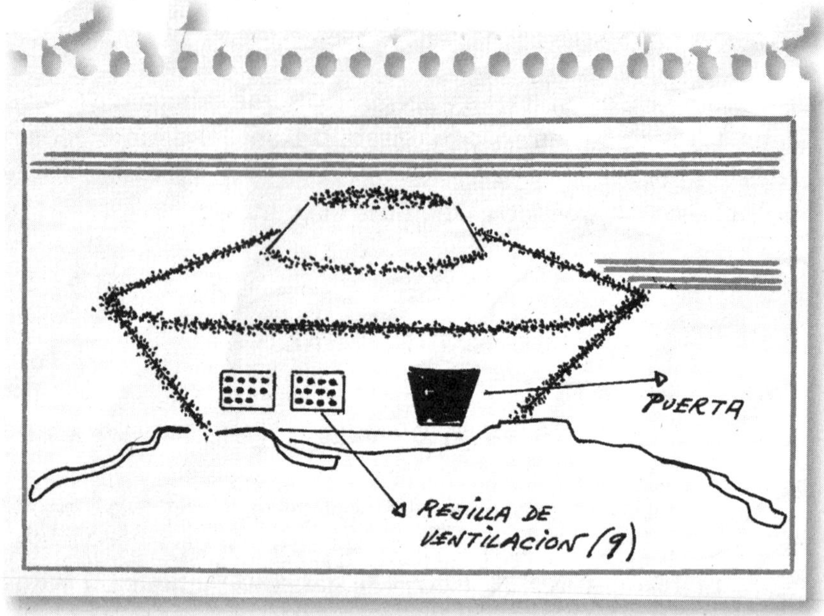

Falcon Lake (1967). Cuaderno de campo de J. J. Benítez.

gitud... Debajo de este conjunto había nueve paneles rectangulares de 15 por 25 centímetros... En cada panel aparecían treinta agujeros... Parecían bocas de ventilación... «A medida que el objeto se enfriaba —prosiguió Michalak—, yo sentía bocanadas de calor y un desagradable olor a azufre o a motor eléctrico quemado»... Al mismo tiempo, el testigo escuchó un zumbido, «parecido al que emite un rotor que gira muy rápido»... Al lado de los paneles vio una especie de puerta por la que salía una luz violeta muy viva... Michalak continuó acercándose y llegó a 20 metros de la nave... Entonces oyó unas voces... Parecían humanas... «Me convencí: aquello tenía que ser una nave experimental... Y grité: "¡Eh, muchachos! ¿Tienen algún problema?... Salgan y veremos qué podemos hacer"... Y las voces se callaron... Pensé que no me habían entendido y hablé en ruso... Tampoco hubo respuesta... Y lo intenté en alemán, francés, italiano y ucraniano... Nada... Finalmente hablé otra vez en inglés... Nada. Silencio»... El testigo caminó un poco más hacia el objeto y miró a través de la puerta... «Pero la luz violeta era tan intensa que tuve que protegerme con unas gafas verdes... Me asomé por la abertura y vi un panel lleno de luces y rayos luminosos que se cruzaban formando patrones horizontales y diagonales... Había más luces... Brillaban en determinadas secuencias...». Michalak se separó de la nave y esperó... «Quizá alguien terminara por salir... Entonces me fijé en el grosor de la nave: 18 pulgadas (unos 36 centímetros)»... Y, de pronto, la puerta se cerró... «Yo, entonces, tuve la mala idea de tocar la superficie del objeto... Tenía la mano enguantada... No vi soldaduras, ni remaches... Parecía cristal... Y noté que el guante se estaba quemando, y también parte de mi sombrero... La nave cambió de posición y situó las parrillas de ventilación frente a mí»... Fue visto y no visto: el testigo recibió un chorro de aire caliente sobre el tórax y la camisa y la camiseta salieron ardiendo... «Aquello me causó gran dolor»... Michalak se arrancó las ropas que ardían y las arrojó al suelo... «Entonces vi cómo la nave se elevaba... Y una corriente de aire me inundó»... La nave desapareció... En el lugar quedó un fuerte olor a azufre... «Regresé al sitio donde había dejado mis cosas y observé que la brújula mantenía un comportamiento

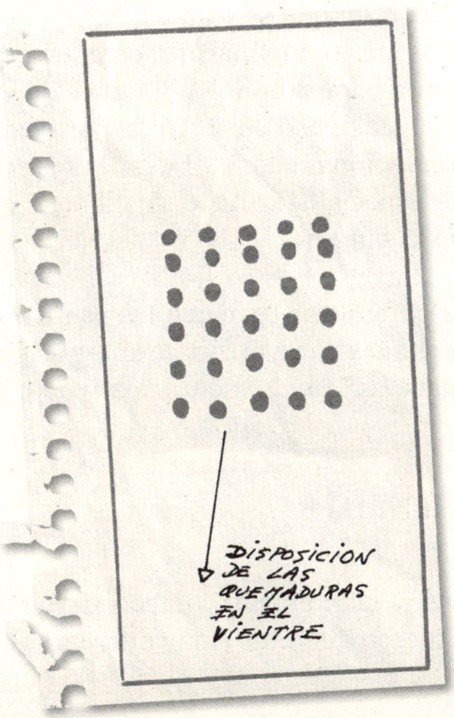

Treinta quemaduras en el vientre de Michalak. Cuaderno de campo de J. J. Benítez.

errático... Entonces aparecieron las náuseas y un intenso dolor de cabeza»... El testigo se sintió muy débil y terminó vomitando... Michalak regresó al hotel y preguntó por un médico... No lo había... Y telefoneó a su hijo para que lo recogiera en Winnipeg... A las 22:15 ingresaba en el hospital Misericordia... Y empezó un largo calvario... Primero fue tratado de las quemaduras (la mayoría de primer grado)... Entre el 20 y el 28 de mayo perdió 10 kilos... Fue examinado en el centro de energía atómica de Pinawa, pero no hallaron restos de radiación... El 3 de julio, súbitamente, surgieron ampollas en el pecho... Y se extendieron hasta las orejas... Los médicos consiguieron controlar el problema, pero reapareció en septiembre de 1967, así como en enero, mayo y agosto de 1968... En una de estas recaídas, Michalak sintió una quemadura en el cuello y en el pecho... Su garganta ardía... Y volvieron las manchas rojas... El cuerpo del testigo se volvió de color violeta y se hinchó como un globo... El hombre perdió el conocimiento... Nadie supo explicar qué le sucedía... Fue examinado por veintisiete médicos... Unos hablaron de radiación de tipo gamma... Otros creyeron que se trataba del impacto de ondas ultrasónicas... Los más se inclinaron a creer en quemaduras provocadas por aire comprimido... El índice de linfocitos en la sangre de Michalak pasó del 26 al 16 por ciento durante los días de la observación médica... Después se recuperó... El dictamen de los especialistas fue el siguiente: «envenenamiento químico de la sangre».

Pero las dudas siguen en el aire: ¿por qué las rejillas de ventilación (?) fueron orientadas hacia el testigo antes de proceder al despegue de la nave? ¿Se trató de un descuido o de mala leche?

ALMERÍA

Ambos eran periodistas, y muy buenos. Ambos vieron un ovni, pero sus reacciones fueron distintas (muy diferentes).

Veamos.

En mayo de 1967, Santi Arriazu trabajaba para la revista española *Semana*. Fuimos compañeros en la Universidad de Navarra (España).

La revista le encomendó un reportaje sobre el rodaje de la película *Shalako*. Y viajó en su Simca 1000 hasta Almería. Allí se hallaban Brigitte Bardot y Sean Connery, protagonistas de la referida cinta.

Pero, en el camino hacia el desierto almeriense, le esperaba una sorpresa...

Me lo contó muchas veces:

—Viajaba solo. Ya había oscurecido. Y por una de aquellas carreteras del demonio apareció aquello.

—¿Qué?

—En un primer momento pensé que eran los pilotos traseros de un tractor. Después, conforme me aproximaba, deduje que no era un tractor. Era un disco rojo.

—¿De qué tamaño?

—No muy grande; quizá como una señal de tráfico.

Santi Arriazu en 1967. (Gentileza de la familia.)

Almería (1967). Cuaderno de campo de J. J. Benítez.

Y Santi empezó a mosquearse.

—No se apartaba. Le hice luces, pero ni caso. Aceleré y él aceleraba, manteniéndose siempre a la misma distancia. Me cabreé y salí del Simca.

—¿Y qué hiciste?

—Me cagué en su padre veinte veces...

—Pero, Santi...

—Pensé que se estaba burlando. Monté de nuevo en el auto y continué. Y el disco siguió por delante otro trecho.

—¿A qué distancia?

—No mucho; quizá a 100 metros, o menos.

Y Santi Arriazu, más cabreado que una mona, detuvo de nuevo el coche, se bajó y buscó algunas piedras.

—No me lo puedo creer. ¿La emprendiste a pedradas con el ovni?

—Claro.

—¿Y qué pasó?

—Nada. El disco esquivaba las piedras, o qué sé yo...

—¿Cuántas piedras lanzaste?

—No lo recuerdo, pero más de cuatro.

Y, aburrido, el periodista regresó al Simca y optó por continuar el viaje. Al poco, el objeto no identificado desapareció.

En cierta ocasión, después de una comida en el valle del Baztán, en Navarra, tras relatarme de nuevo la odisea con el ovni, Santi me invitó a que comprobara su puntería. Alineó unas botellas sobre un muro y se alejó 80 metros. Quedé perplejo: acertó todos los blancos. No quedó botella sana.

Y, sonriente, comentó:

—Ése no escapó vivo...

Se refería al ovni (probablemente, a juzgar por las dimensiones, pudo tratarse de un *foo fighter*).

—¿Escuchaste algún ruido cuando contemplabas el objeto?

—Nada, silencio total.

—¿Lo vio alguien más?

—Que yo sepa no; en aquel tiempo no había casi circulación por aquellas carreteras comarcales.

Santi no hizo fotos. Lástima...

LEJONA

Diez años después (mayo de 1977), otro periodista —Joaquín de Goñi—, de *La Gaceta del Norte* (País Vasco, España), vivió otra aventura con un ovni, pero de naturaleza muy distinta a la narrada por Santi Arriazu.

Joaquín fue compañero mío. A las pocas horas me contó lo siguiente:

... Fue de madrugada... Llovía tenuemente... A la altura de la Universidad de Lejona, cuando regresaba a casa, a unos 400 metros de altura, apareció «aquello»... Era un objeto luminoso, parecido a la pantalla de un televisor, pero más alargado... Estaba dividido en tres partes... La luz era muy intensa... Paré el coche junto a la barrera de entrada a la universidad y me quedé mirando... Lo que más me im-

Joaquín de Goñi
(Foto: Manu Cecilio.)

Ovni sobre la Universidad de Lejona (Vizcaya, España), 1977.
(Foto: Gras.)

presionó es que no me impresionó... Era como de la familia... No sentí miedo... Salí del auto y lo contemplé con gran tranquilidad... Y me pareció que el color blanco cambiaba al verde... Entonces levanté el brazo izquierdo y le invité a que se acercara... En esos instantes percibí un destello en la parte izquierda del objeto... Repetí el gesto y surgió un segundo fogonazo... Estaba claro que me estaban entendiendo... Y así estuve un buen rato: creo que hice el gesto de aproximación como veinte veces.... Y recibí otros tantos destellos... No cabía duda: me estaban observando... Entré en el coche y apagué las luces... Volví a salir y repetí los gestos amistosos, ahora con los dos brazos... Pues bien, la nave se acercó un poco (eso me pareció)... Y los fogonazos se repitieron a cada movimiento de los brazos... No sé cuántos lamparazos llegué a ver... Muchos... Al mismo tiempo se oía un ruido tenue... Y así estuve unos quince minutos... Después regresé al auto y me dirigí a casa... Cuando iba por el Baserri me detuve de nuevo... El objeto seguía allí... Volví a hacerle señales con los brazos, indicándole que se aproximara, y regresaron los destellos... Después lo vi alejarse, muy despacio... Finalmente desapareció... Yo estaba perplejo y feliz.

GOIÁS

Leí el caso de Inácio de Souza en 1972. Mi buen amigo René Fouéré, de la revista francesa *Phénomènes spatiaux* («Fenómenos espaciales»), tuvo la gentileza de enviarme el informe, remitido, a su vez, por los investigadores brasileños.

Quedé impactado.

He intentado construir todos los volúmenes de *Sólo para tus ojos* con sucesos ovni inéditos (en la medida de lo posible). No es el caso de Souza, pero entiendo que debe estar presente en este delicado capítulo.

El informe de Fouéré dice, básicamente:

«... El 13 de agosto de 1967, Inácio de Souza y Maria, su esposa, regresaban a la hacienda de Santa Maria, ubicada entre Crixás y Pilar de Goiás, en el estado brasileño de Goiás... Inácio era el administrador y capataz de la finca... Volvían con una serie de compras.. Al bajar del vehículo, cerca de la casa, se encontraron un espectáculo desconcertante... En mitad de la pista de aterrizaje de la hacienda se hallaba posado un "avión" redondo... "Era como una palangana invertida", manifestó Inácio... El objeto, brillante como el aluminio, no tendría menos de 30 o 35 metros de diámetro... Y, cerca de la pista, vieron a tres individuos muy raros... "Eran muy altos y vestidos enteramente de blanco"... Inácio y Maria pensaron en una visita... En su ausencia, el "avión" redondo había llegado al pequeño aeródromo... Eso creyeron... Pero algo no encajaba... Los seres eran calvos y daban grandes saltos en el aire... Parecían jugar... Y lo hacían en silencio... "Cuando nos vieron —prosiguió Inácio—, uno de los hombres nos señaló con el dedo y echaron a correr hacia

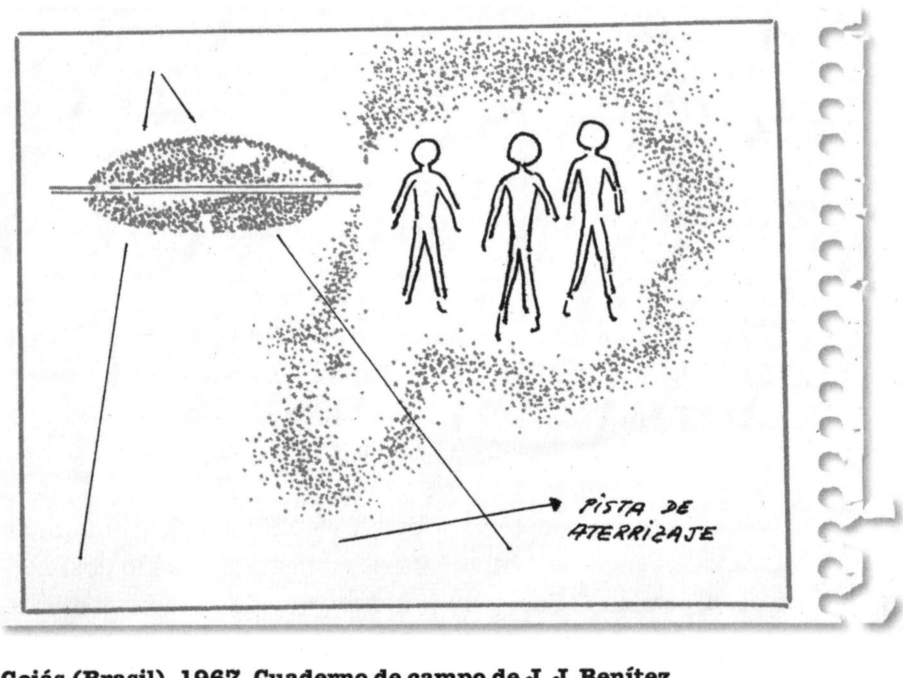

Goiás (Brasil), 1967. Cuaderno de campo de J. J. Benítez.

nosotros… Me asusté… Pensé que querían hacernos daño”… Inácio gritó a Maria, para que corriera a la casa, y él se echó el fusil a la cara… Se trataba de un Winchester 44… Y disparó al tipo que había señalado con el dedo… “Apunté a la cabeza y le di… Nunca fallo”… En ese momento salió del “avión” un haz de luz de color verde y alcanzó a Inácio en el lado izquierdo del pecho… El capataz cayó al suelo… Maria regresó junto a su marido y vio cómo los individuos tomaban al ser herido y se introducían en el aparato… Y el “avión” despegó verticalmente y en mitad de un zumbido, parecido al de muchas abejas… Avisado el dueño de la hacienda, éste se presentó en la casa tres días después… Y contó a los investigadores y médicos: “Cuando llegué a la hacienda no sabía lo que había sucedido… Al bajar de mi avión me esperaba Maria, la mujer de Inácio… Y me contó lo sucedido… Al verlo en cama me extrañó… Inácio era un hombre joven y sano… Nunca estuvo enfermo… Y me contó que había matado a un hombre… La verdad, no le eché mucha cuenta… Inácio era incapaz de algo así”… Inácio relató de nuevo lo sucedido, con detalles, y el dueño de la hacienda quedó convencido de algo: “Mi empleado pensó, en todo momento, que aquellos ‘hombres’ procedían de São Paulo… Nunca imaginó que le había disparado a un extraterrestre”… Según Inácio, el disparo se produjo a 60 metros de distancia… “Apunté bien a la cabeza —matizó Inácio—. Le acerté, con toda seguridad… Sólo hice un disparo”… Los seres —aseguró— parecían desnudos”… La esposa dio otra versión: “Quizá vestían ropas muy ajustadas… Eran de color amarillo suave… No se les marcaban los órganos sexuales… Estoy segura de que eran hombres”… El dueño acudió al lugar de los hechos, pero no halló huellas ni rastro de sangre… Finalmente, ante la suma debilidad de Inácio, el propietario de la finca decidió trasladarlo al hospital de Goiânia, capital del estado de Goiás… Y contó lo siguiente: “… El primero y segundo día, Inácio sufrió náuseas, hormigueos y un entumecimiento general… Le temblaban las manos… En el hospital, el médico (que no supo lo que le había sucedido a Inácio) detectó una quemadura circular de 15 centímetros de diámetro en la parte iz-

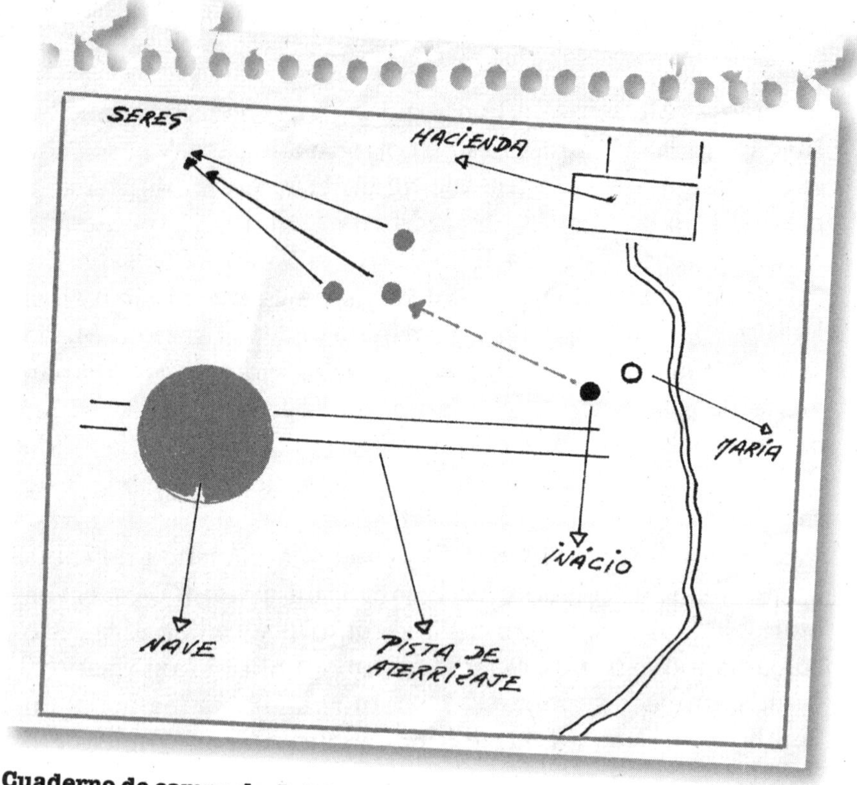

Cuaderno de campo de J. J. Benítez.

quierda del pecho... Justamente en el lugar en el que impactó el rayo verde... Pensó que le había picado algún insecto"... Fue entonces cuando el dueño de la hacienda decidió contar al médico lo que había sucedido en la finca... Y el médico, sorprendido, ordenó que le practicasen a Inácio análisis de orina, de sangre y de heces... "Cuatro días después —prosiguió el propietario de la hacienda—, Inácio fue enviado a casa... Hablé con el médico y le pregunté por qué lo enviaba a casa... "Su estado es delicado", le dije. Y él replicó: "Tiene leucemia; no durará más de dos meses"... "Inácio me ha pedido que no diga nada sobre lo que sucedió... Y así lo haré"... Y el estado de Inácio empeoró... Todo su cuerpo se vio invadido por manchas amarillentas, de 1 centímetro de diámetro, así como por horribles dolores... Pero la noticia terminó filtrándose e Inácio fue visitado por investigadores, periodistas y militares de la Fuerza Aérea de Brasil... Estos se quedaron con el rifle... Inácio adelgazó extremadamente y falleció el 11 de octubre de 1967, a los dos meses del "incidente" con el "avión" redondo, tal y como había pronosticado el médico de Goiâna... La mujer quemó la ropa, el colchón y la cama... Todos coincidieron: la muerte de Inácio había estado provocada por una alta dosis de rayos gamma... Algunos investigadores afirmaron que Inácio ya padecía la leucemia cuando fue atacado por el rayo verde... Eso, en realidad, poco importaba... Quizá el disparo del ovni aceleró el proceso cancerígeno».

La cuestión, para mí, es otra: ¿por qué no paralizaron al testigo, en lugar de provocar o acelerar su muerte? Es cierto que hubo una agresión inicial por parte del humano, pero se supone que son más inteligentes y avanzados que nosotros...

MILAGRO

En una de mis visitas a la hermosa ciudad de Guayaquil, en Ecuador, tuve oportunidad de conversar con Hugo Cortez, ingeniero agrónomo. Sabía de algunas experiencias ovni.

He aquí una síntesis:

... Las cosas que le voy a relatar tuvieron lugar en la ciudad de Milagro, a 40 minutos de Guayaquil... Acontecieron en 1968... Las dos primeras se produjeron en el Centro Experimental Universidad de Guayaquil, perteneciente a la Universidad Agraria del Ecuador... El centro es un edificio de dos plantas en forma de «E» mayúscula... Hoy está completamente remodelado... La planta superior constaba en aquella época de dormitorios... Allí se alojaban profesores, estudiantes y egresados que realizaban sus tesis de grado... Durante los fines de semana, especialmente el domingo, el edificio quedaba vacío... Un domingo (no recuerdo la fecha exacta), un egresado —que posteriormente llegó a ser ministro de Agricultura del Ecuador, reputado ya en esa época

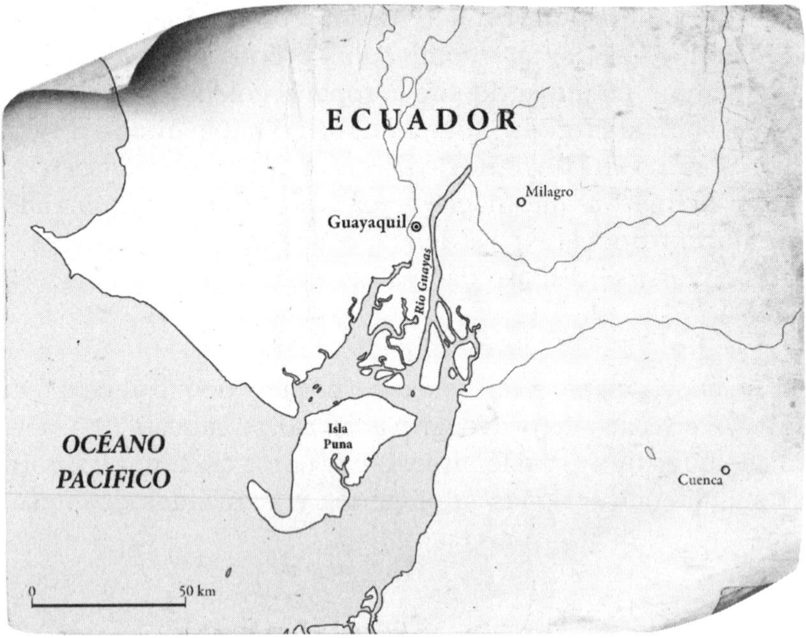

como una persona seria y veraz— decidió quedarse el fin de semana para adelantar la redacción de su tesis doctoral... Le diré que el edificio se abastecía de energía eléctrica con una planta propia que se apagaba automáticamente a las once de la noche... El combustible estaba calculado para que terminase a esa hora... Y ese domingo, el egresado decidió acostarse antes de que se apagase la luz... Aproximadamente a las dos de la madrugada se despertó súbitamente, debido al escándalo que hacían los animales de la granja...

Junto al edificio principal había un pequeño establo que servía para las prácticas veterinarias y para guardar los caballos con los que nos movíamos por el predio... Cuando el egresado se levantó se percató de que la luz del cuarto estaba encendida, detalle que en el momento no le llamó la atención... Al abrir la puerta, y salir al larguísimo corredor, descubrió con asombro que todas las luces del edificio estaban encendidas... Esto es: dormitorios, aulas, comedor, laboratorios, oficinas, etc. En principio pensó que se trataba de una broma estudiantil... Y decidió buscar a los culpables... Fue entonces cuando notó que la planta eléctrica estaba apagada... Y, de repente, ante su asombro, todo volvió a la oscuridad... Nuestro amigo regresó a su cuarto y se quedó dormido... Al otro día, cuando desayunaba, se le acercó el capataz, que vivía en una casa cercana, a unos 300 metros del edificio principal. Y le preguntó qué había ocurrido en la madrugada anterior... Los animales lo habían despertado y, desde su casa, pudo ver las luces del edificio, todas encendidas... «Eso quisiera saber yo —le respondió—... Pensé que había sido una pesadilla»...

Segundo caso.

En el mismo año de 1968, en el mes de marzo, posteriormente a lo relatado, un día ordinario, en uno de los dormitorios colectivos, que constaba de dieciséis camas individuales, de construcción metálica, doce estudiantes dormían... Y a eso de las diez de la noche, uno de ellos se despertó... Entonces observó un bulto que se inclinaba sobre un compañero que dormía en la cama frente a la suya... Accionó el conmutador de la luz e iluminó el dormitorio... Entonces comprobó que lo que parecía un bulto eran en realidad dos hombrecillos de algo más de 1 metro de altura, de brazos largos y de color negro que estaban intentando llevarse al estudiante dormido... Le jalaban de los brazos... El que había encendido la luz dio un grito y todos se despertaron... Y reaccionaron, abalanzándose sobre el compañero al que trataban de secuestrar... Lo sujetaron por una mano y por los pies y se lo disputaron a los hombrecillos... Los estudiantes lanzaron toda clase de objetos: zapatos, linternas... Y algunos se atrevieron, incluso, a golpearlos... Y tras unos minutos, que parecieron eternos, lograron rescatar al durmiente... Aunque parezca increíble, el «secuestrado» seguía dormido... No se enteró de nada... Cuando los hombrecillos soltaron su presa se desvanecieron, atravesando una de las paredes del dormitorio... El escándalo fue mayúsculo... Pero, por más que registraron el edificio, no encontraron nada... El resto de la noche, los estudiantes durmieron en el corredor, donde llevaron sus respectivas camas... Los hechos me fueron relatados al día siguiente... Personalmente pude comprobar los moratones y contusiones del joven al que intentaban llevar-

Milagro (1968). Cuaderno de campo de J. J. Benítez.

se... El muchacho no supo qué había pasado... El suceso fue olvidado, pero en 1982, mi hermano, que regentaba un aserradero de madera en la ciudad de Guayaquil, a orillas del río Guayas, me contó lo siguiente: «Un día, hacia las doce del mediodía, con bastante calor, mientras los operarios recibían las trozas de madera que llegaban por el río, una joven de unos quince años, que se dedicaba a repartir refrescos y jugos entre los trabajadores del aserradero, fue asaltada por dos individuos de apariencia similar a los que se presentaron en el dormitorio del centro experimental... La agarraron por los brazos e intentaron llevarla hacia el río... Pero los empleados lo impidieron... Y los individuos fueron rechazados a base de palos y puntapiés»... Esta vez tuvieron que salir malparados porque los peones madereros pegan fuerte... Estos dos casos extraños parecen similares en algunos aspectos... Los individuos salen de la nada y se desvanecen de la misma forma... Tienen la misma apariencia física... Unos se presentan en un lugar cerrado y los otros (¿o son los mismos?) a plena luz del día y en un ambiente abierto... Entre un caso y otro hay 14 años y una distancia geográfica de más de 50 kilómetros...

Hugo Cortez (Gentileza de la familia.)

Semanas antes del intento de secuestro en el dormitorio del centro experimental de Milagro, mi confidente —Hugo Cortez— tuvo una experiencia ovni:

Sucedió en febrero de 1968. Hacia las diez y media de la mañana caminaba con otros compañeros desde la ciudad de Milagro al centro experimental. Y, de pronto, al llegar a la línea del ferrocarril, apareció ante nosotros un objeto con forma de cigarro. Estaba a poco más de 20 metros y a cosa de 10 del suelo. Era una nave con una serie de ventanitas de forma elipsoidal que la recorrían de proa a popa. Tenía el tamaño de un avión DC-10, o algo más, y volaba muy despacio. Emitía un silbido muy ligero, similar al del viento. Pasó ante nosotros lentamente y se perdió hacia el oeste. Nos quedamos pasmados.

Es más que probable que los tripulantes de esa nave fueran los mismos que penetraron en el dormitorio y que intentaron llevarse a la muchacha del aserradero. Días antes del intento del primer secuestro ya hicieron acto de presencia cerca del centro experimental, prendiendo las luces cuando el generador estaba apagado. Y digo yo: si desaparecieron de la vista de los estudiantes atravesando la pared del dormitorio, y los «hombrecillos» eran sólidos (según mi informante, los zapatos y las linternas rebotaban en los cuerpos), ¿quiere esto decir que son criaturas de otras dimensiones? ¿Y por qué esas entidades estarían interesadas en raptar humanos? ¿O fue todo teatro, una vez más?

BAJOS ALPES

El investigador francés Aimé Michel hizo público el presente caso en 1969. Lo leí en la revista *Flying Saucer Review (FSR)*, en la que colaboraba *el Flaco* Creighton. Él me pasó la documentación.

En síntesis dice así:

... El encuentro tuvo lugar en la noche del 1 al 2 de noviembre de 1968, en una villa situada en los Bajos Alpes, en Francia... El testigo, médico, no desea hacer pública su identidad... Lo llamaré *señor Alpes*... Es importante señalar que nuestro hombre sufría una importante cojera, consecuencia del estallido de una mina en la guerra de Argelia, en 1958... Las heridas provocaron una parálisis parcial en el brazo y en la pierna derechos... El día 29 de octubre de 1968, a eso de las dos de la tarde, el señor Alpes sufrió un accidente cuando cortaba leña... Un madero le golpeó la tibia izquierda y provocó un importante hematoma... El dolor fue tal que se desmayó... Esto sucedía tres días antes del encuentro ovni... Pero vayamos con los hechos... En la madrugada del día 2 de noviembre, el señor Alpes fue despertado por su hijo, un bebé de dieciocho meses... El niño, de pie en la cuna, señalaba a la ventana y parecía pedir algo... Las persianas estaban abajo pero, entre las rendijas, el médico observó una serie de relampagueos... El testigo creyó que se trataba de alguna tormenta... El señor Alpes se dirigió a la cocina y, por el camino,

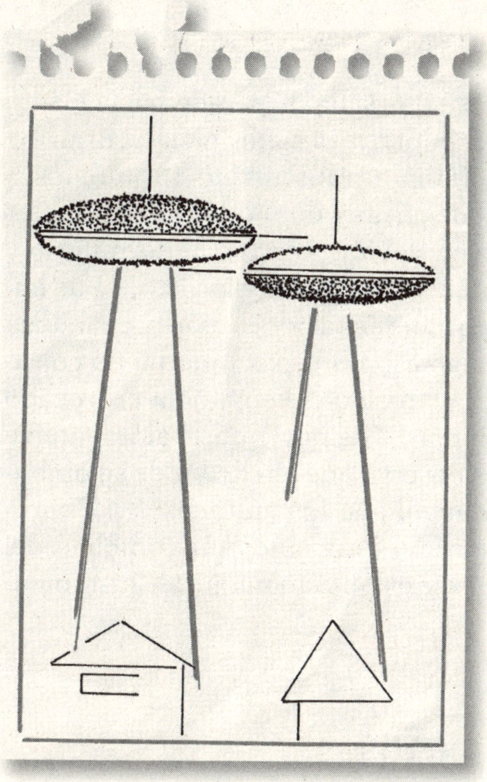

Bajos Alpes franceses (1968). La nave podía tener 65 metros de diámetro. Cuaderno de campo de J. J. Benítez.

siguió viendo los relampagueos... En el techo de la casa tamborileaba la lluvia... El reloj de la cocina marcaba las 3:55... Entonces decidió abrir una de las ventanas para tratar de averiguar cuál era la causa de los fogonazos... Lo que vio le dejó perplejo: por su derecha aparecieron dos objetos de grandes dimensiones... «Eran como platos —manifestó a Aimé Michel—. Por la parte de abajo lanzaban fogonazos. Ésa era la causa de los destellos». Al llegar frente a la casa del señor Alpes, los objetos cambiaron de rumbo y se dirigieron hacia él... Y el médico, atónito, observó cómo los objetos se fundían el uno en el otro... Y quedó un solo «plato»... El disco se inclinó, ofreciendo la «panza» al testigo, y, en eso, una luz blanca salió del objeto, alcanzando la casa y al testigo... «El foco de luz —precisó el señor Alpes— se movió primero lentamente, iluminando, uno a uno, los postes de teléfonos... Después llegó hasta mí... Instintivamente me tapé la cara»... Después, el médico escuchó una especie de «bang» y el objeto se desmaterializó... Donde había estado el ovni quedó un hilillo blanco y luminoso que salió disparado hacia lo alto hasta que se vio como un punto... Después nada... Eran las 4:05 de la madrugada... Habían transcurrido 10 minutos... El señor Alpes tomó un cuaderno y dibujó lo observado, tomando notas de lo que recordaba... Regresó al dormitorio y despertó a su mujer, contándole lo que había visto... Fue entonces, mientras el médico caminaba por el cuarto, cuando la esposa se dio cuenta de algo asombroso: su pierna no cojeaba... Y también había desaparecido el hematoma provocado cuando cortaba leña... El día 17 de noviembre, al levantarse de la cama, el señor Alpes observó que alrededor de su ombligo había aparecido un triángulo de 15 centímetros... Era rojizo... Al día siguiente sucedió lo mismo en el ombligo del niño... Y entre padre e hijo se estableció un misterioso vínculo telepático.

LIMA

Treinta y siete días más tarde, a miles de kilómetros, se repetía una de estas asombrosas curaciones por parte de los ovnis. Sucedió en Lima (Perú).

El hecho tuvo lugar a las tres de la madrugada del 9 de diciembre de 1968.

Un funcionario de aduanas –cuya identidad no debo desvelar– observó desde la terraza de su casa, en Lima, un extraño objeto volador no identificado. La nave lanzó un rayo luminoso sobre el testigo y éste quedó curado de una importante miopía que le obligaba a llevar gafas con gruesos cristales.

«El rayo era violeta –manifestó– e incidió directamente en mi rostro. Desde entonces no uso gafas».

SEVILLA

Algo similar le sucedió a Antonio Jurado.

La noticia me llegó a través del investigador Pepe Guisado. Y con él me trasladé hasta un importante pueblo de la provincia de Sevilla, en España.

Antonio, de cuarenta y siete años, contó lo siguiente:

—Sucedió el 11 de julio de 2015. Soy socorrista y me hallaba en la piscina municipal. Podían ser las 17:30 de la tarde. Estaba sentado a la sombra y, de repente, vi algo en el aire. Pensé que era un caza. Como sabes, la base aérea de Morón no está lejos. Y en esas estaba cuando vi y sentí un rayo de luz que incidía en mi rodilla izquierda.

Antonio había sido operado del cartílago de dicha rodilla en 1987. Desde entonces, cualquier cambio en el tiempo le afectaba. Los dolores eran intensos. También notaba molestias como consecuencia de las posturas, etc.

—A partir de ese momento —prosiguió Antonio—, el dolor desapareció. Hasta hoy.

La entrevista fue celebrada el 2 de octubre de 2015.

—¿Cómo era el objeto?

—Grande y con forma de ala. Podría medir más de 10 metros. Tenía ventanillas a todo su alrededor. Y en lo alto una cúpula.

—¿A qué distancia podía estar?

—A unos 100 metros y a cosa de 20 del suelo.

Antonio Jurado (izquierda) con Juanjo Benítez. (Foto: Blanca.)

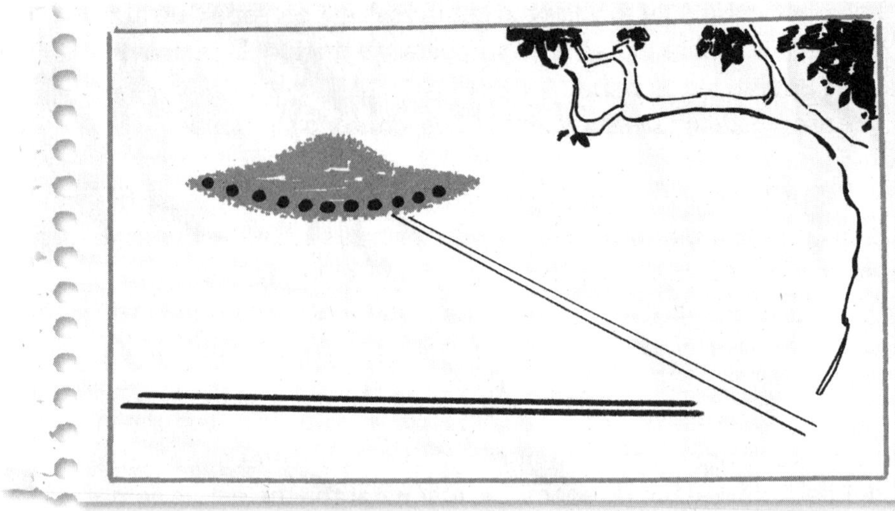

Provincia de Sevilla (2015). Cuaderno de campo de J. J. Benítez.

Semanas después (1 de septiembre), una nave fue vista sobre el pueblo. Era de color verde. La vio mucha gente. Antonio fue uno de los testigos.

Una vez más quedé asombrado. ¿Cómo sabían los tripulantes de la nave que se aproximó a la piscina municipal que Antonio Jurado tenía problemas en una rodilla? ¿Lo chequearon previamente? El testigo no tenía memoria de ningún otro encuentro.

El misterio me supera...

VÍA DUTRA

21 de noviembre de 1968.

Veinte días después del caso del señor Alpes.

Zona de Guarulhos (350 kilómetros al sur de Baleia, en Brasil).

La testigo del incidente —según cuenta el investigador Nigel Rimes— era una brasileña de veintidós años. La identidad ha sido silenciada.

La joven viajaba en un bus por la vía Dutra, entre las ciudades de Guarulhos y Vila Barros.

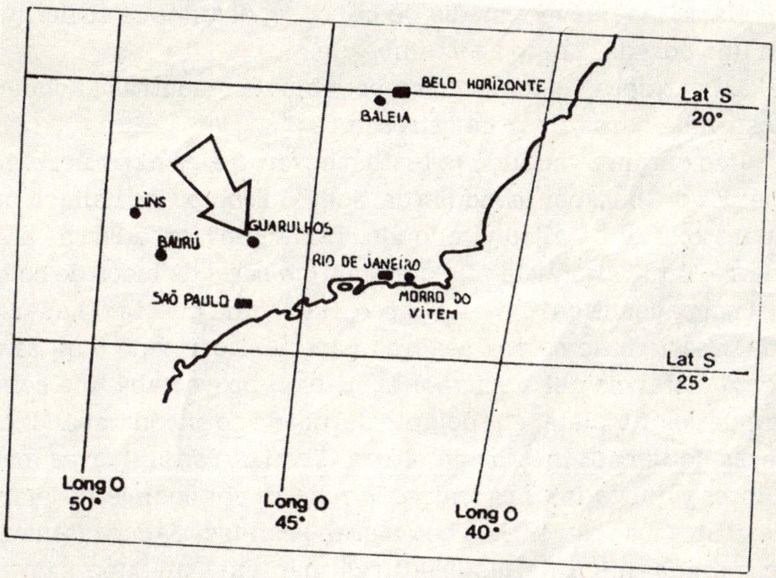

Lugar de los hechos.

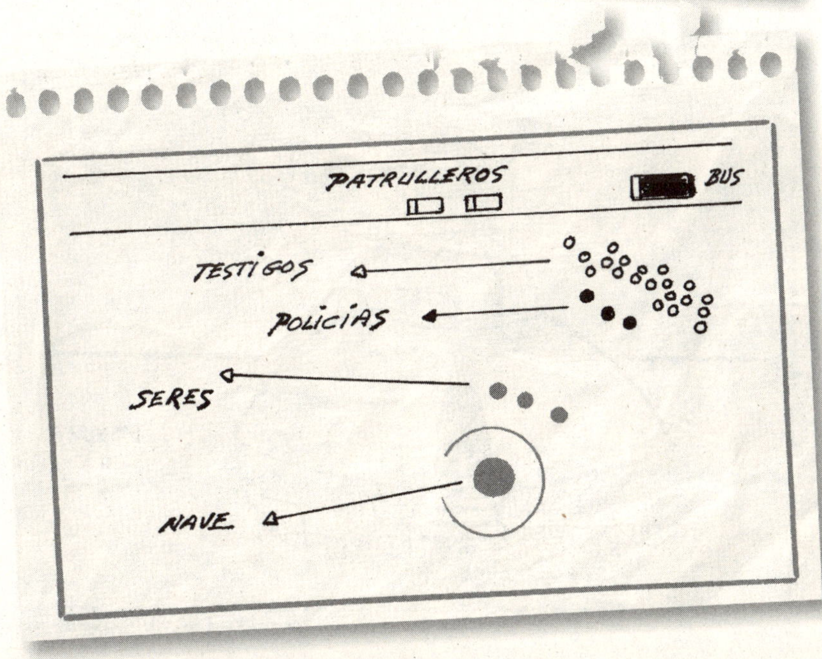

Cuaderno de campo de J. J. Benítez.

Hacia las nueve y media de la noche, el autobús se detuvo en una posada. Era lo acostumbrado.

La pasajera permaneció en el vehículo, mientras el chófer descendía para tomar un refresco.

Fue entonces cuando la testigo observó algo extraño: a 40 metros del bus, por la izquierda, sobre el campo, se hallaba un aparato. Era metálico y redondo. Tenía unos 7 metros de diámetro. En lo alto lucía una cúpula. Una serie de luces de colores parpadeaba en el filo del disco. Había una puerta. El aparato (la testigo no estaba segura) parecía aterrizado o quizá a corta distancia del suelo; por la «panza» proyectaba una sombra de color violeta. Por delante del objeto se encontraban tres seres de unos 2 metros de altura. Vestían ropas negras, brillantes y ajustadas. Los trajes los cubrían por completo, dejando al aire los rostros. Las botas eran grandes y, aparentemente, pesadas. Una de las criaturas mantenía un tubo bajo el brazo. Era largo, de unos 60 centímetros. Parecía un arma.

Entre la testigo y los tres seres (dando la espalda a la jo-

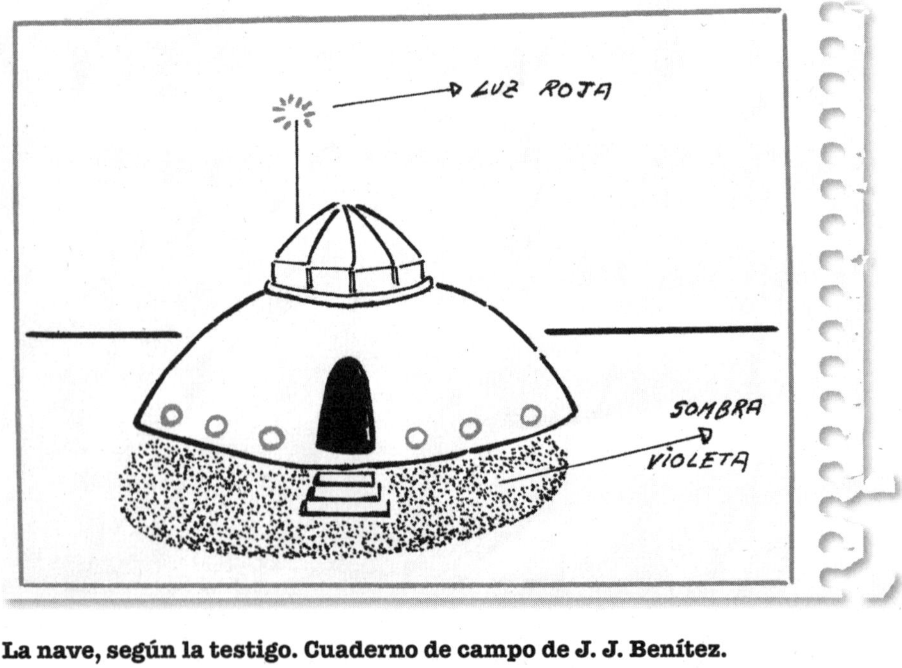

La nave, según la testigo. Cuaderno de campo de J. J. Benítez.

ven) distinguió a un grupo de personas; alrededor de veinte. Al frente de éstos se hallaban tres policías, con las pistolas en las manos. En la carretera, algo más adelante del bus, aparecían dos coches patrulla, con los destellantes encendidos.

Los policías —según manifestó la testigo— apuntaban a los tres seres.

Y, durante unos segundos, los dos bandos se mantuvieron quietos. La mujer estaba desconcertada.

Y, de pronto, la criatura que sostenía el tubo lanzó una luz plateada contra los humanos. «Fue como un rayo —aseguró—. E incidió en los policías y en algunas personas que se hallaban inmediatamente detrás. Y todos quedaron inmóviles».

Y los seres, con absoluta calma, dieron la vuelta y retornaron a la nave. Segundos más tarde, el objeto se elevó y desapareció en la noche.

El incidente pudo durar 15 minutos.

En el bus se encontraban en esos momentos unos cuarenta pasajeros. Todos contemplaron la increíble escena.

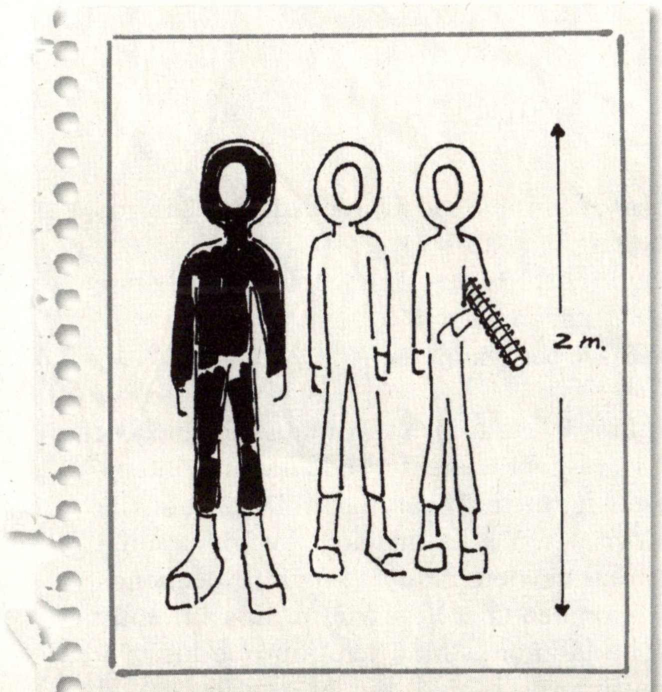

Las entidades. Cuaderno de campo de J. J. Benítez.

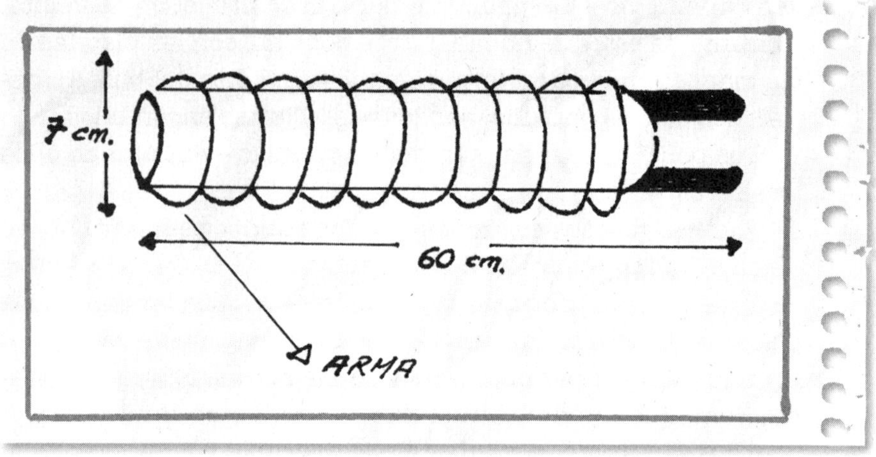

Arma empuñada por una de las criaturas. Alrededor del cuerpo principal aparecía otro tubo resplandeciente, en espiral. Cuaderno de campo de J. J. Benítez.

La testigo no supo decir qué sucedió después. El bus arrancó y se alejó del lugar.

ANOLAIMA

El caso de la finca «Tocarema» me fue narrado por Enrique Castillo, ingeniero.

Sucedió el 4 de julio de 1969 en el municipio de Anolaima, a 70 kilómetros de Bogotá, en Colombia.

En síntesis, esto fue lo ocurrido:

Esa noche, los niños Enrique Osorio y Mauricio Gnecoo, de doce y trece años, respectivamente, se hallaban contemplando las estrellas en la finca «Tocarema»... De pronto vieron una luz «que corría»... Y a los gritos de los niños salieron de la casa un total de siete adultos y cuatro pequeños más... «En efecto –explicó Castillo–, vieron una luz muy rara que sobrevolaba la zona... Mauricio, uno de los muchachos, tomó una linterna e hizo señales a la luz... Y el objeto se detuvo sobre unos árboles, a 50 o 60 metros de la casa... Era una nave ovalada... Tenía una luminosidad anaranjada... Presentaba dos patas de color azul, muy luminoso... Los testigos explicaron que aquella cosa no hacía ruido»... Y uno de los adultos —Arcesio Bermúdez— caminó hacia la nave... El resto no se atrevió... «En la prensa, en su momento –prosiguió Castillo–, se dijo que Arcesio portaba una linterna... Así fue, pero también un gran machete... Sus intenciones no eran muy santas... Arcesio manifestó que el objeto aterrizó y que se abrió una puerta... Después vio una rampa... Y por ella bajó un ser de pequeña estatura y gran cráneo... Arcesio lo observó y siguió adelante, cuchillo en mano... Entonces se produjo una escena que los periódicos tampoco recogieron... La criatura se detuvo en mitad de la rampa e hizo señales a Arcesio para que se alejara... Se lo indicó con las manos... Y el hombrecito dio media vuelta y se introdujo de nuevo en la nave... La rampa se recogió y la nave empezó a elevarse despacio... Arcesio se hallaba muy cerca... Y del objeto salió una especie de *flash* que bañó al testigo... Arcesio regresó a la casa y todos pudieron comprobar que se encontraba muy asustado»... Dos

Anolaima (Colombia), 1969. Cuaderno de campo de J. J. Benítez.

Enrique Castillo (izquierda) y Juanjo Benítez. (Foto: Blanca.)

días más tarde empezó a sentirse mal... Dejó de comer y su temperatura corporal descendió alarmantemente... «Al tacto —continuó el ingeniero—, Arcesio estaba frío, casi congelado... Después llegaron los vómitos y las diarreas... La piel se llenó de manchas negras... Su estado era muy delicado... Finalmente lo trasladaron al hospital, en Bogotá... Los médicos quedaron perplejos... No entendían por qué Arcesio estaba casi congelado... Los familiares contaron los hechos, pero nadie les creyó... El pobre Arcesio falleció el 12 de julio; es decir, a los ocho días del encuentro con la nave y el pequeño ser...».

Según Enrique Castillo, los síntomas de Arcesio Bermúdez coincidieron con los de los afectados por radiaciones gamma: diarreas sanguinolentas, asfixia, piel pálida, descenso de la temperatura y opresión torácica, entre otros.

Para mi amigo Castillo no había duda: aquel «flash» mató a Bermúdez.

En este caso no creo que se pueda responsabilizar a los tripulantes de la nave, aunque las intenciones de Arcesio no estaban claras...

CHARCO RICO

Días más tarde, también en Colombia, se registraba otro suceso inexplicable.

Yesid Salazar era un leñador de cuarenta y cinco años. Vivía en Charco Rico, en la comarca de Ibagué, en plena sierra.

Una noche salió a respirar aire puro. Las estrellas brillaban como sólo lo saben hacer en las montañas colombianas.

Y en eso aparecieron cinco luces.

Volaban en formación.

Eran de diferentes colores.

Y al ver a Yesid cambiaron de rumbo y se dirigieron hacia él.

Una de las luces se salió de la formación en «V» y se aproximó al testigo. Y lo hizo a tan baja altura que provocó el desequilibrio del leñador. Y éste se precipitó al fondo de un barranco de más de 70 metros. Los familiares, que se encontraban muy cerca, huyeron horrorizados. Y las naves se alejaron hacia las cumbres nevadas.

El cuerpo del infortunado Salazar fue recuperado dos días después. Tenía un extraño color *cururo* (negro), con manchas moradas.

Al parecer, la muerte no se produjo por la caída, sino por la radiación recibida.

Para los indígenas «fue un castigo de los cielos».

Para mí fue un asesinato en toda regla...

SAN LEONARDO DE YAGÜE

El presente caso me fue narrado por Darío, yerno de los testigos.

Sucedió en los años sesenta y en las proximidades del pueblo de San Leonardo de Yagüe, en la provincia de Soria (España).

He aquí una síntesis de los hechos:

... Fue necesario esperar a que mis padres políticos fallecieran —explicó Darío— para poder contarlo... Eran muy tradicionales y no deseaban que la gente se burlara de ellos... Mi suegro era militar... Era un hombre muy serio y poco dado a fantasías... No creía en la vida extraterrestre... Cuando se jubiló, Emiliano, mi suegro, decidió trasladarse a vivir al pueblo de Hontoria del Pinar, en Burgos... Era el lugar de nacimiento de Encarna, su mujer... La madre de Emiliano vivía muy cerca, en San Leonardo, a cosa de 10 kilómetros... Y allí acudían cada tarde, para visitarla... Encarna padecía diabetes y tenía problemas en la vista... Era ella la que conducía dado que mi suegro padecía una fuerte sordera... Encarna era una mujer valiente y decidida y no le importaba conducir, siempre y cuando regresaran a Hontoria antes de

San Leonardo de Yagüe (Soria). Cuaderno de campo de J. J. Benítez.

que oscureciera... Pero un día se les hizo tarde y salieron de San Leonardo ya oscurecido... Encarna estaba muy preocupada... Veía mal... No acertaba con la carretera... Y, de pronto, cuando pensaban en regresar a la casa de la madre de Emiliano, se presentó una potente luz... Era un gran cono blanco que caía del cielo... La mujer detuvo el vehículo, asustada... Y salieron, tratando de averiguar qué sucedía... Sobre ellos, suspendida en el aire y en total silencio, se hallaba una nave circular... En el vientre de la misma aparecía un círculo que provocaba el referido cono de luz... Entonces se asustaron mucho más y retornaron al coche, saliendo de allí precipitadamente... Pues bien, la luz se colocó por delante, iluminando la carretera... Y guiaron a Encarna hasta la entrada a Hontoria... Al alcanzar las primeras casas del pueblo, la luz desapareció... A la mañana siguiente, mi suegro preguntó al cabo de la Guardia Civil si se había producido algún accidente que justificara la presencia de un helicóptero... La respuesta fue negativa... Aquello, además, era silencioso.

TEIDE

En julio de 1978 sucedió algo parecido a lo de San Leonardo de Yagüe. Esta vez tuvo lugar en el Teide, en Canarias (España).

Paco Padrón lo investigó.

... En este mes de julio –contaba Paco– una familia cuya identidad no debo desvelar subió al Teide, caminando... Pero, al caer la noche, se perdieron... No tenían experiencia... Y se angustiaron... De pronto, en mitad de la oscuridad, se presentó una potente luz... Se apagaba y se encendía cada poco, mostrándoles el sendero... Y así los llevó hasta el refugio... Fue casi una hora... Al llegar, la luz desapareció... Se sentaron, para descansar, y empezaron a conversar sobre la naturaleza de dicha luz... Algunos pensaban que fue alguien, desde el refugio, que los guió... Otros no sabían qué pensar... Y en esas estaban cuando, de repente, apareció una esfera luminosa... Era grande... Tenía una luminosidad amarillenta... Era silenciosa... Descendió muy cerca del grupo y allí permaneció 6 minutos... No tuvieron duda: fue aquella esfera no identificada la que los ayudó a salir del apuro... El padre –refería Paco Padrón– me buscó en Santa Cruz y me dio un abrazo, rogando que le perdonara... Hasta esos momentos había sido escéptico y pensaba que los ovnis eran pura fantasía.

El añorado Padrón termina el informe con las siguientes palabras: «Querido Juanjo: las manifestaciones de este señor son hermosas... y a uno le dan ganas de seguir adelante. *Lehaim!*».

LITIAGO

Seis meses después (enero de 1979), una familia de Tudela vivió una situación similar a la de los testigos de San Leonardo y Santa Cruz de Tenerife.

Hablé con Miguel Chueca Tafalla, que conducía el vehículo, y me contó lo siguiente:

—Eran las dos de la madrugada. Viajábamos de Litiago del Moncayo, en Zaragoza (España), a Tudela, en Navarra. Allí vivimos.

—¿Iba acompañado?

—Sí. En el coche, un Renault 6, viajaban Leonor, mi esposa; Benedicta, una hermana, y dos hijas, Purificación y Olga.

—¿Y qué ocurrió?

—Al llegar al cruce de Tarazona observamos una gran iluminación. Salía por detrás de una colina. Nos llamó la atención. Y pensamos en un incendio. Pero no. Entonces, por nuestra izquierda, apareció un objeto. Era muy brillante. Y el coche empezó a perder potencia, hasta que se detuvo. Estábamos perplejos. La iluminación era increíble. Se veía como si fuera de día y en un radio de varios kilómetros.

—¿Cómo era el objeto?

—Tenía forma de disco.

—¿A qué distancia lo tuvieron?

—No más allá de 500 metros.

—¿Cuánto duró la observación?

—Segundos. Remontó el vuelo y se situaron por delante de nosotros, sobre la carretera.

Entonces sucedió algo que Miguel y su familia no han sabido explicar.

—Tenemos tierras en esa zona —prosiguió el conductor— y, en consecuencia, la conocemos bien. Sin embargo, no sabemos por qué, cuando el objeto remontó el vuelo y se situó por delante, perdimos el sentido de la orientación. No supimos dónde estábamos. No lográbamos reconocer el terreno. No he conseguido entenderlo. Nuestra confusión fue tal que pensé regresar a Litiago, pero mi mujer me lo quitó de la cabeza.

—¿Y qué hicieron?

—Me dejé llevar por el instinto y continué. El objeto alumbraba la carretera, como guiándonos. Y así fue hasta Tudela. La iluminación, entonces, desapareció.

CHICLANA

En febrero de 1977, un ovni «ayudó» al *Choti* a reparar su vehículo.

Me lo contó en Barbate, en la compañía de otro de los testigos: Ana María, la esposa.

El verdadero nombre del *Choti* es Tomás Caballero Ladrón de Guevara.

—Entonces tenía un R-8 —explicó—. Y una noche decidí llevar a un marinero al Puerto de Santa María. Salimos de Barbate a las once. Me acompañaban Ana María y uno de mis hijos. Y a eso de las dos de la mañana, tras dejar al muchacho en el Puerto, dimos la vuelta y regresamos a Barbate. Era una noche de perros. Llovía sin parar. Dejamos atrás Chiclana y al entrar en la cuesta de Pelagato, a 2 kilómetros del pueblo, el coche se paró. No sabía qué había ocurrido. Entonces vimos la luz. Se acercaba a nosotros.

—¿Cómo era?

—Redonda y muy blanca. Yo, entonces, traté de poner en marcha el coche, pero no respondía. No tuve más remedio que salir. Descubrí el motor y comprobé que la bobina del arranque estaba cortada en tronco. Es la que reparte la corriente.

—¿Y la luz?

—Se colocó sobre el Renault, alumbrando.

—¿Escuchabas ruido?

—Ninguno. Y lo más curioso es que en el cono de luz no llovía.

El Choti **reparó la avería del motor a la luz del ovni. Cuaderno de campo de J. J. Benítez.**

—Pero llovía...

—A cántaros. Era un diluvio. Sin embargo, bajo el objeto no caía ni una gota.

—¿Y qué hiciste?

—Alumbrado por aquella luz fue más fácil. Pelé el cable y lo empalmé.

—¿A qué distancia se hallaba la luz?

—A cosa de 80 metros, más o menos, y sobre la vertical del auto.

—¿Cuánto tiempo duró la reparación?

—Unos quince minutos.

—¿Se movió el ovni?

—No. Una vez arreglada la bobina me metí en el vehículo, arranqué, y salimos disparados.

Ana María y *el Choti*. (Foto: Alberto Torregrosa.)

—¿Y la luz?

—Allí se quedó. Ni miramos.

—¿Estabas nervioso?

—Mucho, la verdad.

—¿Y tu mujer?

—Lloraba.

—¿Pasaron otros vehículos?

—Sí, varios, pero no paró ninguno. Mi hijo Manolo, que entonces tenía catorce años, se bajó y me ayudó a reparar la bobina.

—¿Qué dimensiones tenía el objeto?

—Era grande. No bajaría de 15 o 20 metros de diámetro.

—¿Cómo explicas la avería?

—No tiene lógica. El cable estaba seco y como si lo hubieran cortado con unas tijeras. Era inexplicable.

—¿Y la batería?

—Estaba bien.

Al escuchar el relato del *Choti* me asaltó una duda: ¿fue el ovni el que seccionó la bobina de arranque? Es más que probable... Pero, ¿por qué? Y a mi mente llegó una respuesta inmediata: «para estudiar las reacciones humanas». Para compensar la «trastada», eso sí, se colocaron sobre el coche y alumbraron. Algo es algo...

MATALLANA

El mítico grupo de investigación Charles Fort, de Valladolid (España), investigó el presente caso:

... 19 de septiembre de 1970... Aquella tarde, hacia las siete, la testigo (entonces funcionaria en el Ayuntamiento de Villalba de los Alcores, Valladolid) tomó una bicicleta y salió de la finca de Matallana... Y se dirigió a Villalba... Su intención era comprar provisiones... Se hizo con una caja de madera y pedaleó hacia el pueblo... Pero la caja era una inco-

Villalba de los Alcores (Valladolid), 1970. Cuaderno de campo de J. J. Benítez.

modidad y optó por dejarla en la cuneta... La recogería a la vuelta... Y así fue... La testigo hizo las compras y regresó... En una bolsa llevaba una buena cantidad de plátanos, así como otros alimentos... M. J., la testigo, recorrió 3 kilómetros... Pero decidió detenerse unos minutos y fumarse un cigarrillo... Y en ello estaba cuando, de pronto, oyó un zumbido a su espalda... Al volverse vio una luz que se aproximaba... La joven se agachó, asustada... Y el objeto la iluminó... Después se alejó hacia los cerros... El objeto era redondo y emitía una luz blanca... Pudo estar a 3 o 4 metros sobre la cabeza de M. J.... Segundos después, la mujer montó en la bici y se dirigió a la granja a toda velocidad... Al llegar a la casa le aguardaba otra sorpresa: los perros, incomprensiblemente, no la reconocieron... Y salieron, amenazadores... La familia escuchó los ladridos y pudo evitar una desgracia... Al día siguiente, la testigo acudió al lugar donde había dejado el cajón de madera, pero no lo encontró... Había sido desplazado unos 60 metros... Estaba ennegrecido... También los plátanos aparecieron negros, y tuvieron que tirarlos a la basura.

HUARTE

Jesús Arraiza era canónigo de la catedral de Pamplona (España). Me costó convencerlo pero, finalmente, aceptó contar lo que le sucedió aquel mes de abril de 1977.

—Fue un sábado. Me gustaba pescar. Y hacia las ocho de la mañana metí las cañas y el cebo en el maletero del coche y me dirigí al río Irati, en el valle de Laezcua. Pues bien, cuando me encontraba cerca de Huarte, a cosa de 6 kilómetros de Pamplona, vi una luz al frente. Era grande. Y fue aproximándose. Pensé en un camión y frené.

—¿Había amanecido?

—Más o menos.

—¿Cómo era la luz?

—Ocupaba toda la carretera y algo más. Parecía una lenteja. En el centro presentaba una mancha.

—¿Y qué pasó?

—Al llegar frente al coche, muy cerca, hizo un giro y se alejó. Pero el motor del vehículo se paró. Traté de arrancar, pero no podía. No sé si fue por los nervios. Total, me bajé, saqué un cigarrillo y me lo fumé. Intentaba tranquilizarme. Al cabo de un rato volví al coche y esta vez sí arrancó. Se me quitaron las ganas de pescar y volví a mi casa, a Pamplona.

Pero las sorpresas no habían terminado...

—Al sacar los aparejos descubrí que las lombrices estaban muertas.

—¿Qué clase de lombrices?

—De tierra. Las había comprado en un vivero. Llevaba unas treinta, con musgo. Al guardarlas en el maletero se movían. Ahora estaban muertas. No conseguí entenderlo.

—¿Llegaste a analizarlas?

—No, las tiré.

Huarte (Navarra, España), 1977. Cuaderno de campo de J. J. Benítez.

E insistí en la descripción de la luz.

—¿Recuerdas algún otro detalle?

—Cuando se acercó noté una especie de neblina en el parabrisas. Era algo turbio.

Por supuesto, Jesús no se molestó en recoger el líquido que quedó en el parabrisas. Fue una lástima. Podía haber sido analizado igualmente.

—¿Qué velocidad llevaba la «lenteja»?

—Similar a la de un ala delta.

Tampoco escuchó ruido.

—¿Cómo fue el giro?

—En ángulo recto. Eso me sorprendió mucho más.

—¿Y qué crees que fue aquello?

—Al principio pensé en un ovni, pero luego rechacé la idea.

—¿Por qué?

—Los ovnis no existen. Yo creo que fue un arma secreta; algo de tipo experimental. Los ovnis los manejan grandes multinacionales para investigar el suelo y sus minerales.

—¿Y por qué iban a matar tus lombrices?

Jesús Arraiza se encogió de hombros. No sabía.

El cebo, según el sacerdote, no apareció quemado. Las lombrices conservaban su color natural, pero estaban muertas; inexplicablemente muertas...

Naturalmente, no perdí el tiempo explicándole que los ovnis no son armas secretas, y mucho menos de las multinacionales. Qué más quisieran los militares y los buscadores de oro y de petróleo...

CHIPIONA

Algo parecido le sucedió a Enrique Tirado, pescador de Chipiona, en Cádiz (España).

—Fue en 1988 —me contó—. Había salido a pescar en un pequeño bote. Me situé frente al coto, en lo que llaman la Torre Salazar. Y a las tres de la madrugada apareció un objeto circular. Se colocó sobre el bote, a cosa de 40 o 50 metros y lo iluminó todo como si fuera de día. Me quedé asombrado. Durante el tiempo que permaneció sobre mí escuché un zumbido parecido al de un enjambre de abejas. El objeto tenía unos 30 metros de diámetro. Y al cabo de un rato, desapareció. Yo seguí pescando hasta el amanecer. Después, por la mañana, vendí el pescado. Fueron 5 kilos de garapellos y algunos chicharros. Pues bien, al poco, el comprador me dijo que, al abrir el pescado, comprobó que estaba podrido.

—¿Todo el pescado?

—Todo.

—¿Cuántos peces habías obtenido cuando apareció el objeto?

—Aproximadamente unos 3 kilos.

—Es decir, los otros 2 kilos fueron capturados después...

—Así es.

—¿Y cómo se explica que todo el pescado estuviera podrido?

Enrique no conocía la explicación. Y yo, sinceramente, tampoco. Puedo entender que los peces se vieran afectados por la proximidad de la nave. Pero, ¿qué sucedió con el resto de la captura? La nave, supuestamente, ya no estaba sobre el bote. ¿O sí?

PUEBLO BLANCO

Mari Carmen Nieto era una niña cuando aparecieron aquellas luces. Sucedió en marzo de 1979 en las afueras de Pueblo Blanco, en Almería (España).

—Eran las once de la noche —precisó—. Estaba echando abono a unas tablas de sandías. Cerca corría un canal. Era una noche oscura. Creo recordar que fue el día 5. Entonces se presentaron unas luces. Eran dos, y muy blancas. Y lo iluminaron todo, como si fuera de día. Se veía con detalle: los árboles, el campo, el canal, las plantas de las sandías... Y no se oía una mosca. Silencio total. Sentí miedo. Después me tranquilicé. Las luces permanecieron quietas. Y tuve la sensación de que estaba siendo observada. Después, poco a poco, se movieron y se perdieron por detrás de un cerro. A la mañana siguiente, cuando regresamos al huerto, vimos que las plantas de las sandías —todas— estaban calcinadas. En total, 200 metros cuadrados. Nadie supo explicar qué había sucedido. Y le echaron la culpa al abono. Pero eso no podía ser. Ya habían sido abonadas en otras ocasiones y nunca pasó algo así.

—¿De qué color aparecían las plantas?

—Blancas y orientadas en la misma dirección: hacia el cerro por el que desaparecieron las luces.

—¿Qué altura presentaban las plantas?

—Alrededor de 20 centímetros.

En definitiva, la proximidad de un ovni puede ser interesante (incluso emocionante), pero también poco recomendable...

KANGASKYLA

En 1972 recibí un informe de Kuningas, un veterano investigador del fenómeno ovni. Tapani Kuningas era finlandés.

El 4 de abril de 1971 —rezaba la información— fui a investigar el caso de Kinnula. Me acompañaron otros ufólogos de Jyvaskyla, en la Finlandia central... El caso fue el siguiente: el viernes, 5 de febrero de 1971, Petter Aliranta, de veintiún años, y Esko Sneck, de dieciocho, se hallaban cortando leña en un bosque de la aldea de Kangaskyla, en Kinnula... Hacia las tres de la tarde, el día empezó a nublarse... Y los muchachos decidieron dejar el trabajo... Petter desconectó la sierra eléctrica y en eso observó un extraño objeto muy cerca, sobre las copas de los árboles... Tenía forma de disco... Era como dos platos encarados... Podía medir 5 metros de diámetro... El testigo observó que tenía cuatro patas, muy finas, de unos 2 metros de largo cada una... Y el aparato descendió en un claro, a cosa de 15 metros de los leñadores... Sneck no se había percatado aún de la presencia del ovni porque continuaba cortando madera con la sierra... Mientras bajaba se abrió un boquete en la panza de la nave... Después, al posarse en la nieve, Petter vio aparecer un pequeño hombre... Salió por la abertura, pero no lo vio caer... «Fue muy raro —manifestó—. No sé cómo llegó a tierra»... Y la criatura empezó a caminar hacia los jóvenes... Los pasos eran cortos y los movimientos rígidos... «Parecía un robot»... El «hombrecito» medía 90 centímetros de altura... Llevaba un traje de una pieza, de color verde oliva, como los de los militares... El traje o buzo le cubría también la cabeza... Al frente se veían unas lentes (?)... Las botas formaban parte del buzo; eran grandes y, aparentemente, pesadas... «El tipo se movía de una manera rara: los pies no se hundían en la nieve, como hubiera sido lógico»... Y Petter tomó una decisión no menos extraña: conectó la sierra eléctrica y avanzó hacia la pequeña criatura... El compañero, entonces, se dio cuenta de lo que estaba pasando... Y el hombrecito y Petter siguieron acercán-

Kangaskyla (Finlandia), 1971.Cuaderno de campo de J. J. Benítez.

dose... Cuando se encontraban a 10 metros, el humanoide dio media vuelta y caminó hacia la nave... Esto envalentonó al leñador, que siguió a la criatura... «Sí —confesó Petter—, yo quería capturarlo»... A través de las ventanas del ovni (había tres y de forma ovalada), los leñadores percibieron la presencia de otros seres... «Se movían»... Cuando faltaban unos 3 metros para que la criatura llegara al objeto, el ser «voló» hacia el boquete por el que había salido... «Literalmente voló a 1 metro de la nieve»... Pero Petter, rápido de reflejos, le echó mano... Y fue a agarrarlo por una de las gruesas botas... Petter se quemó... El tacón de la bota era hierro fundido... Y soltó a la criatura... Cuando fuimos a interrogarlos (un mes después del encuentro), Petter todavía tenía quemaduras en el dedo pulgar, en el índice y en la palma de la mano... El leñador, dolorido, retrocedió y ambos jóvenes vieron cómo el ser se introducía en la nave... El objeto empezó a emitir un zumbido y se elevó lentamente... La abertura inferior se cerró y las cuatro patas se mantuvieron en la misma posición... Los leñadores sintieron una corriente de aire... Y, en 15 segundos, el aparato se perdió en el cielo... Los muchachos estaban perplejos... Se movían con dificultad... Necesitaron una hora para recuperar la movilidad y abandonar el bosque... Antes de marchar examinaron las huellas en la nieve... No había sido una alucinación... En el extremo de cada pata aparecía una placa redonda que penetraba en la nieve 40 centímetros... Cada huella tenía 35 centímetros de diámetro y formaban un cuadrado de 2 metros de lado... Dentro de ese cuadrado, la nieve se había derretido entre 5 y 10 centímetros... Las huellas de la criatura también aparecían con gran claridad... Eran pequeñas (de unos 15 centímetros) y completamente redondas... Los leñadores y nosotros no logramos entender por qué eran circulares... Según los testigos, calzaba botas... Entre paso y paso había 20 centímetros... Cuando Petter y Esko llegaron al pueblo, nadie les creyó... Petter, sin embargo, presentaba importantes quemaduras en la mano... Pero la gente pensó que la aventura con la criatura que volaba era demasiado fantástica... En esas mismas fechas (5 de febrero), otras personas vieron un ovni en Kinnula... Pentti Piispanen, también leñador, vio una bola de luz sobre las copas de los árboles... El lugar se encuentra a 15 kilómetros del bosque donde Petter trató de capturar a la pequeña criatura... La visión de la bola de luz se registró a las siete de la tarde; es decir, cuatro horas después del encuentro de Petter y Esko.

LOBOS

La agresividad humana no parece tener arreglo.

Veamos otros ejemplos.

Isla de Lobos, en Uruguay.

La investigación de este caso corrió a cargo del profesor Willy Smith. Lo conocí en Florida (USA). Era doctor por la Universidad de Michigan. Enseñó física y astronomía. En 1979 abandonó la enseñanza para dedicarse a la investigación ovni. Creo que fue un investigador serio y comprometido.

He aquí lo que me contó:

... Ocurrió en la Isla de Lobos, en Uruguay... Fecha: 28 de octubre de 1972... Hora: diez y cuarto de la noche... Lobos es una pequeña isla, situada a pocas millas de la costa uruguaya... Se trata de un paraje solitario, habitado por focas peludas... En el lugar hay un faro, responsabilidad de la Marina... Para este cometido se mantiene en la isla una pequeña guarnición, integrada por cuatro o cinco hombres... Su principal ocupación es atender los generadores eléctricos... El faro es automático... La guarnición es relevada cada quince días...

En la noche del 28 de octubre de 1972 había cinco hombres en la casa que sirve de cuartel para el personal de la Marina: el cabo Juan Fuentes Figueroa; dos reclutas: José Gómez y Héctor Jiménez; un telegrafista: José Lima, y el suboficial al mando, Francisco Cascudo... Después de cenar se sentaron alrededor de una mesa, charlando y jugando a las cartas... A las diez y diez de la noche, el cabo Fuentes salió para inspeccionar los generadores... El faro tiene una altura de 59 metros... Se halla situado en el centro de un gran edificio en el que se encierran los referidos generadores, así como la oficina de telégrafos y otras dependencias... La parte superior de esta construcción

es una terraza, situada a 6 metros sobre el terreno adyacente... La casa en la que se aloja la guarnición se encuentra a 45 metros del faro... Tan pronto como el cabo Fuentes comenzó a caminar observó unas extrañas luces en la mencionada terraza del edificio... Esas luces no debían estar ahí... Y el hombre dio media vuelta e ingresó de nuevo en la casa... Allí se hizo con una pistola y, sin decir nada a nadie, volvió a salir, encaminándose hacia el faro... Le quitó el seguro al arma y la montó... Mientras caminaba observó que el objeto tenía luces de colores: blancas, amarillentas y violetas... «Era como el arco iris», manifestó a los investigadores... Entonces vio a un «hombre» junto a la nave y a otro que bajaba del objeto... Después apareció un tercer «hombre», alto, que empezó a descender de la nave... Fuentes cuenta que, en esos instantes, los dos que ya estaban en la terraza se fijaron en él... Hablaron entre ellos y los tres se colocaron frente al cabo... Fuentes se hallaba a 27 metros del edificio... «Yo levanté el brazo con el fin de disparar»... Pero el cabo sintió algo raro, «como una vibración», y se le erizó el cabello... «Y en mi cabeza sentí una voz que decía: "No dispares... Es inútil"»... El cabo, entonces, quedó como paralizado... «Y no pude disparar»... Las criaturas entraron en el objeto y la puerta se cerró (de lado)... Y la nave ascendió en línea recta, emitiendo un zumbido... Al alcanzar unos 45 metros de altura se inclinó, lanzando una bola de fuego cegadora por su «panza» y desapareció en silencio y a una gran velocidad... El cabo regresó a la casa... Estaba blanco como el papel de fumar... En su mano se hallaba todavía la pistola... Y contó lo que había visto... Pero no le creyeron... Días después, Fuentes fue interrogado por un oficial... Allí se encontraban dos funcionarios de la embajada USA... Según Fuentes, se trataba de oficiales del Servicio de Asuntos Especiales... Minutos después le mostraron unos dibujos de ovnis y pidieron que indicase cuál de ellos se parecía al que había visto en Lobos... Así lo hizo y lo despidieron...

Según Willy Smith, el avistamiento pudo durar alrededor de 1 minuto.

... Los humanoides –prosiguió Smith– podían medir 1,50 metros... La tercera criatura era más alta: 1,75 o 1,80 me-

Isla de Lobos (Uruguay), 1972. Cuaderno de campo de J. J. Benítez.

tros... Las siluetas eran oscuras, como si llevaran trajes de cuero, negros y pesados... El testigo atribuyó sus movimientos lentos al peso de los trajes... El descenso de la nave lo hicieron de espaldas, como si utilizasen una escalerilla (no vista por el testigo)... El rasgo más característico de las criaturas eran sus cráneos, alargados... La nave tenía forma de cuenco invertido, con un diámetro de 4 o 5 metros... En la parte superior vio una cúpula... Al ascender, las patas se recogieron de forma telescópica... La nave, sin duda, era metálica, con un color parecido a la caoba... En lo alto destacaba una antena rotatoria y en forma de sacacorchos.

Como era de esperar, algunos escépticos argentinos zanjaron el asunto, alegando que lo visto en la Isla de Lobos era un helicóptero. Concretamente, un Hughes 500.

Me pareció raro.

El cabo de la Marina uruguaya sabía muy bien qué es un helicóptero. E insistió mucho en sus declaraciones: «lo que vi en el faro era totalmente silencioso».

Willy Smith, físico nuclear. (Foto: Blanca.)

Isla de Lobos. El faro alcanza 59 metros de altura. (Foto: J. J. Benítez.)

En diciembre de 2007, en uno de mis viajes a Buenos Aires, me entrevisté con militares de la Fuerza Aérea Argentina. El comodoro Hugo Rosales nos acompañó al Comando de la Dirección de Material Aeronáutico (sección de helicópteros). Allí expuse el caso de Lobos y los oficiales, amablemente, consultaron la información de 1972.

Y negaron rotundamente que el objeto visto en la noche del 28 de octubre fuera un Hughes 500. Por varias razones:

1. Porque Lobos es territorio de Uruguay. «¿Por qué íbamos a violar el espacio aéreo de otro país?».
2. Porque en 1972, Argentina no tenía este tipo de helicóptero. «Llegaron en 1980».
3. «Teníamos Hughes 369 y HM». Estaban destacados en la base de Morón.
4. «En esa época, los helicópteros no volaban durante la noche, por cuestiones operativas. No tenían tanta autonomía. De Morón a Lobos se necesitan más de dos horas, más otras tantas de regreso».
5. «No existe constancia oficial de dicho vuelo».

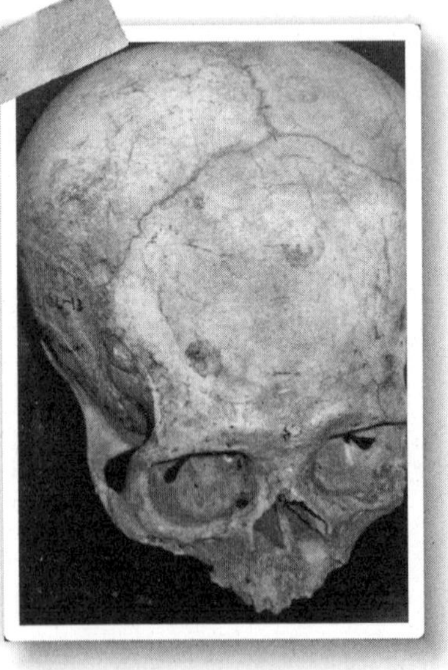

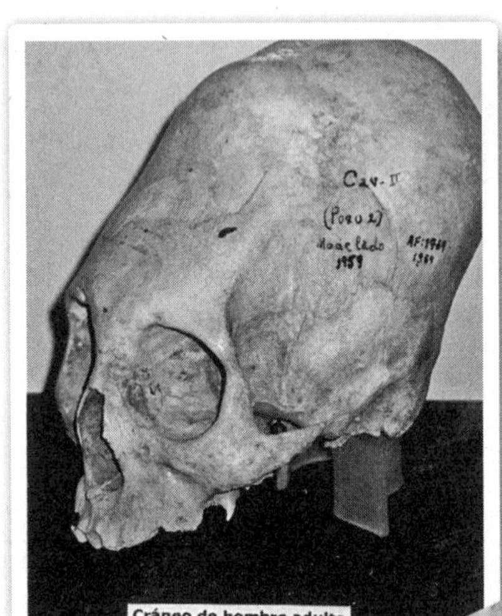

Cráneos deformados (Perú). (Foto: J. J. Benítez.)

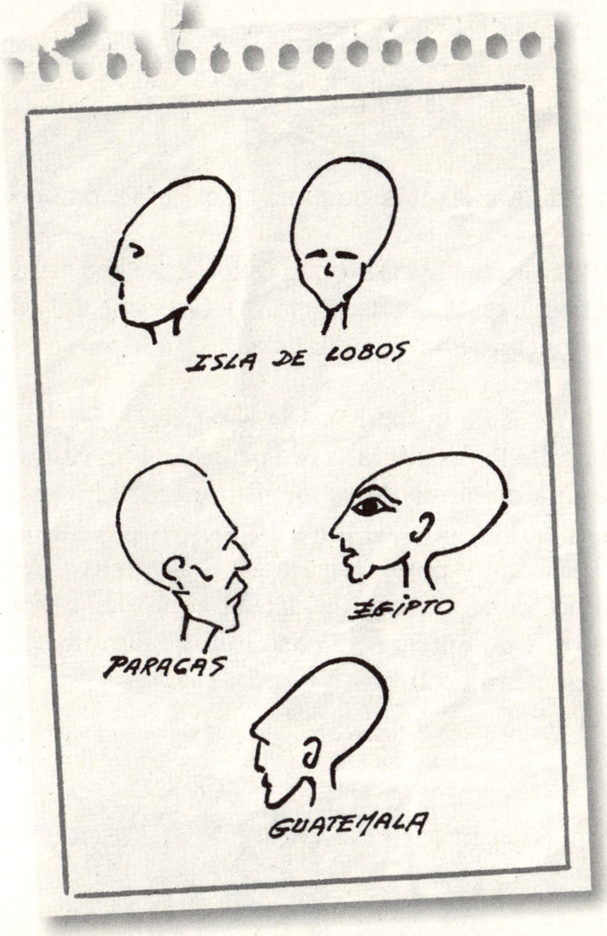

Cuaderno de campo de J. J. Benítez.

Una vez más, los frotaesquinas de la ufología habían patinado...

Y recuerdo que aquel caso me llevó muy lejos. La descripción de los tripulantes que descendieron en el faro de la Isla de Lobos me trajo a la memoria otros casos de encuentros con seres de cabezas apepinadas y, por supuesto, los célebres cráneos deformados de Egipto, Perú y Guatemala. Como el lector recordará, en la Antigüedad, los sacerdotes y los príncipes, así como las clases adineradas, deformaban los cráneos de los niños, «con el fin de parecerse a los dioses». La reflexión inmediata es simple: esos «dioses», obviamente, eran los tripulantes de las naves, que también fueron vistas en Egipto y en América desde el principio de los tiempos.

El lector sabrá sacar conclusiones...

CHESTE

Pero sigamos con la violencia humana hacia el fenómeno ovni.

En mayo de 1992 entrevisté a Ramón Obiol. Era cabo de la Policía Local de Cheste, en Valencia (España). La noche del 16 de julio de 1974 se encontraba de vigilancia...

—Podían ser las dos de la madrugada –explicó–. Me hallaba al final de la calle Puerta Zafa. Y, de pronto, oí un ruido. Era similar al de una máquina de vapor. Entonces vi un resplandor. Era un objeto grande, de unos 30 metros de diámetro. Se acercó y pasó muy bajo; quizá a 20 o 30 metros del suelo. Era redondo, con una cúpula. En la zona delantera llevaba dos focos muy potentes. A su paso todo se iluminaba, como si fuera de día. Era asombroso.

—¿Escuchó ruido?

Ramón Obiol. (Foto: J. J. Benítez.)

—Sólo ese sonido, como las máquinas de tren a vapor.

Y Obiol, que se encontraba solo, se asustó.

—Me metí en un portal y saqué la pistola, una Astra del 9 corto.

—¿Por qué desenfundó el arma?

—Por puro miedo.

—¿Llegó a disparar?

—No, pero apunté al objeto. Y pasó despacio... Esa noche fue horrible.

ARICA

En octubre de 1990 regresé a la ciudad de Arica, al norte de Chile. Y proseguí con nuevas investigaciones.

Uno de aquellos días tuve la oportunidad de saludar a un viejo amigo y mejor investigador, ya mencionado en *Sólo para tus ojos* (2016): Pedro Araneda.

Y volvió a sorprenderme.

Sus contactos en Carabineros le habían informado de un encuentro con un ovni. He aquí una síntesis de los hechos:

Sucedió en la primavera de 1974... Media docena de carabineros se hallaba patrullando en las quebradas de Arica cuando, de pronto, en el lecho de un río seco, descubrieron una nave... Tenía forma de hexágono... Estaba posada en el suelo... Los carabineros se apostaron tras unas piedras y vieron descender a cuatro o cinco seres... Eran de pequeña estatura... Vestían trajes metalizados y escafandras... Pues bien —según me cuenta el suboficial que iba al mando—, sin saber por qué, a uno de los carabineros se le escapó un tiro... Y los seres respondieron... Utilizaban luces, como rayos láser, que derretían las rocas... Se formó un buen jaleo... Murieron todos los carabineros, menos dos... Uno de los supervivientes arrastró al herido y se retiró del lugar... Los caballos y los fusiles también desaparecieron... Se desintegraron... Y los supervivientes vieron cómo la nave se elevaba y desaparecía

Arica (1974). Cuaderno de campo de J. J. Benítez.

en dirección a la cordillera... El Ejército declaró el asunto como «máximo secreto»... Nunca supimos qué pasó con los que salvaron la vida.

Al retornar a Santiago me entrevisté con varios generales de Carabineros. Y expuse el caso. Al cabo de unos días recibí una llamada telefónica. La información era correcta. Eso era todo lo que debía saber...

Pero no me he rendido, y sigo en la brecha.

LOS LLANOS

Conversé con Darío Aregita en varias oportunidades.

Siempre lo contó sin contradicciones.

He aquí una síntesis:

—Una madrugada me telefoneó mi cuñado. Se llamaba Arturo Alonso. Era capitán del Ejército del Aire. Estaba de servicio. Quería que fuera a visitarlo. Era urgente.

—¿Dónde estabas?

—En mi casa, en Madrid.

—¿Y tu cuñado?

—En el Sector Aéreo, en la calle Quintana, también en Madrid. Y le dije: «Son las cinco de la madrugada...». «No importa —replicó Arturo—, ven rápido. Tengo algo que te interesa...». Me vestí y salí para la oficina.

—¿Te dijo de qué se trataba?

—Ni una palabra. Después lo entendí.

Darío llegó a las dependencias del Sector Aéreo a las seis. Allí le esperaba el capitán. Lo condujo a una pequeña sala y le mostró un magnetófono. Arturo Alonso Ayuso, su cuñado, aparecía acompañado por dos oficiales.

—Era un viejo magnetófono —redondeó Darío—. Y lo puso en marcha...

—¿En qué fecha sucedió?

—Pudo ser en 1974. No lo recuerdo bien.

—¿Y qué pasó?

—Me quedé helado. Mi cuñado sabía que me interesaba el fenómeno ovni; por eso me llamó. Entonces oí la voz de un

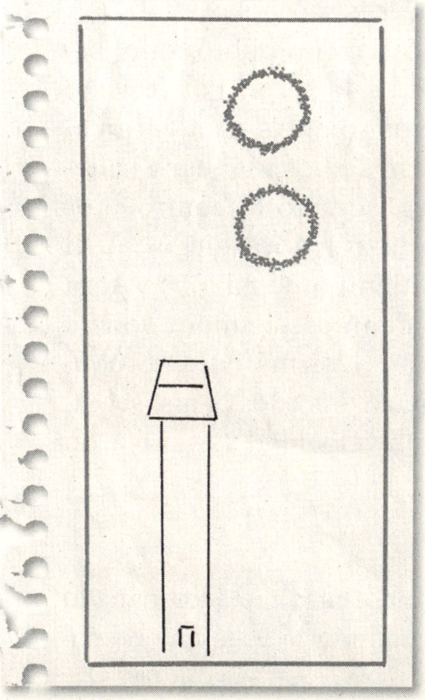

Los Llanos (Albacete), 1974 (fecha no segura). Cuaderno de campo de J. J. Benítez.

Darío Aregita (izquierda) con Juanjo Benítez. (Foto: Blanca.)

Capitán Arturo Alonso Ayuso. (Gentileza de la familia.)

controlador. Arturo explicó que se trataba del controlador de turno de la torre de Los Llanos, en Albacete (España).

Los Llanos es una de las bases aéreas españolas.

—El controlador le decía a alguien (un piloto) que disparase... «Abra fuego», repetía el de la torre. Por lo visto —según contó Arturo—, dos objetos volantes no identificados se habían paseado sobre la base de Los Llanos. Y salieron los cazas. El piloto, entonces, solicitó al controlador que repitiera la orden. Y éste lo hizo: «Abra fuego». Y el piloto replicó: «Pero estamos en tiempo de paz...». «Abra fuego. Son las órdenes». Al cabo de unos segundos volví a oír al piloto: «¿Se está grabando?». «Afirmativo», respondió el controlador. Y el piloto disparó. Pero los ovnis, según tengo entendido, se elevaron a gran velocidad y esquivaron el misil.

—¿Cuánto duró la cinta?

—Unos 30 minutos.

Y a eso de las siete de la mañana, Darío fue acompañado hasta la puerta. Al despedirse, el capitán le rogó que no comentara nada con nadie.

—Esa misma mañana –prosiguió mi informante–, la cinta fue clasificada. Llegaron dos jefazos del Ejército del Aire y se la llevaron. Y hasta hoy.

El caso nunca fue desclasificado.

ARIZONA

La presente información procede del investigador Preston E. Dennett, de Estados Unidos. Según Preston, sólo en USA, hay constancia de más de cien casos de curaciones por parte de los ocupantes de los ovnis.

He aquí uno de ellos:

... En mayo de 1974, la señorita Helen (nombre supuesto), con residencia en una pequeña localidad de Arizona (USA), fue diagnosticada de cáncer... La enfermedad no tardó en pasar de la cadera al páncreas... La mujer perdió mucho peso

Arizona (1974). Cuaderno de campo de J. J. Benítez.

y le dieron unos meses de vida... Una noche, a eso de la una, despertó sobresaltada... Alguien la llamaba por su nombre... Montó en su coche y, a pesar de su debilidad, se dirigió a un lugar, a 7 millas del pueblo... Al llegar quedó perpleja: en el campo flotaba un enorme objeto... Era blanco y redondo... De la nave salieron dos criaturas de pequeña estatura... Tenían grandes cráneos y ojos enormes... Vestían buzos metálicos... Las criaturas trasladaron a Helen al interior del ovni y la tranquilizaron... Le dijeron que sólo pretendían ayudarla... La colocaron sobre una mesa fría y metálica y la examinaron con un instrumento de color rojo, parecido a una seta... Pasaron el aparato sobre el cuerpo y le dijeron lo que ya sabía: que padecía cáncer... Y le explicaron que el mal estaba muy extendido... Afectaba al pecho izquierdo, hígado, riñón derecho, páncreas y vesícula... Y procedieron a curarla... Utilizaron una especie de gran bandeja metálica que situaron por encima de Helen... Y la hicieron pasar diez veces sobre el cuerpo... La mujer sintió mucho calor y un gran dolor... Entonces le inyectaron un líquido de color púrpura en el abdomen... Procedieron a extraerle sangre y, finalmente, le dijeron que estaba curada... Y le mostraron un mapa estelar, asegurando que procedían de un sistema solar más allá de Orión... Después la dejaron junto al coche... A la mañana siguiente contó lo ocurrido, pero nadie la creyó... Esa tarde, Helen empezó a vomitar una sustancia negra... La llevaron al hospital y allí perdió la conciencia... Los médicos pensaron que se moría... Dos semanas más tarde, la piel recuperó el color normal y los médicos quedaron desconcertados: el cáncer había desaparecido... Nadie logró explicar la misteriosa curación de la joven... Y Helen siguió trabajando en su pequeño negocio, como si nada hubiera ocurrido.

PEDROSA DEL REY

Conocí a Emiliano Velasco en julio de 1975, a los pocos días de su encuentro con una nave no humana.

Velasco era agricultor.

Conversé con él en diferentes oportunidades. Era un hombre sencillo y leal. Nunca dudé de su testimonio.

En 1978 conté su aventura en *Cien mil kilómetros tras los ovnis*. Pero no lo conté todo...

He aquí una síntesis de lo publicado hace cuarenta años:

... Los hechos tuvieron lugar en la tarde del 16 de julio de 1975... Ocurrió en la parcela «21», en la finca propiedad de Ángeles de la Peña, viuda de Gómez Olea... Dicha finca tiene entre 6.000 y 7.000 fanegas y se encuentra en el término de Pedrosa del Rey (Valladolid), a escasos kilómetros de San Román de la Hornija, donde tiene su hogar Emiliano Velasco... Horas después de mi primera entrevista con el campesino pude acompañarle hasta dicha parcela, comprobando lo aislado del terreno... Después de abandonar la carretera general Valladolid-Toro (España) fue preciso adentrarse por un sendero que serpenteaba por la interminable planicie vallisoletana... En realidad, nadie podía ver desde la citada carretera general el tractor que manejaba Emiliano en mitad de la «21»... Estaba, como siempre, absolutamente solo...

—Serían las siete de la tarde —explicó—. Estaba todavía arando con el tractor. Iba, como es lógico, pendiente de los surcos cuando oí un ruido muy raro, distinto al que hace normalmente el tractor. Por un momento pensé que se había averiado y me preocupé. «Quizá sea una tubería rota», pensé. Pero no. Aquel ruido era como un zumbido; un «moscardoneo» muy intenso. Seguí arando, pero preocupado por lo que entonces consideré un cambio en el ruido del motor del John Deere.

Aquella preocupación era del todo lógica en Emiliano, agricultor asalariado, que tenía la obligación de responder ante los propietarios de la finca del material empleado en las faenas.

—Y en estos pensamientos estaba cuando, casi a punto de alcanzar el borde de la parcela y de parar el tractor para averiguar lo que sucedía, de pronto, de cara, me encontré con aquel aparato. Estaba a unos 20 metros. Y parecía flotar a unos 50 o 70 centímetros del suelo. Y empezó a dar vueltas en torno al tractor. Y me dije a mí mismo: «¡Anda, qué aparato tan raro!... ¿Qué hará por aquí?». No había pasado ni un minuto y el objeto aquel había dado ya una vuelta completa alrededor mío. No sabía qué hacer. Estaba solo. Seguí hasta el final de la pieza y di la vuelta, a fin de completar el siguiente surco. Pero «aquello» continuaba dando vueltas y vueltas a mi alrededor y siempre con aquel zumbido que llegó, incluso, a «apagar» el ruido del tractor. Yo no le perdía ojo. No las tenía todas conmigo. «Pero, ¿quién será?», me preguntaba. «¿Qué diablos querrá?». Y a eso de la segunda vuelta empecé a sentir un recelo y un no sé qué... El aparato había empezado a acercarse. En aquella segunda vuelta pudo estar a 10 metros.

No pude contenerme y le interrumpí:

—Supongo que ya se habría bajado usted del tractor...

—¡Oh, no! —respondió Emiliano con extrañeza—. ¿Por qué iba a hacerlo? Yo no tenía miedo..., entonces. Además debía terminar la faena. Y seguí arando, como le digo. Eso sí, un poco inquieto y extrañado. Después de todo, aquel aparato «volaba» muy bajo y estaba sobre la finca...

Pedí entonces a Emiliano que dibujara el objeto.

Y así lo hizo.

—Era como un bote de conservas. Como un cilindro con un «sombrero» inclinado en la parte de arriba. Y un soporte en forma de «V» por debajo. En mitad del cilindro vi también una especie de "cincho" que rodeaba todo el aparato. Tenía dos ventanillas. Una de ellas era como una puerta. Parecían ligeramente hundidas en la pared del cilindro.

Para Emiliano era fácil recordar aquellos detalles. Había estado más de 30 minutos a un paso del ovni. La nave llegó a estar a 3 metros del tractor.

—Así fue —continuó el campesino—. A cada vuelta que daba en torno mío se acercaba un poco más. Y siempre con aquel zumbido penetrante.

—¿Llegó a detenerse el motor del tractor?

—No. Siguió su marcha. Pero el zumbido de aquel «chisme» era tan intenso que terminé por no escuchar el rugido del John Deere. La parcela donde yo araba tiene unos 400 metros por otros 400. Pues bien, fíjese: en los 25 o 30 minutos que estuve viéndolo no dejó de girar a mi alrededor. Yo creo que dio más de treinta vueltas. Y siempre acercándose y como flotando sobre los terrones. Entonces noté que el motor perdía potencia. El tractor se movía a paso de tortuga.

—No comprendo. ¿Usted seguía arando?

Señalado con el círculo, el orificio provocado por el «disparo» del ovni. (Foto: J. J. Benítez.)

Pedrosa del Rey (Valladolid), 1975. Cuaderno de campo de J. J. Benítez.

—Sí, claro, aunque ya había empezado a asustarme. Allí pasaba algo que no entendía. Y al cabo de unas cuantas vueltas, el aparato me deslumbró.

Le rogué que se explicara.

—Al dar una de las vueltas alrededor del tractor, y cuando se encontraba precisamente frente a mí, despidió una luz clara y muy fuerte que me cegó.

—¿De dónde salió el fogonazo?

—Cuando recibí el golpe de luz en el parabrisas las dos ventanillas y el «cincho» se iluminaron, pero no sé si la luz salió de allí.

Las ventanillas —según Emiliano— podían tener medio metro de lado.

—Lo tuve tan cerca —continuó— que casi pude tocarlo. Del «sombrero», que sobresalía del «bote», partían muchas antenas. Una más larga que las otras.

—¿Las contó?

—No se me ocurrió. Estaban distribuidas como en abanico, a uno y otro lado de la más larga.

—¿Qué dimensiones podía tener el objeto?

—Alrededor de tres metros de altura por otros dos y medio de ancho. Desde luego era más grande que mi tractor.

—¿De qué color era?

—¿Usted ha visto el aluminio? Pues más brillante. El caso es que el aparato siguió a mi alrededor. En ningún momento se detuvo.

—¿Y usted?

—Después de aquel fogonazo sólo tenía ganas de llegar al final de la parcela para levantar los arados y salir pitando hacia casa.

—¿Por qué no lo hizo en esos momentos?

—Ya le digo que no sentía miedo. Además, en ese terreno, repleto de piedras, las cuchillas se habrían destrozado…

Sin embargo, y a pesar de su entereza, Emiliano iba a terminar por sentir miedo. Veamos por qué.

—Cuando me faltaban unos metros para alcanzar el final de la parcela y concluir así aquel surco, el objeto —que estaba más cerca que nunca— volvió a deslumbrarme. Esta vez por la parte de atrás. Fue entonces cuando oí un silbido y el cristal izquierdo quedó perforado.

—¿Sintió alguna detonación?

—No lo sé. El zumbido seguía allí, pegajoso. Llenándolo todo. Y al ver la rotura del cristal, el miedo me dominó. Levanté los arados, aceleré, y salí al sendero. Al verme en el camino, y observar que el tractor recuperaba la potencia normal, lo puse a todo gas. En realidad —lo confieso— huía como un loco. Y no paré hasta la finca. Ni siquiera me volví a mirar.

Emiliano llegó al caserío —situado en Villaester de Abajo, al pie de la carretera general— blanco como la pared. Relató a los propietarios de la finca lo que acababa de ver y aquéllos, sabedores de la honradez y seriedad del encargado de sus tierras, le creyeron.

El hecho fue puesto en conocimiento de la Guardia Civil. Y al día siguiente —más calmado—, Emiliano acompañó hasta la parcela «21» a un teniente y a un cabo del puesto de la Mota del Marqués, que procedieron a los análisis pertinentes. Allí mismo, los miembros de la Benemérita examinaron el cristal que había sido perforado y que todavía se encontraba en el lugar.

Emiliano Velasco, junto al tractor. (Foto: J. J. Benítez.)

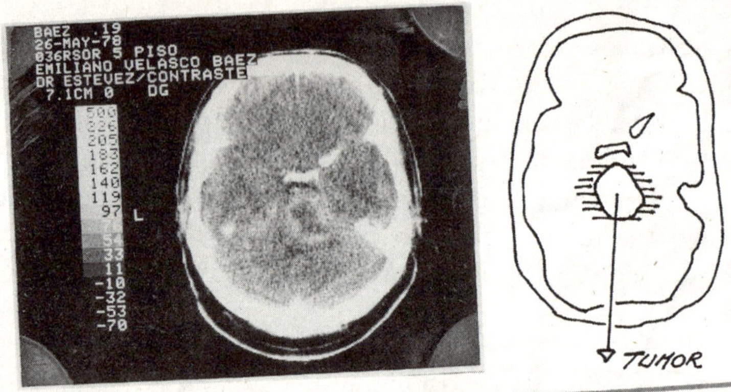

Foto del escáner realizado en la clínica del doctor Ciro Crespo Cortejoso, en Valladolid (España). En el interior del cráneo de Emiliano Velasco se observa un tumor (lesión infratentorial que desplaza y comprime el cuarto ventrículo. Glioma póntico). La exploración fue realizada el 26 de mayo de 1978 (dos semanas antes del fallecimiento de Velasco). (Gentileza del doctor Ciro Crespo.)

El vidrio presentaba un orificio de unos 5 milímetros de diámetro y, prácticamente, sin las típicas fisuras radiales que aparecen cuando se agujerea un cristal. ¿Qué había podido provocar aquel diminuto y limpio orificio?

Los restos del hipotético proyectil fueron buscados por la Guardia Civil en el lugar de los hechos, pero los resultados fueron negativos. Allí mismo se procedió a desmontar el cristal, a fin de llevar a efecto las comprobaciones precisas.

A juzgar por el primer análisis realizado sobre el cristal, el cuerpo, rayo o elemento que produjo la perforación tuvo que penetrar por la parte trasera de la cabina, justo por debajo del brazo izquierdo de Emiliano, que en esos instantes conducía con dicho brazo apoyado sobre el guardabarros. Según comprobé, el hueco que quedaba entre el cuerpo del agricultor y la pared del tractor —por debajo del brazo— era muy reducido. El «disparo», por tanto, tuvo que ser hecho con gran precisión.

El cristal en cuestión, que se utiliza para vigilar la rueda delantera correspondiente, se encuentra en estos tractores verdaderamente «escondido», al menos para un observador situado a espaldas del tractorista. El menor fallo podría haber herido al campesino.

Al proceder a desmontar el cristal del soporte metálico donde se alojaba, las milimétricas grietas radiales se prolongaron, cuarteando –lamentablemente– el resto del cristal. Pero el orificio podía apreciarse todavía con claridad.

A raíz de aquel encuentro en la parcela «21», Emiliano Velasco –hombre fuerte y sano– empezó a sentirse mal. Perdió peso y apetito. Su oído izquierdo experimentó una sensible disminución de la capacidad auditiva. Necesitaba gafas de sol casi constantemente y entró en un estado de extraña excitación.

—Él no era así –me comentaba la mujer de Emiliano–. Fue siempre un hombre sano y de mucho trabajar. Ahora está decaído…

Y empezó a quejarse: le dolía la pierna izquierda (la que se hallaba en el lugar del impacto). Volvió a trabajar pero, al poco, sufrió una parálisis del lado izquierdo. Los médicos diagnosticaron artrosis cervical. Después descubrieron un tumor cerebral. Demasiado tarde. Emiliano murió el 8 de junio de 1978.

Cuando supe de su fallecimiento conversé con los médicos. Ninguno quiso mojarse. ¿Se debían sus males, y el tumor, a la proximidad del ovni? Sólo encontré un médico –Ciro Crespo– que sí se manifestó a favor de esa hipótesis. Gracias a Ciro pude reunir parte de la documentación médica de los últimos días de Emiliano Velasco. El agricultor sólo tenía cincuenta y dos años cuando murió. El tumor no era operable.

Y en el fondo del corazón –como le sucedió a la familia de Velasco y a cuantos le conocían en San Román de la Hornija– ha quedado una pesada duda: ¿lo mató el ovni?

OSORNO

Dos años después del fallecimiento del tractorista Emiliano Velasco tuve conocimiento de otro suceso ovni, relativamente parecido al registrado en Valladolid.

Sucedió en la ciudad de Osorno, al sur de Chile.

... Yolanda Torres conducía su auto de madrugada... La acompañaba una amiga... «Circulábamos por la calle Carreras —manifestó— cuando, de pronto, vimos una luz... Era muy rara... Brillaba mucho... Y se fue aproximando al coche... Entonces lanzó un rayo que impactó en el lado izquierdo del parabrisas... Nos asustamos... La luz, entonces, entró en el auto, hizo un giro (una especie de semicírculo) y volvió a salir por el extremo derecho del referido parabrisas... No nos pasó nada... El objeto emitía una luz azul que hacía daño a los ojos»... Al desaparecer, según las testigos, se escuchó una especie de gran trueno... En el cristal no quedaron huellas.

De momento —según mis informaciones—, las mujeres no han sufrido daño alguno.

AITANA

Doce días más tarde del encuentro ovni de Emiliano Velasco, en Valladolid, se produjo otro incidente con los «no identificados», pero de características muy distintas al protagonizado por el tractorista.

El hecho tuvo lugar en Aitana, un radar de la Fuerza Aérea Española, ubicado cerca de Alcoy, en la provincia de Alicante (España). Exactamente a 500 kilómetros (en línea recta) de la referida parcela «21».

Conversé con los testigos principales en varias oportunidades. Siempre contaron lo mismo.

He aquí una síntesis de lo ocurrido:

—Sucedió en la noche del 27 al 28 de julio de 1975 –relató Francisco Miñano, entonces brigada y jefe del equipo «Bravo-Alfa» en el EVA 5 (radar de Aitana)–. Yo me encontraba de servicio. Y a eso de las dos de la madrugada, cuando llevaba a cabo comprobaciones en la pantalla de altura, observé un objeto que hacía maniobras extrañas. De repente estaba a 85.000 pies y después se situaba a 30.000 o 40.000, y todo de repente, a gran velocidad.

–¿A qué distancia se hallaba de Aitana?

—A 40 o 50 millas, entre la isla de Ibiza y nosotros. Rumbo: 080 grados. Entonces me fui a la pantalla de búsqueda y confirmé la posición. Seguía subiendo y bajando.

–¿Cuánto tiempo lo observaste en las pantallas?

—Alrededor de 20 minutos. Pensé que podía tratarse de un eco falso y decidí salir a la terraza. Con el azimut fue fácil localizarlo. Y allí estaba, entre la luna y Júpiter. Era algo más pequeño que la luna llena.

–¿Lo vio más gente?

—Sí, Manolo Andreu, sargento primero, y otros soldados. Todos estaban de servicio.

Francisco Miñano.
(Gentileza de la familia.)

—¿Lo vieron en las pantallas?

—Sí, todos; entrábamos y salíamos.

—¿Y era el mismo objeto?

—No podía ser de otra forma.

—¿Cómo era?

—Amarillento. Aumentaba y disminuía de tamaño, como si se acercara.

Miñano y el resto de los testigos contemplaron las evoluciones del objeto durante varias horas.

—Y a eso de las cuatro de la madrugada —continuó Francisco Miñano— llamé a Andreu. Y salió a la terraza del radar. Le acompañaba un cabo primero llamado Domingo Rubio. Era mecánico de electrónica. Allí seguía la luz. Y empezaron los comentarios: «¿Será un ovni?». Rubio subió tres cafés y seguimos con los comentarios y con las bromas. Entonces vimos varios objetos. Eran cuatro o cinco. Eran rojos, como la candela de los cigarrillos. Se movían y cambiaban de posición. Estaban sobre Benidorm. Y a eso de las seis de la maña-

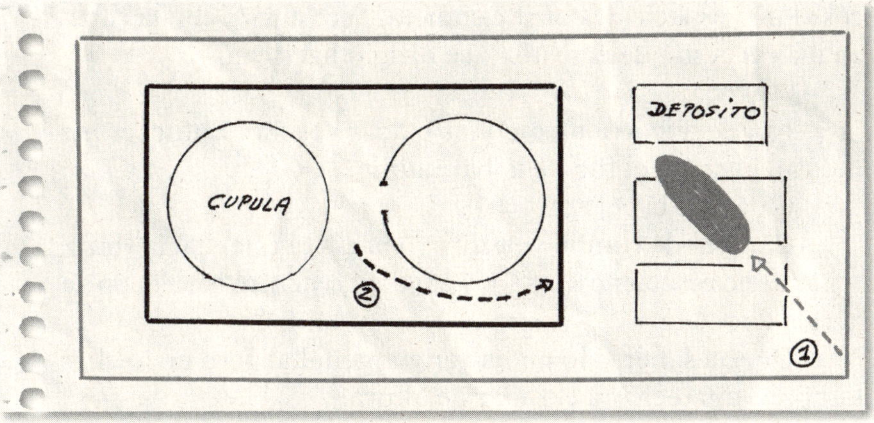

1. Trayectoria del ovni (se detuvo sobre los depósitos).
2. Carrera de Miñano hacia el ovni. Cuaderno de campo de J. J. Benítez.

na, al amanecer, sobre la alambrada del recinto se presentó otro objeto.

—¿A qué distancia se encontraba la alambrada?

—A 80 metros. Fue Andreu quien lo vio primero. Y exclamó: «¡Mira!». Sí, algo se acercaba. Iba en dirección a los depósitos de gasoil.

—¿Cómo era?

—Como un balón de rugby.

Entonces sucedió algo para lo que Miñano no tiene explicación:

—De repente, no sé por qué, eché a correr hacia el ovni. Andreu me agarró por el brazo y trató de impedirlo. Pero lo empujé y seguí corriendo hacia el filo de la terraza.

Esa terraza, según pude medir en su momento, se encuentra a 5 metros del suelo. Una caída podría haber sido mortal.

—Pero, ¿por qué corriste hacia el objeto?

—Lo ignoro.

En esos instantes —según Miñano— en la proa del ovni se abrió una compuerta.

—Era pequeña, de unos 20 centímetros. Tenía forma cuadrada y unas puertas corredizas. Y lanzó un destello. Entonces vi una especie de cola de cometa, pero curva, con la cabeza más gruesa que el resto. Y se dirigió hacia mí.

—¿Te tocó?

—No. Se quedó a medio metro de mi pecho. Entonces me detuve, justo en el filo de la barandilla.

—¿Qué hizo el objeto?

—Cambió de rumbo y se dirigió hacia el este, hacia Ibiza.

Miñano reaccionó a los 6 o 7 segundos y entró corriendo en la sala de radar.

—Quería saber si lo podía ver en pantalla, pero no lo vi. Y tampoco apareció en el radar de altura.

—¿Y el objeto que seguía en lo alto, junto a Júpiter?

—Había disminuido considerablemente su tamaño.

Insistí en el porqué de la reacción de Francisco Miñano al pretender aproximarse a la nave. El hombre no terminaba de entenderlo:

—Ni yo mismo me lo explico. Quizá fue curiosidad.

—¿Sentiste miedo?

—No.

Miñano llegó a gritarle al objeto: «¡Para, para!».

—Y te lo digo con la misma sinceridad: si me hubieran invitado me habría ido con ellos...

—¿A qué distancia estaba el ovni cuando se abrieron las compuertas?

—Quizá a 5 metros y a poco más de 1 sobre mi cabeza.

—¿Qué longitud tenía la «cola de cometa»?

—Quizá unos 2 metros, más o menos.

—¿Recuerdas el color?

—Nunca olvidaré algo así. Era amarillenta.

—¿Podía ser sólida?

—No lo sé. Parecía compacta. Era como si removieras las ascuas y salieran chispas.

—¿Cómo desapareció la cola?

—No lo sé: desapareció. Y las compuertas se cerraron. Todo duró segundos. Fue muy rápido.

—¿Podrías haber caído desde la terraza?

Miñano dudó. Trató de pensar. Finalmente comentó:

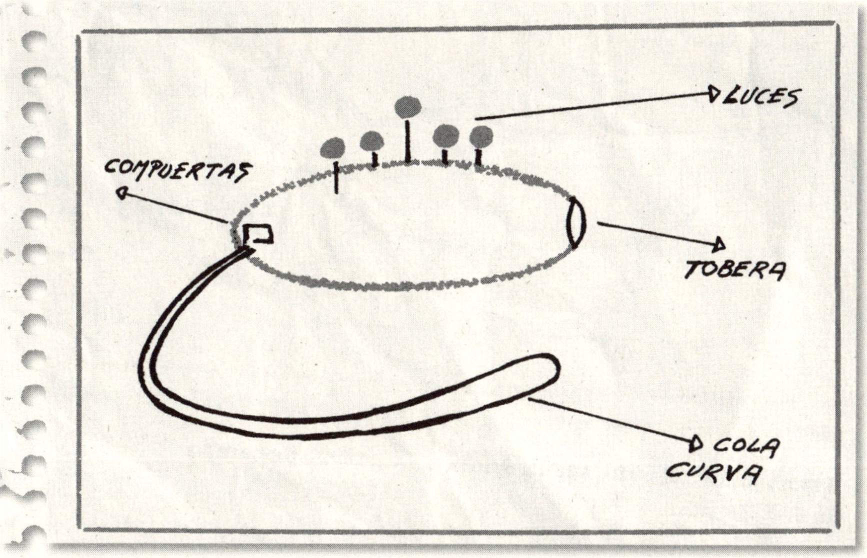

El objeto, siguiendo las indicaciones de Francisco Miñano. Cuaderno de campo de J. J. Benítez.

—Sinceramente, no lo sé. Mi instinto era correr hacia el objeto. Quizá se presentó la cola de cometa para detenerme, pero no te lo puedo asegurar al cien por cien.

—¿Andreu y Rubio vieron la nave?

—Sí, claro. Y ambos corrieron hacia la sala.

—Descríbeme el objeto...

—Alargado. En la popa llevaba una especie de tobera por la que salía una luz cegadora. El objeto tendría unos 9 metros de diámetro mayor. En la parte de arriba vi unas luces blancas, rojas y amarillas. Formaban una «T». La nave era de color plomo.

—¿Te pareció metálica?

—Sí.

—¿Cómo eran las puertas corredizas?

—Actuaban como las que se mueven por células fotoeléctricas. En el interior había luz.

—Háblame del ruido.

—Parecía el de un motor eléctrico; era un zumbido sordo.

—¿Qué opinas ahora del artefacto?

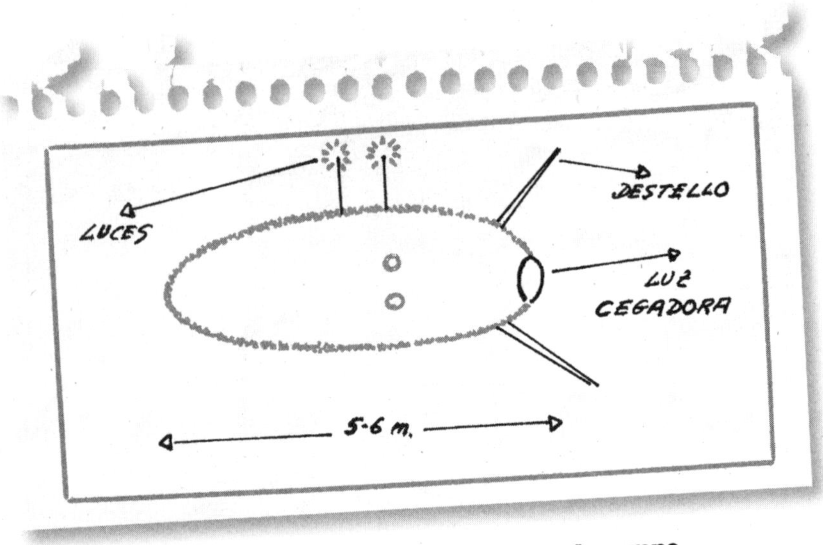

Descripción del ovni, según Andreu. Cuaderno de campo de J. J. Benítez.

Alambradas sobre las que apareció la nave en el radar de Aitana. (Foto: J. J. Benítez.)

EVA 5, en Aitana (Alicante, España). (Foto: J. J. Benítez.)

Escudo del EVA 5.

—Que no era de este mundo. De eso estoy seguro.

—¿Tuviste que hacer algún informe oficial?

—Sí. Yo mismo lo redacté y lo envié al ministerio. Después nos interrogaron varias veces. Nos dijeron que el asunto era secreto y que no debíamos hablar con nadie.

Manuel Andreu ratificó lo dicho por Miñano.

—Hicimos un pacto entre los tres –añadió– para no hablar, pero fue imposible. Otros soldados, en el pico, también habían visto el objeto que se presentó por encima de las alambradas, y lo comentaron. Nosotros lo hablamos con Juan Romero Álvarez, el capitán de servicio esa noche, y el asunto quedó registrado en el libro de control de Aitana. Es un libro secreto en el que se apuntan las incidencias. El jefe de servicio encargó entonces al capitán médico —Vidal— que examinara las alambradas y depósitos, por si había radioactividad. Pero no encontraron nada.

A los pocos días del incidente, Andreu y Miñano cayeron enfermos. Perdieron peso y Andreu tuvo problemas con la glucosa. En diez días no pudieron dormir. Andreu tenía treinta y seis años y Francisco Miñano, treinta y siete. Ambos eran expertos radaristas.

A pesar de mis esfuerzos no pude localizar al cabo primero Domingo Rubio de la Plaza. Su testimonio también hubiera sido interesante.

CONTESTACION AL CUESTIONARIO PARA OBSERVACIONES OVNIS

Pregunta Nº 16.

Uno de los compañeros con residencia en VILLAJOYOSA, segun su comentario, en varias ocasiones ha observado(durante la noche) un objeto brillante aparecer por detras de las montañas, alcanzar gran velocidad y desaparecer subitamente otra vez detras de las montañas. No puedo facilitar su dirección.

Pregunta Nº 29.

Forma ovalada(como un balón de RUGBY); con luces rojas, blancas y amarillas en la parte superior en forma de "T", emitiendo destellos amarillentos, siendo fijas las luces , ya que ni se apagaban ni se encendian. En la parte posterior llevaba como una especie de tobera de unos 3 metros de diametro iluminada muy intensamente, (ver dibujo).

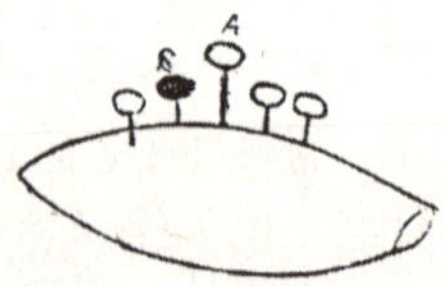

Pregunta Nº 40.

El objeto fué observado como si saliese de la vaguada que se encuentra en ésta zona, a una altura de unos 15 ó 20 metros del suelo, con dirección hacia nosotros (Norte); ésta altura disminuia según se nos acercaba, pero no porque variara de nivel el objeto, sino por la elevación del terreno, (la más alta de la zona), quedando al pasar frente a la posición en que me encontraba a una altura de unos tres metros del suelo, y una distancia de 4 ó 5 metros. En ésta posición lanzó un destello de la parte delantera como la estela de un cometa, que describio una curva hacia tras, dandome la impresión que me golpeaba en los ojos, y creo que fué lo que hizo frenar mi carrera hacia el objeto, dandome cuenta en ese momento que me encontraba muy proximo al borde de la terraza; en éste momento cambió a rumbo ESTE (hacia las Baleares).

No senti miedo en ningun momento, solo queria acercarme al objeto, ahora unos treinta minutos más tarde si que me puse nervioso, y me encontré intraquilo durante unas 2 semanas. (ver dibujo con destellos)

Documento redactado por Francisco Miñano sobre el suceso ovni registrado en la madrugada del 28 de julio de 1975 en el radar de Aitana (Alicante). El informe no ha sido desclasificado por el Ejército del Aire español. (Archivo de J. J. Benítez.)

Por supuesto, el encuentro con la nave tampoco fue desclasificado por el Ejército del Aire. A la mañana siguiente del encuentro ovni, hacia las ocho, empezó a captarse en el EVA 5 un

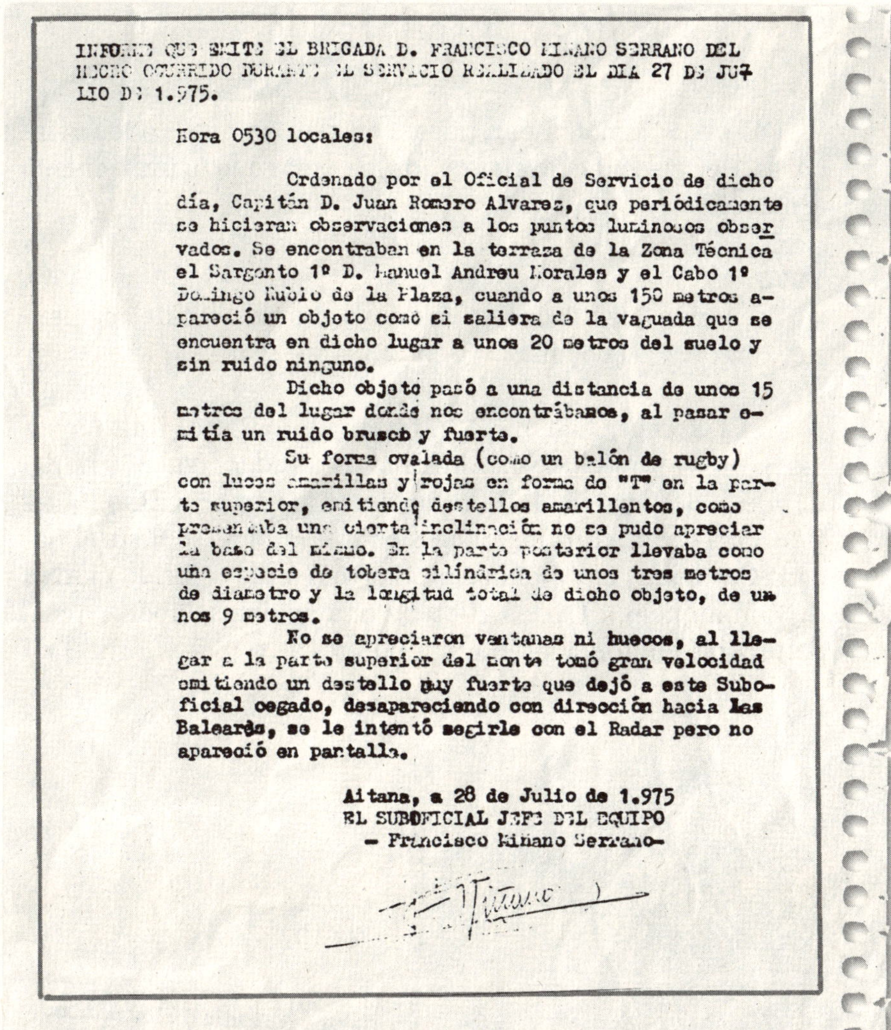

INFORME QUE EMITE EL BRIGADA D. FRANCISCO MIÑANO SERRANO DEL HECHO OCURRIDO DURANTE EL SERVICIO REALIZADO EL DIA 27 DE JULIO DE 1.975.

Hora 0530 locales:

Ordenado por el Oficial de Servicio de dicho día, Capitán D. Juan Romero Alvarez, que periódicamente se hicieran observaciones a los puntos luminosos observados. Se encontraban en la terraza de la Zona Técnica el Sargento 1º D. Manuel Andreu Morales y el Cabo 1º Domingo Rubio de la Plaza, cuando a unos 150 metros apareció un objeto como si saliera de la vaguada que se encuentra en dicho lugar a unos 20 metros del suelo y sin ruido ninguno.

Dicho objeto pasó a una distancia de unos 15 metros del lugar donde nos encontrábamos, al pasar emitía un ruido brusco y fuerte.

Su forma ovalada (como un balón de rugby) con luces amarillas y rojas en forma de "T" en la parte superior, emitiendo destellos amarillentos, como presentaba una cierta inclinación no se pudo apreciar la base del mismo. En la parte posterior llevaba como una especie de tobera cilíndrica de unos tres metros de diametro y la longitud total de dicho objeto, de unos 9 metros.

No se apreciaron ventanas ni huecos, al llegar a la parte superior del monte tomó gran velocidad emitiendo un destello muy fuerte que dejó a este Suboficial cegado, desapareciendo con dirección hacia las Baleares, se le intentó segirle con el Radar pero no apareció en pantalla.

Aitana, a 28 de Julio de 1.975
EL SUBOFICIAL JEFE DEL EQUIPO
– Francisco Miñano Serrano–

Aitana, 1975. Documento ovni de la Fuerza Aérea Española no desclasificado. (Archivo de J. J. Benítez.)

fuerte pitido, en la frecuencia 121,5 (de emergencia). Nadie supo de dónde procedía. La señal permaneció activa durante tres días.

TEQUESQUITENGO

Los ovnis también han puesto en serios apuros a los aviadores. He seleccionado algunos de los casos que figuran en mis archivos.

1975

Fernando José Téllez, viejo amigo, me informó del siguiente y terrorífico encuentro:

... El viernes, 2 de mayo, el joven piloto Carlos Antonio de los Santos Montiel, de veintitrés años de edad, con 370 horas de vuelo, despegó del D. F. mexicano con rumbo a Zihuatanejo... Tras dejar a dos ingenieros en el complejo industrial Lázaro Cárdenas, en Michoacán, aterrizó en la referida ciudad de Zihuatanejo... Carlos pilotaba una avioneta Piper Azteca, de un solo motor, y preparada para cuatro plazas... El 3 de

Carlos Antonio de los Santos, el día del encuentro ovni. (Foto: Fernando Téllez.)

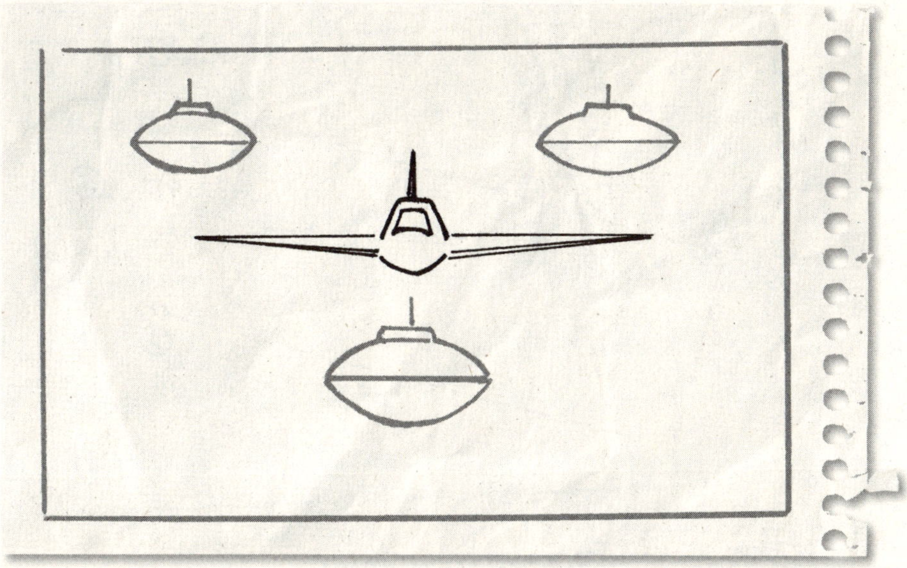

México, 1975. Cuaderno de campo de J. J. Benítez.

mayo despegó con rumbo a la capital de México... Llegó a Tequesquitengo a una altura de 15.000 pies (3.000 metros) y descendió para tratar de localizar la laguna que sirve a los pilotos de referencia... De esta manera procedía al descenso sobre el D. F.... En esos momentos, al mirar al frente, sintió que «algo» volaba junto a él... Así era: sobre el plano (ala) derecho se encontraba un objeto... «Era como dos platos encarados —manifestó a los investigadores—. En la parte superior se veía una cúpula, con una ventanilla, y una antena»... Miró a la izquierda y vio otro objeto similar, a cosa de 20 centímetros sobre el ala y a 1,5 metros de la cabina... «Me quedé petrificado»... Al poco vio un tercer ovni... «Venía de frente, en rumbo de colisión. Pero, en el último momento, se dirigió hacia la panza del avión y se pegó al fuselaje... Oí un ruido... Algo me había golpeado»... La Piper, entonces, empezó a elevarse... «Yo no tenía el control de la avioneta»... El piloto intentó «banquear» el avión para golpear al objeto que tenía a su izquierda, pero los mandos no respondieron... «Quise sacar el tren de aterrizaje para golpear al objeto de abajo pero tampoco respondió... No podía hablar... Y,

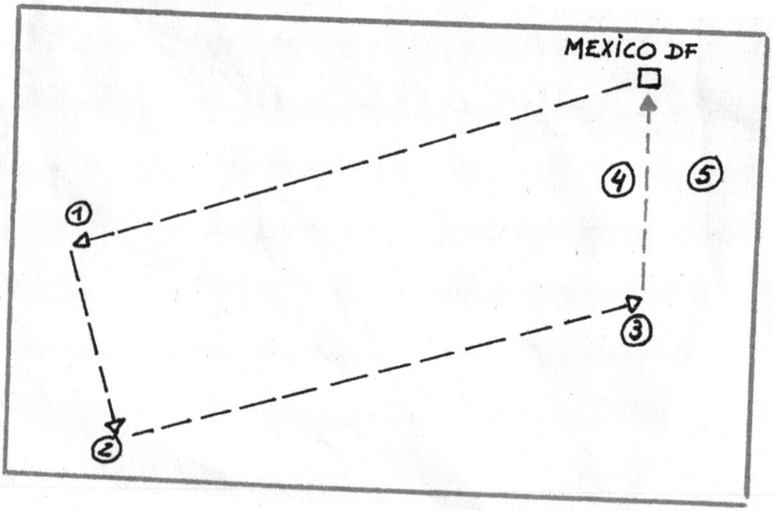

La Piper partió del D. F. hacia Lázaro Cárdenas (1). Después voló hasta Zihuatanejo (2). Al llegar a Tequesquitengo (3) se encontró con los ovnis. En la posición 4 (Ajusco), los ovnis se perdieron hacia los volcanes (5). Cuaderno de campo de J. J. Benítez.

aterrorizado, empecé a llorar... No sabía qué hacer»... Minutos después, más sereno, llamó al aeropuerto del D. F.... He aquí el diálogo registrado entre la Piper y la torre:

—Centro México... del extra bravo extra alfa unión... Mayday... Mayday...

—Aquí Centro México... Adelante alfa unión...

El piloto repitió la llamada dos veces. Al parecer no recibía a la torre.

—Extra alfa unión a Centro México... el avión va sin control... yo no estoy controlando el avión... tengo tres objetos visuales no identificados volando alrededor de mí..., tengo tres objetos visuales no identificados volando alrededor de mí..., uno se precipitó al avión y me pegó en la parte inferior del avión... Está trabado el tren de aterrizaje y aparentemente no sale... Mi posición estoy establecido en el radial 004 del VOR Tequesquitengo..., el avión va sin control..., yo no lo estoy controlando... Centro México, ¿me escucha?

—Enterado, enterado extra alfa unión... Deme su posición y la situación en que se encuentra..., vamos a localizar a las autoridades competentes...

El enorme aeropuerto del D. F. mexicano –prosigue el informe de Fernando Téllez– fue cerrado al tráfico a partir de esos momentos (12:15 del mediodía)... Y al llegar al monte Ajusco, la Piper fue levantada por los ovnis a una altitud de 15.500 pies... La velocidad de la avioneta fue reducida de 140 millas a 120... Cuando la Piper dejó atrás el Ajusco, casi sobre la vertical del pueblo de Tlalpan, el objeto que volaba a la izquierda se elevó y se perdió por la derecha, rumbo a la zona de los volcanes... El ovni que volaba sobre el plano derecho hizo lo mismo y se dirigió al Popocatépetl... El piloto no pudo ver la tercera nave... En esos momentos recuperó el control de la avioneta... Carlos Antonio de los Santos sobrevoló la torre del aeropuerto del Distrito Federal (D. F.) en ocho ocasiones, con el fin de que le informasen sobre el estado del tren de aterrizaje... Dicho tren había quedado trabado... Tras 40 minutos de infarto, el piloto logró bajar el tren, merced a un destornillador... Y tomó tierra a las 13:34 horas... El piloto fue examinado por los médicos, ya que pensa-

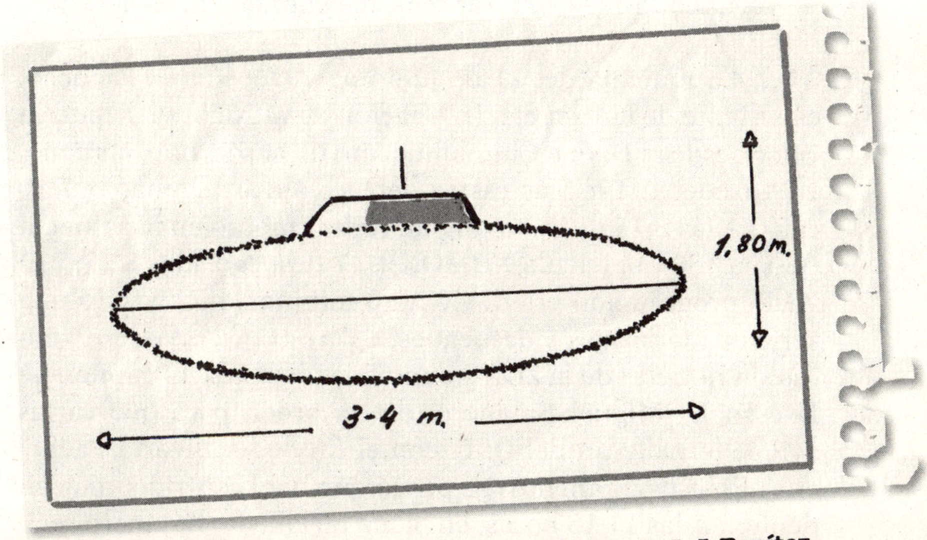

Nave que acompañó a la Piper. Cuaderno de campo de J. J. Benítez.

ban que podía estar drogado o borracho... En total, la Piper fue acompañada por los ovnis durante 18 eternos minutos... Cuando inspeccionaron la avioneta, ésta presentaba rayones y un golpe en la zona del tren de aterrizaje... El mecanismo del citado tren estaba roto... Los ovnis fueron detectados por los radares cuando se dirigían a la zona de los volcanes... Uno de los objetos llevó a cabo un giro imposible: 270 grados en un radio de 3 millas y a una velocidad de casi 1.000 kilómetros por hora...

Sinceramente, en ocasiones no comprendo la mala leche de los tripulantes de estas naves...

Sí, no todo el monte es orégano en ufología.

ACAPULCO

En el otoño de 1976, según consta en el cuaderno de campo correspondiente, en uno de mis viajes al Distrito Federal mexicano, supe de la asombrosa peripecia de Rafael Pacheco, un joven estudiante de aviación.

Fernando Téllez, una vez más, me puso en antecedentes.

... La mañana del 21 de junio de 1976, Rafael Pacheco, estudiante de la Escuela de Aviación de México, se dispuso a volar desde el D. F. a Chimalhuacán, un aeródromo cercano, en Texcoco... En esas pistas debía realizar algunas prácticas... A las 8:15 de esa mañana, Rafael montó en la avioneta Cessna 150 (matrícula XB-ZOX)... Y despegó a las 8:25... El vuelo programado era de 60 a 90 minutos, incluyendo una serie de aterrizajes y despegues... Pero transcurrieron 2 horas sin noticias de la *ZOX* y cundió la alarma... El capitán de la escuela, Miguel Batanero, dio la orden para que varias avionetas salieran del D. F. con el fin de localizar a Pacheco... En esos momentos se pensó que había sufrido un accidente... A las 11:15 horas, en plena búsqueda, Batanero recibió una llamada del también capitán Manuel Ortiz, miembro

de la misma escuela de aviación... Se encontraba en Acapulco, dando instrucción a un alumno... Pues bien, Pacheco, el piloto desaparecido, acababa de entrar en contacto con la torre del aeropuerto de la referida ciudad de Acapulco, a más de 300 kilómetros del D. F.... Cuando Pacheco fue interrogado no sabía cómo había llegado hasta la costa de Acapulco, en el Pacífico... Esta fue su explicación: «A las 8:35 horas, al poco de despegar del D.F., observé que me había desviado de la ruta prevista... Traté de virar pero los controles no respondían... Estaban trabados en la posición de ascenso... Todavía me encontraba en la fase de ganar altura... No me había nivelado... Esto sucedió a 7 u 8 millas al este del aeropuerto de México... El indicador señalaba un ligero ascenso de 150 a 200 pies por minuto... En esos momentos me hallaba a 800 pies de altitud (260 metros)... Traté de liberar los mandos, pero no fue posible... Los relojes oscilaban, todos a la vez... La brújula giraba a toda velocidad, como loca... Estaba confuso... No sabía qué estaba pasando... Pasaron 2 minutos y entré en una nube muy espesa...

El avión seguía subiendo... Permanecí en la nube unos 7 minutos... No había visibilidad... Y al salir de la nube me encontré entre montañas... No sabía dónde estaba... Traté de localizar el volcán Popocatépetl (próximo al D. F.) pero no lo conseguí: las nubes estaban muy bajas... Llamé a la torre de México en mi frecuencia: la 181.1, pero nadie respondía... Cambié a la 121.5 (de emergencia) e, incluso, lancé varios "Mayday"... Nadie contestó... Al salir de la nube observé que el altímetro era lo único que funcionaba... Señalaba 10.000 pies (3.000 metros)... Y a partir de ahí no recuerdo nada... Sentía sueño, mucho sueño, y supongo que me dormí... Cuando recuperé la conciencia me encontraba sobre el mar, a 7.000 pies (algo más de 2.000 metros)... Pensé que estaba soñando... Tomé el micro y llamé... Inmediatamente respondió la torre de Acapulco... No podía creerlo... ¿Cómo había llegado hasta el Pacífico?... La cuestión es que me estaba quedando sin gasolina... El tanque izquierdo estaba agotado y al derecho le faltaba poco... Finalmente aterricé... Allí estaba el capitán Ortiz, de la escuela, que había oído mi llamada... Y al ver a Ortiz le pregunté: "¿Qué hago aquí?"... Él replicó: "Si tú venías en la avioneta y no lo sabes, menos yo"...».

Cuando Pacheco se sentó con el personal del aeropuerto de Acapulco, éstos le explicaron que a las 10:30 horas, la *ZOX* había entrado en comunicación con la torre y una voz (no la del piloto) había hablado durante 40 minutos. Esa voz manifestó que el piloto (Pacheco) se hallaba en trance hipnótico. Y la voz lanzó una serie de mensajes y advertencias. Habló de una próxima destrucción del mundo y estableció una fecha: 2027. También informó de la presencia, sobre los cielos de Acapulco, de una nave nodriza o portadora, que era la que controlaba la avioneta. Situó la posición de la nave madre a 50.000 pies de altura.

Y el asunto quedó en la duda.

Pacheco, el piloto, no recordaba nada sobre la referida voz.

Aunque Rafael Pacheco era un estudiante modelo, en esos momentos no estaba capacitado para hacer un vuelo, en soli-

Rafael Pacheco, en 1976. (Foto: Fernando Téllez.)

tario, hasta Acapulco. Tenía 53 horas de vuelo. Ese día, además, no llevaba cartas de navegación, ni tampoco el *plotter* (que le hubieran permitido aventurarse en un vuelo hasta Acapulco). Pacheco jamás había volado al Pacífico.

Hice cuentas.

Si el piloto perdió la conciencia hacia las 8:45 de la mañana (15 minutos después del despegue del D. F.) y se comunicó con la torre de Acapulco a las 10:30, eso significa que la Cessna cubrió los 300 kilómetros (entre el D. F. y Acapulco) en 2 horas, aproximadamente. El tiempo habitual de vuelo para este tipo de avionetas era de 2 horas y 20 minutos.

El asunto, para mí, estaba claro: un ovni interfirió en el vuelo de Rafael Pacheco, desviándolo a Acapulco.[1]

1. Amplia información sobre un caso similar en un vuelo de Valencia a Bilbao (España) en *Tempestad en Bonanza* (1981).

TABIO

Lo sufrido por el joven piloto colombiano –Manuel López Ojeda– me dejó igualmente confuso.

«Un ovni, al parecer, se situó frente a la Cessna 150 que pilotaba Ojeda y dejó temporalmente ciego al piloto».

Esa fue la noticia que leí en los periódicos de Bogotá.

Cuando viajé a Colombia pasé de la sorpresa a la indignación.

He aquí los hechos:

... A las 9:15 de la mañana del 5 de mayo de 1977, Manuel José López Ojeda, de veintidós años de edad y 39 horas de vuelo, puso en marcha su avioneta Cessna 150 (matrícula HK-1164-I)... El joven pertenecía a la Escuela Aeroclub de Colombia... Antes de despegar del aeropuerto de Guaymaral llevó a cabo varias operaciones en la pista... Después voló a la zona comprendida entre las poblaciones de Tabio-Chía y Cota, al norte de Bogotá... La zona está reservada para los alumnos del citado aeroclub... Y allí, Ojeda se dedicó a pilotar, realizando maniobras de vuelo lento, pérdidas (con y sin motor) y virajes a derecha e izquierda... Y hacia las diez de la mañana, al llevar a cabo un viraje a la izquierda, la Cessna empezó a vibrar con gran intensidad... «Al salir del viraje —explicó el piloto– todos los instrumentos marcaban "cero"... La nave no respondía y se sacudía con violencia... En el plano izquierdo descubrí un objeto ovalado... Era como una nube, pero opaca... A su alrededor destellaban luces rojas y amarillas... Eran muy intensas... Era algo desconcertante... El avión no respondía a los mandos... Entonces empecé a sentir un extraño hormigueo en las manos y en el cuerpo... Y empezó un fuerte dolor de cabeza... La presión en los oídos aumentó... Pero estaba consciente de todo... Y, en segundos, el objeto fue a colocarse en la panza de la avioneta... La Cessna se estremeció mucho más y los controles continuaron inutilizados... Pero la avioneta seguía volando, en círculo... En ningún momento subí o bajé de nivel... Probé a llamar a la torre de Guaymaral, pero

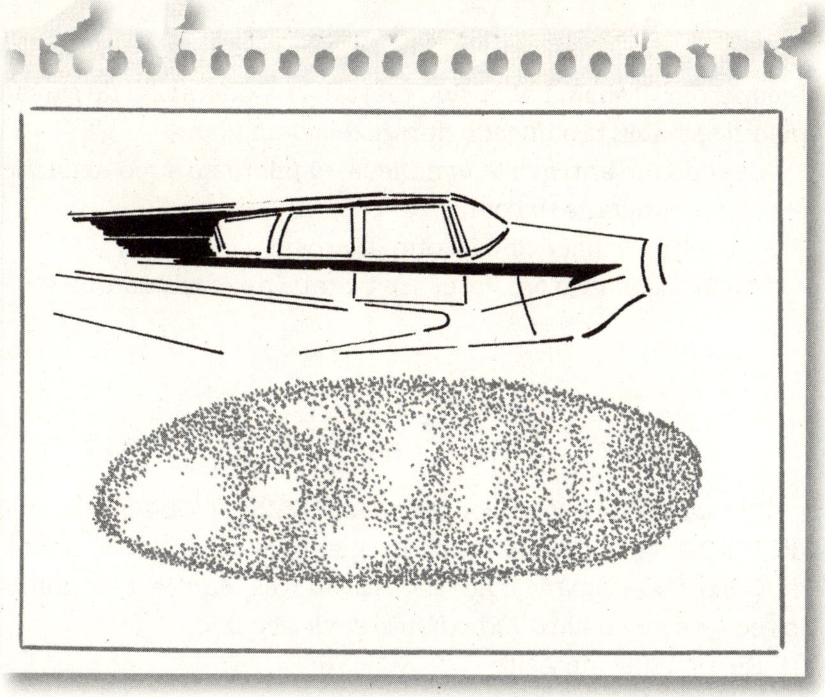

Tabio (Colombia), 1977. Cuaderno de campo de J. J. Benítez.

no había conexión... El objeto podía tener unos 20 metros de diámetro... Parecía aluminio... Y durante 30 o 40 segundos se mantuvo pegado al tren de aterrizaje, aunque no creo que llegara a hacer contacto directo... Después, el objeto se situó al frente, y fue en esos instantes cuando perdí la visión... Todo quedó nublado... Me asusté... Pensé que había llegado mi hora... Y el ovni se alejó, desapareciendo»... El piloto logró establecer contacto con la torre del aeropuerto de Bogotá y explicó su situación... «Veía a ratos –manifestó Ojeda–, pero con muchas dificultades»... Y las autoridades aeronáuticas enviaron cuatro avionetas para intentar ayudar al aterrorizado piloto... Todas las operaciones fueron suspendidas en el aeropuerto de El Dorado... Los cuatro aviones trataron de orientar a Ojeda, guiándolo hasta Guaymaral... Los intentos de aterrizaje fueron cuatro... Y con la tensión al máximo, la Cessna, finalmente, pudo tomar tierra... El piloto fue encontrado aferrado a los mandos y pálido... Los bomberos lo rescataron y fue atendido por el doctor Silva Moreno... Poco a poco, López Ojeda se recuperó... El susto había sido mortal... La operación de salvamento se había prolongado durante casi una hora.

Cuando me entrevisté con Ojeda, el piloto no supo explicar el comportamiento del ovni.

—Eso no se hace entre compañeros...

Tenía toda la razón. Pero, ¿se trataba de «compañeros»?

MINSK

El caso de los vuelos comerciales «8352» y «7084» me recordó la enfermedad y muerte de Emiliano Velasco, el tractorista de Valladolid (España). Los investigadores Mantle y Stonehill lo recogen en su libro *Expediente soviético ufo.*

He aquí una síntesis:

... El 7 de septiembre de 1984, un avión TU-134 (vuelo 8352), pilotado por una tripulación de Tallin (Estonia), unía

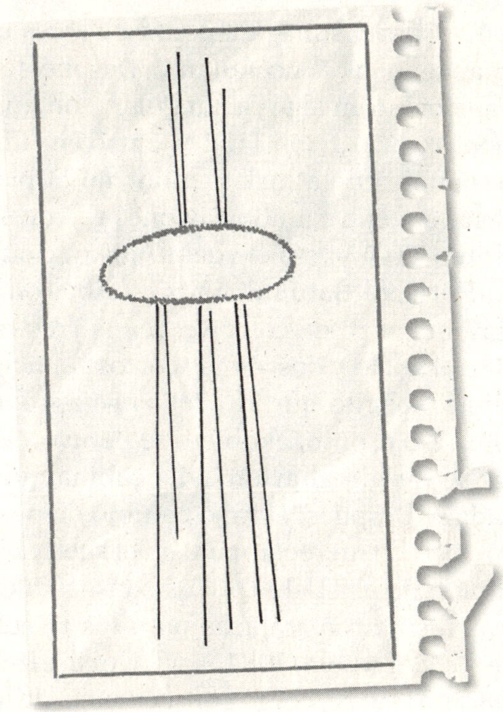

Minsk (1984). Cuaderno de campo de J. J. Benítez.

la ruta Tiflis-Rostov-Tallin... Eran las cuatro de la madrugada... El avión volaba en esos momentos cerca de Minsk, en Bielorrusia... Y fue el copiloto —G. Lazurín— quien divisó una estrella muy rara... «Era amarillenta, alargada en los bordes... Del punto luminoso partía un haz de luz, muy delgado, que moría en el suelo... De pronto, el rayo se abrió y se transformó en un cono de luz... Acto seguido surgieron otros dos conos luminosos, aunque no tanto como el primero»... El objeto, al parecer, se encontraba a 60 kilómetros del avión... Lazurín lo dibujó y, en esos instantes, uno de los haces de luz cambió de posición y se dirigió hacia el TU-134... La luz, potentísima, inundó la cabina de los pilotos... «La luz blanca –manifestaron los testigos a los investigadores– aparecía rodeada de pequeños círculos... Entonces sucedió algo inexplicable: la luz blanca se transformó en una nube de color verdoso»... La tripulación se puso en contacto con tierra y avisó de lo que estaba pasando... Y la nube empezó a seguir al avión... «La nube –explicó el comandante, señor Cherkashin— disponía de luces de varios colores, que se apagaban y encendían... Después cambió de forma y se transformó en algo rectangular, con una cola»... En esos momentos, otro avión TU-134 entró en conexión con la torre del aeropuerto de Minsk y confirmó la presencia del ovni... La distancia entre ambos aviones era de 100 kilómetros... Este último TU-134 era el vuelo 7084 que cubría la ruta Leningrado-Borispol-Batumi... Y describieron la «nube» como un «gran cigarro de color verde»... Tres rayos azulados se dirigían al suelo y dos —más cortos— hacia lo alto... La torre de Minsk solicitó que el «7084» se aproximara al ovni... Y así fue... De pronto, el objeto se detuvo... Y uno de los haces de luz se dirigió al avión... La cabina quedó igualmente iluminada... Después, el rayo cambió de posición, se dirigió a tierra, y trazó un rectángulo en el suelo... El ovni descendió y se situó bajo el TU-134... Las consecuencias de ambos encuentros resultaron trágicas para las tripulaciones... El comandante del vuelo 7084 —V. Gotsiridze— falleció al año siguiente (1985), como consecuencia de la radiación recibida... El segundo —Y. Kabachnikov— tuvo que dejar su trabajo como consecuencia de una súbita dolencia cardíaca... Orlova, una de las azafatas que entró en la cabina cuando ésta fue iluminada por el rayo, sufrió una enfermedad en la piel... Kabachnikov recibió también altas dosis de radiación, que dañaron el cerebro.

DISTRITO FEDERAL

Diez años después de los incidentes ovni en Bielorrusia, se registró en México otro suceso que me recordó los casos vividos (o sufridos) por los pilotos Carlos Antonio de los Santos (en el D. F. mexicano) y Manuel López Ojeda, en Bogotá.

Todo empezó a las 21:30 del 28 de julio de 1994...

Me lo contó Enrique Colbek, controlador mexicano que vivió los acontecimientos; un profesional con una dilatada experiencia.

—Yo me encontraba en el aeropuerto del Distrito Federal (D. F.), en el sector «4». Controlaba el espacio aéreo de Guadalajara hacia México. En total, 600 millas de radio. El caso es que una hora antes del incidente recibimos cinco llamadas. La gente decía que estaba viendo una luz cerca de la pista número «5» y en las proximidades de un edificio que sirve de referencia a los pilotos para los virajes. Al parecer volaba a baja altura. También recibimos notificación de algunos aviones, que lo veían. En fin, el avión de Raimundo Cervantes despegó de Guadalajara como a las nueve de la noche. Hacía la ruta Guadalajara-México D. F. Era un DC-9-32 de la compañía Aeroméxico.

—¿El piloto sabía algo?

—En esos momentos nada. Pasó una hora, aproximadamente, y cuando el DC-9 se encontraba a 80 millas del aeropuerto de México, en un punto que llamamos *PARTEGÉ*, de gran importancia para la navegación, detecté dos ecos primarios cerca del DC-9.

—Dos objetos...

—Eso es. Uno a la derecha del avión y otro detrás.

—¿Informaste al comandante del avión?

—No lo hice porque entendí que se trataba de algún tráfico normal.

—¿Cuánto tiempo observaste los ecos?

—Cosa de 3 o 4 segundos. Aparecían y desaparecían. Entonces transferí a Raimundo a la siguiente dependencia: la terminal. Ésta, a su vez, lo pasó a otro punto llamado *San Mateo*. Desde allí enfilaría las pistas. Yo, entonces, me fui a descansar y me relevó otro compañero: Alejandro del Valle. Y al poco me preguntó: «¿Ya cayó el Aeroméxico 129?». Y pregunté: «¿Qué sucede?». «Dice que le pegó algo y está entrando en un proceso de emergencia», respondió Del Valle. En efecto, el incidente había tenido lugar cerca del edificio que sirve de referencia para los virajes y en el que otras personas vieron la extraña luz. El piloto, Raimundo, hizo un vuelo bajo, para que la torre pudiera chequear con prismáticos si se había producido algún daño en el tren de aterrizaje. Y verificaron que el tren se hallaba bien y abajo. Posteriormente, Raimundo aterrizó el DC-9 con gran pericia. No pasó nada.

—¿Se cerró el aeropuerto?

—Sí, claro.

—¿Qué sucedió realmente?

—Será mejor que te lo cuente el capitán del DC-9...

Y así fue. Merced al buen hacer de Colbek pude conversar con Raimundo Cervantes durante varias horas.

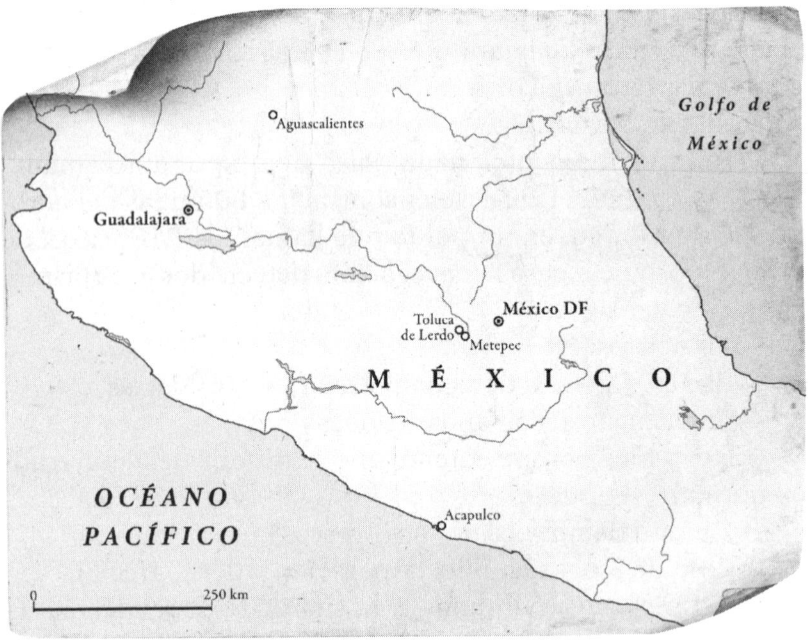

—Partimos de Guadalajara —explicó Raimundo— hacia las nueve de la noche. El avión iba lleno: 112 pasajeros. Procedíamos de Ciudad Juárez. El segundo era Enrique Gómez. Recuerdo que en cabina venía también otro piloto —Luna—, jefe del equipo del «757».

—¿Cómo era la noche?

—Despejada. Todo fue bien. Colbek me llevó hasta *PARTEGÉ* y de allí a *San Mateo* para iniciar el corredor final: pista «5». Fui bajando el avión y en *San Mateo* lo situé a 11.000 pies. En Chapultepec (sobre la ciudad de México) lle-

Enrique Colbek, controlador. (Foto: Blanca.)

vé a cabo el viraje acostumbrado, cerca del edificio del World Center. Es lo habitual. Pues bien, al «agacharme» sentí un golpe seco. Fue un segundo. Lo sentí en los pedales.

—¿A qué altura volabas?

—Alrededor de 8.800 pies. En esos momentos estaba ordenando «tren abajo». Lo hizo el segundo.

—¿Y el instrumental?

—Todo perfecto. Pensé que la rueda delantera había reventado. Pero me extrañó…

—¿Por qué?

—Los instrumentos te avisan de todo, incluso cuando tienes que ir al baño… Y pensé: «quizá la rueda ha estallado por la fricción con el aire».

—¿Sintieron el golpe los otros pilotos?

—Sí, tanto el segundo como Luna. Quique Gómez miró, incluso, por la ventanilla, pero no vio nada raro. Y lo comentamos. El segundo quiso subir el tren, para probar si funcionaba, pero dije que no. Y se quedó abajo, como estaba.

—¿Cuánto faltaba para aterrizar cuando se oyó el golpe?

—Estábamos a 15 segundos de la toma de tierra. Eso significa unas 15 millas. Entonces hablé con la torre y declaré emergencia. E hice una pasada para que chequearan el tren. Afortunadamente estaba bien.

—¿El golpe fue sobre el edificio?

—No, estaba entre el bosque de Chapultepec y el World Center, en pleno viraje.

—¿Podrías describir el golpe con más precisión?

—Fue algo metálico. Vibró la parte delantera de la cabina.

—¿Comentaste con la torre que algo había chocado con el DC-9?

—No, sólo dije que teníamos problemas en el tren de aterrizaje. Y lo chequearon con prismáticos.

—¿Cómo fue el aterrizaje?

—Bien. La torre explicó que el tren estaba abajo, y en posición, y pedí a los tripulantes que prepararan al pasaje para un aterrizaje de emergencia. Se prepararon las ayudas terrestres y procedí. Mantuve la «nariz» (rueda delantera) lo más alta posible y bajé al mínimo de velocidad. Toqué con el tren principal a 60 millas por hora y la «nariz» siempre arriba. Después, la gravedad fue ganando y la rueda delantera tocó la pista. Eran las 22:15 de la noche. Paré el avión y llegaron los de mantenimiento. El DC-9 fue aislado en una pista de rodaje y allí se procedió a los primeros exámenes. Yo bajé y todo estaba bien. Total, decidimos trasladarnos a la pista «4». Pues

Comandante Raimundo Cervantes. (Gentileza de la familia.)

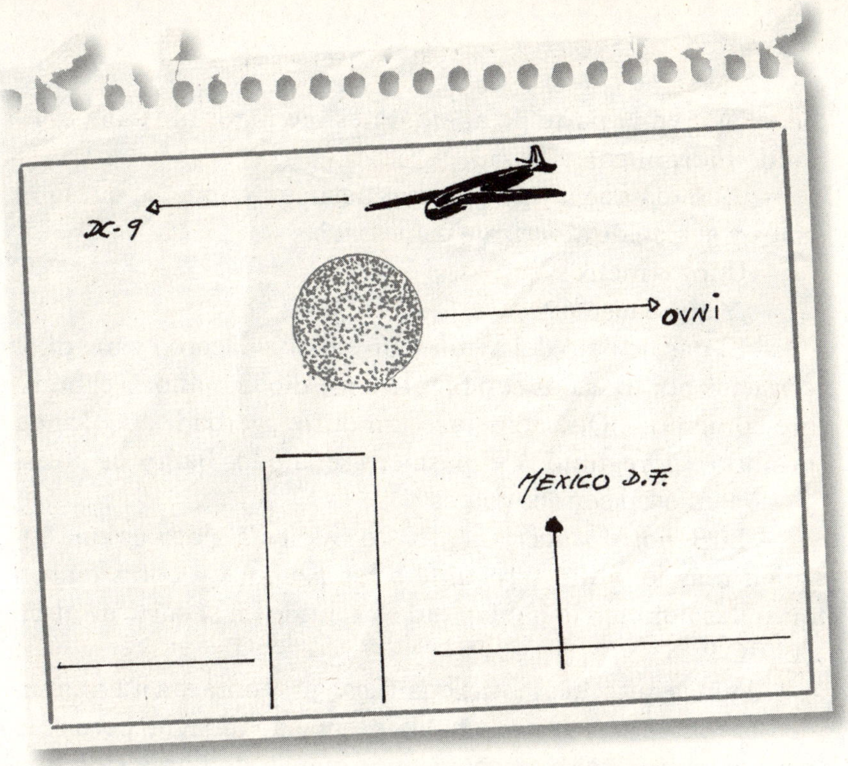

Distrito Federal mexicano (1994). Cuaderno de campo de J. J. Benítez.

bien, nada más meter potencia, el tablero (el *panel panic*) se volvió loco.

—¿Por qué?

—Saltaron las alarmas (visuales y acústicas). Había un problema en el lado derecho del tren principal.

—¿Y la rueda delantera?

—Estaba perfectamente. El tren principal se había quedado sin sistema hidráulico.

—¿Eso es grave?

—Gravísimo. Puede afectar a la parte derecha del avión.

—Pero, ¿qué sucedió?

—Nadie lo supo. Y al llegar a la sección «4» bajamos para chequear el problema. Y los de mantenimiento me dijeron: «Capi: venga a ver». Bajaron las puertas del tren, que tiene 3 por 3 metros, y vimos el tubo del hidráulico cortado. Y me pregunté: «Si estaba cortado, ¿por qué no recibí ninguna indicación cuando estaba volando?». La pierna del tren estaba degollada en la parte de abajo. Pues bien, por ahí salía el líquido hidráulico.

—¿Qué distancia hay entre el lugar en el que se sintió el golpe y el tren de aterrizaje principal?

—Unos 8 metros.

—¿Y qué sucedió?

—El pasaje bajó del avión y un señor se acercó y me dijo: «Gracias por traernos con bien». Y me dio la mano. Y el hombre comentó: «¡Qué golpetazo tan duro, ¿verdad?». «¿Dónde lo sintió?», pregunté. Y el pasajero señaló los baños de atrás.

—¿Pudieron ser dos golpes?

—Lo ignoro, sinceramente. Lo que está claro es que alguien más lo sintió. Pregunté a las azafatas y confirmaron que ellas también lo habían oído y sentido en la parte de atrás del DC-9.

Algunas autoridades aeronáuticas preguntaron a Raimundo Cervantes si el golpe lo había producido un ovni, pero él lo negó siempre. Y se excusó diciendo que «todo había sido una fuga del sistema hidráulico».

—Yo sabía que a otros pilotos les habían retirado las licencias por hablar de ovnis...

—¿Cuánto tiempo transcurrió entre el golpe y la activación del *panel panic*?

—Alrededor de 15 o 20 minutos.

—¿Cuánto necesita el líquido hidráulico para vaciarse?

—Veinte segundos. Sin embargo cayó al suelo cuando estábamos en la pista «4».

—Inexplicable...

—Sí, incomprensible.

—¿Se llevó a cabo un informe oficial?

—Claro.

—¿Qué dijeron los técnicos de mantenimiento?

—«Desgaste de material». Eso fue todo. Pero, eso sí, la pieza desapareció. Al día siguiente, el DC-9 estaba volando normalmente.

—¿Crees que un ovni golpeó el avión?

—Estoy seguro, pero no puedo demostrarlo.

TOLUCA

Aunque no tiene relación (aparentemente) con el tema de la agresividad, me ha parecido oportuno incluir en el presente bloque lo sucedido en Toluca (México) a los pocos días del incidente protagonizado por el comandante Raimundo Cervantes Ruano.

Sucedió en la noche del 15 al 16 de septiembre de 1994; es decir, a los 60 días del caso del ovni que golpeó el DC-9 de Aeroméxico.

Me fue relatado por Enrique Colbek.

… Me hallaba en el aeropuerto del Distrito Federal… Hacia las cinco de la tarde nos percatamos de un eco desconocido… Se hallaba sobre la ciudad de Metepec… Y allí permaneció, quieto, durante 4 o 5 horas… Al principio pensamos en un fallo del radar… Entonces empezó a moverse… Pero allí

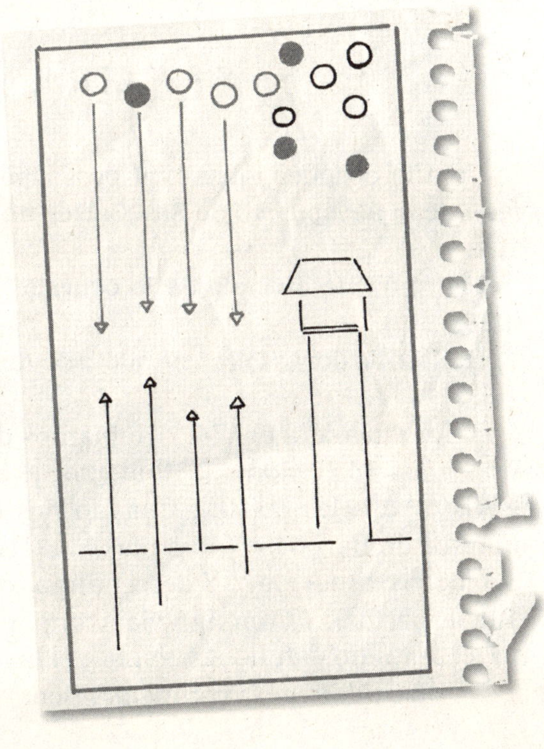

Aeropuerto de Toluca (México), 1994. Cuaderno de campo de J. J. Benítez.

no teníamos ningún tráfico... Se movía de izquierda a derecha, en un rango no superior a 1,6 millas... Pensamos también en un helicóptero, pero no podía ser: estuvo volando 5 horas... Lo vimos 38 controladores... Preguntamos a Toluca —situada a 6,9 millas— si veía algo, pero dijeron que no... Pasó el tiempo y a las dos de esa madrugada llamó el controlador de Toluca... Estaba muy excitado... En el radar, y a simple vista, se veían cientos de ecos no identificados... Estaban sobre la ciudad y sobre el aeropuerto... Y dijo que las luces, de todos los colores, estaban lanzando algo hacia tierra... Y desde el suelo contestaban... «Están tirando cosas —dijo—, como trazadoras, y responden desde tierra con lo mismo»... Entonces empezaron a sonar los teléfonos... Cientos de vecinos de Toluca lo estaban viendo... ¿Qué era aquello?... Nadie lo supo... A las cuatro de la madrugada desaparecieron... Al día siguiente supimos que en Metepec, situada muy cerca de Toluca, alguien había visto y filmado una enorme nave.

BARILOCHE

Un año después, otro ovni provocaba problemas –y graves– en el aeropuerto de San Carlos de Bariloche, en Argentina.

He aquí una síntesis de lo ocurrido aquel 31 de julio de 1995:

(Relato de Jorge Polanco, piloto de Aerolíneas Argentinas.)

... Mi vuelo era el 674... Habíamos despegado de Buenos Aires a las 18:30 horas... El aterrizaje en San Carlos estaba previsto para las 20:30... Cuando nos encontrábamos a 15 minutos de Bariloche (40 millas), la torre nos autorizó a iniciar la aproximación... Y descendimos de 12.000 pies a 3.000 (1.000 metros)... Conmigo viajaban, además de 102 pasajeros, el segundo —Julio Dartona—, el ingeniero —Jorge Allende— y otro piloto de la compañía, Benavente, que se trasladaba a Bariloche... Pero nos vimos obligados a hacer una espera de 10 minutos, debido a un corte de energía eléctrica en el aeropuerto... Al parecer, la falta de suministro afectó también a toda la ciudad de San Carlos de Bariloche... Pues bien, como te digo –prosiguió el comandante Polanco–, pasados esos 10 minutos, la torre nos autorizó a tomar tierra... El aeropuerto había recuperado la normalidad... Y fue en esos momentos cuando, de pronto, observamos una luz blanca frente al Boeing 707... Estaba a 100 metros... Nosotros nos encontrábamos en pleno viraje y en plena aproximación... Y el objeto hizo un giro muy violento, situándose en paralelo con el avión.

–¿Afectó a los instrumentos?

—No, todo funcionaba correctamente. Lo único que cambió fue el color de la nave. Del blanco pasó al naranja, con dos luces verdes en las puntas. El naranja brillaba intermitentemente.

–¿Qué tamaño podía tener?

—Como un avión comercial, más o menos.

En esos momentos, el vuelo 705 de la Gendarmería Nacional, que volaba a 600 metros por encima del Boeing, vio el ovni y se comunicó con Polanco. Pilotos: Gaitán y Cipazuk.

—El piloto me dijo que estaba preocupadísimo y que no lo podía creer. Nunca habían visto nada igual.

Y Polanco prosiguió la aproximación a San Carlos.

—El ovni seguía allí, en paralelo, y a cosa de 100 metros.

–¿Y qué sucedió?

—Cuando ya teníamos las luces de la pista frente a nosotros, maldita sea, todo el aeropuerto se quedó a oscuras de nuevo.

–No me lo puedo creer...

El piloto asintió y prosiguió su relato:

—No tuve más remedio que realizar una maniobra de escape. Y me fui al aire. Retorné a los 3.000 pies y esperé.

–¿Qué dijo la torre?

—Fue asombroso. El controlador anunció que los instrumentos se habían vuelto locos. Y la energía eléctrica se fue...

–¿Y el ovni?

—Ascendió como un tiro. Mientras yo recuperaba el nivel (1.000 metros), el objeto subió a una velocidad impensable y allí se detuvo, esperándonos. Eso no era humano...

—¿Por qué?

—Por la velocidad y por las intenciones...

Tuve que darle la razón al piloto. El apagón del aeropuerto, en plena aproximación, puso en peligro la vida de los pasajeros y de la tripulación del «707».

—Y allí permanecimos unos minutos, trazando círculos. Después regresó la electricidad y nos autorizaron de nuevo a tomar tierra. El ovni, entonces, se alejó hacia el cerro Otto.

Polanco tomó tierra felizmente, pero necesitó 5 minutos para recuperarse del susto.

—Tenía el corazón en la boca...

El comandante presentó un informe a las autoridades aeronáuticas.

Por su parte, el capitán Rubén Cipazuk, piloto del avión sanitario de la Gendarmería Nacional, confirmó la descripción de Polanco, añadiendo que «el ovni tenía forma de plato hondo, invertido».

—Lo estoy viendo —afirmó Cipazuk— y te sigue (refiriéndose al Boeing).

Jorge Polanco. (Gentileza del diario *Crónica*.)

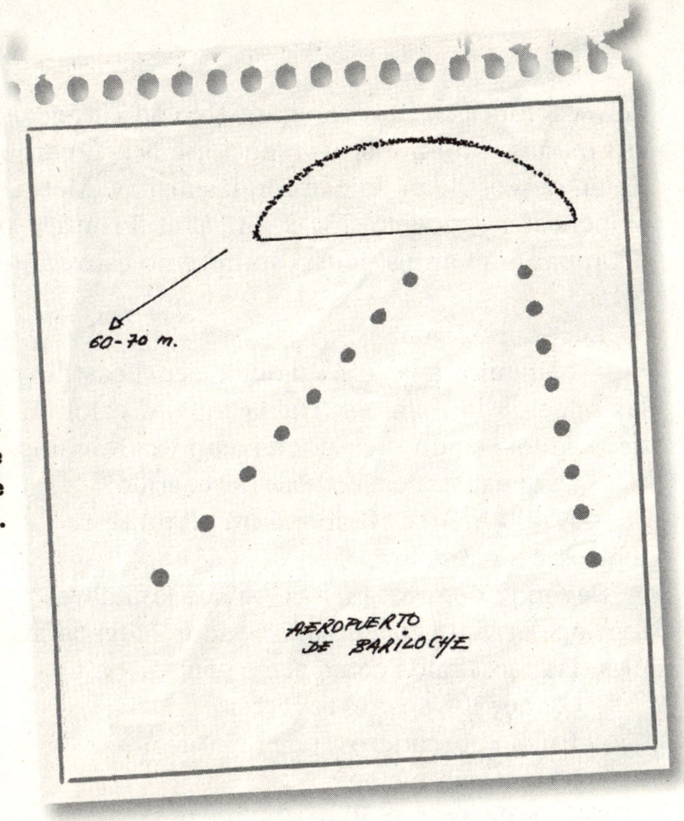

Bariloche (1995). Cuaderno de campo de J. J. Benítez.

Otros cientos de habitantes de San Carlos de Bariloche observaron a esas horas la luz brillante que sobrevoló la zona del aeropuerto.

En mi humilde opinión, la actuación del ovni fue otra forma de violencia...

DAROCA

La conducta humana frente a un ovni es imprevisible.

Veamos otro ejemplo..., poco edificante.

Supe del caso en diciembre de 1982.

Al testigo principal lo llamaré López: míster López.

Era un hombre joven, culto y discreto. Pero ese día...

—Era verano —explicó en una de las conversaciones, celebrada en Madrid—. Agosto de 1975. Entre el 12 y el 15. Estaba de vacaciones en Daroca, un pueblo de Zaragoza (España). Y esa mañana, mi mujer y yo decidimos acercarnos al castillo. Tenía deseos de practicar con las armas. Metí en el coche el Winchester (modelo 73) y un Colt Frontier (44-40). Nos acompañó un amigo, cuyo nombre no estoy autorizado a revelar.

López era ingeniero.

—Llegamos a las inmediaciones del castillo poco antes de las once de la mañana. Hacía mucho calor. El cielo estaba despejado. Dejamos el todoterreno y caminamos un rato.

—¿A qué distancia estabas del castillo?

—A 400 metros. Coloqué un alambre con el blanco a 25 metros y me preparé.

Según pude averiguar entre sus familiares y amigos, míster López era un consumado tirador. Llevaba más de 20 años practicando. Donde ponía el ojo ponía la bala.

—¿Dónde llevabas el revólver?

—En el «buscadero», en el cinturón.

—¿Cuánta munición?

—Tres cajas, con 50 cartuchos nuevos.

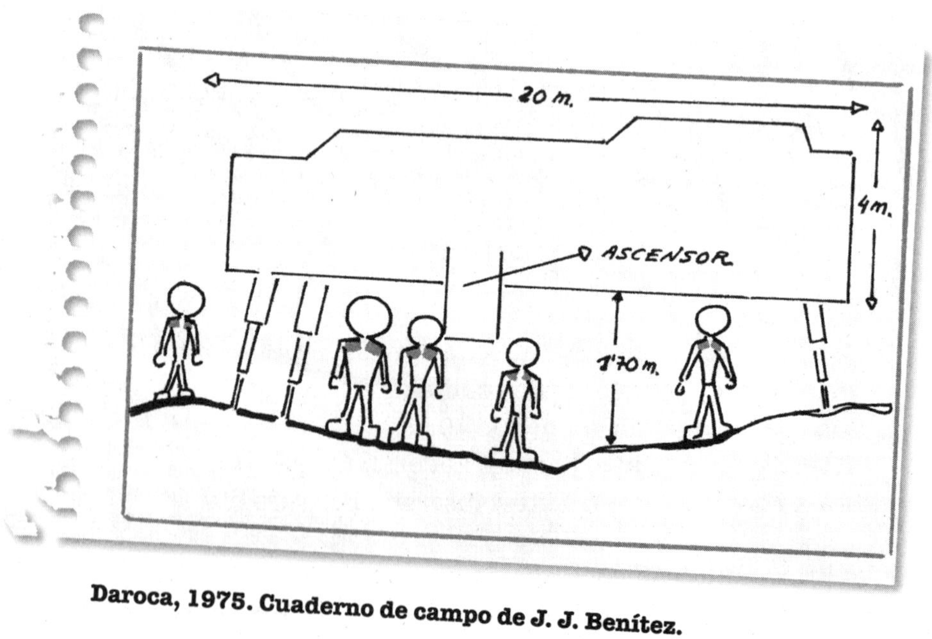

Daroca, 1975. Cuaderno de campo de J. J. Benítez.

Las armas utilizadas por el testigo. (Foto: míster López.)

—¿Y tu mujer y el amigo?

—Se quedaron en el castillo; no muy lejos. Y a eso de las doce empecé a disparar. Lo hice con el Winchester. Y, de pronto, apareció. Era un objeto alargado, más grande que un autobús. No sé de dónde salió, pero allí estaba. Y descendió.

—¿Cómo era?

Míster López procedió a dibujarlo en mi cuaderno de campo.

—Tenía cuatro patas, de tipo telescópico, y una especie de «ascensor» en el centro. Calculé 20 metros de longitud por 4 de alto, sin contar las patas.

—¿A qué distancia estaba?

—A 35 metros. Entonces aparecieron unos seres pequeños y delgados. Parecían alfeñiques. Medirían 1,40 metros. Hacían manipulaciones, pero no sé decirte si estaban reparando algo.

—¿Cuántos seres descendieron?

—Seis o siete. Entraban y salían por esa especie de tubo o ascensor.

—¿Y qué hiciste?

—Cargué las armas. Metí ocho balas en el Winchester y seis en el Colt.

—Pero, ¿por qué? ¿Te atacaron?

—No, para nada. Ellos estaban a lo suyo. Si te digo la verdad, no sé por qué cargué las armas...

—Sigue...

—Estuve mirando durante unos segundos. Después les grité: «¡Soy amigo... Tengo buenas intenciones!».

—No entiendo. Si tenías buenas intenciones, ¿por qué cargaste las armas?

López se encogió de hombros.

—Quizá fue una reacción puramente mecánica... Pero los seres no me hicieron caso, y continuaron con la supuesta reparación de la nave. Llevaban cascos. Quizá por eso no me oyeron. Y volví a gritar lo mismo, pero en francés. Tampoco me prestaron atención. Y grité en portugués, en inglés y, finalmente, en alemán. Negativo. Ni caso. Al mismo tiempo levanté el rifle, para dar a entender que no era enemigo.

—Descríbeme a las criaturas.

—Llevaban trajes ajustados y de color bala de plomo. Portaban grandes cascos, como te dije, y unos dibujos de color naranja en los hombros. Eran idénticos.

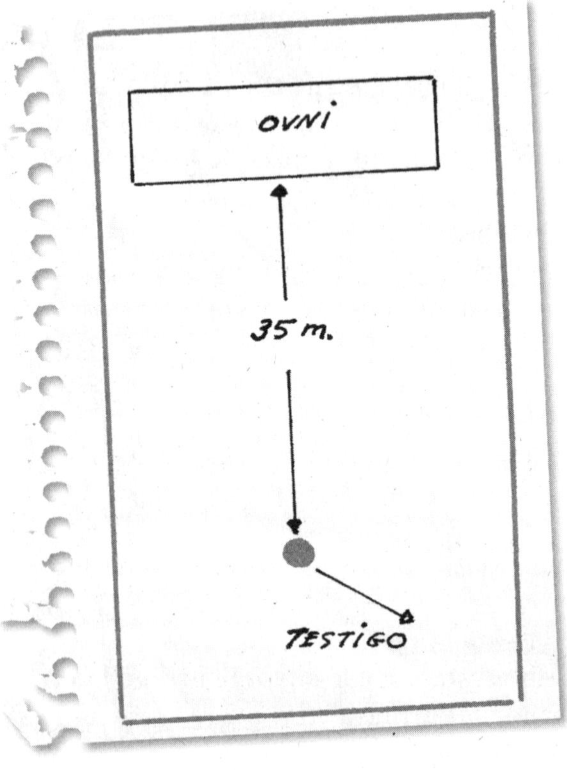

Cuaderno de campo de J. J. Benítez.

Humanoide observado en Daroca (Zaragoza), según el testigo. Cuaderno de campo de J. J. Benítez.

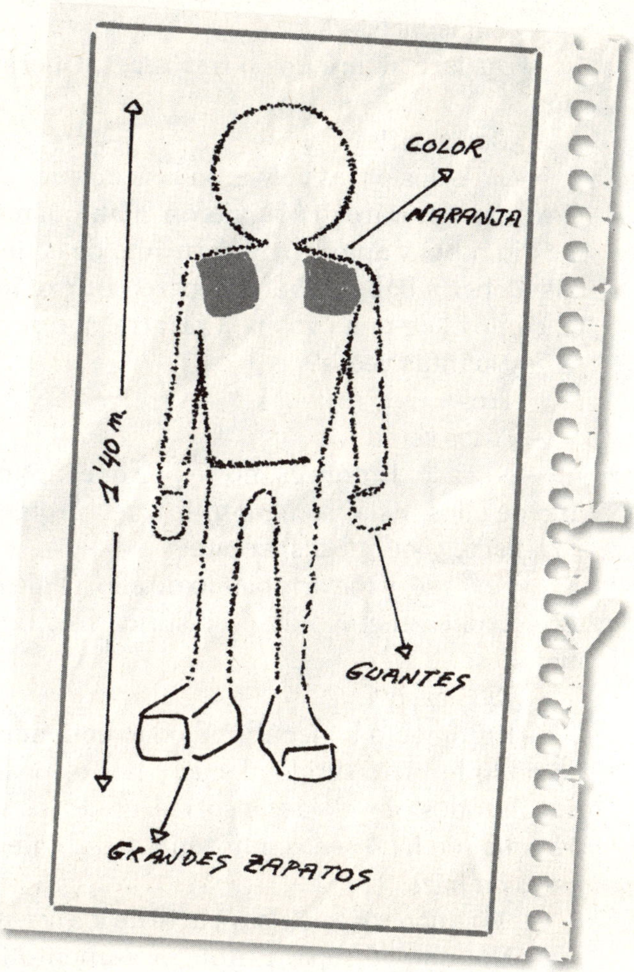

—¿Se veían los rostros?

—No.

—¿Y las manos?

—Tampoco. Eran como las nuestras, pero enfundadas en los trajes. Los zapatos, o botas, eran como los de los antiguos buzos. Parecían muy pesadas, aunque ellos se movían con agilidad. Entonces empecé a sentirme mal.

—¿Por qué?

—No lo sé. El calor era insoportable, como el de una sauna.

—Era el mes de agosto...

—Lo sé, pero era un calor raro.

—¿Y qué hiciste?

—Disparé al aire dos o tres veces. Quería llamar su atención.

—¿Con el rifle?

—Sí. Y dos o tres volvieron las enormes cabezas hacia mí. Pero me ignoraron y siguieron manipulando algo. Aquello me dio rabia y apunté a la parte alta de la nave. Y disparé. La bala debería haber rebotado, pero no. Y oí un ruido chirriante, como el de una tiza en la pizarra. Y repetí el disparo.

—¿Cuántas veces?

—Tres.

—¿Y los seres?

—Ni caso. Entonces, no sé por qué, apunté a la pierna de uno de ellos. Estaba en un grupo, a la izquierda.

—Pero, ¿por qué disparaste?

—No lo sé, y me arrepiento de ello. Ojalá pudiera explicarles y explicarme. No deseo justificarme. Lo que hice estuvo mal, lo sé.

—¿Qué pasó?

—El impacto lo derribó. Y no lo entiendo: a un ser humano no lo hubiera tirado al suelo. Los otros le ayudaron y entraron todos por el «ascensor». Uno de los seres situado a la derecha me hizo señas, muy enfadado, como diciendo: «¡Déjanos en paz!».

—¿No hubo reacción por parte de los seres?

—No, que yo sepa. Entonces aumentó la temperatura a mi alrededor. Sentí un gran cansancio y noté cómo el Winchester se me caía de las manos. Y empecé a notar que me dormía, como si hubiera tomado cinco pastillas para dormir.

—¿Seguro que le diste en la pierna?

—Segurísimo. El tipo estaba de perfil. Y le acerté en la derecha. Pero hubo algo que me llamó la atención: el disparo tendría que haberle hecho un agujero en el traje. No fue así. Segundos después se encendió una luz roja donde estaba el «ascensor» y el aparato empezó a elevarse como un avión Harrier, en vertical y en silencio. Las patas se replegaron y la luz roja pasó al color naranja. Y se hizo más grande. Después,

la nave se alejó hacia uno de los montículos. Cabeceaba de una forma rara, como si tuviera problemas. Desapareció detrás del monte y dejé de verla.

—¿Qué hiciste?

—La desgana fue a más. Sólo tenía sed.

—¿Llevabas reloj?

—Sí, un Vadur. Y dejó de funcionar. Se paró a las 13 horas; es decir, cuando la nave partió. Entonces recogí el rifle y me dirigí al castillo. Mi mujer se extrañó al verme. En otras ocasiones había hecho muchos más disparos.

Míster López contó lo sucedido, pero la mujer y el amigo no le prestaron demasiada atención.

Cuando conversé con la esposa —química de profesión— me dijo que ella y el amigo habían visto un gran resplandor, como un flash, poco antes de que regresara el señor López. Y notaron un considerable aumento de la temperatura.

Desde ese día, el cabello del testigo se volvió blanco.

En mi opinión, míster López tuvo suerte. Y recordé el caso de Inácio de Souza, en Brasil...

HEBER

Los secuestros son otro tipo de violencia por parte de los tripulantes de los ovnis. En mis archivos figuran más de 800.

He seleccionado uno de los casos, investigado hasta la saciedad, y del que se escribió un libro y se filmó una película: *Fuego en el cielo.*

Me refiero a Travis Walton.

He aquí un resumen de lo sucedido:

... Travis tenía veintidós años en 1975... Era leñador... Vivía en la aldea de Snowflake, en Arizona (USA)... El 5 de noviembre se encontraba en los bosques de Heber, cerca de su pueblo... Trabajaba con otros seis compañeros en la tala de madera... A las 18:15 horas, cuando el grupo del Servicio Forestal retornaba a Snowflake, los ocupantes del camión vieron una luz rara por la derecha... Era amarillenta... Al alcanzar un claro se dieron cuenta de que era un objeto de unos 5 metros de diámetro... Flotaba sobre unos troncos... Walton ordenó al conductor que detuviera el vehículo, saltó del camión, y caminó hacia el ovni... Todos lo vieron... Los amigos le gritaron, intentando que regresase... Pero Travis no hizo caso... Y el ovni empezó a emitir un zumbido muy potente, «como el de un generador»... El muchacho se detuvo bajo la nave y allí se quedó, observando... Y, de pronto, salió un haz de luz del aparato... Era verde azulado... E impactó en el pecho de Travis... Y el joven cayó de espaldas... A partir de esos momentos, los seis testigos no supieron qué pasó... Unos dijeron que Travis desapareció... Otros no sabían... Y el grupo, aterrorizado, se alejó del lugar... Al cabo de unos minutos detuvieron de nuevo el camión y discutieron qué debían hacer... Habían abandonado al compañero... Mientras hablaban, Rogers, el conductor, vio una luz similar a un rayo, que se elevaba y se dirigía hacia el noroeste... El grupo decidió regresar y buscar a Travis... Pero no lo encontraron... Finalmente se dirigieron a la oficina del *sheriff* de

Navajo County e informaron del suceso... El teniente Chuck Allison declaró que los muchachos estaban muy impactados... A las 21:30, la policía se dirigió al lugar, pero no encontraron nada... Al día siguiente se inició la búsqueda de Travis Walton...

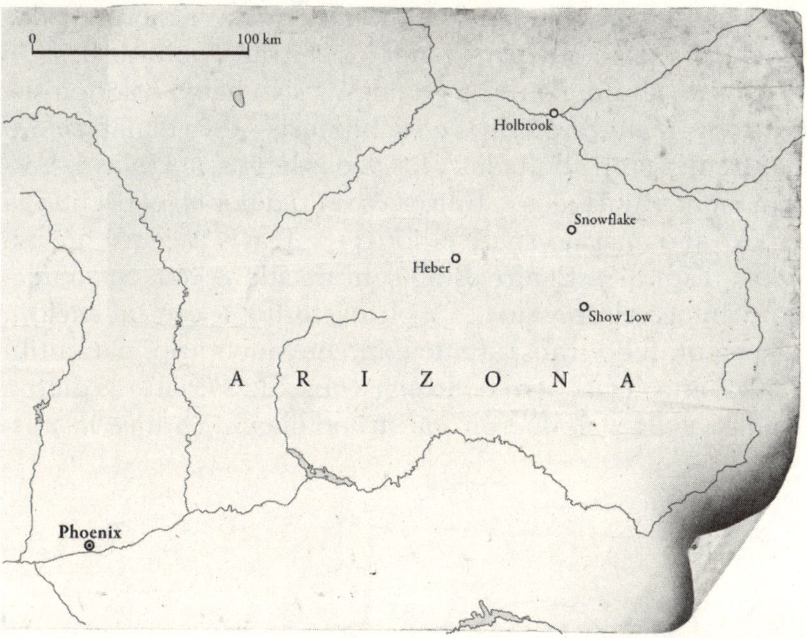

Medio centenar de hombres peinó la zona, sin resultado... La policía llegó a sospechar que los leñadores habían matado a Travis... El 10 de noviembre fueron sometidos al detector de mentiras... Cinco de los hombres pasaron la prueba... El sexto —Dallis— ofreció resultados dudosos... Al día siguiente, 11 de noviembre, sonó el teléfono en la casa de la hermana de Travis... Era el leñador desaparecido... Llamaba desde una cabina de teléfonos, en Heber... Lo encontraron en el suelo, débil y deshidratado... Estaba confuso... No sabía qué le había sucedido... Travis se sorprendió cuando le dijeron que había estado ausente durante cinco días... Fue examinado por un médico y se descubrió que presentaba una pequeña herida en la parte interna del brazo izquierdo...

Era como si le hubieran sacado sangre... Travis fue sometido a hipnosis y se aclaró parte del incidente... La sesión fue llevada a cabo por el doctor Harder... Travis dijo que se desmayó tras recibir el impacto del rayo azul verdoso... Al despertar se encontró tendido en una mesa... Una luz muy intensa le lastimó los ojos... Pensó que se hallaba en un hospital... Pero enseguida comprendió que no era así: a su alrededor vio a unos seres que parecían fetos... Eran criaturas de 1,50 metros de altura, con ojos grandes... «No había color en sus rostros —manifestó Travis en la hipnosis—. No tenían pelo... Las frentes eran abultadas y los dedos largos, sin uñas... Vestían monos ajustados... Entonces sentí dolor en el pecho y vi un extraño aparato sobre el tórax»... Travis aseguró que no podía respirar... El aire estaba enrarecido... «Me entró miedo y golpeé el aparato»... Y el objeto fue a caer al suelo... «Tomé un tubo transparente e intenté quebrarlo, para utilizarlo como arma, pero no lo conseguí... Las criaturas dieron media vuelta y se fueron, tan tranquilas... Yo hice lo mis-

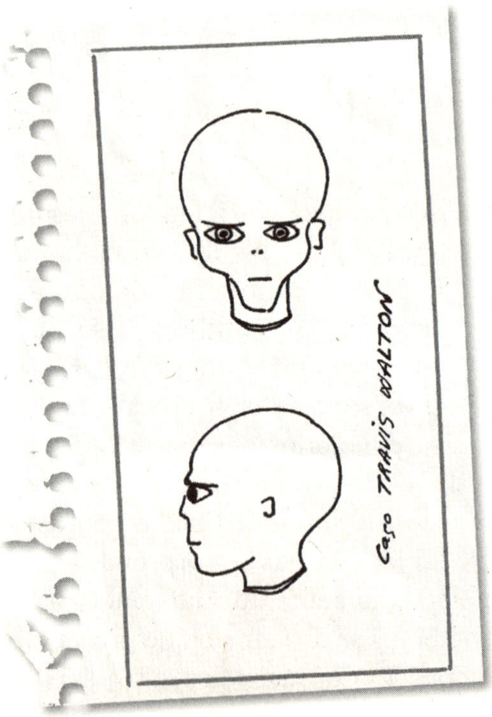

Heber (Arizona), 1975. Cuaderno de campo de J. J. Benítez.

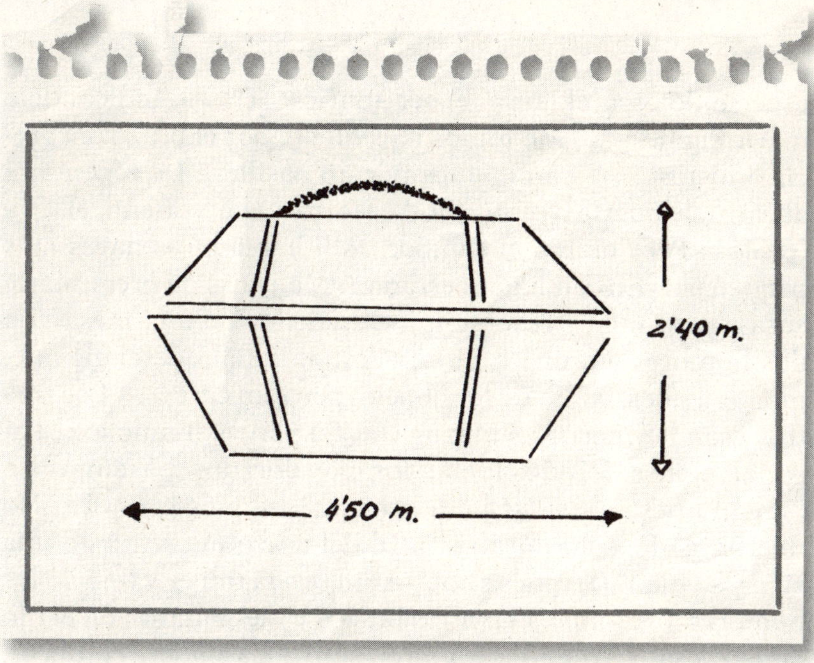

Nave que capturó a Travis Walton. Cuaderno de campo de J. J. Benítez.

mo... Salté de la mesa y me fui por un corredor, en dirección opuesta»... Travis entró en otra habitación... Vio un sillón con pulsadores en los brazos y se sentó... La pared era transparente... «Podía ver las estrellas... Entonces pulsé los botones y las estrellas se movieron... Aquello parecía un planetario... Y en eso vi entrar a un ser... Llevaba un casco, pero era humano... Y me hizo señas para que me acercara... Me sentí bien... "Quizá era de NASA" —pensé—. Quizá podía explicarme qué estaba pasando»... Según Travis, era un hombre de 2 metros de altura... Vestía un traje ajustado de color azul brillante... «El material parecía terciopelo... Llevaba un cinturón negro y botas del mismo color... Corrí hacia él y le hice muchas preguntas: "¿Qué está pasando? ¿Puede sacarme de aquí? ¡Por favor, ayúdeme!"»... Pero el hombre no respondió... Travis le miró a través del casco... «Su cabello era amarillo y largo... Tenía la piel bronceada y los ojos de color dorado, brillantes... Las facciones eran duras, como trabajadas con un cincel»... El casco, por detrás, presentaba una especie de escarcha... Y el ser sonrió a Travis, indicándole que le siguiera... «Me tomó suavemente por el brazo... Parecía amistoso... Y caminamos por un pasillo... De repente se abrió una puerta y entramos en otro lugar... Sentí el aire fresco... Pero no era el campo... Allí había otras naves más pequeñas... Era un lugar cerrado... Me cansé de preguntarle cosas, pero nunca respondió... Alrededor de una mesa vi a dos hombres y a una mujer... Vestían igual que el gigante: monos azules, como de terciopelo, pero sin cascos... Los rostros eran hermosos, sin arrugas... Se parecían mucho... Parecían clones... Todos tenían los ojos dorados... Y empecé a preguntarles cosas: "¿Qué hago aquí?, ¿dónde estoy?"... No dijeron nada; sólo miraban... El del casco me sentó en una silla y se fue... Después se aproximaron la mujer y uno de los hombres, me tomaron por los brazos y me sentaron en el filo de la mesa... Yo empecé a protestar... La mujer, entonces, me puso la mano sobre la cara... Sostenía una esfera como una pelota de golf... Y todo se volvió gris... Después negro»... Travis recuperó la conciencia sobre el frío pavimento de la ciudad de Heber.

En julio de 2004, en una visita a Arizona, llamé a Travis. Pensé que no me recibiría. Tenía que estar harto. Me equivoqué, en parte. Travis aceptó la entrevista, «siempre y cuando no habláramos de su secuestro». Acepté, naturalmente. En realidad no me interesaba su historia. La conocía sobradamente. Sólo quería mirarle a la cara...

Y nos fuimos a cenar a Show Low, muy cerca de su pueblo. Le acompañaban su mujer, Dana, y Cliff, su hijo.

Habían pasado 29 años desde su experiencia.

Y me encontré con un Travis Walton amable, algo tímido y sincero. La mirada no engaña.

Hablamos de muchas cosas: de su pasión por la ingeniería, por la medicina, por el arte y por la música. Supe que en su casa tiene una biblioteca de mil volúmenes y que fue piloto. Ahora vive en paz.

Y al final de la cena, cuando consideré que era el momento propicio, le mostré un libro mío: *Ricky-B*. Lamentablemente estaba en castellano y tuve que sintetizarle la historia de la

Travis Walton (izquierda) con J. J. Benítez. (Foto: Blanca.)

bella norteamericana.[1] Travis repasó el libro con curiosidad y, de pronto, se detuvo en una de las fotografías de Ricky. Palideció. Me miró con asombro y preguntó:

—¿La historia es cierta?

Asentí. Y capté algo. La imagen de Ricky le había impactado. Y me atreví a plantear:

—¿La conoces?

Travis se mantuvo en silencio, examinando otras fotografías de Ricky. Después me devolvió el libro y exclamó:

—Demasiada coincidencia...

No quise presionar. Volvería a visitarlo.

Y pensé en la mujer que Travis había visto en el interior de la nave; la que colocó su mano sobre la boca y nariz de Walton. ¿Se trataba de Ricky, la que yo había entrevistado en USA en 1996?

1. Amplia información en *Ricky-B* (1977).

VIEQUES

Mi buen amigo Jorge Martín, de Puerto Rico, me puso en antecedentes del caso «Medina».

He aquí su investigación:

... Medina es pescador... Se puso en contacto con nosotros tras leer mi libro *Vieques: polígono del tercer tipo*... Al conocer por su lectura el testimonio de otros pescadores viequenses, que aseguraron haber tenido encuentros con seres de fisonomía no humana en las lagunas de la isla, impactado, quiso revelarnos lo que le sucedió a él... He aquí su testimonio: «Martín —dijo Medina—, tuve que llamarle porque, cuando vi el libro y lo leí, quedé impresionado... Todo lo que usted dice en el libro es verdad, y lo sé porque yo mismo he

Isla de Vieques (1976). Cuaderno de campo de J. J. Benítez.

visto estas cosas... Y he visto a esas criaturas, en el mar, pescando... Mi zona preferida de pesca es en el norte... Especialmente el cayo La Yayí... En 1976 fui a pescar a la zona... Me habían encargado unos caracoles... Y sucedió algo que nunca olvidaré... Llegué al cayo como a las diez de la mañana... Amarré el bote a unas piedras y me tiré al agua... Yo estaba con *snorkel* (tubo y gafas de buceo)... El fondo, en ese lugar, se encuentra a 10 metros de profundidad, más o menos... Yo recogía los caracoles y, cuando necesitaba aire, volvía a la superficie... Y me zambullía de nuevo... Pues bien, en un momento dado, cuando estaba en el fondo, tuve una sensación muy fuerte... Era como si alguien me estuviera observando... Miré a mi alrededor y los vi... Fue increíble... Allí abajo, en el fondo del mar, había tres personas... Bueno, yo las llamo personas, pero no lo eran... Eran tres criaturas con cabezas, piernas y brazos, pero no eran humanas... Estaban de pie, detrás de unas rocas... Yo me encontraba a 10 pies (3 metros); es decir, muy cerca... Los podía ver a la perfección... El agua era cristalina y la luz llegaba muy bien al fondo... Al verlos me impacté... Y el corazón aceleró... Pero, al ver que no se movían, me fui tranquilizando... Creo que tenían curiosidad, exactamente igual que yo... Y continué recogiendo caracoles... Cuando me faltó el aire subí... Al regresar ya no estaban... Busqué y busqué pero no los vi»... Preguntamos a Medina cómo eran esos seres. Y respondió: «Como nosotros, con las cabezas un poco más grandes y calvas... No tenían pelo... Las orejas eran picuditas... Los ojos eran parecidos a los nuestros, con párpados, pero oscuros y más grandes... Los labios eran finos y hacia fuera... Sobre el labio superior presentaban una línea de color rojizo, muy fina, y otra amarillosa... Las narices eran pequeñas y la piel de color seminegruzco, con escamas... En las caras, y en otras partes del cuerpo, brillaban algunas escamas más amarillas... Los brazos eran más largos que los nuestros... Las manos tenían tres dedos, con una membrana carnosa, como los patos... Estaban apoyadas en las piedras»... Esa misma tarde, Francisco Medina vivió otra experiencia desconcertante... Hacia las cinco se sumergió de nuevo, también a la búsqueda de cara-

coles marinos... «Fue en el mismo lugar: en el cayo La Yayí... Entonces, cuando me hallaba en el fondo, oí una voz... La escuché con toda claridad... Era una voz masculina... Y repitió varias veces: "Francisco, sube... El bote se está rompiendo contra las piedras"... Yo pensé que me volvía loco... Pero subí a la superficie y me asombré al ver que lo que decía la voz era verdad... Las amarras del bote se habían soltado, no sé cómo, porque estaban muy seguras, y la embarcación estaba golpeando contra las rocas... De hecho, una de las tablas ya estaba rota... De haberme quedado sin bote hubiera tenido un grave problema... Me hallaba lejos de la costa... Ahora lo sé: aquella voz me salvó la vida»... Según Medina, la voz podía ser la de uno de los seres que vio por la mañana en el fondo... Y Medina prosiguió su relato: «Después del encuentro con los tres seres vi un barco de la Marina USA, con mucho personal y buzos... Se estaban sumergiendo en el mismo sitio donde vi a las criaturas... ¿No le parece mucha coincidencia?... Entonces se presentó una lancha de vigilancia, también de la Marina, y me dijeron que tenía que salir de aquel lugar... Y hablaron de zona restringida... Y no tuve más remedio que abandonar el cayo... Y allí se quedaron, rastreando el fondo del mar».

En esa zona, cerca del cayo La Yayí, se encuentra el campo de tiro de la Marina de los Estados Unidos. Según Jorge Martín, desde hace años, se vienen registrando en la isla extraños fenómenos, relacionados con ovnis y con sus tripulantes. El caso Medina es uno más. Pero los gringos lo niegan todo...

TORDESILLAS

Las agresiones por parte de los ovnis resultan incomprensibles en la mayor parte de los casos; mucho más si el agredido es un niño...

Esto fue lo ocurrido el 8 de agosto de 1977 en la localidad vallisoletana de Tordesillas (España).

Me lo contaron muchas veces y siempre sin caer en contradicción.

Aquella tarde, Martín se hallaba jugando en las afueras del pueblo. Tenía ocho años. Le acompañaba un amigo.

—Fue al atardecer –explicó el niño–. Estábamos jugando en un corral, cerca de la carretera de Zamora. Y empezamos a tirar piedras al otro lado de una tapia.

—¿Por qué?

—Jugando...

—¿Qué había al otro lado del muro?

—Maquinaria agrícola. Entonces, al tirar la tercera o cuarta piedra, sonó a metálico, como si le hubiéramos dado a un coche. Y nos reímos un montón. Después pensamos que le habíamos acertado a la máquina agrícola.

—¿Qué tipo de máquina?

—Para recoger patatas.

Y a los niños les picó la curiosidad...

—Decidimos entrar al corral y ver qué había pasado.

—¿Los dos?

Martín. (Gentileza de la familia.)

—Sí, yo iba delante. Fernando marchaba detrás. Y allí estaba «aquello»...

—¿«Aquello»?

—Era un aparato grande, de unos 6 metros de altura. Estaba en el suelo. Tenía varias patas. Parecía una lágrima.

—No entiendo...

—El aparato era como una gota de agua.

Y Martín procedió a dibujarlo.

—En la parte de abajo —continuó— tenía dos puertas corredizas, como las de los ascensores. Cuando se abrían se veía una luz roja; otras veces era azul y otras, verde.

Y el niño siguió con la descripción del objeto:

—En un lado tenía tubos. Conté tres o cuatro. Y, de pronto, salió un rayo...

—¿Por dónde salió?

—Por los tubos. Y me dio en el vientre.

—¿Cómo era el rayo?

—Fino, de varios colores, como el arco iris.

—¿A qué distancia estabas del objeto?

—Cerca. Quizá a 4 metros.

—¿Y qué pasó?

—Me quedé perplejo. Y toqué el rayo con las manos. Al cabo de unos segundos desapareció.

—¿Cómo lo hizo?

—No lo sé. Entonces oí un ruido, como una sirena, y las puertas corredizas se cerraron.

—¿Cuánto tiempo permaneció el rayo en tu vientre?

—Segundos. El objeto recogió las patas y apareció un humo negro que lo cubrió. Y aquella cosa se mantuvo en el aire, como a metro y medio del suelo.

—¿Cuánto tiempo?

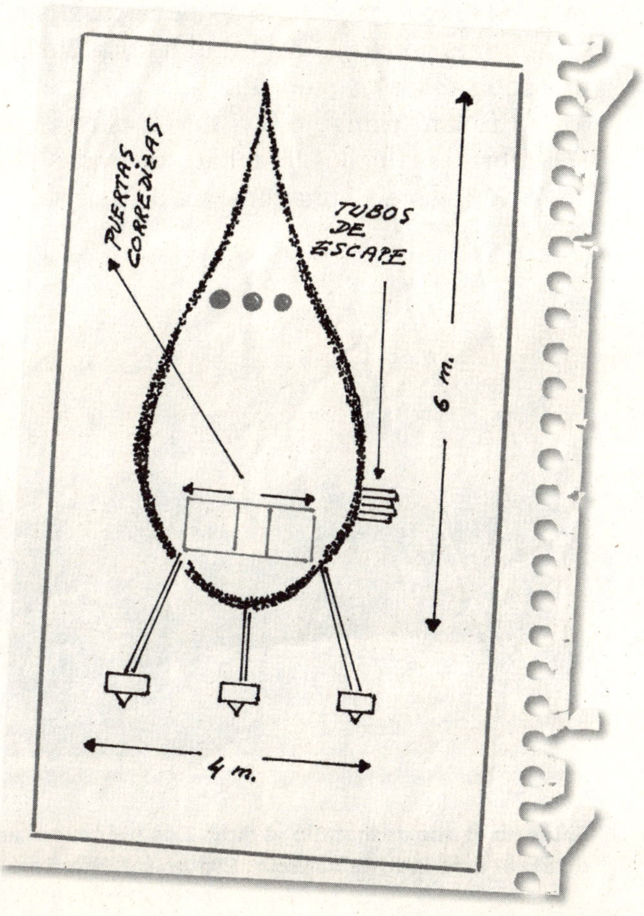

Tordesillas (1977). Campo de campo de J. J. Benítez.

—Menos de un minuto. Después se elevó, en silencio. Y subió en oblicuo.

A partir de esos instantes Martín no recuerda nada.

Se desmayó.

Y los amigos avisaron a la familia.

Cuando Antonio, el padre de Martín, acudió al lugar, los amigos trasladaban al niño hacia la casa.

—Parecía muerto –explicó el padre–. Lo llevamos al médico del pueblo y el niño recobró el conocimiento. Después empezó a devolver y perdió la visión. Y empezó el calvario...

Antonio hablaba con razón. A partir de ese día, Martín sufrió catorce operaciones (!). Pero nadie sabía qué le ocurría. Los dolores de cabeza eran constantes. Pensaron en un tumor cerebral (y recordé el caso de Emiliano Velasco, el tractorista). Y al niño le quedó una pequeña parálisis.

Antonio acudió al corral al día siguiente y comprobó que una zona aparecía quemada.

—Era un triángulo. La tierra estaba calcinada y negra. Descubrí tres huellas. Estaban separadas por unos 4 metros.

—¿Recogiste alguna muestra de tierra?

—Sí...

Solar en el que descendió el ovni. Los niños lanzaron las piedras desde el otro lado de la tapia. (Foto: J. J. Benítez.)

Representación del disco que apareció cerca de la casa de Martín después de la agresión ovni. (Foto: J. J. Benítez.)

Y Antonio se disculpó. Salió de la habitación en la que conversábamos y regresó, al poco, con una bolsa.

—La he guardado. Puedes llevártela y analizarla.

Era la tierra calcinada. Parecía hollín.

Cuando mandé analizar la muestra, el laboratorio de Tarragona que se ocupó de los análisis me envió cuatro folios. En síntesis venía a decir que una serie de componentes de la tierra (potasio, calcio, hierro, cobre, zinc y boro) aparecían notablemente modificados. No fueron detectados signos de radioactividad. El laboratorio no lograba explicar qué había modificado, tan sustancialmente, la absorción de los nutrientes de la tierra.

Ni yo comenté lo ocurrido en Tordesillas...

Catorce meses después del incidente con el ovni, en octubre de 1978, decenas de vecinos de Tordesillas pudieron ver un disco de gran luminosidad sobre una torreta de alta tensión, muy cerca de la casa del pequeño Martín. Allí permaneció unos minutos.

¿Casualidad? Lo dudo...

Ese año de 1978 —quizá para compensar—, Martín experimentó algo poco habitual.

—Recuperé el tiempo perdido con las operaciones —manifestó—. Entre enero y junio, después del encuentro ovni, aprobé primero y segundo de bachillerato.[1]

—¿Y eso?

—Abría un libro, lo leía, y me lo aprendía todo, de memoria.

Lo dicho: quizá «ellos» quisieron compensarle...

LA PARRA

La proximidad de objetos volantes no identificados a trenes también ha provocado problemas.

Examinaré tres casos.

Aquel 19 de agosto de 1977 me encontraba de vacaciones en Barbate (Cádiz, España). Y al enterarme de lo ocurrido busqué a los pasajeros del ferrobús 3201, que hacía la línea Cádiz-Sevilla.

Las primeras noticias eran confusas: una potente luz había aparecido sobre las vías y el maquinista, aterrorizado, terminó arrojándose del tren. Otros pasajeros hicieron lo mismo. Resultado: siete heridos.

¿Se trataba de otro tren, que circulaba en dirección contraria?

Los cielos me protegieron.

Y, al poco, fui a dar con Vicente Peña. Viajaba en el ferrobús, y muy cerca de la locomotora.

—Eran las seis y pico de la mañana —explicó—. Yo me encontraba en el primer coche. Tenía a la vista al maquinista. Y nada más salir de la estación de La Parra noté que se sobresaltaba. Gesticulaba y gritaba. Entonces me fijé y vi una luz en mitad de las vías.

1. En la actualidad, primero y segundo de bachillerato equivalen a tercero y cuarto de ESO. (*N. del A.*)

La Parra (1977).
Cuaderno de campo
de J. J. Benítez.

—¿A qué distancia?

—Más o menos a 1 kilómetro. Y el maquinista, sin previo aviso, se arrojó fuera del tren. Aquello fue una locura. Otros pasajeros vieron la luz e hicieron lo mismo. Una mujer lanzó a su niño por la ventanilla…

—¿Recuerda cómo era la luz?

El empleado de González Byass no lo dudó:

—Grande y blanca, muy potente. Aquello no me pareció la luz de una locomotora.

—¿Y qué sucedió?

—El tren continuó a toda velocidad, directo hacia la luz. Y la gente hizo lo que pudo. Como le digo, unos se arrojaron del tren; otros nos protegimos. El choque parecía inminente. Pero el ayudante del maquinista logró frenar el ferrobús y, poco a poco, fue parando.

—¿Y la luz?

—Allí siguió, quieta.

Ferrobús 3201. Lugar exacto en el que se presentó la luz. (Foto: J. J. Benítez.)

Tras el incidente con la «luz», los militares vigilaron la zona durante una semana. (Foto: J. J. Benítez.)

—¿Qué hizo usted?

—Me bajé y auxilié al maquinista.

Manuel Reina Ales, maquinista militar, presentaba una herida en el rostro y una fuerte excitación nerviosa.

Por fortuna, el resto de los heridos fue de escasa consideración.

—Una vez parado el tren —prosiguió Peña Carrasco—, el ayudante se dirigió a uno de los postes y trató de llamar por teléfono, pero no funcionaba. Fueron unos soldados, que viajaban en el tren, los que caminaron hasta la vecina base aérea de La Parra y allí solicitaron ayuda.

—¿A qué distancia del suelo se hallaba la «luz»?

—Cosa de medio metro.

—¿Cuánto tiempo siguió sobre las vías?

—Yo diría que minutos. Después, con todo el lío, la perdí de vista.

—¿Desapareció?

—Sí. Cuando volví a mirar ya no estaba.

—¿Pudo ser otro tren?

—No lo creo. La luz estaba quieta. De haber sido un tren allí habría continuado.

Como decía mi abuela, la contrabandista, «blanco y en botella»...

LA VENTILLA

En los primeros días de marzo de 1983, un objeto volante no identificado paralizó un tren de mercancías en las proximidades de la estación La Ventilla, en Oruro (Bolivia).

En una de mis correrías por Oruro pude localizar a Jesús Pardo, jefe de la referida estación de La Ventilla.

—Sucedió el 8 de marzo —explicó el ya retirado jefe de estación—. Eran las dos y media de la madrugada. El tren de carga procedía de Cochabamba. Y cuando arrancaba apareció «aquello».

—¿Cómo era?

—Como un plato, pero enorme.

—¿Qué podía medir?

—No le exagero, pero más de 100 metros de diámetro. Se movía muy rápido. Se acercó al tren de carga y éste quedó inmóvil.

—¿Lo detuvo el maquinista?

—No, al contrario. Según me dijo le metió toda la velocidad, pero el tren no respondió. Estaba muerto. El sistema eléctrico se vino abajo.

—¿Cuánto duró la presencia del objeto?

—Unos 15 minutos. Después de sobrevolar la estación y los alrededores se alejó, desapareciendo.

—¿Y el tren?

—Recuperó la energía y pudo continuar.

—¿De qué color era la luz del objeto?

—Blanca, y lanzaba destellos azules. Todo se iluminó como si fuera de día.

—¿Escuchó ruido?

—Nada. Total silencio. Eso nos impresionó mucho.

SOCOMPA

Años más tarde (1989), otra nave paralizó un tren en las proximidades del volcán Socompa, en la frontera de Argentina con Chile.

El caso, en esta ocasión, fue investigado por Héctor Cassano. Él me remitió la información:

Estimado señor Benítez: Se lo debía. Compilé esta historia en enero de 1991... Tras terminar una pasantía hotelera quise darme el gusto de conocer el famoso «tren de las nubes»... Según me informé, tres trenes semanales se encargaban del abastecimiento de las ciudades de la puna... Dos de ellos llegaban hasta San Antonio de los Cobres, en tanto que el tercero alcanzaba el mítico volcán Socompa, que queda en la frontera con Chile, en lo que constituye el límite este del desierto de Atacama... Desde ya opté por este último tren... Que se trataba de un carguero es un decir... Locomotora, una plataforma con una retroexcavadora, seis tolvas de minerales, cinco furgones, cuatro vagones vivienda para las diferentes dotaciones de tripulación, un furgón especial para herramientas, un coche de primera clase y otro de clase turista... Con todo listo partimos hacia las ocho de la mañana con el convoy repleto de gente, casi todos aborígenes que viven en lo alto de la puna (altiplanicie próxima a la cordillera de los Andes)... En las primeras cuatro estaciones no hizo más que subir gente... A lo largo de todo el día no hicimos otra cosa que descargar pasajeros... Llegamos a San Antonio de los Cobres por la noche. Y no me lo explico: al margen de las estaciones no vimos ni un solo poblado... ¿De dónde salía tanta gente? ¿A dónde se dirigían?... Misterio... Todo a nuestro alrededor era un paisaje lunar... A eso de las tres de la madrugada paramos en un pueblo minero que queda a orillas de un gran salitral... El amanecer nos sorprendió en una meseta

que está al este de la cordillera de los Andes... Aquello parecía Marte... Un desierto de arena y piedra, de color rojo... A las nueve paramos en Tolar Grande y de allí al salar de Arizaro, de 70 kilómetros de longitud... Al otro lado esperaba otro extraño desierto de rocas... Paramos brevemente en Caipe, un apeadero, y desde allí cruzamos una escarpada cordillera para entrar en un desierto de ceniza negra... El lugar es plano... Éste fue el sitio de encuentro con la nave... Avanzamos y llegamos a las laderas del volcán Socompa... Allí nos encontrábamos a 3.888 metros de altitud y a 2.500 por debajo de la cumbre... Desde allí, los Andes caen hacia el Pacífico... Por supuesto, la zona está olvidada de la mano de Dios... Nadie vive allí, salvo un puñado de *milicos* (militares) y ferroviarios... Desde San Antonio de los Cobres hasta allí todo es desierto, como el Sahara... En ese tramo, el tren ya casi no lleva pasajeros... A poco de partir, uno de los turistas consiguió permiso para hacer un tramo en la cabina de la locomotora... Partimos de regreso a eso de las 18 horas, ya viajando en cabina... Mi compañero se situó tras el fogonero y yo tras el maquinista... La noche nos alcanzó en la planicie desértica... Pronto quedó todo a oscuras... Impresionado por el paisaje, y sin despegar los ojos de la ventanilla, hice un comentario inocente:

—Lindo lugar para un encuentro ovni, ¿no?

La respuesta del maquinista no se hizo esperar:

—Ni me lo mencione...

Noté miedo en su voz... Era evidente que a ese hombre le había pasado algo... La curiosidad me picó y contraataqué:

—¿Tuvieron alguno?

Esta vez fue el fogonero quien respondió:

—Cada dos por tres...

Hizo una pausa y continuó:

—A cada rato nos cruzamos con alguno, pero no podemos decir nada. Nos tenemos que callar la boca.

Le miré, intrigado.

—¿Y eso?

—Es que si decimos algo van a pensar que estábamos «chupados», y si hay algo que aquí no se puede es estar «chupado». Ante la menor duda te dan de baja. Imagínate que éste es el ramal ferroviario más difícil del mundo. Acá sólo conducen los mejores maquinistas, pero después de seis meses de entrenamiento. Durante esos seis meses no puedes tocar la locomotora. Así, después de este tiempo, se conocen de memoria cada curva del recorrido.

—¿Tan jodido es?

—Jodidísimo. Tenés que saber muy bien a qué velocidad entrar en cada curva. Fíjate que si no o no pasas o te vas al carajo.

Hice un silencio y luego le pregunté por algún encuentro concreto con ovnis.

—Hubo varios —replicó el fogonero—. Y hubo uno en el que uno de esos objetos llegó a parar el tren.

El fogonero se dirigió al maquinista y preguntó:

—¿Te acordás de ese caso, flaco?

El maquinista, sin inmutarse ni despegar los ojos de la vía, respondió:

—¡Sí!

—¿Te acordás quién estaba de tripulación ese día?

—Yo estaba...

El fogonero se sorprendió...

—¿Vos estabas?

—Sí.

No pude resistir la curiosidad.

—¿Paró el tren?

—Así es.

—¿Cómo?

—Mirá, fue, poco más o menos, por acá. Volvíamos de Socompa, ya de noche. De lejos vimos que había un resplandor tras un cerro. Nos llamó la atención porque era muy fuerte. Cada vez más, pero no se podía ver qué era porque el cerro lo tapaba. Entonces, al tomar la curva que rodea el cerro, se nos apareció por sorpresa.

Según contó, la nave, de unos 100 metros de diámetro, se hallaba inmóvil sobre la vía, a unos 30 metros de altura. Al verla se asustaron y clavaron los frenos. Al detenerse el tren, el motor de la locomotora se apagó, y también las luces del

Socompa (1989). Cuaderno de campo de J. J. Benítez.

convoy... Por varias veces intentó ponerla en marcha, pero no hubo caso... Todos los comandos parecían estar muertos, como en un auto sin batería... La luz de la nave era tan fuerte que el interior de la cabina quedó iluminado «como en un día nublado»... Durante una hora, nave y tren permanecieron enfrentados... Finalmente, la astronave comenzó a avanzar, a paso de hombre, hacia la locomotora... Y pasó por encima del tren...

—Era como si nos estuviese sacando una radiografía —añadió el maquinista.

Después se elevó y en una fracción de segundo desapareció en el firmamento... En eso, la locomotora funcionó... Al llegar a Tolar Grande, el maquinista asentó el incidente en el libro de quejas... La locomotora era una GM-GT-22CW.

FAVILICO

En las mismas fechas en las que el tren de carga era inutilizado por una nave en las cercanías de Oruro (marzo de 1983), los vecinos de la aldea de Favilico, al este de Bolivia, sufrían una pesadilla...

Favilico se encuentra casi a 4.000 metros de altitud.

Es una población perdida en la nada.

Su gente se dedica a la minería.

Y allí me presenté.

Juan Fortuncho, de sesenta y siete años, recordaba los hechos:

—Primero fueron los redondeles de fuego. Los vimos pasar varias noches.

—¿En qué fecha?

—En la primera semana de marzo de 1983. Después, el día 8, los «redondeles» se colocaron sobre el pueblo.

—¿Cuántos?

—Cuatro. Y lanzaron tubos de luz hacia las casas. Y por los tubos bajaban personas.

—¿Qué clase de personas?

—Eran *tatacuras*. Gente muy alta, de 2 y 3 metros...

Tatacura es un término que aparece en la época de la conquista española y que se refiere a los sacerdotes católicos de gran talla que eran enviados al corazón de Bolivia para la evangelización de las gentes. Para los indígenas, un *tatacura* es un ser de gran altura.

—¿Y qué sucedió?

—Nos asustamos. Y la gente se refugió en sus casas. Y aquellos tipos se pasearon por el pueblo, asomándose a las ventanas.

Solicité más información sobre los *tatacuras*.

—Llevaban trajes brillantes. Eran rubios y de ojos almendrados, como los chinos.

Aquellas visitas a Favilico se repitieron en varias oportunidades.

—Terminamos refugiándonos en la escuela —prosiguió Fortuncho—. Pero los seres intentaron derribar la puerta. Y nos defendimos, naturalmente.

—¿Qué hicieron?

—Utilizamos lo que teníamos a mano: dinamita.

—¿Tiraron cartuchos de dinamita a los *tatacuras*?

—Sí, todos los que pudimos. Pero los tiros no les causaban daño, y terminaron desapareciendo.

Y los vecinos, aterrados, acudieron a la policía. Pero las autoridades no prestaron demasiada atención.

En Favilico me hablaron de otros casos ovni, registrados en la región. Y me puse en marcha.

El siguiente destino fue Ckolo, una ranchería perdida en las montañas, a 115 kilómetros de Potosí. Llegar fue una odisea.

Juan Condori, también campesino, me puso al corriente:

—El 4 de marzo de 1983 —explicó—, cuando regresaba a la casa, oí los gritos de mi esposa y de mis hijos. Entonces, al llegar, observé a dos individuos que trataban de derribar la puerta.

—¿Cómo eran?

—*Tatacuras*. Muy altos, de unos 3 metros. Estaban enfundados en monos plateados, como de aluminio.

—¿A qué distancia estaba usted?

Favilico (1983). Cuaderno de campo de J. J. Benítez.

—A 4 o 5 metros.

—¿Está seguro de que intentaban tirar la puerta?

—Completamente. Empujaban con los hombros y daban patadas a la madera.

—¿Y qué hizo usted?

—Llamé a los vecinos y nos liamos a pedradas con ellos.

—¿Cuántos vecinos los apedrearon?

—Seis o siete.

—¿Alguna piedra acertó?

—Varias, pero no llegaban a tocarlos. Hacían un ruido metálico y caían al suelo.

—¿Y los *tatacuras*?

—Huyeron. Y lo hicieron a grandes saltos.

Juan estableció cada salto en unos 20 o 25 metros.

En esos momentos, cuando los vecinos comentaban lo ocurrido, de un cerro cercano surgió un disco amarillento que desapareció hacia el sur.

Las denuncias de los vecinos tampoco fueron atendidas.

YUMASA

Años después, también en Bolivia, tuvo lugar un suceso ovni, pero de características muy distintas a los incidentes de Favilico y Ckolo.

El investigador Álvaro Munguía Becker se ocupó del caso.

He aquí una síntesis:

... El 17 de junio de 1996, el arquitecto boliviano Roberto Suárez, de treinta años de edad, emprendió un viaje, a pie, para examinar una concesión minera en las inmediaciones del río Camblaya, en el límite de los departamentos de Sucre y Tarija... Le acompañaban dieciséis personas... En el transcurso de la tarde de ese primer día aconteció lo siguiente: «Me separé del grupo —relató Suárez—, pero al principio no estaba perdido... Veía el lugar al que debíamos llegar... Pero me fui distanciando de mis compañeros... Comencé a internarme en un cañón muy agresivo, lleno de piedras sueltas y agua... Llegó la noche y tuve que pasarla en medio de la quebrada... No sabía nada del grupo... Al día siguiente continué caminando hacia nuestro objetivo... Me encontraba bien y con ánimos... Dejé la mochila que cargaba, pues me incomodaba para bajar, y crucé el río a nado... Seguí la marcha e hice una fogata para llamar la atención de mis compañeros... Ya había pasado un día desde que me separé de ellos... Imaginé que me estaban buscando... Caminé un día más, tratando de salir del cañón e intentando regresar a Yumasa... No tenía comida ni ropa... Y al tercer día sufrí una caída, aunque no tuvo mayores consecuencias... Al cuarto día resbalé y caí unos 40 metros a otro cañón, paralelo al río Camblaya... Me fracturé el fémur de la pierna izquierda y el tobillo de la

Roberto Suárez, sentado, en el momento del rescate. (Gentileza de Álvaro Munguía.)

Río Camblaya. (Gentileza de Álvaro Munguía.)

derecha... Quedé inmovilizado y al acecho de los agresivos cóndores... Cumplí cuatro días con las piernas rotas... El lugar en el que me encontraba era casi una rendija: entraba el sol a las nueve de la mañana y a las tres ya estaba en penumbra»... Roberto permaneció cuatro días en esa situación: sin comida ni ropa, con las dos piernas fracturadas, y al borde de la desesperación... El 24 de junio, poco antes de su rescate, Roberto Suárez vivió una experiencia única: «De pronto, en la noche, vi una luz roja... Se movía en silencio... Alumbró el lugar donde me hallaba... Parecía la luz de un helicóptero, pero no era un helicóptero... Pude ver la hora que marcaba mi reloj: las once y media... La luz se acercaba y se alejaba... Entonces se presentó una persona... Pensé que estaba alucinando... Y esa persona me dijo: "El helicóptero que te busca no podrá llegar. Éste es un sitio muy cerrado"... Y me pidió que me tranquilizase... "Sabemos dónde estás y mañana vendrán a por ti"... Y desapareció»... A la mañana siguiente, en efecto, el arquitecto fue rescatado... Según los grupos del SAR de Tarija y Santa Cruz, la noche anterior —coincidiendo con el testimonio de Suárez— observaron en los alrededores de la sima un objeto brillante, de color rojo, que permaneció mucho tiempo en la zona... El objeto se desplazaba en zigzag.

ATACAMA

El ingeniero aeronáutico Rafael de J. Henríquez Theran, al que mencioné en *El hombre que susurraba a los «ummitas»* y en *Pactos y señales*, me envió hace años un escrito que me dejó perplejo. Lo reproduciré textualmente:

... Bitácora 5.
Desierto de Atacama, Chile.
14 de diciembre de 1977.
Hace frío en el desierto y es verano en el hemisferio sur... La oscuridad del entorno contrasta con un cielo de millones

de estrellas... La cinta de asfalto de la carretera, que ha trepado desde el puerto de Iquique en un vertiginoso ascenso en espiral desde la costa del océano Pacífico, se transforma en una recta que se pierde en la oscuridad... Es un sendero de sombras que cobra vida progresiva a la luz de los faros del furgón Blazer... El huaso Flórez, un sargento de la Fuerza Aérea a quien han asignado como mi conductor, dice que en la mañana, cuando caliente el sol, se levantará la camanchaca, la densa niebla matutina de Atacama... Se requiere ganar tiempo en la noche si deseamos llegar al pueblo de Tana antes del amanecer... La camanchaca no permite el movimiento... En un campamento, cerca de Tana, nos esperará un equipo de topógrafos enviados por el gobierno desde la ciudad de Arica... Flórez es un hombre entrenado para la guerra... Lleva al cinto una enorme pistola calibre 45... La situación fronteriza es tensa... El asunto del canal de Beagle se ha transformado en el prólogo de una guerra con los vecinos del otro lado de los Andes... Al mismo tiempo, según se dice, ejércitos peruanos y bolivianos acechan a la espera... Para hacer la guerra siempre hay pretextos... Yo soy neutral: un simple funcionario de un organismo especializado de la ONU, en misión en Chile... Ayer estaba sentado en mi confortable oficina de la calle Bulnes, en el centro de Santiago, y hoy, «por orden superior», me encuentro en la mitad del desierto más seco del mundo buscando un lugar donde sea posible construir un nuevo aeropuerto para la ciudad de Arica... Ante lo intempestivo de la misión, mi dotación personal se reduce a un traje de fatiga azul con un enorme letrero de la ONU en la espalda, una gorra del mismo color, anteojos de sol, un cartapacio de mapas satelitales de la zona, un pasaporte rojo de las Naciones Unidas *(Laissez paser)*, cigarrillos ingleses y una botella de pisco chileno... Las cámaras fotográficas están estrictamente prohibidas... Sufro un sobresalto cuando un vibrante ruido hace temblar el vehículo y levanta torbellinos de polvo de las dunas que bordean la carretera... Flórez detiene el Blazer y apaga las luces... Un par de helicópteros Black Hawk cruzan en vuelo rasante sobre nosotros... Flórez enciende el

transmisor y habla utilizando ciertos códigos... Alguien le responde en términos igualmente indescifrables... Dice que el radar de Antofagasta ha detectado veloces movimientos aéreos no identificados a baja altura, en los alrededores... Tales indicaciones —*ángeles* en el argot aeronáutico— son comunes en el área... Tras una breve espera seguimos nuestro camino... La verdad es que, aparte de los helicópteros, no hemos visto nada... Media hora después el camino se vuelve empinado... Comienza la cuesta del Chaca, una serie de colinas redondeadas, carentes de vegetación, que terminarán, según las cartas geográficas, en una profunda y estrecha depresión... En el fondo de las hendiduras, de escasos 80 metros de anchura y varios cientos de profundidad, viven los gambusinos, personas que extraen (ilegalmente) el oro de las arenas del río... Pese a hallarse a pocos kilómetros del océano, la plataforma desértica de Atacama se encuentra aproximadamente a 1.000 metros de altura y se extiende por centenares de kilómetros sobre el costado occidental de América del Sur... Una pequeña vivienda en la distancia... El sargento Flórez detiene el vehículo a un lado de la carretera, en las cercanías de un profundo cañón... Allí hay un «restaurante»: La Luna, una polvorienta casucha de paredes de roca y techumbre de maderos, amarrados con alambres oxidados por el salitre... La iluminación es una lámpara de queroseno... Flórez dice tener hambre... Y cuando un sargento dice tener hambre, el asunto es serio... Hay gente en el lugar... La mujer de un gambusino llora a gritos... Vive, al parecer, en el fondo del desfiladero... Su hijo, de pocos años, tiene un cólico y fiebre... Sufre —dice— un ataque de apendicitis... La mujer ha caminado durante horas a fin de que alguien pueda llevar a su hijo a una posta (un puesto de salud) en el pueblo de Tana... Es necesario descender con el vehículo y buscar al niño... Flórez dice no tener autorización para desviarse de la ruta... Le digo que ahora la tiene; yo lo autorizo... Maldice en todos los tonos, pero sube al furgón y pone en marcha el motor... Su «cocido de vacuno», el plato de la zona, tendrá que esperar... Durante casi media hora bajamos la pendiente por un sinuoso camino... Mis oídos zumban por el cambio de presión... El pesado furgón cabe a duras penas por el estrecho sendero... Noto el olor a frenos recalentados... La madre del niño continúa llorando en voz baja... De pronto, todo se ilumina, como si alguien hubiese encendido un descomunal reflector... Quedamos ciegos... El sargento aplica el freno de emergencia y nos detenemos, peligrosamente inclinados hacia adelante... En el asiento trasero, la mujer deja de llorar... Con voz débil dice que no nos preocupemos, que pongamos las manos en los oídos y que cerremos los ojos... No sé por qué, pero obedecemos... Hay un ruido ensordecedor, de muy alta frecuencia, que hace vibrar el vehículo, mientras la luz aumenta de intensidad... Siento ardor en las manos y en el rostro... Luego, poco a poco, luz y sonido se extinguen... La mujer dice que podemos continuar... Según ella, se trata de los *kriktas*... Vienen a buscar *orocal*... Y vienen en platos voladores... Me quedo de piedra... Asegura que aparecen cada dos o tres meses... Llegan en «tubos voladores», o en discos, y se marchan dejándoles como regalo indicaciones exactas de los lugares donde pueden encontrar las pepitas de oro... A los *kriktas* —dice— no les interesa el oro... Sólo se llevan el *orocal*, una especie de barro dorado-rojizo y brillante, sin valor, que aparece en las orillas del río... Pienso que la mujer está desvariando... Supongo que Flórez piensa lo mismo... Aún así, ¿qué fue lo que produjo la luz y el intenso ruido? Misterio... Al fin llegamos al fondo del barranco... La cabaña se encuentra junto a una cascada... Un hombre parecido a una sombra está de pie, en la puerta del rancho, con una vela encendida en su mano izquierda y una botella en la derecha... Camina tambaleándose... Está borracho... Dice que los *kriktas* han venido a visitarlos y que han curado al niño... Encuentro a la criatura tendida en un primitivo camastro, fabricado con cajas de madera... Tendrá unos seis años... Palpo su frente... La temperatura es normal... Sonríe... El padre, tras apurar un trago de pipeño, un aguardiente de uva, afirma que los visitantes lo operaron en un santiamén... Dice que fue «como un tiro»; es decir, inmediato... A la luz de la vela descubro el vientre del infante... Flórez ha traído una poderosa linterna militar... Con dificultad percibo sobre la piel del lado derecho del abdomen un trazo casi invisible... La mujer asegura que su hijo nunca ha sido operado... Insisto en que debemos llevarlo al puesto de salud de Tana... La mujer ac-

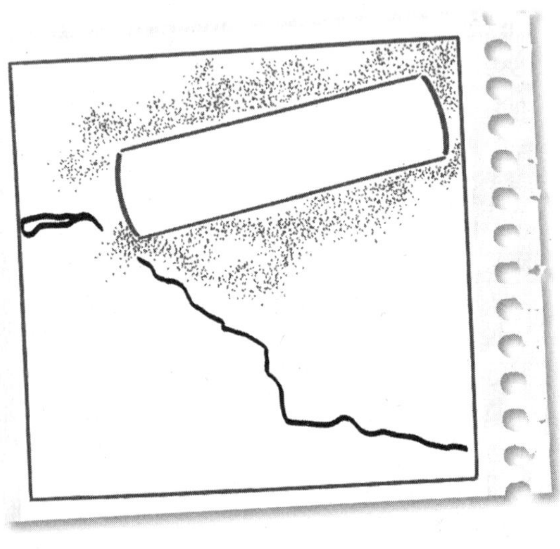

Los *kriktas* llegan en «tubos voladores», aseguran los «gambusinos» del norte de Chile. Cuaderno de campo de J. J. Benítez.

cede... El padre se opone... Dice que no es necesario... Un billete de 20 dólares le hace cambiar de opinión... Finalmente iniciamos el penoso ascenso de vuelta... El Blazer ruge en primera durante media hora... Al alcanzar la cumbre, la luz roja del indicador de temperatura del motor empieza a oscilar... Flórez maldice de nuevo... Busca un recipiente con líquido refrigerante y llena el depósito que alimenta al radiador... La luz se apaga y proseguimos por terreno pavimentado... Son las cuatro y quince de la madrugada... Durante el trayecto, la mujer habla sobre el *orocal*... Aparece en ciertas épocas, cuando aumenta el caudal del río, debido a lo que llaman el «invierno boliviano»... El riachuelo se vuelve rojo, como sangre... Después se mezcla con las rocas y se torna un líquido espeso de color dorado... Los *kriktas* lo recogen en los recodos... Está amaneciendo cuando somos admitidos en el dispensario de Tana... El médico, un hombre joven, examina al niño con detalle... Según él, parece saludable y no hay síntoma alguno de apendicitis... Solicito que le practique un examen ecográfico... Dice que es innecesario... Otro billete —ahora de 50 dólares— hace el milagro... Al terminar, el médico me mira con ojos trasnochados, que cobran brillantez, y dice que el niño —válgame Dios— no tiene apéndice... O nació sin ella (lo que sería extraño) o le fue extraída hace mucho tiempo... Esto último le parece altamente improbable... Ni siquiera el bisturí de láser podría dejar una cicatriz tan fina... Después me entero: ha habido otras curaciones entre los gambusinos, siempre por cuenta de los misteriosos *kriktas*... El médico se encoge de hombros y bosteza...

Rafael de J. Henríquez. (Gentileza de la familia.)

Cuando le hablo de los *kriktas*, el médico despierta del todo... Dice que se trata de un viejo mito... Las leyendas de los araucanos hablaban de estas cosas... Se supone que los *kriktas*, individuos muy altos, rubios, y de piel dorada, son criaturas de otros mundos que visitan el desierto de Atacama desde hace milenios... Dice que el *orocal* es un compuesto de gran salinidad, altamente energético, que permite vivir indefinidamente... Una especie de fuente de la vida... Y asegura que los mineros han visto las luces y los tubos voladores en muchas ocasiones... Y les temen «porque la luz y el sonido de esas naves los dejan ciegos y sordos»... Cuando abandonamos el puesto de salud, la luz del amanecer ilumina el desolado desierto, y la niebla lo cubre... La mujer y el niño regresan a la cuesta de Chaca en un pequeño bus...

Mi buen amigo Rafael de J. Henríquez es un hombre culto. Fue controlador de radar, piloto, ingeniero aeronáutico y diplomático.

CANTILLANA

Años después del prodigioso caso vivido por Rafael de J. Henríquez en el desierto chileno de Atacama tuve noticia de otro asunto parecido. Me la proporcionó el investigador Rafael Vite, de Vejer. Decía así:

... Estando destinado el guardia civil de apellido Lobatón en Cazalla de la Sierra (Sevilla), una noche su hijo pequeño, de unos dos años, se le puso enfermo, con fuerte dolor de vientre y fiebre muy alta... El médico del pueblo, ante la aparente gravedad del caso, lo envió con urgencia a Sevilla, para su ingreso en el hospital Virgen del Rocío... Yendo de camino para la capital, a la altura de la población de Cantillana, serían aproximadamente las doce y media de la noche, una iluminación fortísima envolvió el vehículo en el que viajaban, con el consiguiente pánico de los padres y del pequeño... Era tan fuerte la iluminación que los pequeños remaches del coche aparecían con total nitidez... Ignoro cuánto tiempo pudo durar el fenómeno... Una vez ingresado el pequeño en el hospital de Sevilla, y efectuado el reconocimiento adecuado, incluidas las pruebas analíticas, todo resultó negativo... Al día siguiente regresaron a Cazalla como si no hubiera ocurrido nada... Sólo les quedó el enorme susto que pasaron cuando quedaron envueltos en aquella potentísima iluminación... Y todavía se preguntan qué pudo ser «aquello»... En ningún momento, cegados por la potentísima luz, pudieron ver el cuerpo que la producía... Enterado el médico del pueblo del desenlace de todo, y examinado que fue nuevamente el pequeño, nunca pudo explicarse cómo pudieron desaparecer con tal rapidez los síntomas tan alarmantes que presentara el niño la noche anterior.

Me presenté en Cazalla de la Sierra (Sevilla, España) y busqué a Lobatón. Demasiado tarde. Antonio Sánchez Lobatón había fallecido años atrás.

Pero la gentileza y buen hacer del capitán Ciudad, del cuartel de la Guardia Civil de Cazalla, me llevó hasta el domicilio de la viuda, Isabel Buela.

Y la mujer confirmó la noticia proporcionada por Vite:

—Fue en 1981 –manifestó–, mi hijo Juanlu era muy pequeño. Se puso malo y lo llevamos al médico del pueblo, en Cazalla.

—¿Cuáles eran los síntomas?

—Fiebre alta y dolor en el vientre. Pensamos que se trataba de apendicitis. Y el médico nos mandó para Sevilla.

—¿A qué hora salieron de Cazalla?

—Hacia las once de la noche. Conducía Antonio. Yo iba en el asiento del copiloto y el niño atrás, tumbado.

—¿Y qué ocurrió?

—Cuando íbamos por Cantillana, a eso de las doce o doce y media, todo se iluminó como si fuera de día. No sabíamos qué pasaba.

—¿Cómo era la luz?

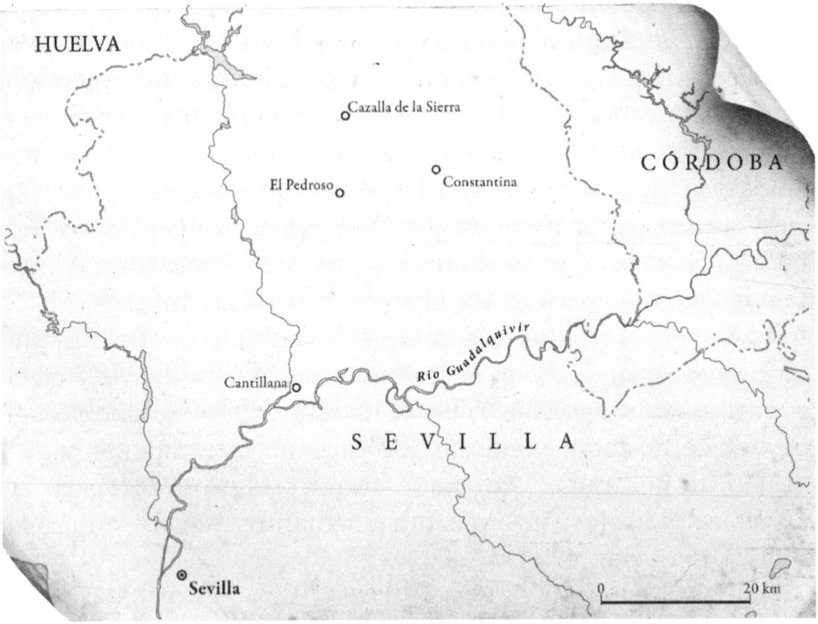

—Blanca, muy potente. Lo llenaba todo. Se veían hasta los remaches del techo del 124. También oímos un ruido desagradable. Y el coche se paró, y las luces del auto se apagaron.

—¿Qué hicieron?

—Estábamos asustados. Nos quedamos en el interior del auto, sin saber qué partido tomar.

—¿Pasaron más coches?

—Ni uno. La carretera estaba desierta. Y al cabo de unos segundos —creo que no llegó al minuto—, la luz se apagó. Y el motor y las luces se recuperaron.

—¿Se bajó Antonio del auto?

—No. Seguimos camino, pendientes del cielo. Pero no vimos nada más.

—¿Y al llegar al hospital?

—Le hicieron toda clase de pruebas, pero el niño estaba bien. Ni rastro de fiebre ni de los dolores. Juanlu sólo pedía molletes de Barbate... Y regresamos a Cazalla. Nadie se explicó qué había sucedido.

—¿Qué opina usted?

Antonio Sánchez Lobatón. (Gentileza de la familia.)

—Que la luz lo curó.

—¿Ha sido operado su hijo del apéndice?

—No.

—¿Sabe si lo conserva?

—No tengo idea.

El hijo, que asistía a la conversación, se encogió de hombros. Tampoco sabía.

Y recomendé:

—Quizá sea interesante que te examine un médico... Podría haber sorpresa.

TALLABOA

Jorge Martín, sin duda, es uno de los mejores investigadores ovni de América. Él contó la siguiente experiencia, vivida por un vecino de Tallaboa, entre los pueblos de Ponce y Peñuelas, en la isla de Puerto Rico.

… El testigo –relató Martín– se llama Héctor Maldonado… Tenía treinta y nueve años de edad y vivía en la localidad de Ponce… «Si no me hubiera pasado a mí —precisó Maldonado— diría que no era verdad… Sucedió en noviembre de 1979… Yo era amante de hacer deporte… Corría mucho… En esa ocasión estaba corriendo por la zona de las salinas, en Tallaboa… Serían las nueve de la mañana cuando me acerqué a los manglares que quedan en la costa… Entonces lo vi… Estaban junto a unos palos».

Y Héctor añadió:

«Mire, Martín, lo que le voy a decir fue cierto… No estoy loco… Cuando me di la vuelta me sorprendí… Vi a unos seres raros… Eran altos, como de 5 a 6 pies (entre 1,80 y 2 metros)… Había cinco o seis… Eran flacos y tenían las cabezas calvas y grandes… Los ojos eran igualmente grandes y rasgados… Pero lo más increíble es que tenían luz… ¡Eran ojos luminosos!… Esa luz procedía del interior de los ojos… Los brazos eran largos y el cuello fino… Tenían la piel de un color

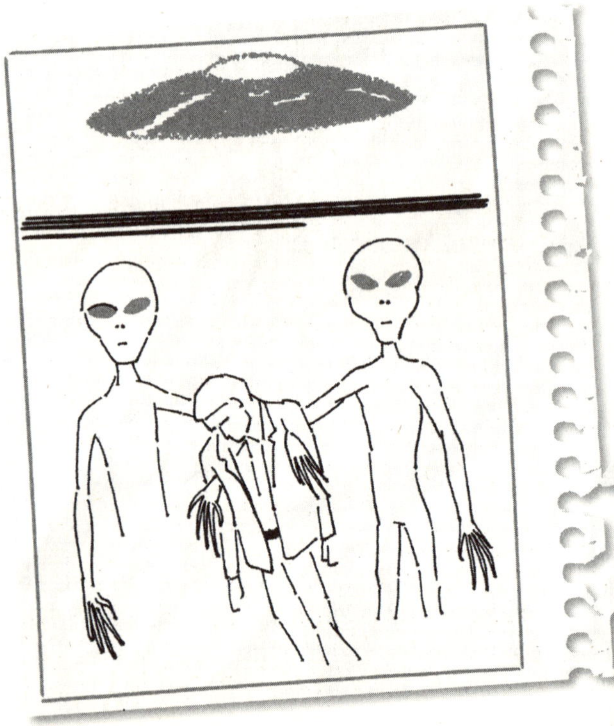

Tallaboa (Puerto Rico), 1979. Cuaderno de campo de J. J. Benítez.

Maldonado. (Gentileza de Jorge Martín.)

gris azuloso... No vi ropa, a no ser que esa "piel" fuera la ropa... Pero no sé... No vi genitales, aunque parecían varones... Pero lo que más me sorprendió es que sostenían a un hombre, a un humano... Lo tenían agarrado por las axilas y se lo llevaban... Era un tipo trigueño, de pelo lacio... Parecía desmayado o muerto... Aquellos seres eran fuertes porque levantaban fácilmente al hombre del suelo... Ni siquiera arrastraba los pies... No pude verle la cara... Y detrás de ellos, sobre el mar, algo más allá de los manglares, observé un aparato... Estaba en el aire... Era ovalado, con una cúpula... Era de un metal plateado, con luces en lo alto... No hacía ruido... Flotaba...Parecía esperar... Entonces, uno de los seres, que se hallaba de rodillas, como examinando algo en el suelo, se fijó en mí... Se puso de pie y señaló hacia mí... Yo sentí una voz en mi cabeza... Aunque estaba parado, observando, no había dejado de mover las piernas, como si continuara corriendo, y oí que decía a los otros seres, como burlándose: «Pero miren a ese... ¡Cómo corre!!»... Y el ser que me había descubierto empezó a burlarse de mí... Y dijo: «Ahora vean cómo corro yo»... Y se puso a correr, pero a una velocidad fantástica... Después se detuvo junto a los otros... Y sentí la voz en mi cabeza: «Vamos a llevárnoslo también», expresó el que se burlaba... Y los otros contestaron: «Déjalo tranquilo... A él no»... Entonces sentí pánico y empecé a correr de verdad, a toda velocidad... Y el tipo se sonrió... En esos momentos le vi la dentadura: eran dientes de punta, como los de los tiburones... Y el tipo que se burlaba de mí me lanzó algo... Era como una gota, pero más grande... Parecía un líquido... Y me dio en el pecho... Al tocar la gota sentí frío... Entonces empecé a sentirme raro... El cuerpo se entumeció... Pero el miedo era tal que seguí corriendo... Y la sensación de entumecimiento fue cediendo... Miré atrás y vi cómo se llevaban al hombre hacia la nave... Continué corriendo y, al volver a mirar, el objeto ya no estaba... No paré de correr hasta que llegué a la casa, pero no dije nada a nadie... ¿Quién me iba a creer?...».

Martín solicitó más información sobre el hombre desmayado y Maldonado aclaró: «Tenía el pelo negro... Era joven: de unos treinta años... Era delgado... Vestía un *suit* de dos pie-

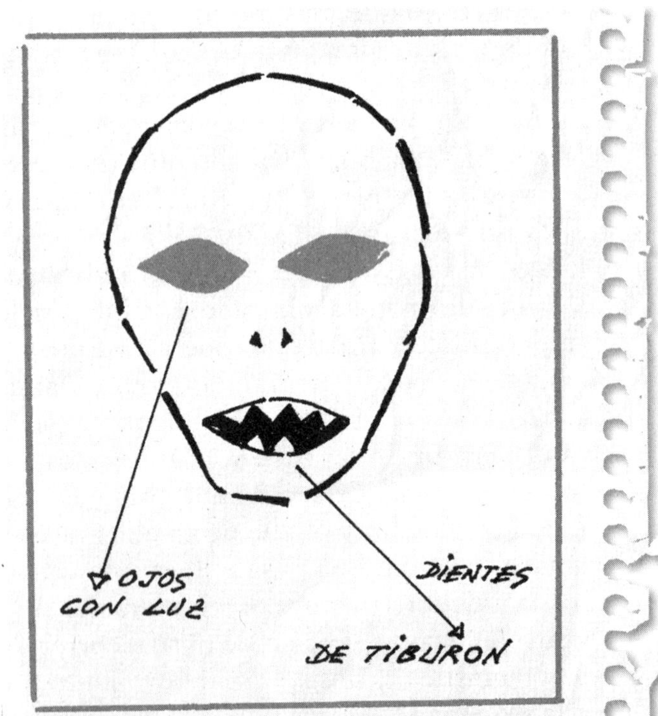

Cuaderno de campo de J. J. Benítez.

zas, a cuadros... Lamentablemente no le vi la cara... No sé quién era...».

—¿Lo notificaste a la policía?

—No, como le dije, tenía mucho miedo. Pensé que no me creerían. Me sentí mal por mucho tiempo, pensando qué le habría pasado a ese hombre. No tengo la menor duda: se lo llevaron. Pero el miedo me paralizó y no hice nada.

Maldonado no volvió a correr por esa zona...

Unos tres años después, el testigo regresó a los manglares y observó que una parte del terreno estaba hundida.

—Formaba un círculo perfecto, de unos 30 pies de diámetro (10 metros). Era como si algo se hubiera posado en la tierra. Unos señores de la Defensa Civil estaban chequeando el círculo.

MADRID

Asombroso...

Según consta en uno de mis cuadernos de campo, el viernes, 23 de octubre de 1992, llamé por teléfono a Alexander Bondarev, mi contacto en la embajada rusa en Madrid. Y quedamos para conversar al mes siguiente.

El 2 de noviembre, en efecto, nos reunimos en Madrid.

Y Bondarev, además de proporcionarme información ovni, relató un extraño sueño. Lo tuvo la noche en la que le telefoneé.

—En el sueño –contó Bondarev– yo regresaba a mi casa. Lo hacía paseando. Y, de pronto, apareció aquella nave... Me asusté y corrí, pero el ovni me siguió. Pude entrar al portal de la casa y allí me refugié, observando la máquina a través de los cristales de la puerta. Después desperté.

Solicité a mi amigo que dibujara el ovni. Y así lo hizo.

Era un objeto extraño, parecido a un tampón.

La verdad es que no le concedí demasiada importancia.

Error...

Alexander Bondarev, cuando era teniente. (Gentileza de A. Bondarev.)

LA JOYA

Veintidós años después, en septiembre de 2014, durante una investigación en Lima (Perú), recibí una sorpresa (otra...).

En la mañana del 11 de abril de 1980, sobre la base aérea de La Joya, al sur del Perú, fue observado un objeto volante no identificado. La nave fue vista por casi todo el personal del centro militar: 1.800 testigos que –casualmente (?)– se hallaban en formación.

Mis pesquisas se dirigieron en dos direcciones: los técnicos de radar que se hallaban en esos momentos en La Joya y el piloto militar que despegó para interceptar al intruso.

Hablé con César Cabrera, especialista en radar.

—Fue hacia las 6:45 de esa mañana –explicó–. Yo estaba a cargo del radar. Era un P-37, de fabricación rusa, muy preciso.

—¿Vieron el objeto en la pantalla?

—Sí. Se encontraba a 70 kilómetros de la base (330° NE) y a cosa de 3.000 metros de altura. Parecía una esfera.

—¿Qué superficie de reflexión tenía el radar?

—Tres metros cuadrados.

—Tengo entendido que lo vio toda la base.

—Había 1.800 personas formadas en el exterior. Y todos lo observaron.

—¿Y qué sucedió?

—Despegó un caza y solicitó permiso para disparar.

—¿Quién dio la orden de abrir fuego?

—Yo.

César Cabrera. (Foto: Blanca.)

Posteriormente pude conversar con Óscar Santa María Huertas. En aquella época era teniente de la Fuerza Aérea Peruana. Se hallaba destinado en La Joya, cerca de Arequipa. Llevaba cinco años como piloto militar. Tenía 1.000 horas de vuelo.

—¿Qué sucedió?

—Estaba de servicio y me dieron orden de despegar. Había un objeto no identificado a 600 metros de altura y hacia el sur.

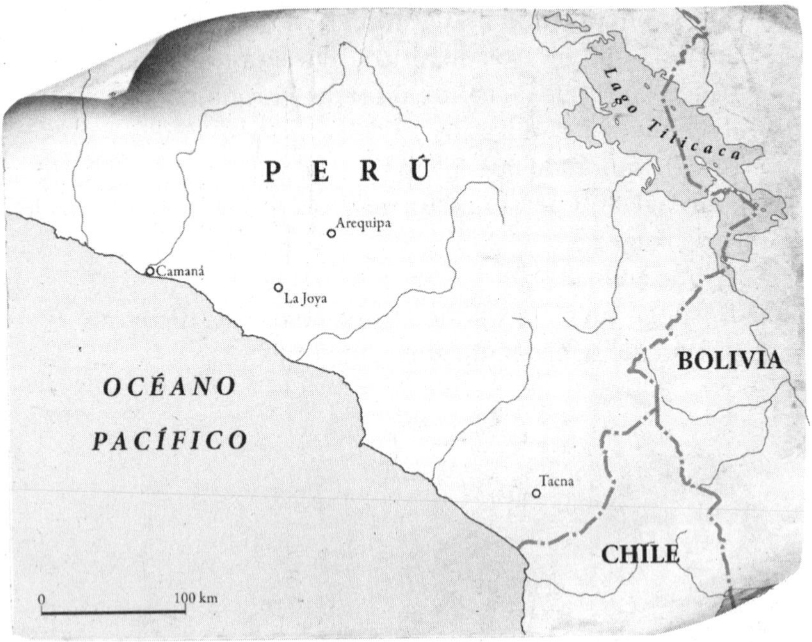

—¿En qué avión despegaste?

—En un Sukhoi 22, de fabricación rusa.

—¿A qué hora se efectuó el despegue?

—Hacia las siete de la mañana. Hice un giro y me dirigí hacia el extraño. Estaba inmóvil.

—¿Cómo era?

—Como un globo, con una especie de plataforma redonda en la parte inferior. Brillaba al sol.

—Entonces disparaste...

—Sí, llevaba dos cañones. Y lancé 64 obuses de 30 milímetros. Cada obús tiene el tamaño de una botella de Coca-Cola.

—Para ser exacto —prosiguió Santa María—, 25 centímetros de largo.

—¿Llevabas misiles?

—No.

—¿Cuántos obuses cargaba cada cañón?

—Ochenta.

—¿A qué distancia se encontraba el ovni cuando disparaste?

Óscar Santa María.
(Foto: Blanca.)

—A cosa de 900 metros.

—¿Y qué pasó?

—Nada. El ovni se alejó, en diagonal.

—¿Pudiste fallar?

—No. Entraron todos.

—¿Qué capacidad de destrucción tiene uno de esos proyectiles?

—Puede penetrar a un tanque.

—¿Eres consciente de que la nave pudo responder a la agresión?

—Sí.

No tuve duda: Óscar era un hombre de gran templanza.

—¿Y qué hiciste?

—Llevé a cabo un segundo ataque. El ovni estaba sobre Camaná, a 11.000 metros. Y me dirigí hacia él, dispuesto a disparar. Pero, cuando me encontraba a 1.000 metros, y listo para hacer fuego, el objeto se elevó a una velocidad fantástica. De cero, según el radar, pasó a 160.000 kilómetros a la hora. Increíble.

Pero Óscar no era fácil de rendir, e inició un tercer ataque.

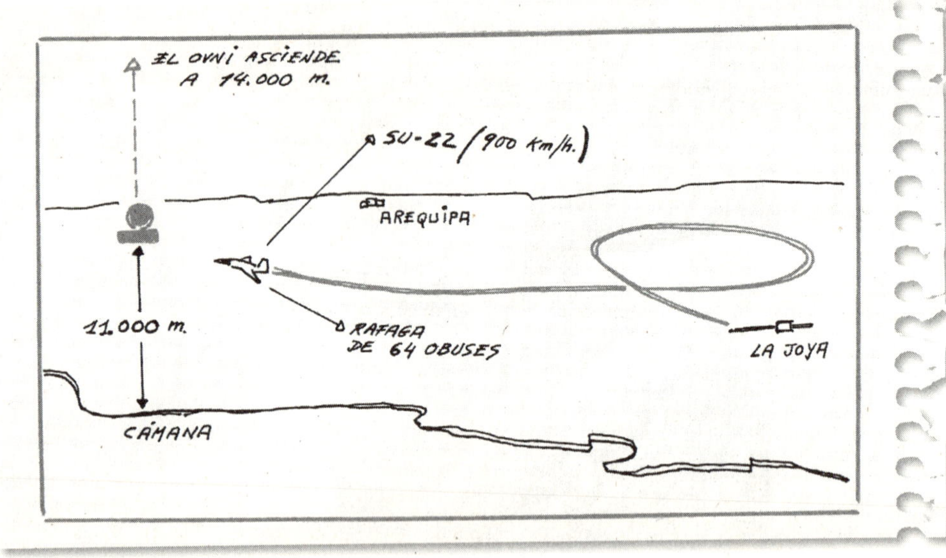

Cuaderno de campo de J. J. Benítez.

Óscar Santa María, en 1980, con el cazabombardero Sukhoi 22. (Gentileza de Óscar Santa María.)

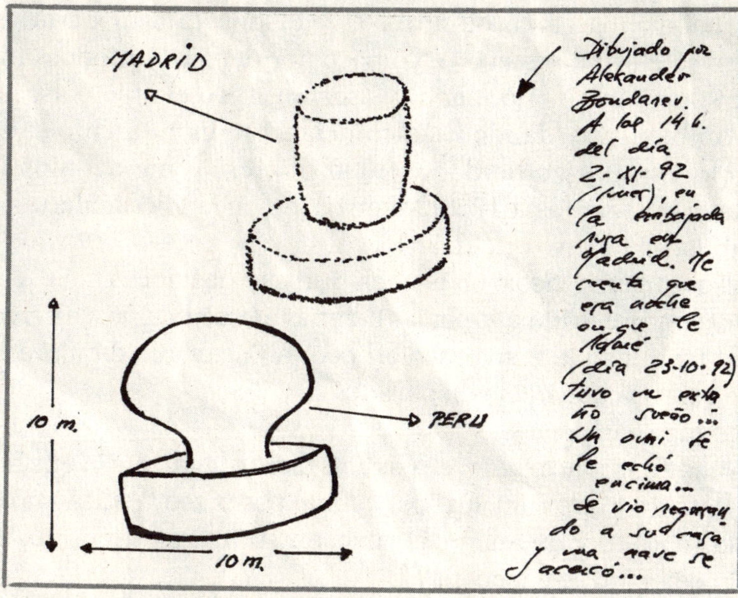

Cuaderno de campo de J. J. Benítez.

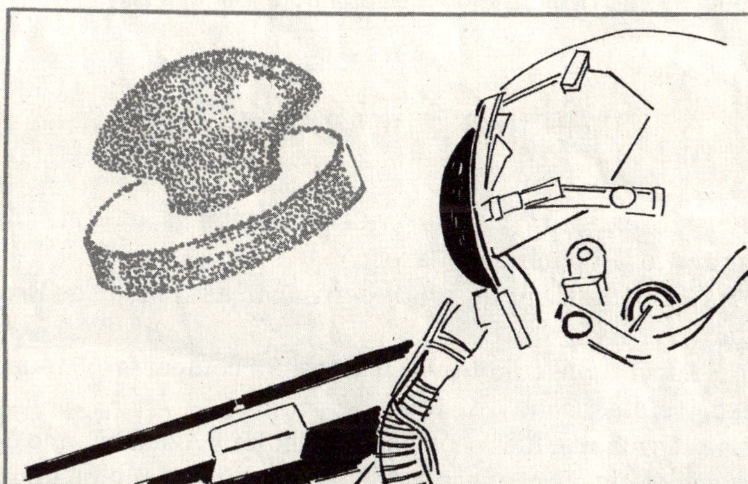

«Parecía cerámica y metal», explicó el piloto. Cuaderno de campo de J. J. Benítez.

—Y se repitió la escena —prosiguió Santa María—. Cuando me encontraba cerca de la nave, y dispuesto a disparar, el objeto se elevó de nuevo. Y yo pasé por debajo. Entonces me puse supersónico (1,6 mach) y ascendí. Pero el objeto ascendía también, guardando las distancias. En un momento dado se colocó a mi izquierda, a 1.000 metros, y me acompañó hasta que llegamos a 19.200 metros. Se encendió la alerta de combustible y tuve que dejarlo.

El ovni permaneció en la zona durante dos horas más.

Al parecer fue filmado por las baterías antiaéreas, desde tierra.

Al terminar la conversación pedí a Óscar que dibujara la nave sobre la que había disparado.

Lo hizo con pericia.

Quedé desconcertado: era exactamente igual que la que había visto Bondarev, en sueños. ¿Cómo podía ser? Santa María lo vio en 1980 y mi amigo, el ruso, en 1992. Por supuesto, no se conocían, ni se conocen.

El incidente con el ovni, en Perú, no tardó en llegar al conocimiento de los militares norteamericanos. Y la información fue difundida, de inmediato, a la CIA (Agencia Central de Inteligencia) y a la NSA (Agencia Nacional de Seguridad).

CÍRCULO POLAR ÁRTICO

Ari y Mauno eran guardabosques en Kestenga, en el círculo polar ártico (República de Carelia).

Esa tarde de enero de 1980 regresaban a la ciudad de Kestenga.

Ari Sarvi tenía treinta y seis años. Su compañero, Mauno Erkko, treinta y ocho.

La información fue recogida por Vladimir Azhazha, uno de los más prestigiosos investigadores de la antigua Unión Soviética. Él hizo público el siguiente informe:

... Los guardabosques realizaban una inspección rutinaria... Se movían con esquíes... Colocaban trampas para lobos en las proximidades de Kestenga, donde vivían... Se disponían a volver a casa cuando, de pronto, se les echó encima la noche polar... Eran las doce del mediodía... Y a eso de las cuatro de la tarde, cuando se hallaban de vuelta, lo vieron... El firmamento estaba estrellado... Era un objeto luminoso... Marchaba desde el lago Top hacia el sur... Los testigos calcularon que volaba a 50 o 60 metros de la nieve... Entonces se detuvieron a observarlo... Se hallaban en una gran planicie, totalmente blanca... El objeto seguía acercándose a los esquiadores... Y cuando se encontraba a 100 metros de distancia empezó a descender muy despacio... Después se detuvo... Estaba encima de Ari y de Mauno... «Vimos una nube rojiza —declararon al doctor Azhazha—. Parecía latir... Servía para envolver otra cosa... Era un núcleo duro y brillante»... Y la «nube» empezó a bajar... «Entonces vimos el núcleo con mayor precisión... Tenía forma esférica, con una plataforma metálica en la base... Y debajo tres semiesferas más pequeñas... Cuando el objeto estaba a 4 metros de la nieve se detuvo... Y vimos aparecer un cilindro por la "panza"... Giraba como un sacacorchos... Entró en la nieve y continuó girando, hasta que encontró tierra firme... Ahí se detuvo»... Según los testigos, el objeto se hallaba a menos de 7 metros de distancia... La nube rojiza había desaparecido por completo... Y los esquiadores, desconcertados, observaron la nave durante unos segundos... «Era metálica y brillante —añadieron—, sin remaches ni soldaduras... Lanzaba un zumbido que producía escalofríos»... De pronto, un rayo de luz partió del vientre de la esfera y empezó a moverse... Petrificados por el miedo, los testigos vieron cómo el rayo dibujaba un círculo de fuego en la nieve... Mauno pensó que era el «círculo del demonio»... El círculo tenía el mismo diámetro de la esfera: unos 7 metros... El cilindro de apoyo podía tener 1 metro de diámetro... «No nos atrevíamos ni a respirar... Era increíble...». En esos instantes, Ari notó que alguien le tocaba por la espalda, a la altura del cinturón... Y tiró de él... «Retrocedí y di la vuelta —explicó—, pero no vi a nadie... Entonces, instintivamente, miré hacia abajo... Fue cuando lo vi... Era una criatura de 1 metro de altura, o menos... No comprendo cómo pudo situarse a nuestras espal-

das»... La descripción de Ari fue la siguiente: «El ser tenía dos brazos y dos piernas, como nosotros, pero muy delgados... Parecían de araña... Su rostro era pura cera... Llevaba un vestido, como de punto, muy ajustado al cuerpo... Era verde oscuro y le cubría por completo, salvo la cara... Pero no vi ojos ni boca ni tampoco nariz... Era piel y huesos... Llevaba botas, también verdes, y unos guantes hasta los codos... Un objeto negro, como un tubo corto, colgaba de su cuello... La verdad es que parecía un muerto»... Mauno también vio a la criatura: «Se hallaba a metro y medio... Emitía luz, como un fluorescente... Su rostro era pálido»... Tampoco pudo distinguir las facciones de la cara, aunque aseguró que, a través del traje, se adivinaban unas orejas puntiagudas y grandes... Según Azhazha, ninguno de los testigos había oído hablar de ovnis... Ari y Mauno eran prácticamente analfabetos... Cuando les hablamos de extraterrestres no sabían a qué nos referíamos... Y al preguntar qué era lo que habían visto, Mauno respondió: «¿El demonio?»... Y, de repente, no saben por qué, los esquiadores provocaron la ira de la criatura... «Puede que fuera yo el culpable —intervino Ari—. Asustado y aturdido agité uno de los bastones y el ser pensó que quería atacarle... Y no fue esa mi intención»... Y el humanoide reaccionó... Apuntó con el tubo al pecho de Ari y lanzó un haz de luz... Y los esquiadores quedaron cegados... Y Ari pensó: «Quedaré ciego para siempre»... Pasaron 2 o 3 minutos y los esquiadores recuperaron la visión... Allí estaba de nuevo la nube rojiza... Lo envolvía todo... Y de la esfera empezaron a salir chispas (?) de color púrpura y también rojizas... «Eran chispas enormes, de 1 metro de longitud»... Las chispas alcanzaron a los testigos... «No eran calientes y tampoco frías»... Y la nube se hizo más espesa... «Hasta el punto de que no nos veíamos el uno al otro»... A los 5 minutos, la niebla rojiza empezó a disiparse... También la esfera había desaparecido... Otros testigos, en Kestenga, observaron un objeto brillante que ascendía hacia el cielo... La hora (cuatro de la tarde) coincidió con la del encuentro de Ari y Mauno... Todavía aturdidos, los esquiadores se dispusieron

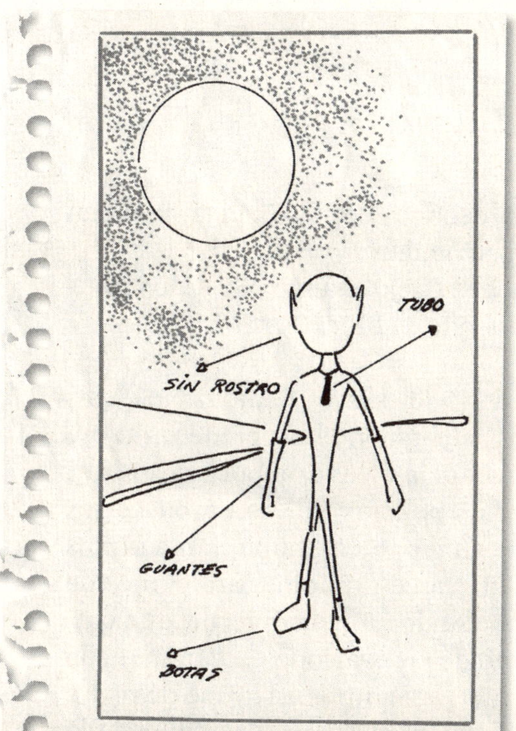

Círculo polar ártico, 1980. Cuaderno de campo de J. J. Benítez.

a seguir viaje... Fue entonces cuando Ari se dio cuenta: tenía el lado derecho del cuerpo paralizado... Intentó caminar, pero cayó en la nieve... No pudo ponerse en pie... Mauno cargó con él y lo dejó cerca de Kestenga... Buscó un caballo y un trineo y regresó junto a su amigo... Habían pasado 30 minutos... Para entonces, la parálisis de Ari había desaparecido... Pero se sentía débil y con frío... Al llegar a la casa, Ari estaba inconsciente... Lo metieron en la cama y recuperó el sentido... Tenía dolores en todo el cuerpo, y empezó a vomitar... La esposa de Ari llamó al doctor Kossola y éste llegó rápido... Ari tenía fiebre... Su orina era negra como el betún... Kossola le inyectó y el muchacho durmió toda la noche... Los problemas de Ari se prolongaron durante una semana... Perdió peso, tenía dolores de espalda y una preocupante pérdida de memoria... Poco a poco se recuperó... Según todos los indicios —finaliza Azhazha—, los testigos pudieron recibir cierto grado de radiación, aunque no hizo peligrar sus vidas.

KILO-7

Lo ocurrido en la prisión cubana Alfonso Ortega, también conocida como *Kilo-7*, es espectacular.

Lo investigó Virgilio Sánchez-Ocejo cuando uno de los testigos viajó a Miami (USA), huyendo de Fidel Castro...

... Sucedió el 3 de abril de 1980, Jueves Santo... Nosotros entramos en la prisión, en Camagüey, el 5 de enero de ese año (1980)... Y dio la circunstancia de que, al poco de entrar, se escaparon dos presos... Los policías salieron a buscarlos con perros y linternas... Pues bien, en Semana Santa vimos una luz muy grande sobre la granja-prisión... Era el mes de abril... Pensamos que se trataba de un helicóptero y que quizá se había repetido el asunto de las evasiones... Pero aquella luz era morada y no hacía ruido... Salimos un grupo de reclusos, para curiosear... Serían las nueve y media o diez de la

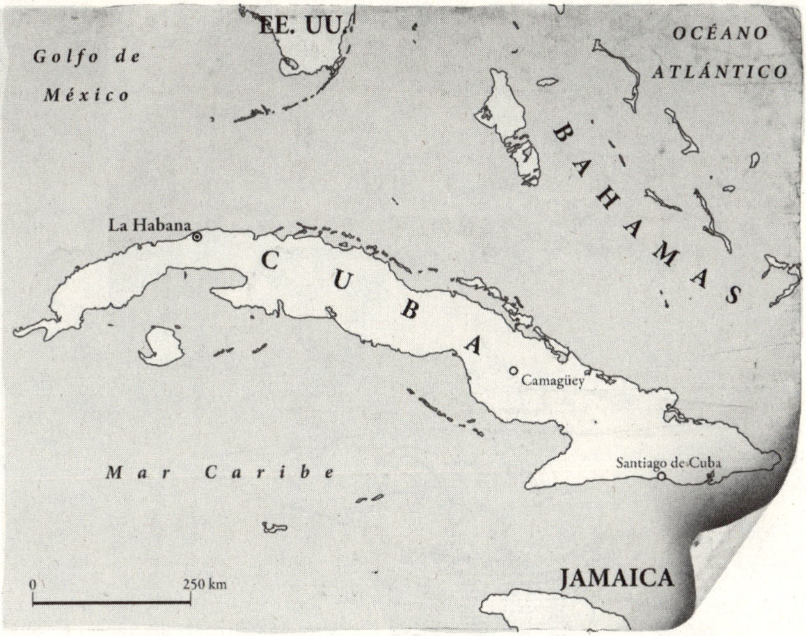

noche... Entonces nos quedamos pasmados... De la luz grande salió una más pequeña... Tampoco hacía ruido...

Virgilio preguntó a qué distancia se hallaban de las luces y el guajiro —cuya identidad no ha sido revelada— manifestó que a unas dos cuadras (unos 200 metros).

... El supuesto helicóptero —prosiguió el testigo— tenía unas luces muy raras: moradas y azules... La luz pequeña bajó al suelo y después se elevó, entrando de nuevo en la grande... Y desaparecieron... Y pensamos en ir al sitio... Y encontramos una cesta, llena de fruta... Había todo tipo de frutas, algunas desconocidas, pero enormes... Eran tropicales, aunque había también manzanas... Yo no las conocía... Alguien me dijo que eran manzanas... Uno de los ejemplares pesaba más de 100 libras (50 kilos)... Y pensamos: «¿Quién habrá dejado esta fruta?»... Había de todo: naranjas, papayas... Pues bien, uno de los compañeros, llamado Pablo, tenía una pierna gangrenada... Le habían dado un machetazo y se estaba pudriendo... Tenía gusanos... Pablo comió de aquella fruta y, al poco, en dos días, la pierna se curó... Fue

Camagüey (Cuba), 1980. Cuaderno de campo de J. J. Benítez.

increíble... Y Pablo salía todas las noches, se arrodillaba, y daba gracias a los rusos por la fruta... Y en eso volvieron las luces y se quedaban quietas encima de Pablito... Él pensaba que eran helicópteros rusos... Y la piel de la pierna de Pablo se quedó como la de un bebé.

Un mes después (mayo 1980), el guajiro consiguió escapar de *Kilo-7* y huyó en una embarcación hasta Florida, en USA.

... Íbamos veintidós personas en el bote –manifestó–. Pues bien, todo el camino nos siguió una de esas luces, las mismas que veíamos en la cárcel... Unos decían que eran los americanos y otros que se trataba de los rusos... Pablito también iba en la embarcación... Era una luz azul y morada, como la de *Kilo-7*.

El caso me recordó las célebres frutas del Valle de Santiago, en México.[1] Una hoja de acelga servía para alimentar a una familia durante una semana.

Pero esa es otra historia...

TORREJONCILLO

En el complejo capítulo de las agresiones ovni, y de la violencia humana hacia los tripulantes de estas naves, el caso de Torrejoncillo, en Cáceres (España), ocupa un lugar destacado.

Saturnino Mendoza, investigador extremeño, fue el primero en llevar a cabo una investigación seria y exhaustiva.

He aquí una síntesis:

... Ocurrió el 6 de septiembre de 1980... Cerca de la carretera Cáceres-Coria se encuentra la finca «Cuatro Cuartos», en el término de Torrejoncillo... La finca está destinada a la cría de ganado lanar y vacuno... En una casa de pequeñas proporciones viven los guardeses: una familia compuesta por Celia Lorenzo y sus hijos, Benito y Martín Salgado... Cerca de la casa había un cobertizo, con planchas metálicas, todo ello cercado por alambre de espinos... En el cobertizo se guardaban 24 gallinas y 40 conejos... A la izquierda se alzaba un pequeño chozo en el que conservaban quesos curados... Delante de la casa se dibuja una profunda vaguada... Pues bien, a las tres de la tarde del referido 6 de septiembre, la familia se retiró a descansar... Era un día caluroso... Poco antes de la siesta, los hermanos habían comentado el extraño comportamiento de uno de los perros de la finca... El animal rechazó la comida y se alejó del lugar... «Era como si presintiera algo»... En el momento de acostarse oyeron un gran ruido... Pensaron en un avión... Pero el tronar se hizo más intenso... «Parecía el choque de dos tormentas»... Y los hermanos aban-

1. Amplia información sobre los vegetales gigantes en *Mis enigmas favoritos* (1993).

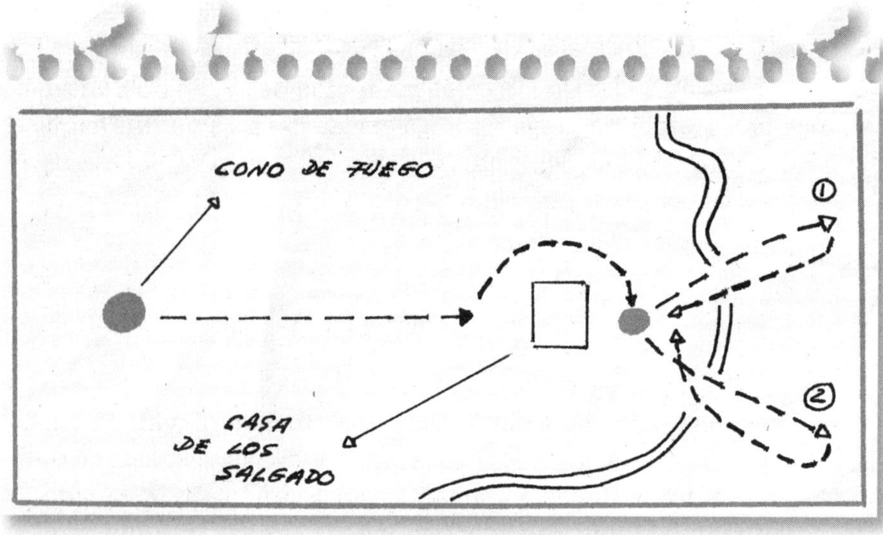

Al llegar a la trasera de la casa, el cono de fuego se dividió en tres. «1» y «2» señalan las direcciones seguidas por dos de los conos. Cuaderno de campo de J. J. Benítez.

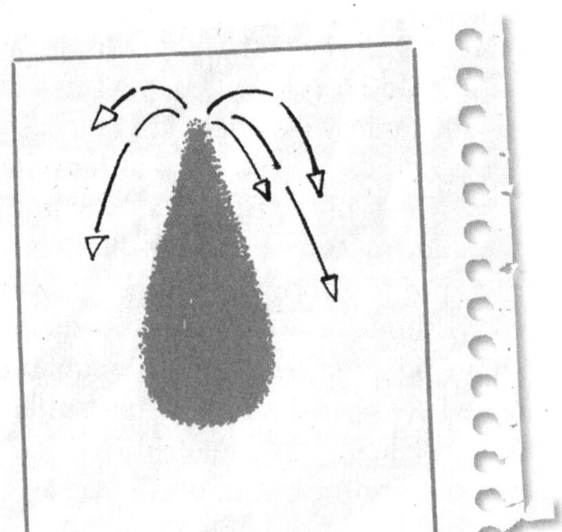

Torrejoncillo (1980). Cuaderno de campo de J. J. Benítez.

donaron la cama, asomándose a la puerta... Cuando salieron al exterior quedaron asombrados... En la vaguada había fuego... Pensaron en un incendio... Se acercaron y descubrieron un «enorme cono de fuego»... Era el causante del gran ruido... El cono o triángulo tenía unos 15 metros de altura... Flotaba y giraba a 1 metro del suelo... Los hermanos Salgado estaban desconcertados... No sabían qué era aquello... Pero no hubo tiempo para disquisiciones... El cono se estaba aproximando a la casa... Todo, a su paso, había empezado a arder... Y aquella cosa empezó a girar con más violencia, multiplicando el estruendo... Entonces, por la parte superior, empezó a lanzar una serie de gotas incandescentes... «Eran como piedras»... Los hermanos no lo dudaron: uno de ellos entró en la casa, obligó a la madre a subir en una furgoneta, y salió del lugar... El otro montó en una vieja motocicleta y siguió al hermano... Al poco se detuvieron y observaron cómo algunos vecinos se congregaban en el camino, alertados por el estruendo... Desde allí observaron el cono de fuego... Seguía avanzando hacia la casa y arrojando las gotas ardientes... Giraba y giraba a gran velocidad... Entonces atravesó el cobertizo, derribándolo en parte... Después se comprobaría que mató a la totalidad de los animales... Algunos presentaban medio cuerpo carbonizado y el resto intacto... La tela metálica fue perforada y parte de la empalizada quedó agujereada por el fuego y las gotas incandescentes... Curiosamente, las alimañas de la zona no tocaron los cadáveres de las gallinas y los conejos... Y el cono de fuego siguió hacia la casa de los guardeses... Embistió al chozo de los quesos, destrozándolo, y cuando parecía que iba a chocar con la casita de los Salgado, giró a la izquierda, topando con un bidón metálico lleno de agua, lanzándolo a más de 50 metros de la casa... Rodeó la vivienda, catapultando un comedero a varios metros... Al pasar sobre varias botellas y vasos los aplastó como si fueran de plástico... El cono llegó a la parte trasera de la casa y carbonizó el ángulo superior izquierdo de una ventana... El resto del marco quedó intacto... Y el cono se detuvo frente a la ventana, siempre a 1 metro del suelo... En eso pasó un gato

Efecto de una de las gotas incandescentes lanzada por el cono de fuego. El pasto, a su alrededor, no ardió. (Foto: J. J. Benítez.)

Celia Lorenzo. (Foto: Honorio Feito.)

Saturnino Mendoza. (Gentileza de la familia.)

por debajo... Resultado: las orejas quedaron quemadas... En días posteriores aparecieron tumoraciones y el gato murió... En esos instantes, atraído por el ruido, se acercó un pastor, un muchacho con cierto retraso mental... Y, asustado, terminó arrojándose al suelo, cubriéndose la cabeza con los brazos... El cono se acercó al niño y se produjo algo insólito: se dividió en tres conos, exactamente iguales, aunque de menor tamaño... Uno se colocó sobre el pastor... Los otros se separaron y marcharon en direcciones distintas, siempre arrojando gotas incandescentes... Las gotas calaban en la tierra hasta 1 o 2 centímetros de profundidad, pero el fuego no se propagaba por el pasto... Y formaba círculos negros... Mientras uno de los conos continuaba inmóvil sobre el pastor, los otros llegaron a la finca colindante... A su paso, las hierbas y matorrales quedaron calcinados, pero sólo en las raíces; el resto aparecía intacto... Minutos después, los dos conos volvieron atrás (por el mismo camino) y se reunieron con el tercero... Y, de pronto, se apagaron... Desaparecieron... El pastor no sufrió daño alguno... Consultado el Instituto Nacional de Meteorología, no supieron dar razón del fenómeno... Con la colaboración del científico Jesús Rincón, experto en vidrio,

El gato, con las orejas abrasadas. Murió a los pocos días. (Foto: Honorio Feito.)

al que facilitamos muestras recogidas en la finca «Cuatro Cuartos», supimos que las botellas y vasos de cristal habían experimentado temperaturas superiores a los mil grados Celsius... Concretamente: 1.713 grados... El mármol, por su parte, superó los 1.700... El cuarzo, que quedó reducido a polvo, había rondado los 2.000 grados... Curiosamente, al igual que sucedió con el perro, unas colmenas existentes a 3 kilómetros de la casa de los Salgado quedaron vacías poco antes de las tres de la tarde, momento en el que surgió el gran cono de fuego... Las abejas nunca regresaron... Y lo más desconcertante: ¿por qué el pastor no sufrió daño alguno si permaneció bajo uno de los conos durante más de un minuto?

Cuando llegué a la finca, la desolación era importante.

Los hermanos Salgado ratificaron cuanto ya sabía por Satur y el resto del grupo de investigación *(Quasar)* que peinó el lugar a las pocas horas. Conversé también con Celia Lorenzo Montero, de sesenta y dos años, madre de los Salgado. Pero la mujer no aportó mayor información. Estaba desolada.

Domingo Corrales, guarda, también vio el cono de fuego. Y lo describió como «la columna que aparece en la película *Los diez mandamientos*, cuando Moisés abre las aguas del mar Rojo».

Corrales insistió:

—El cono no tenía 15 metros. Era mucho más alto: quizá tuviera 50.

Allí supe también que el cono acabó con la vida de *Loli*, una perra, y sus seis crías. Las gallinas, además de calcinadas, aparecieron con las patas rotas.

En cuanto a los quesos, ardieron cuatro cajones. En total más de cien kilos.

Las pérdidas totales fueron estimadas por la familia Salgado en 170.000 pesetas (de las de 1980).

Una de las camisas de Benito Salgado, que se encontraba en la casa, apareció agujereada.

Según la policía científica, las quemaduras en la madera, en Torrejoncillo, fueron brevísimas y con un alto poder calorífico (no quedó carbón en las mismas). (Foto: Blanca.)

No hubo daños en el interior de la vivienda, pero el exterior parecía Vietnam: hierros retorcidos, surcos en la tierra, maderas quemadas, animales abrasados (*Loli* apareció a 300 metros), el chozo de paja desaparecido y el pasto salpicado de manchas negras. En resumen: un desastre.

Pero el suceso de Torrejoncillo no ha sido el único de esa naturaleza.

Veamos algunos casos similares:

ESCOCIA

Según consta en *Las crónicas, de Lanercost*, en el año 1258 fue visto en Escocia un enorme cono de fuego... Apareció de repente... Descendió a tierra y redujo a cenizas dos pueblos situados a una milla uno del otro... Se registraron

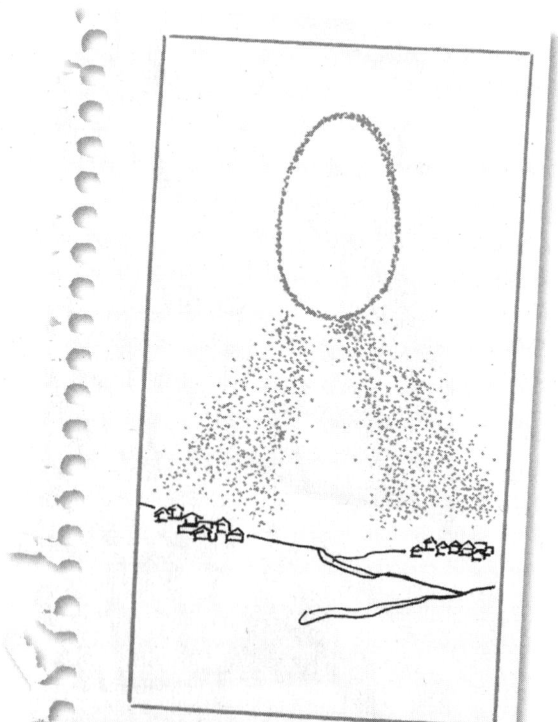

Escocia (1258). Cuaderno de campo de J. J. Benítez.

numerosos heridos... Los animales muertos fueron centenares... Después desapareció... Los lugareños creyeron que el fuego que volaba era un castigo divino, por sus muchos pecados.

MURCIA

29 de agosto de 1946.

Una enorme columna de fuego ha sobrevolado varias localidades de Murcia. A su paso despedía un humo muy intenso y se escuchaban fuertes detonaciones (con intermitencias). Se calcula que ha recorrido unos 2.000 metros. Por donde cruzó arrasó árboles y cosechas. El fenómeno ha llevado la consternación a decenas de labradores. Los daños son de consideración.

¡Ojo!, no fue cosa de Franco...

SALTO

Un ovni causó un apagón, quemó una cerca y mató a un perro, según relataron los testigos. El hecho se produjo en una hacienda, en el departamento de Salto, a 500 kilómetros al noreste de Montevideo (Uruguay). El suceso tuvo lugar el 8 de abril de 1977. Durante la presencia del objeto volante no identificado se paró el generador de energía eléctrica. El ovni era esférico. Durante el apagón, los animales corrieron enloquecidos. Uno de los perros de la finca se detuvo bajo la nave y resultó con graves quemaduras. Murió a los tres días. Las vacas lecheras redujeron la producción en más de cien litros diarios. La cerca del campo resultó quemada y tuvo que ser reemplazada.

AZUAGA

José Galindo Mena, de la Llerena (Badajoz, España), me proporcionó la siguiente información:

... 20 de diciembre de 1978... Hora: 12:45 (a. m.)... Lugar: kilómetro 8 de la carretera nacional de Azuaga con la C-421... Testigos: Nicolás Prieto y nueve personas más... Relato de la observación: los testigos se encontraban conversando en la margen izquierda de dicha carretera... De pronto les llamó la atención un fuerte «remolino» situado a unos 70 metros, entre las encinas... Movía las ramas superiores con mucha fuerza... En cuestión de segundos, el «remolino» se desplazó hacia la carretera, deteniéndose brevemente entre unos carrascos (encinas jóvenes de 2 metros de altura)... El «remolino»

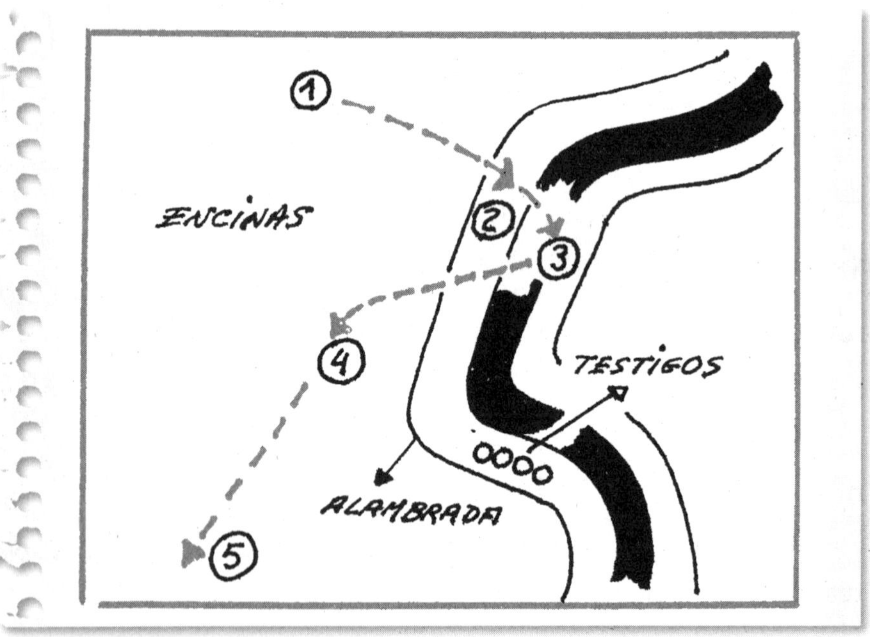

1: «remolino». 2: se desplaza hacia la carretera. 3: nueva parada. 4: aparecen las «mangas». 5: el «remolino» se aleja. Cuaderno de campo de J. J. Benítez.

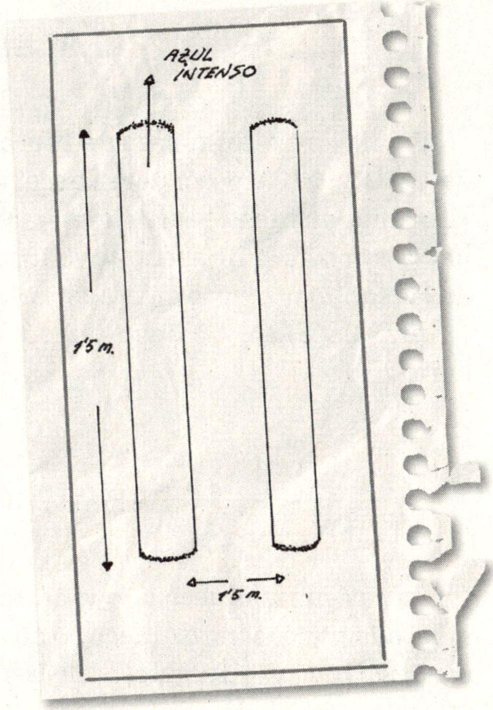

Azuaga (Badajoz), 1978. Cuaderno de campo de J. J. Benítez.

cruzó la carretera y volvió a detenerse entre unas matas... Allí se detuvo algo más... Y haciendo gala de una gran fuerza rompió ramas y deshojó las matas... Después cruzó de nuevo la carretera... Pasó sobre una alambrada y, súbitamente, en el lugar donde aparecía el «remolino», se presentaron dos «mangas de fuego»... Al mismo tiempo se escuchó un extraño e intenso ruido... Las «mangas» estaban separadas un metro y medio, aproximadamente... Ante esta increíble visión, los testigos huyeron o se tumbaron boca abajo... El pánico fue general... La visión se prolongó durante segundos... Bruscamente, de la misma forma que aparecieron, así desaparecieron... Y también el ruido... En su lugar continuó el «remolino»... Y, cada vez más débil, se fue desplazando hasta que dejó de verse a causa de los accidentes del terreno... Las «mangas de fuego» —según los testigos— eran como dos gruesos tubos, de unos 10 centímetros de diámetro cada una... Su color era azul, muy intenso... Tenía luminosidad propia, muy brillante... El sonido era parecido al que produce la soldadura autógena.

TRAFALGAR

Un día antes del suceso de Torrejoncillo (5 de septiembre de 1980), varios pescadores observaron algo que les aterró: «un cono de fuego —altísimo— salió del mar, dirigiéndose hacia la costa». El hecho tuvo lugar en la madrugada (dos de la mañana) frente a La Aceitera, en la costa de Trafalgar (Cádiz, España). La mar quedó revuelta durante media hora.

BARIDIAME

En las mismas fechas que la finca «Cuatro Cuartos» fue arrasada por el cono de fuego (6 de septiembre de 1980), otro cono, igualmente ardiente, asoló la aldea de Baridiame, al norte de Senegal.

Recabé información y quedé perplejo: era el mismo fenómeno...

Según los nativos, el objeto tenía forma triangular, con una luz roja, intermitente, en lo más alto. Alcanzaba los 50 metros de altura y giraba sobre sí mismo, rodeado de una luz blanca.

La presencia del cono de fuego provocó el pánico en la aldea, de apenas cincuenta chozas. La gente corrió y se refugió en el campo, mientras «aquella cosa incendiaba todo lo que encontraba a su paso».

Un ruido atroz acompañaba al cono.

El calor era insoportable.

El cono se dirigió hacia la aldea. «Todo el mundo pensó que se estrellaría contra el pueblo. Pero, de pronto, giró y se elevó. Esto provocó un viento huracanado que terminó destrozando las chozas».

Cinco vecinos resultaron heridos.

El número de testigos fue de trescientos.

TANGANG

Un mes después (4 de octubre de 1980), otro cono de fuego fue observado en el puerto chino de Tangang, en el municipio de Tianjin. El cono era de color rojo, con una franja azul y verde en el centro. También despedía luz blanca. El objeto fue visto por cientos de trabajadores del puerto, así como por numerosos vecinos de los alrededores.

El cono —que terminó desapareciendo en la mar— emitía un poderoso ruido, parecido al de un animal.

A su paso abrasó camiones, grúas y mercancías.

Nadie supo explicar qué era.

LONDRES

El agosto de 1982 volvió a aparecer un cono de fuego. Esta vez en el pueblecito de Londres, a 300 kilómetros al oeste de Catamarca (Argentina). El objeto destrozó casas y árboles, llevándose el tejado de la iglesia.

El teniente coronel Mauro Walter Piccolo, jefe de la policía de Catamarca, emitió un comunicado que, básicamente, decía:

... A las 3:50, aproximadamente, se observó un ovni que se desplazaba de este a oeste, a una altura de siete metros, iluminando en una circunferencia de 50 metros con luz amarilla sobre la población... Posteriormente se posó en una finca para luego levantar vuelo en dirección noroeste, descendiendo nuevamente por espacio de 2 o 3 minutos, observándose que se producía un importante incendio en el lugar sobre el que se posó...

Los investigadores acudieron también a Londres y se encontraron con un panorama desolador: tierra calcinada, nogales destrozados y la parroquia sin techumbre.

... Todo sucedió de madrugada —declararon Ramón Antonio Carpio y Andrés Eleodoro Soria, policías—. Lo vimos por primera vez cuando estábamos en la plaza... Había un viento muy fuerte y algunas casas habían perdido sus frágiles techos de chapa... Entonces vimos una luz intensa... Pensamos que era un camión... Después apareció el incendio... Pero no, no era un camión... Era una luz como la del gas de mercurio... Y empezó a moverse sobre los árboles... Cuando se detenía, el viento se hacía más fuerte... Sentimos miedo y nos metimos en el auto... Pero el ovni se vino hacia nosotros... Nos bajamos del coche, a cosa de 100 metros del objeto, y notamos mucho calor... Volvimos al auto patrulla, metimos la marcha atrás y nos fuimos de allí...

El ovni se llevó la techumbre de la iglesia en Londres (Argentina). (Gentileza de *Gaceta Ilustrada.*)

Los policías despertaron a Javier Navarro, portero del colegio del pueblo, y los tres vieron cómo el ovni seguía acercándose.

Cuando estuvo a 200 metros —prosiguieron los testigos—, el viento se hizo insoportable... Tuvimos que agarrarnos al auto para no caer... Y vimos cómo de la parte inferior del objeto se desprendía una lengua de fuego... Cinco minutos después todo estaba en llamas... Nogales, campos, cerros... Una cuarta parte de los nogales quedó con las raíces desgajadas... Fue impresionante...

Y el techo de la iglesia de San Juan Bautista voló por los aires...

Los investigadores encontraron «detalles» extraños. Por ejemplo: los maderos que soportaban la techumbre de la iglesia aparecieron astillados (no carbonizados). Los nogales tenían las raíces abrasadas y las copas intactas (algo parecido a lo que sucedió en Torrejoncillo). Los únicos nogales destruidos fueron los más viejos; los jóvenes no sufrieron ningún daño. ¿Cómo se explica esto si todos los árboles estaban juntos? En la tierra aparecieron varios y profundos surcos (inexplicables).

BENIZAR

Tres años después del suceso de Torrejoncillo, en la pedanía de Benizar, en Murcia (España), se repetía el miedo y la destrucción.

En las noches del 4, 5 y 6 de julio de 1983, los vecinos se vieron despertados por un formidable ruido.

Era parecido al de los aviones a reacción cuando vuelan muy bajo —explicaron—. También se veía mucho fuego... Al principio pensamos en una tormenta, pero después, a la mañana siguiente... Cuando exploramos el sitio vimos una franja de tierra de 4 o 5 kilómetros, por 20 metros de ancho, en la que todo había sido arrancado: olivos, almendros y pinos de gran tamaño... Las viñas también se vieron atacadas, así como piedras enormes, que fueron removidas... Una línea telefónica también se vio afectada en unos 600 metros... Pero lo más curioso es que los árboles que se encuentran en el filo de esa línea de 4 o 5 kilómetros siguen en pie, y sin problemas... Lo que fuera que causó el desastre no los tocó... Muchas ramas de los pinos han aparecido a cientos de metros del lugar arrasado.

Cuando me presenté en la pedanía, los vecinos confirmaron lo escrito por José Juan Sánchez, corresponsal de *La Verdad* en Moratalla. Algunos testigos vieron también un gran cono rojo, desplazándose por el campo a poco más de 2 metros del suelo.

«El ruido –contaron– era atronador... Pero no podía ser una tormenta, porque el tiempo era bueno».

Curiosamente, las raíces de los olivos se hallaban achicharradas. No sucedía lo mismo con el resto del ramaje, que aparecía intacto. El fenómeno de Torrejoncillo volvía a repetirse...

Sinceramente, ningún investigador medianamente serio ha logrado explicar el extraño fenómeno del «cono de fuego». Estaríamos ante una violencia destructora y, al mismo tiempo, selectiva. Obviamente, como en el caso de Torrejoncillo, el cono de fuego capaz de dividirse en tres y respetar la integridad física del joven pastor presenta un cierto grado de inteligencia. De ser así, ¿a qué criatura nos estaríamos enfrentando?

DAYTON

El caso sufrido por la familia Cash, en Texas (USA), me recordó otros muchos...

El lector juzgará:

... Aquella noche del 29 de diciembre de 1980, Betty Cash, de cuarenta y dos años, conducía por una solitaria carretera, en las proximidades de Dayton (Texas)... La acompañaban su madre, Vickie Landrum, de sesenta y tres años, y Colby, el hijo de Betty, de seis... El auto se dirigía a Houston... Y, de pronto, algo muy brillante apareció en el firmamento... Betty detuvo el coche y todos contemplaron aquella «luz» con forma de diamante... Cuando el objeto estuvo a 30 metros, la valiente conductora se bajó del carro con el fin de observar la «cosa» con más precisión... Pero tuvo que taparse los ojos con las manos, debido a la gran luminosidad... De la base del objeto emergían grandes llamaradas... La madre y el hijo gritaron para que no se acercara y Betty obedeció... Al poco regresó al vehículo y, al tratar de abrir la puerta, se quemó... «Todo a nuestro alrededor —manifestó a los investigadores— era puro fuego, puro calor»... Y la nave se fue alejando lentamente... «Al poco aparecieron aquellos helicópteros... Eran veintitrés... Tenían doble hélice y potentes focos reflectores...

Los testigos: Betty Cash; su madre, Vickie Landrum, y Colby, el hijo de Betty. (Archivo: Hynek.)

Parecían perseguir al ovni... Estoy segura de que eran militares».

A la mañana siguiente, Betty se sintió mal... No podía ponerse en pie... Tenía un fuerte dolor de cabeza, náuseas, diarreas y mareos, así como una extrema debilidad... La piel de la cara, cuello y manos aparecía enrojecida... El estado de la mujer empeoró y, al segundo día, tuvo que ser hospitalizada... La llevaron al Parkway, de Houston... Allí experimentó caída del cabello y otras afecciones cutáneas... La madre y el hijo también experimentaron síntomas similares, pero en menor grado... Los médicos llegaron a la conclusión de que los tres habían sido expuestos a fuertes dosis de radiación... Y los testigos pensaron que el objeto con forma de diamante era un arma secreta de los Estados Unidos... Gracias a los consejos del doctor McLleland, Betty y su madre tomaron la decisión de ponerse en contacto con el senador republicano Llyd Bensson... Deseaban obtener ayuda legal para su recuperación médica... Cuatro meses más tarde fueron recibidas por la Fuerza Aérea, en Dallas... Dos altos oficiales escucha-

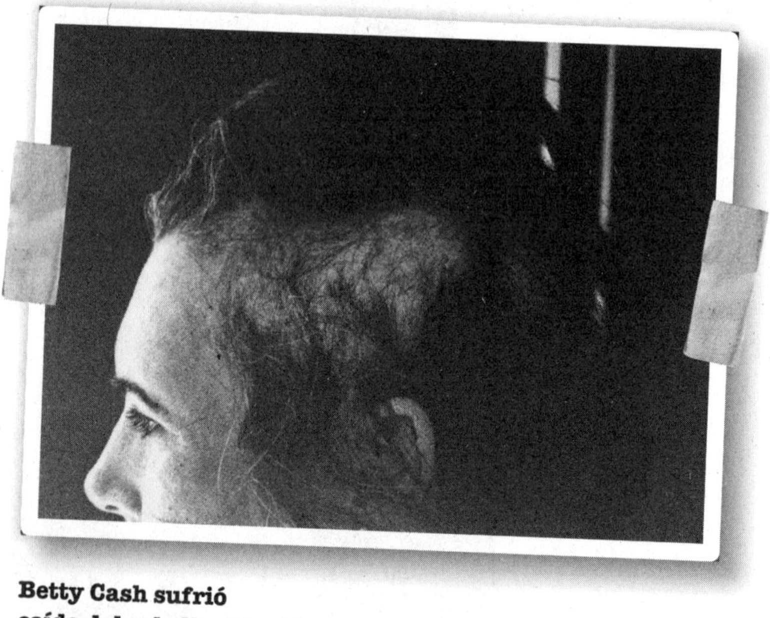

Betty Cash sufrió caída del cabello. (Archivo: Hynek.)

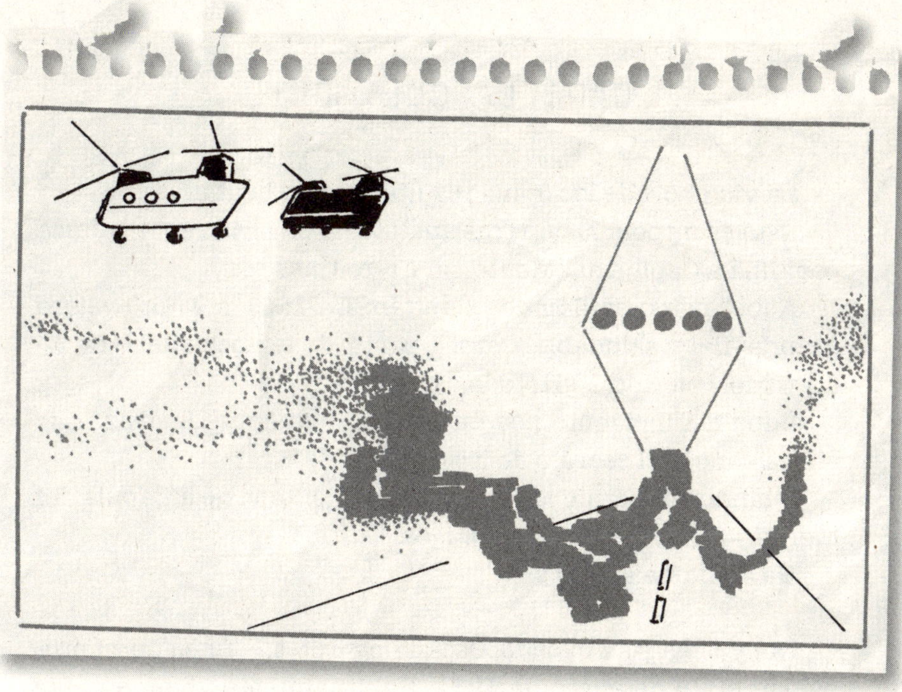

Dayton (Texas), 1980. Cuaderno de campo de J. J. Benítez.

ron atentamente los relatos y sometieron a las testigos a un largo interrogatorio... La petición de ayuda médica fue denegada... Antes de salir de la oficina de la Fuerza Aérea, las mujeres se percataron de un mapa en el que figuraba la zona del encuentro ovni del 29 de diciembre... Aparecía marcada con un alfiler rojo... En 1982 demandaron al gobierno por daños físicos, pero el juez federal desestimó la demanda... Las mujeres y el niño siguen con problemas.

Hice mis propias averiguaciones y los militares USA confirmaron que los helicópteros eran militares; de una unidad secreta de «acción rápida» que perseguían al «intruso». Estaban artillados con misiles, pero la nave logró escapar. Esos intentos de captura de ovnis se han registrado a decenas..., y siguen produciéndose. Pero la opinión pública —el contribuyente, en definitiva— no es informada.

CAPILLA DEL MONTE

La violencia de los ovnis resulta a veces brutal.

Esta es mi conclusión tras analizar lo ocurrido en una finca próxima a Capilla del Monte, en Argentina.

Aquel perro se llamaba *Capitán*. En 1981 era un ovejero grande, fiel y saludable. Pero, a partir de la noche del 7 de febrero del referido 1981, todo cambió...

Supe del incidente por mi buen amigo Jorge Suárez (que ahora conoce el secreto de los ovnis).

Cuando el Destino lo estimó conveniente viajé a Capilla del Monte y conversé con los testigos.

He aquí una síntesis:

Nelly Vega y su marido, Óscar, llegaron a la finca de su propiedad el 28 de enero de 1981. Habitualmente viven en Mar del Plata. Los acompañaba Adriana, una sobrina de trece años de edad.

—Y llegó el 7 de febrero —explicó Nelly—. Serían las doce de la noche. Estábamos conversando en el salón. Y, de repente, Adriana vio una luz en el patio. Era verde y algo mayor que un balón de fútbol. Flotaba en el aire, a la altura de la ventana. En ese patio hay un viejo árbol, un tala.[1] Pues bien, de pronto se abrió en dos.

—¿El árbol?

—Así es. Eso fue lo que vimos los tres. Pero, a la mañana siguiente comprobamos que el tala estaba perfecto. Y la luz verde empezó a girar alrededor del tronco del árbol. Estábamos desconcertados. Y surgieron aros, muchos aros. Eran perfectos y de colores: blancos, lilas, verdes...

Los testigos notaron mi sorpresa.

1. El tala es un árbol propio de América. Es muy apreciado por su madera (dura y pesada). Alcanza 7 metros de altura, con ramificaciones abundantes. Está dotado de fuertes espinas. En 2015 fue declarado «árbol emblemático» de la ciudad de Buenos Aires (Argentina). Su gran densidad permite el desarrollo de una abundante fauna en sus ramas.

El tala de Nelly y Óscar Vega. (Foto: J. J. Benítez.)

—No supimos de dónde salieron. Los aros rodeaban el árbol a gran velocidad. Bajaban hasta el piso y volvían a aparecer entre las ramas. Y volvían a descender. Y así una y otra vez.

—¿Cuánto tiempo duró ese fenómeno?

—Minutos.

—¿Y la luz verde?

—Allí estaba. Entonces aparecieron otras luces, como tirabuzones. Flotaban en el aire. Y caían despacio. Todo se iluminó como si fuera pleno día. Fue cuando nos dimos cuenta: *Capitán*, el perro, se hallaba atado al árbol con una cadena. Y se movía inquieto. Y recordamos que el perro había estado ladrando buena parte de la noche, como avisando.

—¿Antes de que apareciera la luz verde?

Óscar Vega y *Capitán*, antes del suceso ovni. (Gentileza de la familia.)

—En efecto.

—¿Qué tipo de ladrido?

—Con miedo.

—¿Y qué sucedió?

—El «festival» de luces pudo durar unos 10 minutos. Después, todo se apagó.

—¿Salisteis al patio?

—No, estábamos muertos de miedo... A la mañana siguiente vimos que el perro dormía. Y así se mantuvo todo el día. Tratamos de darle agua, pero no hubo forma de abrirle la boca.

—¿Ladró?

—Nunca más.

Óscar aclaró que él sí quiso salir al patio mientras contemplaban las luces, pero Nelly y la sobrina lo impidieron.

—Y ahí empezó el drama del perro —prosiguió Nelly—. *Capitán* no comía ni bebía. Estaba tumbado todo el día. Y empezó a reducir el tamaño.

Capilla del Monte (Argentina), 1981. Cuaderno de campo de J. J. Benítez.

—¿Qué dimensiones tenía?

—Un metro a la cruz. Era grande y poderoso. Podía pesar 50 kilos. Al día siguiente empezó a perder el pelo y se quedó progresivamente ciego y sordo. Al tercer día llamamos al veterinario, sin decir lo que había pasado; examinó a *Capitán* y dijo que podía ser el veneno para las ratas. Pero el perro continuaba perdiendo pelo y reduciendo su tamaño. Tenía el color del cuero.

—¿De qué color era?

—Negro y blanco.

—¿Respondía de alguna manera?

—No. Permanecía todo el tiempo tumbado. Finalmente, al cabo de una semana, lo sacrificamos. Y lo enterramos en una caja de zapatos. En esos momentos medía 30 centímetros. Para matarlo fueron necesarios nueve tiros…

—¿Experimentasteis algún problema de salud?

—Adriana y yo tuvimos una serie de sarpullidos en los brazos, caras y piernas. Los ojos lagrimeaban y mi marido sufrió pérdida de visión y un fuerte dolor de cabeza. Eso ocurrió al día siguiente. Después, el malestar fue desapareciendo.

Traté de localizar la tumba de *Capitán*. El análisis de los restos podía arrojar luz sobre lo sucedido aquella noche. No fue posible. Los dueños no recordaban dónde fue sepultado. Quizá algún otro investigador tenga más fortuna que yo...

Esa misma noche, el alcalde de Capilla del Monte, cuya identidad no debo desvelar, se vio asaltado por un ovni.

Éstas fueron sus palabras:

—Circulaba desde Rosario a Capilla. Era la una de la madrugada. Y al llegar cerca de Totora, una luz empezó a molestarme por el espejo retrovisor. Cambié el ángulo, pero siguió reflejándose. Pensé que eran cazadores. Pero, de pronto, al asomar la cabeza por la ventanilla, vi un objeto sobre el carro. Perdí el control y fui a chocar con dos árboles y una columna del alumbrado público. El auto quedó destrozado. Bajé como pude y noté que sangraba.

—¿Y el objeto?

—Se había detenido a corta distancia, sobre el campo.

—¿Cómo era?

Nelly señalando la zona por la que goteaba el tala. (Foto: J. J. Benítez.)

—Como un plato boca abajo. No hacía el menor ruido. Y, sin saber por qué, empecé a caminar hacia él. Y fui contando los pasos. Hice quinientos.

—¿Y el ovni?

—Se mantuvo quieto, como esperándome. Llegué al lugar y allí estuve, bajo la nave.

—¿Cuánto tiempo?

—Unos 15 minutos. Era grande: alcanzaría 60 o 70 metros de diámetro.

—¿Y a qué altura del suelo?

—A cosa de 100 metros. Después se alejó y desapareció.

—¿Se encontraba bien?

—Perfectamente. Lo malo fue el carro... Ah, lo olvidaba: la sangre de mi cuerpo desapareció.

—¿Y las heridas?

—También.

Y digo yo: ¿quién fue el responsable del accidente? Obviamente, el ovni. Y aunque la nave sanó las heridas, la factura la pagó el propietario...

Siete años después de la muerte de *Capitán*, el árbol al que se hallaba encadenado aquella noche empezó a gotear una sustancia roja.

—Ocurrió el 13 de enero de 1988 —explicó Nelly—. Al principio pensamos en algún pájaro herido. Lo limpié todo pero, al día siguiente, volvieron a aparecer las gotas rojas. Y así fue durante varios días.

—Podía tratarse de savia...

—No lo era. Guardamos parte del líquido y lo llevamos a la Universidad de Buenos Aires, para su análisis. No supieron de qué se trataba. Un año después volvió a «sangrar».

—¿Era sangre?

—No lo sabemos. Ese año (1989) me enfermé. No podía caminar. Nadie supo lo que tenía. Me froté el cuerpo con la sustancia roja y recuperé las fuerzas.

«LA CALERA»

La noche del 24 de noviembre de 1981 volvió a repetirse la violencia ovni. Esta vez ocurrió en la finca «La Calera», del ganadero Lora Sangrán, en la provincia española de Sevilla.

Hacia las once y media de la noche, Josefa Acuña y Diego Vidal, su hijo, observaron en las proximidades del cortijo un objeto no identificado con forma de «cubo invertido». A la mañana siguiente encontraron un toro muerto y otro inválido.

Me trasladé a la finca, ubicada a 10 kilómetros de Gerena, y conversé con los testigos y con el veterinario.

He aquí una síntesis de lo sucedido:

—Ya habíamos cenado –detalló Josefa Acuña–. Mi hijo salió para cerrar la cancela y lo vio. Entonces me llamó. Mi marido ya estaba acostado y no quisimos molestarle.

—Era una cosa muy rara –intervino Diego, el hijo–. De repente, la noche se volvió día.

—¿Cómo era el objeto?

—Como un cubo de agua, pero boca abajo.

—Parecía una feria –aseguró la madre–. Tenía muchas luces. Algunas eran blancas y otras rojas.

—¿A qué distancia se encontraba?

El hijo aseguró que a 10 metros. Josefa pensaba que algo más allá. En total lo vieron durante tres horas.

—¿Y qué hacía?

—Flotaba sobre los corrales de los toros. Después desapareció. Y lo hizo como cuando se apaga la tele.

A la mañana siguiente, en efecto, en uno de los cerrados, apareció un toro muerto y otro paralizado.

Marcelo Morgaz, mayoral de «La Calera», me dio su versión:

—El toro muerto tenía tres boquetes en el cuello, pero no eran cornadas. El semental, el que se hallaba inválido, tenía la columna vertebral rota.

—¿Estaban cerca el uno del otro?

—A unos 50 metros.

Josefa Acuña.
(Foto: J. J. Benítez.)

Francisco Escribano, veterinario.
(Foto: J. J. Benítez.)

—¿Pudo ser una pelea?

—No lo creo.

—¿Por qué?

—Mire usted, el semental tenía los cuernos recortados. Eso hace que rehúya las peleas. El toro sabe que está disminuido. Además, no era tiempo de peleas. Eso sucede en la primavera.

Calculamos la distancia. Desde el lugar donde se presentó la nave hasta el cerrado en el que descubrieron el toro muerto y el semental inválido había 300 metros.

—¿Presentaba el semental alguna cornada?

—Ninguna. *Olo* —así se llamaba— estaba limpio. Lo metimos en un remolque y lo trasladamos a la plaza de la hacienda. Pero lo más asombroso es que *Olo* permitía que lo tocaran. Eso no sucede con ningún semental. La bravura no la pierden nunca. Y por allí pasó todo el cortijo y muchos vecinos.

—¿Cuántos días siguió vivo?

—Ocho.

—¿Comía?

—Muy poco. Algo de avena...

—¿Y qué pasó con el toro muerto?

—Lo enterramos al día siguiente.

—¿Lo examinó el veterinario?

—No.

—¿Cuál es su opinión sobre lo sucedido?

—Lo que acabó con los animales lo hizo en el mismo lugar y al mismo tiempo.

—¿Pudo ser el ovni?

—Estoy seguro... No es la primera vez que vemos esos aparatos por la zona. Hace tres años apareció cerca de la finca. Era grande y con forma de melón.

Francisco Escribano, veterinario, confirmó las impresiones del mayoral:

—El semental —explicó— tenía una parálisis total, y se fue consumiendo. Tuvimos que sacrificarlo.

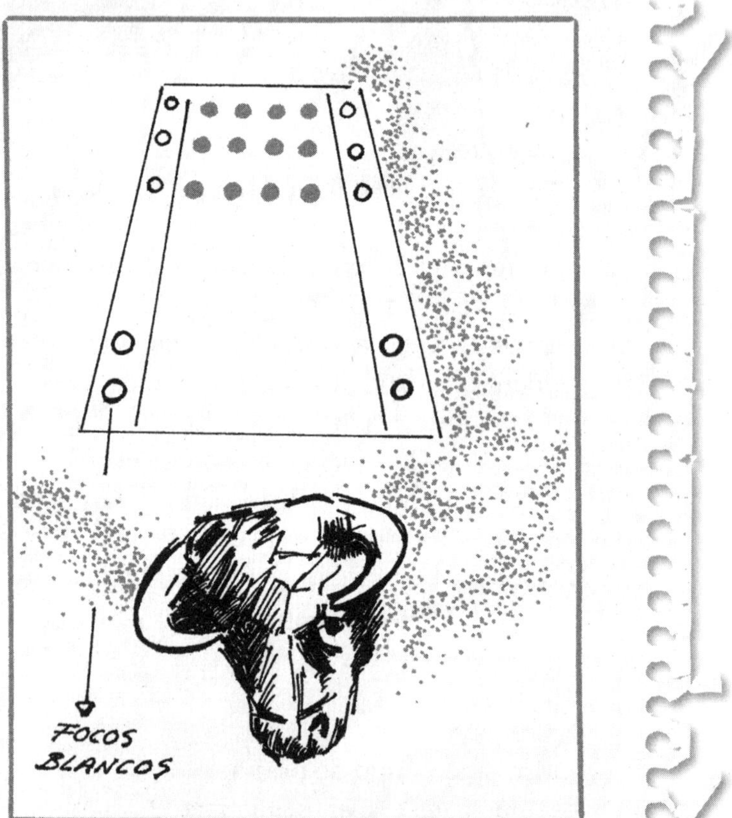

«La Calera» (Sevilla), 1981. Cuaderno de campo de J. J. Benítez.

—¿Qué pudo provocar la parálisis?

—No lo sabemos. No había heridas. No detectamos nada externo. Además perdió la bravura; algo muy raro.

—¿Movía la cabeza?

—Sí.

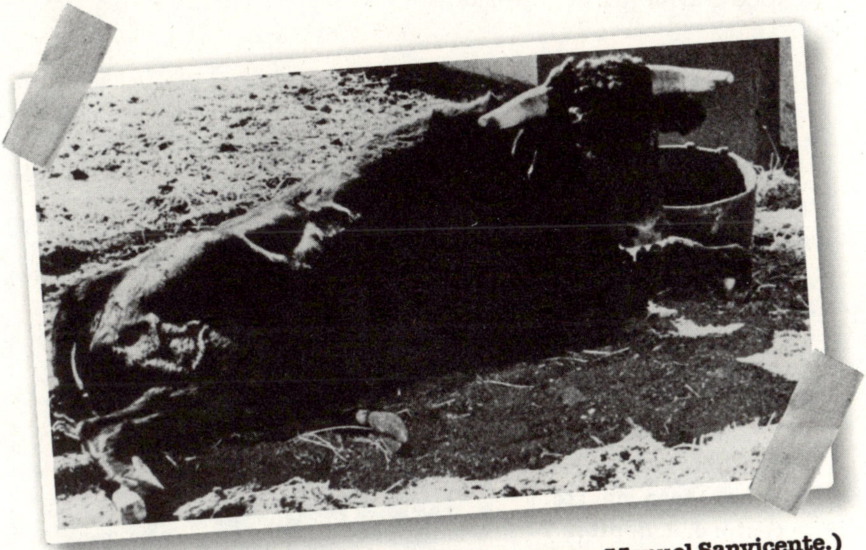

Olo a las pocas horas de quedar paralizado. (Foto: Manuel Sanvicente.)

—¿Qué tipo de lesiones presentaba?

—Tenía tres fracturas: una detrás de la escápula y otras dos a 10 centímetros la una de la otra. Eran roturas limpias y, probablemente, simultáneas.

—¿Roturas equidistantes?

—Sí, rarísimo. Llegamos a colgarlo, para ver si mejoraba, pero no.

—¿Qué opina de la muerte del otro toro?

—No llegué a examinarlo.

—El mayoral asegura que presentaba tres heridas en el cuello y que no eran cornadas.

—Marcelo es un hombre serio y muy competente en su trabajo. Sabe de qué habla. Él dice que las heridas eran muy finas, como hechas con una aguja. Eso no tiene nada que ver con cornadas.

Francisco Escribano ha operado a tres mil toros, y nunca vio algo parecido.

En la noche siguiente, otros vecinos observaron un objeto similar al de «La Calera»: «Tenía forma de "cubo invertido" y despedía una luz cegadora».

Marcelo Morgaz y Joaquín Mateo Nogales (a la derecha). El investigador sostiene la calavera del toro muerto. (Foto: J. J. Benítez.)

Meses más tarde (abril de 1982), Rafael Vite me advertía de un caso parecido al de la finca «La Calera». Se trataba de «Los Derramaderos», un cortijo de la familia Núñez, ubicado en el término de Tarifa (Cádiz, España).

Allí nos dirigimos...

Y el mayoral —al que llamaré Juan— contó que en diciembre de 1981 (poco después del caso de «La Calera»), en la referida finca fue visto un extraño objeto, muy luminoso.

***Olo,* como demuestra la foto de Francisco Escribano, perdió la bravura; algo incomprensible en un semental.**

—Permaneció durante horas entre los cerrados, sobre los toros bravos. Después desapareció.

Al día siguiente, el mayoral descubrió que uno de los toros —de nombre *Arrumbao*— aparecía inquieto, con las astas muy crecidas.

—Lo mismo sucedió con las pezuñas —añadió—. Le crecían y le crecían. Aquello no era normal. Antonio Santacruz, el veterinario, le recortó las pezuñas, pero seguían creciendo.

—¿Hubo más casos entre los toros?

—No.

—¿Se hallaba el ovni cerca de *Arrumbao*?

—Sí, en esa zona.

—¿Cómo terminó el asunto?

—Tuvimos que sacrificarlo.

—¿Se analizaron las astas o las pezuñas?

—No.

Juan, mayoral de «Los Derramaderos». (Foto: J. J. Benítez.)

Lástima...

—¿Apareció algún toro muerto o herido en esas fechas?

—No tengo recuerdo de algo así.

FERNÁN NÚÑEZ

Le llamaré Blázquez.

Era un destacado funcionario.

El 13 de marzo de 1985 recibí una comunicación suya. Decía, entre otras cosas:

... Estimado Juanjo: Leída y releída la tuya del 12 de los corrientes, paso a darte las gracias por el mensaje que para mí y muchos como nosotros representan tus numerosos libros... Son como balizas en la niebla de nuestra mente... Ayudan a encontrar el camino hacia los orígenes... El acontecimiento que pides te detalle es uno entre otros muchos vividos y sentidos por nosotros... Todos estos acontecimientos son como perlas que van formando un collar... Una vez reunidas las necesarias falta el toque final del Maestro, que pone el broche idóneo... Pero vamos a lo que solicitas: ocurrió un fin de semana... Concretamente el domingo, 2 de mayo de 1982... Retornaba con mi familia al lugar donde prestaba servicio en aquella época... Dirección: Madrid-Málaga... En el tramo de carretera de la nacional de Cádiz, pasado Córdoba, con destino a Lucena... Sucedió en esa hora, entre dos luces, ni de noche ni de día; a las 20 horas, aproximadamente... La carretera se hallaba en reparación... No había en el asfalto las rayas indicativas ni tampoco arcenes laterales... Observé las luces traseras de un camión... El frente aparecía despejado... Doy la señal de adelantamiento y efectúo la maniobra... En aquel instante veo con sobresalto tres detalles: un coche de la policía de tráfico cercano a una finca, una señal de prohibido adelantar (antes tapada por el camión) y dos faros terroríficos en dirección contraria... Me encontraba emparejado con el camión... Tenía centésimas de segundo para reaccionar... Pero no había tiempo para frenar y tampoco para adelantar... Imposible echarme a la izquierda o a la derecha... Las obras lo impedían... Era una «puerta» por la que no cabes... Me encogí, instintivamente, como queriendo achicarme... Levanté el pie del acelerador y... ¡oh!... Los faros pasan y el camión se pierde en la lejanía... Nos encontramos solos en la carretera... Doy la intermitencia a la derecha y aparco en el filo de la carretera... Bajo del auto, enciendo un cigarrillo y espero la llegada de la Guardia Civil... Se apean un cabo y un número... Saludos de rigor...

—¿Qué tal se encuentran ustedes?

—Perfectamente.

—Documentación... ¿Usted sabe lo que ha hecho?

Explico con claridad lo ocurrido, omitiendo mi reacción interior. Ellos insisten:

—¿Ha observado algo extraño en la maniobra?

Vuelvo a aclarar lo sucedido. Se miran extrañados y pido que aclaren su asombro.

Manifiestan que patrullan la ruta y que la conocen perfectamente y que los carriles no permiten la circulación de tres vehículos a la vez.

Ruego que la sanción sea leve... Me ofrecen un pitillo y dicen que, si me imponen la multa, será retirada de carnet. Pero que, en aquel caso, harán la vista gorda. Su asombro al verme solo en la carretera fue total... En el momento en que me perdieron de vista, entre los dos vehículos, esperaron, en vano, el ruido del encontronazo... No fue así...

—Eso es imposible —argumentaron—. Usted y su familia tendrían que estar muertos o heridos...

Los guardias se ofrecieron a acompañarme al pueblo más cercano —Fernán Núñez—, con el fin de tomarnos un café. Les digo que estoy bien y me recomiendan prudencia. Y yo sigo el viaje... Quince o veinte minutos después llegamos a nuestro destino: Lucena... Bajamos el equipaje, subimos a la casa, encendemos las luces y miro la hora... Es mi costum-

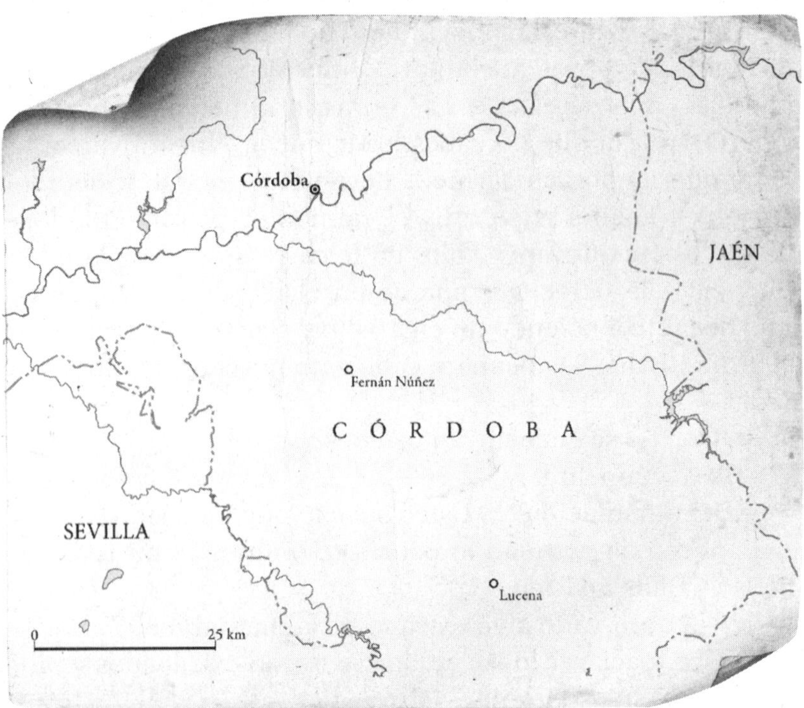

bre... Soy muy metódico... Casi un vicio... Supongo que para comprobar el tiempo invertido... Son las nueve y media de la noche... Me quedo asombrado... El reloj señala el día 3 de mayo; es decir, el día siguiente... Cuando salimos de Madrid era el día 2... Lo recuerdo perfectamente... Siempre miro... ¿Cómo podía ser?

En conversaciones posteriores insistí en el asunto:

—Salisteis el 2 de mayo y llegasteis el 3...

—Sí y no. Salimos el día 2, domingo, y llegamos el mismo 2, pero el reloj (mi reloj) marcaba el día 3.

—Eso sucedió en el adelantamiento al camión...

—Eso pensamos.

—¿Qué crees que sucedió?

—Solicité una aclaración y «ellos» respondieron: «Hemos borrado un día del calendario de tu vida...».

—El choque era inevitable...

—Totalmente inevitable. No había salida, pero no pasó nada. La Guardia Civil estaba descompuesta.

—¿«Ellos» están pendientes?

—De todo y de todos, hasta en lo más venial.

FUENTESAÚCO

Las reacciones del ser humano ante un ovni son muy diferentes. La mayor parte huye. Otros, en cambio, como estamos viendo, echan mano de las armas o de lo que tengan al alcance. Veamos otros ejemplos:

Octubre de 1972.

Estanislao López, constructor, circulaba por la provincia española de Zamora, a 6 o 7 kilómetros de Fuentesaúco... Eran las seis y media de la tarde.

—El sol se estaba poniendo —explicó—. Había estado cazando en Alaejos. De pronto los vi: eran dos cilindros de color anaranjado, muy brillantes. Venían hacia mí. Aparqué el Seat 1500 bajo unos almendros y descendí del coche. No había

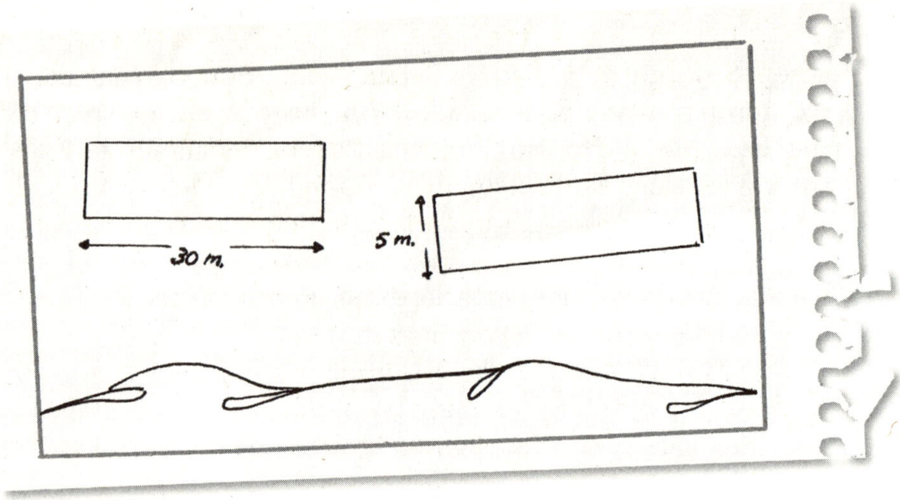

Fuentesaúco (1972). Cuaderno de campo de J. J. Benítez.

duda: eran dos enormes cilindros. Volaban a 800 o 1.000 metros de altura. Me entró miedo y eché mano del rifle. Y lo cargué. Y allí me mantuve, entre las viñas, con el rifle preparado. Todo era silencio.

—¿Cuánto tiempo los observaste?

—Un cuarto de hora. Después, uno de ellos subió en vertical. A los 2 minutos lo hizo el otro, y se perdieron en lo alto.

—¿Qué dimensiones tenían?

—Alrededor de 30 metros de largo por 5 de alto.

—¿Por qué echaste mano del rifle?

—Por miedo.

Estanislao pensó en denunciar el hecho en el cuartel de la Guardia Civil, pero renunció a la idea.

—No quería que me tomaran por loco.

VILADESUSO

La reacción de Juan Minguela ante la proximidad de un ovni fue digna de estudio...

Sucedió el 26 de marzo de 1974 en Viladesuso (Pontevedra, España).

Así me lo contó:

—Ocurrió a las tres de la madrugada. Noté un calor insoportable. No era normal. Los perros aullaban sin cesar. Me asomé a la ventana y quedé pasmado: a corta distancia, sobre una playa próxima, se distinguía un objeto alargado, de unos 50 o 60 metros de longitud por 3 de alto. Irradiaba una luz verde.

—¿A qué distancia de la casa?

—A 10 metros, muy cerca. Me quedé mirando un rato, sin dar crédito a lo que tenía delante. El silencio era absoluto. No se oía ni el romper de las olas en la playita.

—¿Y los perros?

—Aullaban, aterrorizados. Y me entró miedo. Agarré una escopeta, la cargué, abrí la ventana, y apunté a la cosa aquella... Pero no me atreví a disparar. Entonces cerré el ventanal y me refugié en un armario.

—¿Estabas solo en la casa?

—Sí.

—¿Y qué hiciste en el armario?

—Sudar y pensar.

—¿Cuánto tiempo?

—Unas dos horas. Finalmente decidí salir y regresé a la ventana. El objeto se elevaba despacio y se perdió en la oscu-

Viladesuso (1974). (Foto: J. J. Benítez.)

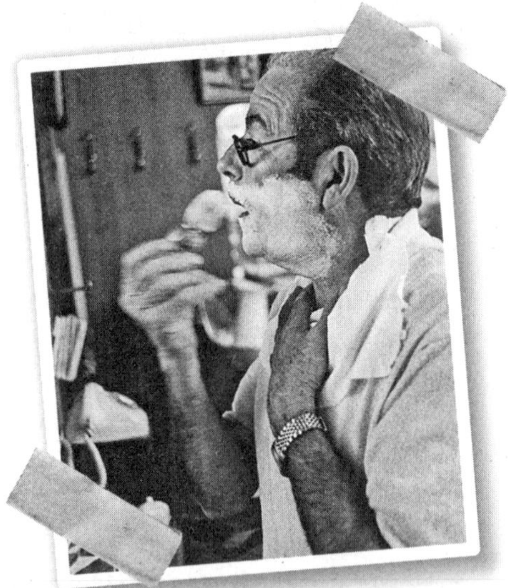

Minguela.
(Foto: J. J. Benítez.)

ridad. El resto de la noche lo pasé leyendo y en un importante estado de excitación.

—¿Y la escopeta?

—A mi lado, por si las moscas... A la mañana siguiente comprobé que los perros —más fieros que la mar salada— se hallaban en el garaje, acurrucados y con los ojos desorbitados. Temblaban de miedo. No quisieron acompañarme. Me dirigí a la playa, donde había visto el ovni, y descubrí un círculo sobre la arena y sobre las rocas. Todo estaba blanco. A los ocho días, cuando regresé a la casa de Viladesuso, los tres perros habían desaparecido. Los busqué, pero nadie sabía nada. Y hasta hoy.

—¿No aparecieron?

—Nunca. Y es raro, porque eran *palleiros*, muy fieros.[1]

A partir de esa fecha —según Minguela—, han sucedido cosas extrañas en la zona. Por ejemplo: las uvas maduran antes de lo normal y adquieren un tamaño enorme. Cada uva puede pesar 100 gramos (!).

1. *Palleiro*: perro pastor de gran inteligencia, de origen gallego, y de carácter fuerte y mordedor.

LOGROSÁN

Pudo ocurrir en 1975 o 1976, aunque la abuela no lo tenía claro.

Conocí a doña María Sanromán Bagaza en una de mis correrías por Extremadura. En aquella ocasión me acompañaba José Luis Barturen.

Y al llegar a Logrosán, persiguiendo otros menesteres, alguien me habló de la «aventura» de dona María.

Allí que nos fuimos.

La mujer nos mostró el tendedero y explicó, a su manera:

—Mira, hijo, yo no sé lo que fue o lo que no fue, pero agarré la escoba y me lié a escobazos con el melón luminoso...

—¿Melón luminoso?

—Sí, una bola blanca, *mu bonica*.

Doña María precisó que podía tener el tamaño de un melón romano (?).

Calculamos —a ojo— unos 30 centímetros.

—¿Y qué pasó?

—Que me chamuscó la ropa... Y eso no... Así que agarré un palo, o la escoba, o no sé qué y me fui para el «melón». Y la emprendí a escobazos con la cosa.

—Pero, ¿le dio?

—Ya lo creo que le di... Pero se escapaba el muy ladrón.

—¿Y cómo escapaba?

—Volaba a la altura del tendedero.

Volvimos a calcular: 1 metro y 50 centímetros del suelo.

—Lo perseguí un buen rato...

—¿Cuánto tiempo?

—El de rezar un credo.

Más cálculos: 2 minutos...

—¿Y después?

—Se marchó por los campos. Y allí me quedé yo, con la escoba, y vigilante.

—¿Y la ropa?

—Para tirar, el muy guarro... La dejó amarilla.

Doña María Sanromán, la abuela que persiguió un *foo fighter* a escobazos. (Foto: J. J. Benítez.)

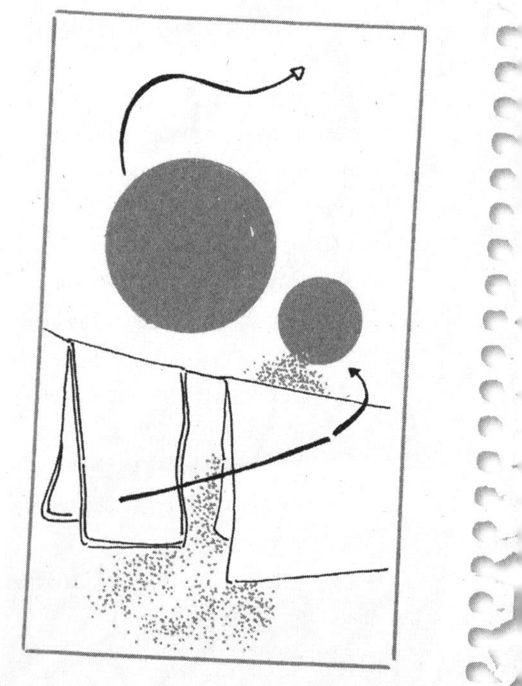

Logrosán (fecha desconocida). Cuaderno de campo de J. J. Benítez.

Era obvio que la abuela de Logrosán se había enfrentado a un *foo fighter*. La bola de fuego le había quemado la ropa y doña María le dio su justo merecido. Que yo sepa, fue la primera mujer que se enfrentó a una sonda no humana. Pero ella nunca lo supo, ni falta que le hacía...

MAZARULLEQUE

En el otoño de 1980 llegué a Mazarulleque, en la provincia de Cuenca (España). Había oído rumores. Los ovnis daban vueltas por esa zona...

Y, en efecto, encontré a la familia Pastor. Habían visto las naves, y en varias ocasiones. Pero el suceso que más me impactó lo vivió Juan Antonio, uno de los hijos.

—Fue en el verano de este año (1980) –explicó–. Regresaba a casa. Podían ser las once de la noche. Vi una luz al final de las curvas. Recuerdo que llevaba tres escopetas. Y cargué una, la Beretta. Le metí cuatro cartuchos.

—Pero, no comprendo... ¿Por qué echaste mano de la escopeta?

Juan Antonio Pastor no encontró una razón convincente. Se limitó a encogerse de hombros.

—Algo más adelante, lo que creí que podía ser un tractor, se elevó y se colocó a mi derecha. Ya no tuve duda: era un ovni. Paré el auto y agarré la escopeta. Me bajé y apunté.

—¿Cómo era?

—Redondo, con ocho focos de color blanco. En el centro era oscuro. Algunos focos eran anaranjados y blancos.

—¿Y el tamaño?

—Algo más de 10 metros de diámetro.

—¿A qué distancia se encontraba?

—A cosa de 100 o 120 metros.

Y el muchacho, ni corto ni perezoso, apuntó a uno de los focos.

—Así estuve 5 minutos...

Juan Antonio Pastor, en el lugar de los hechos. (Foto: J. J. Benítez.)

—¿Qué pensabas?

—¿Le disparo o no le disparo?

—¿Hubo alguna reacción por parte del objeto?

—Ninguna, que yo sepa. Seguía inmóvil y en silencio.

—¿Disparaste?

—No. Lo pensé mejor y bajé el arma…

—¿Sabes que hubiera sido peligroso?

—Quizá.

—Los tripulantes pudieron responder...

—¿Y qué?

No quise entrar en detalles.

—¿Y qué hiciste?

—Me fumé un cigarrillo y lo contemplé, desconcertado.

—¿Tuviste miedo?

—No, sólo curiosidad.

Pasados unos minutos —según el testigo—, la nave se alejó lentamente, desapareciendo hacia el oeste.

Juan Antonio no lo supo, pero quizá volvió a nacer...

CHILUYO

Conozco a Julio Chamorro desde hace años. Ahora es comandante (retirado) de la Fuerza Aérea Peruana. Fue radarista (director de interceptación) y navegante. Entre

1999 y 2002 diseñó la Oficina de Investigación de Fenómenos Aéreos (OIFAA), dependiente de la FAP. Fue subdirector de la Dirección de Intereses Aeroespaciales y se doctoró en Educación. Ha participado en numerosas operaciones aéreas contra la droga y contra el terrorismo. En otras palabras: se trata de un profesional de la aviación altamente cualificado.

Pues bien, en cierta ocasión me relató su experiencia con un ovni. Pero no fue un encuentro al uso, como tantos.

—Yo era teniente. Podía ser el mes de marzo de 1980. Me encontraba en Chiluyo, en la frontera de Perú con Bolivia y Brasil. Era un destacamento de defensa, ya desaparecido. Era un lugar fantástico, a 4.859 metros de altitud, en plena sierra de Tacna. Se trataba, en fin, de un punto estratégico en la vigilancia del espacio aéreo de mi país. El destacamento se hallaba a poco más de 300 metros de un «apu» sagrado, una montaña venerada por los indígenas desde tiempos remotos. Decían que era un «protector de la zona».

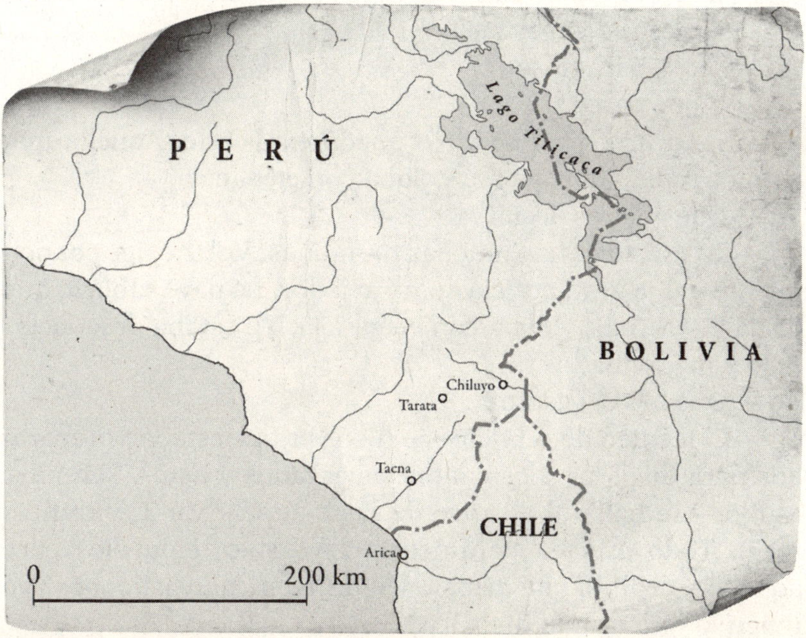

—¿Tú estabas al mando del destacamento?

—Sí. Y una noche, a eso de la una, fui despertado por un soldado de guardia. «Hay un ovni», me avisó. Pero hacía tanto frío (unos 15 grados bajo cero) que no le hice caso. Y seguí durmiendo. Pero, al poco, entró un suboficial y repitió lo mismo: «Mi teniente, ahí fuera hay un ovni». Maldije mi mala estrella y seguí durmiendo. Pero, al rato, llegó un técnico. Era un subteniente. Y me dijo: «Chamorro, tienes que salir». No tuve más remedio que vestirme. El lugar, para que te hagas una idea, es una pampa en mitad de la nada, a 5 horas de Tarata. El paisaje es espectacular, pero aquello es el fin del mundo. La noche era estrellada y tranquila. Y, de pronto, al salir, lo vi enfrente. Era un objeto enorme, como tres canchas de fútbol. Podía tener 1 kilómetro de longitud. Era ovalado. A su alrededor circulaban otras naves más pequeñas, como si fueran satélites. Conté quince, como poco. Rodeaban a la nave madre en tres grupos.

—¿Qué forma tenía la grande?

—Gruesa y roma en la proa y delgada en la popa. Y toda blanca. Volaba en el más absoluto e impactante de los silencios y a velocidad de patio; es decir, a 5 kilómetros por hora.

—Pero eso es imposible...

—Claro, para nosotros.

—¿Y qué pasó?

—Sentí una gran paz. No puedo explicarte. Aquella máquina irradiaba luz y paz. Volaba con elegancia.

—¿Qué quieres decir?

—En esa zona hay muchas montañas. Volar exige conocimiento y una gran pericia como aviador. La nave sabía lo que hacía y, además, volaba con elegancia. Yo estaba desconcertado y maravillado.

—¿Qué hizo tu gente?

—El técnico de servicio me hizo ver que estaban preparados para disparar. Los cañones, cargados y listos. «La nave —dijo— se halla al alcance de las baterías "Zu-22" (antiaéreas). Todo está en parámetros». Yo sólo tenía ojos para aquello y prohibí que disparasen. El técnico insistió, pero yo repetí la orden: «No disparen».

—¿Qué capacidad de fuego tenían esas baterías?

—Cada cañón, con seis bocas, dispara miles de proyectiles por minuto. Y cada bala es enorme.

—¿Cuántas baterías estaban preparadas?

—Tres.

—¿A qué distancia podía estar la nave nodriza?

—A 1.000 metros, más o menos.

—¿Suficiente para hacer blanco?

—Más que suficiente.

—¿Hubieran hecho blanco?

—Sin duda.

—¿Y qué pasó?

—La nave, lentamente, se fue metiendo por detrás del «apu» sagrado. Y desapareció. Y todos nos quedamos esperando a que apareciera por el otro lado de la montaña. Pero no fue así: no la volvimos a ver.

—¿Qué quieres decir?

—Es evidente que se esfumó o se metió en el interior del «apu».

—Pero eso es imposible...

—Eso dije yo.

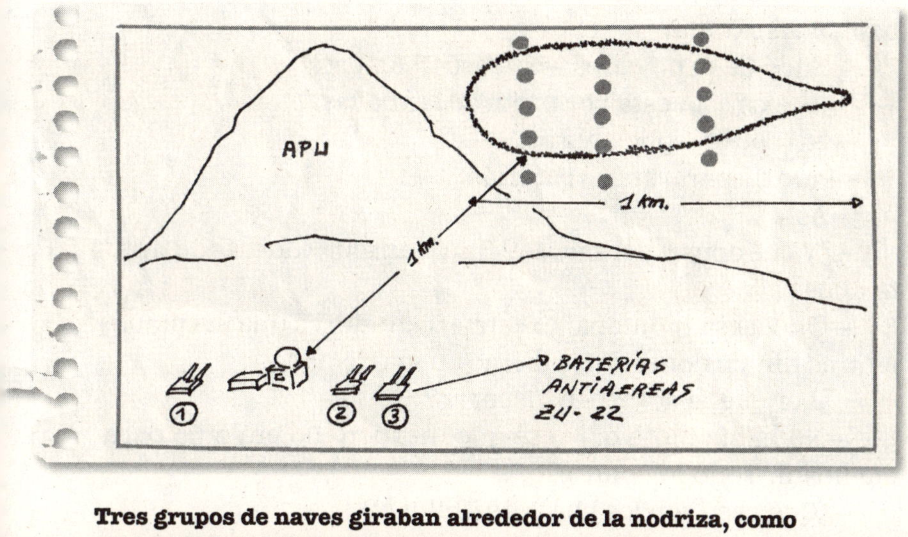

Tres grupos de naves giraban alrededor de la nodriza, como protegiéndola. Cuaderno de campo de J. J. Benítez.

Julio Chamorro (izquierda) y Juanjo Benítez, en Chile. (Foto: Blanca.)

—¿Cuántos militares vieron las naves?

—Todo el servicio: ocho personas.

—¿Cuánto tiempo las contemplaron?

—Casi una hora. Y me dejó una sensación de armonía, como nunca...

Julio Chamorro registró el avistamiento en el libro de incidencias. Fue entonces cuando comprobó que otros militares, en otros momentos, también contemplaron algo parecido... ¡y habían disparado!

—Supe de ocho casos —confesó Chamorro.

—¿Hubo respuesta por parte de las naves?

—No consta en los libros.

—Pero dispararon las baterías...

—Así es.

—¿Y qué opinas del asunto? Han transcurrido más de treinta años...

—Quizá esa montaña, el «apu» sagrado, es una «ventana» a otras dimensiones. No sabemos nada de nada.

—¿Por qué te negaste a disparar?

—No había motivo. No sé qué fue, pero no era o no parecía hostil. Todo lo contrario.

—¿Qué pasó con los libros de Chiluyo?

—Fueron destruidos.

ALGAR

Gabriel Rojillas también estuvo cerca de un ovni. Sacó una ametralladora y estuvo a punto de disparar...

Me lo contó muchas veces.

—Ocurrió en febrero de 1983. Yo era guardia civil. Estábamos de servicio. Me acompañaba Antonio Gómez. Él conducía el Land Rover. Vigilábamos a los cazadores furtivos. Y a eso de las dos de la madrugada, en la bajada del puerto de Galis, cerca del Algar, en Cádiz (España), vimos una luz. Era potente. Y pensamos en los furtivos. Como sabes, para cazar venados conectan los focos a las baterías. Entonces decidimos acercarnos. Apagamos las luces del vehículo y, a oscuras, fuimos aproximándonos.

—¿Cómo era la luz?

—Potente y muy blanca. Cuando estábamos a 100 metros, Antonio prendió las luces del Land Rover. Sorpresa... No eran furtivos: era un ovni.

—¿Por qué lo dices?

—Empezó a elevarse, tío. Y al llegar a 80 o 100 metros del suelo se detuvo.

—¿Y vosotros?

—Paramos el vehículo y nos quedamos mirando, perplejos.

Y Gabriel, más osado, terminó por bajarse del Land Rover y caminó hacia la nave.

—El silencio era total. Eché mano de la ametralladora, una «Z», y me puse bajo el objeto.

—¿Cómo era?

—Como una plaza de toros. Tenía un diámetro —mínimo— de 100 metros. Vi luces a su alrededor: amarillas, verdes... Giraban sin cesar.

—¿No tenías miedo?

—No. Y grité: «¡Bajad a por mí!».

—¿Hubo alguna reacción?

—Ninguna. Silencio. Y aquello allí arriba, impresionante...

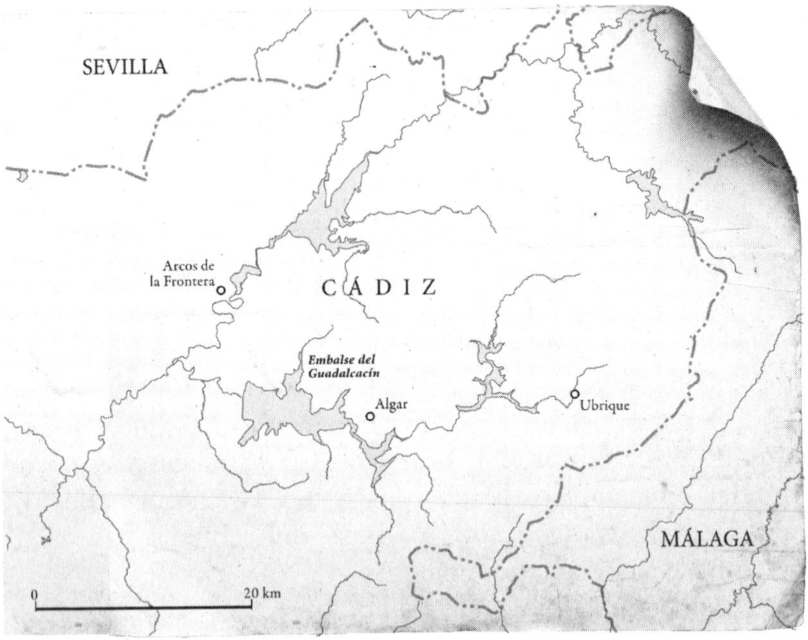

—¿Y tu compañero?

—En el vehículo, mirando.

—¿Y qué hiciste?

—Me eché la metralleta a la cara y pensé en disparar.

—Le hubieras dado, claro...

—Sin duda. Pero, a los pocos segundos, con el dedo en el gatillo, me arrepentí. Fue como si algo me dijera que no.

—¿Escuchaste alguna voz?

—No estoy seguro, pero fue una sensación muy clara: «No lo hagas». Entonces bajé el arma, encendí un cigarrillo, un Ducados, y allí me quedé...

—¿Cuánto tiempo?

—Unos 15 minutos, hasta que terminé el pitillo.

—¿Y la nave?

—Quieta y en silencio. Fue una experiencia increíble e inolvidable.

—¿Tuviste sensación de peligro?

—No, aunque aquello infundía respeto.

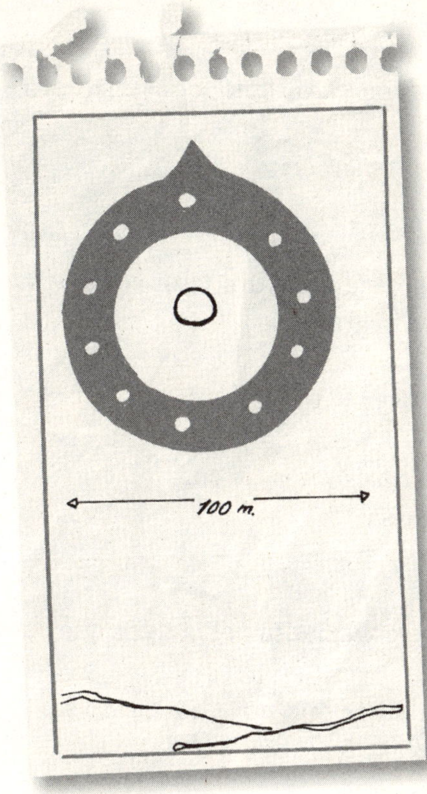

Algar (1983). Cuaderno de campo de J. J. Benítez.

Gabriel Rojillas. (Gentileza de la familia.)

Gabriel tenía treinta y un años y Antonio, el compañero, cuarenta y cuatro.

—¿Cuántos años llevas en la Benemérita?

—Veinte.

—¿Cómo se marchó el ovni?

—Empezó un ruido, una especie de «yum yum yum» y se alejó hacia Ubrique. Lo hizo en segundos.

—¿Qué hicisteis?

—Nada. Regresé al Land Rover y nos fuimos.

—¿Qué dijo tu compañero?

—Estaba muy asustado. Regresamos al cuartel y lo comentamos, pero lo tomaron a risa.

—¿Hubo parte oficial?

—Creo que no.

—¿En algún momento fuiste consciente del peligro que suponía apuntar con un arma?

—En esos instantes, la verdad es que no. Ahora sí lo sé.

—¿Repetirías lo de la metralleta?

Antonio Gómez. (Gentileza de la familia.)

—No. Me quedaría disfrutando del espectáculo, que es lo que hice.

Conversé también con Antonio Gómez Rosado.

Recordaba el encuentro con detalle. Y fue sincero:

—No me bajé porque sentí miedo. Aquello no era normal.

—¿Se paró el motor del Land Rover o lo paraste tú?

—Lo paré yo, y las luces quedaron encendidas.

—¿Hubo algún tipo de interferencia?

—Ninguna.

—Dices que, al principio, el ovni estaba posado...

—Eso nos pareció. Regresábamos del embalse de Los Hurones y lo vimos elevarse. Fue cuando nos mosqueamos.

Antonio ratificó lo expuesto por Gabriel. Después me acompañó al lugar en el que, supuestamente, se hallaba aterrizado el ovni. No encontramos huellas.

LA ESPANAGOSA

Días después (marzo de 1983), en las proximidades del cortijo «La Espanagosa», en Badajoz (España), volvía a repetirse una escena de evidente agresividad por parte del ser humano.

Rafael Vite me pasó la información:

... Testigos: Jaime Ros y Juan Carreño, vecinos de Utrera (Sevilla)... Tuvieron la experiencia entre las once y media y las doce de la noche, en marzo de 1983... No recuerdan el día... En esa fecha viajaban por la carretera de Badajoz con una furgoneta cargada de naranjas... Al llegar a «La Espanagosa» observaron una potente iluminación... Uno de ellos sacó la cabeza por la ventanilla y vio una bola luminosa sobre el vehículo... «Tenía 1 metro de diámetro, aproximadamente»... El objeto los acompañó un trecho, siempre a la misma velocidad que la furgoneta... Finalmente, los testigos pararon el vehículo... Y saltaron al exterior, dispuestos a averiguar qué era aquello... Y la bola de luz también se paró... Fue entonces cuando cundió el pánico... Y Juan Carreño, sin más, sacó una gran navaja y se puso a amenazar a la luz... La llamó de todo y la conminó para que bajase «si tenía cojones»... Pero la bola no respondió... Se quedó quieta, como observando... Cansado de proferir insultos, Carreño regresó a la furgoneta y se alejaron a toda velocidad... La bola hizo un giro y se desplazó hacia la zona de Guadalcanal.

EL SAUCEJO

En esta oportunidad, la información me la proporcionó Daniel Ortiz: un guardia civil había convencido a unos cazadores para que no disparasen a un ovni.

El prudente guardia se llamaba Hipólito Estepa.

El hecho tuvo lugar en la noche del 10 de noviembre de 1983. Hipólito era sargento. Tenía cuarenta años de edad.

—Me encontraba de servicio, con un guardia. Marchábamos en un 4L. Había habido una gran tormenta. Y nos fuimos hacia un cortijo, a cosa de 1 kilómetro de Campillos. Fue entonces cuando vimos una luz.

—¿A qué hora?

—Hacia las 3:45 de la madrugada. Pensamos que era un ciclomotor. Era una luz blanca y pequeñita. Pero, de repente, se apagó. Y creímos que podía ser un chavalete, que se había caído. Continuamos y continuamos pero no vimos nada. Y seguimos, despacio, por la carretera que lleva a Campillos. Entonces, por el lado izquierdo, vimos una luz. Estaba sobre el terreno. Y lanzó un *flash*. Nos quedamos helados.

—¿Quién conducía?

—Yo. Y todo el campo se iluminó como si fuera de día. Estábamos pasmados. Entonces empezó a subir. Y cuando se encontraba a 50 metros se detuvo. Y surgió una segunda luz. Entonces se apagaron. Y regresó la oscuridad. Sentimos miedo. Aquello no era normal. Y le dije a Pedro, el compañero: «¿Has visto eso?». «Son ovnis», respondió.

Hipólito Estepa (derecha) en compañía de Daniel Ortiz (en el centro) y Juanjo Benítez. (Foto: Moisés Garrido.)

—¿Hubo algún fallo en el motor o en las luces del coche?

—No.

—¿Qué hicisteis?

—Me fui hacia un cortijo que llaman «Torote», a cosa de 500 metros. Di las largas y, en ese instante, se presentaron de nuevo las dos luces. Y todo se hizo de día, otra vez. Nosotros nos veíamos blancos, como en las discotecas. Y las luces se colocaron sobre el vehículo. Yo apagué el motor y le dije al compañero que me diera el micro. Quería hablar con la central y comunicar lo que estaba pasando. No hubo forma.

—¿Por qué?

—No había comunicación. Se escuchaba un zumbido, como si a un cable le diera el viento.

—¿Con quién querías comunicar?

—Con la comandancia de Montequinto, en Sevilla. Y así estuvimos unos 10 minutos. Yo llamaba, pero nadie respondía. Después se apagaron las luces y se estableció la comunicación.

—¿Qué les dijiste?

—Estamos viendo dos luces muy potentes encima de nosotros pero no sabemos qué son. Y la central respondió: «En este momento se ordena el seguimiento... Abandonen el resto del servicio y sigan a esas luces». Y las luces seguían encendiéndose y apagándose. Estábamos muertos de miedo y no nos atrevíamos a salir del 4L.

—¿Se interrumpía la comunicación con la comandancia cuando aparecían las luces?

—Sí, era matemático. Y en eso vimos las luces de un coche. Paré el vehículo. Eran tres cazadores. Hablamos. Ellos también habían visto las luces. Y, de pronto, mientras conversábamos, las luces se presentaron, una vez más, y todo quedó iluminado. Se veían hasta las piedras. Fue en esos momentos cuando los cazadores echaron mano de las escopetas y quisieron disparar. Lo prohibí.

—¿Qué tipo de escopetas?

—De repetición.

—¿Te costó convencerlos?

—No, estaban tan asustados como nosotros; por eso querían disparar.

—¿Cuánto tiempo duró aquella situación?

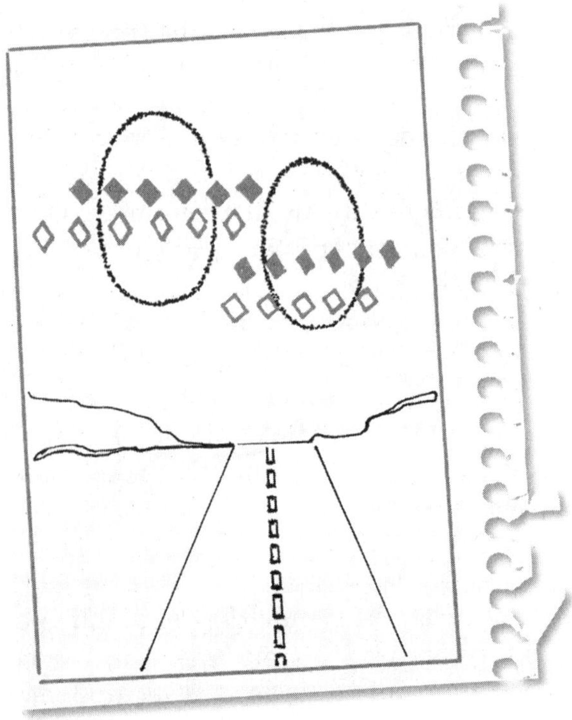

El Saucejo (1983). Cuaderno de campo de J. J. Benítez.

—Una hora, más o menos.

Finalmente –según Hipólito–, los cazadores se marcharon hacia El Saucejo. Eran las cinco de la mañana.

—Volví a conectar con la central –manifestó Hipólito– y les dije lo que había pasado. Después, casi al amanecer, las luces ascendieron. Primero lo hizo una, dejando una estela azul, en espiral. Después subió la segunda, y de la misma forma. Y allí se quedaron, en lo alto. Y al salir el sol circulamos hacia El Saucejo, hacia el cuartel.

–Eso quiere decir que estuvieron casi toda la noche «vigilando» las luces...

—Así es. Esa fue la orden de la comandancia.

Al llegar al cuartel, Hipólito y el resto de los guardias tomaron los prismáticos y observaron las dos luces.

—Seguían quietas, muy altas. Y optamos por acercarnos al bar de Pedro Verdugo. Allí lo vio más gente.

–¿Cómo eran las luces?

—Tenían forma de huevo. Y a su alrededor se veían rombos. Muchos. Formaban redes. Permanecían quietos pero se mecían suavemente. Allí estaban también los tres cazadores que trataron de disparar. Después, hacia las ocho, al salir el sol, todo desapareció.

Sargento Hipólito Estepa. (Gentileza de la familia.)

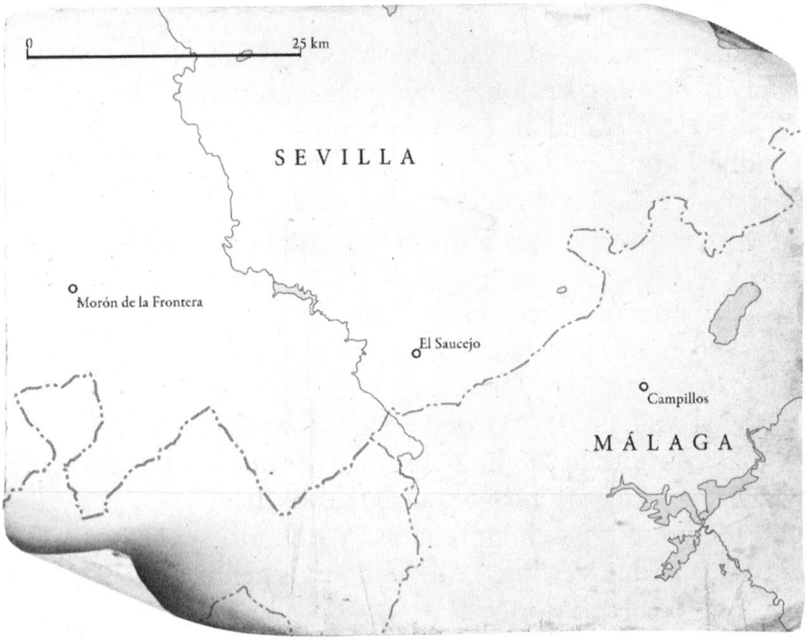

—¿Regresasteis al lugar?

—Sí, pero no encontramos huellas.

—Supongo que hubo un parte oficial.

—Lo escribí yo mismo, hacia las doce del mediodía. Y lo envié a las comandancias de Osuna y de Morón. Una tercera copia se quedó en El Saucejo. Al poco supe que los aviones de la base de Morón estuvieron listos para despegar.

—¿Cómo supieron de la presencia ovni?

—Supongo que por los mandos de la Guardia Civil y, quizá, por el radar. Pero esto último no lo pude confirmar.

Afortunadamente todo acabó bien, gracias a la cordura y prudencia del sargento Estepa...

CHERNÓBIL

Cuando leí la investigación realizada por Kratokhvil quedé impresionado.

Chernóbil. (Archivo de J. J. Benítez.)

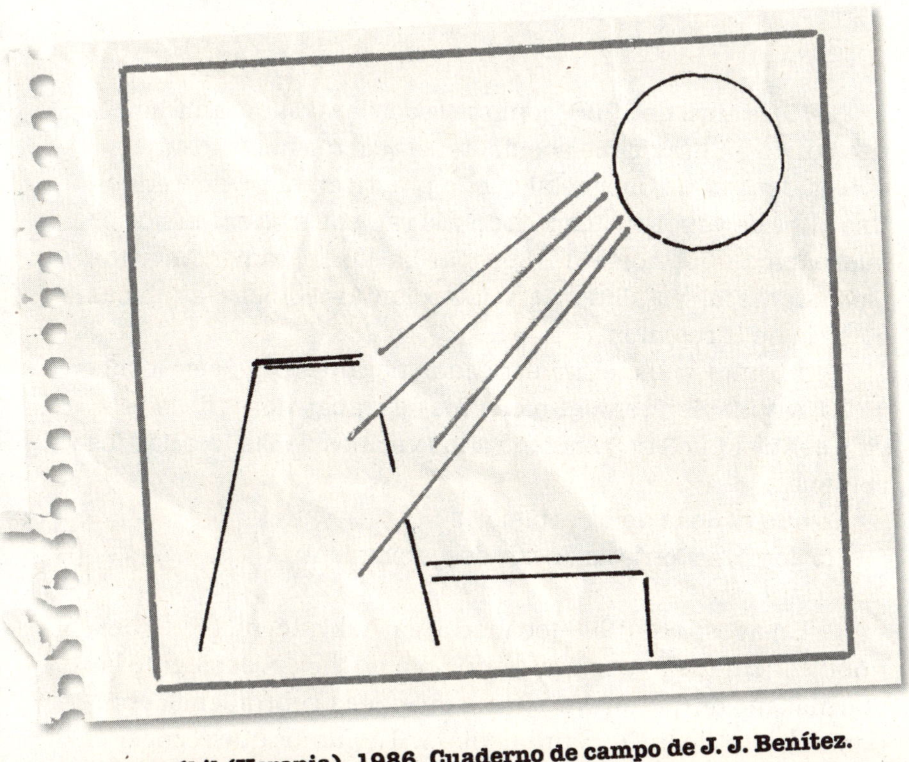

Chernóbil (Ucrania), 1986. Cuaderno de campo de J. J. Benítez.

El 26 de abril de 1986, como se recordará, la Ucrania soviética sufrió un gravísimo accidente: el reactor nuclear número 4 de la central de Chernóbil quedó prácticamente «derretido». Una nube de vapor lo cubrió todo y la radiación se extendió por buena parte del norte de Europa. La lluvia radioactiva fue equivalente al estallido de cuatrocientas bombas atómicas como la de Hiroshima.

Y, durante años, el investigador ucraniano Valery Iosifovich Kratokhvil interrogó a cientos de trabajadores de la referida central nuclear, así como a los vecinos de las localidades cercanas.

Lo que halló le dejó perplejo.

He aquí una síntesis de sus descubrimientos:

... En agosto de 1990 localicé a Varitzky, técnico de Chernóbil... Esto fue lo que me contó: «La noche del accidente las alarmas me despertaron... Y me dirigí a la central en la compañía de otro técnico: Samoilenko... Teníamos que recoger el dosificador y cambiar los tanques de oxígeno... Llegamos al reactor 4 a las cuatro y cuarto de la madrugada... Estaba en llamas... Los técnicos no llevaban los obligados trajes protectores... Entonces tratamos de dar la vuelta... Y, mientras maniobrábamos el GAZ-51, lo vimos... Era una esfera enorme... Entonces empezó a moverse muy despacio... Parecía de bronce... Podía medir ocho metros de diámetro... Y, de pronto, dos rayos de color frambuesa salieron del objeto y fueron a impactar en el reactor 4... La nave estaba a unos 300 metros... Sobrevoló la zona del reactor durante 3 minutos, siempre lanzando los rayos rojos... Después, los rayos desaparecieron y el ovni se alejó hacia Bielorrusia... Y aquí viene lo increíble: la primera lectura que se tomó del reactor 4 daba un total de 3.000 mR/h... Tras el lanzamiento de los rayos rojos, esa lectura bajó a 800 mR/h... En otras palabras: el ovni consiguió bajar el nivel de radiación y de forma considerable»... Hubo otros testigos que también vieron la esfera dorada... Posteriormente, el 16 de septiembre de 1989, los ovnis regresaron sobre la central de Chernóbil... Uno de los testigos fue la médica Iva Gospina... Observó la nave a las ocho y veinte de la mañana... Era un objeto elíptico de color ámbar... En esa ocasión se produjo otra fuga radioactiva, y también en el fatídico reactor 4.

LA VEGA

Al principio, cuando oí los rumores, no lo creí. Después, los testimonios de los testigos me convencieron.

El primero que llevó a cabo una investigación seria sobre lo ocurrido en las proximidades de La Vega, pueblo ubicado a 35 kilómetros al norte de Bogotá (Colombia), fue Enrique Castillo, a quien ya he mencionado en otras oportunidades. E insisto: nunca investigo lo que ya han investigado otros investigadores de campo. Es una norma sagrada para mí.

Pues bien, he aquí lo que me contó el inolvidable Castillo Rincón:

«... La noticia fue asombrosa... ¿Un caso de agresión ovni delante de cuatro testigos, todos miembros de una misma familia y a plena luz del día?... El primer intento para obtener información sobre esta historia lo llevé a cabo a finales de 1989... Una buena amiga, la señora Majorie de Hollman, me facilitó la noticia... Pero tropecé con un muro: la familia del muerto no deseaba hablar del enojoso asunto... Y transcurrió un año hasta que pude conectar, finalmente, con la referida familia... Se trataba de los Luque Quijano... A las once de la mañana del 6 de septiembre de 1990 logré hablar, al fin, con un pariente del fallecido... A la cita me acompañaron la señora Hollman, el doctor Samuel Medina, investigador, y mi grabadora... Esta conversación fue el inicio de una investigación que se prolongaría durante seis años... El fallecido fue Gonzalo Alberto Luque Quijano, de cuarenta y seis años... El domingo, 19 de octubre de 1989, cinco miembros de la familia Luque almorzaron en el restaurante York Pollo, situado en la calle 140 con Carrera 27, en Bogotá... Terminada la comida, los Luque Quijano montaron en el coche y se dirigieron al pueblo de La Vega, en el departamento de Cundinamarca... La Vega es un pueblo de 5.000 habitantes en el que viven los Luque desde hace varias generaciones... El recorrido fue iniciado a las 16:45 de la tarde... En el Mazda se repartieron de la siguiente forma: Gonzalo Alberto al volante... A su derecha Alberto Luque Delgado, padre del anterior; don Alberto contaba entonces setenta años... En la parte de atrás Luis Quijano, de sesenta y cuatro años, tío de Gonzalo Alberto (se colocó en el centro del asiento)... Margoth, esposa del anterior, de sesenta años (inmediatamente detrás del conductor) y Álvaro Quijano, de veintidós años, sobrino del fallecido (en la ventanilla derecha)... Y hacia las 17:35, cuando se encontraban cerca de La Vega, el señor Luis Quijano alertó al resto de la presencia —por la derecha del auto— de una luz anaranjada y de forma ovalada... Todos la vieron... Y empezaron a comentar el asunto... Algunos hablaron de un ovni... El conductor también vio el objeto... Tenía forma de platillo... Pero don Alberto, el padre de Gonzalo Alberto, negó esa posibilidad... "Los ovnis no existen", proclamó... Y al comentario se unió Luis

Quijano... La persecución del ovni se prolongó durante 8 minutos, más o menos... Y al llegar a un paraje conocido como Alto del Vino, a 15 minutos de La Vega, el objeto desapareció de la vista de los asombrados testigos... Dos minutos después volvieron a verlo... Se hallaba inmóvil, sobre unos árboles, de frente al Mazda... Gonzalo Alberto detuvo el carro y lo orilló en la carretera... El auto se hallaba bien estacionado, sin peligro para el resto de los automóviles... El conductor apagó el motor y decidió salir del carro... El ovni se encontraba a unos 40 metros de distancia y a cosa de 50 del asfalto... En esos momentos —según los testigos—, no circulaba ningún vehículo... Gonzalo Alberto abrió la puerta y advirtió al resto para que no abandonara el coche... Margoth, sin embargo, no hizo caso y salió por la puerta trasera izquierda... Y los dos miraron el extraño objeto... Tenía unos 10 metros de diámetro por 4 de altura... Unos haces de luz, multicolores, rodeaban la nave, emitiendo un sonido apenas perceptible... Y el padre exigió al hijo que regresara al interior... "Esa cosa —manifestó— está muy rara"... Pero Gonzalo Alberto no hizo caso y

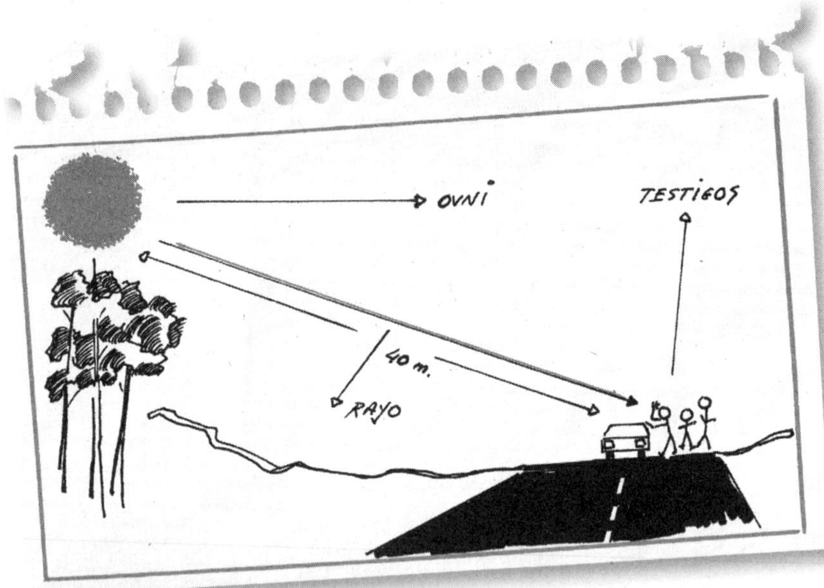

La Vega (Colombia), 1989. Cuaderno de campo de J. J. Benítez.

Gonzalo Alberto Luque Quijano. (Cortesía de la familia.)

continuó contemplando el ovni... Gonzalo Alberto colocó los brazos sobre el techo del carro, buscando apoyo para una mejor observación... Y se llevó las manos a la frente, haciendo visera... Al parecer, la luz del objeto molestaba... En ese instante, quizá como respuesta al movimiento con las manos, del objeto partió un rayo, finísimo, que golpeó en la frente a Gonzalo Alberto... Y el hombre cayó de espaldas al piso... Su cerebro —continúa Castillo— estalló como maíz tostado, desparramándose sobre el vestido de la tía Margoth... Era un vestido blanco... Y todo él quedó manchado con la sangre y la masa encefálica de Gonzalo Alberto... Durante 3 segundos, los ocupantes del Mazda sintieron un frío helador... Los gritos de Margoth hicieron salir a los ocupantes... El espectáculo fue aterrador... Gonzalo Alberto yacía, boca arriba, sobre la carretera... Nadie sabía qué había pasado... El ovni se alejaba... Eran las 17:45 horas... Los familiares trataron de incorporarlo y descubrieron un gran boquete en la parte posterior de la cabeza... El orificio era de 8 centímetros... El cerebro había desaparecido... En la frente no aparecía ninguna herida... ¿Cómo era posible?... ¿Qué hizo Gonzalo Alberto para que fuera agredido de forma tan brutal?... El desconcierto fue total... Gonzalo Alberto estaba muerto... Y empezaron a parar

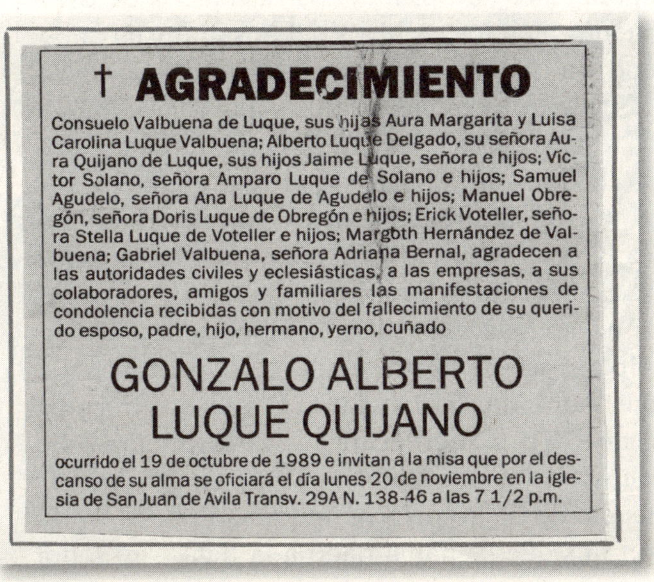

† **AGRADECIMIENTO**

Consuelo Valbuena de Luque, sus hijas Aura Margarita y Luisa Carolina Luque Valbuena; Alberto Luque Delgado, su señora Aura Quijano de Luque, sus hijos Jaime Luque, señora e hijos; Víctor Solano, señora Amparo Luque de Solano e hijos; Samuel Agudelo, señora Ana Luque de Agudelo e hijos; Manuel Obregón, señora Doris Luque de Obregón e hijos; Erick Voteller, señora Stella Luque de Voteller e hijos; Margoth Hernández de Valbuena; Gabriel Valbuena, señora Adriana Bernal, agradecen a las autoridades civiles y eclesiásticas, a las empresas, a sus colaboradores, amigos y familiares las manifestaciones de condolencia recibidas con motivo del fallecimiento de su querido esposo, padre, hijo, hermano, yerno, cuñado

GONZALO ALBERTO
LUQUE QUIJANO

ocurrido el 19 de octubre de 1989 e invitan a la misa que por el descanso de su alma se oficiará el día lunes 20 de noviembre en la iglesia de San Juan de Avila Transv. 29A N. 138-46 a las 7 1/2 p.m.

Esquela mortuoria publicada en *El Tiempo*, de Bogotá, el 19 de noviembre de 1989.

Alberto Luque, padre de la víctima. (Archivo de E. Castillo.)

automóviles y un bus de pasajeros... El cadáver fue introducido en el asiento de atrás del Mazda y trasladado a toda velocidad al hospital más cercano... Fue Álvaro Quijano, el sobrino, quien manejó en esta ocasión... El cuerpo fue trasladado al hospital La Granja... Allí recibieron al muerto los doctores Francisco Sánchez y Martha Gross... Una juez ordenó después la correspondiente autopsia... Los resultados de estos análisis se encuentran en los archivos del hospital y en la Secretaría de Salud, en Bogotá... Cuando me interesé por la referida autopsia me dieron con las puertas en las narices... De acuerdo con los testimonios de los testigos que vieron el cadáver en el hospital, Gonzalo Alberto no presentaba golpes ni hematomas... Una venda alrededor de la cabeza ocultaba el orificio provocado por el rayo... Una de las tías del fallecido —Julia Guinard de Serrano— me comentó que, al observar el boquete, pensó en una sierra circular... El corte era perfecto... Gonzalo Alberto estaba casado con Consuelo Valbuena... Tenían dos niñas: Aura Margarita y Luisa Carolina... El padre de la víctima se negó a firmar el certificado de defunción... En dicho documento se decía que Gonzalo Alberto había muerto como consecuencia de un golpe proporcionado por el espejo retrovisor de un bus que se había dado a la fuga... El señor

Álvaro Quijano y Margoth, testigos del ataque ovni. (Archivo de E. Castillo.)

Alberto Luque, y los demás testigos, afirmaron que Gonzalo había muerto por el impacto de un ovni, pero la juez rechazó estos testimonios... En esos mismos días de la muerte de Gonzalo Alberto, una mujer de treinta y nueve años murió en circunstancias similares... Era abogada... El caso tuvo lugar en el pueblo llamado Carmen de Apicalá... El auto fue encontrado con las llaves puestas y sin ningún signo de violencia... El cuerpo de la mujer fue hallado fuera del coche y boca abajo... En la parte posterior de la cabeza aparecía una fina incisión... El cerebro había sido extraído por succión... Y en las proximidades de la ciudad de Barranquilla se registró un tercer suceso, muy parecido a los anteriores... Una mujer de treinta y ocho años, y médico de profesión, fue encontrada junto a su carro... Las llaves estaban en el contacto y tampoco aparecieron signos de violencia... La mujer tenía una incisión en la región occipital de la cabeza... También le fue extraído el cerebro en su totalidad... Ninguno de los casos ha sido aclarado».

En diferentes viajes a Colombia he tratado de consultar los informes de la autopsia practicada a Gonzalo Alberto. Como le sucediera a Enrique Castillo, tampoco tuve suerte..., de momento.

Tras la muerte de Gonzalo Alberto Luque se me cayó la venda de los ojos: no todos los tripulantes ovni son trigo limpio...

Aviso a los navegantes.

VICTORIA

Supe del caso «Colman» en mi visita al Museo del Ovni, en la localidad de Victoria, al noreste de Argentina. Silvia P. Simondini –alma del museo y veterana investigadora– me puso al corriente del suceso. Ella conversó con el testigo –ya fallecido– durante muchos años. He aquí su versión:

—Modesto Colman –me dijo– era un hombre de campo. Le llamaban *Cota*... Tenía sesenta años cuando vivió aquella experiencia ovni... Ocurrió a las diez y media de la noche del 16 de octubre de 1992... *Cota* había escuchado los comentarios de los vecinos sobre unas extrañas luces de colores que se veían en esas fechas en la laguna del Pescado. Pero no prestó mucha atención... Y esa noche decidió bajar a un prado en el que guardaba una tropilla de caballos... Ese lugar se hallaba relativamente próximo a la zona en la que se veían las luces... Y en esas estaba —ocupado con los caballos— cuando observó una fuerte iluminación a su alrededor... «Todo quedó blanco —manifestó Colman—. Era como si se hubiera hecho de día»... *Cota*, entonces, descubrió una esfera... «Era enorme —aseguró—. Se encontraba a 30 metros y brillaba con una fuerte luminosidad roja»...

Silvia siguió explicando:

—Modesto Colman se asustó. Aquella esfera iba tras él... Y, de pronto, observó cómo de la bola de fuego bajaban tres figuras, aparentemente humanas... El hombre, temeroso y desconfiado, sacó un enorme cuchillo y retó a los misteriosos ocupantes...

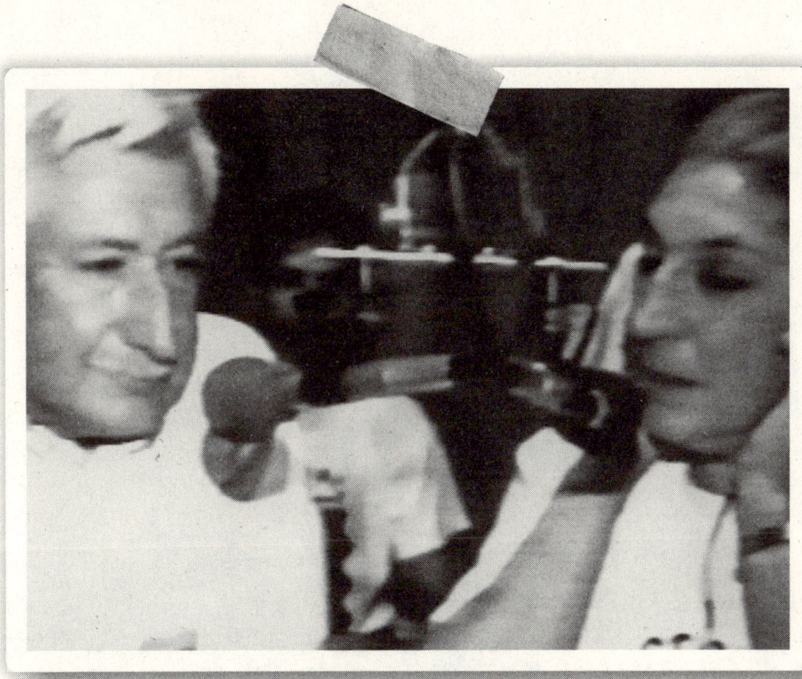

Modesto Colman, alias *Cota,* entrevistado por Silvia P. Simondini. (Archivo de J. J. Benítez.)

En los círculos, las quemaduras provocadas en la camisa de Colman. (Foto: Blanca.)

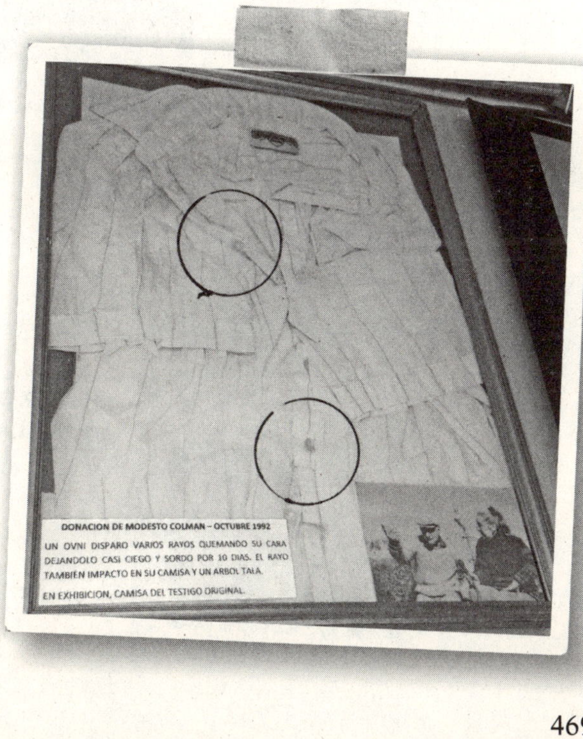

J. J. Benítez con Silvia, la fundadora del museo ovni en Victoria (Argentina). (Foto: Blanca.)

***Cota* tras el árbol sobre el que impactó la luz. (Archivo de J. J. Benítez.)**

Silvia P. Simondini. (Foto: Blanca.)

—¿Y qué pasó?

—De la esfera roja partió un haz de luz e impactó en un lado del rostro de *Cota*. Según explicó el cuidador de caballos, fue en esos momentos —al recibir la luz en la cara— cuando experimentó una extrañísima sensación: su cuerpo disminuyó hasta alcanzar escasos centímetros... Y el campesino, aterrorizado, se refugió tras un árbol... De la nave, entonces, partió un segundo haz de luz que impactó en el árbol... *Cota* echó a correr pero cayó al suelo... No veía bien... Y fue tropezando con la alambrada espinosa y con otros obstáculos... Finalmente pudo llegar a su casa... Allí lloró desconsoladamente... Durante diez días sufrió de sordera y escasa visión... Parte de la cara aparecía enrojecida... En el lugar donde se posó la esfera roja fue descubierta una huella de 6 metros en forma de herradura... Por su parte, el árbol presentaba una rama calcinada... La camisa de *Cota* aparecía igualmente «agujereada y quemada»...

—¿Cómo eran los seres?

—*Cota* los describía como *garcitas*: muy pequeños y muy blancos... Bajaron por una escalerilla y empezaron a dar saltos, como si trotasen...

Según Silvia, el segundo haz de luz impactó también en *Siroco*, el perro de *Cota*... Y el animal empezó a girar como un trompo... Después cayó muerto.

—Al poco –prosiguió la investigadora– acertó a llegar a la casa de *Cota* la señora Haydee Peñalba, dueña de la finca... Y encontró a Colman en un lamentable estado: sin vista, con la cara y la camisa quemadas, y los nervios desatados... Le suministró diez analgésicos... En el campo donde había aterrizado el ovni aparecieron unos extraños y enormes hongos... Al año del incidente, el árbol —un tala— terminó secándose...

LA VIUDA

El 8 de abril de 2019, lunes, Néstor Berlanda, médico e investigador ovni, fue a mostrarme un curioso expediente oficial. Se trataba del caso «Morassi», ocurrido en 1980 en la localidad argentina de Arequito, en la provincia de Santa Fe. Leí, asombrado. Era un informe de 65 folios, depositado en el Archivo General de los Tribunales, en la ciudad de Rosario. En él se daba cuenta de las agresiones sufridas por Ángel Germán Morassi por un supuesto ovni en la madrugada del 21 de junio de 1980 cuando se hallaba trabajando en una finca, en el término de La Viuda, en la referida población de Arequito. Era, probablemente, la primera vez que un caso ovni llegaba a los tribunales de justicia.

El expediente –en síntesis– dice lo siguiente:

... Ángel Germán Morassi, de treinta y siete años, casado y con tres hijos, se levantó temprano aquel 21 de junio de 1980... Ángel vistió dos pulóveres y una remera... Hacía frío... Y a las cuatro de la madrugada sube a su tractor y se dirige a 3 kilómetros de Arequito... Allí había dejado un arado... Y, de pronto, cuando intentaba enganchar el arado, «todo se volvió de día»... Una luz blanca —fortísima— lo iluminó todo: campo, árboles... Morassi, y los dos perros que lo acompañaban, huyeron del lugar... El agricultor cayó a tierra

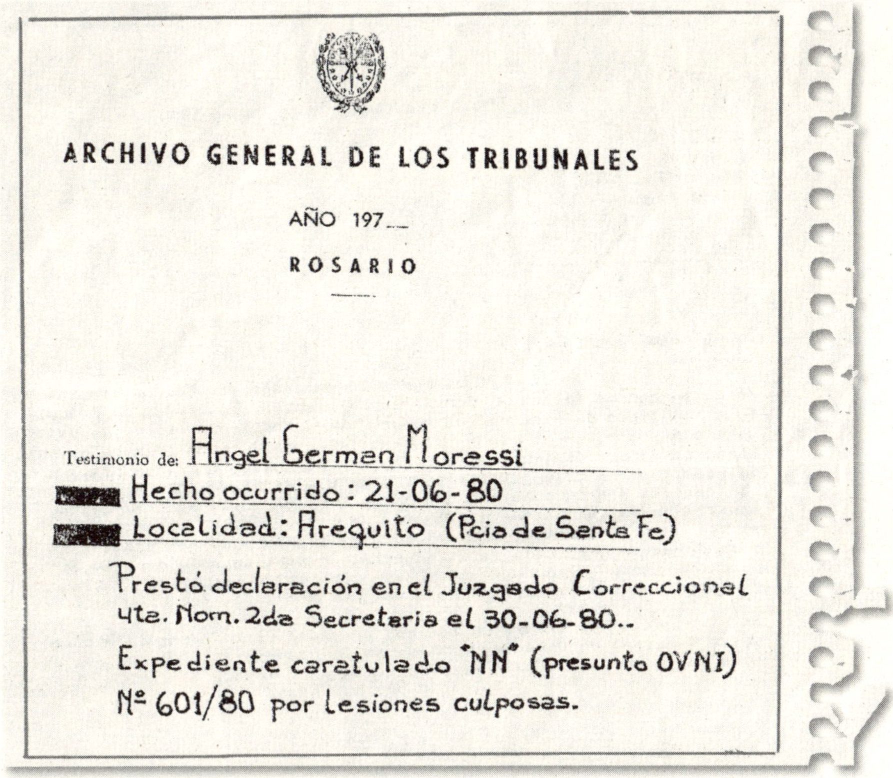

ARCHIVO GENERAL DE LOS TRIBUNALES

AÑO 197__

ROSARIO

Testimonio de: Angel German Moressi

Hecho ocurrido: 21-06-80

Localidad: Arequito (Pcia de Santa Fe)

Prestó declaración en el Juzgado Correccional 4ta. Nom. 2da Secretaria el 30-06-80..

Expediente caratulado "NN" (presunto OVNI) Nº 601/80 por lesiones culposas.

Expediente oficial por el ataque de un ovni. (Archivo de J. J. Benítez.)

y fue en esos momentos cuando vio una especie de «luna» que se acercaba... La «luna» le pasó por encima y el testigo dice que sintió «como inyecciones o pinchazos y mucho calor»... Después, el objeto se alejó, desapareció, y volvió la normalidad; es decir, la oscuridad... Morassi regresó a su casa —muy asustado— y pidió a su esposa que le examinara la espalda... Morassi presentaba una zona enrojecida... Después llegaron los vómitos y las diarreas... Y prosiguió el calor en la zona de la espalda... El testigo fue ingresado en el hospital Belgrano y los médicos detectaron una quemadura, con edema, de 10 por 8 centímetros (región dorsal del hemitórax derecho)... Regresa a su casa pero Morassi sigue mal... Vuelve al hospital y lo examina el doctor Swirido... En la espalda

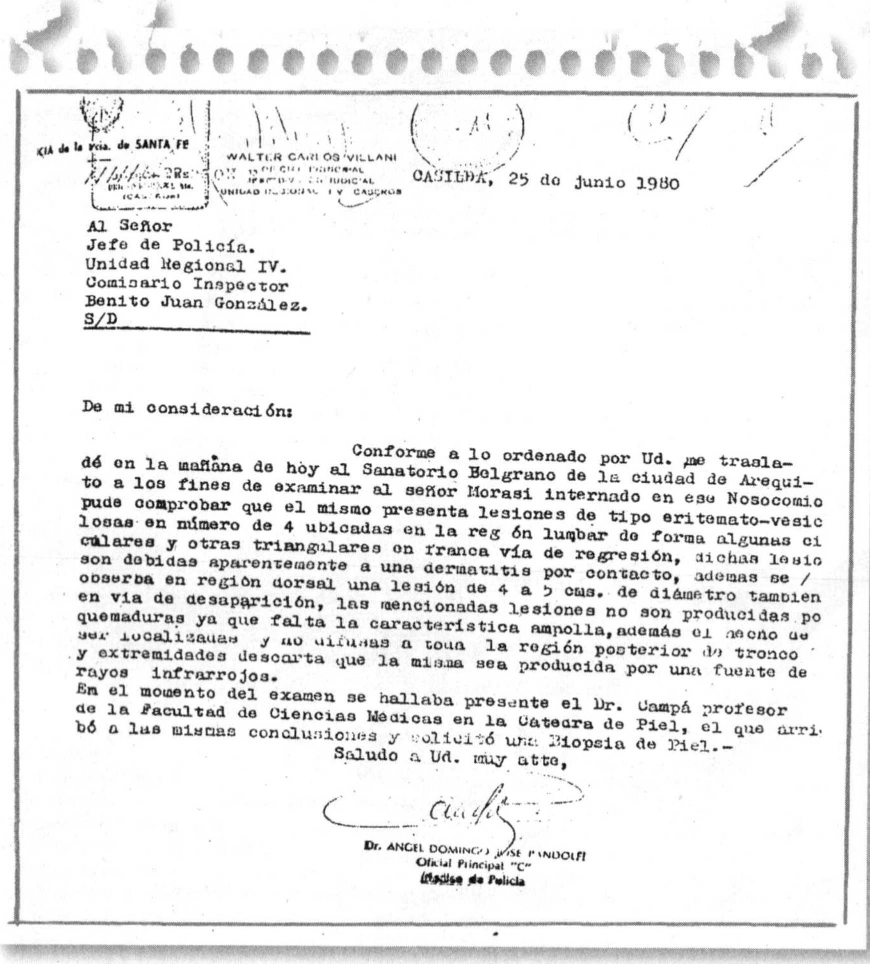

CASILDA, 25 de Junio 1980

Al Señor
Jefe de Policía.
Unidad Regional IV.
Comisario Inspector
Benito Juan González.
S/D

De mi consideración:

Conforme a lo ordenado por Ud. me trasladé en la mañana de hoy al Sanatorio Belgrano de la ciudad de Arequito a los fines de examinar al señor Morasi internado en ese Nosocomio pude comprobar que el mismo presenta lesiones de tipo eritemato-vesiculosas en número de 4 ubicadas en la reg ón lumbar de forma algunas circulares y otras triangulares en franca vía de regresión, dichas lesiones son debidas aparentemente a una dermatitis por contacto, ademas se observa en región dorsal una lesión de 4 a 5 cms. de diámetro tambien en via de desaparición, las mencionadas lesiones no son producidas por quemaduras ya que falta la característica ampolla, además el hecho de ser localizadas y no difusas a toda la región posterior de tronco y extremidades descarta que la misma sea producida por una fuente de rayos infrarrojos.
Em el momento del examen se hallaba presente el Dr. Campá profesor de la Facultad de Ciencias Medicas en la Catedra de Piel, el que arribó a las mismas conclusiones y solicitó una Biopsia de Piel.-
Saludo a Ud. muy atte,

Dr. ANGEL DOMINGO JOSE PANDOLFI
Oficial Principal "C"
Médico de Policía

Informe de la policía. (Archivo de J. J. Benítez.)

de Morassi se aprecian cuatro quemaduras y otra en el antebrazo derecho… Días después, las quemaduras en la espalda son cinco (aparentemente de primer y segundo grado). Toda la espalda aparece de color rojo… Se le hacen dos biopsias y el resultado apunta a un elemento cáustico o a una fuente luminosa… En los exámenes médicos se observa una disminución de la visión en el ojo izquierdo, con pérdida de mácula… Posible origen: gran encandilamiento por una potente luz… Los expertos no encuentran restos de radioactividad en el cuerpo del testigo… Lógicamente, los médicos denuncian

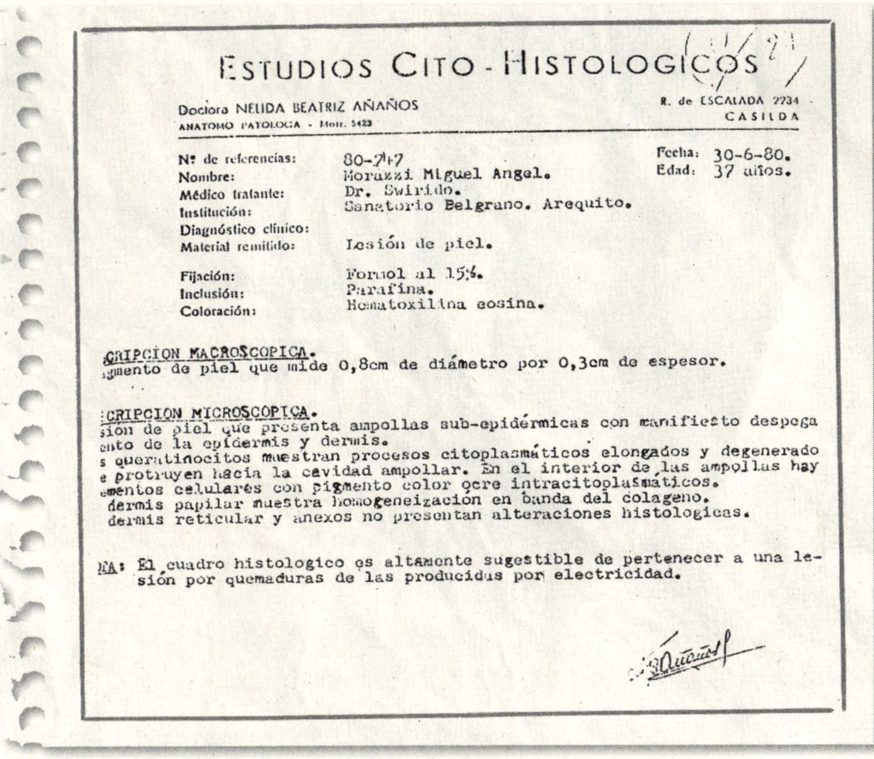

ESTUDIOS CITO - HISTOLOGICOS

Doctora NELIDA BEATRIZ AÑAÑOS
ANATOMO PATOLOGA - Matr. 5423

R. de ESCALADA 2234
CASILDA

Nº de referencias: 80-747
Nombre: Morazzi Miguel Angel.
Médico tratante: Dr. Swirido.
Institución: Sanatorio Belgrano. Arequito.
Diagnóstico clínico:
Material remitido: Lesión de piel.

Fecha: 30-6-80.
Edad: 37 años.

Fijación: Formol al 15%.
Inclusión: Parafina.
Coloración: Hematoxilina eosina.

CRIPCION MACROSCOPICA.
gmento de piel que mide 0,8cm de diámetro por 0,3cm de espesor.

CRIPCION MICROSCOPICA.
sión de piel que presenta ampollas sub-epidérmicas con manifiesto despega
ento de la epidermis y dermis.
s queratinocitos muestran procesos citoplasmáticos elongados y degenerado
e protruyen hacia la cavidad ampollar. En el interior de las ampollas hay
ementos celulares con pigmento color ocre intracitoplasmáticos.
dermis papilar muestra homogeneización en banda del colageno.
dermis reticular y anexos no presentan alteraciones histologicas.

TA: El cuadro histologico es altamente sugestible de pertenecer a una lesión por quemaduras de las producidas por electricidad.

Descripción de las quemaduras. (Archivo de J. J. Benítez.)

el hecho a las autoridades y éstas intervienen, interrogando a Morassi y examinando las quemaduras.

Es así como se abre el referido expediente oficial... Y el juez manda interrogar al testigo principal, así como a la esposa —Norma Dominga Calvi— y a otros campesinos de la zona... La policía local investigó, incluso, los posibles vuelos nocturnos de aviones y helicópteros. El resultado fue negativo.

Por supuesto, Morassi nunca recibió indemnización alguna, ni el responsable de las quemaduras fue localizado...

Ángel Germán Morassi, en 1980. (Archivo de J. J. Benítez.)

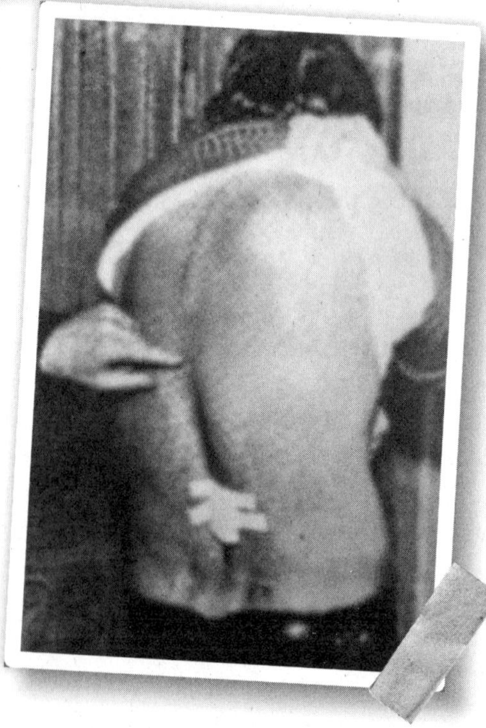

Morassi muestra la espalda, quemada por el ovni. (Archivo de J. J. Benítez.)

AL SUR DE ANDROS

¿Fabrican «ellos» los temporales? Lo he comentado en otras ocasiones.

Eso parece deducirse del testimonio de Julio Burunat, médico de profesión.

Lo interrogué en Miami (USA).

... Sucedió el 25 de noviembre de 1993... Por razones políticas, mi familia y yo decidimos abandonar Cuba... Pretendían que me convirtiera en agente de la seguridad del Estado... Y el 23 de ese mes de noviembre embarcamos en la playa de Covarrubias, cerca de Puerto Padre... Era un barquito antiguo, de 23 pies de eslora (casi 8 metros), construido en los años cincuenta... Se llamaba *Narval*... Un total de trece familiares embarcamos y partimos hacia las siete de la tarde... Pusimos rumbo noroeste, para evitar las corrientes del golfo... Después, por la noche, cuando consideramos que

El *Narval,* a su llegada a la isla de Andros. (Gentileza de Julio Burunat.)

habíamos abandonado las aguas jurisdiccionales de Cuba, cambiamos el rumbo y nos fuimos hacia el norte... Y a eso de las dos de la mañana apareció «aquello»... Era una nube negrísima... De ella salían relámpagos; muchísimos... Y empezó una gran tormenta... La mar se abría y caíamos en «pozos» muy profundos... Pensamos que había llegado nuestra hora... Y, de pronto, en mitad de la «nube», surgió una luz blanca, muy grande... Una señora se puso a rezar... Creyó

Julio Burunat. (Foto: Blanca.)

Al sur de la isla de Andros (1993). Cuaderno de campo de J. J. Benítez.

que era la Virgen... Otros decían que eran los helicópteros de la guarda costera norteamericana... Pero yo pienso que no era ni lo uno ni lo otro... Y la gran luz se situó en nuestra vertical... Era más grande que el barco... Quizá tres o cuatro veces mayor... Y se mantuvo sobre nuestras cabezas en total silencio... Fue impresionante... La luz era tan intensa que molestaba a la vista... De hecho tuvimos problemas con los ojos durante varios días... Y pensamos que se debía al salitre... Aquello pudo durar 10 minutos, como poco... Después, la luz se movió; se dirigió a popa, y se metió en el mar... El agua se iluminó... Fue un espectáculo increíble... A pesar de encontrarse bajo el agua, la luz iluminaba todo nuestro alrededor... Y la brújula se volvió loca... También los relojes se pararon... Y al desaparecer la luz, la tormenta cesó, de repente... Después avistamos una langostera... Se llamaba *Cádiz*... Y preguntaron si habíamos visto la gran luz... Estuvimos con ellos hasta las siete de la mañana... Nos regalaron café y un compás y continuamos navegando... Horas más tarde, hacia las ocho de la noche, llegamos al sur de la isla de Andros. Estábamos a salvo... Y nos recibieron los militares norteamericanos... Entiendo que la gran luz nos salvó.

Personalmente creo lo contrario. La «gran luz» fue la que provocó la tormenta, y observó las reacciones de los asustados cubanos... ¿O es que las tormentas aparecen y desaparecen bruscamente?

PUTUMAYO

En esas mismas fechas (1993) se registró al sur de Colombia un suceso que –lamentablemente– no he podido verificar. Las condiciones de la región, dominada por las FARC, no lo permiten. Pero vayamos por partes.

Por elementales razones de seguridad no debo desvelar mi fuente.

He aquí lo que me contó:

—Me llamo Héctor y he sido guerrillero de las FARC. Ya lo dejé. La historia comienza cuando yo era niño. Mi familia vivía en la región de Putumayo, al sur. Yo podía tener nueve años. Entonces llegaron a la finca unos extranjeros. Eran amigables. Y le enseñaron a mi padre cómo mejorar los cultivos y cómo sembrar hierbas medicinales. Mi papá estaba enfermo y estos hombres lo sanaron.

–¿Cómo eran los extranjeros?

—Altos, muy altos, y rubios. Tenían los ojos claros. Yo pensaba que eran gringos.

–¿Y el pelo?

—Largo, sobre los hombros.

–¿Cuántas veces os visitaron?

—Muchas.

–¿Cobraban dinero?

—Nunca.

–¿En qué idioma hablaban?

—En español.

Y Héctor prosiguió:

—Pero un día llegó la guerrilla y exigió que nos alistáramos. Éramos mis padres y tres hermanos. Yo tenía trece años. Mi papá se opuso, pero los guerrilleros amenazaron con fusilarnos a todos. Y no tuvimos más remedio que marchar a la selva. Nos llevaron a los muchachos y nos alistaron en frentes distintos. De vez en cuando nos permitían visitar a los papás. Hacíamos largas marchas por las montañas y mis hermanos y yo no nos cansábamos. Todos preguntaban el porqué de aquella situación y les decíamos la verdad: mi papá cultivaba una planta —dada por los extranjeros— que proporcionaba fuerza. Oxigenaba la sangre a un 200 por cien. Por eso no necesitábamos descanso. Así pasaron varios años. Y un día sucedió algo insólito. Nos hallábamos cerca de un monte llamado Tapactoi. Y, de pronto, oímos un gran estruendo.

—¿A qué hora?

—Al atardecer. Fue como una explosión. Debo aclararte que la guerrilla siempre se mueve en silencio. Y empezaron las comunicaciones por radio. Nadie sabía nada. Al rato, el jefe de nuestro escuadrón recibió una comunicación: «una nave se había estrellado muy cerca de nuestro campamento». Teníamos que acudir —de inmediato— para averiguar si había supervivientes y si el aparato fue derribado por los camaradas. Y a mí me tocó subir a la montaña. Las noticias eran confusas. Los jefes no sabían si se trataba de un avión gringo, de reconocimiento, o del ejército colombiano.

Héctor me proporcionó varias pistas sobre el lugar del suceso. Y continuó:

—Y al llegar al sitio quedamos espantados. Había trozos de metal por todas partes. Los jefes recibieron orden de buscar motores o algo que pudiera identificar a la máquina que se había estrellado.

—¿Había ruedas o números en el fuselaje?

—Nada. Los trozos de metal eran muy pequeños. Y allí estaban los cadáveres y los supervivientes.

—¿Cuántos?

—Contamos ocho o diez tripulantes. Todos estaban muertos (eso pensamos) menos tres.

—¿Cómo eran?

—Gringos. Altos y rubios. Vestían buzos blancos de una pieza, como los pilotos. Yo reconocí de inmediato a uno de ellos. ¡Era uno de los «extranjeros» que visitaban la finca de mi papá!

—¿Estás seguro?

—Por completo.

—¿Y qué ocurrió?

—Los jefes decidieron llevar a los heridos al campamento.

—¿Y los muertos?

—Allí se quedaron. Al no ser guerrilleros no se les enterraba. Improvisamos unas parihuelas y transportamos a los heridos hasta el campamento.

—¿Y qué pasó con los restos del supuesto avión?

—Allí están, supongo. Algunos compañeros permanecieron unas horas en el lugar, pero luego se marcharon.

—¿Sabrías llegar al sitio?

Héctor sonrió y me hizo ver que no deseaba volver «por nada del mundo». Después comprendí por qué...

—Recuerdo que nos ordenaron taparlos con bolsas negras, de plástico.

—¿A los heridos?

—Sí.

—¿Pudo haber algún otro «gringo» vivo entre los que quedaron en el lugar del siniestro?

—Pienso que sí. En el pelotón que subió a la montaña no había médicos. Debajo de los restos del aparato podía haber otros cuerpos. Nadie se preocupó de mirar.

—¿Qué extensión cubrían los restos?

—Estaban por todas partes. Como mínimo, 100 metros de radio. Y al llegar al campamento todo eran especulaciones. Decían que se trataba de una nave experimental norteamericana.

—¿Nadie habló de ovnis?

—No.

—Volvamos al extranjero que conocías. ¿Por qué estás seguro de que era uno de los que visitaban la hacienda de tus papás?

—Lo había visto muchas veces. Además, se sujetaba el cabello con la misma cinta azul.

—¿Y qué sucedió?

—Los metieron en un tambucho, medio subterráneo. Querían interrogarlos. Y los aislaron. Nadie podía llegar a ellos. La verdad es que me sentí responsable de ese extranjero. Él nos había ayudado siempre. Entonces me las arreglé con un compañero y cambié su puesto. Y permanecí cerca del tambucho, como centinela. En esas horas comprendí lo que estaba pasando: los torturaban. Apagaban cigarrillos en los brazos, en el pecho y en las piernas de los prisioneros. Primero los sacaban del tambucho, los colgaban de un árbol y los torturaban.

—¿Cómo los colgaban?

—Cabeza abajo, con las muñecas amarradas a la espalda, y a cosa de medio metro del suelo. Y así los torturaban.

—¿Qué les preguntaban?

—Dígame la verdad: ¿A qué entidad gubernamental o del ejército pertenece usted?

—¿Respondían?

—No. Todo era silencio. Cuando les aplicaban los cigarrillos se veían gestos de dolor en las caras. Recuerdo que los verdugos se desesperaban. No entendían aquel silencio. El dolor era muy intenso. Tenían que haber gritado… Después, a uno de ellos lo colocaron de rodillas y lo amenazaron con una pistola si no daba su rango militar. Pero sólo hubo silencio. Y lo golpearon con la culata.

—¿Los curaron?

—No. Nada más llegar al campamento empezaron las torturas.

—¿Y qué sucedió?

—El que yo conocía empezó a hacerme señas con los ojos para que guardara silencio. Entendí. Si yo hablaba también estaría perdido.

—¿Cómo eran las señas?

—Movía los ojos.

Putumayo (Colombia), 1993. Cuaderno de campo de J. J. Benítez.

—¿También lo torturaron?

—No. Al poco, uno de ellos murió. Después falleció el segundo gringo. Entonces colgaron del árbol al que yo conocía. Pero los jefes dijeron que esperasen al día siguiente para torturarlo.

—¿Cuánto tiempo duraron los interrogatorios?

—Dos días.

—¿Comieron algo los prisioneros en ese tiempo?

—Nada. Se negaban a comer o a beber.

Y Héctor volvió a repetir que se sentía culpable por el sufrimiento de los gringos.

—Esa noche me tocó a mí la vigilancia del extranjero. Y estuve pensando: ¿Qué debería hacer? Podría haberlo liberado, pero no hubiera llegado muy lejos.

—¿Pudiste hablar con él?

—Sí. Me dijo que no me sintiera culpable. Yo no podía evitar lo que estaba ocurriendo. Eso me desconcertó aún más. Si hubiera sido un hombre normal y corriente habría solicitado ayuda, creo yo...

Y, de pronto, mientras conversaba con el exguerrillero, llegó una idea: «¿Fue un acto programado por "ellos" como Roswell?».

—Y al amanecer –prosiguió Héctor– decidí terminar con su sufrimiento. Se cambió la guardia y, mientras esperábamos al interrogador, me alejé unos pasos; unos 50 metros. Levanté el fusil y disparé a la cabeza. Al ser un disparo, entre los árboles, nadie supo quién había disparado. Todo el mundo corría. Entonces me acerqué al gringo y quedé asombrado: los árboles, el suelo, todo era de color azul. ¡La sangre era azulosa! Tenía la cabeza destrozada.

–¿Y cómo terminó aquello?

—Pensaron que había sido un accidente al proceder a la limpieza de las armas.

–¿Alguien supo que lo habías matado?

—Nadie. Y fue en esos días cuando decidí desertar.

–¿Qué dijeron de la sangre azul?

—Los guerrilleros son muy supersticiosos. Pensaron que los seres capturados eran «espantos». Por eso no reaccionaban ante el dolor.

–¿Qué sucedió con el cadáver de tu amigo?

—Lo arrojaron a una quebrada para que se lo comieran las alimañas.

–¿Encontraron algo en el lugar del accidente?

—Que yo sepa, nada. Ni sillas, ni banderas, ni ruedas...

–¿Y los restos del aparato?

—Supongo que allí siguen. Los compañeros bajaron al segundo día.

Como decía al principio de esta síntesis, han sido varias las ocasiones en las que he intentado entrar en Putumayo. Pero la presencia de las FARC ha hecho inviable la expedición. Quizá algún día...

¿Qué puedo añadir a lo expuesto en el presente capítulo? ¿Son pacíficos los tripulantes de los ovnis? ¿Son agresivos?

Intentaré ser objetivo, una vez más.

De los 103 casos presentados en este capítulo, 56 constituyen una clara agresión contra los seres humanos. Así, al menos, lo interpreto.

En otros 27 casos, los tripulantes no identificados han ayudado o han curado a los testigos.

Finalmente, 20 casos son de agresión humana hacia los ovnis.

En otras palabras: el 54 por ciento de lo expuesto corresponde a violencia por parte de los ovnis.

El lector sabrá juzgar...

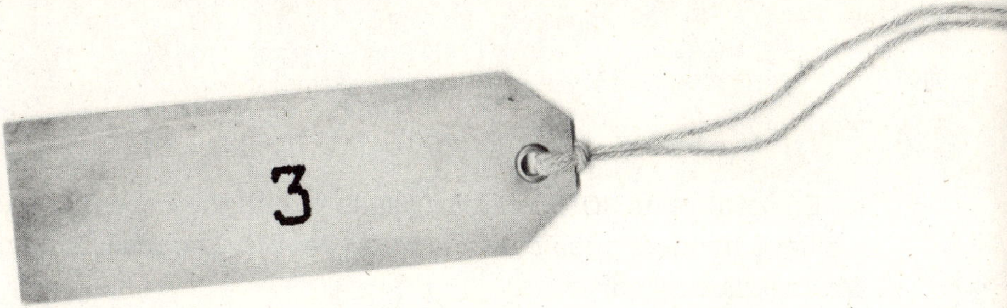

Quinta gran pregunta.

¿QUÉ BUSCAN? ¿Los tripulantes ovni son científicos? ¿Quizá militares? ¿Son ángeles? ¿Los viejos ángeles de la Biblia? ¿Son misioneros? ¿Son mensajeros del «más allá»?

Sea como fuere, de lo que no cabe duda es de que están en posesión de una tecnología mágica.

Veamos algunos ejemplos:

HERRERA

En octubre de 2015, el investigador sevillano Pepe Guisado me llevó hasta el pueblo de Herrera (Sevilla, España). Allí me aguardaba otra sorpresa.

Petra Matas tenía entonces ochenta y nueve años. Y contó la siguiente experiencia:

—Nací el 7 de octubre de 1926. Pues bien, cuando tenía ocho años, aparecieron por el cortijo unos seres muy raros...

Petra estaba hablando de 1934 y del cortijo llamado «Vistalegre», a 6 kilómetros de Herrera.

—Mis padres habían salido –prosiguió Petra– y yo me quedé al cargo de mis hermanos más pequeños: Paco, de siete años; Pepe, de cinco, y el bebé —Pablo—, de dos.

–¿Qué hora sería?

—Ya habíamos desayunado. Paco, entonces, oyó un ruido. Venía de fuera. Y salió.

–¿Qué clase de ruido?

—Como de latas. Y yo me fui tras él. Entonces vi una figura, también de lata...

–No entiendo.

—Vestía con algo metálico, como de lata. Estaba cerca. Caminaba hacia la casa. Yo me di media vuelta y entré en el cortijo. Mi hermano también entró, asustado. Todos estábamos asustados.

–¿Y el ser de lata?

—También entró en la casa. Y me dijo, mentalmente, «que estuviera tranquila».

–¿Cómo era?

—No miré a la cara...

–¿Por qué?

—Tenía miedo.

La animé a continuar.

—Entonces entró un segundo ser —igualito al primero— y se llevó a mis hermanos.

–¿Y el bebé?

Doña Petra Matas. (Foto: Blanca.)

—Lo cogió en brazos. Y el primer ser me tomó por la muñeca y me llevó hacia la puerta. Yo agarré a Paco, el de siete años.

—¿Dónde estaban sus padres?

—Fueron a Herrera...

—¿Era una mano fría la que le agarró?

—¡Ay, hijo!, eso no lo recuerdo.

Tenía razón. Habían pasado 81 años...

—Entonces salimos fuera y vimos el aparato.

No hizo falta que le preguntara. Petra es rápida y muy inteligente.

—Era redondo y grande. Estaba cerca de la casa. No tuvimos que andar mucho. Parecía de aluminio. Brillaba al sol de la mañana. La puerta era un arco. Subimos tres escalones, también de aluminio, y entramos.

—¿Todos?

—Sí, los dos hombres de lata y nosotros cuatro.

—¿Dónde estaba posado el aparato?

—Entre los olivos, en una explanada.

—¿Y qué vieron en el interior?

—Había un asiento, a todo lo largo de la nave. Allí nos sentaron.

—¿Y qué pasó?

—Nos dieron un paseo.

—¿Un qué?

—La nave subió y nos pasearon. Por las ventanillas vimos otro cortijo: ¡«El Rincón»! También se veían los olivos...

«El Rincón» se hallaba a 1 kilómetro del cortijo de Petra y sus hermanos.

—Pero, ¿qué dijeron los seres de lata?

—Ni una palabra. Se sentaron uno a cada lado y allí se mantuvieron todo el rato.

—¿Cuánto duró el «paseo»?

—Calculo que unas dos horas...

—Descríbame la nave.

—Había diez ventanas, de unos 50 o 40 centímetros cada una. Y luces, muchas luces.

—¿Recuerda algo más de los seres?

—No mucho. Tenían los brazos anchos, pero no vi ojos ni nariz.

—¿Llevaban cascos?

—No sé decirle...

—¿Qué altura tenían?

—Eran más bajos que el techo del aparato. Tendrían 1,70 metros, o algo así.

—¿Y después?

—Regresamos al cortijo y nos bajamos. Entonces, al caminar hacia la casa, me volví y le eché un vistazo a la nave. Vi las ventanillas y los tres escalones.

—¿Cómo reaccionaron sus hermanos en el interior de la nave?

—Con miedo. Lloraban.

Lamentablemente, cuando supe del caso, los hermanos de Petra ya habían fallecido. Paco murió de cáncer de huesos y Pepe de leucemia. De Pablo no recordaba...

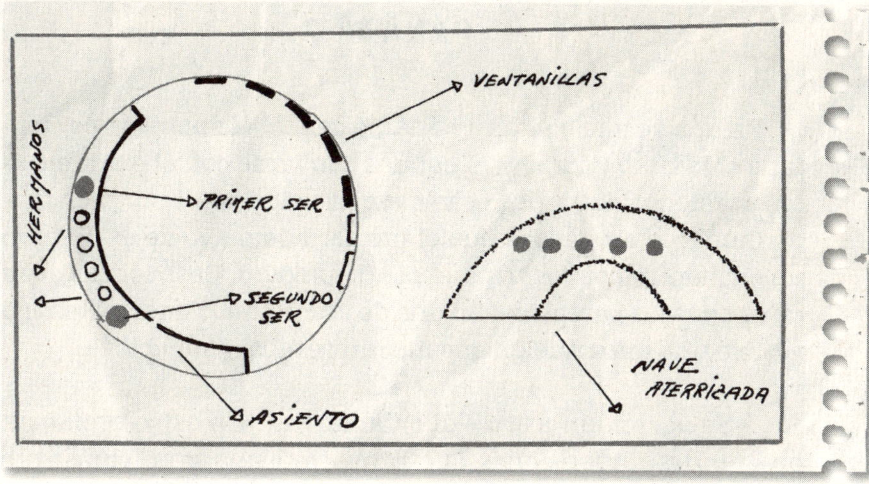

Herrera (Sevilla), 1934. Cuaderno de campo de J. J. Benítez.

—¿Qué podía medir el aparato?

—Unos 5 o 6 metros de diámetro.

—¿Qué hicieron al regresar al cortijo?

—Nos llevaron de la mano hasta la casa; exactamente igual que al salir. Y allí nos dejaron. Después entraron en el aparato y se fueron.

—¿Escuchó ruido?

—Ninguno.

—¿Se lo contaron a sus padres?

—Sí, en cuanto llegaron. Eso fue hacia las dos de la tarde. Y mi padre salió fuera, pero no encontró huellas de nada.

—¿Le creyeron?

—Creo que sí.

—¿Tenían perros o caballos?

—En esos momentos no.

Cuando conversé con los familiares de Petra, todos coincidieron en algo: llevaba ochenta años contando lo mismo. Jamás había cometido una sola contradicción.

Y me pregunto: ¿qué buscaban los tripulantes de aquella nave con semejante «paseo»? ¿Por qué se llevaron al bebé? ¿Pasó algo más en esas dos horas? Nunca lo sabremos...

PANAMÁ

En una de mis visitas a Panamá conocí al supuesto contactado[1] Máximo Camargo. Después conversé con él en diferentes ocasiones. En todas esas conversaciones me sorprendió.

Camargo aseguraba que el primero de mayo de 1987 tuvo un encuentro con los tripulantes de un ovni. Después llegaron otros sucesos parecidos. En una de esas abducciones, el testigo recibió una información que me interesaba, y mucho:

—Se acerca un astro —dijo Camargo—. Un astro o planeta de grandes dimensiones que provocará una gran catástrofe en la Tierra.

—¿Eso te lo dijeron «ellos»?

—Sí, varias veces.

—¿Y para cuándo?

—Para 2027.

—¡Vaya!

Después investigué la vida de aquel hombre.

Sus orígenes eran inciertos. Nadie sabía cuándo había nacido.

En 1938 (fecha no segura) fue encontrado en el interior de una extraña bolsa, en la zona de Jalobrá, en Veragua (Panamá). Máximo —según mis averiguaciones— tenía pocas horas. Fue una noche de tormenta. Y los lloros de la criatura alertaron a la familia Vega, que vivía muy cerca. Lo recogieron y Luisa Vega García se ocupó del bebé. La bolsa en cuestión, en la que apareció Camargo, era imposible para 1938. Y me explico: era una bolsa de medio metro, provista de un sistema de cierre que ahora llamamos «velcro». Este sistema fue patentado por el ingeniero suizo George de Mestral diez años más tarde. La bolsa de Camargo disponía de una malla, en forma de rejilla, con agujeros muy finos. El interior era de lana azul.

1. En ufología llamamos «contactado» a la persona que dice haber establecido comunicación con seres no humanos. Existen diferentes formas para llegar a ese contacto: mental, escritura automática, güija o encuentro directo.

Máximo Camargo. (Foto: Blanca.)

Al morir la madre adoptiva de Máximo, Luisa, pidió que fuera enterrada con dicha bolsa.

—Ella –explicó Camargo– la guardaba bajo su cama, y la tenía en gran aprecio.

—¿Por qué consideras que pidió ser enterrada con ella?

—Porque vio algo más la noche que me recogió.

—¿Como qué?

—Una enorme luz y gente que depositaba la bolsa en el suelo, junto al camino.

—¿Hablas de una nave?

—Eso creo.

Luisa era pobre y, lógicamente, una bolsa tan singular podía haber sido vendida. Sin embargo no fue así. Y la conservó hasta el final de sus días.

Camargo, que siempre conservó una excelente memoria, recordaba a las gentes que lo recogieron en ese supuesto 1938:

—Micaela Carrasco fue la señora que cortó el cordón umbilical...

—Eso quiere decir que sólo tenías horas.

—Así es. Vicente Vega era el hermano de mi madre. También murió.

—¿Y cómo recibiste el apellido Camargo?

—El marido de Luisa, la señora que me recogió, se llamaba Sebastián Camargo. Y yo heredé su apellido.

—En otras palabras: no sabes quiénes fueron tus padres biológicos...

—Nunca lo supe. Pero «ellos», después, al entrar en una de las naves, me mostraron una secuencia de imágenes de un feto. Y me dijeron: «Éste eres tú».

Luisa Vega, la madre adoptiva, falleció en 1945 en La Colorada. Cuando indagué en la zona comprobé que todas las personas relacionadas con Camargo habían fallecido. No fue posible contrastar la información. Máximo Camargo tenía alrededor de siete años cuando falleció Luisa. Y ahí empezó otra «aventura»...

El niño se vio solo y terminó refugiándose en las montañas.

—Allí viví durante seis o siete años —manifestó Camargo—. Siempre solo. Me alimentaba de lo que encontraba en el bosque. Y un día, al aproximarme a una casa, me caí de un árbol y me capturaron.

Y recordé la historia de Kaspar Hauser, el niño salvaje que apareció en Núremberg en mayo de 1828.

Una tarde, mientras charlábamos, Camargo volvió a sorprenderme. Contó cómo, en cierta ocasión, una nave se presentó cerca de la casa. Todo el mundo la vio.

—Me asusté y me metí en el dormitorio. Y allí permanecí hasta la mañana siguiente. Eché el cerrojo de la puerta y me dormí. Al día siguiente me esperaba una sorpresa...

Máximo sonrió, se levantó de la silla, y entró en una de las habitaciones. Al poco regresó con algo en las manos. Y me lo entregó, al tiempo que decía:

—Esto estaba sobre la mesa del dormitorio. Y el cerrojo seguía echado. Por supuesto no es mío, ni lo había visto jamás.

Era un cáliz, o eso parecía.

Lo miré con asombro.

Y Camargo añadió:

—Te lo regalo.

Inspeccioné la habitación. La única ventana aparecía protegida por una reja. En cuanto al cerrojo, era sólido.

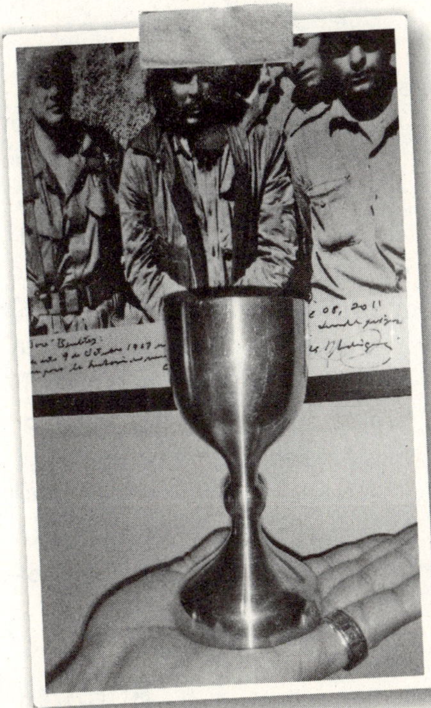

El cáliz que apareció, misteriosamente, en la casa de Camargo. (Foto: Blanca.)

Cerrojo en la puerta del dormitorio. (Foto: Blanca.)

—¿Cómo entraron en la habitación? –preguntó Camargo–. No lo sé...

–¿Crees que el cáliz lo dejaron «ellos»?

—No hay otra. Ese día estaba solo en la casa.

–¿Y qué crees que simboliza?

—Eso tendrás que decírmelo tú... Yo lo único que sé es lo que «ellos» me han transmitido: «La historia de ese cáliz es terrorífica».

Al regresar a España fue analizado en el Instituto de Ciencias de los Materiales, en Sevilla. El análisis por energía dispersiva de rayos X fue claro: Se trataba de acero inoxidable, sin más. Peso: 505 gramos.

Y volví a preguntarme: ¿por qué dejaron el cáliz en la casa de Camargo? ¿Qué buscaban? ¿Cómo lo materializaron? ¿O no fue así? Y lo más importante: ¿cuál es su historia?

BUCARAMANGA

Traté de localizarlo en varios viajes a USA.

No lo conseguí.

Menos mal que el investigador Virgilio Sánchez-Ocejo lo había interrogado en diferentes oportunidades. El caso, por tanto, estaba a salvo.

Esto fue lo que Virgilio contó:

... William Ortiz es sordomudo... Nació en Colombia, en Bucaramanga, en 1937... Cuando tenía cinco años (1942) se cayó de un caballo y se fracturó la mandíbula con una piedra... El golpe provocó que se quedara sordo... En 1950, a los trece años de edad, Ortiz se hallaba montando a caballo por las tierras de su padre, allá, en Colombia... Era un día claro... Y hacia las siete de la tarde, al mirar hacia un claro, vio a un niño... Eso pensó él... Y Ortiz continuó su camino... Poco después, sobre una gran piedra, observó la presencia de un objeto... Otros «niños» se hallaban a su alrededor... Entonces, al mirar detenidamente, comprendió que no se trataba de niños...

¡Eran los tripulantes del ovni que se hallaba posado sobre la roca!... Detuvo el caballo y vio que el «niño» que había visto al principio, en el camino, se encontraba muy cerca de él... Era idéntico a los de la piedra... Vestía una especie de uniforme, muy ajustado al cuerpo, que le cubría hasta el cuello... También calzaba botas... Las manos tenían cuatro dedos, aunque no está seguro... La cabeza, sin pelo, no estaba proporcionada al cuerpo... Era más grande... Tenía ojos igualmente grandes y ovalados, muy negros... También notó que los ojos de los

William Ortiz. (Archivo de Virgilio Sánchez-Ocejo.)

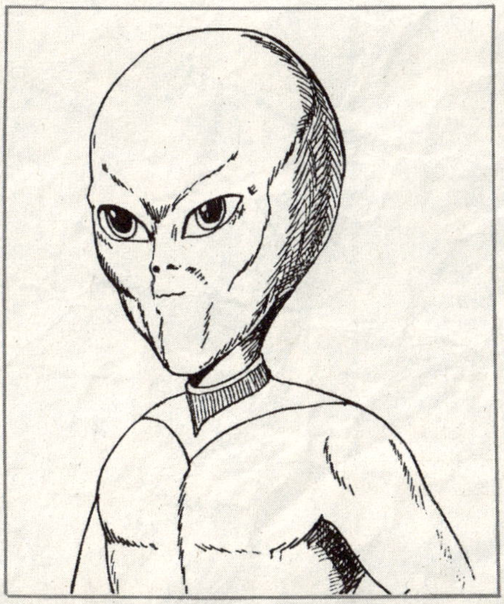

Bucaramanga (Colombia), 1950. (Dibujo de William Ortiz.)

OUT.

CIELO

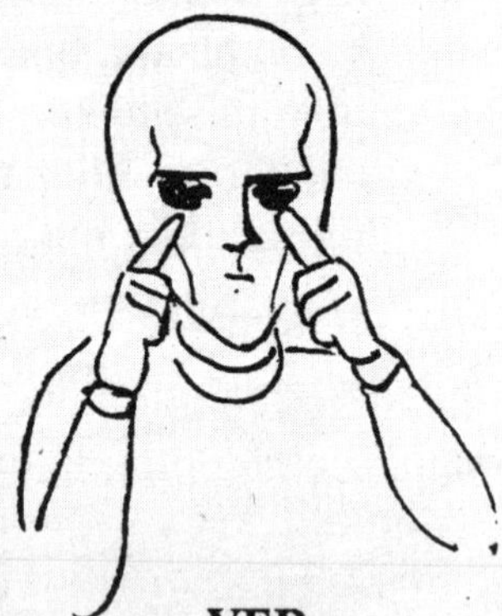

VER

See

World

MUNDO

IN

DENTRO

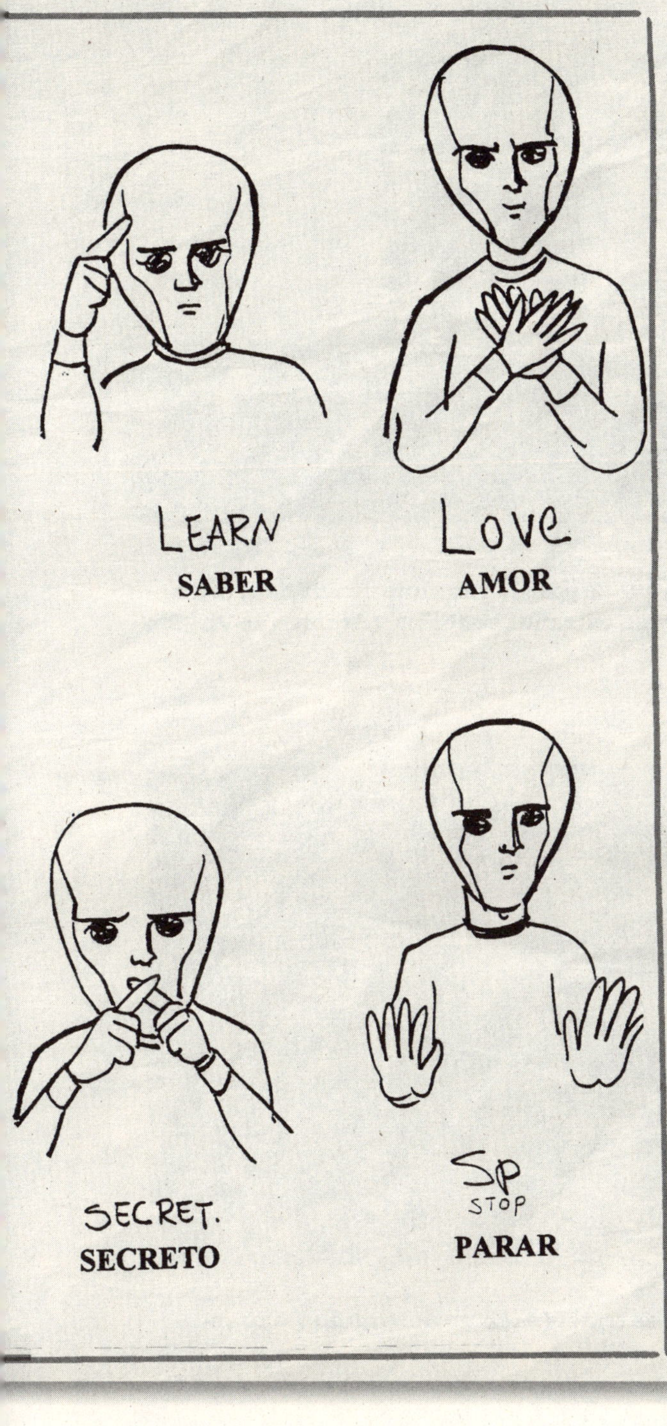

La criatura utilizó el lenguaje de los signos para transmitir un mensaje a William Ortiz. Pero no sabemos cuál fue el orden de las ocho palabras. ¿Puede usted ayudarnos? (Ilustraciones de William Ortiz.)

La gran roca sobre la que se posó la nave que vio William Ortiz. En la piedra aparecieron extraños símbolos. (Archivo de Virgilio Sánchez-Ocejo.)

Nadie sabe de qué se trata. (Archivo de Virgilio Sánchez-Ocejo.)

otros «niños» eran más pequeños... No tenían orejas: sólo un pequeño agujero a cada lado de la cabeza... La nariz y los labios eran diminutos... Dice que estos últimos nunca se movieron... El color de la piel era castaño, grisáceo... La criatura que estaba frente a él —a unos 2 metros— parecía varón, al igual que el resto de los «niños»... Estos últimos, y la nave, se hallaban a unos 100 pies (alrededor de 30 metros)... Según cuenta Ortiz, en esos momentos, el ser que estaba más cerca empezó a enviarle mensajes... Él los oía perfectamente en su cabeza... Y, al mismo tiempo, la criatura utilizó las manos, repitiendo los mensajes... Estaba claro que el ser conocía la dificultad de William para oír... Y así surgieron ocho palabras:

«DENTRO»... «MUNDO»... «PARAR»... «SECRETO»... «CIELO»... «VER»... «SABER» y «AMOR».

Ortiz no recuerda el orden de dichas palabras... Todo fue muy rápido... En definitiva, el niño sordomudo no supo qué trataba de decirle la criatura...

Y Virgilio, al proporcionarme los dibujos elaborados por William Ortiz (excelente pintor en la actualidad), solicitó algo:

—Quizá tus lectores puedan ayudar a resolver el misterio...

Dicho queda. Si usted considera que ha resuelto el enigma de las ocho palabras, por favor, avísenos.[1]

MONTERRUBIO Y MARCHENA

La tecnología ovni es pura magia para el ser humano.

Es posible que esas civilizaciones nos lleven miles de años de ventaja. ¿Podemos imaginar cómo será la vida en la Tierra dentro de 100.000 años?

1. La dirección de J. J. Benítez es la siguiente: apartado de correos número 141. 11160 Barbate, Cádiz (España). También puede hacerlo en su página web: www.jjbenitez.com

Lo vivido por Pilar Maldonado y la familia Navarro en 1960 confirma esta impresión: la tecnología de los no identificados va más allá de nuestra comprensión...

En junio de 1992, Pilar Maldonado me contó la siguiente experiencia:

—Aquel verano de 1960 nos encontrábamos en la finca de San Pedro de las Dueñas, cerca de Monterrubio, en la provincia de Segovia (España). Y una tarde se presentó un disco frente a la casa. Lo vimos todos. Era grande. Estaba a 20 metros y no muy alto. Emitía una luz azul, preciosa. Y al cabo de unos segundos desapareció. Pues bien, al día siguiente, una amiga —Bárbara Saavedra— y yo salimos al campo, para dar una vuelta. Y lo hicimos en un burro. Y al llegar al paraje que llaman «Las Entreaguas», a unos 300 metros de la finca, el burro se detuvo. Y se quedó tenso. No había forma de hacerlo caminar. Tenía las orejas tiesas. Miramos a nuestro alrededor, asustadas, pero no vimos nada raro. Y empezamos a oír un sonido. Parecían campanitas, como las que se utilizan en la misa. Sonaban y dejaban de sonar. Y así durante un rato.

—¿Cuántas veces sonaron?

—Como poco, tres. Y en eso, al escuchar las campanitas, vimos un cono de oscuridad...

—No entiendo.

—Tal cual: un cono negro que bajaba de lo alto.

—¿Qué hora podía ser?

—Por la mañana...

Y Pilar, que en esa época contaba nueve años de edad, prosiguió la descripción:

—Era negrísimo. Y bajaba despacio, a la velocidad de la niebla. En muy poco llegó al suelo y se hizo la oscuridad. Y se hizo de noche. Saltamos del burro, aterrorizadas, y corrimos a la casa. Pero, al llegar a la finca, era de día...

—¿Se veía la oscuridad desde la casa?

—Sí.

—¿Qué hicisteis?

—Nada.

—¿Y el burro?

Monterrubio (Segovia), 1960. Cuaderno de campo de J. J. Benítez.

—Verás. A la mañana siguiente, nada más levantarnos, vimos que el cono negro había desaparecido. Pero el burro continuaba en el mismo sitio e igualmente tieso. Y salimos corriendo de nuevo.

—Además de las campanillas, ¿hubo más ruidos?

—No. Cuando la oscuridad empezó a bajar todo se quedó quieto; incluso el agua de un pequeño río, que pasaba a 10 metros. Fue un silencio total y muy raro.

Pilar Maldonado, con los años, asoció la presencia del disco a la del cono de oscuridad. Y creo que no iba desencaminada...

¿Podemos nosotros provocar una oscuridad semejante?

Obviamente no.

Y algo parecido sucedió meses después, pero a cientos de kilómetros de Segovia.

Me lo contó la familia Navarro.

He aquí una síntesis:

... Fue un inverno de 1960... Podían ser las siete o siete y media de la tarde... Aún había claridad... Nos encontrábamos en el cortijo «El Bizco», cerca de Marchena (Sevilla, España)... Estábamos recogiendo la aceituna... Y, de pronto, aparecieron en el cielo unas luces de colores... Había muchas... Más de cincuenta... Los quince o veinte que estábamos en el olivar quedamos desconcertados... No sabíamos qué era aquello... Se movían a gran velocidad o muy despacio, según, y siempre en silencio... Y, de pronto, llegó una oscuridad... Era tan cerrada que no nos veíamos unos a otros... Y nos asustamos... A los cinco minutos regresaron las luces y se hizo nuevamente de día... Nadie se explicaba lo que había pasado... Las luces, entonces, ascendieron y se perdieron en lo alto... Una hora más tarde llegó el anochecer, propiamente dicho.

La oscuridad mencionada por Elvira Navarro y sus hijos no afectó a los pueblos próximos. Fue un fenómeno localizado, únicamente, en el referido cortijo.

Es lógico pensar que la oscuridad en cuestión fue provocada por el medio centenar de objetos no identificados que vieron los testigos. Otra cuestión es por qué.

BURGOS

En octubre de 1984 me llegó la siguiente carta:

Querido Juan José Benítez:

Me llamo Concha Gómez Gallego y conozco tu obra desde hace varios años, aunque, si quieres que te sea sincera, no tengo excesivo interés por los temas ovni y fenómenos paranormales. Sin embargo, reconozco que estos asuntos tienen «gancho» entre el público y no le resto importancia.

El asunto que me lleva a escribirte es el siguiente:

El 14 de marzo de 1957 empezaron a ocurrir en Santa Cruz del Valle Urbión una serie de fenómenos descritos en las dos fotocopias que te adjunto. Estas son auténticas y yo tengo la copia de las originales que supongo tendrán que estar en los archivos del Gobierno Civil de Burgos.

Es evidente que no se puede realizar a estas alturas (¡Han pasado 27 años!) un trabajo de campo porque creo que ya han fallecido todos los testigos, pero creo que puede resultarte de utilidad esta información por si pueden relacionarse estos fenómenos con otros de la misma época o de fechas anteriores o posteriores.

No sé si será legal la copia que yo tengo de este asunto porque mi tía, que trabajaba en esa época en el Gobierno Civil, la copió del original, y no sé si eso estará o no autorizado...

Las copias en cuestión dicen lo siguiente:

«ASUNTO DE LOS FENÓMENOS OBSERVADOS EN SANTA CRUZ DE VALLE URBIÓN

En distintos términos de los pueblos de Soto del Valle y Santa Cruz del Valle Urbión, de la provincia de Burgos, de la Demarcación de la Guardia Civil de Pradoluengo, han ocurrido ciertas apariciones suponiendo fueran fenómenos de la naturaleza, y practicando averiguaciones dieron por resultado lo siguiente:

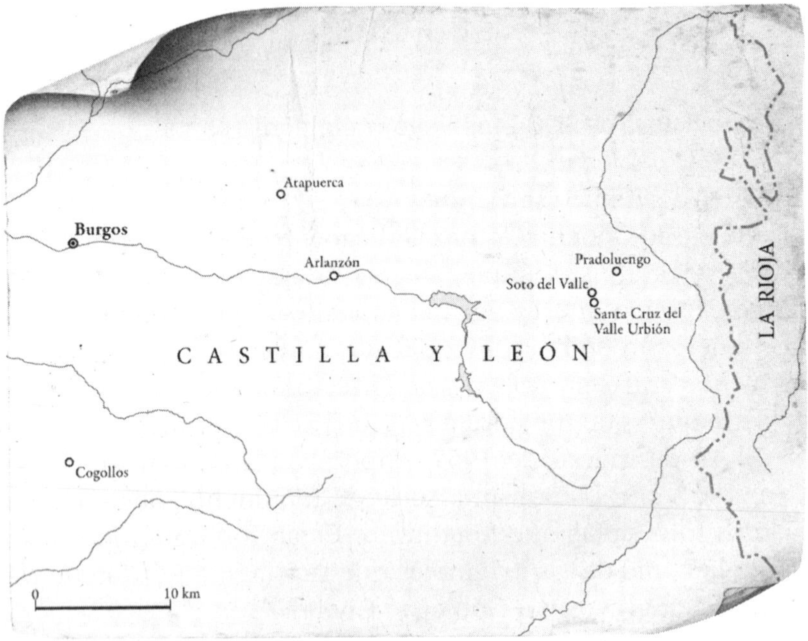

1. Que Doña María del Pilar Peña, vecina de Santa Cruz, sobre las 15 horas del día 14 de marzo de 1957, en ocasión de hallarse excavando trigo en una finca sita en el paraje denominado "Paul" vio una especie de circunferencia de gran resplandor y a su alrededor aparecía una iluminación muy brillante y en la parte superior formaba como una bombilla grande, la que desapareció después de haber transcurrido como unos 10 minutos aproximadamente.
2. Doña María Alarcia, vecina de Santa Cruz, sobre las 14:30 horas de la tarde del día 22 de abril último, en el paraje denominado "El Peñón", término municipal del mismo, vio la aparición de una circunferencia cuyo extremo era negro y en el centro había como un gran foco solar de cuyo centro partían rayos, al terminar quedaba como una bombilla.
3. El Sr. Cura Párroco D. Hipólito Diez, de Santa Cruz, sobre las 19:30 horas del día 27 del pasado mes de junio, en ocasión de hallarse leyendo el periódico en las inme-

diaciones de la iglesia de Soto, vio en uno de los lados de la misma un foco muy potente tratando de acercarse al mismo, pero cuando estaba próximo desaparecía, al retirarse unos metros volvió de nuevo a verlo, como quiera que le despertara una gran sorpresa y curiosidad, llamó a varias señoras, entre ellas se presentaron Dña. Paulina Alarcia y un hijo suyo llamado Pedro Alarcia Alarcia, viendo lo ya referido, nuevamente insistió el sacerdote, a presencia de ellas acercándose ocurriendo lo propio de no verlo cuando ya estaba próximo al lugar, circunstancia que les manifestó, diciendo ellas: "Sí señor, está", desapareciendo al poco más tiempo.

4. Don Timoteo Alarcia Garrido, de cuarenta y seis años de edad, casado, labrador, natural y vecino de Soto, sobre las 9 horas del día 27 de junio último, en ocasión de hallarse cavando patatas en una finca sita en el punto denominado «La Mejor Bella», término municipal de Santa Cruz del Valle, lo que efectuaba en compañía de su esposa Doña Paulina Alarcia y de su hijo llamado

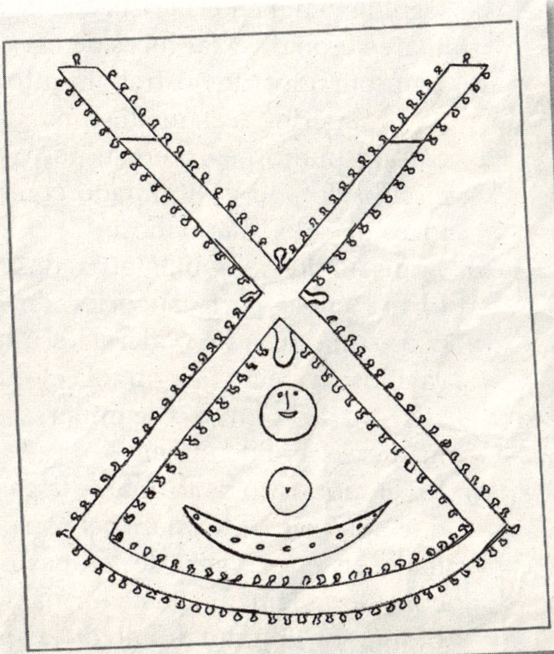

Dibujo proporcionado por la Benemérita al gobernador civil de Burgos en 1957.

Pedro, fue llamada la atención al referido Timoteo por su esposa diciéndole lo que estaba viendo, él lejos de prestar atención, la reprendía para que le dejara tranquilo, al propio tiempo que la decía se dejara de tonterías y trabajara más, pero que transcurrido poco espacio de tiempo le volvió a hacer la misma advertencia y al verla él levantarse rápida dirigiendo la vista hacia el lugar que le indicaba, distante aproximadamente unos 1.200 metros, viendo con sorpresa lo siguiente:

1) Se formó una cruz en forma de aspa toda ella dorada con muchas iluminaciones.
2) Se formó un arco iluminado en su parte inferior, también dorado y al propio tiempo el aspa se prolongó en su parte superior, apareciendo en la parte central del lado derecho del aspa una pequeña luz en forma de bombilla.
3) Se formó en la parte superior del mismo arco una media luna, semejante a la que tiene Nuestra Señora la Virgen del Rosario, dorada e iluminada, y en su parte interior se apreciaban unos puntos o luces, que seguidamente en las aristas de la citada media luna aparecieron diversas luces de preciosos colores.
4) Transcurridos dos o tres minutos se formó, en la parte superior de la media luna, una circunferencia con un punto negro en su parte central y todo su círculo dorado e iluminado con gran cantidad de luces de color maravilloso.
5) Transcurridos también otros dos o tres minutos, se formó en la parte superior de la circunferencia como una cara, sin poder determinar debido al maravilloso aspecto que ofrecía el intenso alumbrado, si lo era de hombre o de mujer, si más bien se inclina a creer era de mujer.
6) En el momento de formarse la cara, la pequeña luz que apareció al formarse el aspa que ha sido reseñada en el primero de los casos, fue aumentada considerablemente hasta formarse un foco deslumbrante. Se adjunta dibujo de la visión.

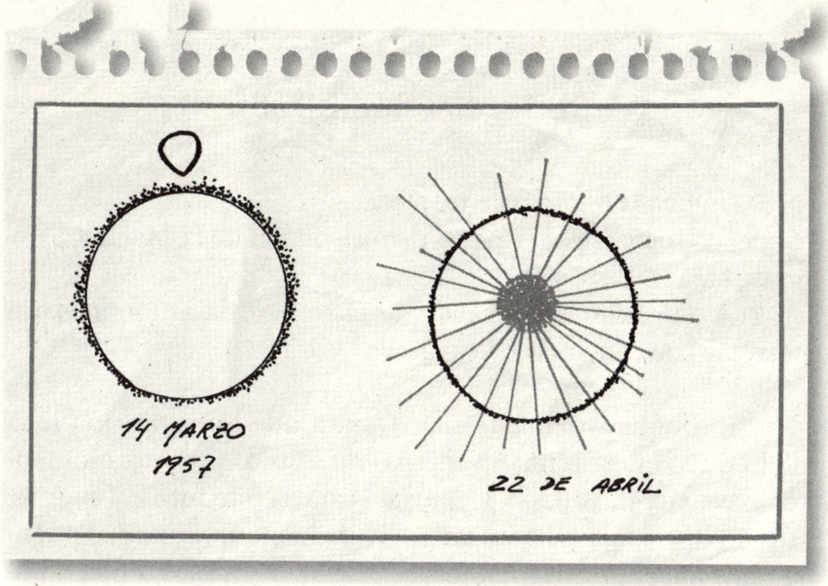

Soto del Valle y Santa Cruz del Valle Urbión (Burgos), 1957. Cuaderno de campo de J. J. Benítez.

Esta última aparición fue observada con gran curiosidad y emoción por espacio de unos 15 minutos, que desapareció cuando marchaba el citado D. Timoteo, en dirección al punto de la aparición y cuando se hallaba próximo al mismo.

Todas las personas que figuran en la presente nota son de buena conducta moral, pública y religiosa, de gran sensatez, de carácter serio y de crédito.

Sin más comprobaciones.

Nota informativa de la Comandancia de la Guardia Civil de Burgos dirigida al Excmo. Sr. Gobernador Civil.

Fecha 11 de julio de 1957».

Poco puedo añadir.

A la vista de las descripciones, durante varios días, algunos ovnis se pasearon por la zona, no permitiendo —como casi siempre— que ningún vecino se aproximara a los focos y a los objetos. Pero lo más valioso de este múltiple caso, para mí, es la oportuna intervención de la Guardia Civil, que dejó constancia escrita. Después, la perspicacia y sensibilidad de la tía de Concha Gómez hizo posible que las apariciones no se perdieran...

RUMBO A TENERIFE

De nuevo la tecnología mágica...

Jesús Uribechebarría era primer oficial de la Marina Mercante en 1957.

El 4 de diciembre de ese año navegaba en el *Campoo*, un petrolero de la compañía española CAMPSA.

—El buque –explicó Jesús–, para que te hagas una idea de lo que vimos, tenía 85 metros de eslora. En esos momentos navegábamos hacia Canarias. Concretamente a Tenerife. Era un día claro. Y hacia las 10:45 de la mañana subí al puente para hacer el relevo al tercer oficial. Y en esas, en la compañía del timonel, vimos algo raro sobre el mar.

–¿A qué distancia os encontrabais de Tenerife?

—Más o menos a un día y a 150 millas de la costa. De pronto, como te digo, vimos salir fuego del agua. Eran llamaradas, muy rojas. El timonel y yo quedamos perplejos. ¿Cómo podía salir fuego del mar?

–Allí no hay volcanes...

—No. Estábamos, más o menos, a 240 millas del puerto de Tenerife. Pero aquello se repitió. Cada 10 segundos aparecía una lengua de fuego. Tomé los prismáticos y observé. En efecto, eran llamaradas. Podían estar a 3 millas del barco. Toqué la campana y lo vieron todos. Y llamé al capitán. Era Fernández Ugalde, de Bermeo.

–¿Qué altura tenían las lenguas de fuego?

—Unos 5 o 6 metros. Y se fueron acercando. Y ante nuestro asombro, pasaron por estribor, muy cerca.

–Dices que aparecían rítmicamente...

—Sí, cada 10 segundos.

–¿A qué distancia pasaron?

—A 50 metros. Entonces vimos las sombras. Eran enormes. Vimos seis. Navegaban bajo el agua, a no mucha profundidad, y en perfecta formación: en línea.

–¿A qué llamas «enorme»?

—Cada sombra podía alcanzar 200 metros, o más.

Océano Atlántico (1957). Cuaderno de campo de J. J. Benítez.

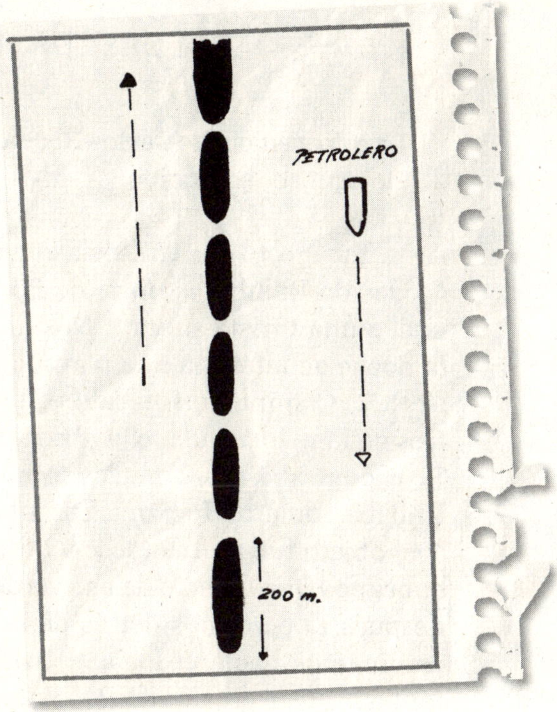

—¿Qué forma tenían?

—Ovaladas, como un huso.

—¿Cuánto tiempo permanecieron a la vista?

—Bastante. Quizá 15 minutos.

—¿Qué rumbo llevaban?

—Norte (50 grados este), hacia el estrecho de Gibraltar.

—¿Qué distancia podía haber entre «sombra» y «sombra»?

—Alrededor de 400 metros.

—¿A qué profundidad navegaban?

—Muy poca. No llegaría a 10 metros.

—¿Podía tratarse de submarinos?

—¿De 200 metros de eslora? No lo creo... Estábamos en 1957.

Jesús tenía razón. En esas fechas, los submarinos alcanzaban 76 metros de eslora, de media, y no navegaban (ni navegan) lanzando lenguas de fuego a la superficie. El primero con reacción nuclear fue el *Nautilus*. Empezó a navegar en 1955 y tenía 97,5 metros de eslora.

CALDAS DA RAINHA

La experiencia de Carlos Rocha fue desconcertante. He aquí su testimonio:

... En agosto de 1957 vivía con mis padres, en la ciudad de Caldas da Rainha, al norte de Portugal... En esas fechas conocí a una turista sueca... Nos hicimos novios... Y el 27 por la noche acudimos a una playa llamada Nazaré... Estaba desierta... Caminamos un rato y conversamos... Y a eso de las tres de la madrugada, ella observó un objeto sobre el agua... Se encontraba a 200 metros sobre el mar... No hacía ruido y brillaba con gran fuerza... Discutimos sobre qué podía ser... Y el objeto fue acercándose y descendiendo... Entonces descubrimos una especie de aro verde a su alrededor... Minutos después lo perdimos detrás de unas dunas... Mi novia y yo caminamos hacia el lugar... Estábamos nerviosos y expectantes... ¿Qué era aquello?... Subimos por la duna y, al llegar a lo alto, quedamos desconcertados... Allí estaba la cosa... Se encontraba a unos 5 metros del suelo... Vimos una larga ventanilla, de unos 3 metros... Del objeto salía una luz anaranjada que, en ocasiones, se tornaba azul... Más abajo presentaba el aro verde que ya habíamos visto... Y el objeto empezó a descender, muy lentamente... Y se colocó a 2 metros de la arena... Estábamos asustados y dimos media vuelta, alejándonos... Nos quedamos en la orilla de la playa y, al cabo de 2 horas, el aparato apareció de nuevo e hizo el camino inverso... No iba muy rápido pero, de pronto, aceleró y desapareció... Mi novia y yo regresamos a la zona en la que vimos el ovni, pero no encontramos nada raro... Y volvimos a la playa... Fue en esos momentos, hacia las cinco de la mañana, cuando oímos una gran explosión... Y la tierra tembló bajo nuestros pies... No sabíamos qué había sucedido... Pensamos en un terremoto... Caminamos nuevamente hacia la duna sobre la que vimos la nave y nos quedamos helados... La tierra había sido literalmente «chupada»... Encontramos un boquete de 4 metros de diámetro... Todo, en el agujero,

Guatemala.
(Archivo de
J. J. Benítez.)

Sterlitamak
(Rusia).
(Archivo de
J. J. Benítez.)

Yucatán.
(Archivo de
J. J. Benítez.)

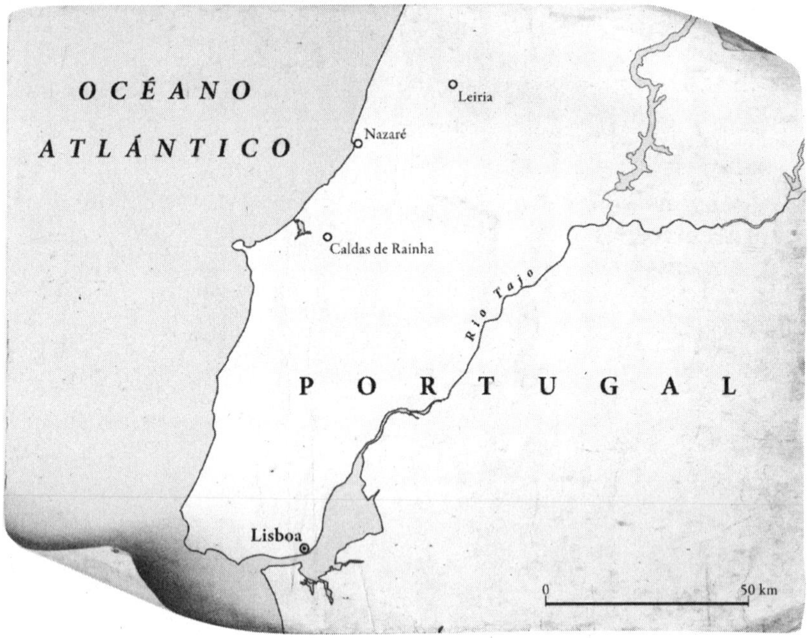

había desaparecido: arena, tierra, plantas, piedras... Mi novia sufrió un ataque de nervios... De habernos quedado en el lugar también habríamos desaparecido.

Según el testigo, el boquete sigue allí...

Y el asunto me recordó otras misteriosas desapariciones de tierra.

GIBRALTAR

¿Qué pretenden?

El presente caso me fue relatado por Mario Rodríguez, uno de los testigos:

—Sucedió en marzo de 1960. El suceso lo presenció todo el personal de la torre del aeropuerto de Gibraltar. A eso de las doce del mediodía vimos aparecer un extraño personaje. Caminaba por la pista.

—¿Por qué zona?

—En dirección a la playa de Levante, la española. Echamos mano de los prismáticos y vimos que era un hombre, pero de pequeña estatura. Y pensamos: «un borracho...».

—¿Y qué pasó?

—Mandamos un Land Rover, con personal de seguridad. En dicho aeropuerto, como saben los que han visitado el Peñón, sólo es posible caminar por el centro del mismo merced a la carretera que muere en Gibraltar.

»Pero este individuo —prosiguió Mario— no caminaba por la carretera; lo hacía por la pista... Los del Land Rover le llamaron la atención, pero el tipo no hizo caso, y continuó su marcha.

—¿Cómo era?

—De 1 metro de altura. Vestía normalmente, y con un sombrero. Entonces bajaron del vehículo e intentaron llegar a él. Pero no... Era imposible. Al acercarse al individuo, los guardias tropezaban con un muro invisible. Y el tipo conti-

Gibraltar (1960). (Archivo de J. J. Benítez.)

nuó caminando, sin prestar atención a los de seguridad. Le gritaron, pero ni siquiera volvió la cabeza.

—¿Explicaron cómo era ese «muro»?

—Sí, invisible. Y cada vez que se acercaban, los corazones se aceleraban. Era imposible atraparlo. Los muchachos volvieron al Land Rover y llamaron por radio a la torre, contando lo que sucedía. Cuando miraron de nuevo hacia el hombrecito, éste había desaparecido.

—¿A qué distancia se acercaron?

—A cosa de 1 metro.

—¿Dijo algo?

—Nada, no les prestó atención.

DURBAN

La historia contada por la incansable investigadora Cynthia Hind me dejó perplejo y me recordó la aventura con la bella Ricky.[1]

... Edwin —contó Hind— era alto... Poco menos de 2 metros... Hombros anchos y ojos oscuros... Aunque no tenía cultura estudió electrónica, y en 1960, cuando contaba dieciocho años de edad, trabajó como técnico de radio en una fábrica de Durban... Quedó vacante un puesto de supervisor en su sección y lo ocupó un hombre llamado George... Durban se encuentra al este de Sudáfrica... Edwin y George hicieron amistad... Edwin lo llevaba en moto desde el hotel hasta la fábrica... Edwin era soltero y muchos fines de semana marchaba con George a Paterson Groynes, una zona de pesca muy popular... George era un hombre misterioso: no hablaba de su pasado... Edwin pensó que procedía de Johannesburgo, dado que hablaba mucho de aquella ciudad... Una noche, mientras pescaban, vieron una luz en el cielo... Edwin pensó que podía tratarse de un satélite artificial... Y George

1. Amplia información en *Ricky-B* (1997).

preguntó: «¿Qué sabes de ovnis?»... Edwin replicó que no sabía gran cosa, aunque reconoció que tenía que haber algo de cierto... Desde ese momento hablaron del asunto con frecuencia... George le hacía muchas preguntas sobre el particular: «¿Crees que existe vida en el espacio?, ¿Crees que la Tierra es el único planeta habitado?»... Un día, George le dijo: «Te voy a dar la prueba de que las luces que ves en el cielo no son satélites»... Edwin se quedó intrigado... Y quedaron en ir a pescar el sábado por la noche... Cuando Edwin pasó a recoger a George por su hotel, éste llevaba una maleta negra, de cuero... Preguntó, pero George respondió con una evasiva... Esa noche había muchos pescadores en Paterson Groynes... Y hacia las dos de la mañana se quedaron solos... George, entonces, comentó: «Quiero enseñarte algo»... Abrió la maleta y Edwin alumbró con una linterna... Era un equipo de radio... George sacó una antena telescópica y la armó... Y conectó el instrumento... Segundos más tarde se oyó a alguien que hablaba, pero en un idioma indescifrable... Quince minutos después apareció en el cielo una extraña luz... George se la señaló a Edwin y éste notó que se aproximaba... Cuando estaba cerca se detuvo... George explicó que se trataba de una nave espacial y que él se estaba comunicando con ella a través de la radio... Después escuchó una voz, pero esta vez en inglés... La voz se identificó como «Wy-Ora», comandante de la nave que estaba sobre ellos... Y explicó que él y su tripulación eran del planeta Koldas, de otra galaxia y miembro de la Confederación de Planetas... Wy-Ora explicó que George «era uno de ellos», y que su verdadero nombre era Valdar... Y que había venido a la Tierra en una misión especial... Para demostrar las habilidades de la nave, George dio instrucciones en un idioma extraño y Edwin vio cómo la luz se movía de este a oeste y de norte a sur... Después emprendió el vuelo a gran velocidad y desapareció... Edwin estaba perplejo... Con los meses, George le fue revelando nuevos secretos... Su frase favorita era: «Confía...»... Un día, Edwin vio algo insólito... Se había quedado solo en la fábrica; era la hora de la comida... Pero el muchacho decidió terminar un trabajo... Fue entonces cuando vio a George mover una má-

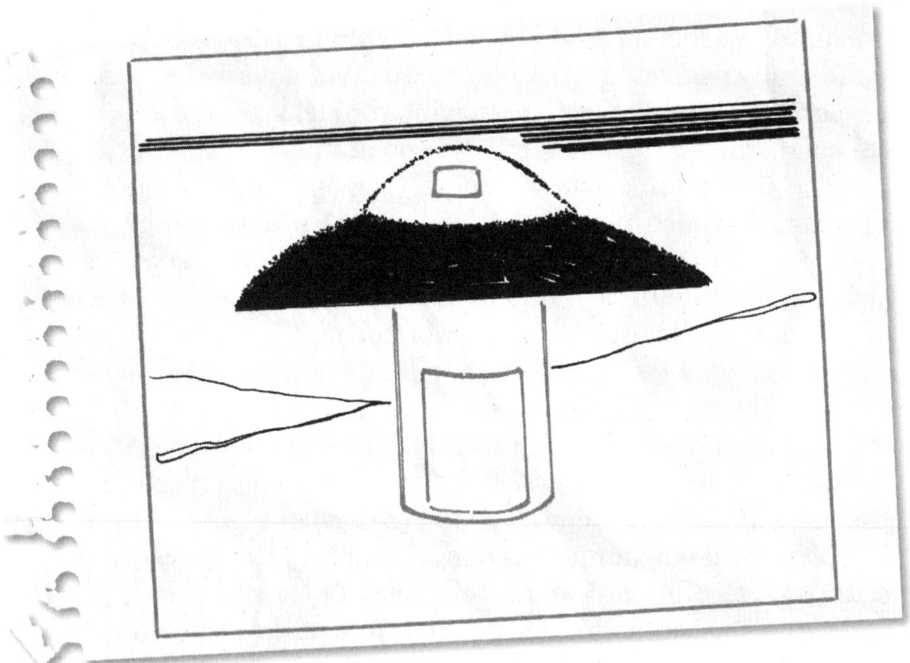

Durban (Sudáfrica), 1960. Cuaderno de campo de J. J. Benítez.

quina muy pesada... Y lo hizo él solo... Poco antes, la máquina había sido trasladada de lugar con la ayuda de cinco operarios... En esos meses, George instruyó a Edwin en muchas materias... Le dijo que estaban preocupados: una gran catástrofe se aproximaba a la Tierra, y no sabían cómo ayudar... George manifestó que hay cientos de seres como él, «infiltrados» en la red social humana... Permanecen en la Tierra de uno a cinco años... Nos estudian... Después regresan a su mundo... Y llegó el día de la partida de George... Un sábado por la mañana viajaron a la playa de Richards Bay... Era entonces un lugar solitario... Pescaron y hablaron durante horas... Y hacia las diez de la noche, cuando bajó la marea, George se puso de pie y se cambió de ropa... Y se enfundó un mono que había traído en la maleta... «Sitúate detrás de esa duna —le dijo George—. Y permanece ahí hasta que la nave se haya ido... Tú no estás preparado para resistir sus efectos»... Edwin no podía creer lo que estaba pasando... George, entonces, le entregó la maleta negra y corrió hacia la orilla del agua... Edwin se refugió detrás de la duna, pero vio la llegada de la nave... Era un disco de unos 50 metros de diámetro... Tenía una cúpula en la parte superior... Había una gran ventana y se veía una silueta en el interior... La nave aterrizó en la playa e hizo un ruido, como si raspara algo... Entonces apareció una columna y el disco quedó a 2 metros de la arena... En la parte inferior de la columna se abrió una puerta... Y George desapareció en el interior... El disco despegó a gran velocidad y se perdió en el firmamento... No cabe duda —plantea Cynthia Hind— de que George existió: hay registros en la fábrica y en el hotel en el que vivió, pero todo puede ser falsificado...

En una de mis conversaciones con Cynthia volvió a salir el caso de George. Ella lo consideraba auténtico. Y me reveló algo que yo conocía..., «por otros canales»: «Esas naves —explicó la investigadora ovni— se mueven en el espacio a través de las "autopistas gravitacionales". Eso le confesó George a Edwin. Viajan a una velocidad muy superior a la de la luz (300.000

kilómetros por segundo), utilizando las citadas "autopistas gravitacionales"».

—¿Cómo son esas «autopistas»?

—Le dijo a Edwin que cruzan la totalidad del universo y forman una tupida red. Son como carreteras. Tienen de 1 a 5 kilómetros de ancho. La mayor velocidad se alcanza en los filos de la corriente gravitatoria. En el centro, en cambio, no hay movimiento. Ahí es donde hacen los cambios de dirección.

Mis fuentes no hablan de «autopistas gravitacionales», sino de «canales de gravedad espiritual». Quizá sea lo mismo... Nosotros no hemos descubierto qué es la «gravedad divina o espiritual» que, al parecer, circula por los universos del tiempo y del espacio.

PUERTO DE SANTA MARÍA

La primera noticia del caso «Yedró» me llegó a través de los infatigables Ignacio Darnaude, Joaquín Mateo Nogales y Manuel Filpo.

En síntesis, decía así:

... El 20 de agosto de 1962, a las 17 horas, cinco amigos se encontraban departiendo en un restaurante situado a las afueras del Puerto de Santa María, en Cádiz (España)... Entre ellos se hallaba Manuel Ángel Yedró Mejías... Yedró tenía treinta y cuatro años y trabajaba en la venta de material agrícola... En otra mesa, algo separada, se hallaba un hombre «extraño»... Vestía totalmente de blanco... En un momento determinado se levantó y se aproximó a los sevillanos... Yedró lo invitó a sentarse... Y el hombre, con cierta timidez, manifestó que «no era humano»... Los amigos se lo tomaron a broma... El hombre, sin embargo, insistió: su origen no era la Tierra... Y los sevillanos, dispuestos a pasar un buen rato, pidieron alguna prueba... Ante el asombro general, el hombre de blanco planteó tres retos:

1. Si en verdad era «no humano» llegaría antes que los cinco amigos a un restaurante ubicado en Las Cabezas de San Juan (a mitad de camino entre El Puerto y Sevilla). Y el hombre dejó claro que no tenía vehículo.

Los sevillanos se miraron y aceptaron.

2. El hombre de blanco volvería a llegar el primero a la Venta Ruíz (a la entrada de Sevilla).

   Si esto era así, el individuo les revelaría otras cuestiones en la propia Sevilla.

   Dicho y hecho.

   Los amigos entraron en un Citroën y salieron a toda velocidad.

   En el camino no vieron que los adelantase ningún vehículo.

Y al llegar al mesón, en Las Cabezas, observaron al individuo de blanco a través de los cristales del restaurante.

Les entró tal desconcierto que no se detuvieron, y continuaron viaje hacia Sevilla.

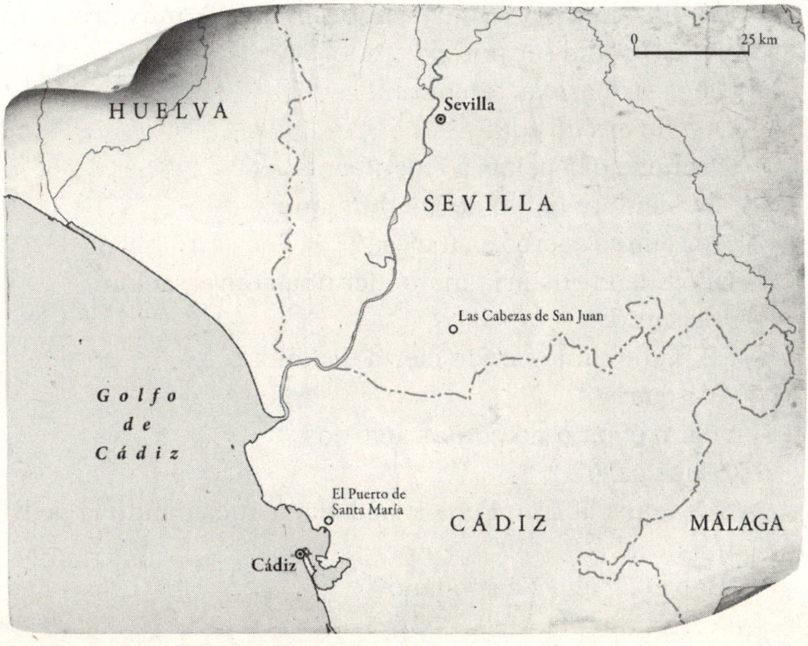

Y la escena se repitió. Al alcanzar la Venta Ruíz, allí estaba el hombre de blanco, sentado y saludando.

Entonces pasaron al pánico.

Y los sevillanos desaparecieron.

Tras no pocas gestiones pude localizar finalmente al señor Yedró. Al principio no deseaba hablar del asunto. Comprendí que la «aventura» les había superado...

Pero, en enero de 1993, Manuel Ángel, aburrido ante mi insistencia, aceptó conversar en un bar del barrio de Simón Verde, en Sevilla.

El hombre admitió que el caso era real. El tipo de blanco había existido, y también lo relatado por los investigadores.

—No pudimos explicar cómo llegó a Las Cabezas y a la Venta Ruíz –manifestó con incredulidad–. Era imposible, ningún vehículo nos adelantó.

—¿Cómo era el hombre de blanco?

—Elegante e impecable. Tenía casi 2 metros de altura y los ojos claros. No aparentaba más de cuarenta años.

—¿Llevaba algún emblema o adorno especial?

—No. Era un traje, como de lino, sin más. Y muy bronceado. Pero eso podía ser por el verano.

—¿Qué les dijo, exactamente?

—Que no era de aquí.

—¿Pronunció la palabra *extraterrestre*?

—No, siempre habló de «no humano».

—¿Por qué se acercó a su mesa?

—Dijo que le gustaría mantener una conversación.

—Y se sentó...

—Sí, pero manteniendo cierta distancia.

—¿Por qué?

—Según él para no contaminarnos.

—¿Y qué pasó?

—Nos entró la risa. Pero él insistía. Y fue cuando le pedimos una prueba.

—¿Hablaba bien el castellano?

—Perfectamente.

—¿Por qué no se bajaron del Citroën cuando lo vieron por primera vez?

—Nos asustamos. Era imposible que estuviera allí. Yo sí quise bajarme y pedirle explicaciones, pero el resto se negó.

—¿Quién conducía?

—Yo.

—Según mis noticias, dos de ustedes sí volvieron a ver a este individuo...

Yedró guardó silencio. Después comentó:

—Prefiero dejarlo ahí...

No pude sacarle una palabra más. Lo importante, sin embargo, es que el caso había sido real.

Y vuelvo a preguntarme: ¿qué buscan, qué pretenden? ¿Qué sentido tienen estos «experimentos»? Porque de eso se trató, sin duda.

LA AGUILERA

Conocí a José Máñez Ramos el 13 de marzo de 1980 en Algeciras (Cádiz, España). Así figura en uno de mis cuadernos de campo.

Me contó una historia asombrosa...

—Recuerdo muy bien la fecha. Fue el 14 de mayo de 1966. Yo regresaba de Inglaterra. Volvía a casa. Dormí en San Sebastián. Y hacia las once monté en el coche —un Chevrolet— y me dirigí a Vitoria. Allí tenía un amigo y comí con él. Y a eso de las cuatro de la tarde reemprendí el viaje. Mi destino era Madrid y Algeciras.

—¿Ibas solo?

—Sí.

—En esas fechas no existía la actual autovía...

—En efecto. Yo circulaba por la carretera nacional.

—¿Y qué sucedió?

—A la salida de Burgos empezó a lloviznar. Y cuando me había alejado 1 kilómetro, más o menos, apareció una señora en la cuneta de la derecha. Hacía autostop. Fue curioso...

—¿Por qué?

—En esos momentos circulaban muchos coches en dirección a Madrid. Pero ella me hizo la señal a mí.

—¿Estaba en el arcén?

—No, la vi asomar por un pequeño repecho. Y al llegar a la cuneta se detuvo y levantó la mano. En esos instantes llegaba yo. Paré el vehículo y le pregunté: «¿Qué le pasa?». Y ella respondió: «Mire, señor, me he quedado sin dinero... ¿Usted sería tan amable de acercarme hasta Aranda de Duero?».

—¿En qué idioma?

—En español. «¿Va usted sola? —pregunté de nuevo—. ¿Trae equipaje?». Y replicó: «No, sólo un bolso».

Y Máñez echó un vistazo.

—Sí, era una especie de bolsa escolar, de color negro, en un cuero muy suave. La mujer se sentó a mi lado y proseguí el camino. Durante unos segundos me dediqué a observarla.

—¿Cómo era?

—Me pareció joven. Vestía un pantalón y una cazadora, con unas botas cortas, y el pantalón dentro de las botas. Todo era negro. Al cuello lucía un pañuelo de color lila, anudado. Y sobre el pecho un medallón, con un diamante. Llevaba el cabello corto. Era rubio. Los ojos eran muy azules. Pensé que era francesa. E intenté mantener una conversación.

»"¿Es usted de Burgos?", pregunté. "No, no", contestó. "¿Francesa?". "No...".

»La noté muy rígida. No me miraba al responder. Sólo miraba a la carretera. Y replicaba casi con monosílabos.

—¿Qué hora sería?

—Alrededor de las seis y media de la tarde.

—¿Se veía bien?

—Perfectamente, aunque el cielo estaba nublado.

Y Máñez prosiguió:

—«¿Y cómo es que viaja sin equipaje?» —continué preguntando—. Ella dijo: «Yo viajaba con otro señor... Me bajé y él se marchó». Si te digo la verdad, la explicación me dejó confuso. Aquello sonaba a falso. Pero seguí con la conversación; un poco por matar el tiempo.

—¿Llevabas la radio puesta?

—Sí, y recuerdo que la bajé un poco.

—¿Hablaba en un castellano normal?

—Sí, no noté acento. Entonces la invité a un cigarro. Yo, entonces, fumaba tres paquetes diarios. Me miró y cogió uno. Se lo puso en los labios y le pasé el encendedor.

—¿Lo prendió ella?

—Sí. Y le pregunté: «¿Le gusta?». Era tabaco inglés. Y respondió: «Sí». Pero la vi fumar de una forma mecánica. No tragaba el humo y aspiraba muy seguido. Sostenía el cigarrillo con la izquierda y con dos dedos: el pulgar y el índice. Pensé que era una enferma mental. Entonces, por continuar con la conversación, pregunté: «¿Sabe usted los kilómetros que hay entre Burgos y Aranda?». Y ella, sin mirarme, respondió: «81». «¿Es usted de Aranda?» —seguí preguntando—. «Yo no».

—¿Tampoco te miraba?

—Sólo lo hizo una vez cuando le entregué el encendedor.

—¿Cómo fue esa mirada?

—De curiosidad. Y empezó a oscurecer.

—¿Cuánto tiempo llevabas con ella?

—Unos 20 minutos. Y fue en esos instantes, hacia las siete de la tarde, cuando apareció aquella luz. Volaba muy baja. Y pasó por encima del auto. Pensé que estábamos cerca de algún aeródromo.

—¿Cómo era la luz?

—Blanca e intensa, como un faro de diodo. Y lancé un taco.

—¿Por qué?

—Me asustó. Y recuerdo que hice un comentario, respecto a lo bajo que volaba aquel «avión».

—¿Y ella?

—No dijo nada. Yo continué circulando y, al poco, se presentó por segunda vez. Esta vez, la luz era tan intensa, y volaba tan baja, que me obligó a frenar.

—¿A qué altura volaba?

—Casi a ras del suelo. Aquello me descompuso. Y terminé parando el coche. Me froté los ojos y exclamé: «Esta vez se ha pasado, el muy cabrón...».

—¿Se acercó en rumbo de colisión?

—Totalmente. Pensé que nos matábamos. Y en esos momentos miré hacia el asiento del copiloto. ¡Santo Dios! ¡La mujer había desaparecido!

—¿A qué velocidad circulabas cuando apareció la luz por segunda vez?

—A 100 o 110 kilómetros por hora...

—¿Cuánto tiempo permaneciste con los ojos cerrados?

—Sé a dónde quieres ir a parar y te diré que la desaparición de la mujer no tiene explicación lógica. Me froté los ojos durante segundos. Además, los seguros del coche estaban echados.

—Ella pudo abrir la puerta y salir...

—No, insisto, cuando miré, los seguros estaban echados. Si hubiera abierto la puerta del coche, el seguro habría saltado.

—¿Y qué hiciste?

—Me orillé a la derecha, con el motor al ralentí, y miré a mi alrededor. No había nadie. Salí del vehículo, caminé por unos viñedos, pero no había ni rastro de la mujer. Y regresé al auto.

—¿Y la luz?

—Después de cegarme desapareció.

—¿Se apagó la radio?

—No, continuó bien.

—¿Oíste la puerta al abrirse y al cerrarse?

—No. Repito: nadie abrió esa puerta. Te lo juro…

Máñez trató de tranquilizarse. El susto había sido casi mortal. Fue entonces cuando vio el cigarrillo de la mujer, medio consumido.

—Seguía en el cenicero. Estaba apagado, pero no tenía señales de carmín. Y era raro: los labios eran muy rojos.

Por supuesto, Máñez no guardó el cigarro. Eran otros tiempos. De haberlo hecho, en su momento se hubiera podido extraer el ADN de la señora... Lástima.

—¿Ella apagó el cigarrillo antes de desaparecer?

—Sí. Me di cuenta después, al analizar lo ocurrido.

—¿En qué lugar se presentó la luz por segunda vez?

—Estábamos a 10 o 12 kilómetros de Aranda, en las proximidades de La Aguilera.

—¿Dejó la señora algo en el vehículo?

—Nada, salvo el cigarrillo.

—¿Funcionó bien el coche?

—Perfectamente. Era un Chevrolet de ocho cilindros, muy silencioso.

—¿Cuánto tiempo llevabas conduciendo?

—Entonces tenía treinta y tres años. Llevaba muchos al volante.

Dos años después, José Máñez recibió otra sorpresa...

Así me lo explicó:

—Ocurrió en junio de 1968. Yo trabajaba en Avis, en Algeciras. Y una tarde llamaron por teléfono a la oficina. Y alguien dijo: «Aquí el hotel Reina Cristina». Y explicó que una señora, una clienta, necesitaba un coche de alquiler. «¿Puede usted venir al hotel para hablar con ella?». Dije que sí y a la media hora subí al hotel. Pregunté en recepción y me señalaron la zona de la piscina, en el jardín. Allí me esperaba la clienta. Y así era. Allí, de pie, había una mujer de unos treinta y cinco años, alta, rubia y con los ojos especialmente azules. Me llevé un susto de muerte. ¡Era la mujer que hacía autostop en la carretera de Burgos a Aranda!

—¿Estás seguro?

—Por completo. Vestía también de negro, con un pañuelo lila al cuello. Y en el pecho colgaba un medallón, con un diamante. ¡Era ella! La piel era blanca, tipo nórdico, con las cejas maquilladas. Era muy bella.

—¿Y qué te dijo?

—Esta vez habló en inglés. Me dio la mano, pero sólo utilizó dos dedos.

—¿Qué clase de inglés?

—Universitario, de laboratorio. Era perfecto. Y me dijo: «Me han dado muy buenas referencias de usted. ¿Podría traerme un coche mañana por la mañana?». Y pregunté: «¿A qué hora?». «A las ocho de la mañana», respondió. Y seguí preguntando: «¿Qué habitación tiene usted?». «La 81», replicó. «¿Qué coche quiere?». «Me da igual... El que mejor le parezca». Y así quedó la cosa.

—¿Rellenaste el obligado impreso?

—En esos momentos no. Lo haría al día siguiente, cuando le llevara el vehículo.

Insistí en el aspecto físico de la clienta.

—¿Recuerdas algún otro detalle?

—Llevaba las uñas largas y pintadas, a juego con el pañuelo lila.

—¿Qué altura tenía?

—Alrededor de 1,80 metros. Era delgada y, como te digo, muy bella.

—¿Cómo era la voz?

—Muy fina.

—¿Sonrió?

—En ningún momento. Otra cosa que me llamó la atención fueron los dientes: eran perfectos; pensé que podían ser postizos.

—¿Te dijo su nombre?

—Elizabeth.

—¿Nada más?

—Nada más. Nos despedimos y me marché. A la mañana siguiente, a las ocho, le llevé un 1500 rojo. Pregunté en recepción, pero nadie sabía nada. La habitación 81 no existía. Nadie recordaba a la mujer de negro. Quedé desconcertado. Nadie, en el hotel, había hecho la llamada a la oficina de Avis. Y alguien, en recepción, me entregó un sobre. Estaba a mi nombre. Cuando regresé al 1500 lo abrí. Contenía 50 dólares (americanos) y una nota manuscrita. Decía: «GRACIAS 81». Estaba escrito con mayúsculas, y en español. Entonces recordé: cuando pregunté a la mujer que llevaba en el Chevrolet la distancia existente entre Burgos y Aranda, la rubia respondió con gran seguridad: «81».

—¿El sobre tenía alguna otra anotación?

—Era un sobre típico, con el membrete del Reina Cristina. Estaba a mi nombre.

—¿Qué ponía?

—Señor Máñez, de Avis.

La doble aventura de Máñez me hizo reflexionar, y mucho. «Ellos» están aquí, por supuesto, y son capaces de mezclarse con los seres humanos. «Ellos» manipulan el tiempo y el espacio, aunque no sabemos por qué o para qué.

Lo dicho: magia... Tecnología mágica.

MÉDANOS

Con los años supe de otros casos de «infiltrados».

Roberto E. Banchs, veterano investigador argentino, me pasó la siguiente información:

... 6 de agosto de 1972... Cerca de Médanos (Buenos Aires)... Hora: 03:15 de la madrugada... Eduardo de Deugd, mecánico de profesión, de treinta y dos años, domiciliado en Bahía Blanca, regresaba a su casa, procedente de la localidad de Médanos... Cuando empezó a circular por la carretera,

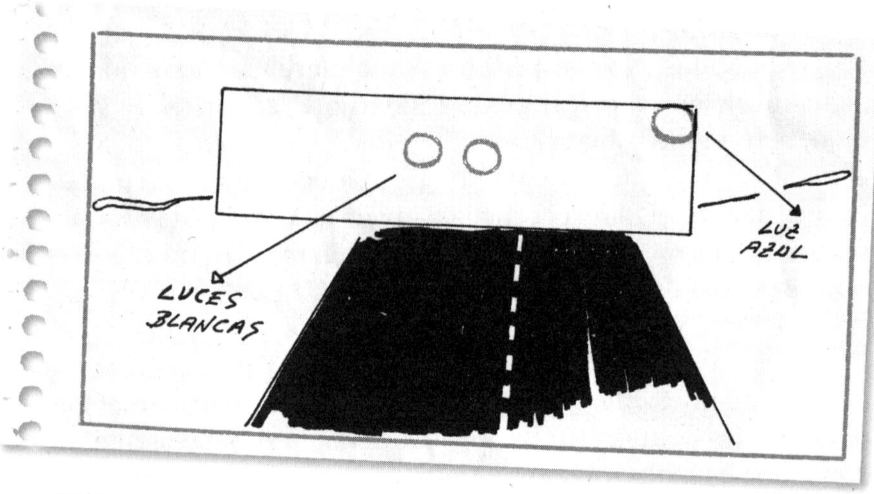

Médanos (Argentina), 1972. Cuaderno de campo de J. J. Benítez.

alguien le hizo señas desde el filo del camino... Era un autostopista... Eduardo paró y el individuo subió al carro... «Era un tipo alto, de casi 2 metros... Delgado... La cara era anormalmente larga, con una barbilla grande y rectangular... Vestía una campera, con el cuello alzado, y una gorra que le cubría la cabeza... Tenía una pequeña visera»... El individuo —según el conductor— no hablaba... Y, de repente, cuando habían recorrido unos 25 kilómetros, el carro empezó a fallar... Finalmente, el motor se paró... Deugd bajó del automóvil y, cuando se disponía a revisar el motor, observó en mitad de la carretera un objeto alargado, como un bus... «Podía estar a 50 metros —manifestó el testigo—. Era enorme, y en un primer momento me recordó un camión (un bus)... Creí que se trataba de un colectivo... Quizá había sufrido un accidente... Tenía tres luces: dos blancas en el centro y una azul en el extremo derecho... Caminé un par de pasos hacia el supuesto colectivo y, en esos momentos, un haz de luz me dio en el pecho... Sentí un intenso calor... Retrocedí y me protegí detrás de la puerta del carro, que había quedado abierta... En cuestión de segundos, el objeto se elevó... Por la parte inferior vi una luz verde, y también una serie de ventanillas... Y percibí un silbido, muy agudo... A cosa de 100 metros, el aparato se acercó de nuevo al terreno y volvió a elevarse... Esta vez en un ángulo de 40 grados»... El testigo se sentó en su vehículo y comprobó que el motor había vuelto a funcionar con normalidad... En esos instantes se dio cuenta: el compañero había desaparecido... «Di marcha atrás, como 3 kilómetros, y lo busqué... Fue inútil... Allí no había nadie... Continué hasta Bahía Blanca y di parte a la policía»... Deugd fue interrogado durante cuatro horas, y en presencia de un médico... Otros vecinos, en la zona, observaron también extraños objetos volantes no identificados.

PIÑANGO

En 1988 se repitió un suceso parecido a los anteriores, pero en Venezuela. Me lo contó mi buen amigo David Padrón, protagonista del mismo:

... A la región de los Andes, específicamente al estado de Mérida, en Venezuela, llegué el 12 de diciembre de 1986...

Quería trabajar y vivir en esa bella latitud... Me tocó visitar todos sus distritos políticos territoriales... En junio de 1988, en un día normal de trabajo, me dirigía hacia la población de Timotes, ubicada más o menos a 3.500 metros sobre el nivel del mar, distante de Mérida unos 120 kilómetros, con un tiempo de viaje de tres horas y media... Eran las nueve de la mañana cuando atravesé el poblado de Tabay... Al pasar por el cementerio del pueblo (paso obligatorio) y dejar del lado derecho una estación de gasolina llamada Sol de Oriente, en un rincón de la curva, y debajo de un letrero de carretera, se encontraba parado un hombre... Y sacó la mano, en demanda de una *colita* (viaje gratis en carro ajeno)... Normalmente, y por medida de seguridad, no doy *colitas* a desconocidos... Lo que motivó que parara fue el aspecto de turista que tenía aquel hombre... Se acercó a la ventanilla y me saludó, diciendo: «Buenos días, señor... Voy a la población de Piñango»... Yo le respondí: «Buenos días, señor, suba que lo llevo»... Cuando se montó en el carro se ubicó en el asiento del copi-

La extraña piedra de Otto. (Foto: J. J. Benítez.)

loto... Pero no podía sentarse con comodidad debido a su gran estatura... Podía medir casi 2 metros... Salí del carro y acomodé el asiento, corriéndolo hacia atrás... Vestía pantalones *jean*, de color azul, tipo franela, y una chaqueta a juego con el pantalón... Zapatos deportivos y un morral de lona, también azul... Dijo ser alemán... Su nombre era Otto... Pronunciaba el castellano bastante «aporreado»... Emprendimos la marcha y él situó el morral en el asiento de atrás... Le pedí que se ajustara el cinturón, pero no entendió... Se lo dije en inglés y captó el mensaje... Sacó del bolsillo unos lentes oscuros, se los colocó, y reposó la cabeza en el descansanuca... La verdad es que era poco hablador... Pasó buena parte del viaje durmiendo, o eso parecía... En algún momento se refirió a la exuberante vegetación de la zona y exclamó: «Mucha clorofila»... Atravesamos las poblaciones de Mucuchíes y Apartaderos y poco antes de alcanzar el cruce a Piñango sacó una piedra y me dijo: «Como a ti te gustan las piedras, yo te obsequio ésta»... Me quedé sorprendido: ¿Cómo sabía que me gustaban las piedras?... Otto era pelirrojo, muy blanco,

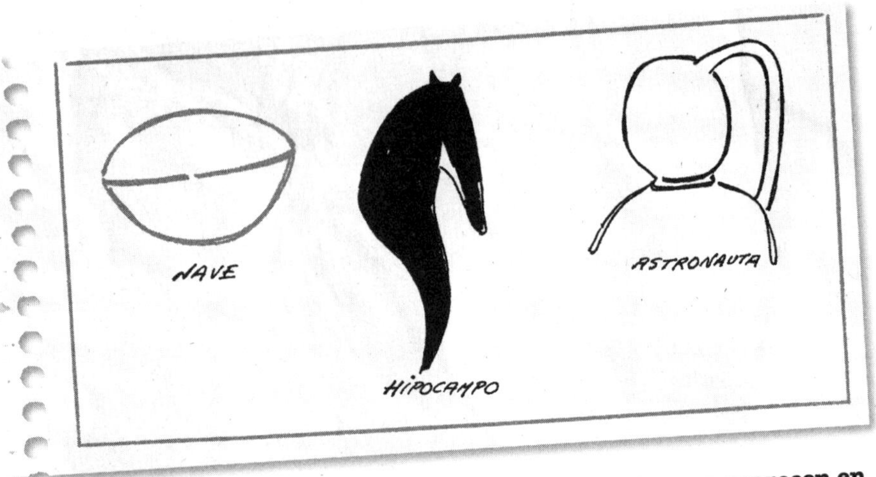

Piñango (Venezuela), 1988. Algunas de las figuras que aparecen en la piedra de Otto. Cuaderno de campo de J. J. Benítez.

con los ojos casi verdes, y muy educado... Calculé treinta y tres años... Las manos eran limpias y cuidadas... Parecían las de un pianista... Al llegar al cruce a Piñango preguntó si el pueblo estaba cerca... Le dije que a 10 minutos... Avanzamos 800 metros y exclamó: «Déjeme aquí, David... Muchas gracias por traerme»... Insistí en llevarlo hasta el caserío, pero él se negó... Estacioné el auto y nos despedimos... El reloj marcaba las once de la mañana... Otto tomó su morral y se alejó, caminando... Yo seguí la ruta hacia Timotes... Pero, en un acto reflejo, miré hacia atrás... ¡Otto había desaparecido!... Era imposible... Yo había circulado 100 metros, como mucho... Retrocedí y empecé a llamarle... Pero nadie respondió... Esperé, pero nada... El cielo estaba azul... Y hubo algo que me llamó la atención: en lo alto se veía una nube muy rara... Era biconvexa... Y se mantenía quieta, a pesar del viento... Llegué a Timotes a las 12:30 horas... Después de concluir las diligencias del trabajo llegué a mi casa con un fuerte dolor de cabeza y un malestar general... Eran las seis de la tarde... Pasaron los meses y un buen día de diciembre de 1988 decidí ordenar mi colección de piedras... Fue entonces cuando tomé la de Otto y, al limpiarla, noté unas extrañas figuras... Tomé una lupa y vi un buzo con escafandra, una especie de hipocampo y una nave biconvexa, como la nube... Quedé asombrado.

Años después, por mediación de Enrique Castillo, pude analizar la piedra de Otto. Presentaba, en efecto, unas extrañas figuras, aunque la naturaleza de la piedra era de lo más común en aquellos parajes de Venezuela.

SAN BARTOLO MORELOS

Lo llamaré Dompolo.

Era ingeniero en electrónica.

Lo entrevisté en México en 1979.

Me acompañó el investigador Ariel Rosales, director en aquel tiempo de la revista *Contactos Extraterrestres*.

Lo sucedido en octubre de 1968 me dejó perplejo.

—Me hallaba de servicio en una torre de microondas, en el cerro del Xocotépetl, a 3.800 metros de altitud, en la región de San Bartolo Morelos, en el estado de México. No recuerdo el día. Llegó el alba y desperté. Entonces lo vi.

—¿Qué hora sería?

—Las siete. Y sentí algo extraño...

—¿Como qué?

—Como si me despertaran. Pero allí no había nadie. La torre estaba vacía. Sólo estaba yo. Entonces, desde la cama, lo vi. Era un objeto como dos platos encimados. Era grande, de unos 6 metros de diámetro y 3 de altura. Tenía tres patas, simétricamente situadas.

—¿Dónde estaba el objeto?

—A cosa de 15 metros de la torre. Y de la parte inferior se desprendió —no sé cómo llamarlo— un «gajo». Y por esa abertura aparecieron tres seres. Se deslizaron por el «gajo» como los niños por un tobogán, pero de forma lenta. Y lo hacían en posición vertical. Parecía que lo tenían ensayado.

La torre de microondas —según explicó el testigo— se encontraba sobre una placa de hormigón.

—Pues bien —continuó Dompolo—, los seres caminaron hacia la plataforma.

—¿Usted seguía en su cuarto, en lo alto de la torre?

—Sí, a cosa de 12 metros del suelo. Podía verlos a la perfección. Y los seres saltaron a lo alto de la plataforma. Y se quedaron a 8 metros de la torre. Cuando llegaron a esa distancia se detuvieron. Uno estaba en el centro y los otros dos algo más atrás. Y así se quedaron, estáticos, mirando hacia donde yo estaba.

—¿Cómo eran?

—Parecían niños. Calculé 1,50 metros de altura. Las cabezas eran desproporcionadas y muy grandes. Los de atrás eran algo más bajos. No tenían orejas. Sólo puros agujeros. Pero lo más impresionante eran los ojos. ¡Eran negros y reticulados, como los de los insectos! Llevaban un traje gris, liso y ajustado. Eran parecidos a los de los hombres rana. No vi labios ni nariz. Entonces sentí una comunicación en mi mente.

—¿Ellos continuaban abajo?

—Sí, en el mismo sitio. Yo miraba más al del centro, al que parecía el líder. Y las ideas se me metían en la cabeza...

—¿Qué ideas?

—«Tranquilo... Permanece tranquilo... Venimos en son de paz». Esas eran las frases que recibía.

—¿Dónde estaba usted?

—Seguía sentado en la cama. Entonces respondía con otra idea: «¿Cómo puedo saber que vienen en son de paz? ¿Pueden darme una prueba?». Y ellos respondieron: «¿Qué quieres saber?».

—¿Cómo era el trato?

—Familiar. Y pedí que me dijeran cómo funcionaba la nave. Entonces empezó a llegarme información sobre el funcionamiento de la máquina. Eran fórmulas concretas. Y empecé a anotarlas en un cuaderno.

—¿Las recuerda?

—No, sólo que la ley de la relatividad general tenía que ver con todo aquello. Llené una hoja con fórmulas. Podía mirarles y escribir al mismo tiempo.

—¿Conocía las fórmulas?

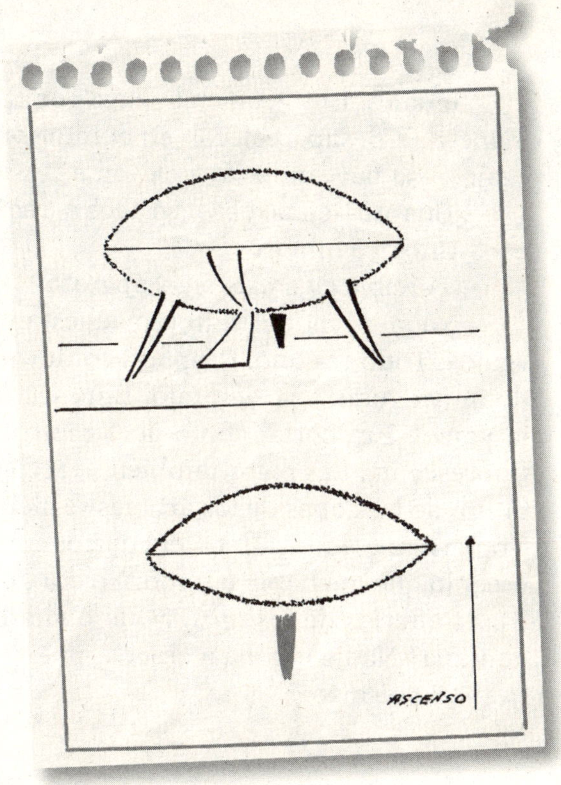

San Bartolo Morelos (México), 1968. Cuaderno de campo de J. J. Benítez.

—No, yo no hubiera podido escribirlas, salvo $E = mc^2$. Eran fórmulas muy avanzadas. Todavía no existen. Al terminar de rellenar la hoja recibí la idea de visitar la nave. «Puedes entrar —me transmitieron— y ver cómo funciona». Pero sentí miedo.

—¿Te explicaron algo más?

—Dijeron que acelerando dos masas (en sentido inverso), al aproximarse a la velocidad de la luz, se domina la fuerza de la gravedad. E insistieron para que subiera a la nave. Pero yo estaba muerto de miedo y empecé a rezar.

—¿Por qué?

—Para intentar evitar que entraran sus pensamientos en mi mente. Y recé todo lo que sabía: el credo, el padrenuestro, las avemarías... Todo. Y cuando terminaba, volvía a empezar.

—¿Y qué hicieron los seres?

—Me dieron la espalda y se encaminaron al ovni. Parecían enfadados. Y escuché en mi mente: «Cobarde».

—¿Cómo eran por la espalda?

—Iguales. Entraron en la nave por el «gajo» y de la misma manera. Y desaparecieron en el interior. Después se cerró el «gajo» y la nave empezó a elevarse.

—¿Cuánto tiempo observó a los seres?

—Unos 10 minutos.

—¿Percibió algo más en el aparato?

—Nada, ni motores, ni remaches, ni siquiera la forma del «gajo». Todo era uno. Después, conforme subía, oí un zumbido muy agudo, y acelerando. Entonces apareció una luz por la panza. Era corta, como de 1 metro, y similar a la de un fluorescente. Las patas también se recogieron. Y al llegar a la altura de las copas de los árboles se alejó en vuelo horizontal. Yo permanecí un rato en el cuarto, como ausente. No podía creer lo que me había pasado. Yo era un técnico y no creía en esas tonterías de los *ufos*. ¿Qué podía hacer? ¿A quién se lo contaba? Nadie me iba a creer...

—¿Y qué hizo?

Mis «primos»... Cuaderno de campo de J. J. Benítez.

—Pasado un rato continué con mi trabajo habitual. Y, de repente, recordé el cuaderno, con las fórmulas. Me fui al cuaderno de bitácora, donde escribíamos las incidencias del día, y busqué la hoja en la que había escrito.

Dompolo palideció al recordar.

—La hoja no estaba.

—¿Fue arrancada?

—No. Era como si no hubiera existido.

—¿Cuánto tiempo transcurrió desde que usted dejó de escribir hasta que buscó el cuaderno?

—No lo sé. Quizá una hora.

—¿Usted estaba solo en la torre?

—Totalmente. Pues bien, me asusté tanto que ese día no salí de la torre.

—¿Existe ese cuaderno de bitácora?

—Probablemente. Nosotros dependíamos de la Secretaría de Comunicación.

Al día siguiente, al llegar el relevo, Dompolo contó lo sucedido, y mostró el cuaderno al recién llegado. No le creyó.

—¿Trató de memorizar las fórmulas?

—Sí, pero no lo conseguí.

—En otras palabras: las fórmulas sobre el funcionamiento del ovni se han perdido...

—Eso me temo.

Junto a la plataforma de hormigón quedaron unas huellas. Tenían 2,5 centímetros de profundidad y formaban un triángulo equilátero de 2 metros de lado. Allí permanecieron durante meses. Fueron vistas por numerosos técnicos.

En 1979, cuando interrogué al testigo, me presenté en la Secretaría de Comunicación, en el D. F., pero los libros de esa época (1968) habían sido destruidos.

Conclusión: mis «primos» volvían a hacer teatro...

¿Qué otra cosa podía pensar?

La nave desciende junto a la torre de microondas; los seres (mis «primos») transmiten al testigo una serie de fórmulas (al parecer de gran importancia); después se van, «enfadados», porque Dompolo no ha querido acompañarlos al interior del ovni. Tras la marcha de la nave, la hoja en la que fueron escritas las fórmulas se esfuma.

Lo dicho: teatro...

OCÉANO PACÍFICO

Años después del caso «Dompolo», en noviembre de 1989, el excelente investigador extremeño Gonzalo Pérez-Sarró me avisaba de un posible incidente ovni, en el que el testigo también había recibido información por parte de los tripulantes no identificados. Y me facilitaba un contacto: José Bermúdez. «Este hombre —decía Gonzalo— es el que me reveló el caso».

Bermúdez, en efecto, ratificó lo ya expuesto por Pérez-Sarró y añadió algunos detalles:

... Me enteré en uno de los cursos que yo impartía... Uno de los asistentes —Eduardo Torralbo Granados—, que dispone de un taller para bobinar motores eléctricos en la ciudad de Granada (España), contó lo siguiente: Cierto día se presentó un señor en su taller... Traía unos planos... Y preguntó a Eduardo si aquello era viable, si podía construirlo... Torralbo examinó los papeles y dedujo que podía tratarse de un generador eléctrico... Y preguntó cómo había obtenido la idea... El de los planos le dijo que era un marinero y que una noche, mientras navegaban, vio una gran luz... «Yo estaba de guardia —explicó el de los planos— y entonces vi cómo se acercaba la luz... Y no sé cómo me vi dentro de una estancia, con gente... Esos seres me mostraron este generador... Y dijeron que sería de gran utilidad para la humanidad»... Después, tampoco sabe cómo, el hombre apareció de nuevo en el barco... Y la idea del generador eléctrico siguió en su cabeza... Después lo dibujó y lo patentó... A los pocos meses se presentó otra persona en el taller de Torralbo... Y preguntó si podría construir un generador eléctrico... Las características eran idénticas a las del generador del marinero... Torralbo quedó asombrado... ¿Cómo podía ser que, en tan corto espacio de tiempo, llegaran a su taller dos propuestas similares?... Y el segundo señor contó una historia muy similar a la del marinero: una noche estaba en el campo, regando, y se le echó encima una luz cegadora... Sin saber cómo se vio en una sala, con gente rara... Y le mostraron una máquina: un generador eléctrico... Después apareció de nuevo en el campo... Torralbo le mostró los papeles del marinero y el agricultor quedó perplejo... ¡Era su invento!... Es todo lo que puedo decirte —manifestó Bermúdez.

Acudí a Granada y conversé con Eduardo Torralbo Granados, propietario del taller Electra.

—Sí, se lo comenté a Bermúdez —explicó Eduardo— en un curso en Gerona.

Y Granados repitió lo que ya conocía:

—Un día se presentó un señor...

—¿En qué fecha?

—En 1990. Se llamaba José Sanmartín. Había conocido a mi padre. Por eso acudió al taller. Traía una bomba de 4 caballos para que la reparase. Al volver, y cuando se disponía a pagar, sacó unos papeles y me los mostró. Y me dijo: «¿Puede usted construir este motor?». Él sabía que yo trabajaba con alternadores y transformadores. Eché un vistazo y me di cuenta de que se trataba de un generador eléctrico.

»"Esto es muy difícil", le dije. Entonces pregunté: "Y tú, ¿cómo tienes esto?". Y fue cuando nos explicó...

—¿Alguien más lo escuchó?

—Sí, mi hija Charo. Y relató lo del mar.

Rogué a Eduardo que repitiera la historia.

—El tal Sanmartín contó que una noche, navegando por el Pacífico, mientras se hallaba de guardia, observó una luz muy potente.

—¿En qué clase de barco navegaba?

—Dijo que era un mercante. Y hacia las dos de la madrugada, como te digo, vio esa luz. Él estaba de guardia. La luz se le echó encima y, no sabe cómo, apareció en otro sitio. Era una sala, con gente.

—¿Describió la sala o a la gente?

—No. Sólo dijo que le colocaron un casco en la cabeza y que vio la máquina. Y vio cómo se movía.

—¿Cuánto tiempo permaneció fuera del barco?

—No se lo pregunté. Después se vio de nuevo en la cubierta del buque, y tampoco supo cómo. Pero la idea del generador estaba en su cabeza, y muy clara. Eso dijo. Al poco dibujó la máquina y la patentó.

Y Eduardo buscó entre sus papeles y me entregó una documentación. Era la solicitud de registro para la patente del referido generador. Allí aparecían los dibujos de la máquina y una síntesis de sus características.

—Si lo he entendido bien, Sanmartín dibujó el generador eléctrico en base a sus recuerdos...

—Eso dijo...

La solicitud de registro de la patente llevaba una fecha: 28 de agosto de 1990.

—¿Te comentó Sanmartín cuándo fue el encuentro con la luz?

—No, pero deduzco que poco antes de la patente.

—1990...

—Posiblemente. Y recuerdo que le dije: «¿Por qué no acudes a la universidad y expones la idea?».

—¿Y qué respondió?

—Que lo había intentado, pero no quería que lo tomaran por loco. Por eso acudió a mí. Quería saber si alguien era capaz de construir la máquina.

—¿Por qué es tan importante ese generador?

—Por lo que entendí, se trataba de una máquina de movimiento perpetuo. Se le proporciona un impulso inicial, de tipo mecánico, y se autoalimenta.

—Eso significaría el final de los combustibles...

—Así es. Con una sola de esas máquinas se podría abastecer una ciudad entera.

—Pero eso no interesa a las petroleras...

Eduardo sonrió.

—También lo sé...

—¿Y qué hay de la segunda historia?

—Unos cuatro meses después de la visita de Sanmartín

apareció en el taller otro señor. Era campesino. Y preguntó si podía construir un generador eléctrico. Mi hija y yo quedamos perplejos. El hombre traía la misma idea que había expuesto Sanmartín. Idéntica. Yo, entonces, le mostré los dibujos del marinero y exclamó: «Esto es lo que quiero hacer... ¡Me lo han copiado!». Yo pregunté cómo había llegado a esa idea y el hombre —cuyo nombre no recuerdo— me contó lo siguiente: se hallaba una noche en el campo, trabajando, y, de pronto, vio una luz muy potente. Se le echó encima y no sabe qué ocurrió. «Me vi transportado a otro sitio, en el espacio —explicó—. Allí había gente extraña. Me colocaron un casco en la cabeza y me transmitieron una serie de imágenes: máquinas que subían y bajaban. Después me vi de nuevo en el campo, regando». Y el hombre se apresuró a dibujar lo que había visto.

—¿Te enseñó los papeles?

—Sí. Era la misma máquina.

Lamentablemente, Eduardo no tenía ninguna pista sobre el agricultor.

—Lo que sí puedo decirte —concluyó Granados— es que el campesino no tenía idea de electricidad.

Charo confirmó cuanto había expuesto su padre.

Y al abandonar el taller me pregunté: ¿cuántos humanos han podido recibir una información semejante? Y seguí re-

Eduardo Torralbo Granados y Charo. (Foto: Moli.)

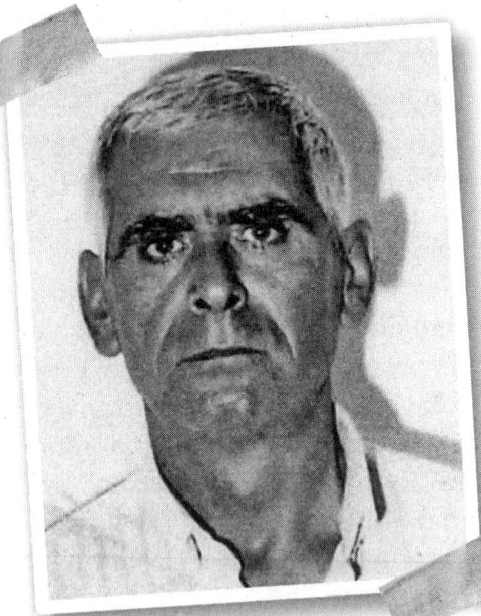

José Sanmartín. (Archivo de la Guardia Civil.)

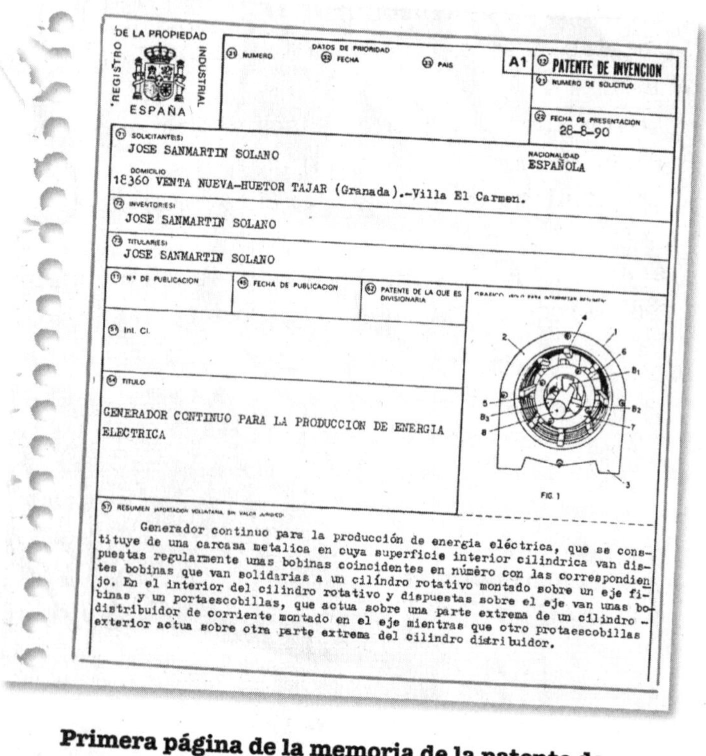

REGISTRO DE LA PROPIEDAD INDUSTRIAL
ESPAÑA

(21) NUMERO | DATOS DE PRIORIDAD (32) FECHA | (33) PAIS | A1 | (12) PATENTE DE INVENCION

(21) NUMERO DE SOLICITUD

(22) FECHA DE PRESENTACION 28-8-90

(71) SOLICITANTE(S)
JOSE SANMARTIN SOLANO

NACIONALIDAD
ESPAÑOLA

DOMICILIO
18360 VENTA NUEVA-HUETOR TAJAR (Granada).-Villa El Carmen.

(72) INVENTOR(ES)
JOSE SANMARTIN SOLANO

(73) TITULAR(ES)
JOSE SANMARTIN SOLANO

(11) Nº DE PUBLICACION | (45) FECHA DE PUBLICACION | (62) PATENTE DE LA QUE ES DIVISIONARIA

(51) Int. Cl.

(54) TITULO
GENERADOR CONTINUO PARA LA PRODUCCION DE ENERGIA ELECTRICA

FIG. 1

(57) RESUMEN (APORTACION VOLUNTARIA, SIN VALOR JURIDICO)

Generador continuo para la producción de energia eléctrica, que se cons-
tituye de una carcasa metalica en cuya superficie interior cilindrica van dis-
puestas regularmente unas bobinas coincidentes en número con las correspondien
tes bobinas que van solidarias a un cilíndro rotativo montado sobre un eje fi-
jo. En el interior del cilindro rotativo y dispuestas sobre el eje van unas bo-
binas y un portaescobillas, que actua sobre una parte extrema de un cilindro -
distribuidor de corriente montado en el eje mientras que otro protaescobillas
exterior actua sobre otra parte extrema del cilindro distribuidor.

Primera página de la memoria de la patente de invención de Sanmartín. (Archivo de J. J. Benítez.)

flexionando: si mis «primos» tratan de ayudar a la humanidad, ¿por qué no secuestran a científicos que puedan sacar adelante el proyecto? ¿Qué sentido tiene mostrar imágenes de un generador perpetuo a marineros o campesinos?

Y la idea del «puro teatro» regresó a mí...

Con estas informaciones me puse nuevamente en marcha e intenté localizar a Sanmartín. La búsqueda del campesino me pareció una importante pérdida de tiempo y de energía. En la provincia de Granada hay 353 pueblos. ¿Por dónde empezaba?

Y elegí lo seguro: José Sanmartín Solano.

En la patente aparecía una dirección, en la localidad granadina de Huétor Tájar.

Allí me presenté. Pero Sanmartín no vivía en Huétor. Los vecinos me dieron toda clase de explicaciones. Uno de ellos —Juan Herranz— había sido amigo del marinero. Y me habló, incluso, de la maqueta, en madera, que construyó Sanmartín.

—Era una maqueta del generador —explicó Juan—. Sanmartín era un excelente mecánico de motores.

—¿Le explicó lo ocurrido en el barco?

—Sí, pero no lo creí.

Sanmartín se había marchado del pueblo y residía, probablemente, en Cartagena (España).

Y durante un tiempo peiné Murcia y Almería. Sanmartín había vivido en esos lugares, sí, pero ya no residía en ellos. La exmujer, que regentaba un estanco en Murcia, no sabía nada de él. Y tampoco uno de los hijos, con el que conversó mi buen amigo Jesús Sancho.

Finalmente, casi como un milagro, conseguí averiguar que se encontraba en Colombia.

Hablé con Trinidad, la hija, pero no pude acceder al padre. Estaba sordo. Eso sucedía el 12 de noviembre de 2010.

Y me propuse viajar a Colombia. Tenía que conversar con Sanmartín. Tenía que profundizar en el caso.

Pero el Destino tenía otros planes...

Me enredé en nuevas pesquisas y aparqué temporalmente el asunto.

Sanmartín falleció a los pocos meses...

Síntesis de las características del generador perpetuo, según consta en la patente de invención:

GENERADOR CONTINUO PARA LA PRODUCCIÓN DE ENERGÍA ELÉCTRICA

La presente invención se refiere a un generador continuo para la producción de energía eléctrica.

El generador de la invención presenta como novedad su realización constructiva y además un alto rendimiento en la producción de energía eléctrica.

Por lo tanto, el generador es diferente a los generadores conocidos no sólo en el aspecto constructivo, sino también en el de funcionamiento.

De acuerdo con la invención el generador se constituye de una carcasa metálica, de forma tubular cilíndrica con prolongaciones extremas laterales que constituyen el apoyo o patas de sustentación.

En el interior de la carcasa tubular van dispuestas unas bobinas regularmente coincidentes en número con las correspondientes bobinas rotativas que van fijas a la superficie lateral del cilindro rotativo montado sobre un eje fijo, el cual a su vez va montado sobre soportes extremos que se fijan a la carcasa mediante, por ejemplo, tornillos y tuercas.

En el interior del cilindro rotativo y dispuestos sobre el eje van solidarias tres bobinas, así como un portaescobillas interior.

Sobre el eje también va montado un cilindro distribuidor de corriente, subdividido por un tabique discoidal central en sendos conjuntos de cuatro pistas, cada una a cada lado del tabique discoidal que se fija al cilindro, quedando por el exterior del cilindro uno de los conjuntos, cuyas pistas se acoplan y deslizan sobre las escobillas exteriores dispuestas en uno de los extremos del eje.

La conexión y distribución de corriente tiene lugar entre cilindro distribuidor, escobillas y bobinas al ir interconectadas interiormente los dos conjuntos de las pistas del cilindro distribuidor.

Archivo de J. J. Benítez.

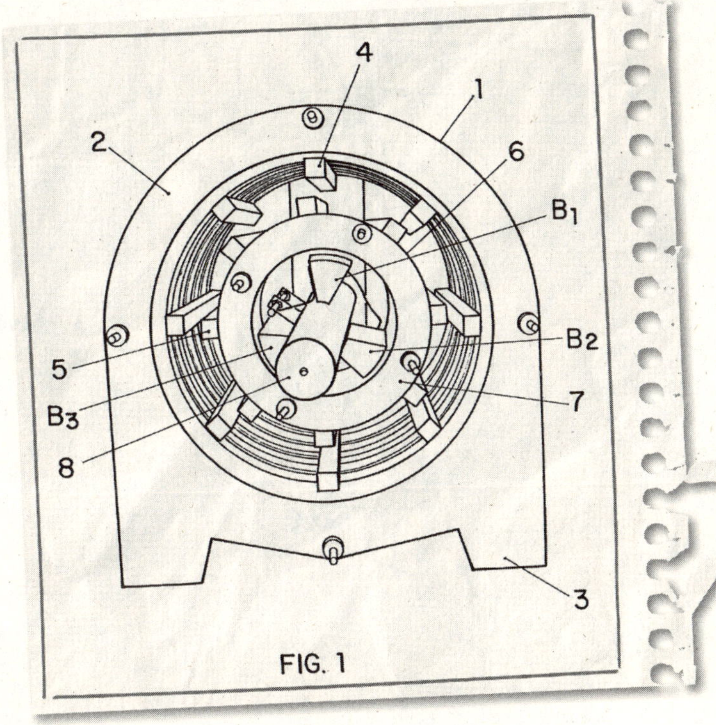

FIG. 1

Las escobillas exteriores van conectadas a la red a través de un rectificador de corriente, ya que este generador de la invención utiliza corriente rectificada 380 voltios en dos fases.

El funcionamiento del generador es como sigue:

Al conectar a la red las escobillas exteriores se alimentan la fase directa y las bobinas dispuestas en el eje a través de la fase indirecta que va distribuida entre tres de las cuatro pistas respectivas, produciendo con ello la rotación del cilindro interior y del cilindro distribuidor.

La rotación del cilindro interior produce una energía eléctrica sobre el campo fijo que dispone de las bobinas fijas correspondientes en la carcasa.

Esta energía eléctrica es la que se utiliza finalmente para mover cualquier tipo de máquina.

El cilindro interior se constituye de un cuerpo de acero encamisado en parte por dos porciones de otro metal distinto.

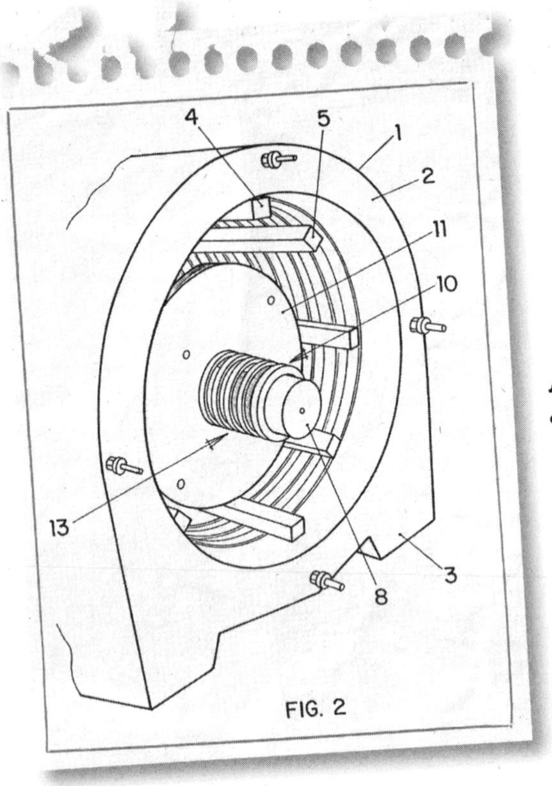

Archivo de J. J. Benítez.

Con el objeto de comprender más fácilmente no sólo la constitución, sino también el uso propio del generador de la invención, a continuación se refiere un ejemplo práctico de realización, siendo dicha ejecución meramente enunciativa y en ningún caso limitativa de la misma, todo ello tal y como se muestra en los dibujos adjuntos; en los que:

La figura 1 muestra una vista en perspectiva del generador de la invención.

Las figuras 2 y 3 muestran vistas diferentes en perspectiva del generador.

La figura 4 muestra una vista en sección del generador.

El generador (1) está constituido por una carcasa metálica (2) dotada de prolongaciones extremas laterales que constituyen el apoyo o patas de sustentación (3).

En el interior de la carcasa tubular van dispuestas unas bobinas (4) regularmente distribuidas coincidentes en número con las correspondientes bobinas rotativas (5) que van fijas a la superficie lateral (6) del cilindro rotativo (7) montado sobre su eje fijo (8), el cual va montado a su vez sobre soportes extremos (9) que se fijan a la carcasa mediante, por ejemplo, tornillos y tuercas.

En el interior del cilindro rotativo (7) y dispuesto sobre el eje (8) van solidarias tres bobinas (B_1), (B_2) y (B_3), así como un portaescobillas interior (9).

Sobre el eje también va montado un cilindro distribuidor (10) de corriente subdividido por un tabique discoidal central (11) en sendos conjuntos (12) y (13) de cuatro pistas, cada uno a cada lado del tabique discoidal que se fija al cilindro (7), quedando por el exterior del cilindro uno de los conjuntos que es citado, cuyas pistas acoplan y ruedan por las escobillas exteriores (14) dispuestas en uno de los extremos del eje.

El tabique discoidal (11) presenta unos canales de ventilación (15).

Archivo de J. J. Benítez.

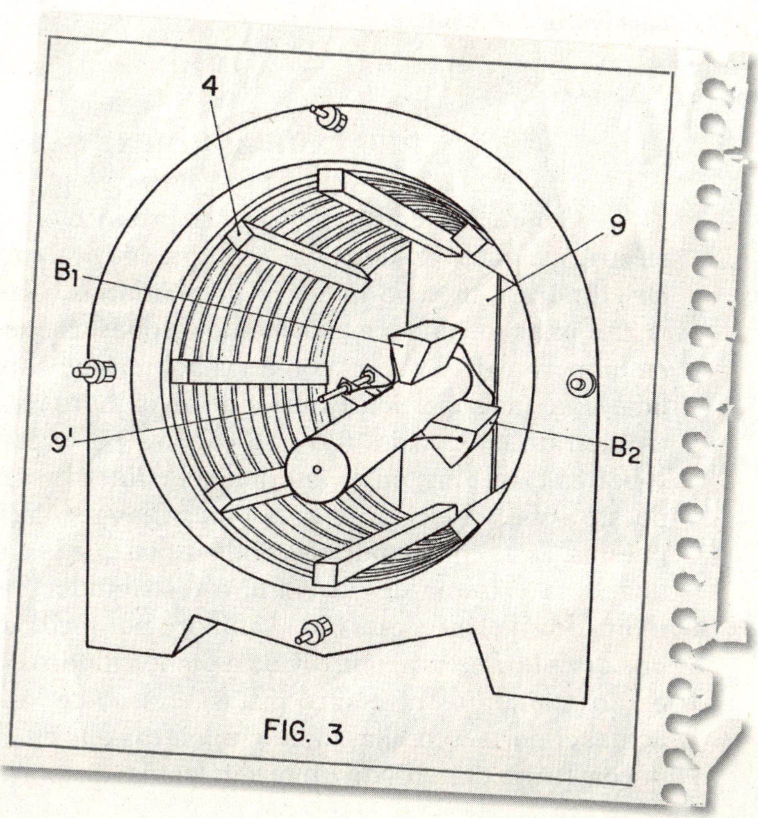

FIG. 3

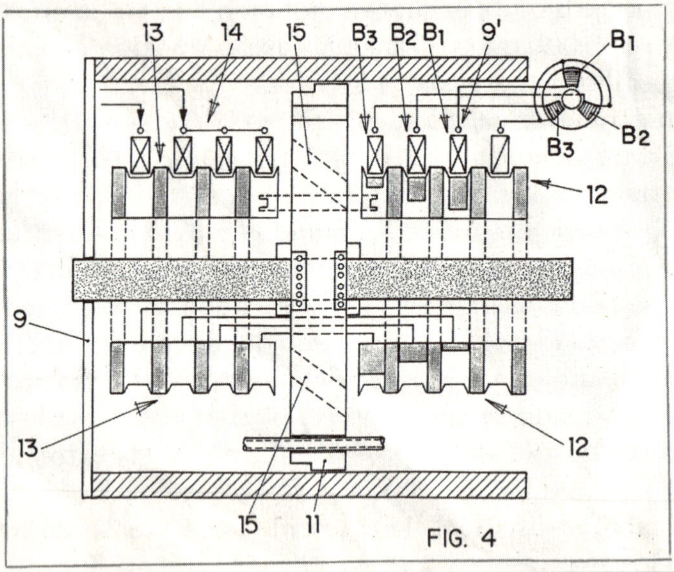

FIG. 4

Archivo de J. J. Benítez.

REIVINDICACIONES

1.- Generador continuo para la producción de energía eléctrica, caracterizado porque comprende una carcasa tubular cilíndrica en cuyo interior van solidarias a la superficie lateral unas turbinas regularmente dispuestas que coinciden en número y disposición con unas bobinas que aparecen solidarias a una superficie exterior de un cilindro rotativo montado en un eje coaxial fijo a la carcasa por medio de unos soportes extremos; en el interior del cilindro rotativo y dispuesto sobre el eje van tres bobinas fijas regularmente dispuestas, así como un portaescobillas, que queda enfrentado a una zona extrema de un cilindro distribuidor de corriente montado en el eje y está fijo al cilindro por medio de un tabique discoidal central que divide a dicho cilindro distribuidor en dos conjuntos de cuatro pistas, en uno de los conjuntos actual el portaescobillas citado, mientras que en el otro, que queda fuera del cilindro interior, actúa un portaescobillas dispuesto en el eje; y porque la conexión y distribución de la corriente se efectúa entre: el cilindro distribuidor, escobillas y bobinas al ir interconectados interiormente los dos conjuntos de las partes del cilindro distribuidor.

2.- Generador según la reivindicación 1, caracterizado porque el cilindro interior se constituye de un cuerpo de acero encamisado en parte por dos porciones de otro metal, ambas enfrentadas.

Consta la presente memoria descriptiva de cinco hojas escritas a máquina por una sola de sus caras y de cuatro hojas de dibujos.

Madrid, 28 de Agosto de 1990.
ANGEL PONS ARIÑO
EL AGENTE OFICIAL».

Que yo sepa, el generador perpetuo no ha sido fabricado...

ALEGRETE

En el arranque del presente capítulo me preguntaba: ¿Qué pretenden? ¿Son científicos? ¿Quizá ángeles?

En ocasiones se comportan como vulgares ladrones; más exactamente como cuatreros.

Veamos lo ocurrido en Brasil en octubre de 1970:

... Alrededor de las cuatro de la tarde, en una hacienda denominada «Palma Velha», en las proximidades de la ciudad de Alegrete, dos ganaderos se hallaban en un cerrado, con un total de dieciocho vacas... Pretendían limpiarlas... Los protagonistas —según Irene Granchi, investigadora con residencia en Río— eran Pedro Trajano Machado, de sesenta y seis años de edad, y su hijo, Eurípides Trindade, de veintitrés... Ambos eran analfabetos... La tarde era soleada, con el cielo parcialmente cubierto... Las nubes se encontraban a 1.200 metros... Los ganaderos separaron a una vaca rojiza

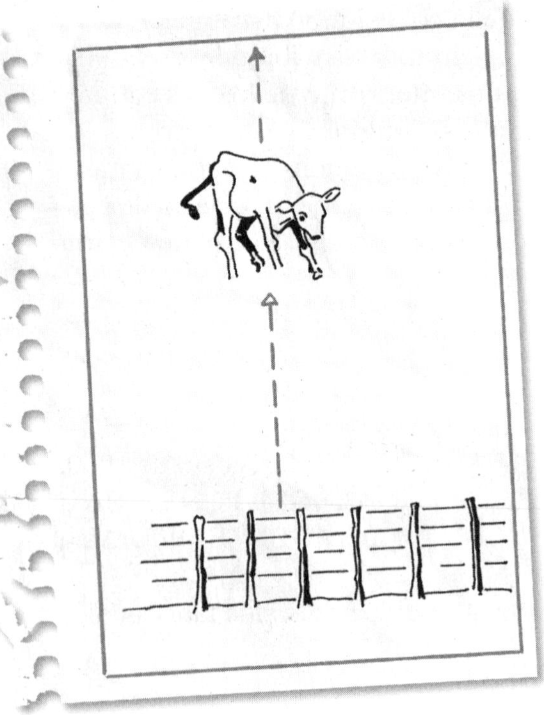

Alegrete (Brasil), 1970. Cuaderno de campo de J. J. Benítez.

(raza jersey) y a su ternero, de casi un mes de vida y 20 kilos de peso... La vaca fue encerrada en otro corral y el ternero quedó suelto en el campo... En esos momentos, cuando sucedió lo que sucedió, el ternero estaba a 5 o 6 metros de los Machado... Pues bien, cuando habían procedido a la limpieza de la vaca roja, los hombres notaron que el resto de los animales se mostraban inquietos... Y lo mismo sucedía con la jersey... «No podíamos con ella —manifestó el padre—. Daba saltos y mugía con desesperación. No había manera de sujetarla»... Los ganaderos no prestaron demasiada atención... «Era un ganado acostumbrado a pacer libremente y ahora estaba encerrado. Ya se calmaría»... Pero no fue así... Las vacas siguieron alteradas... Corrían de un lado a otro del corral... Tropezaban con el cerrado... Mugían asustadas e intentaban saltar la valla... Y la vaca roja empezó a mirar a su ternero, como si presintiera algo... Pedro Machado dirigió la vista hacia el ternero y quedó desconcertado... «El ternero estaba en el aire... ¿Cómo podía ser eso?»... Los testigos aseguraron que el animal se hallaba a un metro del pasto y en posición normal... «Ni inclinado, ni tumbado»... Y el ternero empezó a «volar», en paralelo al terreno... «De esta manera salió del corral y cruzó entre los árboles»... El resto del ganado seguía muy alterado... «El ternero, por su parte, continuaba berreando»... Y al llegar a cosa de 80 metros de los testigos, el animal empezó a elevarse, en vertical... Y lo hizo despacio... «Pudimos verlo durante 3 o 4 minutos»... En ese espacio de tiempo, el animal conservó siempre la misma posición (como si estuviera de pie)... Y al llegar a 100 metros desapareció... «Fue repentino —prosiguió Pedro Trajano—, como si una cortina invisible lo hubiera tapado»... Tras la misteriosa desaparición del animal, los ganaderos continuaron con su trabajo... Al parecer, cuando los empleados dieron cuenta de los hechos al propietario de la finca, éste no concedió importancia al asunto... Nunca aparecieron los restos del ternero... Al desaparecer el animal, el resto del ganado se tranquilizó... Durante las noches, los vecinos de «Palma Velha» observaron unas misteriosas y silenciosas luces rojas

que evolucionaban sobre la hacienda… En ocasiones volaban en solitario y, a veces, se las veía en grupos de tres.

Como vemos, no siempre son los profetas los arrebatados...

CAZALLA DE LA SIERRA

Los rectángulos luminosos siempre me han intrigado. ¿Se trata de naves? ¿Son hologramas? ¿Quizá sondas?

El lector juzgará.

He seleccionado varios casos...

5 de agosto de 1970.

Once menos cuarto de la noche.

Finca «El Vizcaíno», a 3,5 kilómetros del pueblo sevillano de Cazalla de la Sierra (España).

Testigos: un matrimonio y dos hijos (Manuel Rodríguez, de cuarenta y cinco años; Antonia Campos, su esposa, y Manuel y María, de veinte y dieciocho años, respectivamente).

Se trata de una familia que vive habitualmente en el campo.

A la referida hora, parte de la familia se encuentra en el interior de la vivienda y parte en el colgadizo o pórtico exterior. La noche es calurosa. De pronto, los dos perros corren por delante de la casa, en dirección a una gran adelfa. Están muy excitados. Ladran sin cesar. Van y vienen por la pequeña plazoleta existente frente a la vivienda. La familia comprende que algo pasa y sale al pórtico. En ese momento observan un gran rectángulo luminoso (una especie de gigantesca pantalla de televisión) por delante de la adelfa. Los perros atacan y retroceden. Tienen los pelos erizados. Pero ninguno se acerca. Los dos varones caminan hacia el rectángulo y se detienen a cosa de 10 metros, junto a un carro. La «pantalla», o lo que sea, se mantiene a ras del suelo. Las mujeres permanecen algo más atrás, igualmente sorprendidas. Uno de los hombres pregunta con voz enérgica: «¿Quiénes sois? ¿Qué queréis? ¡Venga, que salga el que sea!». No hay respuesta. El «objeto» (?), de 2 me-

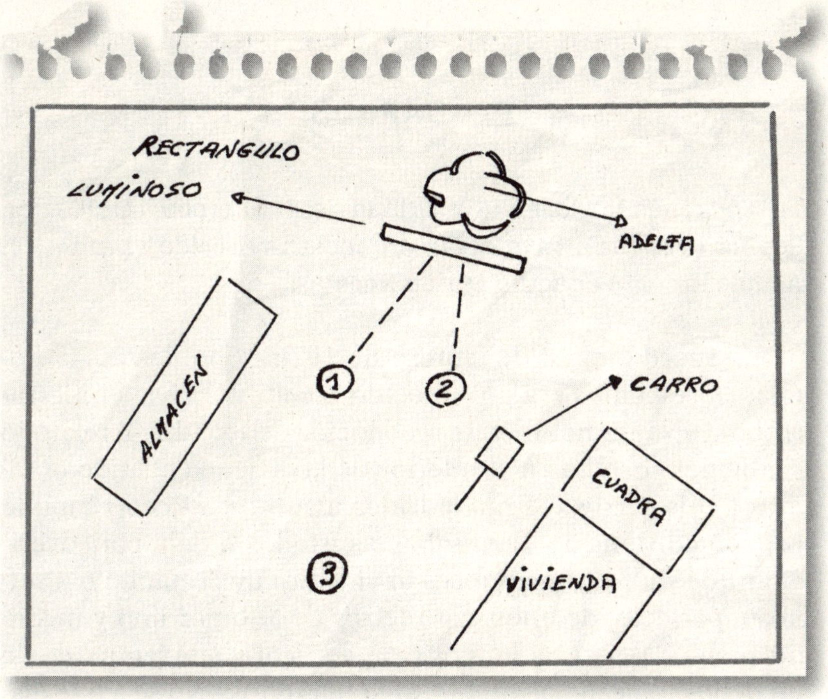

1. Los perros llegan a 13 metros del rectángulo luminoso. 2. Los dos hombres se detienen a 10 metros, junto al carro. 3. Las mujeres observan a 24 metros de la «cosa».

tros por 1, sigue iluminando su entorno con una luz blanca, purísima. Es un blanco mate. Según los testigos, en ocasiones parecía una pantalla y otras veces «una habitación iluminada interiormente».

Chispa y *Ringo*, los perros, se han quedado a 13 metros del rectángulo, y de ahí no pasan. Están aterrorizados.

Y, ante el silencio de la «cosa», el padre entra en la casa, dispuesto a aclarar el extraño asunto. Agarra una escopeta y regresa. En ese momento, cuando el hombre camina hacia el rectángulo de luz, éste se apaga, «como si supiera». Y todo vuelve a la normalidad.

Al desaparecer, los perros y los hombres se lanzan sobre la adelfa, pero allí no hay nada. Y los perros ladran al suelo, donde estuvo posado el rectángulo. La familia inspecciona los alrededores sin hallar nada raro. Tampoco la adelfa ha sufrido daño alguno.

El incidente se ha prolongado por espacio de media hora.

EL GARROBO

Años más tarde, en la localidad de El Garrobo, también en Sevilla (España), tuvo lugar un suceso parecido al anterior. Así me lo contó Joaquín Mateo Nogales:

... Sucedió el 18 de febrero de 1976, sobre las 20:45 horas... José Lemus era un conocido escultor... Vivía en El Garrobo... Era un hombre de reconocida seriedad... Y relató lo siguiente: «Estaba en el interior de la vivienda cuando oí ladrar a mis perros... Eran ladridos distintos... Recorrían una pequeña distancia y regresaban asustados... Salí, para averiguar qué sucedía, y entonces lo vi... Era un rectángulo luminoso, perfecto, de unos tres metros de alto por uno y medio de ancho... Aparecía en posición vertical y a la izquierda de un depósito de agua, aunque algo más alto... No sé a qué distancia podía encontrarse»... El escultor contempló el singu-

Al fondo el depósito de agua que sirvió de referencia para la observación del rectángulo luminoso. (Foto: J. J. Benítez.)

El Garrobo (Sevilla), 1976.
Cuaderno de campo
de J. J. Benítez.

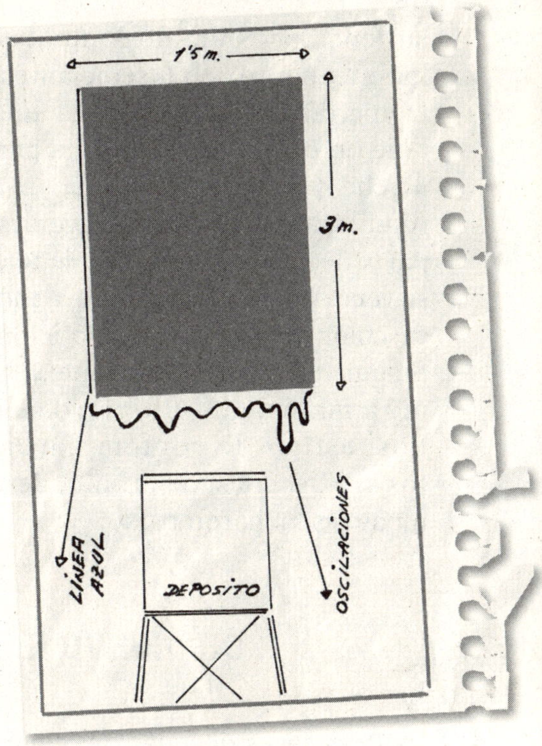

lar fenómeno durante 8 minutos, aproximadamente... El color era anaranjado («semejante a una llama»)... En el lateral izquierdo era recorrido por una delgadísima línea azulada («de un color semejante a la parte interna de la llama de un mechero de butano»)... «La luz tenía límites precisos —aclaró el testigo— y vibraba ligeramente, a semejanza del tenue parpadeo de las pantallas de televisión... En la zona inferior se veían unas ondulaciones, a modo de proyecciones, también de color anaranjado... Eso le daba cierta vida al conjunto... Su quietud era impresionante... No fiándome de mí mismo llamé a mi mujer... Al verlo lo calificó de "gran frigorífico"»... Los testigos lo contemplaron durante un par de minutos... «Después, de pronto, desapareció»... En ningún momento escucharon ruido.

DE NUEVO EL GARROBO

Dos meses después del avistamiento del señor Lemus, el escultor, otro vecino de El Garrobo tuvo un encuentro con algo parecido a una pantalla de televisión.

He aquí la experiencia:

... Ocurrió al atardecer del 14 de abril de 1976... El señor Rocha se dirigió al bar Pérez, a las afueras de la población... Al encontrarlo cerrado decidió esperar en el interior de su vehículo... Y a eso de las seis y veinte observó en la lejanía un objeto luminoso... «Parecía un disco —declaró—. Al principio lo confundí con la puesta de sol, pero me di cuenta de que eso no podía ser... Era temprano y, además, aquello se movía... Y se me echó encima». El testigo comprobó entonces que se trataba de una especie de rectángulo, redondeado por la base, con dos zonas bien diferenciadas... «La superior era roja, de un color cegador... La parte de abajo era de un amarillento traslúcido... En esa zona se distinguía una silueta aparentemente humana»... La ausencia de sonido era total... «Traté de dominar el miedo y eché marcha atrás... Después

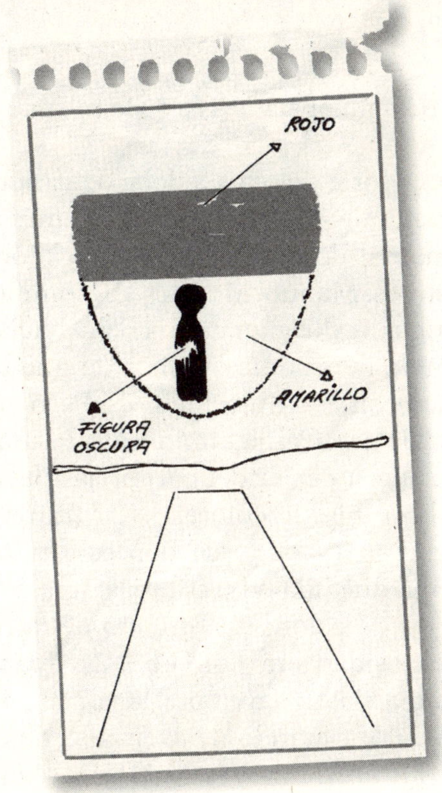

El Garrobo (1976). Cuaderno de campo de J. J. Benítez.

me refugié en mi casa, presa del pánico... Aquello tenía el tamaño de dos coches... Era impresionante»... El señor Rocha quedó tan impactado que no pudo acudir al trabajo... En esos momentos, el testigo tenía treinta y cinco años y gozaba de buena salud... Jamás creyó en los ovnis (hasta ese momento)... Cuando los investigadores preguntaron sobre la silueta que aparecía en la parte de abajo del objeto, Manuel Rocha Romero habló de una figura que superaba los 2 metros de altura, pero no supo precisar detalles.

LLERENA

En otoño de 1976 (fecha aproximada), dos vecinos de Llerena (Extremadura, España) contemplaron algo insólito.

La investigación fue realizada por José Galindo Mena, de Llerena.

He aquí una síntesis de la misma:

... Hora: de once a doce de la noche... Lugar: tramo de la carretera N-432 comprendido entre Llerena y el cruce con la comarcal de Usagre, a unos 3 kilómetros de dicho cruce... Testigos: Manuel Morales y Jerónimo Primo Benjumea... Los testigos se dirigían en su coche hacia Llerena... Al llegar a un cambio de rasante observaron una luz... Al principio la confundieron con un vehículo... Pero era muy extraño... Se trataba de una franja luminosa... Partía del suelo hacia lo alto... La zona superior del parabrisas del auto impedía ver el final de la franja de colores... La franja luminosa era una «tira ancha, alargada, y de bordes nítidos»... Según los testigos, estaba dividida en tres áreas: una zona central, blanca, y dos partes de colores... Tamaño de la franja: desconocido... La luminosidad era potente... La reacción de los testigos fue cambiar la luz larga por la corta... Finalmente detuvieron el vehículo, tratando de averiguar de qué se trataba... Pero no encontraron una explicación y reanudaron el viaje... Según

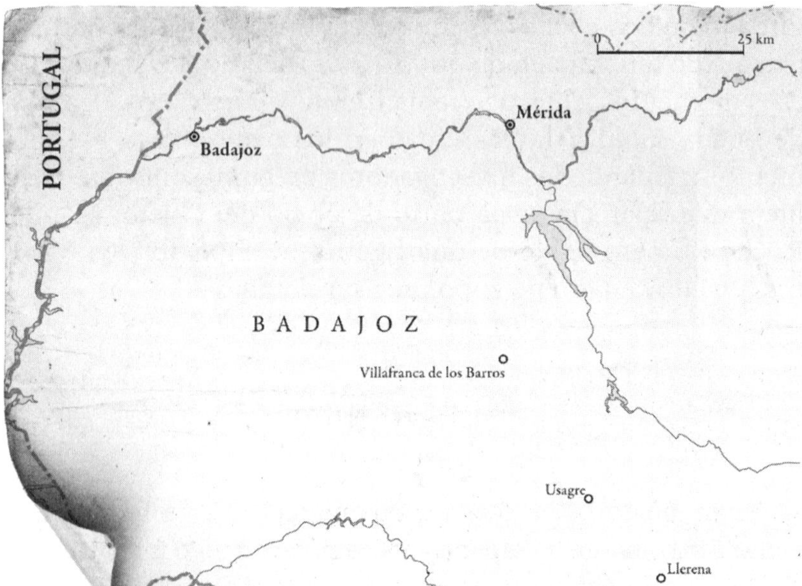

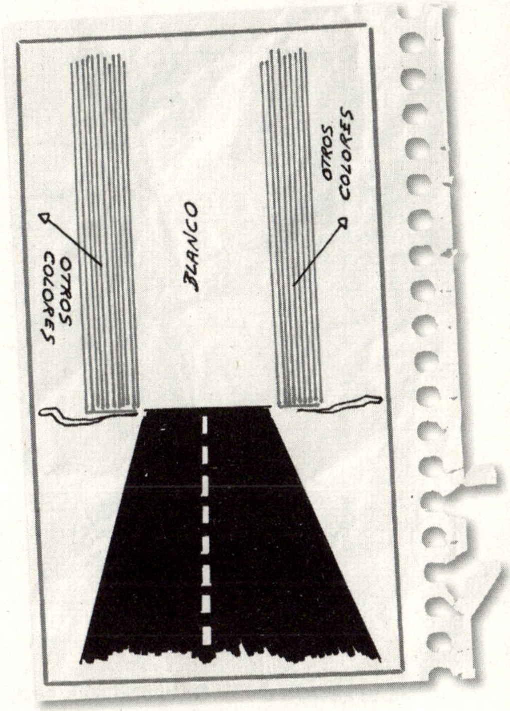

Llerena (Badajoz), 1976 (?). Cuaderno de campo de J. J. Benítez.

estimación de los testigos, el fenómeno luminoso podía encontrarse a 500 metros... La duración fue breve (segundos)... Examinaron la zona de donde partía la franja de luz, pero no hallaron huellas.

EL GARROBO-GERENA

Al año siguiente (1977) volvieron las apariciones de rectángulos luminosos en la zona de El Garrobo.

Joaquín Mateo Nogales, el gran investigador de Gerena (Sevilla), fue el encargado de llevar a cabo las pesquisas.

He aquí su informe:

... Testigo: Manuel Bermúdez Techt, de cuarenta y tres años... De profesión fontanero... Según apreciación del investigador, el testigo parece ser persona muy seria, y puede

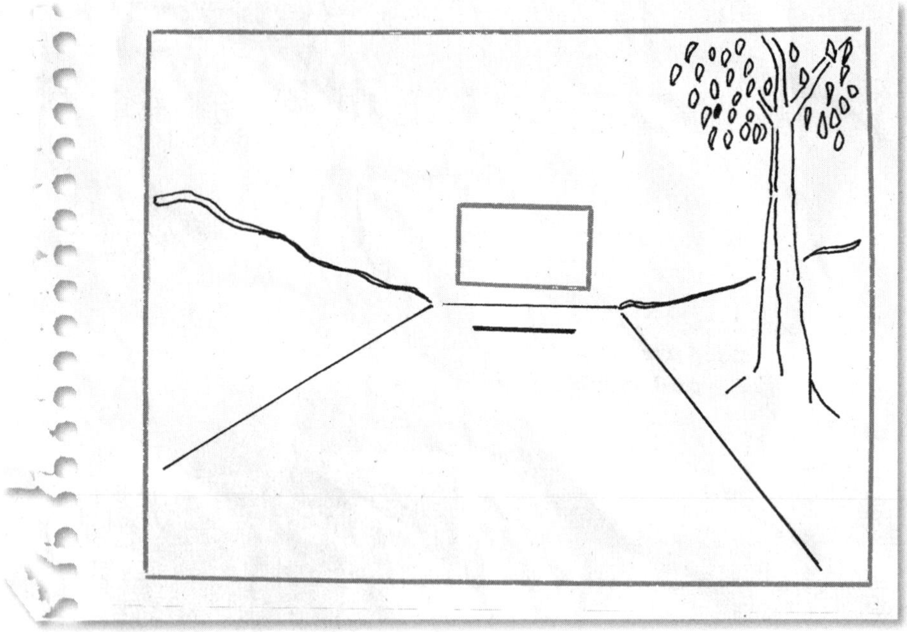

Carretera de El Garrobo a Gerena (Sevilla), 1977. Cuaderno de campo de J. J. Benítez.

confiarse en su declaración... El Garrobo es una población situada a 35 kilómetros al norte de Sevilla... A la salida de este pueblo, y con dirección a Gerena, se encuentran diseminados unos chalets (a la izquierda de la carretera)... Se trata de una zona montañosa... El jueves, 9 de junio de 1977, a las 23:30 horas, el señor Bermúdez circulaba en automóvil por la carretera de El Garrobo a Gerena, en dirección a uno de los chalets mencionados anteriormente... Iba solo... La primera observación del fenómeno la efectuó a través del parabrisas... La noche era oscura, sin luna... El testigo había dejado atrás el pueblo de El Garrobo y se disponía a tomar un carril que lleva a los referidos chalets cuando, súbitamente, vio delante del coche un rectángulo luminoso... Se mantenía inmóvil sobre la carretera, suspendido a unos 2 metros del pavimento... Parecía una pantalla de televisión, de color butano (vivamente anaranjado)... El testigo calculó que se encontraba a unos 200 metros por delante de su auto... Una vez llegado a la desviación (hacia los chalets), el señor Bermúdez paró el coche y se dedicó a observar el rectángulo... Éste había empezado a elevarse lentamente... A medida que subía, el color anaranjado fue variando hacia el amarillo y, finalmente, quedó en blanco... El rectángulo terminó perdiéndose entre las nubes... La observación fue de unos 7 minutos... El testigo no supo apreciar las dimensiones del objeto... El vehículo no sufrió alteración alguna.

En opinión de Joaquín Mateo Nogales, el rectángulo luminoso podía ser una sonda. Estoy totalmente de acuerdo.

ZARAGOZA

Pascual Vázquez fue otro incansable investigador ovni. Vivía en Zaragoza (España).

En 1985 fue testigo de excepción de otro singular avistamiento, relacionado también con los misteriosos rectángulos luminosos. Esto fue lo que me contó:

—La primera vez sucedió el 6 de enero de 1985, hacia las doce de la noche.

Pascual tenía entonces setenta y tres años y vivía en el barrio de Las Fuentes, en la capital aragonesa.

—Me asomé a la ventana y, sobre las vías del ferrocarril, aproximadamente a 1.000 metros, y en dirección noroeste, observé algo muy extraño: eran como tubos fluorescentes. Estaban inmóviles. Primero vi tres «barras». Aparecían en línea. Quizá estuvieran a 200 metros del suelo. Pero, algo más arriba, había otras tres. Eran idénticas. Y por encima, ante mi asombro, descubrí otras cuatro líneas de «barras».

—¿Cuántas «barras» vio?

—Seis grupos, con tres «barras» en cada grupo.

—Eso hace dieciocho «fluorescentes»...

—Exacto.

—¿A qué altura podía hallarse el último grupo, el más alto?

—Calculé unos 700 metros. Todos permanecían estáticos. Las estrellas brillaban por encima de ellos. Y, de pronto, del tercer grupo, por la parte derecha, empezaron a salir «estrellas». Eran puntos luminosos muy veloces. Desaparecieron hacia el este.

—¿Cuántos puntos luminosos alcanzó a ver?

—Cinco o seis.

—¿Y qué hizo usted?

—A pesar del frío (4 grados) permanecí en la ventana durante 3 horas. Después me fui.

—¿Y las «barras» luminosas?

—Desaparecieron casi todas, menos un grupo.

Cinco días después de este múltiple avistamiento, Pascual Vázquez y su esposa fueron testigos de otro caso que me recordó lo vivido por los vecinos de Santa Cruz del Valle Urbión (Burgos) en 1957.

—Ocurrió el 11 de enero (1985), hacia la una de la madrugada.

—¿También en Zaragoza?

—Sí, en la barriada de Las Fuentes. En esa ocasión, el cielo estaba totalmente nublado. Mi mujer y yo, de repente, vimos una figura luminosa con forma de elipsoide. En la parte superior izquierda presentaba una protuberancia. El objeto estaba rodeado por una luz azul muy brillante. Dentro de la elipse, a la izquierda, en pleno cielo, vimos también un triángulo equilátero de un color ámbar, igualmente luminoso. Y a su derecha, un cuadrado, de las mismas características. Las dos figuras geométricas, como te digo, se hallaban en el interior de ese gran elipsoide del que te hablo. Y todo se desplazaba al mismo tiempo, como si formaran parte de un solo cuerpo.

—¿A qué altura?

—Por encima de los tejados.

—¿A qué velocidad se desplazaba?

—Muy despacio. Casi parecía estático.

—¿Qué dimensiones le calcula?

—Unos 20 metros. A los quince minutos entramos en la casa y dejamos de verlo.

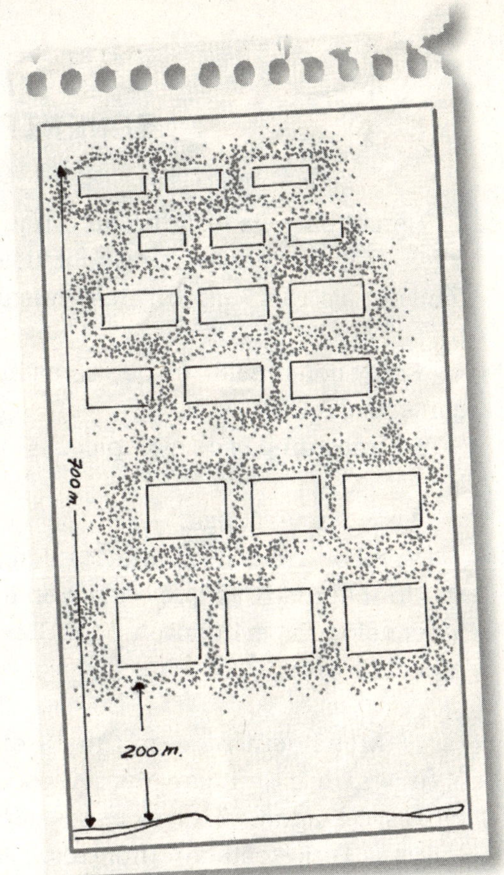

Zaragoza (España), 1985. Cuaderno de campo de J. J. Benítez.

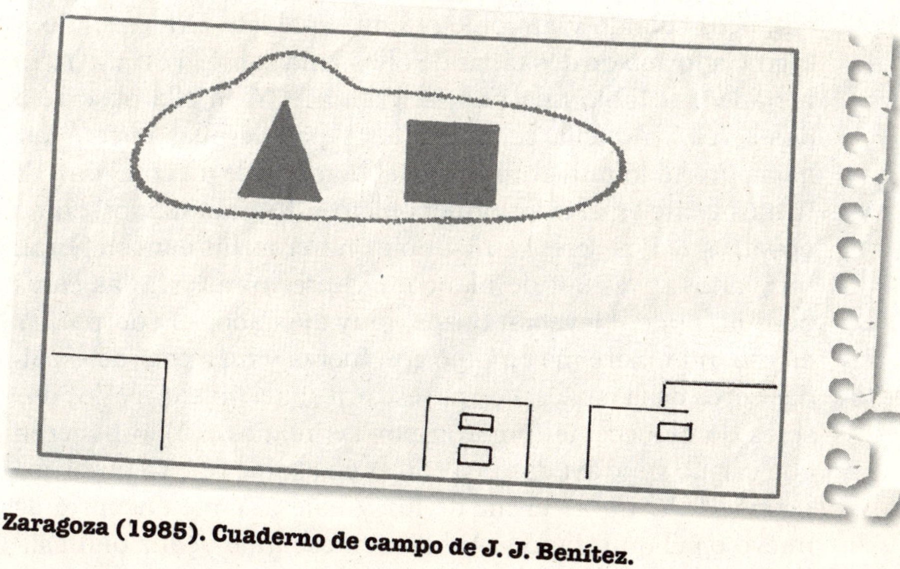

Zaragoza (1985). Cuaderno de campo de J. J. Benítez.

TENERIFE

Con el paso de los años, al interrogar a más de 12.000 testigos ovni, he llegado a una conclusión que, de momento, no es fácil demostrar. Pero ahí está, pulsando con fuerza en mi mente...

Estoy convencido de que estas naves tienen mucho que ver con el «más allá».

Veamos un par de ejemplos:

1. La llamaré Olga.

Vivía en Tenerife (Canarias, España).

Un mal día tuvo que entrar en el quirófano. Y en plena intervención experimentó una «ECM» (experiencia cercana a la muerte).

... Me vi dentro de un túnel –explicó–. Era muy ancho... Y fui a salir a un lugar maravilloso... Vi rosas enormes y preciosas... Y agua... Entonces se acercó mi madre y otros familiares... Todos estaban muertos... Y mi madre dijo: «No puedes estar aquí. Tu trabajo en la Tierra no ha terminado»... No le hice caso... Yo quería seguir allí... Era una felicidad... Fue entonces cuando vi un objeto a mi espalda... Era redondo... Tenía la forma de dos tapas de ollas, una sobre la otra... Y era metálico... Había una puerta, grande... Y en ella observé a dos seres... Aquella cosa, las dos tapas de ollas encaradas, hacía un ruido muy raro: como el bombeo de un corazón... Y vi más gente en el interior del objeto... Eran humanos, como nosotros... Los seres, en cambio, no eran humanos... Eran muy altos y vestían de blanco... Quise mirarles a las caras pero no pude. Llevaban buzos, muy ajustados al cuerpo... Y en eso, mi madre me empujó con fuerza y fui a caer de espaldas cerca de la nave... Porque eso era aquel objeto... Y los dos seres de blanco me tomaron por las manos... Y lo hicieron con cariño y me ayudaron a entrar en el objeto... Ya no sé qué ocurrió... Vi un ascensor de luz y bajé... Y me encontré de nuevo en el quirófano... Al bajar en ese tubo de luz oí un sil-

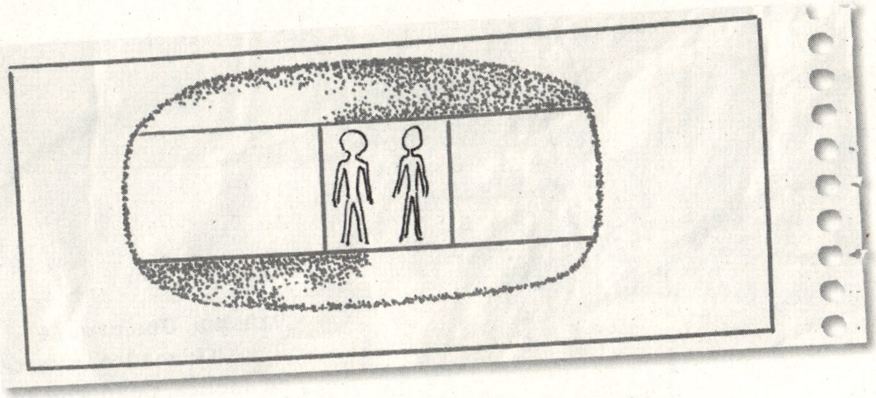

Tenerife (Canarias). Cuaderno de campo de J. J. Benítez.

bido, muy fino... Después abrí los ojos... El médico me estaba dando bofetadas... Y preguntó: «¿Has visto a san Pedro?»... «Sí», le dije... «Nos has dado un susto de muerte»... Después le conté lo que había visto... Desde entonces, mi vida cambió.

PANAMÁ

2. La llamaré Iris.
La conocí en Panamá en agosto de 2014.
Me contó la siguiente experiencia:

—Mi madre había muerto. Y una noche tuve un sueño; un sueño muy extraño. Abrieron la puerta de mi dormitorio y apareció mi mamá. Vestía una túnica blanca y unos pantalones holgados, también de color blanco. Y me dijo que la acompañara. Me vestí y la seguí. Salimos de la casa y me llevó a una colina. Allí quedé espantada. Un gigantesco tsunami lo estaba arrasando todo. Eran olas inmensas. Y en esas apareció una luz en el cielo. Mi madre bajó la cabeza y del objeto partió un tubo de luz. Mamá, entonces, caminó hacia el tubo luminoso y ascendió por él. Después desapareció.

—¿Cómo era esa luz?

—Parecía una cúpula, rodeada toda de humo.

Panamá. Una nave se llevó a la madre, muerta, en sueños. Cuaderno de campo de J. J. Benítez.

—¿Qué clase de humo?

—Negro.

—Descríbeme el «tubo de luz».

—Era como un ascensor luminoso. Mi mamá entró en él y empezó a subir, flotando. Y se perdió dentro de la cúpula.

—¿Ella te sacó de la casa a causa del tsunami?

—Yo interpreto que sí.

—¿Caminasteis mucho rato?

—No lo recuerdo. Sé que, de pronto, estábamos en lo alto de una colina. Y desde allí veíamos la costa.

—¿Cómo era el tsunami?

—Las olas eran gigantescas. Lo cubrían todo.

—¿Supiste cuándo tendrá lugar el tsunami?

—Ni idea.

POKHARA

En una visita a Nepal escuché el siguiente relato:

... Poblado de Pokhara, al noroeste de Katmandú... El 18 de abril de 1972, al atardecer, los vecinos de la localidad fueron testigos de un acontecimiento mágico... Fue observado por más de 500 personas... En el cielo, sobre una de las cadenas montañosas, apareció algo que, en un primer momento, confundieron con bandadas de pájaros... «Era un enjambre de puntos oscuros —manifestaron—. Se movían en todas direcciones»... Los campesinos pensaron en abejas, pero no era posible: a esa distancia no podían ser visibles... Los testigos calcularon que los «puntos negros» se encontraban a 20 o 30 kilómetros... Y llegaron nuevos «enjambres», también formados por puntos oscuros... Y empezó un «baile» increíble... Era una danza asombrosa, formada por cientos de miles de misteriosos «puntos negros»... «Después —relataron los vecinos de Pokhara—, los puntos empezaron a aproximarse entre sí y formaron (?) figuras... Eran discos: «platos de comida invertidos»... Los vecinos contaron más de diez discos... Subían, bajaban o se mantenían estáticos en el aire... No se escuchaba ruido... De pronto se detenían o aceleraban

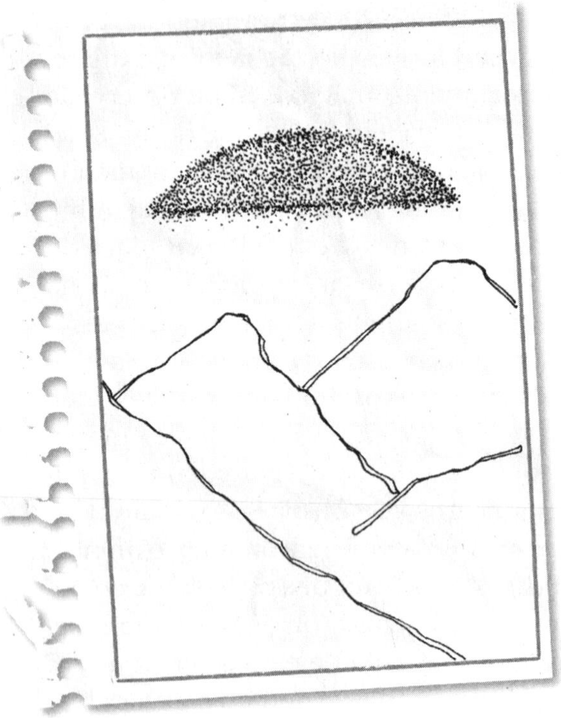

Pokhara (Nepal), 1972.
Cuaderno de campo
de J. J. Benítez.

como el rayo... Todos eran de color gris plomo... Y, al cabo de una hora, los objetos desaparecieron... En su lugar quedó un negrísimo anillo de humo.

IBI

Aquel 23 de septiembre de 1992 llegué a la pequeña población de La Horca, en Albacete (España). Allí me esperaba F. M., un militar del Ejército del Aire Español.

Y me contó algo tan sorprendente como lo observado en Nepal.

—Sucedió el 1 de febrero de 1976 –explicó–. Me dirigía en mi automóvil desde Ibi a Villena, en Alicante (España). Y a cosa de 8 kilómetros de Ibi vimos algo raro.

—¿Ibas solo?

—No, me acompañaba la familia. Todos lo vieron. Primero observamos humo. No había oscurecido.

—¿En qué parte?

—Sobre los montes, en dirección a Minateda. Y nos dimos cuenta: aquel «humo» hacía cosas raras...

—¿Cosas raras?

—Sí, ondeaba como las banderas y formaba figuras geométricas. Sobre todo triángulos. Se separaban y volvían a juntarse. Entonces, sorprendido, detuve el coche. Me bajé y caminé hacia «aquello».

—¿Y la familia?

—Se quedó en el auto, gritando para que regresara. Pero no hice caso. Y me aproximé a cosa de 150 o 200 metros. Entonces ocurrió algo fantástico. Cuando caminaba hacia aquella cosa tenía forma de triángulo. Era claramente metálico. Después cambió a un rectángulo, también metálico. Finalmente modificó el rumbo y desapareció en dirección a Onil.

—Vayamos por partes. Descríbeme de nuevo la secuencia.

—Hacia las 16:30 vimos el «humo». Flotaba en el aire, en la zona de Minateda. Después ondeó (como una bandera). A continuación, el humo se transformó en triángulos y en una especie de balón de rugby. Tenían un movimiento uniforme. Después, cuando caminaba hacia el fenómeno, «aquello» cambió a un triángulo (enorme) y, finalmente, varió a un cuadrado (casi un rectángulo) y desapareció.

—¿Qué dimensiones podía tener el triángulo?

—Unos 5 metros de lado. Y el rectángulo y el balón de rugby algo parecido.

—¿Cómo estaba el cielo?

—Azul. Se veía a través de las figuras.

—Dices que llegaste a 150 o 200 metros del triángulo. ¿Observaste algún detalle?

—El triángulo estaba formado por infinidad de pequeñísimos triángulos.

—¿De qué color?

—Plateados.

—¿A qué altura volaba el triángulo?

—A 300 metros, más o menos.

—¿Tenía volumen?

—Era como una lámina, muy fina.

—¿Ruido?

—Nada.

—¿Qué dimensiones podían tener los triangulitos que formaban el grande?

—Alrededor de 25 centímetros de lado; quizá más.

—¿Era algo dirigido inteligentemente?

—Sin la menor duda.

F. M., ya jubilado, había sido controlador de radar, y se hallaba muy familiarizado con todo tipo de aviones militares.

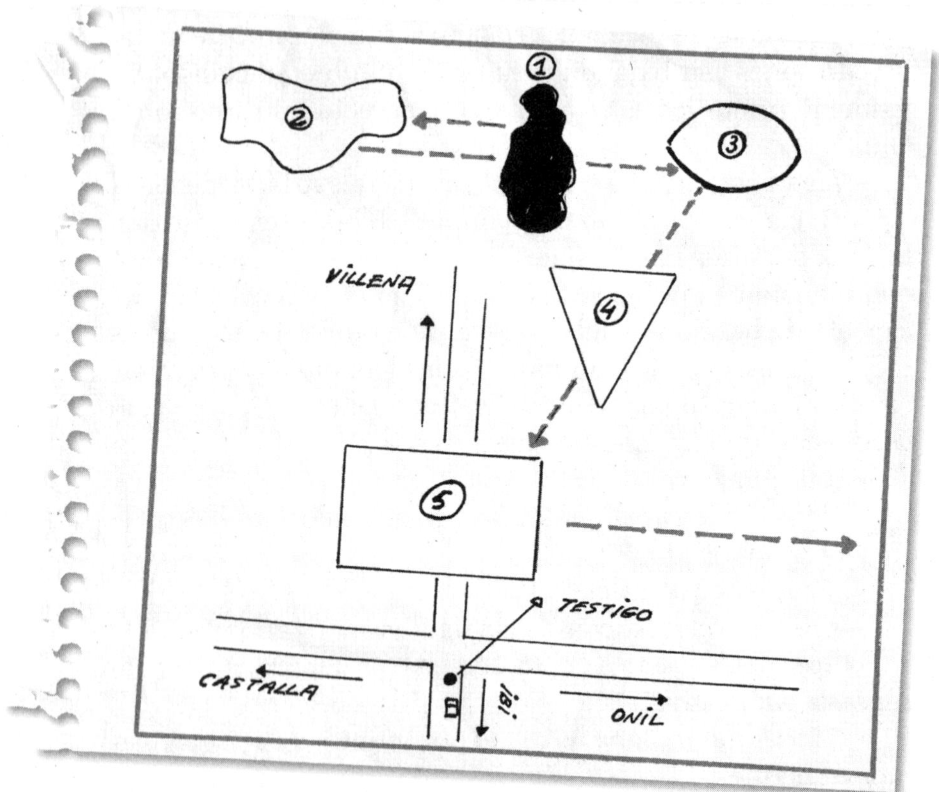

Posiciones del extraño fenómeno. 1.- Humo. 2.- Bandera ondeando. 3.- Balón de rugby. 4.- Triángulo. 5.- Rectángulo. Cuaderno de campo de J. J. Benítez.

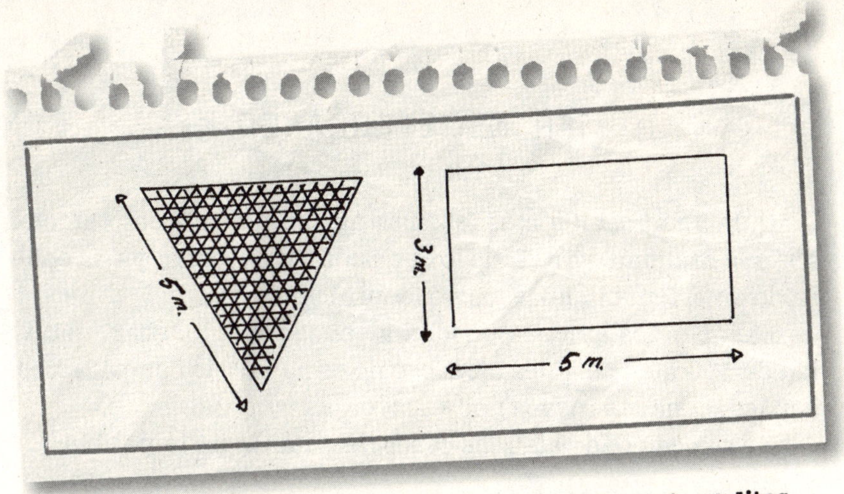

El gran triángulo aparecía formado por infinidad de triangulitos. Cuaderno de campo de J. J. Benítez.

—¿Podía tratarse de un arma experimental?

F. M. se echó a reír.

—¡Qué más quisieran los rusos o los norteamericanos! Esa tecnología nos lleva cientos o miles de años.

—¿Cómo fue el cambio del triángulo al rectángulo?

—De repente.

—¿Paró algún otro vehículo?

—No se cruzó ninguno.

—¿Qué opinó la familia?

—Estaba asustada.

—¿Cuántas personas quedaron en el auto?

—Mi mujer, tres hijos y la novia de un sobrino.

—¿Se vio afectado el automóvil?

—No. Dejé el motor en marcha, pero no noté nada raro.

—¿Por qué te bajaste del coche?

—Curiosidad. Como sabes, he sido militar y aquello era desconcertante.

—¿Te entró miedo?

—No, para nada. Al principio, cuando vimos la «bandera», ondeando, pensé que podían ser pájaros.

Mi amigo, F. M., lo describió exactamente: tecnología desconcertante.

En otras palabras: no sabemos a qué nos enfrentamos.

MAR MEDITERRÁNEO

Ni la imaginación más febril se aproxima —ni remotamente— a la realidad ovni. Todo lo que podamos suponer ya ha ocurrido en el fenómeno de los no identificados.

Ejemplo: los aviones pueden alcanzar una longitud máxima de 100 metros. Pues bien, eso no es nada si lo comparamos con las llamadas «naves nodrizas» o «portadoras».

He seleccionado algunos casos de «tecnología imposible».

1976

La experiencia me la contó María Luisa:

... Querido Juanjo, tal y como me pediste, y yo te prometí, intentaré contarte lo que vi una noche del mes de marzo (?) de 1976 o quizá de 1977... No recuerdo bien... Fue un viaje en barco, de Barcelona a Menorca... Podía ser el *Ciudad de Barcelona*... Yo acostumbro a viajar en butaca y casi nunca duermo... Si la noche es buena salgo a cubierta y, si no, paseo y hablo con los camareros o marineros de guardia... Aquella noche era magnífica... Calma chicha... Templada... No había luna, pero sí muchas estrellas... Me hallaba en cubierta, cerca de proa, y en el lado de babor... Cuatro o cinco marineros estaban cerca... Uno me ofreció un bocadillo de chorizo... Me apoyé en la barandilla, mirando y escuchando el mar... Entonces, uno de los tripulantes se acercó y me dijo: «Señora, si tiene miedo será mejor que entre». «¿Miedo? —pregunté—. ¿De qué voy a tener miedo? ¿Ocurre algo?». Y el marinero señaló el mar y comentó: «Mire usted dentro del agua»... Miré y vi que en el interior de aquel mar negro azulado había luces... Se movían (supongo que podía ser una sola luz, muy potente, que por el movimiento del agua se transformaba en muchas lucecitas doradas o plateadas)... Pensé en una bandada de peces y así se lo dije al marinero... «No son peces —replicó—. Usted mire hacia allí...»... Y señaló el horizonte... De pronto vi que salía del agua una gran plataforma (imposible calcular su dimensión; quizá más de

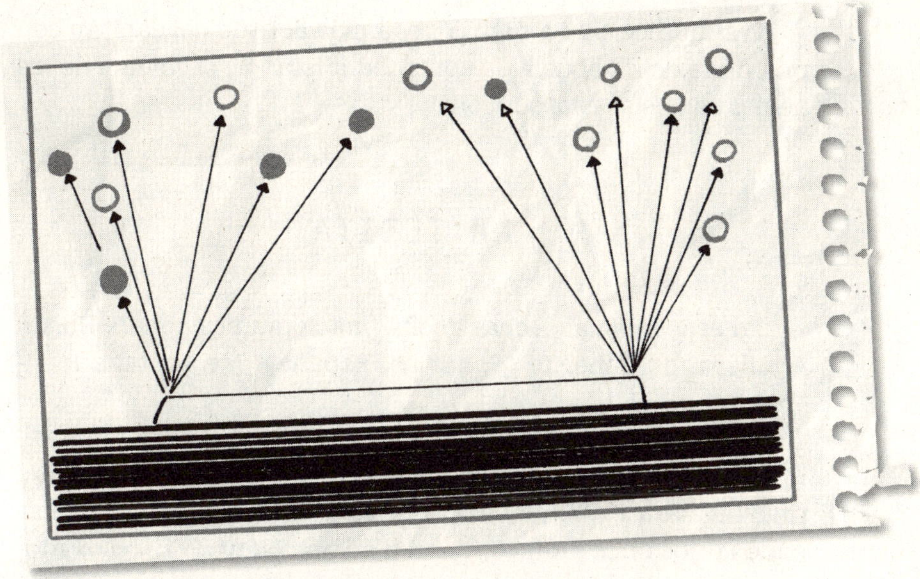

Mar Mediterráneo (1976 o 1977). Cuaderno de campo de J. J. Benítez.

1 kilómetro)... Era redonda y gris plateada... No emergió demasiado del agua... E, inmediatamente, unas veinte luces (quizá más) salieron disparadas; como de una máquina de tiro al plato... No vi tales máquinas, pero esta fue mi impresión... Y a una velocidad vertiginosa, las luces se perdieron en el cielo... Creo que salieron del perímetro de la gigantesca plataforma... Los colores eran dorado, anaranjado y muy brillantes... El cielo se iluminó durante unos segundos... Cuando volví a mirar al mar, la plataforma ya no estaba... No se oyó ningún ruido ni tampoco recuerdo que se formara oleaje... Mi reacción fue más de encanto que de sorpresa... Le pregunté al marinero si aquello era algo conocido... «¡Vaya usted a saber!», respondió... Y me dijo que no era la primera vez que pasaba... Después me quedé sola, mucho rato, pero no volví a ver nada más... Me sentí feliz... Al llegar a Mahón lo comenté con el capitán del barco y me respondió burlón: «¡Vaya, otra persona que bebió más de la cuenta...! Olvídelo, señora. Usted vio visiones»... Me quedé avergonzada por su tono.

Tranquilicé a mi amiga. Y resumí la actitud del capitán con una frase de mi abuela, la contrabandista: «El problema de los necios es que se reproducen».

LA TEJITA

En esas mismas fechas recibí una comunicación de Eugen Aguilera, de Tenerife (Canarias, España). Me contaba lo siguiente:

... El incidente en la playa de La Tejita, acá en Tenerife, tuvo lugar en 1978... No recuerdo el mes... Estábamos acampados unos once amigos, y cerca de una cueva... En esos momentos había una gran bajamar... Era de noche y nos encontrábamos alrededor de una hoguera... De pronto se hizo un silencio enorme... No se oía absolutamente nada: ni el mar, ni el aire, ni el fuego, nada... Y comenzó un sonido: el mismo que producen los cuencos tibetanos de bronce... Y, acto seguido, todos nos fuimos levantando, lentamente... Y observa-

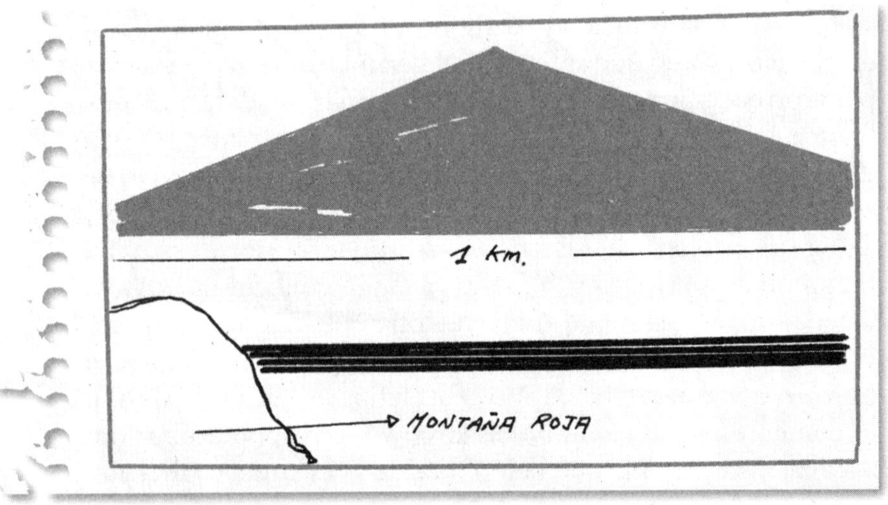

La Tejita (1978). Cuaderno de campo de J. J. Benítez.

mos aquella nave enorme, descomunal... Era triangular... Se acercaba a baja altura... Algo más alta que la Montaña Roja (que tú bien conoces)[1]... Se desplazaba lentamente... Muy despacio... Y tardó en pasar un buen rato... Después la perdimos de vista... Quizá podría medir 1 kilómetro... No recuerdo nada más... Al día siguiente desperté y, alterado, empecé a preguntar a mis amigos sobre lo que habíamos visto... Asombroso: ninguno recordaba nada... Estaba claro que el paso de aquella gigantesca nave fue sólo para mí.

CANDELARIA

En una de mis investigaciones por Canarias (España) fui a interrogar a tres pescadores, cuyas identidades no estoy autorizado a desvelar.

Una noche del mes de agosto de 1983 se hicieron a la mar desde el puerto de la Candelaria, en Tenerife.

—Navegamos poco –explicaron–. Nos situamos a 300 o 400 metros de La Galera. La noche era espléndida.

—¿Cuántos erais?

—Tres. Y hacia las once de la noche nos pusimos a pescar. Pero, al poco, sentimos que la lancha se movía.

—¿Había viento?

—Nada. La mar estaba como un plato.

—¿Qué tipo de movimiento?

—Era como si estuviéramos en una bañera. La barca era zarandeada.

—¿Había olas?

—Nada. La mar parecía hervir... Pensamos, incluso, en algún gran pez que estuviera sacudiendo la embarcación. Pero no... Entonces lo vimos. Apareció por la proa. Era un rascacielos. Era algo como un edificio de cincuenta plantas, o más, que emergía del agua. Nos quedamos sin habla.

1. Eugen se refería a mi libro *Encuentro en Montaña Roja* (1981).

—¿Cómo era?

—Igual que un rascacielos, con ventanitas. Muchísimas, por lo menos setenta u ochenta. Salió inclinado y sin ruido. Fue impresionante.

—¿A qué distancia podía hallarse de la lancha?

—A 500 metros. Después se elevó y, al llegar a una cierta altura, quizá a 1.000 metros, se apagó.

—¿De qué color eran las luces?

—Sólo vimos la iluminación de las ventanillas. Era blanca.

—¿Observasteis algún sistema de propulsión?

—Ninguno.

—¿Qué fue lo que más os impresionó?

—El tamaño y el silencio.

Un minuto después —según los testigos—, la embarcación se vio sometida a un «gran viento».

—Duró poco. Segundos, pero fue otro susto. Nos recordó los remolinos. Después, la mar quedó otra vez como un plato. Continuamos pescando unos 20 minutos, pero los ánimos no estaban para pesca, y regresamos a la Candelaria.

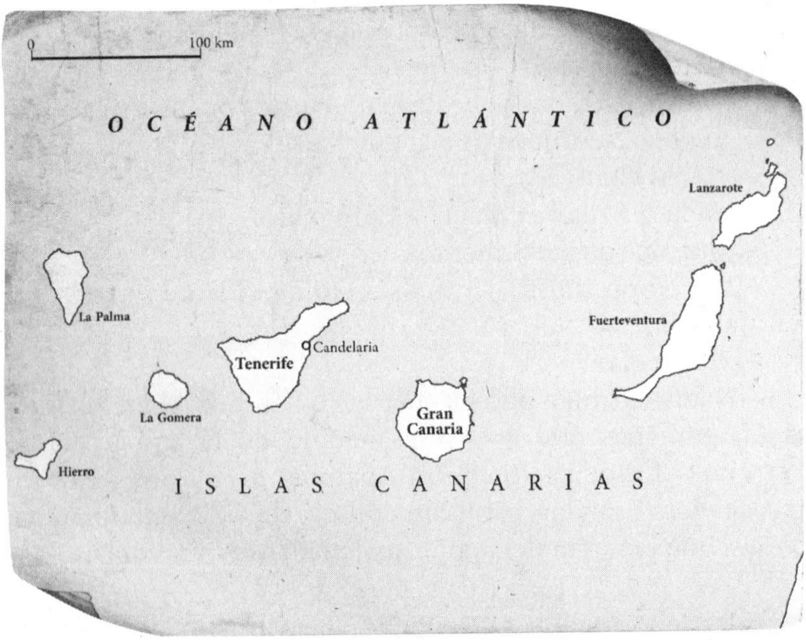

Candelaria (Tenerife), 1983. Cuaderno de campo de J. J. Benítez.

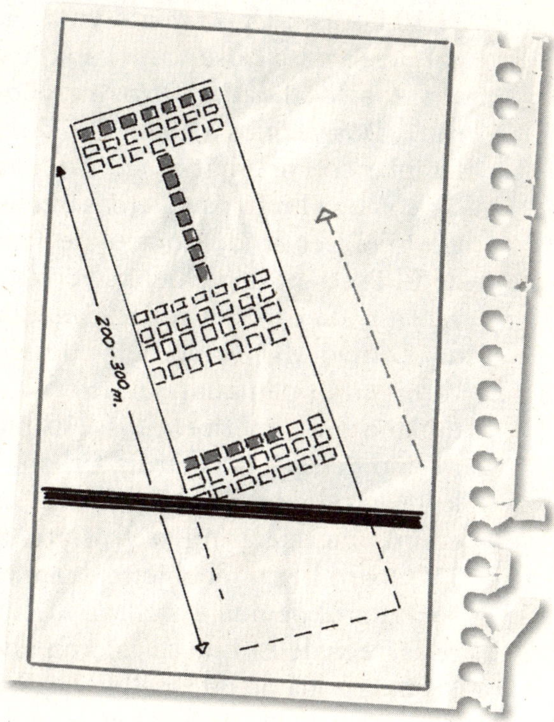

—¿Qué opináis ahora?

—Que aquello no era humano… Era una mole descomunal. Podría medir 200 metros, o más. ¿Cómo podía elevarse algo así y en total silencio? La fuerza que desató a su alrededor era asombrosa.

Lo dicho: tecnología mágica y sublime…

TARRASA

En 1986, *el Flaco* Creighton me pasó la siguiente información:

… Los hechos tuvieron lugar en la noche del 29 al 30 de noviembre de 1985 en las proximidades de la ciudad de Tarrasa (Barcelona, España)… La observación —cuenta Juan Plana, que llevó a cabo las consultas— comenzó hacia las

21:30 horas... Un sargento y un agente de la Policía Municipal de Tarrasa observaron una luz que permanecía inmóvil sobre la localidad... Otros muchos testigos también la vieron... Dos vecinos de Sant Quirze del Vallès la pudieron contemplar con prismáticos... Y dijeron que tenía forma alargada, con una luminosidad más intensa en el centro... La policía alertó al Centro de Control de Tráfico Aéreo del aeropuerto de El Prat, en Barcelona... Pero los controladores no observaron nada extraño en las pantallas de radar... Apagaron el dispositivo MIT (cancelador de ecos fijos) y entonces observaron en la pantalla «un eco fijo al norte de Tarrasa»... El tamaño era superior a los 200 metros... No se movía... Al mismo tiempo, la Guardia Urbana de Barcelona comunicó a la televisión catalana la presencia del posible ovni... Y un equipo de televisión se trasladó a Tarrasa... El equipo de TV3 logró filmar el objeto, de un tamaño tres o cuatro veces superior al de una estrella... Mientras tanto, los controladores aéreos de El Prat dirigieron a varios aviones comerciales hacia la zona de Sabadell y Tarrasa, con el fin de verificar la naturaleza del objeto... Los pilotos de estos aviones comunicaron que no observaban nada extraño... Hacia la una y media de la madrugada, un vuelo de Iberia (IB-064) que se disponía a tomar tierra en Barcelona dijo haber visto algo hacia el noroeste de Sabadell... «Parecía una granja de pollos», manifestaron... La situación de esta luz coincidía con el eco sobre Tarrasa... Tres horas más tarde (hacia las 4:24), en la pantalla de radar del Centro de Control Aéreo apareció, súbitamente, un eco primario móvil, muy potente, y a unas 4 millas (casi 8 kilómetros) al norte de Sabadell... Se desplazaba con rumbo sur (180 grados)... La velocidad del eco era de 90 kilómetros por hora... Dicho eco, según los expertos, era extremadamente grande... La longitud era de 9 kilómetros (!)... La anchura era inapreciable... Unos 50 segundos después de captar el gigantesco objeto, por uno de sus extremos se desprendió otro eco, similar al tamaño de un caza (alrededor de 20 metros)... Este segundo objeto se desplazó hacia el sureste (rumbo 150 grados)... Velocidad estimada del segundo eco: 900 kilómetros por hora... Al cabo de 15 segundos desapare-

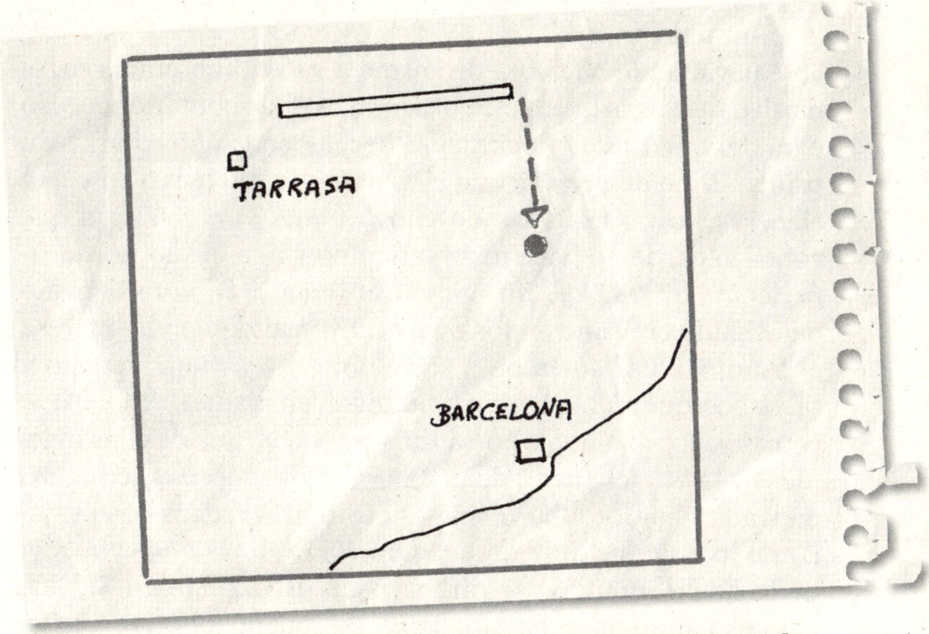

Tarrasa (Barcelona, España), 1985. El radar localizó una nave de 9 kilómetros de longitud. Otro objeto, de unos 20 metros, salió de la gigantesca nodriza. Cuaderno de campo de J. J. Benítez.

ció... Un minuto y medio más tarde, el eco gigante también desapareció de la pantalla de radar... Los técnicos comprobaron que, durante el tiempo de detección, el objeto de 9 kilómetros se desplazaba a una velocidad «de patio» (muy lenta), similar a la de un avión ultraligero... Llegó a estar a 5 kilómetros al norte de Sabadell... Los radares militares también captaron los ovnis.

No hay (no encuentro) palabras para describir una nave nodriza o portadora de 9 kilómetros de longitud.

EL ARAHAL

En agosto de 1996 recibí la siguiente carta, firmada por Dolores Vázquez:

Estimado amigo:

Nuevamente vuelvo a dirigirme a usted. Sin embargo, el motivo de mi carta, en esta ocasión, es el de contarle un caso ovni del que tuve conocimiento hace apenas unos días... En principio he de aclarar que el sujeto que me narró su experiencia es un veterinario de unos treinta y tres años, al que conozco desde no hace mucho tiempo y que me contó su experiencia al conocer mi afición al tema... Se considera no demasiado creyente en los ovnis... En realidad no le interesa el asunto... Por su trabajo se ve obligado a viajar mucho y reconoce que nunca, antes, vio algo semejante... El caso le ocurrió acompañado de otras dos personas, una de ellas ingeniero y la otra el dueño de una nombrada empresa de seguridad, aquí, en Córdoba (España)... Sin más rodeos paso a narrarle lo que este amigo me contó... «Eran las once y media de la noche cuando me dirigía hacia El Arahal, en Sevilla, para el asunto de unos caballos... De repente observé a lo lejos un cono de luz que parecía enfocar hacia el suelo... Pensé en un helicóptero... Continué hablando con mis compañeros y me di cuenta de que el cono se empezaba a aproximar... Seguí pensando que estábamos ante un helicóptero de la Guardia Civil, que andaba buscando algo... Y empezamos a comentar los tres lo rápido que marchaba dicho helicóptero... Total: se acercó tanto que pudimos ver la forma... Era como dos rombos, unidos por uno de los vértices»... Interrumpí a Juan y le pedí que me explicara la forma con más detalle... Él, entonces, dibujó el objeto en el salpicadero del coche:

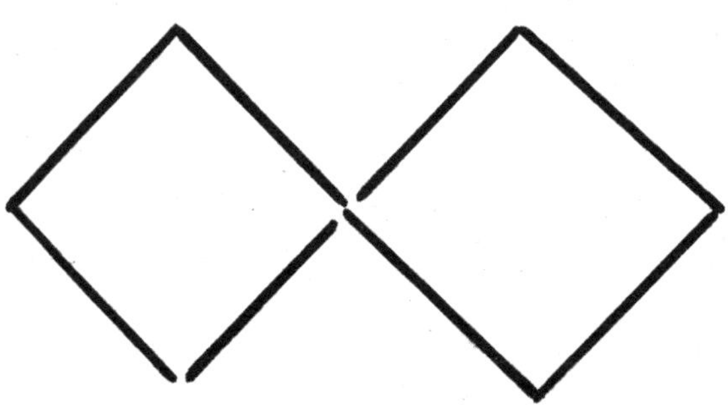

«Era —dijo— como los dos rombos que aparecían en las películas en la televisión»... Una vez hecha la aclaración, Juan continuó... «El caso es que yo oía a mis compañeros que hablaban de un helicóptero muy raro... Eso me tranquilizó, en parte... Pero aquello seguía acercándose... Entonces me di cuenta: el cono de luz estaba integrado por miles y miles de luces que se movían»... Y Juan confesó algo: «aquello era precioso; tan bonito que no podía ser un ovni... El caso es que se acercaba a gran velocidad y decidí parar el coche... Dejé el motor encendido, por si teníamos que salir corriendo... Mis compañeros empezaron a gritar, exigiendo que siguiera, pero no hice caso... Yo quería verlo mejor... El auto, entonces, se paró, como si no tuviera gasolina... Y nos quedamos a oscuras... Sólo nos alumbraba aquella increíble "luz"... Me bajé del auto y me quedé agarrado a la puerta... Fue entonces cuando vi lo más sorprendente... Aquello estaba tan cerca que no podía ver ni cielo, ni horizonte, ni nada... Sólo veía aquello... Y el cono de luz desapareció... ¡Era enorme!... Mis amigos gritaban, llenos de miedo, y decían que se iban sin mí... Yo seguí observando... Aquello era lo más grande que he visto en mi vida... Era como si la nave de *Galáctica* estuviese a 30 o 40 metros sobre mi cabeza... Podía distinguir que era metálico, de color aluminio, pero más oscuro... No era liso... Tenía muchas formas angulosas... Mi amigo, el ingeniero, gritaba para que me montara... Pero yo di una vuelta al coche para seguir contemplándolo... Era totalmente silencioso... Al llegar de nuevo a la puerta observé que uno de mis compañeros trataba de pasar al asiento del conductor para continuar el viaje... Entonces me metí en el auto y arranqué el motor... Volví a mirar por la ventanilla pero, ante mi desconcierto, ya no había nada... Aquello había desaparecido».

CHILE

En uno de mis viajes a Chile tuve la fortuna de hacer amistad con un alto general de la Fuerza Aérea de aquel bello país.

Nave gigantesca (450 kilómetros de diámetro) sobre las costas de Chile (17 de julio de 1992). (Archivo de J. J. Benítez.)

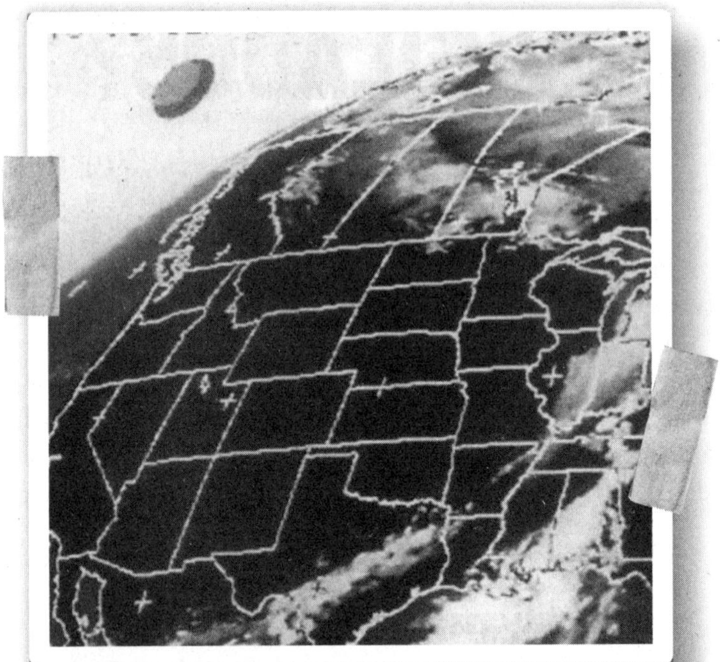

Imagen del Meteosat-3 (3 de septiembre de 1993). (Archivo de J. J. Benítez.)

Nave de 450 kilómetros de diámetro sobre las costas de Brasil (4 de julio de 1996). Cuaderno de campo de J. J. Benítez.

En una de las conversaciones mostró algo que me dejó perplejo. Se trataba de una colección de fotografías tomada por satélites.

Las contemplé, maravillado. Y pregunté:

—¿Y esto?

—No sabemos qué es...

Y fue ordenándolas y comentando:

—Ésta fue tomada por el *Goes 8* el 17 de julio de 1992.

En órbita, alrededor de la Tierra, se veía un enorme objeto.

—La nave —prosiguió— se hallaba frente a las costas chilenas.

Examiné la imagen y exclamé:

—¡Es inmensa!

—Sí, calculamos unos 450 kilómetros de diámetro. Toda una superfortaleza...

La imagen era nítida. El objeto tenía forma de disco.

Y el general continuó:

—Según los especialistas, el objeto emitía una onda de calor de 50 grados Celsius. Se movía a la misma velocidad que el satélite que lo fotografió: a 3 kilómetros por segundo.

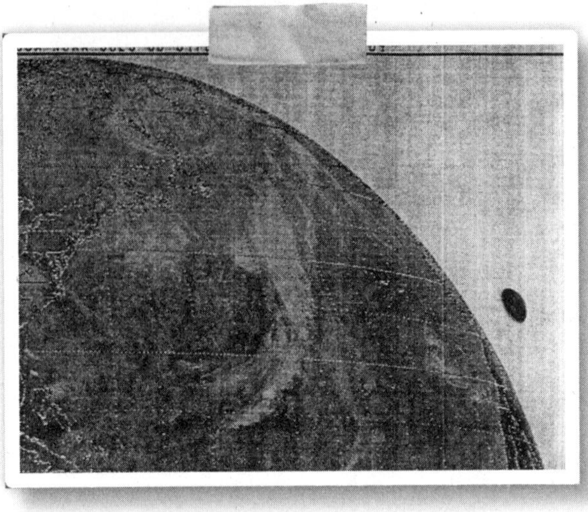

Sobre África (abril de 1999). (Archivo de J. J. Benítez.)

No salía de mi asombro.

—Esta otra fotografía fue tomada el 4 de julio de 1996 y también por el satélite artificial *Goes 8*.

La superfortaleza –la misma de la foto anterior– se presentaba esta vez sobre las costas de Brasil.

—Se trata de la misma nave –añadió mi amigo–. Las dimensiones y forma son las mismas: 450 kilómetros de diámetro y típica forma de plato invertido.

Las examiné con lupa. No había duda. Pero, ¿cómo era posible? Entre una y otra habían transcurrido cuatro años...

—Supongo que no son las únicas imágenes…

Mi amigo sonrió con benevolencia.

—Esto sólo es el chocolate del loro. Hay decenas de fotos así, y mejores. En términos militares los llaman *fast walker* («caminante veloz»). Han sido captados sobre Estados Unidos, Rusia, Australia, Canadá y Europa, entre las que recuerdo.

Y el general concluyó:

—Te daré una copia si me prometes algo…

No lo medité. Dije que sí.

—Tienes que prometerme que no las publicarás en el plazo de diez años.

–Prometido.

Estábamos en abril del año 2000. He cumplido lo pactado.

VILLARINO TRAS LA SIERRA

Marcelino Requejo, a quien ya mencioné en *Sólo para tus ojos*, es uno de los investigadores ovni más brillantes y veteranos de España.

En 1994 sacó a la luz otro caso de nave nodriza.

He aquí una síntesis de sus pesquisas:

... Alrededor de las once y cuarto de la noche del día 2 de febrero de 1994, J. L. M., de sesenta y siete años de edad, vecino de Sejas de Aliste (Zamora, España), se dirigía en solitario a su domicilio... Procedía del pueblo de Villarino tras la Sierra, cercano a la frontera con Portugal... Había dejado de llover y empezaban a abrirse algunos claros en el cielo... Conducía su automóvil por la solitaria carretera comarcal que le llevaría al cruce de la N-120... Incluso en verano es difícil encontrar vehículos por esos parajes... Al poco de abandonar Villarino, y mientras conducía por un tramo recto ascendente,

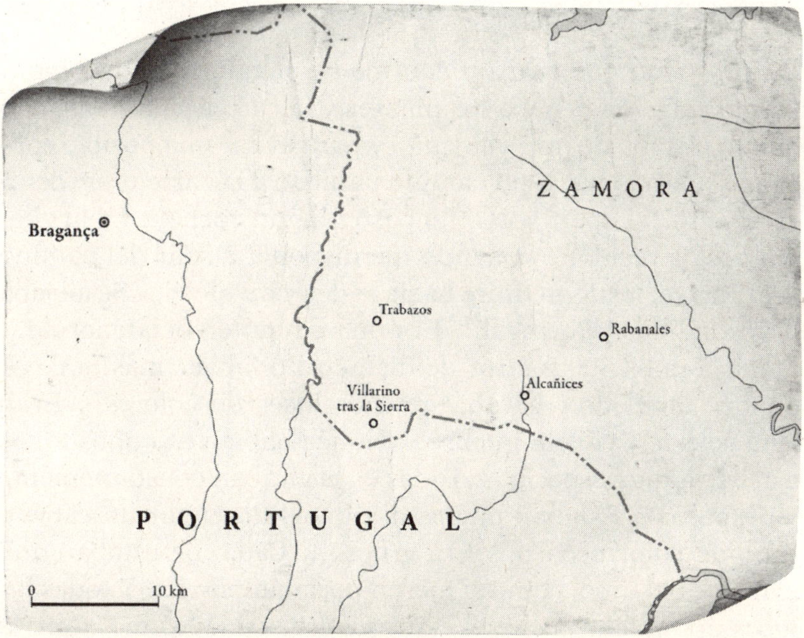

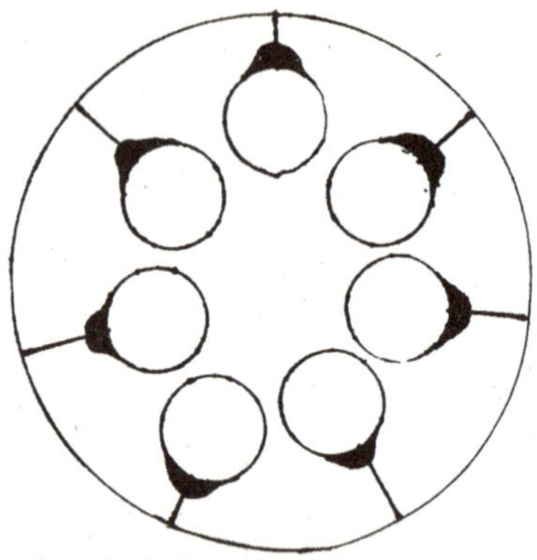

Dibujo del OVNI avistado en Villarino Tras La Sierra el 2 de Febrero de 1994. Según el testigo, llevaba unas 16 luces en círculo y tendría unos 500 metros de diámetro.

Gentileza de Marcelino Requejo.

Jacinto pudo observar un enorme resplandor blanquecino... La iluminación llenaba los pinares y la carretera... Pensando que se trataba de otro vehículo, y para evitar una posible colisión, se desvió hacia un camino paralelo a la carretera y detuvo el auto... Esperó, pero no pasó ningún coche... La luz había desaparecido... «Cuando me disponía a salir del camino —explicó el testigo— miré hacia la derecha y lo vi... Se alejaba despacio hacia Portugal... Era una circunferencia enorme... Tendría unos 500 metros de diámetro o tal vez más... Y por dentro, alrededor, llevaba muchas luces de colores... Eran azul celeste y violeta intenso... Nunca había visto unos tonos así... Era muy especial... Todas ellas giraban constantemente y despacio... Estaban unidas al filo del disco por un cable o tubo de color oscuro... Era grueso... Cada luz estaba en el extremo del tubo, como si fuesen portalámparas... Y todas las luces apuntaban hacia el centro del disco... No me atreví a

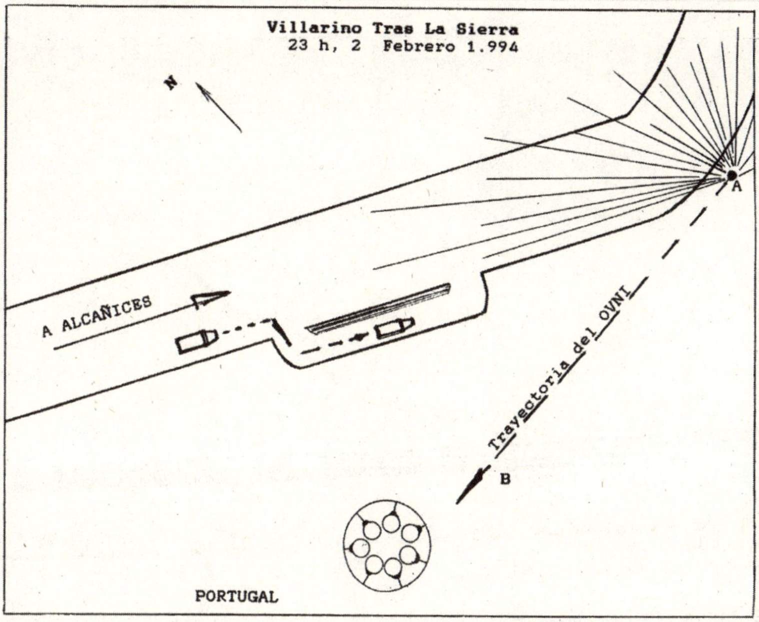

Ovni sobre Zamora (España). Gentileza de Marcelino Requejo.

bajar del coche... Aquello era tan enorme que sentí terror... Nunca he visto nada tan grande que pueda volar... Volví a la carretera mientras el ovni, o lo que fuera, se alejaba hacia la frontera portuguesa... Daba tirones, como el *zoom* de una cámara... Y al alejarse parecía aumentar de tamaño»... Jacinto asegura que, cuando vio el objeto, éste se encontraba a unos 600 metros del vehículo... La nave portaba doce o dieciséis luces en círculo... La observación se prolongó durante 3 minutos, aproximadamente... Decidió no comentarlo con nadie.

ALGECIRAS

Los días 10 y 12 de junio de 1976 fueron observados objetos no identificados sobre la bahía de Algeciras, en Cádiz (Es-

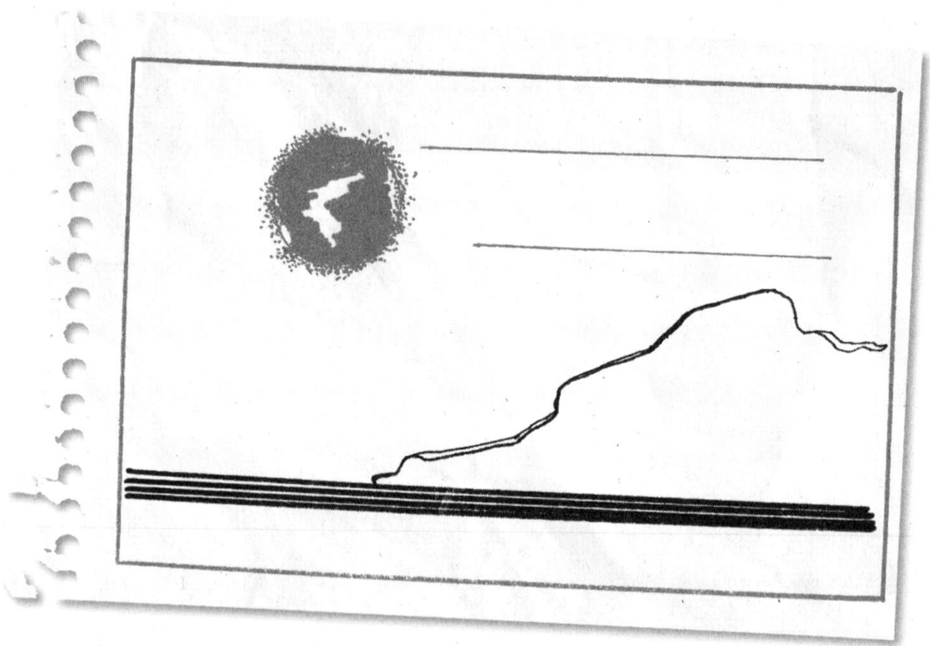

Algeciras (Cádiz, España), 10 de junio de 1976. Cuaderno de campo de J. J. Benítez.

paña). Los testigos —a decenas— vieron el 10 de junio, hacia las 19:45 horas, una gran bola de fuego que desprendía colores azules, amarillos, naranjas y verdes. Se presentó súbitamente y desapareció de la misma forma. Entre los testigos se hallaba una patrulla de la policía local.

Dos días después (12 de junio), también por la noche y sobre la vertical del peñón de Gibraltar, otros testigos observaron el paso de una bola de fuego, similar a la del día 10. Podía encontrarse a 900 metros de altitud. Evolucionó sobre la Roca y, de pronto, se detuvo. Entonces vieron salir de la nave cuatro esferas más pequeñas. Los objetos se pasearon por la zona, reincorporándose después a la bola de fuego. Acto seguido partió en dirección a Málaga. El avistamiento duró 3 minutos.

Tres días más tarde, y durante tres noches seguidas (15, 16 y 17 de junio), miles de vecinos de Algeciras pudieron oír un zumbido extrañísimo y molesto.

Cuando supe del caso peiné la zona e interrogué a decenas de testigos. Todos coincidieron:

—A eso de las doce y media de la noche —explicaron— empezamos a escuchar un ruido muy molesto. Abríamos las ventanas y el zumbido se amortiguaba. Era muy raro.

Según mis comprobaciones, esos días, los cielos de Algeciras se encontraban nublados. Nadie vio nada extraño, como sucedió los días 10 y 12.

—Los perros —prosiguieron los vecinos de las barriadas de La Reconquista, Cuesta del Rayo, El Rinconcillo, Los Pinos y carretera vieja a Los Barrios— estaban histéricos. Aullaban sin cesar.

—¿Cuánto duró el sonido?

—Siempre igual: entre 10 y 15 minutos.

Pero lo más intrigante es que, mientras se oía el zumbido, los aparatos eléctricos de las casas o fábricas seguían funcionando... ¡aunque estuvieran desconectados!

—Pensamos que el ruido lo provocaban los electrodomésticos —añadieron los testigos— y decidimos desenchufarlos. Pues bien, ¡seguían funcionando!

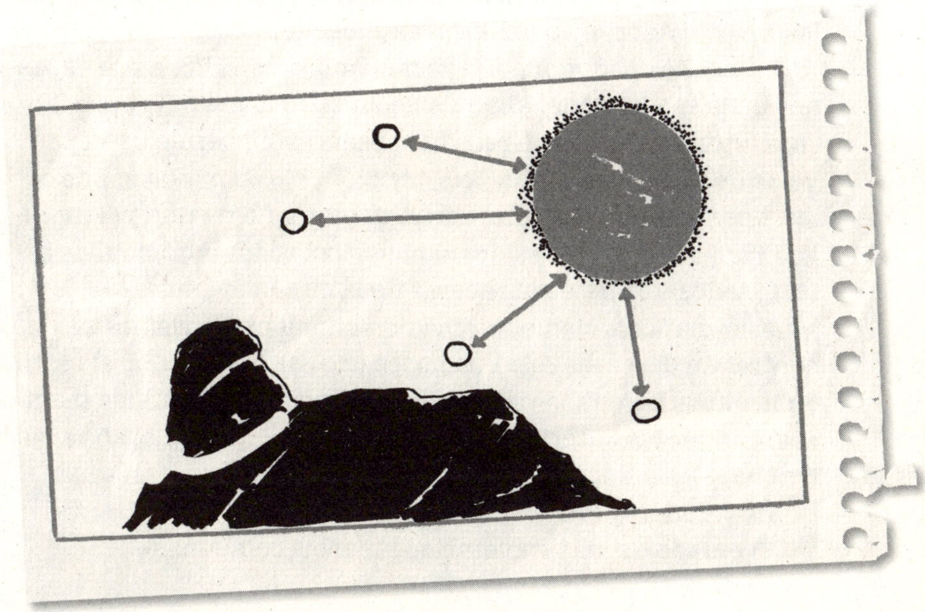

Gibraltar (12 de junio de 1976). Cuaderno de campo de J. J. Benítez.

—¿Sin corriente?

—Así es. Después, al desaparecer el pitido, todo volvía a la normalidad.

La zona más afectada —según mis pesquisas— fue la barriada de Los Pinos, con más de 5.000 personas. Los testigos del zumbido, en total, fueron más de cien mil.

Durante ese periodo de tiempo (entre diez y quince minutos cada noche), también las bombillas de las casas y del alumbrado público se vieron afectadas.

—La luz se iba y venía constantemente —aclararon los vecinos—. Fue una situación rarísima...

Para mí estaba claro: por encima de las nubes se hallaban mis «primos», una vez más... Pero, ¿qué pretendían?

SEVILLA

Seis meses más tarde se registraba en plena ciudad de Sevilla (España) un fenómeno igualmente insólito, para el que los investigadores no hallaron explicación.

La noche del domingo, 5 de diciembre de 1976, a eso de las dos de la madrugada, algunos vecinos de la calle Kansas City (a la altura de la torre Greco III) observaron, perplejos, el paso veloz de tres bolas luminosas de color rojo «semáforo». Las bolas —posibles *foo fighters*— eran del tamaño de una pelota de golf. Se pasearon a cosa de un metro sobre los automóviles estacionados en una de las aceras de la citada avenida.

A la mañana siguiente, más de cincuenta turismos se encontraban descargados. Fue necesario empujarlos. En el resto de la ciudad no hubo problemas de este tipo. Según los técnicos, aunque las baterías estaban bien, la chispa no llegaba a las bujías.

Nadie supo qué había ocurrido.

El enfado de los propietarios fue morrocotudo...

FRAY BENTOS

Al año siguiente (1977), la ciudad de Fray Bentos, en Uruguay, vivió otro suceso inexplicable.

He aquí el resultado de mis pesquisas en la zona:

Primero fue el avistamiento de un ovni. Ocurrió el 15 de abril de 1977 por la mañana.

«Era un disco enorme –manifestaron los testigos–. Voló en silencio sobre la ciudad, y por espacio de casi una hora. Fue visto por infinidad de ciudadanos».

En esos momentos, Fray Bentos contaba con un censo de 19.500 habitantes.

«El objeto desapareció de la vista».

Lo asombroso es que, poco tiempo después de la presencia de la gigantesca nave (más de 300 metros de diámetro), los teléfonos de la ciudad se pusieron a sonar sin que nadie hubiera marcado los números. En total, según la Administración Nacional de Telecomunicaciones, se activaron 6.000 aparatos.

Un disco salió de la mar entre La Gomera y Tenerife (España). Y el barco «regresó» al puerto del que había partido. Cuaderno de campo de J. J. Benítez.

Y todos a la vez. Cuando los usuarios descolgaban el auricular «se oía un ruido raro, como de vacío». Nadie contestaba, por supuesto.

La sospecha (mi sospecha) es que los teléfonos fueron activados desde la nave que había sido vista poco antes.

Y surge la eterna pregunta: ¿Qué pretenden? ¿A qué juegan?

LA GOMERA

La noticia me la proporcionó Paco Padrón, investigador canario.

... Un grupo de amigos salió del puerto de San Sebastián de la Gomera, en las Islas Canarias (España), con el fin de tomar un descanso en la playa de Los Cristianos, en la isla vecina de Tenerife... En la pequeña embarcación viajaban seis personas... De pronto, a mitad de camino, observan un extraño fenómeno... Frente al barco, el agua empieza a «hervir»... El mar, hasta esos momentos, se había mantenido en calma... No había viento... Y los testigos vieron aparecer un disco metálico, con forma lenticular... Salió del agua en la zona de «ebullición»... Y se perdió en el cielo... Cuando los tripulantes reaccionaron se dieron cuenta, desconcertados, de que el barco estaba saliendo de nuevo del puerto de San Sebastián de la Gomera... ¿Cómo era posible?... ¿Había regresado en el tiempo?

Lamentablemente, cuando quise profundizar en este interesante caso, a mi querido Paco Padrón se le ocurrió morirse... No dispongo de ninguna pista. Quizá algún lector sepa orientarme sobre los testigos de aquel encuentro...

ZARAGOZA

En 1985 se repetía el caso de Algeciras, pero al revés. Esta vez en Zaragoza (España).

Así me lo contaron los testigos:

... Sucedió el 12 de enero de 1985, hacia las seis y media de la tarde... Oímos un silbido, muy dulce y agradable... Nos asomamos al balcón y vimos un disco de color rojo... Lanzaba fogonazos... Y a cada *flash* cambiaba de posición... Era asombroso... Pues bien, mientras duró el silbido, los aparatos eléctricos —tipo lavadora, frigorífico, etc.— no funcionaron... Al llegar a nuestra altura, el objeto se detuvo unos instantes, como si observara... Y se hizo más grande... Después se alejó y se perdió... Volaba a una velocidad muy lenta.

Lo tengo claro. Mis «primos» dominan el tiempo, el espacio y lo que les echen...

PACARAIMA

Aquel viaje a Venezuela fue emocionante. Me hizo pensar, y mucho. Y llegué a una conclusión ya sabida; mis «primos» están en todo...

Pero empecemos por el principio.

David Alejandro Padrón, un viejo amigo, me habló de algunos casos ovni, todos interesantes. Uno de ellos, sin embargo, me cautivó. David lo había oído de labios del testigo principal. He aquí una síntesis de la historia:

... Lo que voy a narrarte —explicó David— lo contó el coronel Domingo Romero Sánchez, de la Guardia Nacional (Venezuela)... Y lo contó a un grupo muy seleccionado de personas... Estábamos en las instalaciones del club San Tomé Terminal, en el estado Anzoátegui... Era noviembre de 1982...

Habíamos terminado un curso de salvaguarda, seguridad y defensa... Entre otros se encontraban los compañeros Luis Alfonso Colmenares, Luis Omar Sánchez y yo mismo... En la comida, Luis Omar mostró una fotografía que había tomado en Guasipati, en el estado de Bolívar... En esa toma aparecía un rostro que él no había visto... Y terminamos mostrando la imagen al instructor principal del curso, el coronel Domingo Romero Sánchez... El coronel contempló el rostro luminoso y exclamó: «Ya nada me asombra...»... Y nos invitó a salir al jardín... Así lo hicimos... Y Luis Alfonso Colmenares, Luis Omar y yo nos sentamos bajo un frondoso mango, en la compañía del coronel... «Escuchen bien lo que voy a contarles», declaró el señor Romero Sánchez... Y prosiguió: «Durante el desarrollo de mi carrera militar me gradué como geodesta y he participado en entrenamientos de supervivencia en Israel, Argentina, Panamá (selvas y golfo de Darién), Alemania (Selva Negra), Chile (Patagonia) y Venezuela. En estos momentos entreno a grupos de élite de las Fuerzas Armadas Nacionales»... Y el coronel entró en el asunto que nos interesa... «A mí me ocurrió un caso bastante relevante en el primer trimestre de 1980... Sucedió al sur del estado de Bolívar, frontera con Brasil... Éramos un grupo de ochenta efectivos de fuerzas combinadas de los ejércitos de tierra, mar y aire... Emprendimos una marcha de supervivencia un sábado, a las ocho de la mañana... Partimos de Santa Elena de Uairén con la idea de llegar a la población de Icabarú, a unos 80 kilómetros... El plan era caminar unos 10 kilómetros al día... En ocho jornadas podíamos estar en nuestro destino... Cada efectivo llevaba consigo el armamento reglamentario, munición, una carpa (tienda de campaña), ropa (no más de dos pares), latas, mapas, brújula y poco más... Llevábamos una radio y transmisores en frecuencia militar... Nos acompañaba un médico y su ayudante... Pues bien, a las dos horas de caminata —hacia las diez de la mañana—, tropezamos en la selva con un grupo de hombres... Eran ocho... Vestían de una forma rara: overoles (monos) blancos, ceñidos a los cuerpos... Eran muy altos: de unos 2 metros de altura... Tenían los ojos azules y los cabellos amarillos... Eran tipos de una gran belleza... Los rodeamos y yo me adelanté, dándoles los buenos días... Ellos respondieron al unísono... Y pregunté qué hacían y quiénes eran... Observé que estaban cazando mariposas... Habían reunido también otros insectos y los tenían meticulosamente alineados... Al lado vi raíces, hojas y tallos... Al principio no respondieron... Después, el que parecía el líder habló (en español) y dijo que eran científicos... "Estamos tomando muestras de plantas e insectos —aseguró— para analizarlos"... Y yo pregunté de nuevo: "¿Saben ustedes que éste es territorio venezolano?"... "Sí, coronel —replicó el líder—, lo sabemos"... Al citar mi grado quedé confuso... Ninguno de los integrantes de la expedición ostentaba galones... Ése era el procedimiento, con el fin de confundir al enemigo... Y formulé una tercera pregunta: "¿De dónde son ustedes?"... El líder respondió sobriamente y esquivó la cuestión que yo había planteado... "Coronel —comentó—, ustedes no están en el sitio donde creen estar... —Y añadió—: Permítame su carta de navegación"... Yo sentía que algo no iba bien pero, ante la actitud pacífica de los individuos y al observar que no portaban armas, decidí mostrarme cordial... Ordené a mis hombres que bajaran las armas y que se sentaran en el suelo... Pero mantuve el cerco en torno a los ocho catires.[1] Acto seguido le entregué un mapa y el líder preguntó: "Coronel, ¿dónde cree usted que están, según esta carta?"... Yo señalé el lugar... Supuestamente estábamos a 4 o 5 kilómetros al oeste de Santa Elena de Uairén... Y él respondió: "Pues fíjese que no"... Nos miramos, sorprendidos... "Ustedes están al norte de la sierra Pacaraima, en la frontera con Brasil... —Y el líder añadió—: Usted y su grupo han entrado en una 'ventana dimensional'"... No entendíamos nada de nada... Y el hombre de los cabellos rubios continuó: "La ventana los ha desplazado grado y medio de arco... Eso significa que han sido trasladados a 165 kilómetros hacia el suroeste, con relación a su punto de partida... —Y precisó—: Las coordenadas de Santa Elena de Uairén son: latitud norte (04° 30' 00"), longitud oeste (61° 00' 00")". Todos

1. Catires: individuos de ojos verdes o amarillentos.

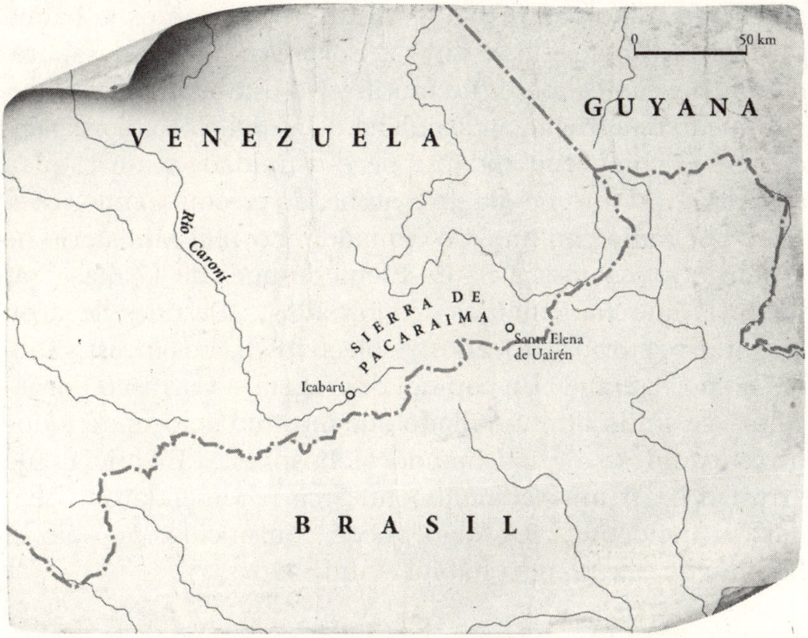

escuchábamos en silencio, y ciertamente aturdidos… Y el líder señaló: "En este momento, las coordenadas geográficas son las siguientes: latitud norte (04° 15' 00") y longitud oeste (62° 30' 00")"… ¡Estábamos a 165 kilómetros fuera de nuestra ruta!… Pero, ¿cómo era posible?… Sólo habíamos caminado 2 horas… Y el líder recomendó: "Coronel, tome su radio y trate de hacer contacto"… Así lo hice, pero el resultado fue negativo… Sólo se escuchaba un QRM (interferencia alta)…

»Y el líder, que en ningún momento dijo su nombre, se dirigió a todos los presentes y explicó: "Señores, ustedes están perdidos en la selva. Nosotros los vamos a orientar para que puedan regresar a sus casas… El plan es el siguiente: rumbo verdadero 045 grados (constante)… Desplazamiento diario: 9 kilómetros, más o menos, durante el día (empleó la expresión 'luz solar')… Recorrido: 18 días (165 kilómetros)… Hagan contacto radial al noveno día"… La conmoción fue general… Rompimos el cerco y nos dedicamos a hablar entre nosotros… Discutimos… Mi reloj señalaba las diez horas y cincuenta minutos... Cuando, al fin, recuperamos la calma nos volvimos hacia los catires... Sorpresa: habían desaparecido... Buscamos, pero fue inútil... No estaban... Y en el lugar quedó una fragancia exquisita... Un delicioso olor a sándalo... Y, como comandante de esa unidad, acaté el plan sugerido... Al noveno día de marcha, en efecto, hicimos contacto por radio con nuestro comando y con el Ministerio de Defensa... Llegamos a Santa Elena después de 17 días... Al forzar la marcha ganamos dos jornadas... Después llegaron los interrogatorios (privados y colectivos)... Los investigadores no nos creían... Un capitán de fragata —Carrasco Fornerino— se sintió tan humillado que terminó golpeando a dos investigadores... Y los mandó al hospital... El oficial fue arrestado... A mí, personalmente, me recomendaron "olvidar" el incidente... De algo quedé convencido: no sólo el hombre de este planeta habita el universo».

El caso, como digo, me pareció tan fascinante que me propuse conversar personalmente con el coronel Romero Sánchez. Desde mi punto de vista, quedaban muchas preguntas en el aire...

Pero David no tenía pistas.

Y emprendí la búsqueda del coronel.

Solicité ayuda a los militares venezolanos y uno de ellos terminó facilitándome el teléfono y la dirección del coronel. Hablé con él y aceptó recibirme.

Y el 25 de agosto de 2009 volé al estado de Bolívar. Allí residía.

Domingo es un hombre cordial. Nos sentamos a conversar y le expuse la razón de mi visita: deseaba saberlo todo sobre aquel encuentro con los catires.

—¿Los qué?

—Los catires...

Y resumí lo que había relatado David Padrón.

—Yo nunca estuve en esa zona ni soy ingeniero geodesta...

—Pero —repliqué confuso—, ¿usted es el coronel Domingo Romero Sánchez?

—No, yo soy el coronel Domingo Sánchez Romero.

Y me mostró su pasaporte.

No podía creerlo. El militar que me había proporcionado la información cambió el orden de los apellidos.

El coronel Domingo César Sánchez Romero pertenecía también a la Guardia Nacional, pero no era especialista en supervivencia. En su currículum aparecen trece condecoraciones. Era egresado de Estado Mayor en el ejército de los Estados Unidos y fundador, entre otros cargos, de la Policía Metropolitana del estado de Anzoátegui.

Traté de mantener la calma.

Y me dije: «A veces se gana y casi siempre se pierde. Así es la investigación ovni».

Y el coronel sonrió, benevolente. Y comentó:

—Pero tengo una historia que puede interesarle...

Me hallaba tan desolado que, al principio, casi no le oí.

Fue así como supe de la no menos asombrosa experiencia del coronel Sánchez Romero.

Coronel Domingo César Sánchez Romero, en 1976. (Gentileza de la familia.)

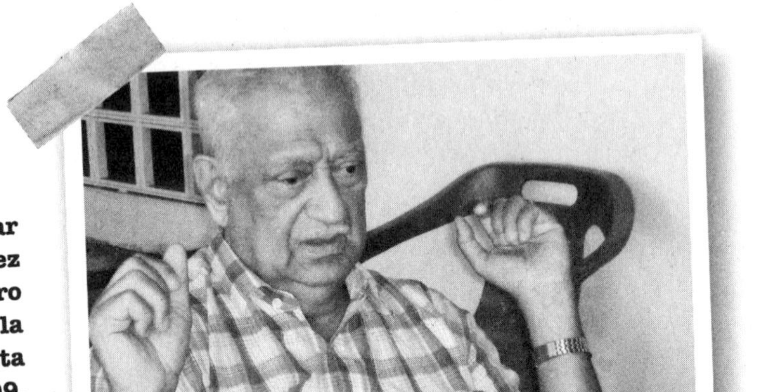

Domingo César Sánchez Romero durante la entrevista en 2009. (Foto: Blanca.)

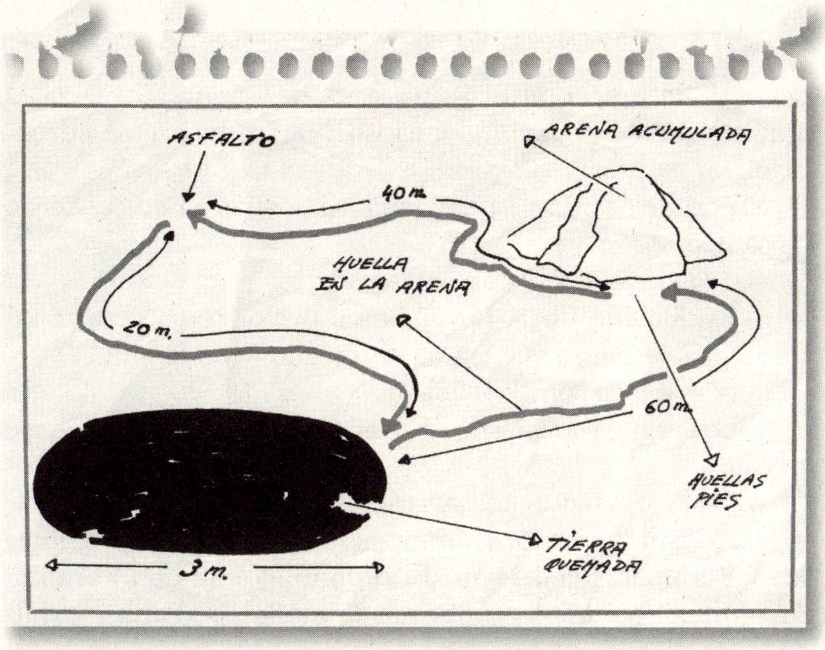

Huellas observadas por el coronel. Cuaderno de campo de J. J. Benítez.

—Sucedió en julio de 1976 –explicó Domingo César–. Yo me encontraba al frente de una patrulla de vigilancia, en la zona de Chirica, en Upata, cerca de Puerto Ordaz. Vigilábamos el contrabando de madera. Y, al atardecer, vimos unas luces extrañas. Se movían en el cielo. Una de ellas bajó a tierra, no muy lejos. Y ahí quedó la cosa. Al día siguiente, sábado, regresé al punto y examiné la zona en la que había aterrizado la luz. Encontré huellas.

–¿Qué clase de huellas?

—La zona había sido explanada, como si hubiera pasado una máquina desbrozadora. A la izquierda observé una mancha elíptica, casi circular. De esa zona negra partía un surco, como el que podría haber hecho una bicicleta. Pero lo raro es que sólo vi una señal. Y se prolongaba hasta un montón de arena. Allí, al pie de la arena, encontré varias huellas de zapatos, pero chiquitos, como de niños. La huella de «bicicleta» seguía otros 40 metros, hacia la izquierda, y moría finalmente en la gran mancha ovalada. Caminé por la zona y descubrí cerca de la huella de bici una sustancia negra, parecida al alquitrán. Presentaba unos curiosos cuadraditos, como de vidrio.

El coronel, gentilmente, dibujó las huellas en mi cuaderno de campo.

—¿Cómo era esa sustancia negra?

—Estaba enrollada. Formaba un óvalo. Podía pesar 5 kilos, o más. Y pensé que era asfalto. Tenía toda la pinta.

—¿Y qué hizo con el «asfalto»?

—Lo cargué y lo guardé en el maletero del carro. Y regresé a casa.

—¿Sacó el «asfalto» del carro?

—No, allí se quedó. Y tampoco dije nada a los míos. Pues bien, esa noche, la del sábado al domingo, mi hija Roraima tuvo un sueño. Me lo contó por la mañana. «Papá —explicó—, en el sueño, unos señores pequeñitos han entrado en la casa y me han dicho que te diga que esa piedra que has guardado en el carro..., que la tires porque podrías contraer el cáncer».

—¿Qué edad tenía la niña?

—Once años.

—¿Sabía algo?

—Nada. Y me asusté. Esa misma mañana, sin decir nada a nadie, agarré el auto y me fui a un bosque. Allí boté el «asfalto» o lo que fuera... Dos días después —¡qué casualidad!—, un subteniente me mostró un trozo de uranio. Tenía los mismos cuadraditos que yo había visto en el supuesto asfalto.

Pude conversar también con Roraima, la hija del coronel.

Confirmó las palabras de Domingo César y precisó algunos detalles del «sueño»:

—Los seres pequeñitos me dijeron: «Dile a tu papá que deje la piedra donde la encontró... Si no lo hace le dará cáncer».

—¿Cómo eran los seres del sueño?

—Pequeños, como niños.

—¿En qué idioma te hablaron?

—No sé si me hablaron, pero yo entendí en español.

Quedé maravillado.

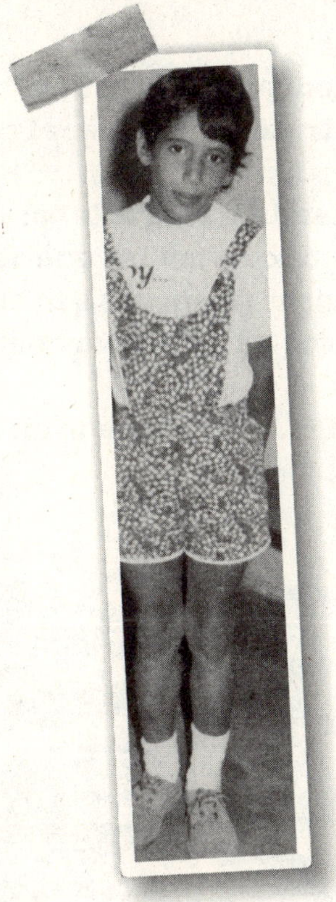

Roraima, en 1976. (Gentileza de la familia.)

De no haber sido por la oportuna equivocación de mi amigo, el militar, yo no habría conocido al «otro» coronel y, mucho menos, la historia del «asfalto».

Al regresar a España tuve que admitirlo: la tecnología de estos seres —mis «primos»— es absolutamente mágica. ¿Cómo pueden entrar en los sueños? Verdaderamente estamos a años luz...

Y sigo buscando a Domingo Romero Sánchez...

BARCELONA

Y hablando de sueños...

En aquel año (1977) yo me encontraba en apuros. Serios apuros...

Me fascinaba la investigación ovni. Era mi vida. Lamentablemente no podía alternar la profesión periodística con mi pasión: la investigación de los no identificados.

Tenía que elegir: o el periodismo o los ovnis.

Y durante mucho tiempo traté de resolver el problema.

No lo conseguía.

Todo era oposición. Mi familia preguntaba: «¿De qué viviremos?». Los ovnis —bien lo saben los que se dedican a la investigación— son ruinosos (al menos a la hora de escribir libros). Mis compañeros de periódico comentaban: «Será un desprestigio para ti».

Y durante meses, como digo, me vi sumido en la angustia.

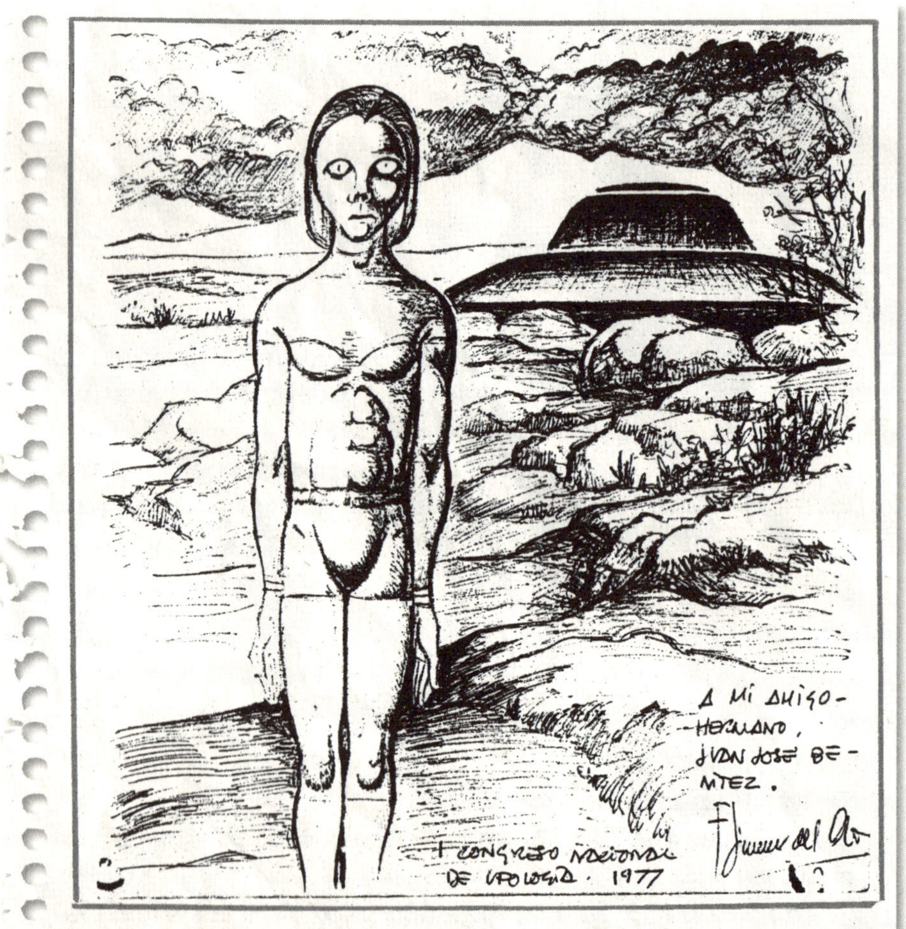

Dibujo de Fernando Jiménez del Oso. (Archivo de J. J. Benítez.)

Cierto día, en Barcelona, coincidí con el añorado doctor Jiménez del Oso. Y le confesé mis dudas. Escuchó en silencio y comentó:

—Mañana lo hablamos...

Al día siguiente volví a verle y me entregó un dibujo.

En él se veía a uno de mis «primos», con una nave al fondo.

Y Fernando, tomándome por el brazo, me invitó a dar un paseo.

—Anoche **—explicó—** tuve un sueño. Vi a este «primo» tuyo...

Y señaló su dibujo.

—Me dijo: «Dile a tu amigo: "Ven con nosotros"».

Y sonrió con picardía, como siempre.

Mensaje recibido.

PONTEVEDRA

Cuando supe lo ocurrido me trasladé de inmediato a Pontevedra, en Galicia (España).

Una serie de vecinas fue testigo de la presencia de una gran nave..., y algo más.

Sucedió a las siete de la mañana del 16 de diciembre de 1974.

La testigo principal –Emilia G. Rey– se levantó para preparar el desayuno. Fue en esos momentos cuando contempló una potente luz. Estaba muy cerca de la casa. Emilia le echó valor y salió al jardín. Entonces se encontró frente a una «cosa enorme, con forma de paraguas».

—Era increíble –manifestó–. Lo iluminaba todo en un amplio radio. Se veía como si fuera de día. Podía contemplar, incluso, el monte de Campano.

Pero la mujer terminó perdiendo los nervios y empezó a pedir auxilio.

Al momento apareció otra vecina –Estrella Soler– que quedó igualmente conmocionada. Pero, a los gritos de las mujeres, el ovni se apagó.

El pijama empezó a chisporrotear. (Foto: J. J. Benítez.)

Emilia y Estrella entraron en la casa de la primera e intentaron tranquilizarse.

En esos instantes –las siete y quince de la mañana–, la nave volvió a iluminarse, aproximándose a la ventana de la vivienda.

—Mi pijama –explicó Emilia– empezó a chisporrotear, como si estuviera ardiendo. Y mis vecinas —Estrella y una de sus hijas— se quedaron de piedra cuando, de pronto, empezaron a ver los huesos de sus brazos y también los míos.

–No entiendo...

—Nosotras tampoco. De repente empezamos a ver los huesos de brazos y manos, como si fuera una radiografía.

–¿Cuánto duró eso?

—Hasta que se fue el ovni: segundos. Después se alejó hacia el mar y a gran velocidad. Y se perdió.

Pontevedra (España), 1974. Cuaderno de campo de J. J. Benítez.

LONGAVÍ

Tres años después se registraba otro fenómeno similar, pero en Chile. La primera noticia me llegó a través de Alberto Riquelme, hijo y nieto de los testigos.

El muchacho me puso en contacto con Ivonne V. Zúñiga, su madre. Y celebramos una primera entrevista en Santiago de Chile.

—Esto que le voy a contar –explicó Ivonne– sucedió el 17 de septiembre de 1977. Vivíamos entonces en Longaví, en la región de Maule. Éramos mis papás y siete hermanos. Teníamos una casita en el campo.

Solicité información sobre su familia.

—Éramos dos varones y cinco hembras. Gerardo, de dieciséis años, y Armando, algo menor. Yo tenía catorce años.

Mi papá se dedicaba a la agricultura. También teníamos animales en la casa: vacas, gallinas, conejos...

—¿Y qué pasó?

—A eso de las siete de la tarde estábamos tomando el té. Empezaba a oscurecer. Y, de pronto, los animales se pusieron a llorar. Fue un manicomio. Los caballos, los perros, todos estaban excitadísimos. Y mi padre pensó que llegaba un terremoto. Así que nos sacó a todos fuera de la casa. Entonces oímos un ruido. Era como algo eléctrico.

—¿Había electricidad en la casa?

—No. Y en eso vimos un objeto. Se acercaba despacio.

—¿Cómo era?

—Muy bonito, con ventanas negras, tintadas, y piramidales. Llevaba una potente luz en el centro y una cúpula, dividida en tres partes. Alrededor presentaba culebras verticales y adornos egipcios. Era gris, como el plomo. Podía tener 7 u 8 metros de diámetro y 10 de altura. Yo me quedé mirando, asombrada. Pero mi padre me tomó por el vestido y tiró de mí hacia el interior de la casa. Y pasó por encima de nosotros.

—¿A qué altura volaba?

—Muy bajo. A 10 o 12 metros. Era impresionante.

Ivonne accedió a pintar la nave.

—Mi padre, entonces, atrancó la puerta con un zuncho. Y nos quedamos en el centro de la sala, en círculo, y cogidos de la mano. Estábamos muertos de miedo.

—¿Y los animales de la granja?

—Al aparecer aquello enmudecieron. No volvieron a mugir o ladrar. Y la nave pasó por encima de la casa. Veíamos la luz por las rendijas del techo.

—¿Escuchabais algún ruido?

—No, sólo el zumbido, como de cables eléctricos.

Y sucedió algo inexplicable, idéntico a lo ocurrido en Pontevedra (Galicia) tres años antes:

—Empezamos a ver los huesos de nuestros brazos y manos. Y todos nos veíamos viejitos, con el pelo blanco y las caras arrugadas.

—¿La luz seguía filtrándose por las rendijas?

—Sí.

—¿A qué velocidad pasó la nave?

—Despacito. Sin prisas.

—¿Qué edad tenían tus padres?

—Armando, cuarenta. Mi madre, María Luisa, era algo mayor: cincuenta.

—¿Todos parecían viejos?

—Todos, incluso Sole y Magali, que andaban por los ocho o diez años. Estábamos aterrorizados. Algunos de mis hermanos se orinaron, de puro miedo.

E Ivonne siguió con el relato:

—Después, la luz se fue alejando de la casa y terminó posándose a un lado, a cosa de 20 metros. Mi hermana Nancy y yo nos acercamos a la pared y miramos por los boquetes de las tablas. Entonces sentimos un fortísimo calor. Nos ardía la cara y la ropa.

—¿Qué veíais?

—Luz. Era una esfera rodeada de luz. Después no sé qué sucedió. Siguió el silencio, pero no recuerdo nada.

—¿No recuerdas qué ocurrió?

—Imposible. Lo tengo borrado de mi mente. Sólo sé que

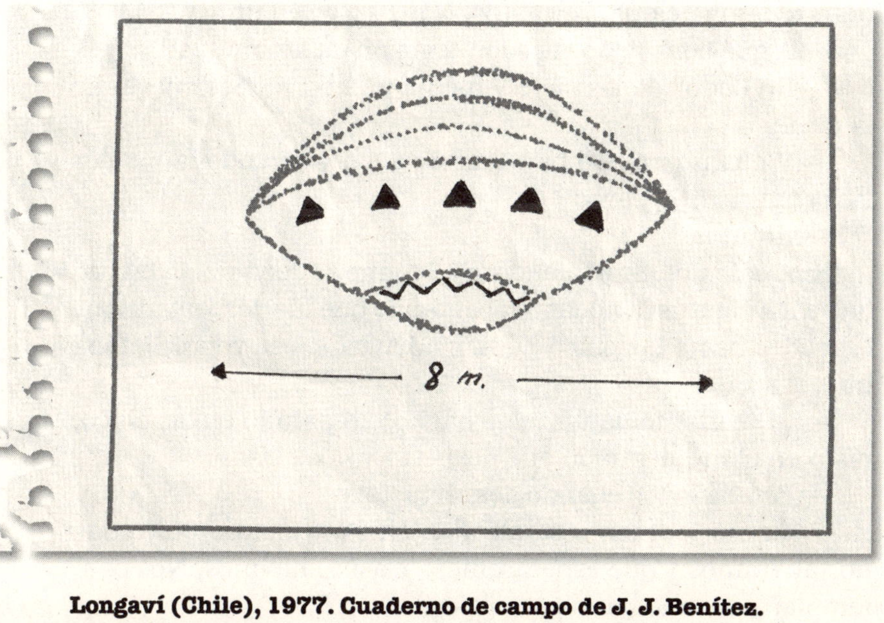

Longaví (Chile), 1977. Cuaderno de campo de J. J. Benítez.

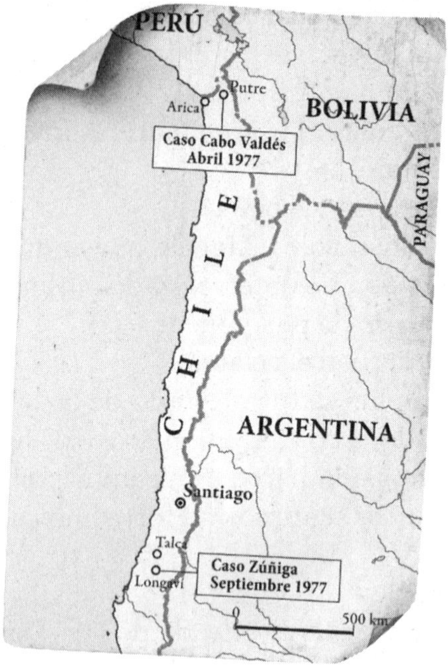

nos despertó mi madre a las cinco de la madrugada. Estábamos dormidos y de forma anárquica: mis padres y cinco hermanos en una cama, revueltos. Nancy y yo en otra.

—¿A qué hora pudo suceder la visión de los huesos?

—Alrededor de las siete y media u ocho menos cuarto de la tarde.

—¿Y cuánto tiempo permanecisteis observando la luz por las rendijas de la pared?

—Minutos.

Hice cálculos. Suponiendo que Ivonne se quedara en blanco hacia las ocho de la noche, y aceptando que fue despertada por la madre hacia las cinco de la madrugada, eso representaba nueve horas.

—Mi madre tenía un reloj y apareció parado en las cinco; justo en el momento en que despertó y nos avisó.

—¿Estaba la luz cuando despertasteis?

—En ese momento se alejaba. Nuestra madre pidió que no saliéramos y que esperásemos. Y así lo hicimos. Nos contemplamos y quedamos perplejos.

—¿Por qué?

—Los tres varones —mi padre y los dos hermanos— presentaban barba de cuatro o cinco días. ¿Cómo podía ser?

—¿Estás segura?

—Totalmente. Todos lo vimos, y gastamos bromas.

En esos momentos me vino a la memoria otro caso, un clásico de la ufología, protagonizado por el cabo Valdés y una patrulla del ejército de Chile en las proximidades de Putre, al norte del país. Aquel suceso —internacionalmente conocido— tuvo lugar el 27 de abril de 1977. Es decir, cinco meses antes del caso «Zúñiga», en Longaví. Esta vez, el que quedó perplejo fui yo...

—¿Y qué hicisteis?

—Aguardamos al amanecer. Entonces nos dirigimos al lugar en el que había estado posada la nave. El pasto aparecía quemado. Era una mancha de 3 metros de diámetro. Y del terreno salían chispas de colores.

—¿Entrasteis en la mancha?

—Sí, pisábamos el pasto y salían más chispitas rojas, verdes, azules, amarillas...

—¿Se quemaron los zapatos?

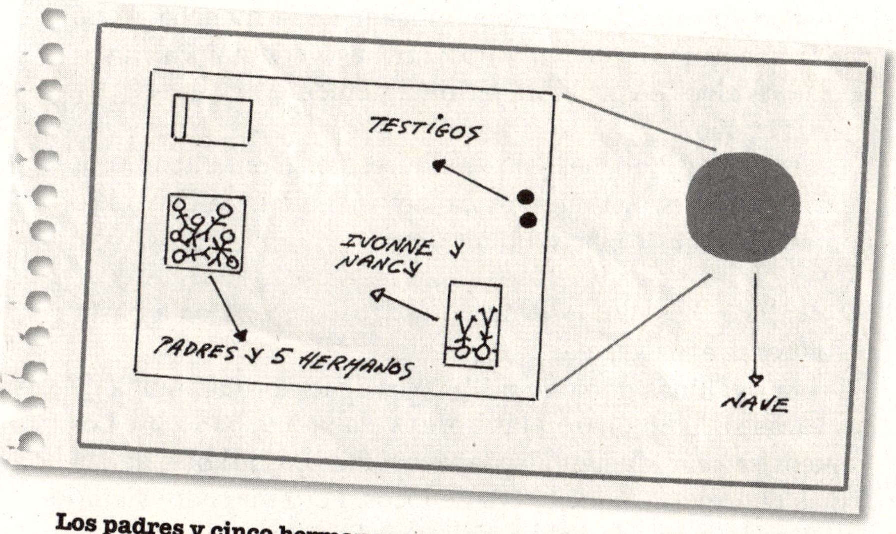

Los padres y cinco hermanos aparecieron en una cama, revueltos, «como si hubieran bebido». Cuaderno de campo de J. J. Benítez.

Ivonne V. Zúñiga. (Foto: Blanca.)

—Que yo sepa no.

«¡Dios mío! —pensé para mí—. ¡Qué inconsciencia!».

—Pero mi madre nos obligó a salir de la mancha. Y mi padre nos reunió a todos y nos amenazó con golpearnos si decíamos algo. Lo prohibió terminantemente.

—¿Por qué?

—Dijo que Pinochet y los militares, si se enteraban, nos llevarían presos. Así que nos callamos. Yo quería habérselo contado al maestro, pero no me atreví.

Y a los pocos días —según la testigo— empezaron a pasar cosas raras en la granja.

—Las gallinas ponían más huevos de lo normal. A una de las vacas se le hincharon las ubres y daba mucha leche. Los conejos se reproducían a toda velocidad. Los árboles daban frutas enormes... Aquello era de locos. Pero mi padre siguió insistiendo: nada de hablar del ovni. Después, a la semana, más o menos, empezaron a morir los animales.

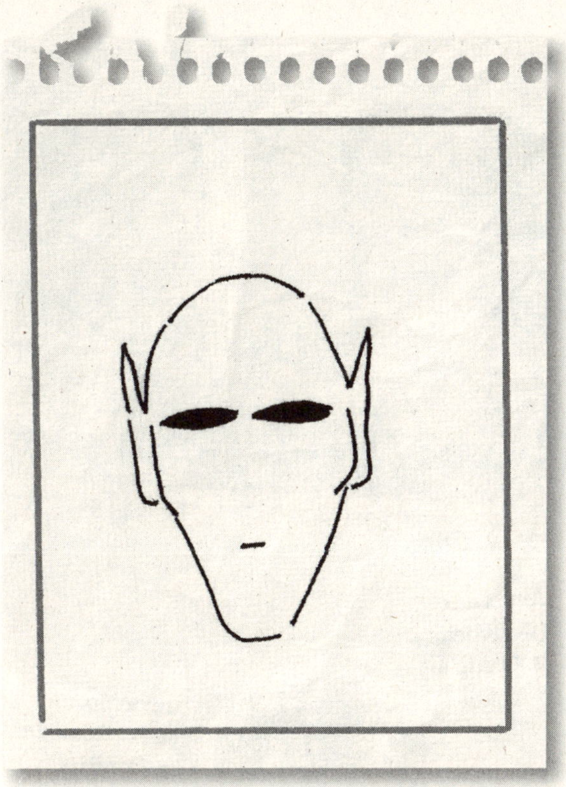

Aspecto del ser que Ivonne vio en sueños. Cuaderno de campo de J. J. Benítez.

—¿La luz pasó por encima de los corrales?

—Sí. Y uno de mis gatos —*Regalón*— huía cada vez que me veía. Era como si viera al diablo. Nunca más pude acercarme a él.

—¿Cuántos animales murieron?

—Casi todos.

Y pasó el tiempo.

De pronto, un día, Ivonne se sintió mal. Se ahogaba. Acudió a los médicos, pero nadie sabía qué le ocurría.

—Fue entonces cuando empezaron los sueños.

—¿Qué clase de sueños?

—Fueron muchos. Más de veinte. En el sueño yo veía la misma nave que se presentó en 1977. Se colocaba sobre las plantas del jardín y después se iba. A la mañana siguiente, las plantas aparecían negras, quemadas. En uno de esos sueños salió un ser de la nave. Era muy alto. Mediría 2 metros. Tenía la piel del color del plomo y un traje ajustado, de una sola pieza. La piel era arrugada. Me puso las manos en el pe-

Matrimonio Zúñiga. (Gentileza de la familia.)

Armando. (Gentileza de la familia.)

Gerardo. (Gentileza de la familia.)

Nancy. (Gentileza de la familia.)

María Luz. (Gentileza de la familia.)

cho y vi salir una luz de sus manos. Entonces me sentí mejor, y el ahogo desapareció.

—¿Qué aspecto tenía el ser?

—Era calvo, con los ojos negros y achinados. Las orejas eran grandes.

—¿Te habló?

—No lo recuerdo. Creo que no.

El caso Zúñiga –insisto– me parece especialmente importante, no sólo por lo ocurrido, sino, sobre todo, por la proximidad (en tiempo y espacio) con el célebre encuentro del entonces cabo Valdés. Y, aunque me referiré a Armando Valdés en el tercer volumen de *Sólo para tus ojos*, quiero dejar constancia de que, al igual que ocurrió con los varones del caso «Zúñiga», también Valdés apareció con barba de cinco días, aunque sólo habían transcurrido 15 o 20 minutos desde su desaparición.

Es por ello que me inclino a creer que, en ambos sucesos, mis «primos» eran los mismos.

Cuando propuse a Ivonne que llevara a cabo una regresión, para intentar averiguar qué sucedió en esas nueve horas «en blanco», la mujer se negó a ello. Tenía miedo.

La investigación sigue abierta...

ESCAZÚ

Todo lo que uno sea capaz de imaginar en el fenómeno ovni, ya ha ocurrido...

No me cansaré de repetirlo: estamos ante una tecnología sublime.

Veamos dos ejemplos más:

El primer caso lo investigaron los hermanos Vílchez Navamuel, de Costa Rica.

He aquí una síntesis de sus pesquisas:

... Fecha del avistamiento: 30 de abril de 1978... Hora: entre las seis y las siete de la tarde... Lugar: Escazú (Costa Rica)... Testigo principal: Eduardo Lee... Hechos: El niño

Carlos Vílchez, con el testigo, en el lugar del encuentro. (Gentileza de los hermanos Vílchez.)

Eduardo E. Lee, nacido el 22 de septiembre de 1968, y vecino de San Isidro de Coronado, tuvo la oportunidad de ver un objeto en forma de platillo... El suceso ocurrió el 30 de abril de 1978... El niño, de casi diez años de edad, se encontraba jugando con unos primos suyos... De pronto empezó a seguir a un gato y se metió en un lote (otra parcela) en el que estaban construyendo una casa... De repente —según el testigo— vio una gran luz y observó un disco de color niquelado que producía una luz amarilla... Esta luz aparecía encima del aparato... El objeto medía unos 15 metros de diámetro... Del objeto, entonces, salió como una nube que se materializó en una forma humana... El niño no vio la cara del ser, aunque sí recuerda los labios, finos, y la túnica que vestía la entidad: hasta las pantorrillas... Era una prenda de color oro... Eduardo asegura que no sintió miedo al principio... Pero, cuando el ser extendió los brazos, como llamándolo, y abrió la boca, entonces salió corriendo muy asustado... Al mirar atrás ya no vio al ser... El objeto estaba elevándose.

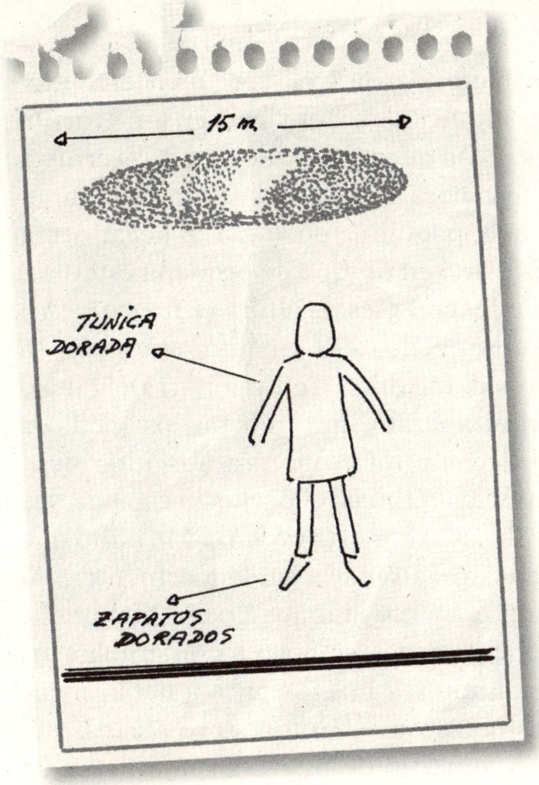

Escazú (Costa Rica), 1978. Cuaderno de campo de J. J. Benítez.

ABRA CENTRO

El segundo suceso ocurrió en las mismas fechas del caso «Zúñiga», en Chile.

El Flaco Creighton me proporcionó la información.

Decía así:

... El testigo, Luis Sandoval, es un granjero de setenta y cuatro años... Vive en Abra Centro, cerca de Corozal (Puerto Rico)... «Eran las tres y media de la tarde —contó el testigo— del 4 de septiembre de 1977... Yo estaba en mi hamaca, descansando... Entonces, no sé por qué, sentí la necesidad de levantarme y caminar hasta un extremo del jardín... Y ahí me quedé, contemplando el paisaje... Entonces, por la derecha, oí un ruido... Parecían fuegos artificiales... Le juro que, al mirar, no daba crédito... Lo que vi fue como la llama de una vela... Me quedé estupefacto... ¡Y la "vela" seguía acercándose a mí!... El sonido, entonces, se convirtió en un trueno, como el de los aviones... Me quedé sentado, sin atreverme a mover un solo dedo... Esa cosa bajaba de la cima de la montaña... Y se fue acercando, poquito a poco... Y al llegar cerca de mí, la llama se transformó en un tipo de pequeña estatura, como un enano... Podía tener 3 pies de altura (1 metro)... Yo seguí sentado, muerto de miedo... El enanito, entonces, se aproximó y, con voz ronca, me dijo: "Ten valor"... Del cuello le colgaba algo, como el aparato que utilizan los médicos para auscultar... Y al llegar a mí empezó a auscultarme... Primero los pies, después las rodillas, el pecho, la espalda, las orejas, las sienes y la cabeza... Por este orden... Me pidió que abriera la boca y procedió a examinarla cuidadosamente... Al terminar siguió hablando... Y me dijo que no era humano... Dio un par de pasos hacia atrás y se puso a contemplar los árboles... Así estuvo 5 minutos... Luego volvió a hablarme... Y dijo: "Puerto Rico es hermoso"... Entonces se alejó 1 metro, más o menos, y se convirtió de nuevo en una llama de vela... ¡Era azul!... Y la llama se elevó a gran velocidad, y entre un fuerte estrépito»...

Los investigadores interrogaron a Sandoval y éste precisó: «La criatura tenía unas orejas largas y puntiagudas... Su cara era redonda, como un pan, y bastante fea... Las fosas nasales eran grandes, como las de los monos... Vestía una chaqueta y una pequeña corbata... La piel tenía el color del barro... Las manos eran delicadas y proporcionadas... Sí, tenía uñas... Hablaba en correcto español... La voz era gruesa o ronca, no sé... Se movía con gran seguridad, como si conociera el sitio»... Los investigadores inspeccionaron la zona y encontraron algunas ramas de los árboles chamuscadas, como si hubieran sido sometidas a un intenso calor. Las del aguacate (por donde se elevó la llama) eran las más afectadas.

¿Se trataba de un tripulante ovni? ¿Quizá de un duende? Lo reconozco: no sé nada de nada...

UMM AL AISH

En 1980 viajé a Kuwait. Allí reuní la siguiente información:

... Misteriosos objetos volantes no identificados fueron vistos en el desierto entre los días 9 de noviembre y 14 de diciembre de 1978... La información fue publicada en los principales diarios del país y, por supuesto, transmitida por la embajada USA al Departamento de Defensa norteamericano... A raíz de estas apariciones, el gobierno de Kuwait constituyó un comité especial, formado por expertos del Instituto de Investigación Científica de aquel país... Y el 20 de enero de 1979 se hizo público un informe: «Un número determinado de luces extrañas han sido vistas —y detectadas en los radares de la defensa— al norte de la capital y sobre los pozos de petróleo de una importante compañía»... Cuando los periódicos kuwaitíes fueron autorizados a publicar la noticia (justamente el 21 de enero), otro hecho similar dejó perple-

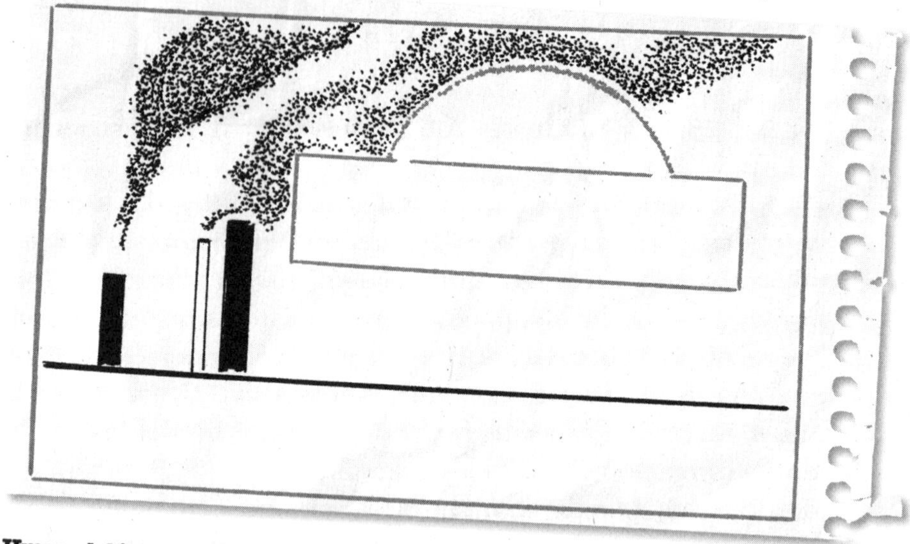

Umm al Aish (Kuwait), 1978. Cuaderno de campo de J. J. Benítez.

jos a los científicos: numerosas luces de colores fueron vistas sobre la capital... Contaron más de cincuenta... Volaban anárquicamente y en silencio... Los testigos se contaron por miles.

En mis pesquisas, uno de los funcionarios del gobierno me pasó la siguiente información:

... En la noche del 9 de noviembre de 1978, los empleados de los pozos petrolíferos del oasis de Umm al Aish, al oeste de la capital, quedaron desconcertados al ver descender en la zona una enorme nave... El objeto era cilíndrico, con una gran cúpula en lo alto... Podía alcanzar 200 metros de longitud... La nave permaneció sobre los pozos durante casi diez minutos... Rayos rojos iluminaban el sector como si fuera de día... Los operarios, aterrorizados, no supieron qué hacer... Al poco, la nave desapareció... Mientras el ovni permaneció en el campo petrolífero, los sistemas de bombeo de crudo (todos automáticos) dejaron de funcionar... Cuando la nave se alejó, el flujo se reanudó normalmente.

Según me explicó el funcionario, «esto es del todo imposible; una vez que se corta el suministro, el sistema debe ser reanudado de forma manual».

En los días siguientes, los ovnis regresaron a Umm Al Aish y fueron fotografiados. Pero las imágenes fueron confiscadas por los norteamericanos.[1]

JARABA

Durante años fue un misterio. ¿Quién era el célebre político español (de izquierdas) que tuvo un encuentro del tercer tipo?

El investigador francés François Louange y José Luis Casero, que trabajó durante años para el INTA-NASA, consiguieron hablar con él.

He aquí una síntesis de lo que les contó:

... El suceso tuvo lugar a mediados de octubre de 1978 en las proximidades de Jaraba, en la provincia de Zaragoza (España)... Lugar: en la llamada Hoz Seca, cerca de Peña Palomera... A eso de las ocho de la mañana me encaminé por el referido cañón de la Hoz Seca... Deseaba fotografiar nidos de milopas, una variedad de águila... Llevaba una cámara Canon, equipada con un tele de 200 milímetros y película kodachrome, en color... Por supuesto, iba solo... De repente, cuando había recorrido poco trecho, todo se volvió silencio... Un silencio extraño... Continué caminando y fui a situarme entre las vallas de un puesto de cazadores... Monté la cámara en el trípode y enfoqué al nido... Entonces empezaron unos reflejos... Me extrañó y miré a mi alrededor, pero no vi nada anormal... Entonces empecé a oír un zumbido... No presté demasiada atención y regresé a lo mío, a la cámara... Al cabo de un rato me sentí inquieto... Y empecé a tener una serie de extrañas sensaciones: dientes metálicos y pelos erizados... La cámara fotográfica y el reloj se calentaron... No sabía qué

1. No se pierda el tercer volumen de *Sólo para tus ojos*...

estaba pasando... Me di la vuelta y, a cosa de 20 metros, vi un objeto ovoide (rodeado de pequeñas antenas)... Podía tener unos 5 metros de diámetro... Cerca había dos individuos de 1,90 metros de altura, o más... Vestían trajes azulados, como de plástico, y cinturones ceñidos... Eran rubios... Uno de ellos estaba inclinado sobre un tubo, aparentemente metálico... Parecía clavado en la tierra... El otro llevaba una caja sobre la que flotaba una esfera... El zumbido ya no se oía... El tipo que manipulaba el tubo se enderezó y me hizo señas... Yo también me incorporé y me aproximé un poco... Entonces sentí calor... Y se me ocurrió gritar si necesitaban ayuda... Me asusté porque oí mi propia voz, pero distorsionada... Y, con temor, volví a preguntar: «¿Qué están haciendo?»... El del tubo siguió haciendo gestos, pero no le entendía... Y, de repente, sacó el tubo del suelo y lo dobló... Y ambos se dirigieron al objeto... El zumbido, entonces, reapareció y se hizo muy intenso... Y volvió la sensación de electricidad en los dientes y en la nuca... El suelo empezó a vibrar... Y el objeto empezó a elevarse... Cuando llegó a 2 metros de

tierra, el zumbido cesó... En la panza del aparato creí ver unas manchas oscuras; como tres puntos circulares... Volví a mi cámara e hice varias fotos del aparato: dos o tres, creo recordar... Y el objeto se elevó y desapareció... Aquel sabor metálico, sin embargo, duró varios días... En el suelo quedó un agujero, de unos 20 centímetros de diámetro... Al revelar las fotos, todas estaban veladas... Yo no creía en ovnis pero, a partir de ese momento, me convencí de la realidad del fenómeno... Por supuesto, nadie lo supo... Es ahora cuando lo cuento por primera vez, y espero que cumplan su promesa de no desvelar mi nombre, al menos mientras siga vivo.

Recuerdo que, año tras año, cuando conversaba con José Luis Casero, le preguntaba siempre lo mismo:

—¿Quién es el político?

—Te lo diré cuando muera —replicaba mi amigo.

Y llegó el mes de enero de 1986. En esas fechas falleció un político de gran prestigio: Enrique Tierno Galván. Había sido catedrático, alcalde de Madrid, y fundador de un partido político de izquierdas.

Casero cumplió lo prometido y sostuvimos una interesante conversación:

—Tierno Galván fue el político que tuvo el encuentro ovni —proclamó José Luis Casero.

—¿Cómo lo supiste?

—Un amigo, Juan José Abellán, que trabajaba en Estudios Moro, fue el «correo» del *Viejo Profesor* (así llamaban a Tierno). Él, Abellán, me lo presentó e hicimos una buena amistad. El *Viejo Profesor* sabía que yo trabajaba para la NASA y me confió su secreto: él había tenido un encuentro con una nave y con dos tripulantes. Pero me hizo jurar que no diría nada a nadie. Después conseguí que volviera a contarlo en presencia de François Louange. Yo conocía Jaraba y se lo dije a Tierno Galván. Y un día nos acercamos al lugar y lo recorrimos. Allí me explicó algunos detalles.

—¿Por ejemplo?

—Dijo que hablaron mentalmente y que no fue un encuentro de minutos. Tierno estuvo ausente cuatro días.

Enrique Tierno Galván, en 1978. (Foto: EFE.)

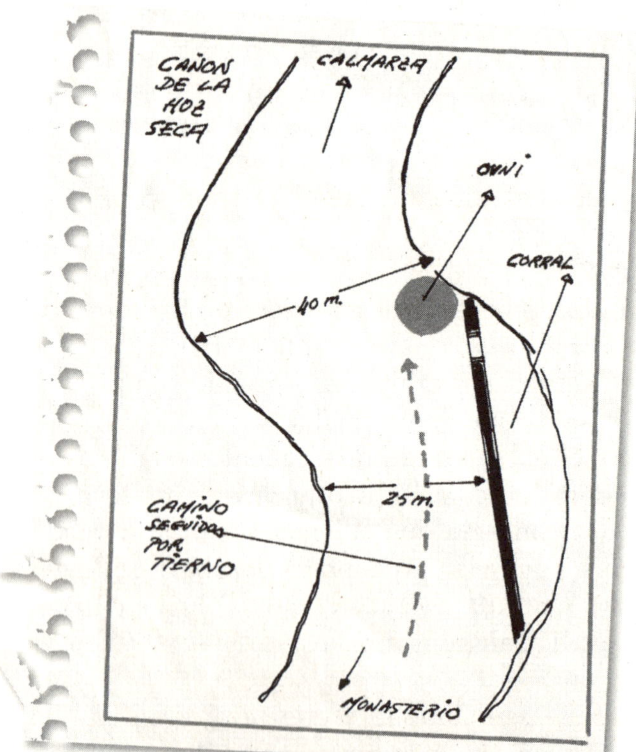

Cuaderno de campo de J. J. Benítez.

Jaraba (Zaragoza), 1978. Cuaderno de campo de J. J. Benítez.

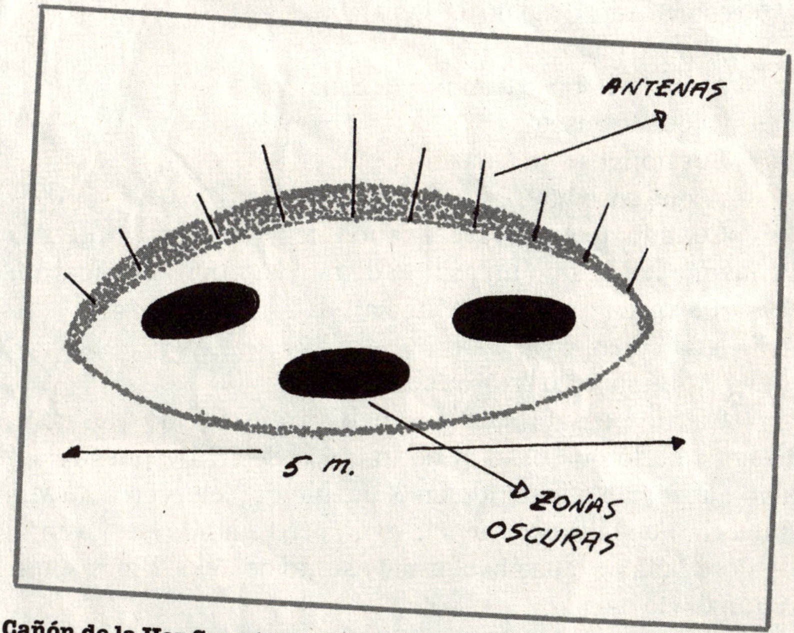

Cañón de la Hoz Seca (1978). Cuaderno de campo de J. J. Benítez.

José Luis Casero. (Foto: Blanca.)

Le miré, perplejo. José Luis Casero es una persona seria y rigurosa. Siempre me fié de su palabra.

—¿Cuatro días?

—Así es, y lo buscaron por la zona.

—¿Quién lo buscó?

—Sus amigos y la Guardia Civil.

—¿Y qué sucedió?

—Cuando apareció, en el cañón de la Hoz Seca, dijo a la gente que había sido un asunto de faldas, y que lo olvidaran.

—¿Se produjo alguna denuncia?

—No lo creo.

—¿Y qué sucedió en esos cuatro días?

—Tierno pensaba que sólo había transcurrido una hora. Él no supo lo que pasó, o no lo quiso decir. Después relató algo que le había ocurrido en el pueblo de Yelo, cerca de Medinaceli. Fue otra experiencia ovni, pero cuando era joven…

José Luis no quiso hablar del asunto de Yelo. Y lo respeté. Algún día lo haría...

En junio de 2008 visité el cañón de la Hoz Seca en la compañía de Casero. Allí me hizo otra confidencia:

Dibujos observados por Tierno Galván en el interior de la nave. Cuaderno de campo de J. J. Benítez.

Cañón de la Hoz Seca. (Foto: Blanca.)

—El *Viejo Profesor* vio algo en el interior de la nave que le llamó la atención. Y lo dibujaba siempre que hablaba por teléfono.

José Luis tomó mi cuaderno de campo y dibujó los extraños signos. Uno de ellos era claramente egipcio.

La flecha señala el lugar del encuentro ovni del profesor Tierno Galván en octubre de 1978. (Foto: Blanca.)

Como decía el Maestro, quien tenga oídos que oiga.

LA HABANA

Lo apunté en páginas anteriores, al mencionar el asombroso suceso de la Virgen de la Capilla (1430), en Jaén (España): todas las apariciones marianas —TODAS— tienen relación con el fenómeno de los no identificados. Algún día tendría que escribir ese libro...

Algunas de esas apariciones triunfan (léase Fátima, Guadalupe o Lourdes). La mayoría, sin embargo, cae en el olvido.

Mencionaré tres casos, pertenecientes a este último capítulo: apariciones fracasadas.

Cuba.

Me lo contó el protagonista, el querido y veterano investigador Virgilio Sánchez-Ocejo.

—Yo tenía cinco años. Ocurrió en 1941. No me preguntes la fecha exacta porque no la recuerdo. Estaba durmiendo en la cuna.

—¿Dónde vivías?

—En La Habana, en la calle Malecón, esquina a L. Vedado. Esa casa la expropió Castro. Yo era muy alto, para mi edad. Ocupaba prácticamente toda la cuna. Y, de pronto, desperté. A mis pies, en una esquina, vi una figura humana. Parecía sentada en el tope de la cuna. Vestía toda de blanco. Era un blanco muy brillante, como si emanara luz.

—¿Qué tipo de luz?

—Como la de neón. La vestimenta era similar a la que utilizaban en el tiempo de Jesús. Su cara también era blanca. No vi ningún otro color. Me observaba sonriente. Y sentí tranquilidad. Y pensé: «Es la Virgen». Volví a cerrar los ojos pero, al momento, al darme cuenta de lo que estaba pasando, los abrí de nuevo. Allí seguía la imagen. Y me senté en la cuna. Por mi tamaño quedé, más o menos, a la altura de la imagen. Sólo

Habitación de Virgilio en la casa de sus padres, en La Habana. (Foto: Blanca.)

Virgilio, con su madre, a los cinco años. (Gentileza de la familia.)

me separaban unos centímetros. Y ella siguió mirándome y sonriendo. Y yo volví a sentir calma y tranquilidad. Nos miramos un tiempo, no mucho, y me volví a acostar. Entonces quedé dormido y no desperté hasta la mañana siguiente.

—¿Qué altura tenía la imagen?

—Poca: unos 30 o 35 centímetros. Al estar sentada en una esquina no sabría calcular con exactitud.

—¿Te recordó a alguien?

—Sí, a la Virgen María.

—¿Observaste algún otro detalle?

—No, sólo lo que te he dicho. No vi las manos ni tampoco los pies. El rostro estaba proporcionado con el tamaño.

—¿Y qué explicación le das?

—Sinceramente, no sé qué pensar...

BOLLULLOS DEL CONDADO

Huelva (España).

Sucedió el 1 de marzo de 1977.

Los testigos fueron Miguel López y Antonio Ramos, de diecinueve y treinta y nueve años, respectivamente. Ambos eran panaderos.

Bollullos (1977). Cuaderno de campo de J. J. Benítez.

A las cuatro de la madrugada se dirigían en coche hacia Rociana.

Al llegar a la zona de La Vereda, una luz esférica, de 1 metro de diámetro, les salió al paso.

«Era roja —explicaron los testigos—, aunque cambiaba al amarillo. Se mantuvo a 30 metros de distancia. Siempre fue por delante. De vez en cuando lanzaba potentes fogonazos que nos dejaban ciegos».

Según los testigos, la esfera luminosa no hacía ruido.

—Tampoco vimos estela, ni motores, ni estructura metálica. Y el coche funcionó bien. No tuvimos problemas. En el interior vimos una figura humana. Era una silueta de 10 o 15 centímetros de altura.

—¿Un hombre o una mujer?

—Parecía un hombre.

—¿Qué hacía?

—No sabemos. Se veía de pie.

Y al llegar a la población de Rociana, la esfera se alejó de la carretera, desapareciendo en dirección a la playa de La Higuerita.

SANTA MARÍA DE CAYÓN

Tercer caso.

Cantabria (España).

Conocí a Juan Cobo Setién al poco de su encuentro ovni. Tenía sesenta y cuatro años. Era labrador, con estudios primarios. Vivía solo.

Y me trasladé hasta el barrio de La Paúl, en la localidad montañesa de Santa María de Cayón.

Esto fue lo que me contó:

—Sucedió a las siete de la tarde del 14 de octubre de 1979...

Juanito hizo una pausa y aclaró:

—Pero ya los había visto anteriormente...

—¿Qué vio?

—Luces que echaban chispas.

Por lo que entendí, Juan Cobos y los vecinos ya habían asistido al paso de extrañas luces por la zona.

Y seguimos con lo que importaba:

—Ese día, el 14 de octubre, hacia las doce de la noche, estaba amarrando una puerta para que no entraran los zorros. Entonces observé un resplandor. Otro. Y grande. Y empezó a bajar y se quedó cerca, como de aquí allí.

Juanito marcó una distancia: unos 10 o 13 metros.

—¿Qué fue lo que vio?

—Una bola de luz que hacía fotos.

Traté de calmarle. Al recordar lo sucedido, el paisano se ponía nervioso.

Juan Cobo indica el tamaño de la bola de luz que hacía «gimnasia». (Foto: J. J. Benítez.)

—Era una bola no muy grande –prosiguió–. Parecía una bombilla. Giraba y giraba y, en el interior, se veían personitas.

–¿Cómo eran esas personitas?

El testigo indicó el tamaño: alrededor de 30 centímetros de altura.

—Eran vírgenes y santos...

–No entiendo.

—Mejor dicho, lo parecían. Estaban vestidos como las vírgenes, con túnicas blancas. Yo creo que eran vírgenes.

–¿Siempre dentro de la bola?

—Siempre. Daban vueltas y vueltas.

–¿Cuántas «vírgenes» llegó a ver?

—Siete u ocho.

–¿Todas iguales?

—De altura sí, pero las ropas cambiaban, aunque siempre vestían como los antiguos.

–¿A qué altura se encontraba la esfera?

—A 1 metro del pasto, no más. Y echaba chispas de colores. Pero, antes de llegar a tierra, las chispas se convertían en ceniza y desaparecían.

–¿Escuchó algún ruido?

—Nada. Aquello parecía cine mudo.

–¿Las personitas se movían?

—No, eran como fotos. También vi esqueletos...

—¡Vaya!

—Sí, ya sé que no me cree...

—Sí le creo, aunque me parece muy raro.

—Pues le juro que eran esqueletos. Tenían unas carucas muy feas.

—¿Qué dimensiones le calcula a la esfera?

—Más que una esfera, yo diría que era como una pera. Mediría medio metro o cosa así. Y de vez en cuando palpitaba, como un corazón.

—¿Las personitas aparecían en el interior de la bola?

—No, en el exterior. Digamos que en la superficie.

—¿A qué velocidad giraban?

—Despacico, como para que me fijara.

—¿En qué dirección?

—De izquierda a derecha.

—¿Cómo terminó el asunto?

—La bola empezó a hacer gimnasia. Saltaba y echaba chispas. Después arrancó y se fue.

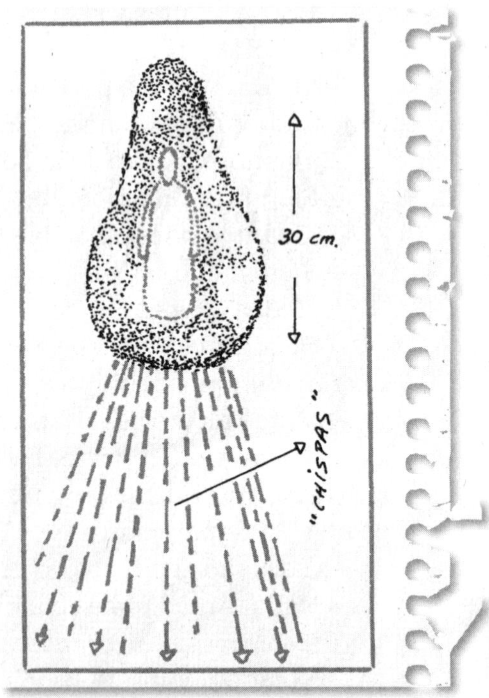

En el interior de la bola desfilaban pequeñas figuras. Cuaderno de campo de J. J. Benítez.

—¿Cuánto tiempo la vio?

—Unos 15 minutos.

—¿Por qué dice que la bola hacía fotos?

—Porque tiraba mucha luz. Eran fogonazos.

—Veamos si recuerda... ¿Las caras eran serias o sonrientes?

—Serias.

—¿Se alteraron los animales cuando apareció la «bombilla»?

—Las palomas sí. Salieron huyendo.

—Las figuras que vio en la bola, ¿eran mujeres u hombres?

—Todas mujeres, con las carucas chiquitas y los vestidos llenos de *reflejores*.

—Entendí reflejos...

—Eso.

Por lo que me contó Juan Cobo, un año antes, él y los vecinos ya vieron luces extrañas en la zona. En febrero de 1978, una de esas luces permaneció estática sobre la casa de Juanito.

—Estaba a 200 metros de altura. Y era también como una bola. Y lanzaba chispas...

La casona en la que apareció la «bombilla». (Foto: J. J. Benítez.)

Tras el encuentro con la bola luminosa, Juanito quedó aturdido. «La tontera me duró varios días». (Foto: J. J. Benítez.)

Deduje que el bueno de Juan Cobo Setién había sido «vigilado» por mis «primos», y muy de cerca. Pero las «apariciones», en este caso, no prosperaron...

CUESTA DEL TOMILLO

El presente caso ovni nada tiene que ver con apariciones marianas, pero sucedió el mismo día que Juanito Cobo tuvo el encuentro con la «bombilla que hacía gimnasia». La distancia entre un lugar y otro es de 194 kilómetros.

El lector juzgará...

Ese 14 de octubre de 1979, hacia las ocho de la tarde, unos ganaderos de Renedo, en Valladolid (España), fueron testigos de otro suceso insólito.

Me lo contaron Pedro López y Tomás Boada, ambos ganaderos.

—Sucedió en lo que llamamos «la cuesta del Tomillo», no lejos de Renedo. Frente a mi vaquería –explicó Pedro–, en la referida cuesta, hay un bosque. Pues bien, al atardecer observamos una potente luz roja. Descendía despacio y se ocultó en el bosque. No hacía ruido. Era grande. Y allí se quedó, entre los árboles. Los perros empezaron a ladrar y se mostraron muy inquietos. Terminaron escondiéndose, con el rabo entre las patas. Y fue extraño porque son pastores alemanes muy bien adiestrados. Eran fieros.

Comprobé sobre el terreno que la finca de Pedro se encontraba a 100 metros del referido bosque. En el lugar había algunos claros, pero no acerté a descubrir ninguna huella. Los chopos y los almendros no aparecían quemados.

—Pues bien, esa misma tarde –comentó Tomás Boada–, nadie sabe cómo, apareció en mi finca un extraño animal.

La vaquería de Tomás se encontraba a 300 metros del mencionado bosque en el que descendió la nave.

—Parecía un choto, un ternero –prosiguió Tomás–, pero no lo era. Nadie supo cómo entró al corral. Las paredes son altas y las puertas estaban cerradas.

–¿Cómo era el «choto»?

—Podía tener medio metro de altura y el pelo rojo. Las patas eran finísimas, impropias de un ternero. En la frente presentaba pelo. Eran como cerdas de jabalí. Y era muy bravo. Saltaba por los pesebres y atacaba. Tuvimos problemas para sujetarlo. Nunca vi algo parecido. Se lo dije a Pedro y preguntamos en las fincas próximas, pero a nadie le faltaba un ternero.

–¿De dónde salió?

Los ganaderos se encogieron de hombros. Era inexplicable. Mejor dicho, aparentemente inexplicable...

Pedro fue valiente y se pronunció:

—Para mí que lo dejó el ovni.

Al día siguiente –nadie sabe cómo–, el extraño animal escapó del corral y desapareció.

—Enviamos a los perros –comentó Tomás–, pero no encontraron nada. Se esfumó.

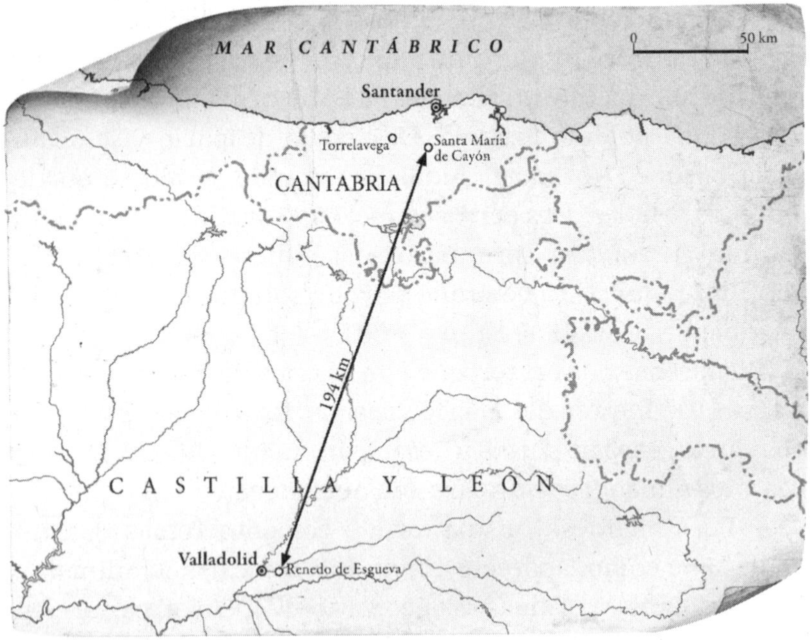

Examiné el corral y tampoco logré explicarme la desaparición del «choto». La empalizada tenía casi dos metros de altura. Ningún ternero la hubiera podido saltar.

¿Casualidad que ambos sucesos se registraran en el mismo día y a tan corta distancia? Lo dudo...

Pero regresemos al tema principal: las apariciones marianas fracasadas. En los casos expuestos, de haber tenido repercusión, la casa de mi amigo Sánchez-Ocejo, Bollullos del Condado y el barrio de La Paúl, en Santa María de Cayón, dispondrían hoy de sendas ermitas o basílicas. Quién sabe...

Y algo me dice que no pase por alto el caso de Fátima. He escrito mucho sobre el particular y creo que es el momento adecuado para refrescar la memoria del lector.

Empezaré por una breve síntesis de lo sucedido en la zona de Cova da Iria (Portugal):

En realidad los hechos no empezaron en 1917.

Fue en 1915 cuando los vecinos de Leiría, Alburitel, Cova da Iria, Casa Velha y Eira da Pedra, entre otras poblaciones, observaron luces extrañas en los cielos y en los bosques de la región.

Tomás Boada (izquierda) y Pedro López. (Foto: J. J. Benítez.)

Hubo muchos testigos.

Algunos vieron «un hombre de nieve, envuelto en una sábana»... Otros hablaban de «nubes raras»... Y la mayoría dejó cons-

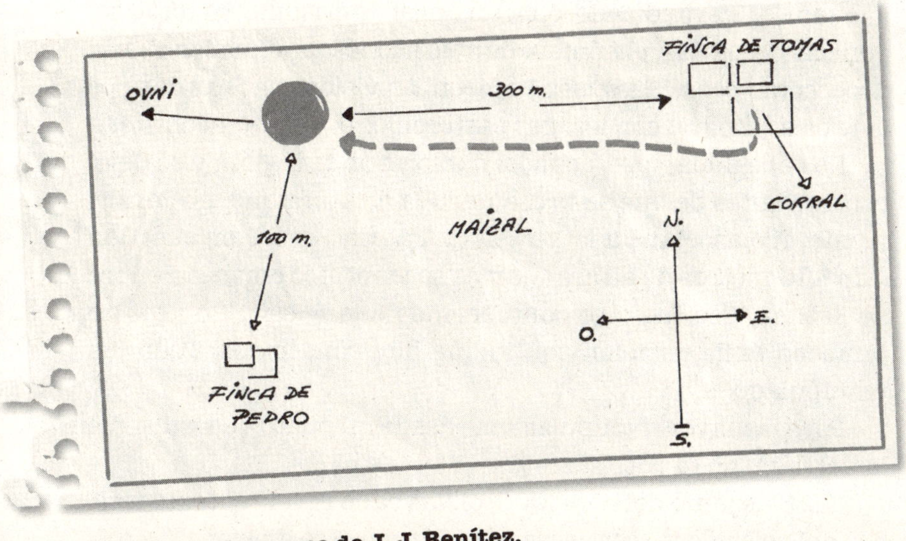

Cuaderno de campo de J. J. Benítez.

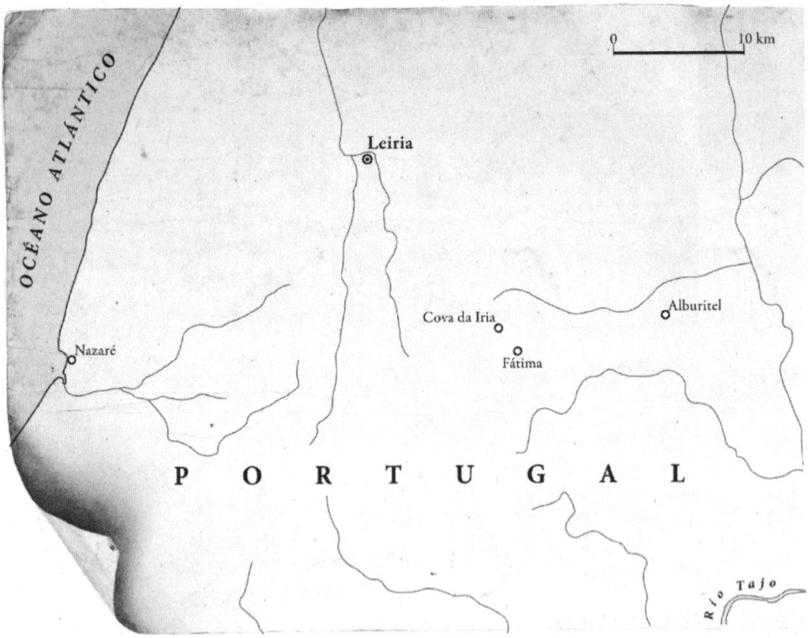

tancia de haber observado luces de colores que sobrevolaban las encinas... Las visiones eran acompañadas de truenos y relámpagos, siempre en cielos despejados... «Los suelos se transformaban en arco iris y las frecuentes explosiones asustaban al ganado»... Cierto día vieron a un ángel de cristal... En total, según mis pesquisas, el número de apariciones «no oficiales» fue de doce, como poco... Después llegaron las visiones aceptadas por la iglesia católica, con los tres pastorcillos como protagonistas.

No cabe duda: mis «primos» exploraron la región, y se dejaron ver antes de que se presentara la criatura que, posteriormente, fue asociada a la Virgen de Fátima. El ser en cuestión —de 1,10 metros de altura— jamás se identificó como la Señora de Fátima. Eso fue otro contubernio de la iglesia. Su aspecto tampoco tenía relación con lo que hoy conocemos. Todo fue manipulado...

Pero la mayor manipulación —desde mi punto de vista— fue la del llamado «tercer secreto».

El 26 de junio del año 2000, el Vaticano reveló el texto íntegro del referido tercer secreto de Fátima. Eso dijeron.

El entonces cardenal Ratzinger, en el momento de presentar el tercer secreto de Fátima. (Foto: EFE.)

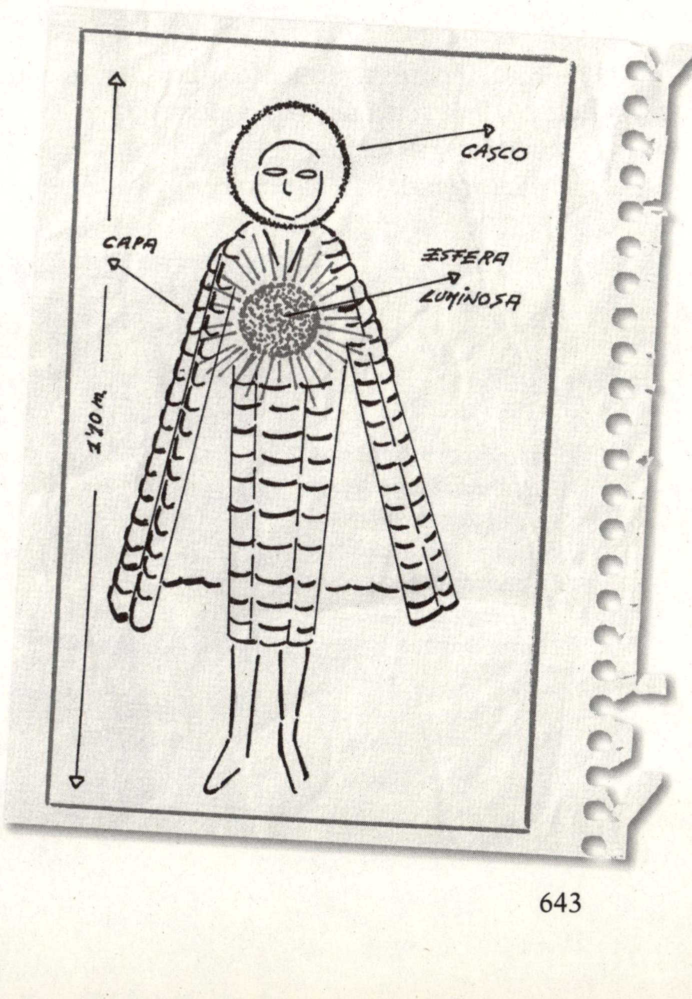

Aspecto de la criatura que, posteriormente, fue asociada con la Virgen de Fátima. Cuaderno de campo de J. J. Benítez.

En el disco que bailó en Fátima fueron vistos seres que saludaban a la multitud. Cuaderno de campo de J. J. Benítez.

Lo leí con detenimiento y llegué a la conclusión de que la iglesia, una vez más, había mentido.

Según mis fuentes, el citado texto fue hecho público, sí, pero «recortado». El Vaticano, al parecer, sintió miedo y ocultó

Lucía, la vidente de Fátima. Su mensaje (tercer secreto) también fue manipulado por la iglesia católica. (Foto: Europa Press.)

Fátima. (Foto: J. J. Benítez.)

una parte de lo escrito por Lucía, una de las testigos de las apariciones. Lo no revelado habla de una gran tragedia para la humanidad. No se trataría de una tercera guerra mundial, sino de la «llegada de una punta de lanza que caerá del cielo entre fuego y humo y provocará millones de muertos en cuestión de horas... La llama de luz golpeará el eje magnético de la Tierra, destruyendo poblaciones enteras... Montañas, países, ciudades y pueblos quedarán sepultados... El mar se saldrá de sus límites y arrastrará consigo casas y personas en un número que no se puede contar».[1]

1. El secreto de Fátima, facilitado por el Vaticano, dice así: «Jesús, María y José. La tercera parte del secreto revelado el 13 de junio de 1917 en la Cova da Iria-Fátima. Después de las dos partes que ya he expuesto hemos visto al lado izquierdo de Nuestra Señora, un poco más alto, un ángel con una espada de fuego en la mano izquierda; lanzaba llamas de fuego que parecían destinadas a incendiar el mundo; pero se apagaban al contacto con el resplandor que Nuestra Señora desprendía de su mano derecha hacia él: el ángel, señalando la tierra con la mano izquierda, con voz fuerte exclamó: penitencia, penitencia, penitencia (palabras que aparecen subrayadas). Y vimos, en una luz inmensa que era Dios: una cosa parecida a como se ven las personas en un espejo cuando pasan delante de un obispo vestido de blanco. Tuvimos el presentimiento de que fuera el Santo Padre... Otros obispos, sacerdotes, religiosos y religiosas subieron

El tiempo dirá quién tenía razón...

Estoy seguro. «Ellos» son los responsables de la totalidad de las llamadas «apariciones marianas». ¿Qué buscan? Probablemente elevar el fervor popular en lugares deprimidos y en momentos cruciales. ¿Podríamos calificarlos como misioneros? Es posible...

PELAYO

De no haberlo comprobado no lo hubiera creído.

La primera noticia del caso «Flores» me llegó a través del investigador Andrés Gómez Serrano, ya mencionado en estas páginas. Corría el año 1990.

Después conversé con Florencio Ruíz Lara, el testigo, en numerosas oportunidades.

Florencio –más conocido como *Flores, el Gaditano*– era un extraordinario cantaor de flamenco. Fue también poeta, escritor y, sobre todo, un hombre generoso.

Aquel 6 de septiembre de 1978, *Flores* tenía cincuenta y siete años.

—En ese tiempo –manifestó– yo tenía la costumbre de acudir con frecuencia a una casita, en el campo de Pelayo (a escasa distancia de Algeciras, en Cádiz, España). Allí tenía un huerto y me entretenía.

---

a una montaña, en cuya cima había una gran cruz de troncos simétricos. El Santo Padre, antes de llegar, atravesó una gran ciudad, medio en ruinas, un poco temeroso y con paso vacilante, afligido por el dolor y la pena, rezaba por las almas de los cadáveres que encontraba en el camino.

Llegado a la cima de la montaña, arrodillado a los pies de la gran cruz fue asesinado por un grupo de soldados que le dispararon varios tiros de arma de fuego y flechas.

Y del mismo modo murieron, uno tras otro, todos los obispos y sacerdotes, religiosos y religiosas, y personas laicas, hombres y mujeres de varias clases y posiciones. Bajo los dos brazos de la cruz había dos ángeles, que recogían la sangre de los mártires y regaban con ella las almas que se acercaban a Dios».

—¿A qué hora llegó a Pelayo?

—Sobre las once de la mañana. Y, como tenía por costumbre, tomé un cántaro y me fui a una fuente próxima. Y dejé el recipiente en el caño de agua.

—¿Cuánto se tarda desde su casa a la fuente?

—Unos 20 minutos. Entonces, mientras esperaba que se llenase, miré hacia lo alto y vi una luz. Era potente, como la de la soldadura autógena. No era muy grande. Parecía el volante de un coche.

Flores indicó el tamaño: unos 40 o 50 centímetros.

—Tenía algo alrededor, muy brillante. Era como un anillo de luz. Y en el centro un punto luminoso.

En las ocasiones en las que *Flores* relató el incidente siempre lo hizo de la misma manera, sin contradicciones.

—El anillo –prosiguió– era del color del plomo.

—¿De qué grosor?

—Como un brazo; quizá tuviera 10 centímetros.

—¿La mañana era buena?

—Muy buena, sin nubes.

—¿Y qué sucedió?

—Aquello estaba quieto y chisporroteaba.

—¿A qué distancia podía encontrarse?

—No más de 20 metros, sobre los árboles.

—¿Había alguien más en la fuente o en los alrededores?

—No, me encontraba solo. Lo estuve mirando un rato, no mucho, y pensé en regresar a la casa. Pero no lo hice. Y allí me quedé, asombrado. Entonces, tampoco sé por qué, di un par de pasos o tres en dirección al «volante». En ese momento tuve que pararme.

—¿Por qué?

—Me entraron fatigas. Y me arrodillé para verlo mejor. Fue en esos momentos cuando observé cómo la luz del centro se hacía más grande y la «cosa» empezó a acercarse. Sentí miedo y un vacío en el estómago. Quise huir pero no pude. No era capaz. Estaba paralizado.

—¿Era consciente de lo que estaba pasando?

—Totalmente, pero era incapaz de mover un músculo. Y, de pronto, todo empezó a oscurecerse, o yo perdí la visión; no estoy seguro. Y el bosque se quedó a media luz, como entre el día y la noche.

—¿Veía el bosque?

—No.

—¿Cómo se sentía?

—Perplejo. Tenía razón y ninguna voluntad. Fue en esos momentos cuando me vi en otro lugar.

—¿Qué lugar?

—No lo sé. El suelo no era el mismo de Pelayo. Parecía arena. El bosque de Pelayo es de tierra...

Así lo confirmé en una de las visitas al lugar de los hechos.

—Aquello —continuó *Flores*— era una playa enorme, o quizá un desierto. Pero no tenía nada que ver con Pelayo. El cielo, además, era distinto...

—¿En qué sentido?

—Parecía una cúpula. Me sentí ausente. Y oí una voz que me dijo: «Coge arena».

—¿Cómo era esa voz?

***Flores*, junto a la fuente, en el bosque de Pelayo. (Foto: J. J. Benítez.)**

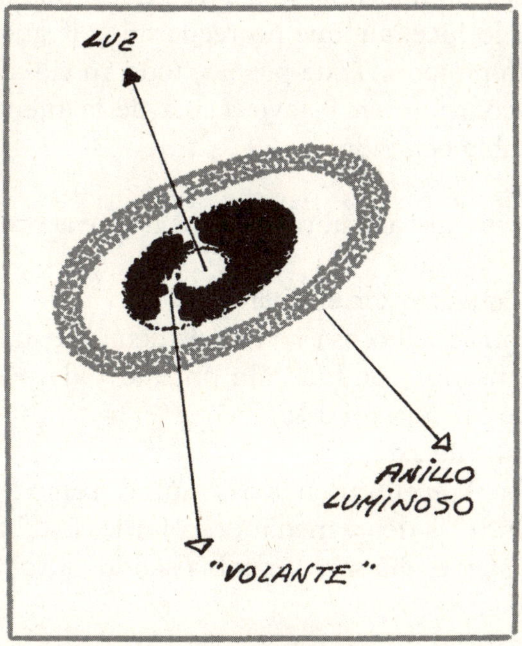

El disco podía tener medio metro de diámetro. Cuaderno de campo de J. J. Benítez.

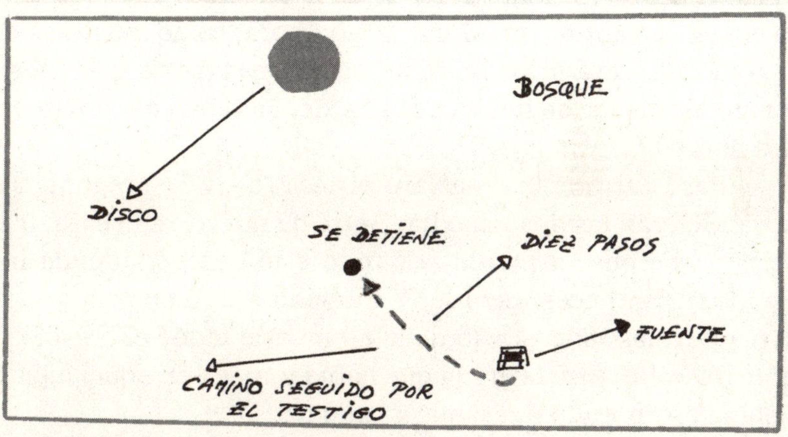

Cuaderno de campo de J. J. Benítez.

—Una voz. No sé explicarte. Me agaché, tomé un puñado de arena y la metí en el bolsillo del buzo.

Flores, en esos momentos, vestía un buzo o mono de trabajo de color azul.

—Después escuché de nuevo la voz. Y repitió lo mismo: «Coge arena». Y así lo hice, aunque no recuerdo si llegué a guardar ese segundo puñado. Y, de pronto, todo volvió a la normalidad. Me encontraba en Pelayo, cerca de la fuente, pero no sabía qué había ocurrido.

—¿Y el «volante»?

—No estaba. Pero lo más asombroso es que no me acordaba de nada.

—¿Se refiere al encuentro con el objeto?

—Al encuentro con aquella cosa y a todo lo demás. Estaba en blanco y muy cansado. Continué allí un rato y después tomé el cántaro y me fui para mi casa.

—¿El cántaro estaba lleno?

—Claro. Rebosaba. Y al entrar en la casa sucedió algo que me dejó perplejo. Eran las dos y media de la tarde. Estaban dando el parte... ¿Cómo podía ser? Yo había salido hacia las once u once y media.

Echamos cuentas.

De la casa a la fuente necesitó unos 20 minutos. El incidente con el «volante» pudo durar media hora, como mucho, y el regreso a la casa otros 20 minutos. *Flores* tendría que haber vuelto alrededor de la una de la tarde. Faltaban del orden de dos horas...

—Pasó un hombre —aclaró el testigo— y le pregunté la hora. Sí, eran las dos y media. Entré de nuevo en la casa, me senté y me puse a pensar. «Y todo este tiempo, ¿dónde he estado?». Entonces recordé. Y me vino a la memoria lo del «volante», las fatigas, y lo de la arena. Me toqué el bolsillo y noté un bulto. ¡Era la arena que había tomado en aquel lugar! Estaba asombrado. La saqué y la guardé.

—¿Se lo dijo a alguien?

—A nadie. No quería que me tomaran por loco.

—¿Usted creía en ovnis?

—Para nada. «Eso son tonterías», pensaba yo...

—¿Tuvo algún problema de salud?

—Durante un mes no pude conciliar el sueño, pero supongo que fue por el susto.

Flores, finalmente, le confió el secreto a Gómez Serrano y éste, como dije, me lo hizo saber.

Solicité una muestra de la arena, y *Flores*, siempre gentil, me la facilitó. Y ahí empezó una larga y paciente investigación que se prolongó durante seis años. Mi objetivo era tan simple como loco: localizar el lugar donde fue recogida la arena. Recuerdo que, al trasvasarla, la probé. Sentí calor en los labios y terminé con la boca hinchada y anestesiada. ¿Qué demonios era aquello?

Al principio no supe por dónde empezar.

Los primeros contactos con biólogos, geólogos y expertos en arenas marinas casi me hicieron desistir. Hay millones de playas en el planeta y decenas de desiertos. No podía recorrerlos todos...

Pero la fuerza que siempre me acompaña me animó a seguir.

Y me dirigí después al Instituto de Ciencia de los Materiales, en Sevilla (España). José Luis Pérez, su director, analizó la muestra de Flores y dictaminó: «arena simple de construcción». Pero me dio un buen consejo: «Busca en las playas próximas...». Así lo hice. Y durante meses recorrí 47 playas, al este y al oeste de Algeciras, tomando muestras de cada una de ellas. Los análisis resultaron negativos. La arena de mi ami-

***Flores*, con el frasco en el que guardaba la arena. (Foto: Blanca.)**

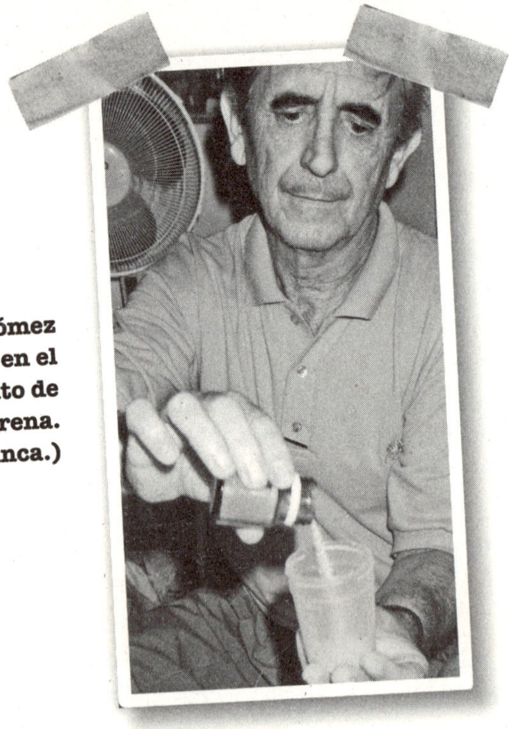

Andrés Gómez Serrano en el momento de trasvasar la arena. (Foto: Blanca.)

go *Flores* no guardaba relación con ninguna de las playas españolas y portuguesas que acerté a visitar.

Y recurrí entonces a Tomás Calderón, un prestigioso científico de la Facultad de Ciencias de la Universidad Autónoma, en Madrid. Ya habíamos trabajado en otras investigaciones.

El informe fue otro jarro de agua fría. Los análisis por difracción de RX fueron rotundos: estábamos ante la presencia de cuarzo, como mineral mayoritario de la muestra. También se detectó calcita. Es decir, nada extraño. La muestra de *Flores* contenía lo que contienen todas las arenas normales de playas y desiertos. Los contadores alfa y beta arrojaron contenidos igualmente normales: uranio (0,8 partes por millón), thorio (0,6 ppm) y potasio-40 (no detectado). En otras palabras: no se detectó radioactividad.

Y Tomás, entendiendo mi preocupación, sugirió que consultara a Mari Luz González-Regalado, micropaleontóloga, de gran autoridad en Europa.

Así lo hice. Y me trasladé a la Universidad de Huelva (España). Entregué otra muestra y esperé.

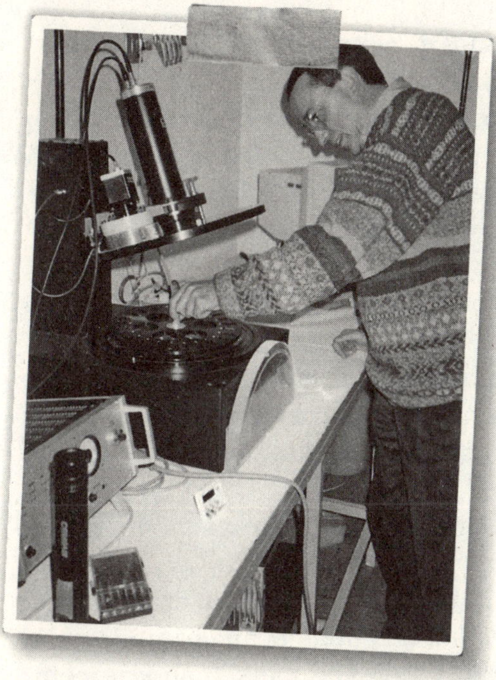

Tomás Calderón. (Foto: J. J. Benítez.)

Semanas más tarde, la amabilísima Mari Luz me remitió un primer informe. Ahí aparecieron pistas interesantes y prometedoras.

La micropaleontóloga había encontrado restos de foraminíferos bentónicos[1] y algunos fragmentos de equinodermos (erizos marinos). «Las evidencias de rotura y desgaste que presentan los restos —decía Mari Luz— ponen de manifiesto el transporte de éstos desde el mar hasta la zona superior de la playa por olas o mareas, o incluso por el viento, hasta las dunas costeras... Esto permite concluir que la muestra procede inicialmente de la zona intermareal. Posteriormente ha sido trabajada por el mar y el viento y transportada a la parte más alta de la playa (dunas)».

Las formas de foraminíferos hallados en la arena de *Flores* Ruíz Lara eran cuatro: *Elphidium crispum*, *Ammonia inflata*, *Ammonia Sp.* y *Florilus boueanum*.

1. Los foraminíferos bentónicos son organismos que viven en el sedimento del fondo marino, siendo muy abundantes en las zonas someras.

Además, entre los granos de cuarzo, Mari Luz había descubierto el caparazón de una hormiga.

Regresé a Huelva y consulté con la micropaleontóloga.

Según Mari Luz, los restos de foraminíferos eran propios del Atlántico y del Mediterráneo.

¡Dios mío! Eran miles y miles de playas...

No me desanimé.

Aparqué, de momento, el asunto de los foraminíferos y me dediqué a la hormiga.

Juan Carlos Pérez Quintero, también de la Universidad de Huelva, y experto en hormigas, prometió estudiar el caso.

Pero me impacienté y decidí consultar a otros especialistas.

Alberto Tinaut, de la Universidad de Granada, fue uno de ellos.

El informe de Tinaut llegó rápido: «... La cabeza y el tórax pertenecen a *Linepithema humile,* una hormiga ampliamente distribuida por el mundo. Es de las que se conocen como "invasoras"».

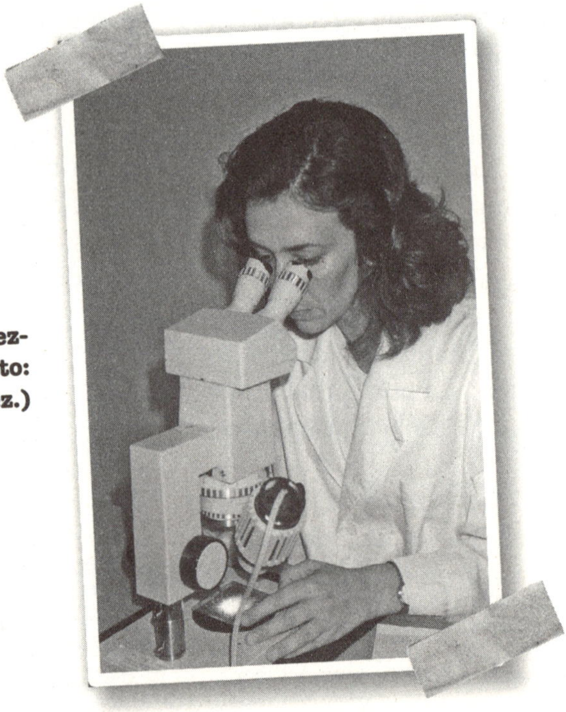

Mari Luz González-Regalado. (Foto: J. J. Benítez.)

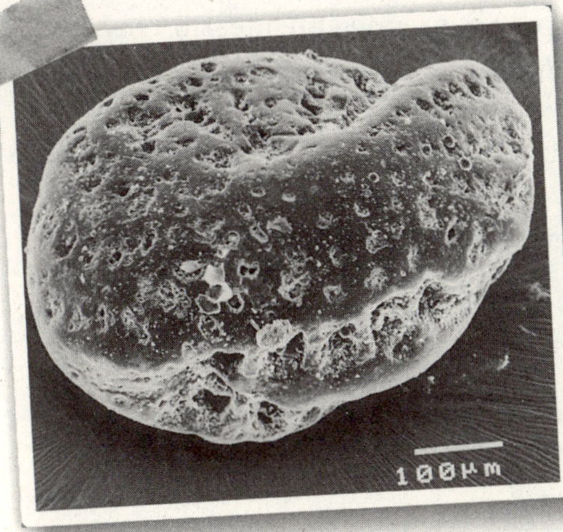

Foraminífero hallado en la arena de *Flores*. (Gentileza de M. Luz González-Regalado.)

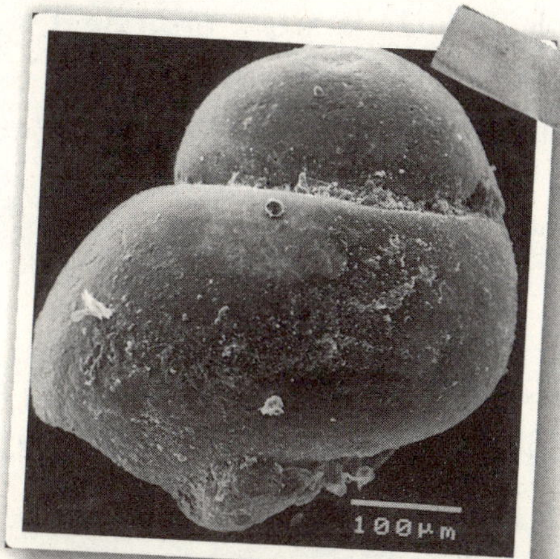

Gasterópodo marino, encontrado en la arena de *Flores*. (Gentileza de González-Regalado.)

Restos de erizo de mar, hallados por González-Regalado en la arena de *Flores*. (Gentileza de González-Regalado.)

Y me adjuntaba un mapa. La hormiga en cuestión habita en Australia, África del Sur, América y parte de Asia.

Mi gozo en un pozo...

Poco después llegó la información de Pérez Quintero, confirmando lo ya sabido.

En esos días, en un penúltimo esfuerzo, me dirigí a la Universidad de Murcia y consulté con José Carrión, gran autoridad en Botánica.

«Quizá por los restos de polen –pensé– podría averiguar de dónde demonios salió la arena de *Flores*».

Carrión estudió la muestra y me aseguró «que allí no había polen».

—Es muy raro —comentó–. Hasta en los desiertos hay polen. Quizá la arena procede de un lugar sin vegetación, pero eso es muy difícil.

–¿Por ejemplo?

—Los polos...

Quedé perplejo. ¿Fue mi amigo *Flores* Ruíz Lara abducido y transportado al polo?

La verdad, no di crédito a la hipótesis de Carrión.

Y me dediqué a visitar las grandes dunas del coto de Doñana, en Huelva (España). Pero las muestras, una vez más, no guardaban relación con las características de la arena de *Flores*.

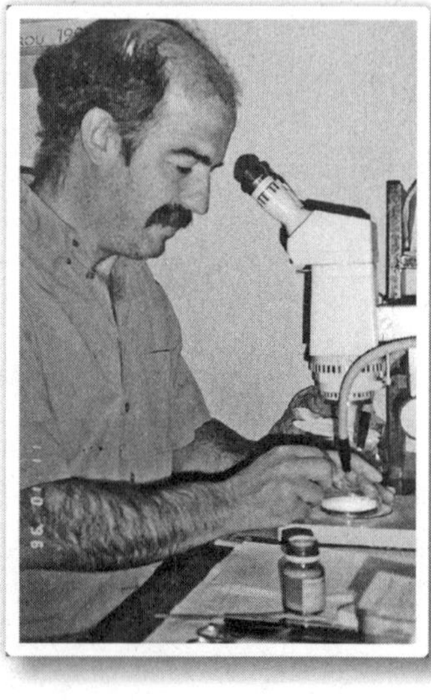

Alberto Tinaut.
(Foto: J. J. Benítez.)

Restos de la hormiga en la arena de *Flores*. (Foto: A. Tinaut.)

La investigación había entrado en un callejón sin salida.

Recuerdo que fue en octubre de 1996.

Estaba desalentado.

No veía la forma de proseguir la investigación.

Pero los cielos —supongo que mis «primos»— tuvieron piedad de mí.

Ese mes recibí la revista *Investigación y ciencia* (edición española de *Scientific American*), a la que estoy suscrito desde hace décadas.

En la portada —como un regalo— aparecía una fotografía: granos de arena, sobre un titular que rezaba: «Arenas del mundo». Entre las páginas 42 y 47 pude leer un reportaje firmado por Walter N. Mack y Elizabeth A. Leistikow.

Y, de pronto, mientras leía, creí escuchar en mi interior una familiar voz. Decía: «Escríbele…».

Obedecí. Conseguí la dirección de Mack y le envié lo poco que quedaba de la muestra de arena de *Flores* Ruíz Lara.

Y pensé: «¡Qué ridiculez! No responderá».

Me equivoqué.

El 16 de diciembre (1996) recibí una amable carta del científico, doctor en Microbiología por la Universidad de California (San Francisco). Mack era, sin duda, una de las máximas autoridades del mundo en arenas.

Junto a la carta incluía una serie de fotografías, tomadas al microscopio, y un mapa.

48823. USA.
December 16, '96. mack

Juan Jose Benitez
Apartado Postal 141
11160 Barbate,
Cadiz, Spain.

Dear Juan:

I have examined the sand sample you sent me. In comparing the sample to those in my collection, I found only one sample with similar grains and a few unusual grains. The sample (like yours) was collected from the crest of the beach sand berm at Gjoa Haven, Northwest Territory, Canada. This is a very small fishing village in a very isolation area where fishing is their main support.

I have photographed the grain found in your sample and inclosed two of the large, white "fuzzy" grains which was treated with a very weak acid (vinegar) which dissolved ,probably unprecipitated (calcium carbonate) but leaving a few very small grains of quartz. The small square container contains the total remains after the vinegar acid treatment. From your letter I understand that your sample came from near Cadiz, Spain which I believe is a fishing port. I don't know if the deposits of fishing port has anything to do with the deposits seen in these two (yours and mine) samples or not. The weathering of the grains in our samples suggest wind weathering but finding of tests for foraminifer in your sample proves the grains were at one time in shallow, salt water. Do the beaches near Cadiz show ripple marks at low tide? If a number of chemical and physical conditions are met, I would consider the large fuzzy grains the first devilment of Oolite, found on many ocean beaches. A famous one is in Turkey on the Cleopatra Beach. When the solubility becomes saturated the calcium carbonate is precipitated by lamination.

To add to your collection-a sample of sand from Naubinway, Michigan, Lake Michigan USA. Naubinway is a fishing village on the most northern tip of Lake Michigan.

Sincerely, Yours.

Walter N. Mack.

Walter N. Mack

Carta de Mack a Juanjo Benítez. En el primer párrafo dice: «Estimado Juan: He examinado la muestra de arena que me envió. Al compararla con las de mi colección, encontré sólo una muestra con granos similares y unos pocos granos poco corrientes. La muestra (como la suya) fue recogida en la cresta de la berma de arena de playa en Gjoa Haven, Territorio Noroeste, Canadá, un pueblecito de pescadores muy pequeño en una región muy aislada, que se sostiene sólo de la pesca».

En la misiva, Mack concretaba que la arena que yo le había enviado «era idéntica a una de las muestras que él poseía».

Aquello era un milagro...

La arena de Mack (idéntica a la de *Flores*) procedía de Gjoa Haven, en Canadá. Más exactamente, a 200 kilómetros al norte del círculo polar ártico.

Por supuesto, Mack no supo de la experiencia vivida por *Flores*. El científico pensó que yo había tomado la arena de Gjoa Haven. De ahí la coincidencia.

En posteriores comunicaciones, Mack me explicó que «no hay dos arenas iguales».

Todo esto me llevó a pensar lo siguiente: *Flores* fue trasladado (no sé cómo) hasta ese lugar del norte de Canadá, a miles de kilómetros de Algeciras, y allí, en la zona de la pequeña aldea de Gjoa Haven, obligado a tomar arena del lugar.

El cálculo de probabilidad matemática de que exista en España, o en cualquier otro lugar del planeta, una arena gemela a la de Gjoa Haven es casi nula.

Y me pregunto: ¿qué pretenden mis «primos» con acciones de este tipo? ¿Probar, quizá, la paciencia de los investigadores?

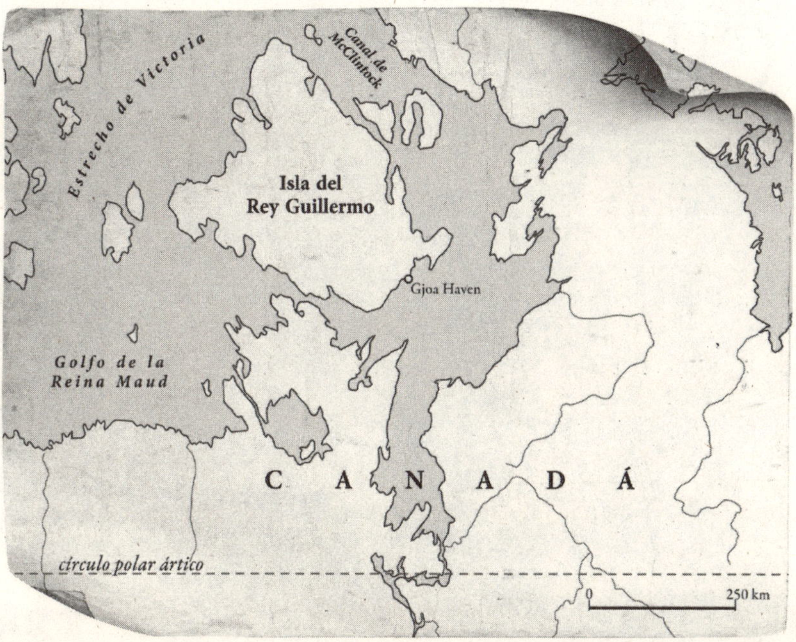

En la imagen superior, granos de arena de la costa de Gjoa Haven, en Canadá (colección de Mack). En la inferior, la arena de *Flores*. Como puede apreciarse, son idénticas.

Portada de *Investigación y ciencia* (octubre 1996).

WALTER N. MACK y ELIZABETH A. LEISTIKOW se han interesado por la arena desde hace mucho. Mack (*izquierda*), que se doctoró en microbiología por la Universidad de California en San Francisco en 1947, enseñó durante más de 30 años en la de Michigan. Su confesada fascinación por la arena comenzó desde muy joven, en unas vacaciones en el lago Michigan. Desde entonces, ayudado por amigos y conocidos, ha recogido arena de todos los rincones del mundo, la ha examinado al microscopio, la ha fotografiado y la ha estudiado. Leistikow, que fue alumna de Mack, se doctoró por la Universidad estatal de Wayne. Trabaja con FSH/Mayo Health Systems, en La Crosse, Wisconsin.

bre, 1996 47

El providencial Walter N. Mack. (Gentileza de *Investigación y Ciencia.*)

MANISES

El caso «Manises» fue otro múltiple avistamiento ovni al que dediqué mucho tiempo. Lo investigué a fondo. Como quizá recuerde el lector, en la noche del 11 de noviembre de 1979, hacia las 23 horas, un avión Super-Caravelle de la compañía española TAE despegó del aeropuerto de Palma de Mallorca, con rumbo —sin escalas— a las Islas Canarias. Se trataba de la línea JK-297 Palma-Tenerife-Las Palmas. El reactor, con 109 turistas austríacos y alemanes, era pilotado por el comandante Javier Lerdo de Tejada (quince años como aviador y más de 8.000 horas de vuelo), al que acompañaban el segundo, Ramón Zuazu (diez años como piloto y más de 3.000 horas de vuelo), el mecánico de vuelo, Francisco Javier Rodríguez, y un tercer piloto, «en situación»: Luis de Luque Torre.

A las 23 horas y 05 minutos, cuando el reactor ascendía para alcanzar su nivel de crucero (33.000 pies), el Centro de Control de Vuelo de Barcelona le pidió que sintonizara la frecuencia de emergencia (121.5), dado que el SAR había captado una llamada de socorro a unas 40 millas al norte de Valencia.

Los pilotos del TAE confirmaron la existencia de dicha llamada, aunque no llegaron a entender el mensaje.

A las 23:08 la tripulación del reactor comercial reportó a Control de Vuelo de Barcelona la presencia, por la izquierda del avión, de un «tráfico» sin identificar.

Barcelona respondió a los pilotos que no existía en la zona más avión notificado que el del comandante Tejada. El radar no captaba dicho «tráfico no identificado».

Segundos después de esta primera notificación de los pilotos de la TAE a Barcelona, el «no identificado» comenzó a aproximarse peligrosamente al Super-Caravelle.

Según palabras textuales de la tripulación –grabadas en el Centro de Control de Vuelo de Barcelona y, posteriormente, en el de Valencia–, el objeto tenía un tamaño aproximado al doble de un avión Jumbo (Boeing 747), con dos potentes luces rojas en los extremos. El tamaño de un 747 es de 98 metros.

Entre las citadas 23:08 horas y las 23:16, el gigantesco ovni permaneció a la izquierda del reactor, que volaba en esos momentos a 850 kilómetros por hora y a una altitud de 20.000 pies (casi 7.000 metros).

Durante 8 minutos, el objeto no identificado llegó a aproximarse al TAE a cosa de 100 o 200 metros.

Las maniobras del ovni fueron tan violentas y peligrosas que el comandante del avión comunicó a Control Barcelona «que así no podía seguir volando y que procedía a Valencia».

A las 23:50, el avión de TAE tomó tierra en el aeropuerto de Manises (Valencia, España). Los 109 pasajeros fueron trasladados al hotel Azafata, muy próximo al aeropuerto, donde pernoctaron.

Desde el momento del aterrizaje del reactor, y por espacio de 2 horas, más de cuarenta testigos observaron la presencia de tres luces que permanecían estáticas sobre la zona de combustible del aeropuerto, la torre de controladores, y la cercana base aérea. Entre estos testigos se hallaban el director del aeropuerto, ingeniero aeronáutico Miguel Morán, controladores de vuelo, oficial de tráfico (Salvador Tomás Rubio), policías nacionales y empleados de Iberia.

A las 23:26 horas salió en alerta de la base aérea de Los Llanos, en Albacete (España), un Mirage (F-1), pilotado por el

«Manises» (1979).
(Dibujo de Ghot.)

Avión de la compañía TAE, en Manises. (Foto: Penalba.)

Zuazu, copiloto (izquierda), y Lerdo de Tejada, comandante del TAE, poco antes de declarar ante los militares de la base aérea de Manises. (Foto: J. J. Benítez.)

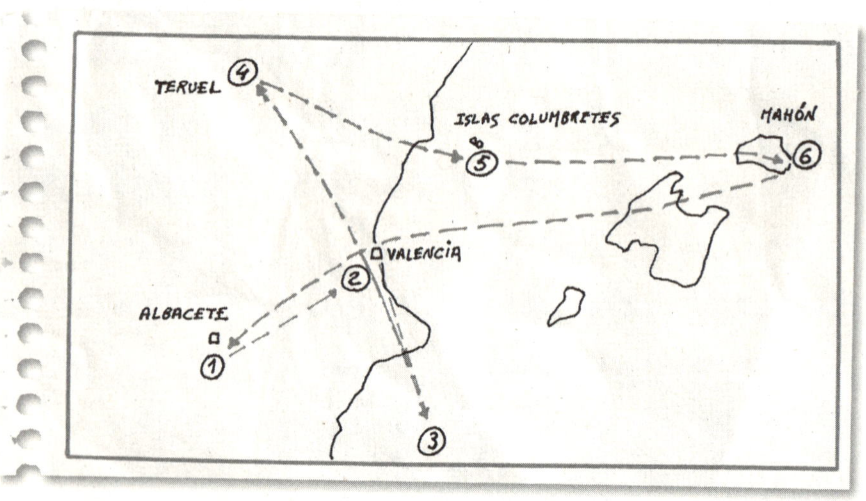

Recorrido del F-1 en la noche del 11 de noviembre de 1979. 1.- Salida de la base de Los Llanos. 2.- Visualiza un ovni. 3.- Lo persigue hacia el sur. 4.- Se dirige hacia un segundo objeto, en Aragón. 5.- Islas Columbretes: nuevo objeto. 6.- Lo sigue hasta Mahón. Cuaderno de campo de J. J. Benítez.

El entonces capitán Cámara. (Gentileza de Fernando Cámara.)

entonces capitán Fernando Cámara. El caza permaneció en el aire durante una hora y tres cuartos, tratando de alcanzar a tres objetos no identificados. La persecución resultó infructuosa. El primero de los ovnis fue perseguido por el F-1 en dirección sur-sureste. El segundo ovni fue seguido por Cámara hacia Aragón y el tercero desde las islas Columbretes hasta la ciudad de Mahón, en Menorca (Islas Baleares, España).

Entre las dos y media y tres menos cuarto de esa madrugada, José Climent, vecino de Sóller, en Mallorca, lograba fotografiar un objeto volante no identificado en la zona del monte L'Ofre. Las dos imágenes fueron intervenidas por un capitán y un brigada del Ejército del Aire español que se presentaron en la citada localidad de Sóller. Los negativos nunca fueron devueltos a su propietario.[1]

Naturalmente, como no podía ser de otra manera, los mercachifles y frotaesquinas de la ufología española salieron al paso y sentenciaron: «Lo que vieron los pilotos del TAE y lo

1. Amplia información en *Incidente en Manises* (1980) y en *Mis ovnis favoritos* (2001).

Ricardo Teigell.
(Gentileza de la familia.)

que persiguió el caza fueron los fuegos de las chimeneas de la refinería de Escombreras, en Cartagena (Murcia, España)».

Y se quedaron tan felices...

Cuando lo comenté con el comandante del TAE se echó a reír.

Y proclamó:

—Absurdo.

Fernando Cámara, piloto del F-1 que salió de la base de Los Llanos, y que persiguió a los «no identificados» durante más de una hora, sonrió cuando le planteé la explicación de los escépticos. Y manifestó:

—¿El reflejo de una chimenea anula el radar del F-1? Porque eso fue lo que pasó. Es más: ¿el fuego de una chimenea anula la filmadora y la geometría de armamento del caza?

Cámara añadió:

—Cuando volaba sobre las islas Columbretes, ¿también eran visibles las chimeneas de Escombreras? Esos tipos no son serios...

Algunos de los testigos ovni del caso Manises: José Ferreira, Ángel Cremades, Miguel Morlán, Alfonso Díaz-Cuéllar, Luis Carretero, Miguel Vázquez, Tomás Salvador y Ángel Díaz-Cuéllar. En el centro, J. J. Benítez. (Archivo de Juanjo Benítez.)

Exacto.

Ricardo Teigell, que fuera controlador jefe de la sala de operaciones en Pegaso (Torrejón), en la célebre noche del 11 de noviembre de 1979, calificó la hipótesis de las «chimeneas» como nada científico.

—Esa gente –manifestó– no sabe qué es volar.

Teigell, tras hablar con el comandante del TAE, ordenó el *scramble* del F-1 de la base de Los Llanos.

—Cámara volaba a 20.000 y 22.000 ángeles (pies) –añadió el coronel– y a esa altitud es muy difícil confundir algo que está en tierra, y en otro rumbo.

En una de mis conversaciones con Teigell, en Madrid, el militar me reservaba una sorpresa.

—Aquí tienes la cinta que grabamos esa noche en Torrejón.

Se refería a las comunicaciones entre Pegaso y el F-1 que pilotaba Cámara.

La escuché, asombrado. Y la incluyo en el presente trabajo, en rigurosa primicia.

—Sólo te pido una cosa –rogó Ricardo–. Hazla pública dentro de diez años.

Aquello me sonaba. Se lo prometí, naturalmente. Era el 17 de enero de 1997. He cumplido.

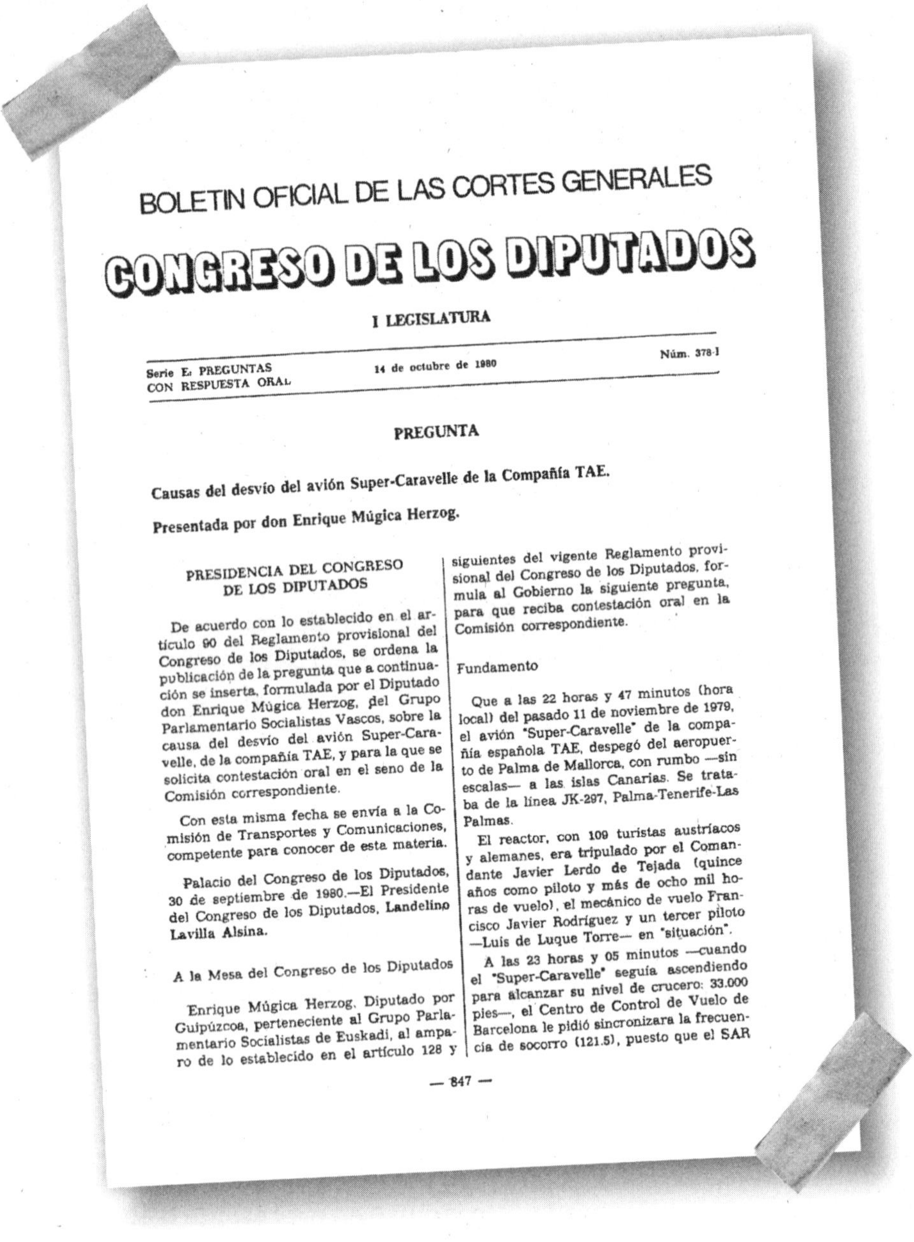

BOLETIN OFICIAL DE LAS CORTES GENERALES

CONGRESO DE LOS DIPUTADOS

I LEGISLATURA

Serie E: PREGUNTAS CON RESPUESTA ORAL	14 de octubre de 1980	Núm. 378-I

PREGUNTA

Causas del desvío del avión Super-Caravelle de la Compañía TAE.

Presentada por don Enrique Múgica Herzog.

PRESIDENCIA DEL CONGRESO DE LOS DIPUTADOS

De acuerdo con lo establecido en el artículo 90 del Reglamento provisional del Congreso de los Diputados, se ordena la publicación de la pregunta que a continuación se inserta, formulada por el Diputado don Enrique Múgica Herzog, del Grupo Parlamentario Socialistas Vascos, sobre la causa del desvío del avión Super-Caravelle, de la compañía TAE, y para la que se solicita contestación oral en el seno de la Comisión correspondiente.

Con esta misma fecha se envía a la Comisión de Transportes y Comunicaciones, competente para conocer de esta materia.

Palacio del Congreso de los Diputados, 30 de septiembre de 1980.—El Presidente del Congreso de los Diputados, **Landelino Lavilla Alsina.**

A la Mesa del Congreso de los Diputados

Enrique Múgica Herzog, Diputado por Guipúzcoa, perteneciente al Grupo Parlamentario Socialistas de Euskadi, al amparo de lo establecido en el artículo 128 y siguientes del vigente Reglamento provisional del Congreso de los Diputados, formula al Gobierno la siguiente pregunta, para que reciba contestación oral en la Comisión correspondiente.

Fundamento

Que a las 22 horas y 47 minutos (hora local) del pasado 11 de noviembre de 1979, el avión "Super-Caravelle" de la compañía española TAE, despegó del aeropuerto de Palma de Mallorca, con rumbo —sin escalas— a las islas Canarias. Se trataba de la línea JK-297, Palma-Tenerife-Las Palmas.

El reactor, con 109 turistas austríacos y alemanes, era tripulado por el Comandante Javier Lerdo de Tejada (quince años como piloto y más de ocho mil horas de vuelo), el mecánico de vuelo Francisco Javier Rodríguez y un tercer piloto —Luis de Luque Torre— en "situación".

A las 23 horas y 05 minutos —cuando el "Super-Caravelle" seguía ascendiendo para alcanzar su nivel de crucero: 33.000 pies—, el Centro de Control de Vuelo de Barcelona le pidió sincronizara la frecuencia de socorro (121.5), puesto que el SAR

— 847 —

Misión Sierra-Mike-realizada por Pegaso 1-0

Comandante Teigell

El día 19 de octubre de 1979, dando comienzo a las 16.01 Z y finalizando a las 16.36 Z. Misión de defensa aérea activa.

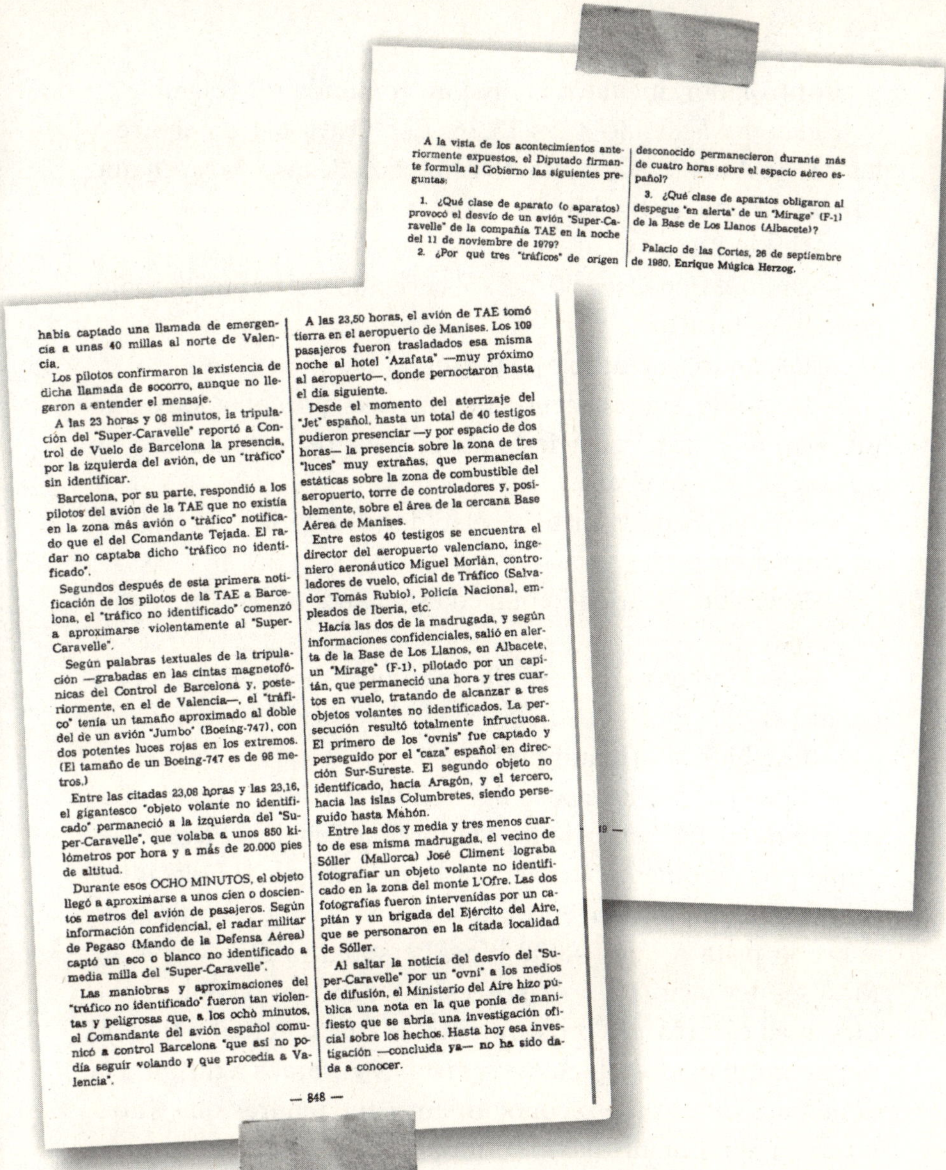

habia captado una llamada de emergen-
cia a unas 40 millas al norte de Valen-
cia.

Los pilotos confirmaron la existencia de
dicha llamada de socorro, aunque no lle-
garon a entender el mensaje.

A las 23 horas y 08 minutos, la tripula-
ción del "Super-Caravelle" reportó a Con-
trol de Vuelo de Barcelona la presencia,
por la izquierda del avión, de un "tráfico"
sin identificar.

Barcelona, por su parte, respondió a los
pilotos del avión de la TAE que no existía
en la zona más avión o "tráfico" notifica-
do que el del Comandante Tejada. El ra-
dar no captaba dicho "tráfico no identi-
ficado".

Segundos después de esta primera noti-
ficación de los pilotos de la TAE a Barce-
lona, el "tráfico no identificado" comenzó
a aproximarse violentamente al "Super-
Caravelle".

Según palabras textuales de la tripula-
ción —grabadas en las cintas magnetofó-
nicas del Control de Barcelona y, poste-
riormente, en el de Valencia—, el "tráfi-
co" tenía un tamaño aproximado al doble
del de un avión "Jumbo" (Boeing-747), con
dos potentes luces rojas en los extremos.
(El tamaño de un Boeing-747 es de 98 me-
tros.)

Entre las citadas 23,08 horas y las 23,16,
el gigantesco "objeto volante no identifi-
cado" permaneció a la izquierda del "Su-
per-Caravelle", que volaba a unos 850 ki-
lómetros por hora y a más de 20.000 pies
de altitud.

Durante esos OCHO MINUTOS, el objeto
llegó a aproximarse a unos cien o doscien-
tos metros del avión de pasajeros. Según
información confidencial, el radar militar
de Pegaso (Mando de la Defensa Aérea)
captó un eco o blanco no identificado a
media milla del "Super-Caravelle".

Las maniobras y aproximaciones del
"tráfico no identificado" fueron tan violen-
tas y peligrosas que, a los ochò minutos,
el Comandante del avión español comu-
nicó a control Barcelona "que así no po-
día seguir volando y que procedía a Va-
lencia".

A las 23,50 horas, el avión de TAE tomó
tierra en el aeropuerto de Manises. Los 109
pasajeros fueron trasladados esa misma
noche al hotel "Azafata" —muy próximo
al aeropuerto—, donde pernoctaron hasta
el día siguiente.

Desde el momento del aterrizaje del
"Jet" español, hasta un total de 40 testigos
pudieron presenciar —y por espacio de dos
horas— la presencia sobre la zona de tres
"luces" muy extrañas, que permanecían
estáticas sobre la zona de combustible del
aeropuerto, torre de controladores y, posi-
blemente, sobre el área de la cercana Base
Aérea de Manises.

Entre estos 40 testigos se encuentra el
director del aeropuerto valenciano, inge-
niero aeronáutico Miguel Morlán, contro-
ladores de vuelo, oficial de Tráfico (Salva-
dor Tomás Rubio), Policía Nacional, em-
pleados de Iberia, etc.

Hacia las dos de la madrugada, y según
informaciones confidenciales, salió en aler-
ta de la Base de Los Llanos, en Albacete,
un "Mirage" (F-1), pilotado por un capi-
tán, que permaneció una hora y tres cuar-
tos en vuelo, tratando de alcanzar a tres
objetos volantes no identificados. La per-
secución resultó totalmente infructuosa.
El primero de los "ovnis" fue captado y
perseguido por el "caza" español en direc-
ción Sur-Sureste. El segundo objeto no
identificado, hacia Aragón, y el tercero,
hacia las islas Columbretes, siendo perse-
guido hasta Mahón.

Entre las dos y media y tres menos cuar-
to de esa misma madrugada, el vecino de
Sóller (Mallorca) José Climent lograba
fotografiar un objeto volante no identifi-
cado en la zona del monte L'Ofre. Las dos
fotografías fueron intervenidas por un ca-
pitán y un brigada del Ejército del Aire,
que se personaron en la citada localidad
de Sóller.

Al saltar la noticia del desvío del "Su-
per-Caravelle" por un "ovni" a los medios
de difusión, el Ministerio del Aire hizo pú-
blica una nota en la que ponía de mani-
fiesto que se abría una investigación ofi-
cial sobre los hechos. Hasta hoy esa inves-
tigación —concluida ya— no ha sido da-
da a conocer.

— 848 —

A la vista de los acontecimientos ante-
riormente expuestos, el Diputado firman-
te formula al Gobierno las siguientes pre-
guntas:

1. ¿Qué clase de aparato (o aparatos)
provocó el desvío de un avión "Super-Ca-
ravelle" de la compañía TAE en la noche
del 11 de noviembre de 1979?

2. ¿Por qué tres "tráficos" de origen
desconocido permanecieron durante más
de cuatro horas sobre el espacio aéreo es-
pañol?

3. ¿Qué clase de aparatos obligaron al
despegue "en alerta" de un "Mirage" (F-1)
de la Base de Los Llanos (Albacete)?

Palacio de las Cortes, 26 de septiembre
de 1980. **Enrique Múgica Herzog.**

— [illegible]9 —

Scramble al Eco-Óscar-0-1, un F-1 del ala 14 con motivo del incidente ocurrido a un Caravelle de la compañía TAE en la madrugada del 11 al 12 de noviembre de 1979.

Piloto del Eco-Óscar-0-1: capitán Cámara.

Controlador que llevó la misión: comandante Teigell.

El *scramble* se dio a las 23.26. Eco-Óscar-0-1 en el aire a las 23.40. A las 23.42, contacto radio con Pegaso, hora en que comienza esta grabación.

—Unidad Eco-Óscar-0-1.

—Unidad Eco-Óscar-0-1, 5x5, te recibo y el contacto radar contigo es positivo.

—Recibido, [inaudible] 7-0, [inaudible].

—Recibido, sigue ascendiendo al nivel que consideres mejor. Vamos hacia Valencia-Manises para reconocimiento de posible objeto en el aire.

—Unidad Eco-Óscar-0-1, recibido [inaudible] ascendiendo [inaudible].

—Recibido. ¿Entiendo que en este canal me recibes 5x5?

—5x5.

—Recibido caso de pérdida de radio. Enseguida vamos a canal 12.

—Recibido, 12 [inaudible].

—Eco-Óscar-0-1, te paso ligera información: un avión Caravelle de la TAE en ruta de Mallorca a Tenerife ha sido seguido por un objeto extraño y, a la vista de ello, ha decidido su comandante tomar en Manises. Una vez que ha tomado sobre la pista a unos 4.000 pies. Personal militar y civil de Manises ha visto tres objetos estabilizados y posiblemente otro más cambiando bruscamente de nivel. Actualmente, lo tienen también dos objetos a la vista. Nos vamos a dirigir a la zona para un posible reconocimiento que tendrás que trabajar vista y radar al máximo, toda vez que Pegaso no tiene contacto radar con nada en las proximidades de Valencia.

—Recibido.

—¿Qué nivel actual, 0-1?

—[inaudible] 24 [inaudible].

—Recibido. Cuando estabilices, comunícalo para actuar tus datos. Haz ahora una prueba de tus focos para ver si responden.

—[inaudible] Afirmativo.

—Recibido, comprueba cabina, oxígeno, paracaídas y armamento.

—[inaudible] Probado todo.

—Roger. 0-1, vamos a rastrear la zona que hay entre Manises base y Sagunto.

—Recibido [inaudible].

—Y a las 67 millas de Sagunto actualmente.

—Yo por eso voy a estabilizar las [inaudible].

—¿Todo bien? ¿Tu radar lo llevas activado?

—Afirmativo.

—Vigilante continuamente.

—Actualmente llegando hacia los [inaudible].

—Recibido. Pon rumbo por la izquierda de 0-2-0. Nos comunican ahora que sobre puerto de Valencia aproximadamente. Claro, es de noche y no se puede precisar. A un nivel de unos 220 hay un objeto lanzando destellos blancos.

—Actualmente estoy teniendo interferencias en la radio. El tipo de las que ha [...] el otro día [inaudible] es una especie de sirena.

—Recibido. Vete informándome para darle yo la información máxima al general.

—Estoy saliendo de [inaudible] me indican [inaudible] intermitentes por la derecha y morro.

—Afirmativo. Por la derecha, sí, y morro. Posiblemente morro sobre Sagunto, derecha sobre puerto de Valencia.

—A la vista no tengo nada.

—Recibido, a la vista, nada. Ahora, en ese rumbo vas hacia la base. Al llegar a la base, por la derecha, a 1-0-0.

—Recibido.

—Ahora mismo aparecen unas luces y un [inaudible] rojo que se ve como a la izquierda de la luna.

—Sí, a ver, precaución, prevenido y a ver si puedes hacer un reconocimiento. ¡Y ánimo, que la noche está bonita!

—Actualmente virando a rumbo 1-0-0.

—Roger.

—¿En radar no tienes nada?

—Negativo. En radar nada. Confirmado, interferencia radio.

—Recibido, interferencia.

—Cuando aprieto el micro desaparecen.

—Recibido. Yo en pantalla no tengo nada radar, solamente tus datos. ¿Mirando bien a izquierda, derecha, arriba, abajo?

—Las interferencias de radio cada vez son más [inaudible].

—Recibido.

—Acaban de cesar las interferencias.

—Recibido. Cambio de rumbo, entonces, y vete otra vez hacia Valencia, hacia costa.

—[inaudible] a mis tres aproximadamente y a una distancia puede ser de 25 millas [inaudible] un avión o algo de eso.

—Adelante.

Múgica Herzog (izquierda), en el momento de la entrega de la documentación sobre el caso «Manises». La interpelación al gobierno de Suárez se llevó a cabo el 29 de septiembre de 1980. El gobierno manifestó que «no sabía, pero que los ovnis estuvieron allí». (Foto: Alberto Torregrosa.)

—[...] luces rojas.

—Adelante. Entiendo a tus tres.

—Afirmativo. A mis tres y la distancia debe ser, pues como hacia la parte de mi [inaudible], o por ahí. Más bajo que yo. Me voy a dirigir hacia allá si te parece.

—Afirmativo, sí.

—Continúan las interferencias.

—¿Todo bien?

—Las interferencias continúan.

—Recibido. ¿En el mismo sentido que las anteriores?

—Afirmativo. Son las mismas que... exactamente, porque el otro día [inaudible] la transmisión de buscar portaaviones y son las mismas que hacía [inaudible] portaaviones.

—Recibido, 0-1.

También los principales testigos de los ovnis que sobrevolaron el aeropuerto de Manises se pronunciaron respecto a la teoría de las «chimeneas». Las risas fueron generales.

—Esos ignorantes –proclamaron– no saben que la refinería queda tapada por el cabo de la Nao...

Y añadieron algo que no sabía:

—Cuando el capitán Cámara se disponía a tomar tierra en Los Llanos, se presentó otra luz. La vimos hacia Cullera. Pensamos que era el F-1 y le preguntamos, por radio, si se disponía a aterrizar en Manises. Cámara respondió que estaba llegando a su base, en Albacete.

El ovni, por supuesto, no respondió a la gente de Manises...

Diez meses después de aquel intenso 11 de noviembre de 1979 se registraba otro hito en la historia de la ufología española: un parlamentario, Múgica Herzog, socialista y vicepresidente de la Comisión de Defensa del Congreso, interpelaba al gobierno español sobre los misteriosos sucesos de Manises.

Las preguntas –elaboradas por mí– fueron las siguientes:

1. ¿Qué clase de aparato o aparatos provocó el desvío del Super-Caravelle de la compañía TAE en la noche del 11 de noviembre de 1979?

2. ¿Por qué tres «tráficos» de origen desconocido permanecieron durante más de cuatro horas en el espacio aéreo español?
3. ¿Qué clase de aparatos obligaron al despegue «en alerta» de un Mirage F-1 de la base aérea de Los Llanos (Albacete)?

Sin duda fue un día pleno para mí...

Después, con el paso del tiempo, como sucede con frecuencia, fui descubriendo otros encuentros con mis «primos», ocurridos en esas fechas y en esa zona del Levante español.

He seleccionado algunos casos, todos elocuentes:

RODA

11 de noviembre de 1979.

La misma noche del acoso del ovni al avión de la compañía TAE.

Interrogué al testigo, Pedro Serrano, en la compañía de Manuel Audije, capitán de submarinos de la Armada Española, y Ángel, otro buen amigo.

La primera conversación tuvo lugar el 2 de febrero de 1980, en Cartagena (Murcia, España).

Rogué a Manolo Audije que redactara el informe.

He aquí una síntesis del mismo:

... Caso de Pedro Serrano... Edad: treinta y un años... Casado... Profesión: electricista... Lugar de trabajo: depuradora de agua de San Miguel de Salinas... Fecha del avistamiento: 11 de noviembre de 1979... Hora: 23 horas y 30 minutos... Relato: Pedro llevaba varios meses trabajando en la depuradora... Los turnos de trabajo eran de 07 horas a 15 horas y de 15 a 23... En aquella ocasión, él tenía el segundo turno... El recorrido desde su residencia al lugar de trabajo era rutinario y lo había efectuado muchísimas veces, lo que le había permitido constatar que el tiempo invertido en el mismo era aproximado a una hora con cinco minutos, más o menos... Aquella noche del 11 de noviembre de 1979, la luna estaba en cuarto menguante... Fue una noche tranquila... Entre las 22 y las 23 horas, Pedro había estado hablando con un compañero de trabajo sobre el espectáculo que ofrecía la hermosa noche... A las 23, Pedro entregó la guardia a su relevo y, montando en su Seat 850, emprendió el camino hacia Cartagena... A pocos kilómetros de la depuradora, la carretera se incorporaba a la provincial de Alicante-Cartagena... Algo después, en San Javier, abandonaba esa ruta, como de costumbre, y tomaba un desvío que, aunque estrecho y peor asfaltado, le ahorraba algunos kilómetros... Este desvío, además, tenía la ventaja de tener poco tráfico, sobre todo por la noche... El recorrido fue normal... Pedro iba cansado y en aquellos momentos intentaba averiguar de dónde procedía un ruido que, desde hacía varios días, venía oyendo en la parte trasera del vehículo... Y el ruido fue aumentando... Pedro pensó en una avería... Pero el referido ruido terminó enmascarado por otro que, según sus palabras, «era similar al zumbido de una peonza cuando la hacemos girar sobre la mano y la aproximamos al oído»... Fue en esos momentos, mientras escuchaba el zumbido, cuando vio que le sobrevolaba un extraño artefacto... «Era majestuoso», expresó Pedro... «Seguía mi misma dirección a lo largo de la carretera»... Eran las 23:30 horas... Faltaban 3 kilómetros, aproximadamente, para llegar al pueblo denominado Roda, a 27 kilómetros de Cartagena... «En cuanto vi la luz que me adelantaba —expresó el testigo— comencé a frenar el coche hasta dejarlo totalmente parado... Quité la velocidad, pero no paré el motor... Y me quedé mirando el aparato... El objeto se había detenido en el aire a unos 50 metros de altura sobre la carretera y a cosa de 100 de donde yo estaba... Se trataba de un aparato en forma de casquete esférico, parecido a una media naranja... En la base tenía un ala completamente circular y otra, de iguales características, por encima de la primera... Entre un ala y otra podía haber 30 centímetros... Entre dichas alas o anillos se veía una fuente luminosa que recordaba la soldadura eléctrica... Daba la sensación de que los anillos giraban

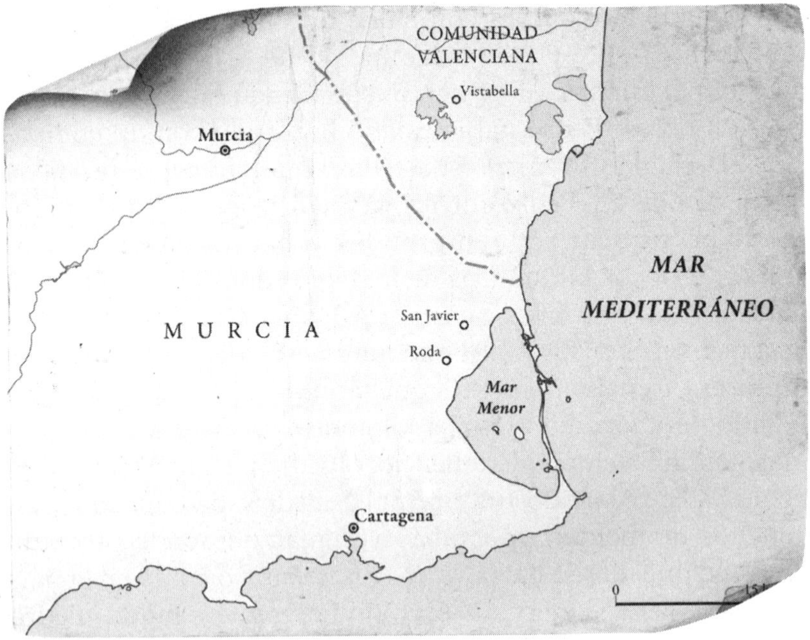

pero en sentido contrario uno del otro... El resto de la media naranja estaba oscuro... El zumbido seguía... Era constante... Y en eso observé que de la zona oscura surgía un foco luminoso... Era de color violeta... Y fue aproximándose al 850, pero lentamente... Y cubrió la totalidad de la carretera, y algo más... Calculo que el rayo luminoso necesitó del orden de dos o tres segundos para alcanzarme... Al bañar el coche me di cuenta de que algo muy raro estaba pasando... Yo tengo la costumbre de conducir con las manos aferradas a los radios del volante. Pues bien, observé que los asía, ¡pero no los veía!... Es más: pude ver cómo habían desaparecido todas las partes metálicas del turismo... Veía las ruedas delanteras como si el coche no tuviera carrocería... De igual forma vi el maletero, que en este vehículo se encuentra en la parte delantera, pero sólo vi la alfombrilla de goma que cubre el fondo... De mi vista desapareció una caja metálica, de herramientas, que siempre llevo (por mi profesión)... No salía de mi asombro... También veía las protecciones de plástico de los cables y la rueda de repuesto... Era como ver el esqueleto del co-

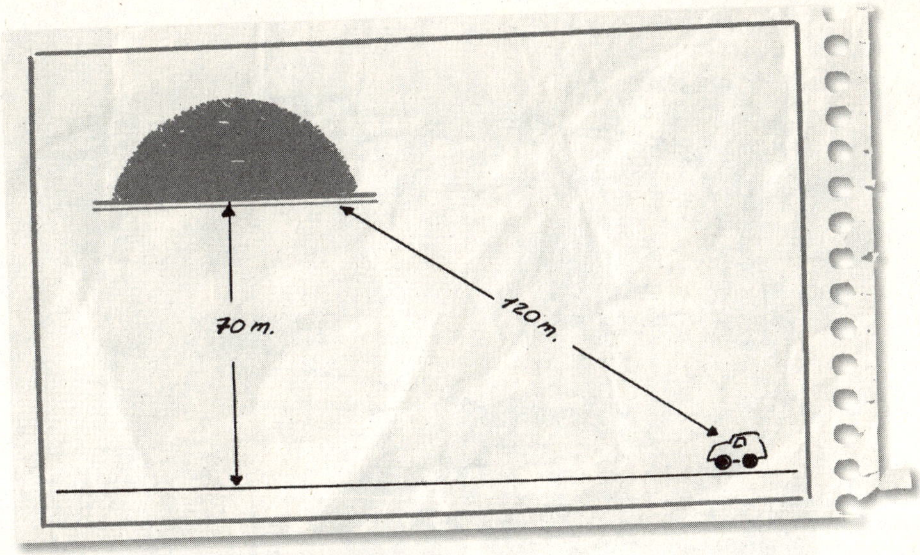

Cuaderno de campo de J. J. Benítez.

che... Un minuto después, el haz de luz empezó a recogerse, y regresó al objeto lentamente... Y allí desapareció... Yo no quitaba ojo del aparato... Éste, entonces, cambió de posición... Se puso de canto y me presentó la base... Allí distinguí tres manchas circulares negras y regular-

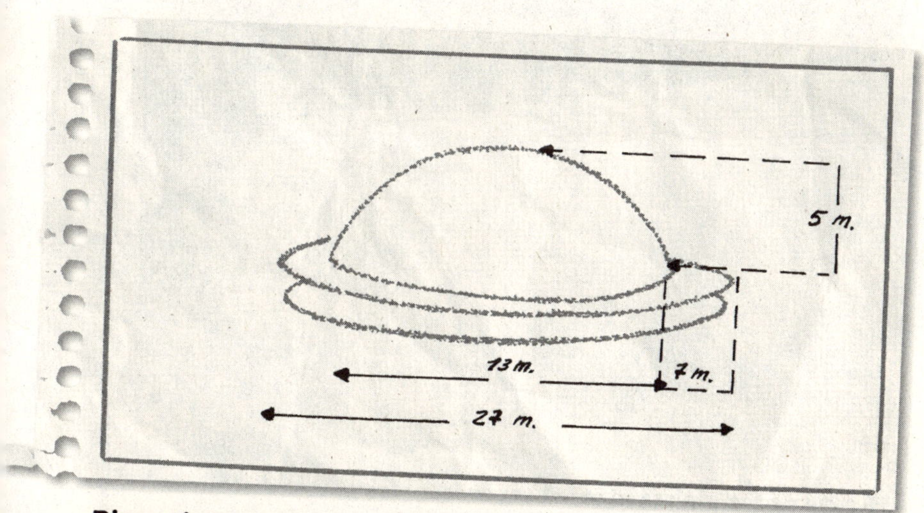

Dimensiones de la nave observada en las proximidades de Roda. Cuaderno de campo de J. J. Benítez.

Roda (11 de noviembre de 1979). (Ilustración de Ghot.)

El rayo de luz violeta hizo «desaparecer» las partes metálicas del coche. (Ilustración de Ghot.)

mente dispuestas... Y en esa posición se incrementó el zumbido y salió disparado hacia lo alto, a una velocidad increíble... Cuando se fue decidí proseguir el viaje hacia mi casa»... Pedro reconoció que el encuentro con «aquello» le impresionó, aunque defiende que en ningún momento sintió miedo... «Al llegar a casa —prosiguió Pedro— encontré a mi mujer preocupada... Y preguntó qué me había pasado... ¡Era la una de la madrugada!... Yo tenía que haber llegado a las doce... ¿Qué pasó en esa hora?: no lo sé».

Audije llevó a cabo los cálculos precisos, sobre el terreno, y estimó las medidas del ovni en 27 metros de diámetro. La nave se había situado a 70 metros de la carretera y a 120 del «850». La anchura del rayo violeta fue de seis metros.

La nave observada por Pedro Serrano se presentó en la zona de Roda a las 23:30 horas; es decir, 14 minutos después de que finalizara el acoso ovni al avión de la TAE.

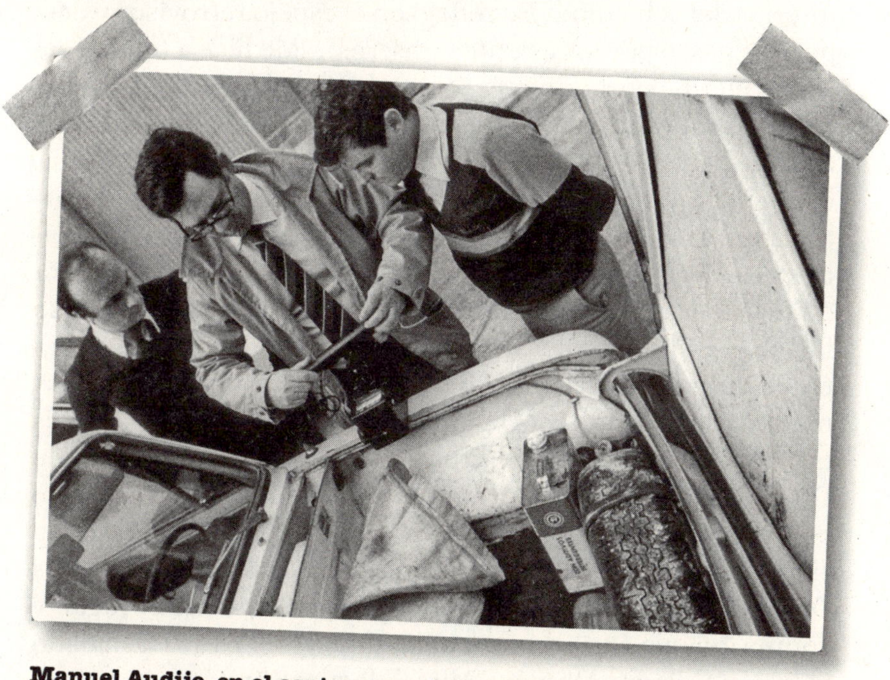

Manuel Audije, en el centro, examina el 850 con un contador Geiger. No fue detectada radioactividad. A la derecha, Pedro Serrano, el testigo. Ángel, a la izquierda. (Foto: J. J. Benítez.)

CATANDUVA

Algo parecido le sucedió a Onilson Patero, en Brasil, pero seis años antes.

La información procede de Gordon Creighton.

... Patero era un vendedor ambulante de cuarenta años de edad... Sucedió el 22 de mayo de 1973, hacia las tres de la tarde... Onilson regresaba en su coche a la ciudad de Catanduva, donde residía... «Ese día —contó el testigo— fui a trabajar a Itajobi... Y, de regreso, mientras oía la radio, empezaron a registrarse interferencias... Cambié el dial, pero fue inútil... Y en eso, poco después de las tres, observé que el turismo, un Chevrolet Opala, perdía energía... Parecía como si tuviera un fallo eléctrico... Reduje la velocidad, pero el Chevrolet siguió fallando... Entonces descubrí un rayo azul en el interior del vehículo... Se reflejó en el espejo retrovisor y después se paseó por los asientos traseros... Me hice a un lado de la carretera, pensando que se trataba de un camión... La luz era deslumbrante... Me bajé del auto y percibí una oleada de calor... Parecía fuego... El haz de luz estaba sobre mí... Miré como pude y observé un objeto de forma ovoide... De él partía la luz azul... Se encontraba a 10 o 15 metros sobre mi cabeza... El objeto, entonces, iluminó la zona como si fuera de día... Intenté huir... Entonces vi cómo el rayo luminoso incidía en el Chevrolet... ¡Y todas las partes metálicas desaparecieron de mi vista!... Mi piel ardía... Caminé unos pasos pero caí desmayado»... Una media hora después, dos jóvenes que marchaban por la carretera encontraron el cuerpo de Onilson... El turismo tenía las luces prendidas y un maletín, con papeles, se encontraba tirado sobre el asfalto... Había sido abierto... Los muchachos avisaron a la policía... Clovis Queiroz, patrullero de autopista, se presentó en el lugar y comprobó que Onilson no estaba muerto... Y fue trasladado al hospital Padre Albino... Allí, el doctor Elias Aziz lo examinó, pero no encontraron nada problemático... En el maletín no faltaba nada... A partir de ese día, el cabello del testigo se

oscureció por completo... Y empezaron a presentarse manchas amarillo-verdosas en el pecho y abdomen de Onilson Patero... Fue nuevamente ingresado, pero nadie supo por qué se producían las manchas... Días después regresó a su casa.

Que yo sepa, Pedro Serrano nunca supo del caso de Onilson...

Y me pregunto: ¿está nuestra tecnología en condiciones de hacer desaparecer las partes metálicas de un coche por la emisión de un rayo que, además, avanza lentamente?

Obviamente, todo esto es magia...

VALENCIA

Esa histórica noche del 11 de noviembre de 1979 se registraron otros casos ovni en la zona del Levante español.

Rafael Benet y Amparo Cremades. (Foto: J. J. Benítez.)

Veamos...

Rafael Benet y su esposa, Amparo Cremades, regresaban a su casa, en Valencia (España).

—Eran las 23:30 –explicó Rafa–. Habíamos estado visitando a mi madre y decidimos dar un paseo. Nos encontrábamos en la avenida del Cid cuando, de pronto, observamos unas luces. Eran tres y se movían en formación. Eran grandes y rojas. Calculamos que medirían unos 10 metros de diámetro cada una. Entonces cambiaron de posición y formaron un triángulo.

Benet, dibujante industrial, hizo un esquema en mi cuaderno de campo.

—La visión de las luces pudo durar medio minuto, más o menos –intervino Amparo–, y ocurrió algo muy extraño. Yo estaba embarazada y, al ver las luces, el feto empezó a saltar.

—¿De cuánto estabas?

—De cuatro meses. Pero el niño estaba cruzado. Eso significaba problemas. Pues bien, a partir de aquel momento, el feto se colocó en la posición correcta. Misterio...

—Las luces procedían del mar –prosiguió Benet–. Y, de pronto, desaparecieron. En esos instantes se presentó el Super-Caravelle de la TAE. Descendía hacia el aeropuerto de Manises.

En esos momentos –entre las 23:30 y las 23:40 horas– numerosos pescadores y campesinos de la zona fueron testigos de las evoluciones de las veloces y silenciosas luces rojas.

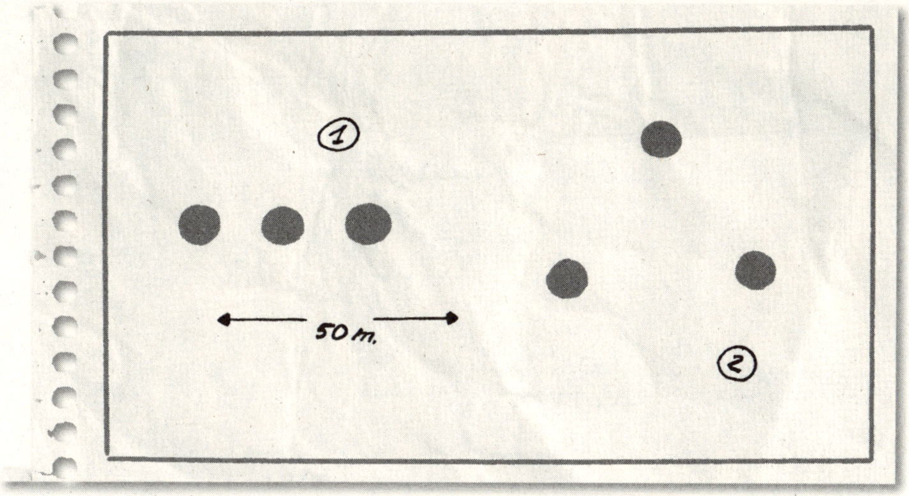

1. Posición de las luces (en formación). 2. Se colocan en forma de triángulo. (Cuaderno de campo de J. J. Benítez.)

Como se recordará, el avión de la TAE tomó tierra en Manises a las 23:50.

LA ALBUFERA

Esa misma noche, y a la misma hora (23:30), dos vecinos de Valencia quedaron asombrados.

Se trataba de Moisés F. Novilla y Miguel Ángel G. Tabernes, ingeniero técnico electrónico y jefe de ventas, respectivamente.

—Viajábamos de Valencia a Albacete –me explicaron– y al llegar a la zona de La Albufera lo vimos. Estaba a nuestra izquierda. Era ovalado, con dos focos en los extremos. Lo estuvimos viendo por espacio de 10 kilómetros. Era del color del fuego y los focos más intensos, entre amarillo y rojo. No sabríamos precisar el tamaño. Enorme, enorme...

–¿A qué distancia podía estar?

—A 200 metros. Después paramos el auto y lo contemplamos. Y allí estuvimos otros 10 minutos, absortos. Era impre-

sionante. Ni un ruido, nada, majestuoso. Después montamos en el 1500 y lo terminamos perdiendo.

Insistí en el tamaño de la nave.

—No tendría menos de 80 metros de diámetro…

El ovni, según los testigos, permaneció siempre inclinado. Y así se desplazaba.

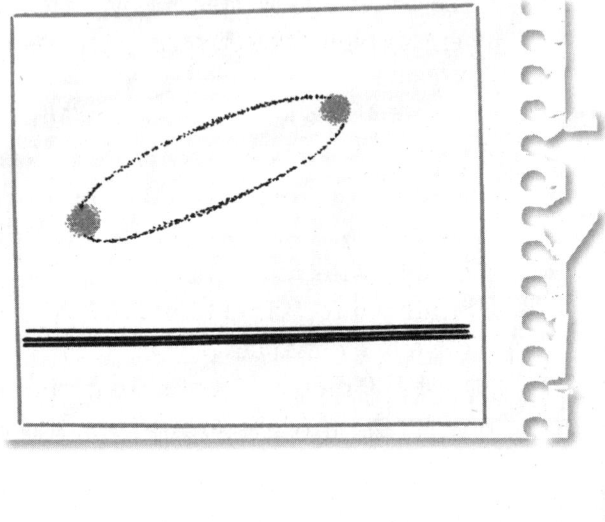

La Albufera (Valencia), 11 de noviembre de 1979. Cuaderno de campo de J. J. Benítez.

—Los focos de los extremos parecían faros de yodo. Parpadeaban dos o tres veces cada uno —simultáneamente— y repetían la secuencia cada 2 minutos.

Por supuesto, en esos instantes, los testigos no sabían nada del incidente en Manises. La noticia fue publicada al día siguiente. La primicia la dio Agustín Remesal.

SÓLLER

Doce de la noche del 11 al 12 de noviembre de 1979. Un matrimonio se hallaba en un hotel, en Sóller (Mallorca, España). Se trataba de Allan Davis (norteamericano) y Nieves Cruz (española).

Allan era ingeniero y trabajaba para la compañía Hughes Aircraft Intl., dedicada a sistemas de defensa.

—Esa noche –comentaron– vimos un ovni sobre el puerto de Sóller. Era muy luminoso. Se desplazó de un faro al otro en nada. Cubrió un arco de 60 grados en un microsegundo. Fue espectacular.

Al día siguiente, Allan recibió otra sorpresa.

—Por razones de mi trabajo –aclaró– tuve que subir al radar militar del Puig Major. Pues bien, allí me mostraron una colección de fotografías (polaroid) de un increíble objeto con forma de elipsoide. Fueron tomadas esa noche desde las alambradas del radar por uno de los brigadas de servicio. Eran espectaculares.

—¿Qué se veía?

—Una nave de unos 50 o 60 metros de longitud, con 30 o 35 paneles azules en la parte inferior. Parecía un azul ultravioleta.

—¿Podían ser ventanillas?

—Lo ignoro.

—¿Y el resto?

—Se veía plateado, como el acero inoxidable.

—¿Cuántas fotos se hicieron?

Allan Davis.
(Foto: Blanca.)

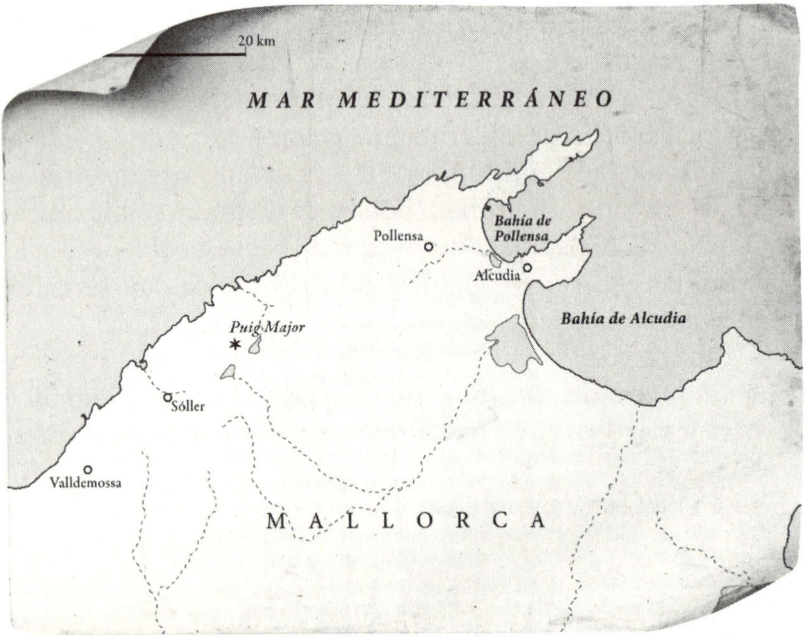

Puerto de Sóller (11 de noviembre de 1979). (Foto: Allan Davis.)

—Yo vi media docena.

—¿A qué distancia podía estar la nave?

—Muy cerca, a 20 o 30 metros de la alambrada.

—¿Y qué sucedió con las polaroid?

—Sé que terminaron en el Cuartel General del Aire, con el correspondiente informe oficial. En cierta ocasión, en Madrid, tuve la oportunidad de volver a ver las citadas fotografías. Las tenía el coronel Mejías. Con él estaba el teniente coronel Cotorruelo. Las vi en un álbum. En total conté trece o catorce imágenes.

Por supuesto, cuando el Ejército del Aire español llevó a cabo la segunda desclasificación ovni, en 1992, las polaroid, y el correspondiente informe del brigada del Puig Major, no aparecieron.

Preguntar a Mejías y a Cotorruelo sobre el paradero de las polaroid fue una pérdida de tiempo por mi parte. Lo negaron todo. Por supuesto, creo en la versión de Allan... No era el primer caso de ocultación por parte de los militares. El tercer volumen de *Sólo para tus ojos* entra de lleno en ese «territorio»...

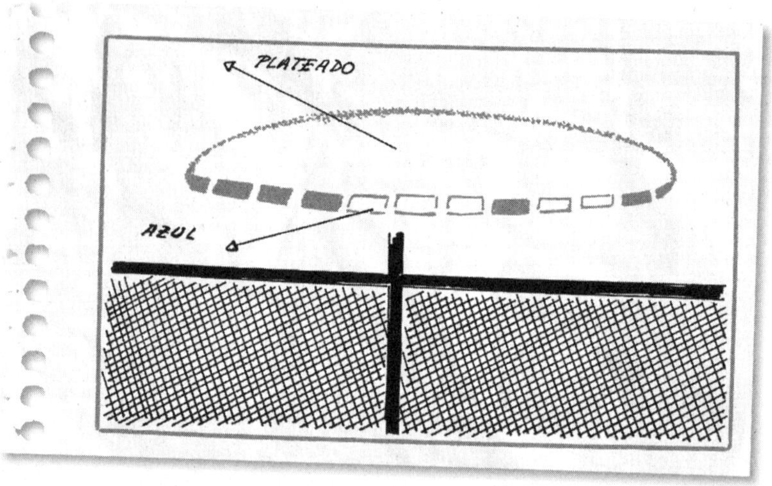

Reconstrucción de la nave fotografiada en el radar del Puig Major (Mallorca) en la noche del 11 de noviembre de 1979, según indicación del ingeniero norteamericano Allan Davis. Cuaderno de campo de J. J. Benítez.

Radar del Puig Major (1979). (Archivo de J. J. Benítez.)

URDULIZ

Ese 11 de noviembre de 1979 también fueron vistos ovnis, pero a cientos de kilómetros de Valencia: en el País Vasco.

Ocurrió a las doce de la noche; es decir, a los 10 minutos del aterrizaje del TAE en Manises.

Los testigos fueron Fernando Galán Vitoria y su esposa, María Roitegui, y Tomás Arondo.

Los primeros observaron una nave desde el restaurante Las dos Palmeras, en Urduliz (Vizcaya, España).

—Al salir lo vimos. Caminamos hasta casa y seguimos viéndolo. Era como una cúpula, con unos chorros de luz. Contamos tres focos muy intensos. Y, poco a poco, se fue alejando, hasta detenerse sobre un caserío llamado «Sumus». Allí permaneció un tiempo y después dejamos de verlo.

Cuando pregunté en el caserío en cuestión, nadie sabía nada. A esa hora, los propietarios estaban dormidos. No faltaba nada. La observación se prolongó durante 15 minutos. El objeto era totalmente silencioso.

Urduliz (Vizcaya), 1979. Cuaderno de campo de J. J. Benítez.

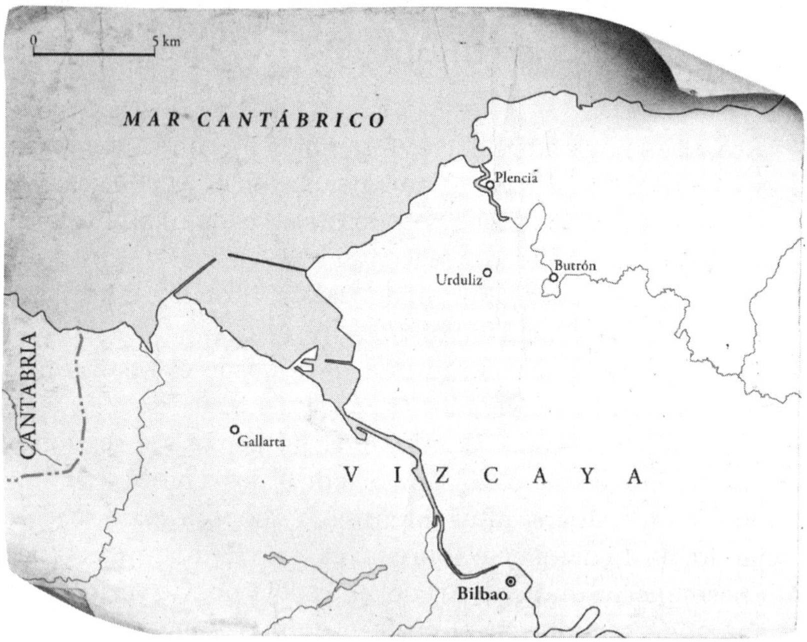

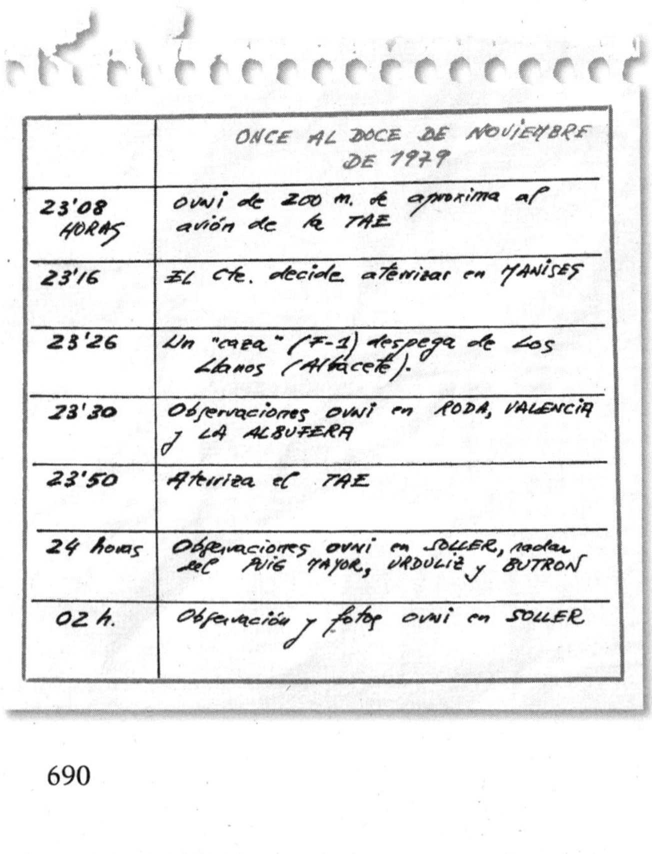

	ONCE AL DOCE DE NOVIEMBRE DE 1979
23'08 HORAS	OVNI de 200 m. se aproxima al avión de la TAE
23'16	El Cte. decide aterrizar en MANISES
23'26	Un "caza" (F-1) despega de Los Llanos (Albacete).
23'30	Observaciones ovni en RODA, VALENCIA y LA ALBUFERA
23'50	Aterriza el TAE
24 horas	Observaciones ovni en SOLLER, radar del PUIG MAYOR, URDULIZ y BUTRON
02 h.	Observación y fotos ovni en SOLLER

Algunas de las observaciones ovni en la noche de 11 de noviembre de 1979.

El segundo testigo —Tomás Arondo— observó un objeto similar en la zona de Butrón, también en Vizcaya.

—Había salido de caza —manifestó—. Lo vi cerca, como a 300 metros, y en dirección al castillo. No estaba muy alto; quizá a 200 metros del suelo. Era grande y silencioso. Tenía forma de media naranja y brillaba con una luz ámbar y roja. Se movía con rapidez y algo inclinado. Desapareció en un pinar. Quedé perplejo.

Después, con el paso del tiempo, supe de otros veintisiete casos ovni en la provincia de Vizcaya en esa famosa noche.

PALANGA

Y cierro este bloque, dedicado al caso «Manises», con los avistamientos registrados en Lituania a lo largo de esa noche del 11 de noviembre de 1979.

La información procede de Gordon Creighton.

... A las siete y media de la tarde, cuando Antonas Balikis regresaba a su casa, en la ciudad de Palanga, se vio sorprendido por la presencia de un objeto de 1 metro de diámetro (probablemente un *foo fighter*)... «Me acompañó un buen rato», explicó el testigo... «A veces se detenía e iluminaba la carretera y el campo como si fuera de día... Era una esfera, pero de gran luminosidad... Parecía observar mis movimientos»... Al llegar a la ciudad, Antonas comprobó que numerosos vecinos también habían visto esferas semejantes sobre los tejados y calles... Algunos de esos objetos llegaron a asomarse a las ventanas de las casas... Otros, incluso, penetraron en las mismas, provocando el pánico... Nadie ha sabido explicar el fenómeno... El número de esferas que se pasearon sobre Palanga fue de un centenar, como poco, según los testigos.

MADRID

En diciembre de 1979 siguió la oleada ovni sobre España. En mis archivos figuran decenas de casos, registrados en Madrid, Jaén, Murcia, Granada, La Rioja, Vizcaya y Almería. En Jaén, cientos de vecinos quedaron sorprendidos ante el paso de nueve objetos en formación.

De todos ellos he seleccionado dos casos. He aquí una síntesis:

El primero fue investigado por Óscar González.

Así me lo contó:

... El avistamiento tuvo lugar el 19 de diciembre de 1979, casualmente dentro de la oleada ovni en España... El objeto se vio entre las 23:30 y las 23:45 de la noche... Los testigos venían de la plaza Mayor, en Madrid, de comprar el árbol de Navidad... Marchaban en su coche, en un Seat 600... El vehículo no tenía baca por lo que habían amarrado el árbol al techo... La esposa lo sujetaba desde la ventanilla... De vez en cuando miraba para ver cómo iba... Pues bien, en una de esas veces que echó la vista hacia arriba vio algo que le llamó la atención, y avisó a su marido, que con-

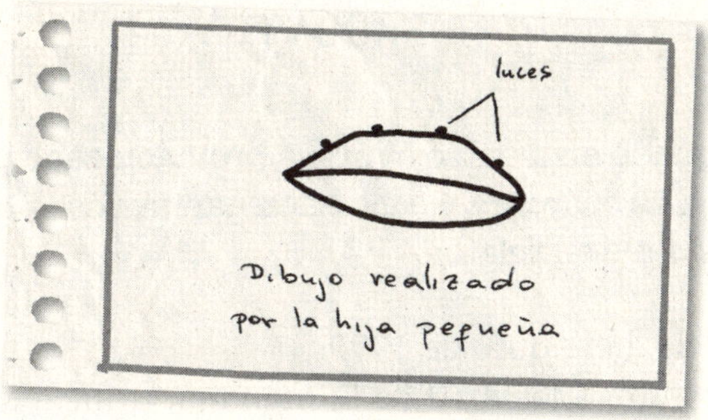

ducía el vehículo… Pero el hombre no se percató de lo que le mostraba la mujer… El objeto, al parecer, era muy grande… Tenía forma circular con una cúpula en la parte superior… Todo él estaba rodeado de luces, similares a las de las intermitentes de un coche… Las luces variaban entre el amarillo, verde y rojo… El objeto —según los testigos— disponía de cinco patas muy largas, con las terminaciones en forma de pinzas… La nave y las patas tenían aspecto metálico, de color gris oscuro… El objeto se desplazaba muy despacio… «Iba como si fuera planeando, sin ningún ruido y en dirección a la calle José Antonio»… El ovni volaba a unos 30 o 50 metros del suelo… Los testigos calcularon el tamaño como la mitad de un avión… Las dos hijas del matrimonio también lo vieron.

SAGUNTO

El segundo encuentro ovni fue protagonizado por Francisco Bellido, de cuarenta y ocho años, capitán de la Marina Mercante. Éste fue su relato:

... 20 de diciembre de 1979.

Me levanté a las 4:50 de la mañana, utilizando 20 minutos para arreglarme... Saqué mi automóvil del garaje y me dirigí a la carretera nacional 340... Al poco entré en la autopista... La mañana estaba oscura y el cielo se cubría en parte con nubes lluviosas que, de vez en cuando, dejaban el suelo mojado... A las 5:30, habiendo rebasado la población de Almenara, la autopista tiene un tramo largo que pasa por el oeste de Sagunto... Apenas salido a este largo tramo observé con curiosidad que por mi izquierda, y a una distancia indeterminada, volaban en paralelo dos luces... Pensé que los militares de la base de Manises se estaban dedicando a gastarse el dinero del pueblo en correrías absurdas y a una hora absurda... Abrí la ventanilla para observar mejor... No había ningún ruido, lo que me pareció raro, dado que los reactores siempre hacen mucho ruido... De pronto, como si se materializara en aquel momento, apareció otra luz que siguió la misma trayectoria que las dos anteriores; es decir, hacia el norte... La velocidad de las luces me pareció excesivamente lenta para ser reactores o cualquier tipo de avión... Las luces se perdieron hacia el norte... Pocos minutos más tarde –prosigue Francisco Bellido– observé que sobre la vertical de la autopista se aproximaba otra luz, que debía ir más baja, debido a que su coloración blanco-azulada se veía mucho más grande... Paré el coche y salí, apoyándome en la portezuela... Y contemplé cómo aquella luz pasaba lenta y silenciosamente sobre mi vertical... Me he esforzado repetidas veces por recordar este momento con el máximo de detalle... La luz, que estaría a unos 300 metros de altura, se detuvo... Estuvo como un minuto parada, después de haber dejado mi vertical... Calculo que se hallaba a cosa de 500 metros de mi

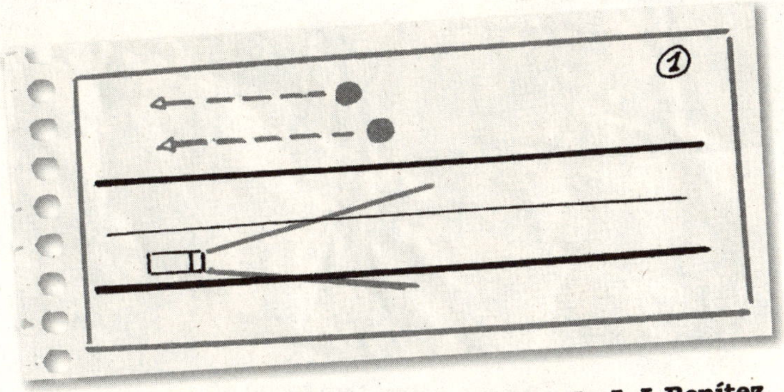

Primera posición. Cuaderno de campo de J. J. Benítez.

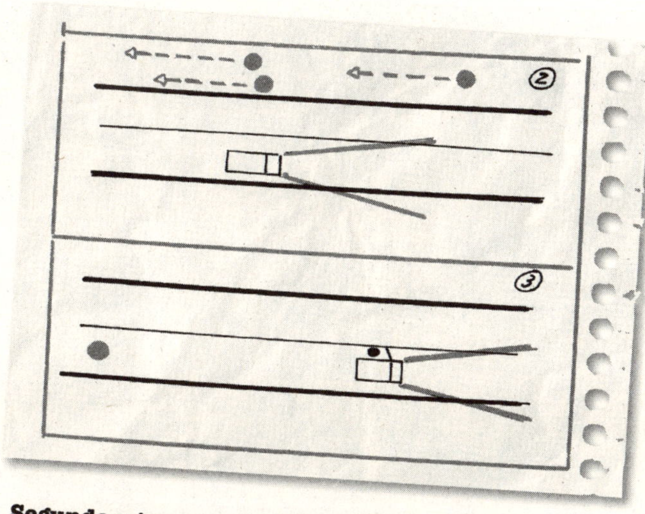

Segunda y tercera posición de las luces y de Francisco Bellido. Cuaderno de campo de J. J. Benítez.

auto... De pronto empecé a gritar, sin que pudiera comprender por qué lo hacía... Y dije: «¡No estoy preparado!... ¡No estoy preparado!»... El objeto, entonces, empezó a moverse hacia mí, trazando un ángulo de 45 grados... Me metí en el auto y, tras conseguir arrancarlo con dificultad, salí a toda velocidad hasta llegar al control de peaje de la autopista, en Puzol... Durante ese tiempo, ni un solo automóvil se cruzó conmigo...

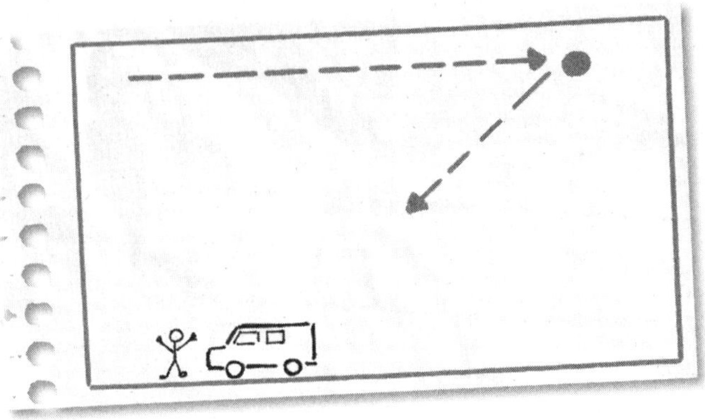

El ovni se dirigió hacia el testigo. Cuaderno de campo de J. J. Benítez.

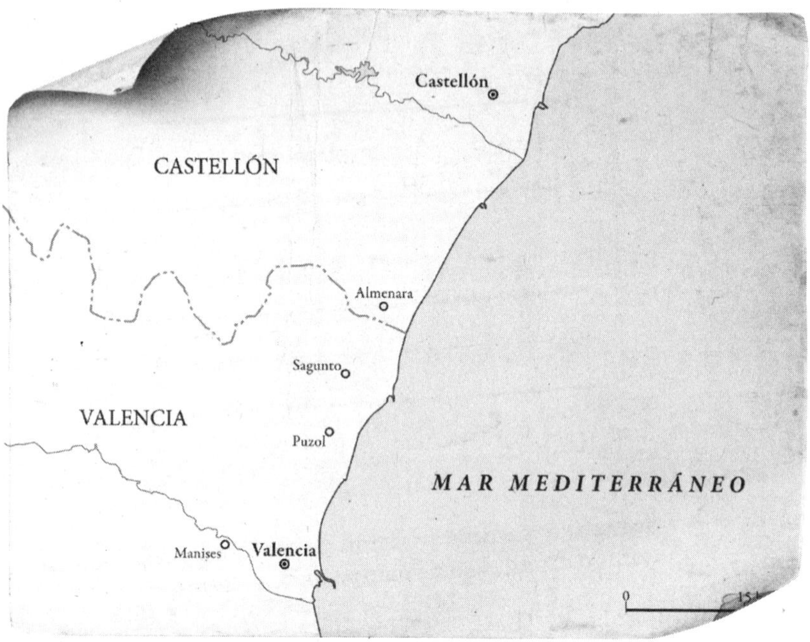

CARCAGENTE

En abril de 1979, meses antes del caso «Manises», un querido compañero de universidad vivió una experiencia insólita. Se trataba de Ángel Faus, en esos momentos catedrático de Radio y Televisión en la Universidad de Navarra.

En noviembre de 1994 coincidí con él en Madrid y me contó lo ocurrido.

Así fue la conversación:

—Sucedió en Semana Santa, en la localidad de Carcagente, a 45 kilómetros al suroeste de Valencia (España). Fuimos a pasar un día de campo.

—¿Quiénes?

—María Luisa, mi mujer, y mis tres hijos.

—¿Qué edad tenían tus hijos?

—Cuatro, siete y doce años, creo. Y a eso de las once y media o doce de la noche decidimos regresar. La noche estaba preciosa, repleta de estrellas. Y mis hijos —cosa rara— pidieron que hiciera fotos del firmamento. Yo llevaba una Pentax, con un 35-70 mm. Durante la jornada había hecho fotos del lugar y de los chavales. Total, accedí. Paré el coche entre los naranjos, en un camino vecinal, y me dispuse a satisfacer sus deseos.

—¿Dónde os encontrabais?

—A unos 8 kilómetros de Carcagente. Apagué las luces del auto, dejé las de posición, y empecé a hacer las fotografías.

—¿Con trípode?

—No, a pulso y un poco a lo loco. Disparaba al cielo, sin más. La cámara estaba a un 250 o 500 de velocidad, no recuerdo. No usé *flash*.

—¿Y qué ocurrió?

—Nada. Hice las diapositivas y seguimos viaje.

—¿Cuántas fotos?

—Calculo que ocho.

—¿Salió tu familia del coche?

—Sí.

—¿Alguien vio algo raro?

—Nadie dijo nada.

—¿Notaste algo especial a la hora de tomar las imágenes?

—Nada de particular. La noche era preciosa, eso sí, y disfruté del espectáculo.

Faus y los suyos regresaron a casa. Un mes después, en mayo, surgió la sorpresa al revelar las diapositivas.

Ángel Faus. (Foto: Iván Benítez.)

—En las imágenes aparecía un objeto volante desconocido que nadie había visto. Era como un plato invertido con un potente foco de luz que llegaba hasta el suelo; mejor dicho, hasta la base de la diapositiva. Nos quedamos sorprendidos. «Eso» estaba allí, sobre nuestras cabezas, mientras yo disparaba y disparaba la cámara.

Sonreí. No era la primera vez que ocurría.[1]

—¿Cómo era la luz que descendía hacia tierra?

—Azulada.

—¿Qué interpretación le das al hecho?

—Es un ovni, claro está, pero invisible a los ojos humanos.

Tres meses más tarde, en febrero de 1995, volví a reunirme con Ángel. Volvió a contar la historia —sin contradicciones— y me mostró las diapositivas. Efectivamente, la nave era espectacular.

Hice una copia y se las devolví en Pamplona, personalmente.

Pues bien, a la hora de programar el segundo volumen de *Sólo para tus ojos*, me dirigí a los archivos y busqué las copias

1. Amplia información sobre ovnis «invisibles» en *Mis ovnis favoritos* (2001).

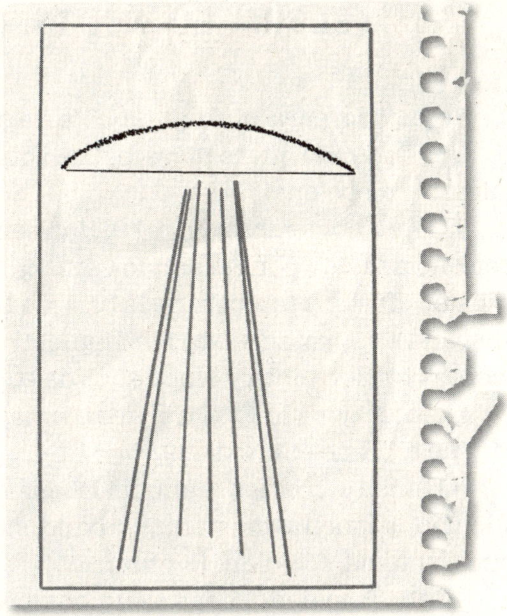

Carcagente (1979). Cuaderno de campo de J. J. Benítez.

de las diapositivas tomadas por Faus en 1979. ¡No estaban! Revolví los malditos archivos y lo hice minuciosamente. Habían desaparecido. No logré explicarlo y lo consideré consecuencia de mi mala cabeza. Quizá estaban en otra parte... Fue inútil. La segunda búsqueda, por la casa, resultó tan estéril como la primera.

No tuve más remedio que llamar de nuevo al paciente Faus y explicarle lo sucedido. Necesitaba una nueva copia.

La respuesta de mi amigo me dejó sin habla:

—Llevo dos años buscándolas –aclaró– y tampoco las encuentro.

El asunto me recordó el caso «Henri», en el polígono Hozanejos, en Conil (Cádiz, España). El testigo vio una formación ovni, la fotografió y, al día siguiente, la cámara había volado. Los «ladrones» no se llevaron nada de valor; sólo la cámara, con la película.[1]

Una loca idea se posó en mi mente: ¿se dedican mis «primos» a robar fotografías ovni?

1. Amplia información en *Sólo para tus ojos* (2016).

SOBRE EL MEDITERRÁNEO

He dejado para el final de este segundo volumen el caso «Lens». Entiendo que lo merece. Creo que se trata de un avistamiento excepcional.

El 17 de noviembre de 1979, una semana después de la experiencia vivida por Fernando Cámara, otro piloto de combate salía en alerta, y también de la base de Los Llanos, en Albacete (España). El protagonista fue Miguel Lens Astray. En esos momentos tenía treinta y cinco años de edad y era capitán.

Al enterarme lo localicé y concerté una primera entrevista. Fue el 11 de enero de 1980.

—Hablaré contigo –anunció Lens– si prometes guardar silencio, al menos hasta que abandone la vida militar. Después, si te parece bien, lo publicas.

Estaba fascinado. Lens es un hombre serio y cálido al mismo tiempo. Siempre cumple lo que dice.

Y le dije que «de acuerdo». Faltaban treinta años para su retiro, pero esperaría.

Fue así, en estas circunstancias, como conocí la aventura de Miguel Lens. Después, a lo largo de los años, volví a entrevistarme con el piloto en numerosas ocasiones. Y siempre volvíamos a lo mismo: la experiencia de aquel 17 de noviembre. Lens, sabiendo que no le traicionaría, se vació. Y terminó contándome hasta el último detalle del avistamiento.

Ahora, en 2016, una vez retirado de la vida militar, es un honor y una satisfacción para mí hacer público, por primera vez, el asombroso caso de las «voces».

Lens es hoy teniente general del Ejército del Aire español. Nació en Santiago de Compostela (Galicia, España) en 1945. Fue piloto de caza y ataque, diplomado del Estado Mayor del Aire, y también en Informática Militar. Fue controlador aéreo avanzado. Ha estado destinado en el ala 14 (base aérea de Los Llanos), en el Cuartel General del Mando Aéreo del Centro, en el Estado Mayor del Ejército del Aire, en el ala 12 (Torrejón), en el Mando Operativo Aéreo, en el ala 46 (Gando) y en el Mando Aéreo de Combate. Fue también director del Gabinete Técnico del Ministerio de Defensa (de 2004 a 2009).

En otras palabras: un profesional de la aviación como pocos...

He aquí, en síntesis, lo que me contó a lo largo de esas conversaciones:

—El 17 de noviembre de 1979 –explicó Lens– cayó en sábado. Ese día me tocó estar en alerta. Era uno de los veteranos y prefería volar por la noche. De esta manera, los pilotos menos experimentados lo hacían durante el día, que siempre es menos comprometido.

–¿Sabías del caso «Cámara»?

—Naturalmente. Fernando y yo, además de encontrarnos en la misma unidad, en Los Llanos, somos amigos.

–Cuéntame, paso a paso...

—Me encontraba en el barracón. Inspeccioné los libros, saludé a los mecánicos y a los armeros y leí la prensa. Era un día normal. Había un avión preparado para salir en 5 minutos y otro en 1 hora.

–¿Es lo que llaman *scramble* o «huevos revueltos»?

—Sí, la salida de un caza en 5 minutos.

–¿Cuál era el escuadrón?

—Estaba en el 142 («Los dardos»). Y a eso de las 18:20 horas, poco antes del ocaso, sonaron las alertas. Me monté en un F-1, un Mirage, y despegué.

–¿Sabías de qué se trataba?

—Al principio no. Algo había visto el radar de Motril, el EVA 9. Y volé en esa dirección, subiendo a 35.000 pies. Y, según ascendía, el controlador militar de Pegaso, en Madrid, me fue informando. Se trataba, al parecer, de un desconocido...

–¿Un ovni?

—Un desconocido. Podía haber sido un tráfico sin autorización, por ejemplo.

Miguel Lens prosiguió:

—El controlador explicó que lo estaban viendo en esa zona. Y me dieron la posición del «desconocido». Y empecé a buscar. Di vueltas y vueltas, pero no lo vi. Y se empezó a hacer de noche.

—Pero Motril, el radar, lo veía...

—Sí, y me proporcionaba las cuadrículas. Era yo el que no daba con él. Me puse más alto y más bajo, pero fue inútil. Allí no había nada. Pensé que podía tratarse de un caza de los norteamericanos, de la VI Flota. A veces lanzaban aviones para ver cómo reaccionaba el país en cuestión.

Y a los 9 minutos, el F-1 de Lens inició el regreso a la base de Los Llanos.

—Sí, puse rumbo 025 y subí a 35.000 pies con el fin de ahorrar gasolina. Entonces iba con el piloto automático. Pues bien, fue en esos momentos cuando vi aquel fogonazo por mi derecha. Pensé que era un tráfico (un avión).

—¿Cómo era la luz?

—Estroboscópica y muy rápida, como un láser. Fue un buen susto. Pensé que iba a chocar con el supuesto «tráfico». Y recordé que en esa zona había una aerovía. Y pensé: «Menudo parte, por escrito, me van a meter mañana...».

—¿Fue el peor momento de tu aventura?

—El peor. Entonces di un palanquetazo y saltó el piloto automático. Era la única forma de evitar una colisión.

—¿Qué velocidad llevabas?

—Iba a 1,8 mach. Y recuerdo que el controlador aseguró que allí no había ningún tráfico. Fue entonces cuando lo vi. Era algo sin las luces convencionales. Y el controlador dijo, medio en broma: «Va a ser un ovni». «Hombre, no lo sé —respondí—. Si me autorizas voy a verlo».

—¿Tenías gasolina suficiente?

—Sí. Y respondió: «Autorizado». Y puse rumbo al ovni.

—¿En qué zona estabas?

—A la altura de Granada. Hice un viraje suave y puse rumbo al este.

—¿A qué distancia podía estar el ovni?

—A unas 10 millas. Pedí permiso y me puse supersónico. Y me dediqué a contemplar aquello. Me puse cómodo. Era como el edificio de la plaza de España, en Madrid, pero colocado horizontalmente.[1] No tenía una forma geométrica concreta debido a la luz. Había luces blancas, azules, rojas y verdes, todas muy intensas. Pero no eran los colores que conocemos. No es fácil de explicar. Eran más limpios y fuertes. Era un espectáculo.

—¿Y el tamaño?

Lens dejó caer un poco de ceniza de su Ducados sobre la mesa en la que conversábamos y manifestó:

—Mi F-1 era como esa mota de ceniza. El ovni era toda la mesa...

Y aclaró:

—Era inmenso. Ocupaba todo el arco del cielo. Años después vi la película *Encuentros en la tercera fase* y, al principio, sale una nave gigantesca; pues me recordó lo que vi. Tuve que bajar la visera. La luz, sobre todo la blanca, era extraordinaria. Apagué las luces de cabina y seguía viendo como si fuera de día.

—¿Aparecía en tu radar?

—No. Era como si no tuviera nada delante. Al alcanzar la costa me puse supersónico, pero el ovni seguía enfrente. No había forma de alcanzarlo. Como te dije, lo intenté por todos lados, pero no hubo forma. «Aquello» se mantenía siempre a la misma distancia.

—¿Podías precisar la forma?

—Es difícil. La luz lo impedía. Los laterales terminaban de golpe. Estaban como cortados a pico. La zona inferior presentaba una forma más abombada. La superior era ligeramente oblicua.

—Eso nos da un rectángulo...

—Sí, pero descomunal. Mi avión era como una mosca frente a un muro.

Lens voló durante 20 o 25 minutos, disfrutando del espectáculo.

—A la derecha veía las costas de Argelia y los barcos.

—Lo seguían viendo los radares de tierra.

—Eso dijeron.

1. El rascacielos en cuestión tiene 117 metros de altura.

—¿Qué pensaste al ver «aquello»?

—En ningún momento pensé en marcianitos verdes. Creí que estaba ante un ingenio ruso o norteamericano, pero no comprendía cómo algo tan grande podía volar.

—¿Sentiste miedo?

—No. Tenía una gran curiosidad. Y lo pasé muy bien. El espectáculo fue maravilloso.

—¿Filmaste?

—Vacié la película. Pero tengo entendido que no salió nada.

—¿Ibas armado?

—Sí, claro. Pero ni se me ocurrió intentarlo. «Aquello» no parecía tener malas intenciones. Me hubiera gustado tener más combustible para seguir observándolo.

—¿Viste ventanillas o personas?

—Nada, sólo colores. Insisto: un arco iris que no soy capaz de describir. No eran colores humanos.

—¿Consideras que «aquello» estaba gobernado?

—No tengo la menor duda, y por una tecnología formidable.

Lens continuó volando, siempre hacia el este; pasó Ibiza y, al llegar al límite con Argelia, observó que escaseaba el combustible.

Miguel Lens. (Cortesía de la familia.)

—La alarma avisó que sólo quedaba gasolina para regresar. Así que le dije a Pegaso que volvía. Allí no había nada que hacer.

—¿Tuviste algún problema con el instrumental?

—Ninguno. Entonces, al iniciar la recuperación, hice un viraje y entraron las voces...

—¿Qué voces?

—No lo sé; nunca lo supe. Yo llevaba ya rumbo 290 (NO), hacia Albacete, cuando las escuché en la radio.

—¿Seguías viendo el ovni?

—Sí, y me coloqué de nuevo frente a él. «¿Qué pasa —pensé— ¿Qué es esto?». La verdad es que me negué a relacionar las voces con el ovni. «¡Qué tontería!», me dije. Y pensé que se trataba de alguna broma.

—¿Qué decían las voces?

—Parecían niños. Había dos. Y se reían constantemente mientras decían: «¡Hola!... ¿Quién eres? ¿Cómo te llamas?... ¡Hola!». Como te digo, creí que era alguna broma o las voces de niños en algún barco. Apagué las radios y quedé incomunicado con Pegaso, en Torrejón. Y las voces siguieron entrando en el casco. Estaba perplejo.

—¿En qué idioma hablaban?

—En español. Y perfecto. Hablaban a la vez pero sin pisarse. Al principio pensé en alguna interferencia. Y, al dirigirme al ovni, las voces desaparecieron. Entonces cambié de rumbo y volví al 290, hacia Los Llanos. Y las voces entraron de nuevo. «¡Hola!... ¡Hola!... ¿Cómo estás?... ¿Quién eres?... ¿A dónde vas?». Eran voces metálicas, sin ruido de fondo. Yo tengo un hermano sordomudo y asocié su timbre con el de las «voces». No había matices ni inflexiones.

—¿Apagaste las dos radios?

—Sí, y las voces entraban de la misma forma.

—¿Esto quiere decir que Pegaso no escuchó las voces?

—Probablemente. Cuando conecté de nuevo las radios pregunté al controlador si había escuchado algo. Respondió que no. A partir de ese instante decidí no hablar del asunto ni con mi padre.

—¿Cuánto tiempo permaneciste con las radios desconectadas?

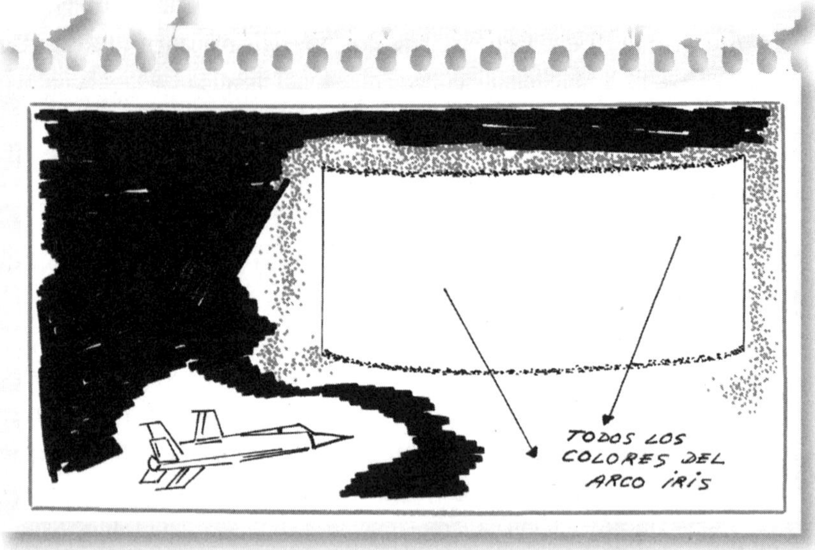

Sobre el Mediterráneo (1979). Cuaderno de campo de J. J. Benítez.

—Algo más de un minuto. Al prenderlas de nuevo, Pegaso me estaba preguntando: «Fulanito, ¿dónde estás? ¿Qué pasa?». Yo respondí que no pasaba nada y repitió la meteorología de Valencia.

—En otras palabras: Pegaso no grabó las «voces»...

—Eso creo. De todas formas volví a preguntar al controlador: «¿Has oído algo raro?». Dijo que no y preguntó: «¿Pasa algo?». Respondí negativamente y pregunté: «¿Cuánto tiempo has estado sin escucharme?». «Como un minuto y medio», respondió Pegaso. «¿Qué pasa?», preguntó de nuevo el controlador. «Nada, nada», le dije.

—Dices que los individuos se reían...

—Sí, parecían muy divertidos.

—¿Respondiste a las voces?

Lens me miró, asombrado.

—Por supuesto que no. Ni se me ocurrió.

—¿Crees que las «voces» procedían del ovni?

—Lo ignoro, sinceramente.

—He oído rumores que apuntan a que las «voces» te dijeron más cosas.

Miguel Lens. (Gentileza de la familia.)

Lens no salía de su asombro.

—Por ejemplo: «Mira, se va... Déjalo que se vaya».

Lens negó con la cabeza y añadió:

—No es cierto. Oí lo que te he dicho, nada más.

—¿El ovni gigantesco se quedó allí?

—Eso creo.

Y sucedió algo extraño en el vuelo de retorno a su base, en Albacete:

—No entraron las ayudas de Valencia. Al rato metí Albacete, pero tampoco entró. Se lo comenté a Pegaso y pensaron que se había estropeado algo. Y fue Pegaso quien me llevó hasta Los Llanos.

—¿Cuánto duró el vuelo?

—Una hora y 20 minutos.

—¿Se aclaró el porqué de las averías?

—Después sí. Pero, al principio, no entendíamos por qué el VOR y el TACAN no funcionaron.

—Antes de que lo olvide, ¿tenían justificación las risas de los que te hablaron?

—Aparentemente no. Me dio la sensación de que me estaban tomando el pelo.

—Bien, ¿y qué hiciste al aterrizar?

—Me fui al barracón. Estaba mosca. Seguí de guardia y me dispuse a preparar un informe.

—¿No salió un segundo caza?

—Que yo sepa no.

—Pero el ovni seguía en el espacio aéreo español...

—Supongo.

—Dices que el ovni se movía a la misma velocidad que el F-1...

—Eso creo.

—¿Se produjeron turbulencias?

—No. Fue un vuelo plácido. Era como estar sentado en el cine. Y en esas estaba, preparando el informe, cuando entró en el barracón uno de los mecánicos. Y me dijo: «Mi capitán, ¿qué le ha pasado al avión?». Quedé sorprendido y respondí: «Nada, salvo las ayudas, que no han entrado». Y rogó que saliera a la pista. Al llegar al F-1 quedé desconcertado: en el «puro» faltaban remaches. ¿Cómo podía ser? Yo no había efectuado maniobras bruscas. Esos remaches (algunos de 20 centímetros) sólo saltan cuando se llevan a cabo maniobras de combate o giros muy violentos.

—¿Cuántos faltaban?

—Muchos. Más de cien.

—¿Eso es peligroso?

—Claro. También me fijé en las antenas. Estaban desenroscadas y a punto de perderse. Eso explicaba, quizá, que no hubieran entrado las ayudas.

—¿Cuántas antenas aparecían desenroscadas?

—Vi dos. Entonces ordené a los mecánicos que no tocaran nada y que llevaran el F-1 al hangar. Y esa misma noche llamé al coronel de la base y expliqué lo sucedido. Y ambos acudimos al hangar y examinamos el avión.

—¿Qué dijo el coronel?

—No había explicación. En realidad, nadie se lo explicaba.

—¿Qué pasó con el avión?

—Sinceramente, lo ignoro.

—¿Hicieron fotos, lo repararon, se lo llevaron?

—Creo que hicieron fotos a la mañana siguiente. Es todo lo que puedo decirte.

—¿Te prohibieron que hablaras del ovni?

—Me recomendaron que hablara, únicamente, con la gente del escuadrón. Y así lo hice.

A los dos o tres días, una comisión encabezada por el general Sánchez Arjona se presentó en Los Llanos.

—La formaban el general y dos individuos a los que no conocía.

—¿De paisano?

—Sí, los tres. Me interrogó el general y los otros tomaban notas. Desde luego no eran pilotos. Somos cuatro gatos y nos conocemos todos.

—¿Podían ser de algún servicio de inteligencia?

—Es posible... O quizá psiquiatras...

Primero interrogaron a Fernando Cámara (sobre el caso «Manises»). Después entró Lens.

—¿Dónde te interrogaron?

—En la sala del 14 escuadrón. También estuvo presente el coronel de la base.

—¿Qué pasó con la película?

—Se la llevaron, pero no supe nada. Creo que no registró el ovni. Tiempo después me llamó alguien, por microondas, y comentó que ese día, en la misma zona, un avión de pasajeros, de París a Argel, había visto lo mismo y también oyeron las «voces».

Pero la cosa no terminó ahí.

Durante un año, aproximadamente, Miguel Lens tuvo problemas con la cristalería...

—Cada vez que tocaba un vaso o una copa —matizó— estallaban.

—¿Y eso?

—No tengo ni idea.

Marisa, la mujer de Lens, lo confirmó:

—No podíamos ir a casa de nadie...

—Y lo peor no fue eso —añadió el piloto—. Al día siguiente del suceso, al montar en el avión, me di cuenta de que, al pasar la mano, los instrumentos se volvían locos. Tocaba el altímetro, por ejemplo, y se alteraba, pero la altura real no variaba. Tuve que usar guantes. Por supuesto no dije nada a nadie.

Miguel Lens, con la ministra Carmen Chacón, en la toma de posesión como director del INSA (septiembre de 2008). (Foto: EFE.)

—¿Cuánto tiempo duró esa situación?

—Un mes y medio, más o menos. Lo de los vasos se prolongó un año o algo más.

Pregunté a Lens si tuvo conciencia de alguna pérdida de tiempo mientras volaba.

—No lo creo. El vuelo fue normal, dentro de lo que cabe.

Y durante años fui redondeando la información.

Localicé al controlador militar que había guiado a Miguel Lens desde Pegaso, en Torrejón (Madrid). Rafael Salanova había dejado el ejército y vivía en el sur de España.

Su salida de la vida militar facilitó las cosas.

Salanova, amabilísimo, aceptó la entrevista. Y confirmó cuanto había narrado el piloto.

—En aquel tiempo –manifestó– yo era controlador jefe del equipo «Bravo», del Ala de Alerta y Control. Mi indicativo era «Pegaso 20».

—¿Qué recuerdas de aquel incidente ovni?

—Captamos una traza desconocida en las pantallas de radar. Se mantuvo unos 10 minutos en la zona de Motril, en

Granada (España). Volaba con rumbos casi paralelos a la costa. Después se dirigió hacia Motril.

—¿A qué velocidad se movía el «desconocido»?

—Lenta. Prácticamente se paseaba frente a la costa granadina.

—¿Fue captado en otros radares?

—Sí, por el EVA 5, en Aitana (Alicante, España).

—¿Hubo informe?

—Por supuesto. Pegaso hizo el suyo y el de Aitana lo redactó el entonces jefe de operaciones, Costa de Rioja.

—¿Qué opinas de las famosas «voces» que entraron en el casco de Lens?

—Nosotros, en Pegaso, no las oímos.

—¿Se grabaron?

—No. Lens no habló de las voces mientras volaba. Una vez en tierra le llamé por microondas, como es la costumbre, y me contó lo sucedido. Estaba muy excitado. Preguntó varias veces si las habíamos escuchado en Pegaso. Le dije que no. Ni el operador ni yo oímos nada extraño.

—¿Pudo tratarse de una interferencia?

—Hombre, lo fue. Entró en el casco del aviador cuando éste había apagado las radios. Se quedó incomunicado durante casi 2 minutos.

—¿Podían proceder las «voces» de alguno de los radares?

—Imposible. Además, eso se investigó. El ejército hizo averiguaciones para saber si había entrado algún niño en Aitana o en Motril. Respecto a las frecuencias utilizadas, nadie pudo interferirlas desde el EVA 9 o desde el EVA 5.

Y Salanova subrayó: «Nadie».

—Los equipos se encontraban encerrados en una sala y dichas frecuencias eran seleccionadas directamente por los controladores de Pegaso mediante control remoto, sin intervención de los «picos» (radares). Y no olvides algo: Motril trabajaba en esos momentos en automático.

—¿Qué pasó con las cintas grabadas en Pegaso?

Me refería a la conversación (larga conversación) entre el piloto y el controlador.

—Ignoro cuál fue su destino. No era mi función. Pero te diré el procedimiento que se seguía. Si el asunto era importante, el jefe de operaciones trasladaba la cinta o cintas a los mandos de la defensa. Eso se hizo, con seguridad, al día siguiente. Y, por supuesto, si el asunto era de interés, se transcribía a papel.

—Es obvio que el encuentro ovni del 17 de noviembre de 1979 fue importante...

—Obvio.

—Las cintas, por tanto, fueron guardadas.

—Seguro.

—Cuando dices que el radar de Motril (EVA 9) se encontraba en automático, ¿qué quieres decir?

—Que sólo había personal de mantenimiento. Nadie pudo interferir.

Por supuesto me presenté en la base de Los Llanos en varias oportunidades. Y, lentamente, fui dialogando con los técnicos de mantenimiento de los aviones, así como con los armeros.

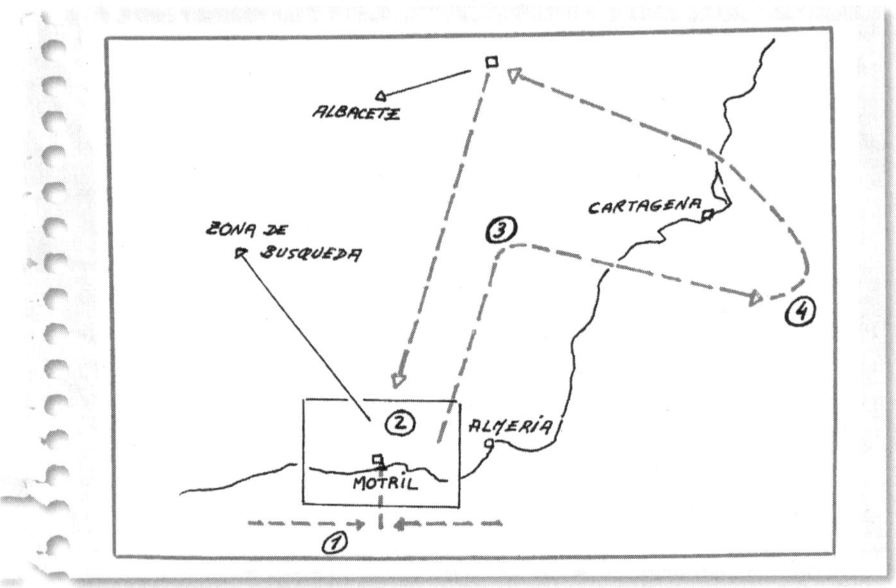

***Scramble* del F-1 de Lens en la tarde noche del 17 de noviembre de 1979, según indicación del controlador de Pegaso (Torrejón, Madrid). 1.- El ovni es detectado frente a la costa de Granada. 2.- Se produce la salida del caza y Lens busca al «desconocido». 3.- El F-1 (EO-01) inicia el regreso a Los Llanos. En la posición «MJNH 3030» ve el ovni y se dirige hacia él. 4.- Lo persigue y, cuando se dispone a regresar a Albacete, unas voces entran al casco del piloto. Cuaderno de campo de J. J. Benítez.**

Rafael Salanova frente a las pantallas de radar que detectaron el ovni del 17 de noviembre de 1979. (Gentileza de R. Salanova.)

Prometí no dar nombres.

Todos ellos confirmaron la falta de remaches en el «puro» del F-1. Como había precisado Lens, más de cien.

Pero, al acudir a los libros de mantenimiento, los técnicos y yo quedamos desconcertados. ¡La avería del Mirage no consta!

Pregunté y sólo hubo silencio. Nadie sabía nada o nadie quería comprometerse.

¿Cómo era posible que la falta de los remaches en el fuselaje del caza no hubiera quedado por escrito?

Todas las averías, por muy veniales que sean, son registradas en los libros.

La explicación era simple: la orden llegó de arriba.

Repasé las hojas de inspección de 34 aviones. En el «18», que, curiosamente, fue el F-1 en el que volaron Fernando Cámara y Miguel Lens, no figuraba una sola alusión a los remaches y al problema de las antenas. El F-1 en cuestión entró en servicio (en Los Llanos) el 7 de julio de 1978. La primera inspección se llevó a cabo entre el 4 y el 10 de julio de 1979.[1]

1. El F-1, fabricado en Francia por la compañía Dassault-Breguet, es un monoplaza de interceptación «todo tiempo». Dispone de un motor con poscombustión SNECMA Atar 09K50 de 7.200 kilos de empuje estático. La velocidad máxima es de 11.000 metros por minuto (2.323 km/h) o mach 2,2. Al nivel del mar alcanza mach 1,2. Su velocidad de trepada es de 12.780 metros por minuto. Techo de servicio: 16.000 metros. Dimensiones: 8,40 metros de envergadura y 15 de longitud. Armamento: dos cañones DEFA 553 de 30 mm con 270 disparos, dos misiles Matra Super 530 y dos Matras 550 Magic, así como cinco soportes que admiten 3.630 kilos de bombas.

La consulta a las citadas hojas de mantenimiento fue interesante por lo ya referido y porque, además, pude comprobar que el «18» había permanecido en la base de Los Llanos durante años (la última revisión —de «apoyo modificación»— se llevó a efecto el 7 de junio de 1990). Esto quería decir que el F-1, en contra de lo que se propagó en su momento, no fue desmantelado ni trasladado a USA o Francia.

Las antenas del F-1 que estuvieron a punto de perderse fueron las cuatro que porta el caza: una en el morro, otra en la parte de atrás y dos en los planos. En los libros de mantenimiento, como dije, no consta que aparecieran desenroscadas.

Y un último «detalle»: la «orden del día» de aquel histórico 17 de noviembre de 1979 tampoco existe. Es como si Lens no hubiera estado de alerta...

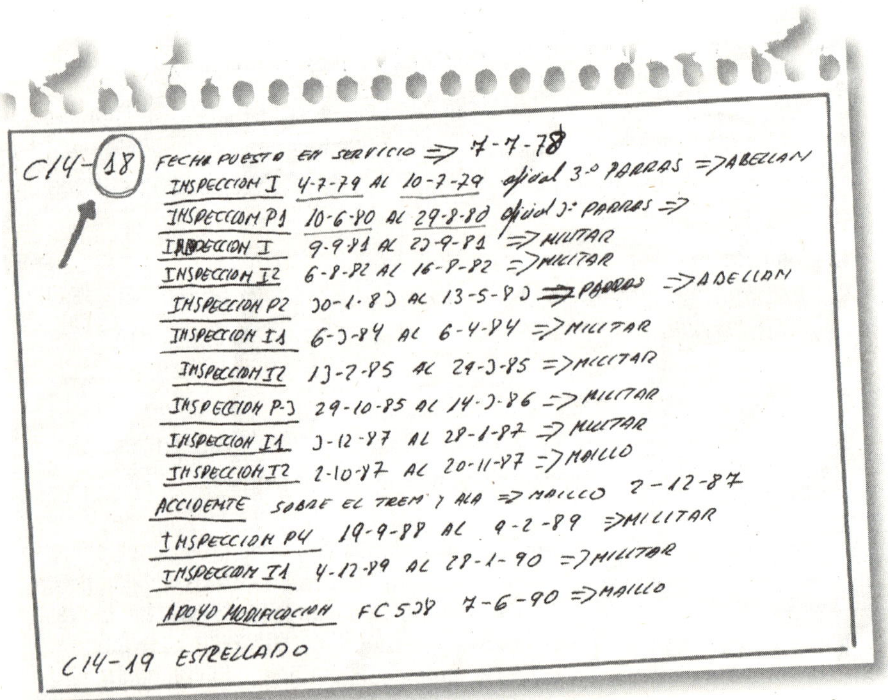
C14-(18) FECHA PUESTO EN SERVICIO => 7-7-78
INSPECCION I 4-7-79 AL 10-7-79 oficial 3.º PARRAS => ABELLAN
INSPECCION P1 10-6-80 AL 29-8-80 oficial 3.º PARRAS =>
INSPECCION I 9-9-81 AL 23-9-81 => MILITAR
INSPECCION I2 6-8-82 AL 16-9-82 => MILITAR
INSPECCION P2 30-1-83 AL 13-5-83 => PARRAS => ABELLAN
INSPECCION I1 6-3-84 AL 6-4-84 => MILITAR
INSPECCION I2 13-2-85 AL 29-3-85 => MILITAR
INSPECCION P-3 29-10-85 AL 14-3-86 => MILITAR
INSPECCION I1 3-12-87 AL 28-1-87 => MILITAR
INSPECCION I2 2-10-87 AL 20-11-87 => MAILLO
ACCIDENTE SOBRE EL TREN Y ALA => MAILLO 2-12-87
INSPECCION P4 19-9-88 AL 9-2-89 => MILITAR
INSPECCION I1 4-12-89 AL 28-1-90 => MILITAR
APOYO MODIFICACION FC 538 7-6-90 => MAILLO
C14-19 ESTRELLADO

Fechas de mantenimiento del «18» (número de cola) que persiguió ovnis los días 11 y 17 de noviembre de 1979. (Archivo de J. J. Benítez.)

Isidoro Martínez.
(Gentileza de la familia.)

Y durante mucho tiempo me pregunté, y aún lo hago: ¿fue abducido Lens al interior de la gran nave, incluido el F-1? ¿De qué otra forma pudieron hacer saltar el centenar de remaches y desenroscar las cuatro antenas?

No sería el primer caso...

Y también me pregunto: ¿por qué mis «primos» permitieron una cosa así? Volar sin esos remaches era potencialmente peligroso.

Dejé pasar el tiempo...

Cuando Isidoro Martínez, que fuera coronel de la base aérea de Los Llanos, en Albacete, en noviembre de 1979, pasó a la reserva consideré que era el momento para cambiar impresiones. Vivía en Salamanca. Y allí me dirigí.

—Tengo poco que comunicarle —adelantó—. Usted sabe más de los casos «Cámara» y «Lens» que yo...

Agradecí la insinuación y formulé varias preguntas.

—Usted vio el F-1 de Miguel Lens cuando aterrizó. ¿Qué pasó con ese avión?

—Se hicieron fotografías, se examinó a fondo, y se reparó. Y siguió volando.

—Lo sé. Lo he verificado. ¿Qué impresión le produjo la falta de los remaches en el «puro»?

—Quedé desconcertado, la verdad. Lens aseguró que no hizo maniobras bruscas. Y yo le creo. Es un hombre cabal. Llegará lejos en la vida.

Isidoro acertó.

—Usted asistió a la reunión, en la base, junto al general Sánchez Arjona...

—Sí, *el Zorro plateado*…

—¿Quiénes eran aquellos dos individuos de paisano que acompañaban al *Zorro plateado*?

—Eso no se lo puedo decir. No estoy autorizado.

—¿Podían ser de la CIA?

—Lo siento, no debo comentarlo.

—¿Pilotos españoles?

Isidoro sonrió, pícaro.

—Usted sabe que no…

E Isidoro, al que llamaban *el Borrego*, me habló de otros asuntos ovni. Pero solicitó que no los divulgara, de momento.

Isidoro falleció en 1994. Su hijo, Ignacio, tuvo la gentileza de enviarme tres fotografías del padre.

El único que se resistió a conversar con este pecador fue Luis Delgado Sánchez Arjona *(el Zorro plateado)*, general jefe del Mando de Combate, en Torrejón, en los días de los avistamientos ovni de Cámara y Lens.

Lo intenté todo. Lo llamé en numerosas ocasiones. Siempre estaba en Extremadura... Ni siquiera la mediación del también general Dolz, amigo de Luis Delgado, sirvió de nada. Se fue a la

General Luis Delgado Sánchez Arjona. (Foto: EFE.)

tumba con su secreto: ¿Quiénes eran los dos individuos de paisano que le acompañaron a la base de Los Llanos? Por lo que sé, eran funcionarios de la embajada USA en Madrid. Posiblemente de la CIA.

En septiembre de 1994, el expediente del caso «Lens» entró en la biblioteca del Cuartel General, en Madrid. Acababa de ser desclasificado. Eso significaba que podía ser consultado. Y así lo hice.

Gran decepción.

El informe consta de 48 líneas.

Lo leí una y otra vez, sin salir de mi asombro.

Allí faltaban documentos.

¿Dónde estaba el informe del piloto? ¿Dónde la transcripción de la conversación de Lens con Salanova, el controlador de Pegaso? ¿Dónde estaban los informes de los radares? ¿Qué pasó con las fotos del F-1? ¿Por qué no se hizo público el informe de los técnicos de mantenimiento sobre la desaparición de los remaches y el desenroscamiento de las cuatro antenas del Mirage?

Acudí a mis cuadernos de campo y ratifiqué algo que me había dicho el teniente coronel Bastida. En una conversación con el que fuera primer responsable de la citada desclasificación, Bastida aseguró que las cintas habían desaparecido. «Sólo queda la transcripción».

Esto sucedía el 3 de julio de 1992 en el hotel Ambassador, en Madrid. Es decir, dos años antes de la desclasificación del caso «Lens».

Según Bastida, la transcripción constaba de diez o doce folios.

¿Y qué pasó con esa importantísima transcripción?

Nadie lo sabía en el Cuartel General del Aire...

En el expediente, además, contabilicé dos gruesos errores:

Primero: Lens no vio ningún triángulo isósceles.

Segundo: Los radares sí captaron el eco del «desconocido».[1]

Y los cielos siguieron protegiéndome...

1. Aunque el informe desclasificado asegura «que no se produjo ninguna anomalía de radar», al final del texto se contradice, afirmando que «surge una traza UNK (desconocido) que se dirige hacia el EVA 9».

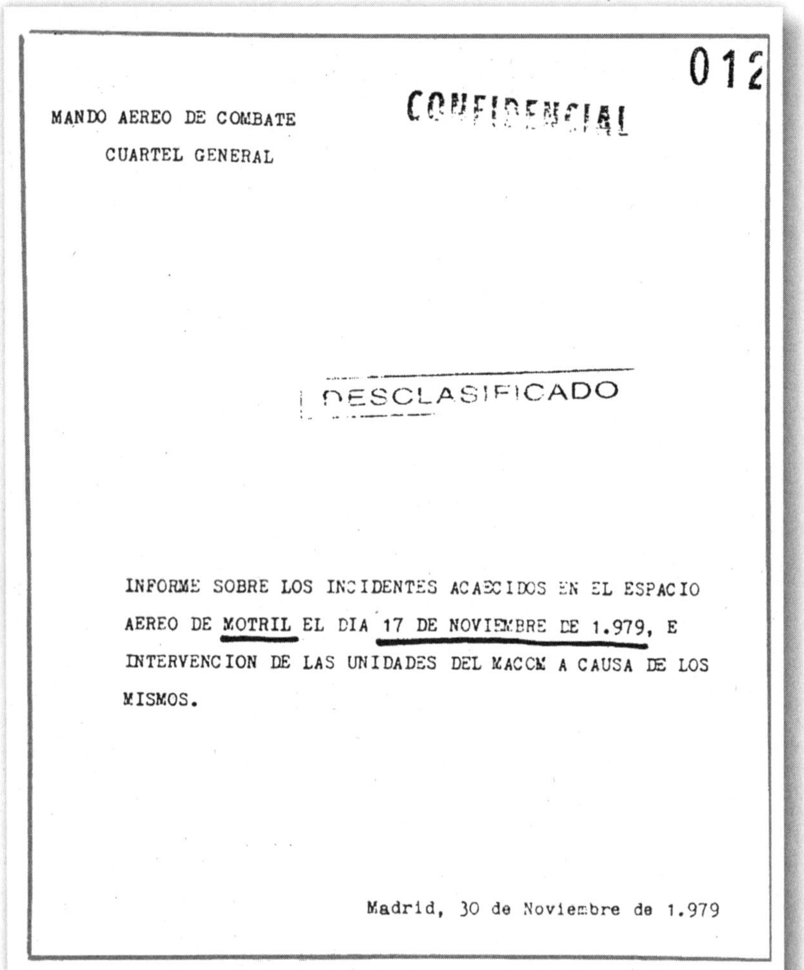

012

MANDO AEREO DE COMBATE

CUARTEL GENERAL

CONFIDENCIAL

DESCLASIFICADO

INFORME SOBRE LOS INCIDENTES ACAECIDOS EN EL ESPACIO AEREO DE MOTRIL EL DIA 17 DE NOVIEMBRE DE 1.979, E INTERVENCION DE LAS UNIDADES DEL MACOM A CAUSA DE LOS MISMOS.

Madrid, 30 de Noviembre de 1.979

Portada del informe «Lens», desclasificado en septiembre de 1994. (Archivo de J. J. Benítez.)

Enredado en nuevas pesquisas fui a tropezar con el coronel Rafael Quirosa, experto en guerra electrónica. Quirosa me reservaba otras sorpresas.

En las fechas del encuentro ovni de Miguel Lens, Quirosa trabajaba en Pegaso.

—Cuando sucedió lo de Lens —manifestó el coronel— se llevó a cabo una investigación, de régimen interno y confi-

A las 16,20 Z le salía a Pegaso una traza UNK, originada en MJMG 5030, que permanece durante unos 15 minutos fuera de la línea de identificación, penetrando a continuación hacia el EVA 9.

ACAECIMIENTOS.

A las 16,45 Z se da Scramble al EO-01 del LEAD LETO, que mientras volaba aproximándose a la zona, Pegaso le informa que el contacto con la traza era intermitente, y se perdió definitivamente a las 17,12 Z, después de efectuar el EO-01 varias órbitas sobre la zona sin resultado positivo.

A las 17,16 Z, tras 9 minutos de búsqueda infructuosa, el EO-01 inició su recuperación hacia Albacete, En este rumbo de 025º y a 35.000 pies, sobre MJNH 3030, el EO-01 ve, a sus 3, al mismo nivel y a unas 10 NM, tres luces fuertes del mismo color e intensidad formando un triángulo isósceles (el color era una mezcla de amarillo y rojo fuerte). Autorizado por Pegaso el EO-01 puso rumbo hacia el centro del triángulo de luces, no consiguiendo ningún tipo de blocaje rádar y notando que la distancia relativa no disminuía en ningún momento.

Después de 10 minutos de vuelo a 0.95 de mach en esa dirección y encontrándose a unas 140 Nm de Albacete, ya sobrepasada la costa, y no pudiéndose acercar a las luces el EO-01 procedió a recuperarse a Albacete.

Al pasar por rumbo 360º, en su viraje hacia Albacete, el EO-01 escuchó en el canal 11 de UHF, en que estaba enlazando con Pegaso, unas voces infantiles que reían y decían: "HOLA ¿COMO ESTAS?... HOLA, HOLA...". El EO-01 tuvo el tiempo justo para quitar el canal de guardia y comprobar que las voces seguían entrando por el canal 11 con la misma nitidez y claridad. La interferencia duró unos 30 segundos.

El EO-01 tomó tierra sin novedad en Albacete a las 18,05 Z.

GRADO DE FIABILIDAD DE LOS TESTIGOS.

DESCLASIFICADO

Por la calidad:

A los testigos nombrados en este informe se les puede dar un alto grado de fiabilidad por su calidad de Controlador del SOC y piloto de interceptador.

Por la forma de observación:

Tanto por medios técnicos, como por el medio aéreo empleado, reune el más alto grado de fiabilidad también.

ENTRADA N.º 181 S.3

OBSERVACIONES DE LOS ORGANISMOS DE CONTROL AEREO.

Todos los vuelos del área donde se produjeron los hechos estaban correlacionados con sus respectivos planes de vuelo, y no se observó ninguna anormalidad en este sentido.

Pegaso y el EVA nº 5 estaban operativos y no se produjo ninguna anomalía de rádar durante el tiempo en que se efectuó el vuelo.

CONFIDENCIAL

Pie : Expediente desclasificado (Caso Lens) Archivo de J.J. Benítez.

Expediente desclasificado (Caso «Lens»). (Archivo de J. J. Benítez.)

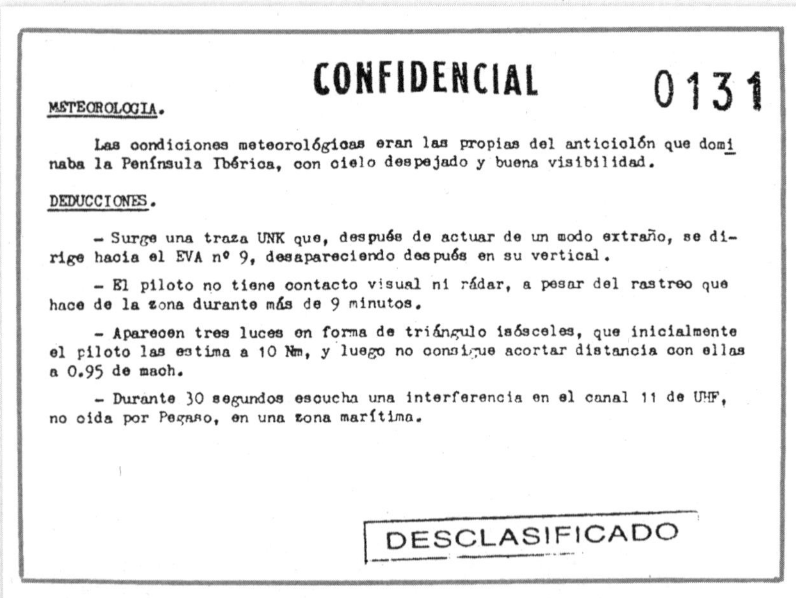

CONFIDENCIAL 0131

METEOROLOGIA.

Las condiciones meteorológicas eran las propias del anticiclón que domi naba la Península Ibérica, con cielo despejado y buena visibilidad.

DEDUCCIONES.

- Surge una traza UNK que, después de actuar de un modo extraño, se dirige hacia el EVA nº 9, desapareciendo después en su vertical.

- El piloto no tiene contacto visual ni rádar, a pesar del rastreo que hace de la zona durante más de 9 minutos.

- Aparecen tres luces en forma de triángulo isósceles, que inicialmente el piloto las estima a 10 Nm, y luego no consigue acortar distancia con ellas a 0.95 de mach.

- Durante 30 segundos escucha una interferencia en el canal 11 de UHF, no oída por Pegaso, en una zona marítima.

DESCLASIFICADO

Final del expediente del caso ovni del 17 de noviembre de 1979. (Archivo de J. J. Benítez.)

dencial, para averiguar si algún niño había entrado en los radares de Aitana o de Motril.

—¿Por qué razón?

—A causa de las «voces» que entraron en el casco del piloto. Querían saber si algún familiar de los técnicos de los «picos» era el responsable de esas voces.

—¿Y cuál fue el resultado de la investigación?

—Negativo. No hubo niños, esa noche, en los radares.

La segunda sorpresa me dejó perplejo:

—Las cintas existen.

Se refería a la conversación de Lens con el controlador de Pegaso. En total: una hora y veinte minutos.

—Yo mismo me ocupé de la transcripción. En Torrejón, tanto las cintas como los registros de las consolas se guardan durante un mes. En caso excepcional —y el ovni de Lens lo merecía— ese material se guarda indefinidamente.

—¿Y qué pasó con las cintas?

Coronel Rafael Quirosa. (Gentileza de la familia.)

Ángel Bastida (derecha) y Enrique Rocamora, en la base aérea de Torrejón (Madrid). (Gentileza de Javier Sierra.)

—Al día siguiente las llevaron a la Jefatura del Mando de Combate. Allí las recibieron los generales Peralva y Rafael López Sáez Rodrigo.

—¿Las escucharon?

—Naturalmente.

—¿Quién las trasladó al Mando de Combate?

—El coronel Emilio Recuenco Caraballo. Era jefe del ala de Alerta y Control.

—Eso quiere decir que las cintas del caso «Lens» no se han perdido...

Quirosa se echó a reír.

—Puedo asegurarte que están guardadas, y bien guardadas.

—¿Dónde?

En primer plano los generales Peralva (izquierda) y López Sáez Rodrigo, receptores de las cintas del caso «Lens». (Archivo J. J. Benítez.)

—Quizá en una de las dos cajas fuertes del Mando Operativo Aéreo, en la base de Torrejón.

En otras palabras: Bastida había mentido y Rocamora Aniorte, su sucesor en el proceso de desclasificación, exactamente igual. Rocamora era teniente coronel del Servicio de Inteligencia y fue el responsable de la liberación del expediente del caso «Lens», entre otros.

¿Y qué sucedía con los informes de los radares?

En noviembre de 1979, fecha del encuentro de Lens con el gigantesco ovni y con las «voces», el EVA 9 o radar de Motril, en Granada, estaba a cargo del coronel Pol Oltra.

Me recibió en el Mando de Apoyo Logístico (Dirección de Transporte), en Madrid. Era el 22 de octubre de 1996.

—Sí, se captó el «desconocido» en las pantallas de Motril —aseguró—. El sistema estaba en automático y lo vieron en Pegaso al instante.

—¿Se hizo informe?

—Naturalmente. Y se envió a Madrid.

Rocamora, en efecto, había manipulado el expediente de Lens.

Y otro tanto sucedió con el coronel Carlos Fernández París, responsable del EVA 5, el radar de Aitana, en Alicante (España).

—Claro que apareció en pantalla –reconoció París– y se envió el correspondiente informe a Pegaso.

Y dejé para el final al coronel Juan Fernández Trinidad.

Según mis noticias, había estado en el departamento de Seguridad en Vuelo, en el Cuartel General del Aire, en Madrid. En dicho departamento se encontraba el grueso de los informes sobre ovnis.

Y Trinidad, que en 1996 había abandonado el Ejército del Aire, aceptó la entrevista.

—Sí, yo leí el expediente de Lens...

–¿Contenía la transcripción de las cintas?

—Estaba completo. Leí la transcripción y el resto de los informes.

–¿Cuántos folios podía reunir?

—No los conté, pero muchos. Era un expediente perfectamente armado.

–¿Cuántos informes contenía ese archivo de Seguridad en Vuelo?

—Alrededor de cuarenta.

Le mostré el expediente desclasificado sobre el encuentro de Lens, y Trinidad sonrió, burlón.

—¿Cuarenta y ocho líneas? Esto es una ridiculez.

–Dicen que el resto de los informes se ha perdido...

—Lo dudo.

–¿Había fotos del F-1 en el expediente?

—No, pero recuerdo muy bien lo de las «voces». Me llevé el expediente a casa para estudiarlo.

–Pero era secreto...

—Sí. Tenía que preparar un programa de televisión sobre ovnis y, como te digo, lo estudié a fondo.

En definitiva, la desclasificación del caso «Lens» fue otra tomadura de pelo...[1]

1. En el tercer volumen de *Sólo para tus ojos*, más información sobre ovnis y militares.

EN ÓRBITA

Pero el encuentro de Lens no ha sido el único en el que el piloto escuchó voces extrañas...

El 15 de mayo de 1963 le sucedió al astronauta norteamericano Gordon Cooper.

Cooper fue lanzado al espacio en la cápsula «Faith-7», perteneciente al proyecto «Mercury».

Su misión consistía en dar veintidós vueltas a la Tierra, realizando las primeras imágenes de televisión desde una nave espacial. La misión fue un éxito. En aquellos momentos, sin embargo, nadie supo que Cooper había vivido una singular experiencia.

Ahora se sabe que el astronauta transmitió a Houston una «interferencia» registrada —y grabada— cuando apenas había empezado a girar alrededor de nuestro mundo.

La «voz» —señalan los informes confidenciales— hablaba en un idioma ininteligible. Hasta el momento no ha sido posible descifrar el «mensaje».

La «voz» se coló en una banda de transmisión exclusivamente reservada a los astronautas. Según los expertos, es casi imposible que alguien pudiera interferir en dicha frecuencia.

Gordon Cooper.

MAR CASPIO

El 22 de febrero de 1987 se registró un caso ovni que guarda cierta relación con las «voces» que escuchó el piloto de Los Llanos.

He aquí una síntesis del suceso:

... Un avión soviético con 168 pasajeros bajó repentinamente de nivel cuando estaba a punto de colisionar con un objeto desconocido... El ovni, al parecer, avisó al piloto y éste descendió 20.000 pies... El encuentro sucedió sobre la zona occidental del mar Caspio y salió a la luz cuando un grupo de científicos rusos investigó el incidente... Un satélite meteorológico francés fotografió el ovni y al avión ruso... Fuentes rusas aseguran que el piloto estaba aterrado... Todo fue grabado por los controladores del aeropuerto de Volgogrado... El incidente tuvo lugar a los 45 minutos de vuelo del reactor de Aeroflot... El avión había alcanzado una altitud de 32.000

pies... La fuente informativa dijo que, momentos después de que el Aeroflot se pusiera en contacto con la torre de Volgogrado, el piloto reportó la presencia de una gran luz, justamente enfrente de él, a una distancia aproximada de 5 millas... El piloto, identificado como Viktor Okulov, comunicó más tarde que el objeto se aproximaba a una velocidad endiablada... El ovni era enorme: tres veces el tamaño de su avión... El piloto se quedó helado al ver que la colisión era inevitable... En esos instantes, una voz procedente del «desconocido» le dio instrucciones para evitar el choque... El oficial de Inteligencia que escuchó la cinta aseguró que la «voz» parecía la de un niño... «Era una voz calmada»... Y le dijo al piloto soviético: «Vire a la izquierda inmediatamente... 90 grados... Nosotros no podemos alterar el curso mientras usted esté en nuestro campo de energía»... Tan pronto como el piloto maniobró, los mandos oscilaron y el avión descendió de nivel... A una altitud de 12.000 pies, el reactor recuperó la potencia necesaria y llevó a cabo un aterrizaje de emergencia en Astracán... El ovni permaneció diez minutos en las pantallas de radar.

Como dije, el caso «Lens» me parece uno de los más completos y atractivos de la ufología. Por cuatro razones:

1ª. Por la categoría personal y profesional del testigo.
2ª. Por la captación del ovni en los radares.
3ª. Por las «voces».
4ª. Por las pruebas físicas (falta de remaches y desenroscamiento de las antenas en el F-1).

La respuesta a la quinta pregunta —«**¿QUÉ BUSCAN?**»— es tan difícil como comprometida.

A juzgar por los casos expuestos en el capítulo precedente, mis «primos» podrían ser científicos, militares, ángeles, simples viajeros, o enviados del «más allá». Quién sabe...

Lo que aparece con claridad es que nos llevan cientos o miles de años (quizá millones). Su tecnología es asombrosa y difícil de comprender para gente como nosotros, que se protege de la lluvia con un paraguas...

En ocasiones, mientras investigo, me siento como un cavernícola en el interior de un submarino. Y me río de Stephen Hawking, el astrofísico, cuando decía: «Es racional pensar en vida extraterrestre. El desafío es saber cómo sería».

No tengo la menor duda: Hawking era un gran sabio y también un perfecto analfabeto en el tema ovni.

CONTINUARÁ

En El Dueso, siendo las 21 horas del 5 de enero de 2016 (noche de Reyes).

LIBROS ESCRITOS POR J. J. BENÍTEZ

1. *Existió otra humanidad*, 1975. (Investigación)
2. *Ovnis: S.O.S. a la humanidad*, 1975. (Investigación)
3. *Ovni: alto secreto*, 1977. (Investigación)
4. *Cien mil kilómetros tras los ovnis*, 1978. (Investigación)
5. *Tempestad en Bonanza*, 1979. (Investigación)
6. *El enviado*, 1979. (Investigación)
7. *Incidente en Manises*, 1980. (Investigación)
8. *Érase una vez un ovni*, 1980. (Investigación). Inédito.
9. *Los astronautas de Yavé*, 1980. (Ensayo e investigación)
10. *Encuentro en Montaña Roja*, 1981. (Investigación)
11. *Los visitantes*, 1982. (Investigación)
12. *Terror en la luna*, 1982. (Investigación)
13. *La gran oleada*, 1982. (Investigación)
14. *Sueños*, 1982. (Ensayo)
15. *El ovni de Belén*, 1983. (Ensayo e investigación)
16. *Los espías del cosmos*, 1983. (Investigación)
17. *Los tripulantes no identificados*, 1983. (Investigación)
18. *Jerusalén. Caballo de Troya*, 1984. (Investigación)
19. *La rebelión de Lucifer*, 1985. (Narrativa)
20. *La otra orilla*, 1986. (Ensayo)
21. *Masada. Caballo de Troya 2*, 1986. (Investigación)
22. *Saidan. Caballo de Troya 3*, 1987. (Investigación)
23. *Yo, Julio Verne*, 1988. (Investigación)
24. *Siete narraciones extraordinarias*, 1989. (Investigación)
25. *Nazaret. Caballo de Troya 4*, 1989. (Investigación)

26. *El testamento de San Juan*, 1989. (Ensayo)

27. *El misterio de la Virgen de Guadalupe*, 1989. (Investigación)

28. *La punta del iceberg*, 1989. (Investigación)

29. *La quinta columna*, 1990. (Investigación)

30. *Crónicas desde la Tierra*, 1990. (Narrativa). Inédito.

31. *A solas con la mar*, 1990. (Poesía)

32. *El papa rojo*, 1992. (Narrativa)

33. *Mis enigmas favoritos*, 1993. (Investigación)

34. *Materia reservada*, 1993. (Investigación)

35. *Mágica fe*, 1994. (Ensayo)

36. *Cesarea. Caballo de Troya 5*, 1996. (Investigación)

37. *Ricky B*, 1997. (Investigación)

38. *A 33.000 pies*, 1997. (Ensayo)

39. *Hermón. Caballo de Troya 6*, 1999. (Investigación)

40. *Al fin libre*, 2000. (Ensayo)

41. *Mis ovnis favoritos*, 2001. (Investigación)

42. *Mi Dios favorito*, 2002. (Ensayo)

43. *Planeta encantado. La huella de los dioses. La isla del fin del mundo*, 2003. (Investigación)

44. *Planeta encantado 2. Los señores del agua. El mensaje enterrado*, 2004. (Investigación)

45. *Planeta encantado 3. El secreto de Colón. Un as en la manga de Dios*, 2004. (Investigación)

46. *Planeta encantado 4. El anillo de plata. Tassili*, 2004. (Investigación)

47. *Planeta encantado 5. Astronautas en la edad de piedra. Escribamos de nuevo la historia*, 2004. (Investigación)

48. *Planeta encantado 6. Una caja de madera y oro. Las esferas de nadie*, 2004. (Investigación)

49. *Cartas a un idiota*, 2004. (Ensayo)

50. *Nahum. Caballo de Troya 7*, 2005. (Investigación)

51. *Jordán. Caballo de Troya 8*, 2006. (Investigación)

52. *Al sur de la razón*, 2006. (Ensayo)

53. *El hombre que susurraba a los «ummitas»*, 2007. (Investigación)

54. *De la mano con Frasquito*, 2008. (Ensayo)

55. *El habitante de los sueños*, 2008. (Narrativa). Inédito.

56. *Enigmas y misterios para* Dummies, 2011. (Investigación)

57. *Caná. Caballo de Troya 9*, 2011. (Investigación)
58. *Jesús de Nazaret: nada es lo que parece*, 2012. (Ensayo)
59. *Rojo sobre negro*, 2013. (Narrativa). Inédito.
60. *El día del relámpago*, 2013. (Investigación)
61. *Estoy bien*, 2014. (Investigación)
62. *Pactos y señales*, 2015. (Investigación)
63. *Sólo para tus ojos*, 2016. (Investigación)
64. *«Tengo a papá». Las últimas horas del Che*, 2017. (Investigación)
65. *Gog*, 2018. (Narrativa e investigación)
66. *El diario de Eliseo,* 2019. (Investigación)
67. *La gran catástrofe amarilla,* 2020. (Investigación)

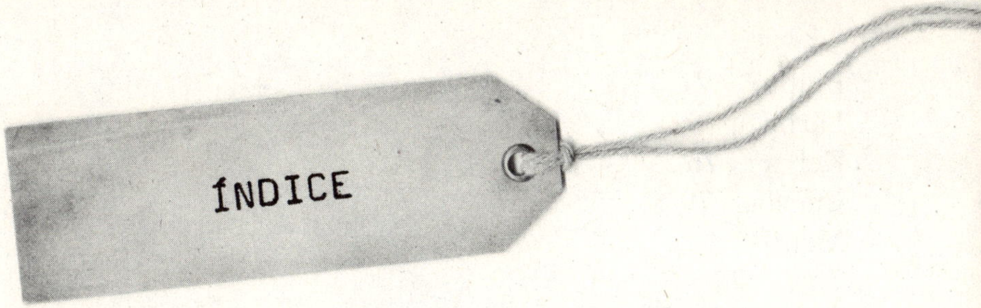

Libro segundo

2

3

Si desea ponerse en contacto con J. J. Benítez, puede hacerlo en el apartado de correos número 141, Barbate, 11160 Cádiz (España) o bien en su página web oficial: www.jjbenitez.com.